茅盾研究年鉴

凤鸣丛书·创意写作书系

2016
—
2017

赵思运 蔺春华 主编

中国社会科学出版社

图书在版编目（CIP）数据

茅盾研究年鉴：2016 – 2017 / 赵思运，蔺春华主编 . —北京：
中国社会科学出版社，2019.7

ISBN 978 – 7 – 5203 – 4780 – 8

Ⅰ. ①茅… Ⅱ. ①赵…②蔺… Ⅲ. ①茅盾（1896 – 1981）—
文学研究—年鉴—2016 – 2017②茅盾（1896 – 1981）—人物研究—
年鉴—2016 – 2017 Ⅳ. ①I206.7 – 54②K825.6 – 54

中国版本图书馆 CIP 数据核字（2019）第 165950 号

出 版 人	赵剑英
责任编辑	王鸣迪
责任校对	林福国
责任印制	张雪娇

出　　版	中国社会科学出版社
社　　址	北京鼓楼西大街甲 158 号
邮　　编	100720
网　　址	http://www.csspw.cn
发 行 部	010 – 84083685
门 市 部	010 – 84029450
经　　销	新华书店及其他书店

印刷装订	三河市东方印刷有限公司
版　　次	2019 年 7 月第 1 版
印　　次	2019 年 7 月第 1 次印刷

开　　本	650 × 960　1/16
印　　张	35.5
插　　页	2
字　　数	527 千字
定　　价	188.00 元

茅盾研究年鉴编委会

谱博雅诗篇　迎凤凰涅槃

——凤鸣丛书总序

大雅今朝，凤鸣桐乡。我们的灵魂在倾听：文化创造的源泉在充分涌流，民族文化创造的活力在持续迸发，中华民族文化复兴的脚步，近了！

2016 年 5 月 17 日，习近平总书记在哲学社会科学工作座谈会上的讲话中指出："坚持和发展中国特色社会主义，统筹推进'五位一体'总体布局和协调推进'四个全面'战略布局，实现'两个一百年'奋斗目标、实现中华民族伟大复兴的中国梦，我国哲学社会科学可以也应该大有作为。"为了迎接中华民族新一轮凤凰涅槃，浙江传媒学院文学院、桐乡市文化广电新闻出版局联袂奉献"凤鸣丛书"，作为我们的献礼！

"凤鸣丛书"作为浙江传媒学院文学院最新学术成果和创作成果，是浙江传媒学院博雅学术在人文积淀厚实的桐乡文化土壤中绽放的文明之花。风雅桐乡，人杰地灵，曾经涌现了朱子学家张履祥、学者吕留良、廉吏严辰、太虚大师、文学巨匠茅盾、艺术巨匠丰子恺、艺术大师木心、摄影大师徐肖冰、篆刻大师钱君匋、漫画大师沈伯尘、编辑家沈苇窗、出版家陆费逵、著名画家吴蓬、著名新闻工作者金仲华、著名女将军张琴秋等。这些文化名人，构成了桐乡的"城市符号"，凝聚成桐乡文化的"魂"。桐乡的优秀文化传统，理所当然地成为浙江传媒学院丰富的学术资源和教育资源，同时，也滋养了浙江传媒学院学子的精神文化肌理。

文学院是浙江传媒学院设立最早、办学历史最久的院部之一，拥有戏剧影视文学、汉语言文学、汉语国际教育、秘书学 4 个本科专业及戏剧影视文学（编剧与策划）、汉语言文学（涉外文秘）2 个本科专业方向。现有浙江省"十一五"重点学科戏剧戏曲学，"十二五"省重点学科戏剧与影视学（戏剧戏曲学方向），"十三五"省一流学科戏剧与影视学（影视艺术理论与批评方向、影视编剧与创作方向）；"十二五"校级重点学科中国语言文学（文化与传播），"十三五"校级一流培育学科中国语言文学和艺术学理论。戏剧影视文学是浙江省重点专业和浙江省新兴特色专业。中国语言文学大类是校级重点专业。文学院现拥有省级研究基地"浙江省非物质文化遗产研究基地"。学院学术实力强，科研成果丰富，近年来承担了国家级项目 10 余项、省部级项目 50 余项、厅局级项目 60 余项，各级教改项目近 20 项；出版学术专著 40 余部、文学作品 10 余部。学院教学水平高，育人业绩好。文学院学生近年在柏林华语电影节、威尼斯电影节"青年电影人培养计划"、全球华语大学生短诗大赛等国际赛事以及北京大学生电影节、环保部剧本征集、全国大学生征文大赛等国家级、省部级大赛中获奖 30 多项。

浙江传媒学院非常重视政产学研合作。近年来，由文学院自主创作的影视剧《明月前身》《盖世武生》《孝女曹娥》《长生殿》《梦寻》《七把枪》等已在中央电视台播出。为了促进政产学研全方位深度合作，文学院成功申报了两个校级研究机构：茅盾研究中心和网络文学研究与创作中心，凝练了茅盾研究团队、木心研究团队、网络文学研究与创作团队、张元济影视剧创作团队等，展开了大量务实工作。"凤鸣丛书"即是文学院在桐乡文化土壤深耕细作收获的第一批文化作物。第一辑包括《茅盾研究年鉴（2014—2015）》《媒体化语境下新世纪文学的转型研究》《艺术现代性与当代审美话语转型》《百年汉诗史案研究》《汉语饮食词汇研究》《图像、文字文本与灵视诗学》《唐代园林与文学之关系研究》。茅盾是我国现代文学史上杰出的作家、文艺理论家、文学翻译家，是我国现代进步文化的先驱者、中国革命文艺的奠基人，茅盾研究已经成为中国现当代文学的显学。浙江传媒学院茅盾研究中心作为茅盾研究的重要阵地，编撰的《茅盾研究年鉴》已经连续出版 4 年，今后还会持续下去。木心作为中国当代文学大师、诗人、画家,在台湾和纽约华人圈被视为深解中国传统文化的精英和传奇人物,一直是浙江传媒学院和桐乡市学者的用心之处,木心研究成果理所当然将是"凤鸣丛书"持续关注的对象。

2014年5月4日,习近平总书记在同北京大学师生座谈时指出:"人类社会发展的历史表明,对一个民族、一个国家来说,最持久、最深层的力量是全社会共同认可的核心价值观。核心价值观,承载着一个民族、一个国家的精神追求,体现着一个社会评判是非曲直的价值标准。"习近平总书记还指出:"中华文明绵延数千年,有其独特的价值体系。中华优秀传统文化已经成为中华民族的基因,植根在中国人内心,潜移默化影响着中国人的思想方式和行为方式。今天,我们提倡和弘扬社会主义核心价值观,必须从中汲取丰富营养,否则就不会有生命力和影响力。"培育和弘扬社会主义核心价值观,必须立足中华优秀传统文化。"凤鸣丛书"将致力于优秀传统文化的挖掘以及文艺精品的创作,为"中国梦"的实现提供文化自信力。我们将关注昆曲剧本、动画片剧本、张元济影视剧本、杭嘉湖文艺精品等,策划更多创作活动,去讴歌桐乡、讴歌杭嘉湖、讴歌浙江省新世纪新面貌,坚守我们的核心价值体系和核心价值观,利用好中华优秀传统文化蕴含的丰富的思想道德资源,使其成为涵养社会主义核心价值观的重要源泉。

正如木心在《诗经演》里写道"遵彼乌镇。迥其条肆。既见旧里。不我遐弃。"桐乡文化是常新的,游子木心把她视为自己的精神归宿。同时,桐乡又是中华文明的一个美丽缩影,博大精深的中华文明乃是中国人的安身立命之所。置身于桐乡大地上,我们感同身受,瞩目着中华文明孕育的新一轮凤凰涅槃。黎明正喷薄而出,我们正跨步在金光大道上!

凤鸣丛书编委会

二〇一七年春

目　录

第一篇　茅盾研究大事记

第二篇　重要论文

第三篇　论著评价

第四篇　论文索引

第一篇

茅盾研究大事记

2016 年茅盾研究大事记

2016 年 2 月

2016 年 2 月 17 日，中国茅盾研究会原顾问查国华先生因病医治无效，不幸逝世，享年 87 岁。

查国华先生是山东省作家协会会员，山东师范大学中文系教授，中国茅盾研究学会常务理事，曾任《茅盾研究》编委、政协济南市委员会副主席、中国民主促进会济南市委员会副主任委员。查国华先生从 1950 年代就致力于中国现代文学文献史料的研究，1980 年代初期就以学术造诣深厚、学术特色鲜明而闻名学界。他先后承担并完成了许多重要的科学研究项目，在茅盾研究方面的成就尤为突出。1982 年主编《茅盾论鲁迅》，1983 年与孙中田合编《茅盾研究资料》（上、中、下），1985 年出版专著《茅盾年谱》，并获山东省高校社科二等奖。他参与了人民文学出版社《茅盾全集》编、注、校、审等所有重要环节的工作，历时近 20 年，是编委会最可信赖的专家之一。30 多年来，他的代表著作《茅盾年谱》《茅盾研究资料》等都是茅盾研究领域的重要成果。

2016 年 5 月

赵笑洁著《抗战中的郭沫若与茅盾——郭沫若与茅盾展览纪实暨学术研讨论集》由当代中国出版社于 2016 年 5 月出版。郭沫若和茅盾都是在中国现代历史上影响深远的人物，无论是对中国现代文学创作方法的革新，还是对中国现代社会文化发展的探索，都做出了突出的贡献。在风雨如晦的抗战岁月中，郭沫若和茅盾积极投身到全民族解放的大潮之中，担负起民族独立和文化复兴的重任。

2016 年 6 月

2016 年 6 月 29 日—7 月 3 日，由俄罗斯圣彼得堡大学、中国茅盾研究会联合举办的"第七届远东文学研究暨纪念茅盾诞辰 120 周年国际学术研讨会"在俄罗斯圣彼得堡成功举行。来自数十个国家的百余位专家学者围绕"茅盾的生平与创作""20 和 21 世纪中国文学的发展道路及其前景""全球化和信息化背景下中国古典文学研究的新问题""远东和东南亚各国文学在俄罗斯与俄罗斯文学在远东和东南亚各国：翻译、理解、交流问题""远东和东南亚各国文学：过去与现实"等议题进行了研讨。

2016 年 7 月

2016 年 7 月，茅盾先生的孙子沈韦宁、孙女沈迈衡和沈丹燕向江苏省南京市六合区人民法院提起诉讼，要求法院判令南京经典拍卖有限公司、茅盾手稿持有人张某停止侵害涉案手稿作为美术作品的展览权、发表权、复制权、发行权、信息网络传播权，以及作为文字作品的复制权、发行权、信息网络传播权的行为，并要求两被告在媒体公开道歉、赔偿损失。

茅盾先生是中国现代文坛泰斗级人物，作为《人民文学》的第一任主编，在文学创作之外，其书法造诣亦极其深厚，流传下来的诸多书信、题词、手稿的书法艺术价值亦被公认。1958 年，茅盾先生将其用毛笔书写创作的一篇评论文章《谈最近的短篇小说》向杂志社投稿，并将手稿交给该杂志社。该篇文章的文字内容发表于《人民文学》1958 年第 6 期。之后，《谈最近的短篇小说》的手稿原件被张某持有。2013 年 12 月 30 日，经典拍卖公司通过数码相机拍照上传了涉案手稿的高清数码照片，在其公司网站和微博上对手稿以图文结合的方式进行了宣传介绍。2014 年 1 月 5 日，张某委托南京经典拍卖有限公司在 2013 年秋拍中国书画专场上进行展览拍卖。经过多轮竞价，案外人岳某以 1050 万元的价格竞得涉案手稿。但此后岳某并未向张某支付相应价款，因拍卖未成交，岳某和张某也未向经典拍卖公司支付佣金。天价拍卖虽然未最终成交，却引起了茅盾继承人的注意。茅盾于1981年去世，根据我国著作权法相关规定，著作权属于公民本人，公民死亡后，其著作权中的财产权在50年内依照继承法的规定转移。茅盾财产的继承人沈某等人认为，张某和经典拍卖公司的行为侵害了涉案手稿的著作权，故诉至法院，请求判令经典拍卖公司、张某停止侵害涉案手稿作为美术作品的展览权、发表权、复制权、发行权、信息网络传播权，以及作为文字作品的复制权、发行权、信息网络传播权的行为，在媒体及网站上向其承认错误并赔礼道歉，连带赔偿其经济损失50万元。

2016 年 8 月

2016年是茅盾先生诞辰120周年、抵沪100周年。为纪念这位伟大的文学家、革命家，上海市作家协会、中共虹口区委、华东师范大学、中国茅盾研究会等单位共同主办了"纪念茅盾诞辰120周年暨抵沪100周年"系列活动。

8月5日，该系列活动的启动仪式在中共四大纪念馆举行，《弥漫着生命力的人——茅盾诞辰120周年暨抵沪100周年纪念展》同时开幕。作为此次茅盾纪念活动的重头戏及海派文化中心开幕的预热活动之一，展览以详细生动的史料和照片、通过"走出乌镇""崭露头角""文坛巨擘""壮心未已"四个部分，"再现"了茅盾"弥满生命力"的一生。

8月5—6日，由中国茅盾研究会、上海市作家协会、华东师范大学联合主办的"茅盾抵沪百周年纪念暨第十届全国茅盾研究会年会"在上海华东师范大学召开。华东师范大学学报主编杨扬教授主持会议，中国作协书记处书记吴义勤致辞，茅盾长孙沈韦宁向海派文化中心捐赠茅盾遗物。此次会议分为三个议程：纪念茅盾诞辰120周年暨抵沪100周年系列活动启动仪式；第八届中国茅盾研究会全国代表大会换届选举第八届理事会；第十届全国茅盾学术研讨会。来自国内外高校和科研机构的80余位专家学者围绕茅盾研究的相关问题进行了深入的学术讨论。中国茅盾研究会、上海市作家协会共同编辑了

《茅盾抵沪百周年纪念暨第十届全国茅盾学术研讨会论文集》。

8月5日，第八届中国茅盾研究会全国代表大会换届选举大会在华东师范大学召开，选举产生了第八届理事会。中国茅盾研究会第八届理事会名单如下：

理事（42人）

王卫平：辽宁师范大学文学院　教授

刘东方：聊城大学文学院　教授

吕旭龙：上海交通大学马克思主义学院　教授

李　方：河北人民出版社　编审

李　玲：北京语言大学人文学院　教授

李　频：中国传媒大学编辑出版研究中心　教授

李继凯：陕西师范大学文学院　教授

苏永延：厦门大学文学院　教授

余连祥：湖州师范学院　研究员、图书馆馆长

陈芬尧：嵊州崇仁镇中学　高级教师

陈福康：上海外国语大学　教授

陈天助：厦门商报社　教授

陈伟宏：桐乡市委政府政策研究室　桐乡市作协副主席、研究员

周景雷：渤海大学校办　教授、副校长

杨迎平：南京晓庄学院文学院　教授

范志强：浙江万里学院　教授

郑　楚：厦门大学中文系　教授

欧家斤：上海普陀区教育学院　教授

贾振勇：山东师范大学文学院　教授

郭丽娜：北京茅盾故居　故居负责人

阎浩岗：河北大学文学院　教授

谢晓霞：深圳大学文学院　教授

褚万根：桐乡市广电局　副局长

杨　扬：华东师范大学文学院　教授

吕周聚：山东师范大学文学院　教授

李春燕：北京吉利大学　副教授

商昌宝：天津师范大学文学院　副教授

张鸿声：中国传媒大学文学院　教授

赵思运：浙江传媒学院文学院　教授

钟海波：陕西师范大学文学院　副教授

郭国昌：西北师范大学文学院　教授

刘传霞：济南大学文学院　教授、院长

刘永丽：四川师范大学文学院　教授

陈思广：四川大学文学与新闻学院　教授

田　原：贵州社会科学院文学研究所　副研究员

罗维斯：天津南开大学文学院　讲师

赵焕亭：河南省平顶山学院文学院　教授

冯玉文：陕西理工大学文学院　副教授

刘海波：上海大学影视学院　教授、副院长

廖四平：北京第二外国语学院文学院　教授

高　杨：黄山书社　编辑、编辑室主任

张丽敏：茅盾纪念馆　馆长

常务理事（14 人）：

王卫平　吕周聚　李　玲　李继凯　杨　扬　苏永延　余连祥

陈伟宏　陈福康　郑　楚　郭丽娜　褚万根　贾振勇　阎浩岗

负责人（5 人）：

会　长：杨扬

副会长：李　玲　王卫平　李继凯　贾振勇

秘书长：杨扬（兼）

2016 年 12 月

2016 年 12 月 5 日，为纪念茅盾诞辰 120 周年，由中国作家协会、中国茅盾研究会、商务印书馆联合主办的"茅盾·商务印书馆·中国现代文化转型高端论坛"在北京举行。开幕仪式结束后，嘉宾在商务印书馆礼堂就"茅盾·商务印书馆·中国现代文化转型"的主题进行了深度研讨，发言题目包括"茅盾与上海""茅盾在商务印书馆""茅盾研究的回顾与展望""略谈茅盾的文学批评""茅盾五四时期的妇女观""商务十年与茅盾文学风格的确立"等。论坛从与茅盾相关的方方面面立体呈现了茅盾从事编译工作、文学写作的历程，也展示了他与同人、朋友的交游等生动细节。

"茅盾诞辰120年入职商务印书馆100年图片文献展"于同日开幕。图片文献展共分四个单元："从小镇走出来的有志青年""起步的十年——茅盾在商务印书馆""树起现代文学的丰碑""共和国的文坛保姆"，全面立体地展现了茅盾由一个进步青年成长为一代文学巨擘的奋斗历程。其中第二单元较详细地展示了他在商务印书馆的十年足迹，审视了其编辑生涯、对中国现代文化转型的贡献，以及投身革命运动的思想萌芽。展品中有茅盾在商务印书馆时期编辑、翻译、校注的图书，参与编辑、撰稿的刊物，以及部分创作手稿、用过的文具等。其中，茅盾在商务印书馆期间的照片、与师傅孙毓修的合影、商务印书馆当时的股票等均为首次公开。展览还展出了新中国成立后身为文化部首任部长的茅盾，为自己文学与革命道路开始的地方——商务印书馆签发的褒奖状等文献资料。这些史料对于茅盾研究的深入开展具有重要价值。

2017 年茅盾研究大事记

2017 年 1 月

钟桂松著《起步的十年——茅盾在商务印书馆》由商务印书馆于 2017 年 1 月出版。该书研究介绍了茅盾在商务印书馆的十年中（1916—1926）所从事的编辑工作和革命活动，生动再现了茅盾因缘际会进入商务印书馆工作，逐渐从一位进步青年蜕变为一位坚定的马克思主义者，从一个小小阅卷员成为《小说月报》主编，进而擎起中国新文学大旗的成长过程。书中主要讲述了茅盾的编辑贡献、翻译贡献，组织和领导五卅运动、商务印书馆工运的经历，以及与创造社进行文艺论战的往事。该书的第二辑、第三辑通过介绍商务印书馆的领导、同事，年轻时的朋友、偶像与茅盾的往来，全面立体地展示了茅盾在商务印书馆时的风采，并以茅盾这个视角讲述了张元济、孙毓修、王云五、高梦旦、周作人和胡适等民国精英知识分子的故事。

2017 年 3 月

2017 年 3 月 27 日，由中国茅盾研究会、桐乡市文化局、桐乡市文联联合主办的"文学史视野中的中国现代作家茅盾"2017 年乌镇论坛暨《起步的十年——茅盾在商务印书馆》首发式在乌镇茅盾纪念馆举行。

首发式之后，进入了论坛环节。2017 年茅盾研究乌镇论坛的研讨内容，是从文学史研究的角度，研讨以茅盾研究为主的中国文学史研究的历史变迁与面临的突破。论坛由中国茅盾研究会会长杨扬主持。与会的中国茅盾研究专家李继凯、王卫平、贾振勇、沈卫威、赵思运、罗维斯、雷超等，以及桐乡市茅盾研究会学者徐玲芬、朱惠玉、李晓敏纷纷发言。各位专家学者的发言论点精辟而有力、独到而深入，精彩纷呈，会场气氛热烈。最后，中国茅盾研究会会长杨扬作了精彩的点评和总结，对此次论坛成功举办的意义，对今后茅盾研究的方向和重点作了深入阐述。

2017 年 6 月

孙俊杰著《儒家文化传统与新时期长篇小说的文化价值建构——以茅盾文学奖获奖作品为研究样本》由人民出版社于 2017 年 6 月出版。

2017 年 8 月

8 月 22 日，中国茅盾研究会常务理事、四川师范大学教授曹万生因病医治无效，在成都去世，享年 68 岁。曹万生致力于中国现当代文学、文化思潮、诗学与诗歌、茅盾研究等诸多领域的研究，先后主持国家社会科学基金项目"中国现代诗学流变史"、教育部人文社会科学项目"中国当代诗学流变史"、四川省哲学社会科学重点项目"茅盾艺术美学论稿"等，出版专著《理性·社会·客体——茅盾艺术美学论稿》、《茅盾艺术美学》、《20 世纪中国文学与西方现代主义》（合作）、《中国新文学论集》、《现代派诗学与中西诗学》、《中国当代文艺价值观流变史》、《中国现代诗学流变史》、《中国当代诗学流变史》等。

2017 年 9 月

2017 年 9 月 28 日，钱谷融先生在上海病逝。钱谷融先生是茅盾研究领域最早的研究者之一。他于 1942 年毕业于国立中央大学国文系。历任重庆市立中学教师，交通大学讲师，华东师范大学讲师、教授、博士生导师、文学研究所所长，《文艺理论研究》主编。长期从事文艺理论和中国现代文学的研究和教学，是中国现代文学研究领域享有崇高声誉的大家，1950 年代提出"文学是人学"；后又发表曹禺《雷雨》人物研究系列论文。著有《论"文学是人学"》《文学的魅力》《散淡人生》《〈雷雨〉人物谈》等。

2017 年 10 月

赵思运、蔺春华、张邦卫主编的《茅盾研究年鉴（2014—2015）》由中国社会科学出版社于 2017 年 10 月出版。该年鉴全面整理了 2014—2015 年间茅盾研究大事记，关于茅盾的重要研究论文、论著，以及期刊、报纸、学位论文的要目与摘要，体现了年鉴的权威性、经典性、创新性和史料价值。

2017 年 11 月

2017 年 11 月 4 日，2017 年中国茅盾研究会理事会会议暨"茅盾与 20 世纪中国文学史"学术研讨会在浙江传媒学院桐乡校区召开。会议由中国茅盾研究会主办，桐乡市文化广电新闻出版局协办，浙江传媒学院茅盾研究中心、浙江传媒学院文学院联合承办。18 位专家围绕"茅盾与 20 世纪中国文学史"的论坛主题进行发言。其中，"茅盾与生活书店关系初探""茅盾与施蛰存的交往与交情""孙犁与茅盾关系钩沉"等论题，在"关系"中重新审视茅盾的精神历程和社会交往。重回历史现场，从新的视角、新的史料和新的理解范式推进茅盾研究，以文学史视野去重新审视茅盾作品的当代价值，是本次会议的研究重点。例如，"茅盾文学创作中的非虚构因素与 20 世纪文学理性""茅盾与《妇女杂志》1920 年之革新"等发言，展示了茅盾研究的新活力。

当天的研讨会上，《茅盾研究年鉴（2014—2015）》首发。

第二篇
重要论文

上海的文学经验

——小说中的宏大叙事与日常生活叙事

杨　扬

摘　要　上海是中国现代城市的象征，在上海的城市发展过程中，上海的文学也在不断建构。上海的文学经验是丰富多样的，其中以茅盾为代表的宏大叙事与以张爱玲为代表的日常生活叙事，分别代表了上海文学经验中的两种类型。这两种文学类型，与作者的个人成长经验有关，也与作者的文学理念有关，表现在文学创作上，体现出不同的风格类型。

关键词　上海文学经验；茅盾；张爱玲；宏大叙事；日常生活叙事

上海是中国城市化程度最高的地区，与此对应的，城市的文学经验，如果从 1843 年开埠算起，已经有一百多年的历史了。这一百多年的文学经验，值得总结。以小说为例，从宏观与微观的角度来讲，茅盾的小说叙事方式与张爱玲的小说叙事方式，是其中两种建构城市文学经验值得关注的对象。

一

之所以将两个人放在一起论述，主要原因是他们都曾在上海生活、写作，并创作过以上海为背景的经典作品。茅盾的长篇小说

《子夜》是描写20世纪30年代初上海都市生活的标志性作品。尽管从文学史角度讲，一些研究者对《子夜》文学史地位的高低，还有一些不同意见，但说这部作品对于30年代中国长篇小说的发展具有重要性，应该是没有太大争议的。在作品发表之初，瞿秋白、冯雪峰、夏衍、叶圣陶、吴宓等来自不同文化阵营的读者，都给予作品以很高的评价。① 作品出版当年，创下了发行量的最佳纪录，并且，跨越半个多世纪的岁月，《子夜》始终是中国现代文学作品中的长销书。② 而张爱玲的中篇小说《金锁记》和《倾城之恋》，是最具张氏风格的代表性作品。③ 对张爱玲的文学史评价，源自夏志清先生的《中国现代小说史》。④ 但时至今日，有关张爱玲小说成就的高下之争，始终没有终止过。将这两位文坛地位、教育背景、风格倾向和社会影响差异很大的作家及其作品，摆在一起谈论，可能很多研究者会觉得落差太大、不伦不类，但我的出发点，还在于问题本身，即对于上海都市生活经验的文学表达问题，而不牵涉到对作家作品文学史地位孰高孰低的评价。

　　一般而言，研究者都喜欢将茅盾的《子夜》视为宏大叙事的代表性作品。瞿秋白评价它是中国第一部现实主义长篇小说，侧重于肯定《子夜》的社会功能和认识功能。⑤ 瞿秋白的评论，得到了茅盾的

---

① 众多评论文章收入唐金海、孔海珠编：《茅盾专集》（第二卷·下册），福建人民出版社1985年版。

② 以2016年4月人民文学出版社出版的中国现代长篇小说珍藏本《子夜》为例，版权页上标明，印数为181000册。具体的版数是1952年9月北京第1版，1954年4月北京第2版，1960年4月北京第3版，至2016年4月，是第3版第26次印刷。

③ 傅雷将《金锁记》与《倾城之恋》并举，认为"以题材而论似乎前者更难处理，而成功的却是那更难处理的。在此见出作者的天分和功力"。参见傅雷（以"迅雨"笔名发表）的《论张爱玲的小说》，收入金宏达主编《回望张爱玲·华丽影沉》，文化艺术出版社2003年版，第15页。

④ 具体可参阅该书论述张爱玲的部分内容，参见夏志清《中国现代小说史》，复旦大学出版社2005年版。

⑤ 瞿秋白说："在中国，从文学革命后，就没有产生过表现社会的长篇小说，《子夜》可算第一部。"参见唐金海、孔海珠编《茅盾专集》（第二卷·下册），福建人民出版社1985年版，第938页。

积极响应。在《子夜》的"后记"和茅盾晚年撰写的回忆录《我走过的道路》中，他承认自己的创作是希望参与当时有关中国社会性质的讨论。[1] 他用《子夜》中吴荪甫的失败，来说明中国社会无法走资本主义道路。这些文学史研究中耳熟能详的说辞和论证材料，其实只是解读《子夜》的一个维度。如果我们问，《子夜》的价值只在于反映 30 年代中国社会关系的变动吗？显然不是。20 年代与茅盾东渡日本的秦德君女士，曾愤然于一些文学史研究者忽略了她对茅盾创作《子夜》的情感影响作用。[2] 撇开当事人个人恩怨情仇的直接关系不谈，从她的言辞中，我们分明可以感受到茅盾创作《子夜》，有着政治之外的诸多个人信息。

与一般的文学写作者不同，茅盾的文学起步与他的社会政治活动关系密切。1920 年初，当陈独秀在上海成立共产主义小组之时，茅盾就是最早的成员。在茅盾晚年的回忆录中，还记录过他自己担任中央联络员，给工人夜校上课，参与组织商务印书馆罢工，亲赴广州参加国共合作以及北伐等事件，他担任的党务要职所提供给他的与当时政界要人深度交往的经验，以及他自己对政治和社会问题的深入思考，大大拓展了他的眼界和视野，这是他不同于一些对政治怀有高度热情而又带有某种盲从的文学青年的根本所在。今天的一些研究者往往只注意到了茅盾的左翼思想立场对他创作和文学思想的影响，却有意无意忽略了作为小说家的茅盾在参与实际政治活动过程中，对社会问题的关注和对政治活动经验的文学汲取。这样的忽略，影响到对茅盾的文学史研究往往偏向于政治立场的阐释，而淡化了对小说家茅盾的文学经验的考量。以茅盾对大革命时期农民运动的描写为例，如果对比当时以及此后一些左翼作家对农民运动的毫无保留的肯定，就会发现茅盾在《蚀》三部曲中，对当时的农民运动的表现是有一定程度的保留的。他没有像一些政界人士那样或高度肯定农民运动"好

---

① 参见茅盾《子夜》，人民文学出版社 1960 年版；茅盾：《我走过的道路》（中），人民文学出版社 1984 年版。

② 参见秦德君与李广德的往来书信（未刊稿）。

得很"，或将之贬斥为"痞子运动"，而是从自己的观察、思考来描写农民运动的复杂性。如果再联系到 1926 年茅盾在广州国民党宣传部与毛泽东合作共事，而毛泽东当时的兴趣主要集中在农民运动，并写下了多篇文章为农民运动辩护的历史背景，对照之下，或许研究者会深刻体会到，茅盾作为一位小说家，他对一些过激的农民运动的保留意见，其实来自于他自己的思考与文学家的情感体验。茅盾不像一些左翼小说家，在小说中急于为刚刚过去的大革命时代的农民运动辩护，相反，在他的小说中，常常可以见到一些地方劣绅混迹农会、篡夺权力、鱼肉百姓的场景。这样的小说表述立场，显然是从茅盾自己的情感体验出发，对这场国内革命运动采取了超越左翼立场的文学书写。大概也因为这样的原因，《蚀》三部曲的发表，与党派立场之间有某种程度的裂痕，因此招致中共党内一些人士的极度不满，甚至有人认为《蚀》三部曲以及这一时期茅盾发表的作品，就是茅盾的脱党宣言。①

茅盾参与政治活动的同时，在文学事业上，整个 20 年代都处于向上发展阶段。1920 年，他是上海文坛最活跃的青年批评家之一，上海的主要报纸杂志上常常可以见到他的批评文字。张东荪主办《解放与改造》时，邀请茅盾撰稿，认为发现了一个难得的文学人才。商务印书馆改组《小说月报》时，张元济等也赞同年轻的茅盾担任主编。而远在北京的郑振铎等筹划成立新文学团体文学研究会时，茅盾是 12 位发起人之一。通过《小说月报》和文学研究会，茅盾与鲁迅、周作人以及北京的新文学团体建立了广泛的联系，由此也进入到新文学运动的领导核心。参与新文学团体的活动，让茅盾体会到文坛争斗的激烈。如他被免去《小说月报》主编，就是因为得罪

---

① 1928 年，克兴在《创造月刊》2 卷 5 期发表《小资产阶级文艺理论之谬误——评茅盾君底〈从牯岭到东京〉》，否定茅盾的《蚀》三部曲，以及茅盾的理论文章《从牯岭到东京》。茅盾在晚年的回忆录中也说，自从他发表《从牯岭到东京》，为自己的创作和思想辩护之后，就与党组织失去联系，党组织再也没有联系过他，大概"有人认为我是投降资产阶级了"。参见茅盾《我走过的道路》（中），人民文学出版社 1984 年版，第 15 页。

了沪上的鸳鸯蝴蝶派文人。茅盾的《自然主义与中国现代小说》，矛头直指鸳鸯蝴蝶派，但与那些挖苦嘲讽鸳鸯蝴蝶派文人作品的报章文章相比，茅盾的批评不是就事论事，而是有自己正面主张的文学批评，他强调写实和介入社会生活并举的写实主义文学，同时以欧美文学创作为参照，提出新文学创作需要改进和提升。这一时期，大凡重要的文学活动和文学思潮，都有茅盾参与的踪迹和发表意见的机会。如革命文学初起之际，他在《文学周报》发表《论无产阶级艺术》。泰戈尔访华期间，针对"东方文化复兴论"的观点，茅盾又发表了评论《对于泰戈尔的希望》和《泰戈尔与东方文化》。经过这十多年政治生涯的磨炼和文坛经验的积累，到 30 年代，茅盾进入到一个成熟的文学创作期。正如他在《子夜》创作的"后记"中所说的，经过多年思考、积累，到《子夜》写作时，是他自己某种文学"野心"的一次释放和实现。而《子夜》的发表，确立了茅盾在左翼文学世界的领袖地位。①

二

人们每每提及茅盾，都会想到茅盾的文学道路，这条道路的开端，毫无疑问，是上海，因为没有上海，茅盾就不可能有自己的文学生涯和政治生涯。相对于茅盾研究中频繁出现的"文学道路"这一概念，在张爱玲研究中，似乎很少有人提及"文学道路"。在研究张爱玲时，研究者最为关注的，是她的身世以及笔端流露的"苍凉"之感。这当然不是说张爱玲没有走过自己的文学道路，只是她与茅盾完全不同。茅盾的文学道路是文学与政治齐头并进，而且磨砺、积累的周期，相对比较长。张爱玲的文学之路要单纯得多，没有茅盾经历

---

① 胡风回忆说，茅盾担任左联书记半年多，就坚决辞去不干了。"那时，他的情形大不同了：他的名字已经常常被人和鲁迅并提；他的长篇小说《子夜》已经出版；他认为他在左联的元老地位已经确立了。"参见胡风《胡风回忆录》，人民文学出版社 1993 年版，第 21 页。

过的那么多的曲折和生死考验。张爱玲从一个教会学校的文学青年，直接就走上了职业的文学写作道路。她的成长过程，似乎印证了她所讲的"出名要趁早啊"。但她的个人经历，并不一帆风顺。已经有诸多的传记和回忆文章，揭秘张爱玲的前世今生。总起来讲，张爱玲幼时的家庭教育、后来的人生事业以及情爱婚姻，离不开几个关键词，就是破落人家、父母离异、教会学校、公寓生活、文学杂志、胡兰成以及海外飘零，等等，透过一长串词语的联结，人们可以感受到那种悲凉、落寞的人生暮气。张爱玲用《传奇》来命名她的第一部小说集，其实，这又何尝不是她自己的人生际遇？张爱玲的独特，不在于她的文学道路的独特，而在于她的个性气质迥异于一般小说家。在那个左翼风气弥漫文坛的 30 年代，张爱玲不仅没有参与其中，反倒是与新文学的对立面——鸳鸯蝴蝶派文人走得比较近。① 她的小说主题没有离开过鸳鸯蝴蝶派作家常写的男女恩怨，色彩格调似乎也有些近。延续着从《红楼梦》到张恨水《金粉世家》的家族颓势小说的审美脉络，张爱玲用一种独特的悲凉的腔调，讲述那个永远也回不去的家族故事。差不多所有评论家都会注意到张爱玲在《金锁记》开头那一段场景描写："我们也许没赶上看见三十年前的月亮。年青的人想着三十年前的月亮该是铜钱大的一个红黄的湿晕，像朵云轩信笺上落了一滴泪珠，陈旧而迷糊。老年人回忆中的三十年前的月亮是欢愉的，比眼前的月亮大，圆，白；然而隔着三十年的辛苦路往回看，再好的月色也不免带点凄凉。"② 在这样的没落情境中，小说主人公曹七巧向我们款款走来。而在《倾城之恋》中，寥落的白公馆里的时钟刚刚敲过十响，显然是落后于准点时间。在这个钟点都不准的时钟声中，白四爷拉着二胡："胡琴咿咿哑哑拉着，在万盏灯火的夜

---

① 张爱玲在《写什么》中说，有朋友问她，你能写无产阶级的故事么？我回答不会。她又说："只要题材不太专门性，像恋爱结婚，生老病死，这一类颇为普遍的现象，都可以从无数各个不同的观点来写，一辈子也写不完。"参见吴福辉《张爱玲散文全编》，浙江文艺出版社 1992 年版，第 142 页。

② 张爱玲：《传奇》，人民文学出版社 2000 年版，第 3 页。

晚，拉过来又拉过去，说不尽的苍凉的故事"①，就是在这荒腔走板、时光倒错的情境下，白公馆的门铃一阵乱响，报丧的消息来了，白家老六白流苏在这猝不及防、惊慌失措的场景中粉墨登场。与茅盾的政治经历和强势介入现实的文学写作不同，张爱玲是在追忆中写作，她凭着自己对昔日和现实的强大的感觉、记忆与想象，回味着那个旧家族一步一步颓败的滋味以及在新时代冲击下每一个人无力应对的尴尬境遇。《金锁记》和《倾城之恋》的主人公都不是过去的旧人，而是现代文学中经常可以遇见的旧宅大院中的新人，但张爱玲作品中的这些新人，却很少有那种新时代的曙光，更谈不上"五四"式的叛逆精神。她们好像是在被动地、无可奈何地应对着时代的变化，如果时代不变，她们可能会衣食无忧，得过且过，绝不会沦落到如今这样的窘境。很多三四十年代的读者，在读惯了文艺腔甚浓的五四新小说之余，读到张爱玲的小说时，一定会刹那间感觉到思维短路，简直不知道如何应对这样的小说人物和故事结局。就像傅雷在评价张爱玲小说时所说的："这太突兀了，太像奇迹了。"② 的确，经过了五四新文化运动洗礼之后，所有人都在追赶新潮，唯恐自己落伍，而张爱玲的小说却向着相反的方向逆势而行，她笔下的人物似乎永远都跟不上时代，怎么追也追不上时代新潮，结果就干脆不追，甚至对新潮有点看破的味道——变来变去，不过如此。那些构成她小说影响来源的文学资源，如《金粉世家》《海上花列传》《红楼梦》等，是很多文学青年弃之如敝屣的陈旧东西，但张爱玲在阅读、创作中，却感受到别一样的人生力量，由此推陈出新，形成了自己的笔墨文字。

三

对于茅盾而言，从乌镇到上海，从"五四"到二三十年代，鲜明的时代对比、城乡对比、新旧对比，深深烙在他的记忆、印象中。

---

① 张爱玲：《传奇》，人民文学出版社 2000 年版，第 46 页。
② 迅雨（傅雷）：《论张爱玲的小说》，《万象》1944 年第 11 期。

身处激变时代，进步、变化对后来人而言，仿佛是概念说教的东西，在茅盾的记忆中，全都是活生生的可感可触的人物、事件。一个不争的文学事实是，半个世纪之后，茅盾撰写世界上最长的作家回忆录时，大都是凭借着记忆和回忆来完成，这些相隔半个多世纪之后的回忆材料，绝大多数得到了后来研究者的证实。由此推断，茅盾当年置身于时代洪流之中，那种脱胎换骨的时代之变的感觉、印象，是多么深刻。《子夜》中，最最有名的吴老太爷到上海一节，将茅盾心目中的那种变化之感，以一种戏剧化的方式夸张地呈现出来。用今天的眼光来看，一个外地人到上海，何至于被吓死？在《子夜》里，一个旧时代的乡绅，抱着《太上感应篇》来到上海，因为上海太过摩登，吴老太爷不堪灯红酒绿、声光电化的刺激，竟一命呜呼。这样的描写，是不是有点言过其实？其实，这样的夸张描写并不是从茅盾的《子夜》开始。在文学史上，韩邦庆的《海上花列传》已经开启先声。苏州青年赵朴斋初到上海，去咸瓜街拜访舅舅洪善卿。不料在华洋交界的陆家桥头，与花也怜侬对面一撞。赵朴斋跌倒在地，"跌得满身淋漓的泥浆水"①。这一细节很容易被一般读者忽略过去，但置身于城市生活，我们就会发现，在乡村世界散漫惯了的赵朴斋，一旦踏进上海的地界，走路也得按规矩来，不能随心所欲。他东看看、西瞧瞧，漫不经心。正是因为他心不在焉，注意力全在街景上，结果与迎面而来的花也怜侬当面相撞。赵朴斋的时代还是清末年间，踏进上海的地界，连走路都得留神，弄不好就要摔跟头。到了吴老太爷来到上海的 30 年代，外滩一带早已是异国情调甚浓的十里洋场。《子夜》中有一段非常详细的景观描写："风吹来外滩公园里的音乐，却只有那炒豆似的铜鼓声最分明，也最叫人兴奋。暮霭挟着薄雾笼罩了外白渡桥的高耸的钢架，电车驶过时，这钢架下横空架挂的电车线时时爆发出几朵碧绿的火花。从桥上向东望，可以看见浦东的洋栈像巨大的怪兽，蹲在暝色中，闪着千百只小眼睛似的灯火。向西望，叫人猛一惊的，是高高地装在洋房顶上而且异常庞大的霓虹电管广告，射出火

---

① 韩邦庆：《海上花列传》，人民文学出版社 1982 年版，第 3 页。

一样的赤光和青燐似的绿焰：Light，Heat，Power！"① 年岁已高，经过长途奔波的吴老太爷，被洋场的景观一刺激，便一命呜呼。在《子夜》中，吴老太爷的死亡，是小说情节结构奇思妙想的呈现，也是旧时代、旧人物和旧的乡村文化的现代结局的象征。

相比于茅盾的乡下人进城，张爱玲是土生土长的上海人。她在上海上学读书，在上海写作成名，整个人生的基础几乎都在上海完成。对于一个普通的土生土长的上海人来说，城乡之变，时代、社会之变的巨变感，或许没有像茅盾这样的外来者来得强烈。所以，张爱玲的小说中，岁月无常、时代变化的历史痕迹，总是比较淡，她对时代政治和社会问题没有多少兴趣，她感兴趣的只是人生的恒长以及恒长之中的种种传奇。《金锁记》和《倾城之恋》中，两位女主人曹七巧和白流苏的出场，与茅盾《子夜》中吴老太爷的出场，完全不同。吴老太爷是通过场景描写引出人物，而张爱玲作品中的主要人物，是在声音中——旁人的对话与议论中出场。前者是全知全能的史家写法，大开大合，客观描述，有一股不可遏制的宏大气势。而后者是在东拉西扯的议论中引出作品人物，这些都市的"市声"，类似于上海弄堂里源源不断、时强时弱的流言和闲话，有自己特殊的情调和氛围。《金锁记》中姜公馆的丫鬟凤箫与小双，黎明时分小声议论二奶奶曹七巧，从她们的长一句短一句的闲言碎语中，读者慢慢注意到曹七巧这个人。随后，丫鬟们一大清早集中到姜公馆姜老太太的起坐间，佣人们挤在一起，又免不了张家长李家短的，话题不知不觉中又落到曹七巧身上。可以说，小说到了这个份上，再不让曹七巧出场，也难。所以，小说是顺势而下，佣人榴喜忽然报道："二奶奶来了。"② 于是，曹七巧出场。《倾城之恋》中的白流苏，是在白公馆一片混乱的报丧声中亮相的。夜晚时分，白公馆的门铃急促地响起，有人来报丧说，白家六小姐白流苏离掉的那位女婿死了。于是白家三爷、四爷以及三奶奶、四奶奶相互闲谈："莫非是要六妹去奔丧？"而此时坐在

---

① 茅盾：《子夜》，人民文学出版社 1960 年版，第 1 页。
② 张爱玲：《传奇》，人民文学出版社 2000 年版，第 7 页。

屋子一角的白流苏开腔道："离过婚了，又去做他的寡妇，让人家笑掉了牙齿！"① 这一段对话，包含着多少信息啊，至少包含着很多与白流苏有关的过去的故事。在《自己的文章》中，张爱玲说："我发现弄文学的人向来是注重人生飞扬的一面，而忽略人生安稳的一面。其实，后者正是前者的底子。又如，他们多是注重人生的斗争，而忽略和谐的一面。其实，人是为了要求和谐的一面才斗争的。"② 曹七巧也好，白流苏也好，她们身上体现的，是都市小人物平凡生活中的传奇。

四

小说家吴组缃先生在 30 年代评论茅盾的《子夜》时说："中国自新文学运动以来，小说方面有两位杰出的作家：鲁迅在前，茅盾在后。茅盾之所以被人重视，最大缘故是在他能抓住巨大的题目来反映当时的时代与社会；他能懂得我们这个时代，能懂得我们这个社会。他的最大的特点便是在此。"③ 张爱玲曾把小说分成两类，一类是"时代的纪念碑"式的小说，还有一类就是她写的"男女间的小事情"④。茅盾的小说是不是可以用"时代的纪念碑"式的小说来命名，这一问题有待讨论，但从茅盾创作的着眼点和作品所描写的情况看，的确有着宏观的考虑。在小说观念上，茅盾反对将文学当作消遣的东西，他倡导的是为人生的文学。现实生活中，他不甘于碌碌无为的平庸生活，希望做一个有志于改变社会的人。在政治上遭遇挫折之后，他转向文学，通过文学表现社会时代。而在文学世界里，茅盾以自己出色的创作、翻译、文学批评和杂志主编等多方面才能，成为一代文

---

①　张爱玲：《传奇》，人民文学出版社 2000 年版，第 46—47 页。

②　吴福辉：《张爱玲散文全编》，浙江文艺出版社 1992 年版，第 112 页。

③　唐金海、孔海珠：《茅盾专集》（第二卷·下册），福建人民出版社 1985 年版，第 934 页。

④　吴福辉：《张爱玲散文全编》，浙江文艺出版社 1992 年版，第 115 页。

学宗师。① 《子夜》承载着茅盾身上诸多的"野心",当然不会是简单地满足于写写几个小人物,或者是男男女女之间的小事情,他关注的是大问题,也就是牵扯到时代政治何去何从的全局性问题。他笔下的人物,也不是简单的人物,除了金融巨头、政界、军界、文化界的重要人物之外,他的作品中还有很多小人物,但这些小人物,在茅盾的作品中,已经不是类似于张爱玲笔下的小人物,而是一种社会身份的代表,是现实主义小说中的"这一个"。如吴荪甫的太太"吴少奶奶",她是豪门大宅中的主妇,但与张爱玲小说中的那些少奶奶相比,显然,身份的时代特征更加强烈。茅盾在她身上凸显的是一种新女性前后不同时期的转变,而且,是将吴少奶奶林佩瑶放在"密司林佩瑶时代"与30年代上海阔太太林佩瑶时代相对照的环境中来描写的。② 这样的新女性,可以说是"五四"以来,中国新女性中的一种类型,她们接受了五四新文化的洗礼,走向了社会,但因为各种原因,又回到了家庭主妇的位置。她们内心有种种不甘,又无力像那些妇女解放的先驱那样勇敢地献身于社会。林佩瑶们只能默默地守着自己的家庭、儿女,做着相夫教子的工作。茅盾无意于贬抑这一类新女性,但总觉得新女性除了相夫教子之外,还应该有更开阔的天地。

张爱玲对妇女解放这一套"五四"式的说辞并不坚信,她的起点与茅盾不一样,茅盾的教育,经历了新旧之变和城乡之变,而张爱玲从小就在上海的教会学校读书,茅盾等人争取的新文化,对张爱玲而言,是一种既成事实和生活的出发点,所以,当她着眼于现实,来重新检点新文化所强调的那种自由和女性解放时,她感觉强烈的,还不是新旧对照,而是新思潮冲击之后的现实。她发现努力了半天,女

---

① 新华社电讯《沈雁冰同志在京逝世》称"沈雁冰同志是以鲁迅为代表的中国现代文学巨匠之一"。参见孙中田、查国华《茅盾研究资料》(上),中国社会科学出版社1983年版,第1页。

② 茅盾在《子夜》中说,"密司林佩瑶时代"的她,是享受着五四新文化自由气息的新青年,而30年代阔太太时代的林佩瑶,是豪门大户的主妇,但总有"缺少了什么似的"感觉。参见茅盾《子夜》,人民文学出版社1960年版,第64—65页。

性的地位等变化也不过如此。就像她在多部小说中所表达的，变是非常态，不变是生活的常态。"极端病态和极端觉悟的人究竟不多。时代是这么沉重，不容那么容易就大彻大悟。这些年来，人类到底也这么生活了下来，可见疯狂是疯狂，还是有分寸的。所以我小说里，除了《金锁记》里的曹七巧，全是些不彻底的人物。他们不是英雄，他们可是这个时代的广大负荷者。因为他们虽然不彻底，但究竟是认真的。他们没有悲壮，只有苍凉。悲壮是一种完成，而苍凉则是一种启示。"① 夏志清在评论张爱玲时，特别论及作家以及个人成长过程中家庭和教育的影响作用。他说："张爱玲天赋灵敏，受的又是最理想的教育。她的遗少型的父亲，督促她的课业很严，她从小就熟读中国旧诗古文。她的文字技巧实在得力于此。否则以区区二十几岁的少女（她开始发表作品是在那时候），把中文运用得如是圆熟自如，是让人难信的。父亲逼她学中文，母亲又很早把她带入西洋艺术、音乐、文学的世界。论学问，她当然比不上钱钟书。太平洋战争发生，她辍学的时候，她的西洋文化的知识决不会超过一个美国东部女子大学的优秀毕业生。但是作家所需要的不一定是知识，而是她的人生教育。换言之，作家应该在日常生活里能够吸收材料，保留印象，并且善于利用。"② 张爱玲是在新文化话语之外，开辟出了一个独特的日常生活世界。她的文学出道时期，正是上海的"孤岛"时期，处于一个非常奇特的政治低压时期。共产党的左翼文学和国民党的右翼文学，统统撤离了上海，日本人的东亚共荣殖民文化也无法左右上海，就是在这样一个无人管制或无力管制的文化真空地带，张爱玲的日常生活的文学叙事，才有可能脱颖而出，风靡文坛。柯灵在《遥寄张爱玲》一文中曾说，各方力量都在拉张爱玲，其中郑振铎还让柯灵带话给张爱玲，不要到处发表作品，写成的文章可以交开明书店，由他们支付稿费，等河清海晏后再出版。③ 但对于一个渴望成功的文学

---

① 吴福辉：《张爱玲散文全编》，浙江文艺出版社 1992 年版，第 114 页。
② 夏志清：《中国现代小说史》，复旦大学出版社 2005 年版，第 258 页。
③ 柯灵：《昨夜西风》，黑龙江人民出版社 1998 年版，第 275 页。

青年而言，张爱玲的回答是"出名要趁早啊"。这其实也就是张爱玲的一种人生姿态与文学视角。她相信文学的永恒，她接受生活的常态，她生逢乱世，不党不派，默默负荷，就像她作品中的人物那样，很不容易地承受着这苍凉的人世间的变与不变。

五

　　宏大叙事与日常生活叙事，作为两种不同类型的文学风格，在文学史上可以说古已有之，摆在现代文学时空中考察，也不乏对应的作家作品，但具体到茅盾与张爱玲的创作，倒是有不少值得关注的地方。宏大的叙事传统，在 20 年代的"革命加恋爱"小说中，比比皆是，并不新奇。但问题是，那些宏大叙事中呈现的小说创作，只有现象，没有艺术，几乎很少有人从小说艺术的角度，认同和接受它们。相比之下，茅盾的《子夜》是从中脱颖而出的佼佼者。它的特色不在宏大叙事，而在于是立足于小说艺术的宏大叙事。作为小说艺术的宏大叙事，它最根本的一点，就是围绕作品人物来叙事、描写，而不是将人物当作宣传思想的工具。茅盾小说中的人物，一直是他最为关注的对象，相对而言，立场、思想在写作中倒是退守到人物描写之后。这种文学思想牢牢占据着茅盾的文学意识，以至于到了 60 年代他所强调的"中间人物"的出台，终与当时的意识形态发生冲突。茅盾的文学观念是在上海生成、定型，并在上海的文学环境中获得成功，产生深远影响。无论是在 1949 年之前还是之后，茅盾有自己的党派立场和思想倾向，但同时他的文学个性也是非常突出的，超越了左翼的限度。

　　张爱玲的日常生活叙事，用她自己的话来表述，就是写那些"居家过日子"的生活①，也就是与那些描写飞扬人生相对的一种比较朴素的文学表达。但她的这种朴素的文学表达，有着她自己的尺度和风格，她选择那些都市人物，而且大都是男男女女间的故事，这些

---

①　吴福辉：《张爱玲散文全编》，浙江文艺出版社 1992 年版，第 30 页。

故事的叙事风格，是闲言碎语，甚至是流言与私语。这种私小说的传统，在清末民初的上海报纸杂志中并不少见，但张爱玲有自己独特的理解，她是上升到一种人性和都市文化心理的层面来理解。在张爱玲看来，"人类天生的是爱管闲事。为什么我们不向私生活里偷偷地看一眼呢，既然被看者没有多大损失而看的人显然得到了片刻的愉悦？凡事牵涉到快乐的授受上，就犯不着斤斤计较了。较量什么呢？——长的是磨难，短的是人生"。[①] 而且，这里的闲言碎语是作为"市声"，一种都市里特有的环境气氛呈现的。"长年住在闹市里的人大约非得出了城之后才知道他离不了一些什么。城里人的思想，背景是条纹布的幔子，淡淡的白条子便是行驶的电车——平行的，匀净的，声响的河流，汩汩流入下意识里去。"[②] 所以，张爱玲笔下的小世界，不仅仅是小事情、小情怀和小感觉，而是一种风格，一种文学视野，一种都市生活的价值取舍标准，这一整套东西，如果离开了上海这一都市世界，离开了特定的文学环境，可能就失去了自己的生命价值。或许，正是因为这样的原因，在中国现代文学史上，能够与张爱玲小说叙事风格、题材内容比较接近的作家作品，几乎很难找到第二个。从这一意义上讲，张爱玲的独树一帜，成就了她的文学声誉。

（原刊《天津师范大学学报（社会科学版）》2017 年第 2 期）

---

① 吴福辉：《张爱玲散文全编》，浙江文艺出版社 1992 年版，第 32 页。
② 同上书，第 28 页。

茅盾"未完成"长篇小说探析

赵学勇　高亚茹

摘　要　茅盾"未完成"长篇小说创作作为一种"现象",在中国现代文学史上极为引人注目。这种"未完成",与茅盾对中国现代社会、革命的认知方式以及创作策略紧密相关,它是茅盾以文学积极参与社会变革实践的结果。在现代长篇小说的创造期,茅盾的创作极富实验性特征,它不仅真实地反映了茅盾在文学的功利性与审美性之间的价值取向,也折射出中国现代长篇小说创作的困境。重估茅盾长篇小说创作的文学史价值和意义,更能深刻地认识中国现代文学发展所经历的艰难而复杂的演变历程。

关键词　茅盾;长篇小说;未完成现象;文学史重估

茅盾在中国现代文学史上的地位,主要是由他的小说创作奠定的,尤其是他的长篇小说创作,在文学史上有更为突出的历史性贡献。然而在茅盾的创作生涯中,却有一个极为特殊而醒目的现象,那就是未完成长篇小说的大量存在。如果一个作家在众多作品中有个别残篇出现,这也无可厚非。而作为著名小说家的茅盾笔下却出现了多部残篇,这不能不说是中国现代文学史上一种奇特的现象。

茅盾的创作,在呈现不断上演的残篇现象的同时,也反映出了现代长篇小说发展过程中所经历的路程与困境。我们在探究原因的基础上,一方面,可以对茅盾的小说创作,进行一番合理的再认识与评价;另一方面,通过分析茅盾未竟长篇创作这一典型事例,探视中国现代长篇小说发展中的某些重要现象,从而对这一现象做整体的感知与把握。

一 未完成:作为一种"现象"

从文学文本的角度来讲,茅盾长篇小说的未完成首先表现在作品本身的残缺不全。茅盾的长篇小说大都有构思清晰且较为完整的社会生活内容,尽管这些内容都没有按作者的计划得以实现,但其呈现主题的意图是明显的。如未完成的长篇《虹》,作者想通过梅女士来展现她"从一个娇生惯养的小姐的狷介的性格发展而成为坚强的反抗侮辱、压迫的性格,终于走上了革命的道路"①。从梅女士挣脱旧式婚姻的束缚,走上经济和人格自主独立的道路,最终参加五卅运动的经历来看,茅盾想要表现的这一主题是完整的。再如《第一阶段的故事》,作者想通过抗战中各阶层人物的动向,来说明只要指导思想正确且为抗战服务,那么去武汉和去延安对抗战来说都是有贡献的。虽然这部小说依然没有写完,成为残稿,但是从所呈现出的内容上看,小说主题已经表达出来了。相比而言,茅盾在 1940 年代的两部长篇《霜叶红似二月花》和《锻炼》由于内容篇幅的限制,没能充分显示出作家预设的主题。

由于小说是一种叙事文体,它的艺术审美性决定了它的完整与否应该从文学作品的核心层面,也就是从文学形象层面出发去判定,而不能以主题意蕴的清晰度为标准。就小说而言,它的形象层面包括情节、人物、环境等要素。故事情节的残缺和骤停,是茅盾长篇小说未完成现象的一个最鲜明的表征。《虹》的写作时间是 1929 年 4 月到 7 月,此时茅盾正避难日本。作品塑造了一个冲破封建家庭婚姻,毅然出走寻找自身出路的时代女性梅行素。逃出"柳条笼"的她先后做过泸州师范学校的教员,惠师长家的家庭教师,最终来到革命中心上海,积极参与社会实践,为自己寻找生命的价值和意义。终于在五卅运动爆发之际,她毫不犹豫地选择汇入革命的洪流。小说结尾当梅女士再次来到南京路的游行现场时,游行的主力已经散去,小说到这里

---

① 茅盾:《茅盾全集》(第 34 卷),人民文学出版社 1997 年版,第 421 页。

突然结束，留给读者的是一个永远的残篇。游行最终去向何处？革命形势将会如何发展？几位革命者的命运如何？这些都成了这一残篇留给我们的谜。关于《虹》的未完成，茅盾的解释是因为1928年9月的迁居，使得思绪隔断，他自称写作时"有一个不好的习惯，写小说一气呵成，中间如果因事搁笔，就好像思绪断了，要好久才能重续这断了的思绪"①。

脱稿于1932年12月的《子夜》被认为是茅盾唯一一部完成了的长篇小说，一直以来被奉为中国现代第一部成熟的长篇创作，但从作家最初的写作计划上来看，它仍然没有完成。按茅盾原来的计划，他要创作一部城市—农村的交响曲，而城市的部分，由《棉纱》《证券》以及《标金》三部曲组成。从《子夜》所描写的实际内容来看，茅盾只写出了《标金》这一部分，尽管当时《标金》的提纲与《子夜》有很多不同，但是《子夜》作为城市—农村全景式叙事的预设规模还是留有残迹的。

1938年4月1日到12月31日连载于香港《立报·言林》的《第一阶段的故事》，是茅盾自抗战以来的第一部未完成的长篇小说。作品原计划由两部分组成，第一部分写上海战时各阶层人物的思想和动向，包括资本家、革命家、工人、知识分子等，第二部分写武汉生活。大量从上海来到武汉的知识分子，一部分去往陕北，另一部分继续留在武汉从事救亡活动。作品先有一章楔子，讲到书中的一些人物已经由上海到达了武汉，而后写战时上海不同的人们在战争中的种种遭遇。但最终，小说实际上只完成了上海战争时期的内容。结尾时仍停留在上海战争刚刚结束的阶段，围绕事件和人物展开的几条情节线索完全没有收束就戛然而止了。而之前计划中的楔子，也不得不成了单行本中的"附录"，因此在最后出单行本时，将题目由《何去何从》改为《第一阶段的故事》。茅盾自己对这部未完成作品的解释是"逐日写一点发表一点的办法我既不习惯，而生活经验之不足又使我在写作中途愈来愈怯愈烦恼，写到过半以后，当真

---

① 茅盾：《茅盾全集》（第34卷），人民文学出版社1997年版，第425页。

有点意兴阑珊。"① 不仅如此，《立报》的主编萨空了远赴新疆，而茅盾自己"亦因杜重远先生之邀，准备离开香港到新疆去教书"②，从此以后，就再也没有机会将残稿续上。

1941 年夏，茅盾在香港写了长篇日记体小说《腐蚀》，连载于香港《大众生活》，作品以国民党女特务赵惠明为叙述者。赵惠明的日记充满对特务统治、对男权社会的愤恨和愠怒，可就在读者期待着她如何"拿出像一个男人似的手腕和面目"③ 来反抗现实时，小说却结束了。

出版于 1943 年的《霜叶红似二月花》，以辛亥革命后的江南一个小县城为背景，其构思的错综与复杂程度丝毫不逊于《子夜》。作品一开始以封建地主张家为中心展开叙事，讲述了江南某县城七个家庭的利益纠葛与人物情感纠葛，但最终小说只是描写了这些矛盾的存在，并没有继续往下发展，除了地主钱良材与乡绅王伯申所进行的斗争外，其他线索都没能充分展开。

1948 年的长篇《锻炼》，是茅盾在中篇小说《走上岗位》的基础上续写而成的，原计划写五部连贯的长篇，《锻炼》是其中第一部。"这五部连贯的小说，企图把从抗战开始至'惨胜'前后的八年中的重大政治、经济、民主与反民主、特务活动与反特务斗争等等，作个全面的描写。"④ 但 1948 年刚写完第一部，就因为参加政治协商会议的筹备工作，使得写作计划中断，以后再没有机会续写。一直到 1979 年，作家整理旧稿时，续写了十四、十五两章，但仍然是部残稿。《锻炼》所择取的题材内容与《第一阶段的故事》类似，描写抗战初期上海一家机器制造厂迁厂过程中的种种矛盾与斗争，分为几条线索，然而围绕这些线索展开的情节，却丝毫没有收束，仅仅止于一些社会现象的提示。

---

① 茅盾：《茅盾全集》（第 4 卷），人民文学出版社 1984 年版，第 476 页。
② 同上。
③ 茅盾：《茅盾全集》（第 5 卷），人民文学出版社 1984 年版，第 295 页。
④ 茅盾：《茅盾全集》（第 7 卷），人民文学出版社 1984 年版，第 343 页。

　　故事情节的不完整，成为茅盾未尽长篇小说的一个最明显的表现，它最直观地反映出了茅盾长篇小说的未完成现象。同时，故事情节的残缺和骤停，也导致了小说人物性格与命运未能完整呈现。

　　人物性格与命运的不完整，是茅盾长篇小说未完成的又一表现。就茅盾作品中涉及的主人公形象序列来说，主要有时代女性、民族资产阶级、知识分子等几大类，除此之外，也有地主乡绅、工农阶级一类，属于次要人物。

　　茅盾对时代女性命运的探索，主要集中在两类性格刻画当中。一是类似于《蚀》三部曲中的静女士，二是类似于慧女士。依照人物性格的差异，茅盾从社会革命和女性解放的视角出发，对她们的命运进行了不同的书写，但是直至小说完成时，还是没有完整地体现出来。

　　在《第一阶段的故事》中，茅盾把对时代女性的书写视角主要转移到她们的革命生活中，情感生活相对居于次要的位置。《第一阶段的故事》中所涉及的几位时代女性，诸如潘雪莉、何家琪等出身资产阶级家庭的女性，虽然在抗战爆发后，积极投身到了抗战工作中，但是她们的思想波动和斗争，小说没有交代。

　　《腐蚀》中的赵惠明，虽然是国民党特务中的一员，但她同样是个时代女性。茅盾在表现这一人物的境遇时，相比过去多了几分冷峻，因为他一再强调赵惠明人格中的个人主义的倾向，她的命运最终如何，茅盾也陷入了深思。作品连载后，有读者提议：希望结尾能给赵惠明一个自新的机会，因为她毕竟是特务统治中的被侮辱者和被损害者。但同时也有读者认为不该给赵惠明以自新之路，怕会发生因对特务的同情而对他们失去警惕。茅盾虽然接受了前者的要求，但对这样的结局，他似乎并不满意，因此，小说到最后也就不了了之。在小昭被害和国民党第二次反共高潮被击退后，作品并没有表现出赵惠明在现实中所经历的思想转变。

　　《霜叶红似二月花》中的张婉卿不像过去的新女性那样沉迷于对男性的爱情和对革命虚幻的向往，而是对亲友和丈夫都充满责任感，似乎已经遗忘了自身性别的存在。但正是这样一个女性，作者却给她安排了一个性无能的丈夫。这样的境遇对张婉卿来说，同样是一种悲剧。在接下来的情节中，张婉卿的人格会如何发展，她的命运又怎样通过性格来做出选择，作品没有交代。

茅盾作品中另一类重要的人物序列是民族资产阶级形象，如《子夜》中的吴荪甫，《第一阶段的故事》中的何耀先、陆和通，《锻炼》中的严仲平、严伯谦等。茅盾笔下的民族资产阶级形象，大多雄才大略，意气风发，骄奢淫逸，既有管理者铁的手腕，又有爱国者血的热诚，他们想通过实业救国的方式来壮大民族资本，使中国走向富强之路。但是，现实的困境却不允许他们实现自己的雄心壮志。一方面，中国的民族资本长期受帝国资本和买办资本的双重压迫；另一方面，国民党政府的腐败，又让他们在政治上看不到希望，加之资本家自身的利益诉求，使他们没能将庞大剩余资本用于再生产，而是玩起了金融投机，最终惨败①。在这种情形下，民族资产阶级的革命性和软弱性都暴露无遗，但是他们接下来的选择和走向，茅盾始终没能给出答案，即使在勉力完成的《子夜》当中，茅盾也只是让斗法失败后的吴荪甫逃到了庐山，并没有预示他将来可能会做出的打算。而其他的资本家形象在作品中只是表现出了资产阶级特有的一些性格特征，没有写出他们在困境当中的可能性发展。

小说对社会现实和时代环境的反映，可以是一种共时性的横向截面，也可以是一种历时性的纵向展现，但无论是横截面也罢，纵向展现也罢，它在小说中应该有其完整性。但是在茅盾的长篇小说中，我们却看不到这种完整性的存在。

茅盾小说所展现的社会现实，大致有两种情况，一种是对已经过去的社会事件的反映，另一种是对正在发展中的社会现实的反映。《虹》本来预计从"五四"写到大革命时期，算是一个完整的历史过程，但是只写到五卅运动。这样一来，以梅女士为中心的革命者的人物群像的人生观、价值观的变化趋向就呈现出很大的空白。同时，五卅运动是读者已知的确定的历史事件，而人物的命运和情节发展却是

---

① 茅盾：《茅盾全集》（第 34 卷），人民文学出版社 1997 年版，第 484 页。

未知的，甚至已经完成的作品篇章也没有为我们提供出可能性的发展趋向。这就造成了社会时代环境在小说作品中的片段式反映，失去了历史完整性的意义。《第一阶段的故事》虽然完整展现了上海战争的惊心动魄，但是作者却没有在战争结束后，提炼出一种对战争或革命中人的本质的把握，将社会环境和人物命运之间的联系切割开来，弱化了它对表现小说主题意蕴的重要作用。同时，作品忽视了这场战争在整个战争历史中的位置和作用，使文本社会环境的呈现显得碎片化。《霜叶红似二月花》在一定程度上试图完成社会环境与人物命运之间的融合，但是由于错综复杂的矛盾并没有在有限的篇章内得以充分展开，所以对社会环境的表现始终显得很薄弱，使这部作品的时代感明显不如作家的其他作品。《腐蚀》中的日记从 1940 年 9 月 25 日，写到 1941 年 2 月 10 日，其背景是皖南事变前后。可见，作品完全是以社会事件的发生和结束为结构框架，来体现茅盾用创作反映那一时期社会重大事件的迫切愿望。但是由于作家没有展现出主人公赵惠明最终的去向，就使得这一社会背景的意义没有充分显现，同时也由于人物命运的不完整而没有显示出作品对社会时代环境的认知。

小说叙事中对社会环境和时代环境描写的碎片化，涉及作品中对时间和空间关系的处理。英国文学批评家埃德温·缪尔根据小说叙事在处理时间和空间问题上的不同侧重将小说分为情节小说、人物小说和戏剧性小说几大类。其中，戏剧性小说"空间关系相对确定，情节建立在时间中；在人物小说里，时间是假定了的，而情节是在空间上继续不断地再分配和改组的一个静止的模式"①。茅盾在写作之前，都有一个确定的时间段作为反映对象，小说的想象世界主要集中在空间范畴。无论是单线索叙事的《虹》，还是《第一阶段的故事》《霜叶红似二月花》以及《锻炼》，茅盾都为作品事先设定了相对确定的时间。由此判断茅盾的长篇小说基本属于人物小说这一类型，他的长篇不是以讲述情节曲折离奇的故事为主要目的，而是要反映在一定社

---

① 卢伯克、福斯特、缪尔：《小说美学经典三种》，上海文艺出版社 1990 年版，第 362 页。

会环境中人物的命运发展，以及人物的行动对社会时代的影响。因此，人物小说的价值和意义是社会性的。茅盾小说即是如此，他的作品在叙事想象方面需要处理的空间关系大于时间关系。然而在处理时间与空间关系的叙述中，茅盾的社会环境描写呈现出了碎片化的特点。除了长篇《虹》因为是单线索叙事，人物视角的转换相对较少，因此作品可以在人物所处空间不断变化的过程当中，呈现对环境的连贯的而不是碎片的描绘。而《第一阶段的故事》则不同，首先，这部小说和《锻炼》一样，属于多线索叙事，并且每一条线索都占有和其他线索同样的篇幅，人物众多且互相独立，在布局方面就给人物所处空间关系的处理上增加了复杂性。因此当空间发生变化时，很容易造成小说时间和空间上节奏的不一致和混乱。其次，由于人物众多，而且主次关系不分明，导致小说叙事在人物视角的转化上，往往过于频繁，造成时间节奏的臃肿和空间布局上的破碎。《第一阶段的故事》中频繁转换叙述者视角的例子在作品中随处可见。尽管人物众多且作品属于第三人称叙述，但奇怪的是，茅盾总是把很大一部分叙述故事的权利平均地分配给他笔下的每一个人物，打破了小说叙事在时间和空间上的原有秩序，而在这种多重视角叙述的秩序背后，就是作品中出现支撑小说叙事时间和空间因素的社会时代环境的碎片化。

茅盾小说中社会环境的片段和碎片化现象，映现出茅盾的小说叙事对社会时代与文本关系把握的缺失，同时也是他尝试全景式反映社会时所做出的努力，只是这种努力并没有在作品的艺术性上得到良好体现，相反还造成了作品的某些缺陷和不足。

二　未完成:之于茅盾的原因

面对茅盾创作生涯中如此之多的未完成长篇小说，我们不禁要问，造成这一现象的原因到底是什么呢？是茅盾的写作能力尚不足以驾驭长篇小说这种文体，还是作家创作时内在动力不足？是其小说题材面对复杂的中国社会的失语呢，还是中国现代文学进程中的必经阶段？

茅盾的小说创作，始于他 1927 年避居上海时创作的《蚀》三部曲，由三个相对独立的中篇《幻灭》《动摇》《追求》组成。这三部中篇一经发表，便在当时的文坛激起强烈的反响。茅盾小说所选取的背景，一律与时代紧密相连，而作品中所选取的人物形象，更是时代的典型代表，尤其是茅盾对"时代女性"形象的塑造，最能够体现时代的发展与变革。时代女性是现代社会女性解放思潮的语境中产生的新时代的女性形象群，也是男性对理想革命期待的重要组成部分。她们具有一定的个体意识，同时受社会时代影响又向往革命，这是时代赋予她们的共同点。历史决定了时代女性的生存必定处于身体与革命的夹缝之中，而茅盾长篇之所以止于残篇，首先与茅盾现实主义的创作方法和小说主题对象之间的裂隙有着密不可分的关系，突出体现在时代女性形象的塑造上。

《蚀》三部曲中的女性经历了一个寻找个性解放和独立自我的艰难历程，然而在此过程中，《蚀》三部曲向我们展示出的，却是一股颓废悲观的调子，没有指明革命发展的方向，小资产阶级情调与革命文学之间产生了令左派诟病的裂痕。茅盾后来在《从牯岭到东京》中对《幻灭》的阐释，体现了他执着探索女性解放的艰难之路，与信奉革命文学的时代要求之间的两难选择。这样的两难也体现在他之后的小说创作中。

《虹》对女主人公梅行素形象的塑造，与茅盾以往任何作品中的时代女性相比，有了更大的进步性，是茅盾对时代女性命运的进一步探索。梅女士不仅能够在感情生活和社会生活中，保持相当的独立人格和难能可贵的自信与清醒，而且她能够从社会学的角度，为自己的人格解放找到合法性的申说。这一点，是那些从爱情阵战上败下来的环小姐们望尘莫及的，也是《蚀》三部曲中的静女士、慧女士等难以企及的。如果说，女性解放涵盖了女性的社会性和生理性两个方面的话，那么，梅女士这一人物则同时获得了这两个方面解放的意识。从这一点上说，梅行素是茅盾对时代女性形象塑造的重要突破。那么，为什么茅盾在表现这样健全的时代女性的社会生活、情感生活的长篇小说中，会让它成为一个无法完成的残篇呢？

我们首先从小说结尾的最后一个情节说起。在五卅运动游行的人群中，茅盾完全可以以梅女士的牺牲来收束全篇，但梅女士没有牺牲，而是被徐自强救下，这一情节本身，仿佛完成了作者对梅女士命运的一次替换。对一个新时代的革命女性来说，私人的感情生活和集体的革命生活，本该是社会革命的语境下，时代女性应得的报偿呢？还是在这二者之间，即使是健全的解放的女性也只能取其一呢？从《虹》这部作品的内容来看，茅盾所预设的答案，应该是前者。

然而，随着无产阶级革命的深入发展，政治也开始了对女性性别的又一次改造。这一次的改造从政治上使女性翻了身，但却彻底地把女性的性别遗落在了历史时空当中。个人的解放变成了集体的解放，在集体当中又怎么会有私人的、浪漫的生活的展现空间呢？于是小说中的"革命加恋爱"模式，开始向"革命加亲情"或"革命加友情"的维度转变。但是茅盾所处的创作年代，政治还不足以对女性性别进行如此极端的改造，因此，它所对应的文学话语也注定是如茅盾早期小说所表现的那样。具体从《虹》这部小说对梅女士的塑造来看，茅盾的女性主义思想，仍然向他早期所发表的那些宣传妇女解放的文字靠拢，但是他个人的政治理想在经过大革命的洗礼之后，已经趋于无产阶级革命理想。

但这并不是说茅盾的女性主义思想没有赶上或落后于时代和政治的要求，这和他早期小说的创作手法有着不可分割的关系。在他早期的创作中，一直坚持要客观地反映现实，对现实进行细致观察和描摹，"所以说，使他沉迷于揭示新女性性别认同的是他的现实主义需求"①。但他似乎低估了政治意识形态对文学的影响和干预。茅盾曾经也有过对梅女士的集体主义思想的进一步改造，他说："我本来计划，梅女士参加了五卅运动，还要参加 1927 的大革命"，"甚至于入党（我预定她到武汉后申请入党而且被吸收）；但这只是形式上是个共产党员，精神上还是她自己掌握命运，个人勇往直前，不回头。共

---

① 刘剑梅：《革命与爱情》，上海三联书店 2009 年版，第 78 页。

产党员这一称号，只是涂在梅女士身上的一种‘幻美’"①。茅盾的这一段自白，清楚地道出了他所面临的理想与现实之间的矛盾：一方面，他意识到梅女士政治思想本该发展的方向；另一方面，他也深深地感到现实中，对梅女士的彻底的个人意识进行改造的艰难。也就是说，即使革命能将梅女士纳进共产党员的阵营，那么她也还是无法忘记自己那充满肉欲和情欲的诱人的身体。因此，作品中的梅女士最终通过无产阶级革命者梁刚夫，找到了她的政治认同，但是她的身体和性别的冲动却没有找到合理合法的存在。茅盾在这样的两难中，没有选择用作家一厢情愿的想象去弥合现实与理想之间的裂隙，而是用他那写实的笔触，真实地反映了时代面貌。因此，当小说发展到她追随无产阶级革命者，同时还未成为一名真正的"党的女儿"之时，就不得不停下了继续向前发展的脚步。《虹》这部小说，不多不少也只能写到这里了。

《虹》的未完成，体现了茅盾对革命中女性解放的浪漫想象和客观写实的写作手法之间不可调和的矛盾。然而造成这种矛盾的，一方面是茅盾对时代女性所注入的美好期盼；另一方面，则是来自现实革命中女性解放的尴尬处境。正如黄子平所说："本世纪以来那些终未写完的长篇小说，反而铭记了我们在天翻地覆的年代里，安身立命的悲剧性挣扎吧。"②

和《蚀》三部曲、《虹》中的时代女性相比，《第一阶段的故事》中的何小姐等已经不能算是严格意义上的时代女性了。她们虽然生长在新的时代，但是她们的个人生活和社会生活，淡化了社会革命语境中的女性解放的时代意义，她们应该被称作"知识女性"。茅盾的这种写作策略在很大程度上将他早期小说中的身体叙事隐匿在了革命叙事或抗战叙事的背后。这样的选择，体现出了茅盾对时代女性书写的自觉妥协。在无产阶级革命文学不断占据主流的时代要求下，

---

① 茅盾：《茅盾全集》（第34卷），人民文学出版社1997年版，第422页。
② 黄子平：《革命·性·长篇小说——以茅盾的创作为例》，《文艺理论研究》1996年第3期。

茅盾做出这样的转变，也是他多年关注女性解放道路后得到的没有答案的答案。

到了《腐蚀》中，茅盾开始了对女性的另一种方式的性别改造。曾经走出家庭的时代女性却意外地堕落为国民党特务，没有完成社会革命时代对女性的要求。到此时，对女性身体欲望的抒发，终于不再是茅盾尽力展现的对象，而是成了批判的对象。无疑，赵惠明是继梅女士之后又一位走出家庭、走向社会的时代女性，茅盾对赵惠明这一形象的设定，是女性进行身体和革命的双重表现的回归，但作家回归后的视角却发生了极大的变化。在这一过程中，作家表现出的是对女性性别意识中欲望彰显的间接性否定，曾经代表时代、反映着革命动向的时代女性，如今却成了作家笔下的反面人物。尽管她们依然拥有石膏雕塑般的曼妙身体，但是身体欲望在茅盾的作品中，却不可逆转地成了女性性别当中原罪般的存在。在 1942 年的《霜叶红似二月花》中，茅盾继续强化了这样的认识，对张婉卿形象的塑造，就是一个例子。这一形象回归了传统女性的温柔贤良、持家守业，她身上新女性的特征只保留了干练与胆识，俨然一个男性化了的女资本家。而那个性无能的丈夫，成了对女性身上那蒸腾的肉欲的最大的惩罚。茅盾笔下的正面女性形象，已经彻底从最初的身体叙事中抽离出来，成为身体欲望的赎罪者。但是，茅盾对女性形象建构做出的这一选择仍然建立在一种悲剧性的描写当中，无论是赵惠明的沉沦还是张婉卿不得不面对的丈夫，都以悲剧的方式印证在她们的命运之中。可见要在革命中完全消解女性的性别意识和现代小说的身体叙事，对茅盾来说是多么艰难。

经过这一系列的思考、探索与纠葛，最终，在《锻炼》中，茅盾彻底放弃了对现代社会中时代女性的性别构建。无论是苏辛佳还是严洁修，又重新回到了《第一阶段的故事》里所塑造的那类出身资产阶级家庭的知识女性。

茅盾对时代女性形象构建的这一系列转变，深刻地反映出中国现代文学中性别书写所走过的道路，也说明无产阶级革命文学对女性性别意识的改造，在茅盾的作品中并没有完成。最终，对女性命运的书写，似乎成了茅盾写作生涯的一块心病。

茅盾小说未完成的原因，还在于其叙事生成性的缺乏，我们可以从他小说的典型形象的塑造与情节冲突两个方面来分析。

"生成性"是指事物本身的生命力，也就是对自身生命衍生的能力。这一概念目前被广泛运用于教育学、心理学等多种研究领域。把生成性运用于小说叙事，赋予小说叙事源于其自身的生命属性，叙事生成性为小说叙事的延续和发展提供了可能性和必要性。在小说中，影响叙事生成性的因素包含多个向度，人物形象塑造和情节冲突的设置是其中很重要的两个方面。一旦这些因素破坏了小说的叙事生成性，那么必将导致小说叙事无法向前延续。茅盾长篇小说之所以会出现大量残篇，与他作品的叙事生成性的缺乏有很大关系。

典型形象塑造是茅盾现实主义小说的重要构成部分，它是在典型环境中形成的，兼具了个性与共性的人物形象。人物也被茅盾看作是小说叙事的中心，小说情节的展开应该以人物为中心，因此，如何塑造典型形象，与茅盾小说的叙事生成性就有着密不可分的关系。

茅盾早期的小说创作一直受自然主义的影响较大，尤其在人物刻画方面，由于茅盾自身敏锐的观察力和丰富的社会体验，使他小说中的人物形象能够以一种独一无二的面貌来生动地反映出时代脉搏在他们身上留下的深刻印记。而后期小说中的人物形象，和他早期的人物形象相比，在描写的方法上有着很大的不同。茅盾早期的人物形象塑造的方法，是"写人物就非屡见其人，且作各方面之长期观察不可"①，然后"把最熟悉的真人性格经过综合、分析，而后求得最近似的典型性格"②，这样塑造出的人物形象，如静女士、孙舞阳、梅女士等，其成功不仅在于她们身上聚集了各类时代女性的共性，重要的是，她们还具有典型性格当中为自己所独有的个性，这样的个性不

① 茅盾：《亡命生活》，《茅盾全集》（第34卷），人民文学出版社1997年版，第423页。

② 茅盾：《〈子夜〉写作的前前后后》，《茅盾全集》（第34卷），人民文学出版社1997年版，第489页。

一定与阶级属性有关、与社会有关，而是作为一个真实存在的人本该具有的独一无二的特点。茅盾早期小说中，人物身上所表现出的丰富的细节化描写、心理描写，都是有力的证明。在后期创作中，写资本家，总是老谋深算，自私自利，既有革命性又有先天的软弱性；太太们庸俗无聊，爱慕虚荣；工人阶级勤劳勇敢，富于反抗又忍辱负重。我们似乎很难从典型性格的角度，区分出吴荪甫、何耀先、严仲平之间到底有什么区别，何家琪和苏辛佳又有什么不同，他们都成了一个阶级的代名词。

茅盾小说人物设置的弊端还表现在，《子夜》以后的作品中，情节叙事始终没有一个有效的中心人物，大多数人物只配合事件和情景出现，只是为了说明当时当地的环境中，存在什么、发生了什么。在《锻炼》中，作者先后分布了六条线索，每条线索都有它的中心人物，但是这些人物之间缺乏紧密的联系，他们像走马灯似的，在一个情节中完成自己的一件事，然后就不见了。普实克就曾经这样描述茅盾小说中的人物："所有这些人登了台亮了相，在某一情节中成为主演者，但他们还没有完成自己的角色，作者的镜头就移开了，我们再也看不到他们了。"[①]《虹》中的惠师长、李无忌，《第一阶段的故事》中的工人阿欢一家，《锻炼》中的赵克久兄妹等，都是这样的存在。这样一来，小说情节缺乏很好的人物依托，情节的出现也就只能像一张张幻灯片一样，失去了叙事性作品所必备的重心。

小说的情节冲突需要依附于两点：一是外在事件，在事件中体现出社会的、时代的冲突，以及生活在这样时代的人们的社会关系、阶级关系的冲突；一是人物内心世界的冲突，这种冲突既可以表现在人物与自身的关系，也可以表现在人物与他人或环境的关系当中。而小说的叙事生成性，就以这两种冲突为依托，只有小说中存在着冲突和矛盾，小说叙事才有其发展的动力。反过来说，如果小说的叙事生成性不足，那么小说情节的推演就只能靠作者一厢情愿的表现社会的愿望了。这样一来，

① 普实克：《茅盾的艺术兴趣及对故事情节和结局的艺术处理——从〈腐蚀〉谈起》，《世界经济与政治论坛》1987 年第 12 期。

就会导致小说这种虚构性叙事文体的艺术性难以保证，小说看起来会像一份社会现状报告一样，而作为小说情节推动者的人物，也只能是为配合说明社会现象而存在，失去了独立的美学价值。

这样的问题在《蚀》三部曲中已初现端倪。尤其是《幻灭》中的一些情节往往失之突兀而显得有些生硬，反映出作者一厢情愿的主观意图对作品情节发展的牵制。相比之下，《虹》在这方面有了很大的进步，无论情节发展，还是人物性格转变，都有突出的矛盾冲突做支撑，如梅女士的感情线索与老父亲的经济处境之间的矛盾，结婚后梅女士追求个性解放与薄弱的反抗意志之间的矛盾等。矛盾冲突的设置，不仅有效地推动了故事情节继续向前发展，为梅女士的选择出逃做了很好的铺垫，而且还在冲突中充分展开了梅女士性格中的多侧面：反抗和软弱并行，清醒与短视共存。从茅盾创作的基本情节构思上说，《虹》是很成功的例子。

但是，在《子夜》《第一阶段的故事》《腐蚀》以及《锻炼》中，茅盾并没有延续《虹》的叙事策略，设置长篇小说所应有的情节冲突。情节冲突的缺乏对小说叙事生成性的弱化，首先体现在人物塑造上。如果主人公的内心处于一种情感、思想都平衡的状态，那么，他的实际行动将是按部就班的，改变对他来说是没有必要的。而茅盾后期小说人物塑造的脸谱化，也导致小说情节冲突生成的困难，因为所有人物的一举一动都显得那么正常，在社会阶级范围内没有任何超越阶级、超越社会属性的行为。没有冲突，小说内容的完整性就失去了落脚点，最后呈现出来的只能是对现实的不完整反映。这样的缺陷也使读者对小说的发展没有了阅读期待。

茅盾小说前后期叙事策略的转变背后，是中国现代小说发展的一条脉络，"与第一个十年强调文学与思想革命的关系、第二个十年更强调文学与无产阶级政治、经济革命的关系的文学思潮演变，有着内在的联系"①。那就是三十年代以后，小说叙述者的身份，由"五四"

---

① 钱理群等：《中国现代文学三十年（修订本）》，北京大学出版社1998年版，第228页。

时期的个人立场叙述，转化为社会化的、集体化的立脚点。这也是中国现代文学由表现人性中的私人生活向社会生活的转变。因此在后来塑造人物的过程中，茅盾所看重的是人是社会关系的总和的定律，再加上在缺乏一定的亲身经历和战争体验的情况下，导致叙述者个人化体验的缺乏。茅盾笔下的人物，不再具有当初鲜明的个性，所有人物的特性被人物的阶级、阶层性所决定。这样一来，如何在人物身上注入合理的矛盾冲突，就显得不那么重要了。正是这样的文本缺陷，使得茅盾的长篇小说不能够在表现社会主题的同时，通过人物塑造和情节冲突两方面的作用，去架构完整的长篇小说。这也体现了茅盾在创作长篇时所面临的困境与矛盾。

总之，茅盾长篇小说中之所以会出现大量残篇，与他作品的叙事生成性的缺乏有很大关系。这些未完成作品显示出茅盾长篇小说在叙事衍生上所缺乏的源自于文学本体的生命力的缺乏，因为，任何一种文学叙事在一开始形成的时候，就具有了脱离于作家主观愿望之外的独立生命，而连贯的叙事是经由叙事本身和作家共同完成的。从这些方面，我们看到了茅盾小说文本本身在情节和形象塑造方面的缺陷给小说的完整性所造成的影响。同时，这也是茅盾"主题先行"的创作策略投射在小说叙事结构中的弊端所在。尤其是从《子夜》开始的创作，无一不是作家通过文学形象序列来表现社会主题和革命主题，这与当时中国革命和中国社会所面临的问题与困境密不可分。《子夜》的写作就是为了说明"中国并没有走上资本主义的发展道路，中国在帝国主义、封建势力和官僚买办阶级的压迫下，是更加半封建半殖民地化了"①。抗战爆发后，茅盾的长篇创作又紧紧围绕着抗战以及中国革命所面临的种种困境展开。《第一阶段的故事》写革命者的何去何从，突出正确的革命思想指导对人们的重要性；《腐蚀》揭露国民党特务集团的黑暗统治；《霜叶红似二月花》写反动势力虽然暂时气焰嚣张，但是革命力量终究会取得胜利；《锻炼》揭露抗战时期国民党政府的假抗战的行径等。

------

① 茅盾：《茅盾全集》（第34卷），人民文学出版社1997年版，第482页。

　　所有的这些社会的、革命的主题，都成了茅盾文学创作必须面对的问题。而在当时的历史情境下，茅盾作为一个现代作家群体中无产阶级革命者的代表，他所创作的小说要解决的是证明题，而不是解答题。也就是说，茅盾的作品要做的，是证明无产阶级革命以及马克思主义政治经济学的正确性和合理性，而不是要给中国社会开出他自己的药方。茅盾在社会现象面前，很大程度上失去了作家自己的独立思考，这是茅盾残篇作品的重要根源之一，也是许多现代作家创作生涯中的实际处境。我们可以这么说，对历史现实认识的正确与否，并不绝对影响作家创作出完整的长篇小说作品；而作家思考的独立性，却可以为作品的完整性提供自圆其说的可能性。尽管在茅盾的早期创作中，也不乏独立思考的一面，然而这样的独立思考却因为缺乏对革命形势的"正确"估计而遭到猛烈批判。《从牯岭到东京》中，茅盾说："我就不懂为什么像苍蝇那样向玻璃片盲撞便算是不落伍"，"这一年来许多人所呼号呐喊的'出路'。这出路之差不多成为'绝路'，现在不是已经证明的很明白"[1]。从这些辩词中，我们看到的不光是茅盾坚定而单纯的革命立场，还有他内心对现实的独立思考。然而，在后来的作品中，我们只能看到茅盾日益坚定的革命理想，却看不到茅盾思想的独立性投射作品的光芒。一直到茅盾晚年在接受法国女作家苏珊娜·贝尔纳的拜访时，他仍然直言："因为我没有成为一个职业革命家，所以就当了作家"[2]，言语中仍然流露出对革命事业的忠诚和热情。但是，这种最大程度的对革命者身份的靠拢，也注定了他作为一个作家无法超越时代的局限。茅盾对革命生活多方面经验的缺乏，使他笔下的人物主要集中在小资产阶级或大都会的上流社会中。对革命生活的疏远也为他理解革命、理解社会时代造成了很大的阻碍，他始终"对上

---

　　[1]　茅盾：《从牯岭到东京》，《茅盾全集》（第 19 卷），人民文学出版社 1991 年版，第 181 页。

　　[2]　苏珊娜·贝尔纳：《回忆茅盾》，庄钟庆编：《茅盾研究论集》，天津人民出版社 1984 年版，第 530 页。

流社会的人物比对无产阶级的群众来得熟知"①。当作家对现实的思考和认识不能自圆其说时，他的作品也就只能以残篇作结。

除上述诸多因素外，我们也不能忽略茅盾创作中的一些细节性因素。比如茅盾文学批评水平与创作水平之间的差距，一定程度上显露出作家本身在书写重大题材时底气不足。茅盾理想中的文学应该具有的艺术审美性和社会功利性之间的高度融合的境界，在他的作品中并没有实现。作为"从事当代文学批评最具眼光的一位"②，茅盾在审视自己创作中的缺陷和失败时，会自觉地将他完成作品的必要性大大减弱。这也许正是茅盾对自己文学创作的"宁缺毋滥"的追求。同时也可以说明长篇《子夜》之所以能够写完，是因为它是茅盾所有长篇中相对满意的一部吧。其次，茅盾的长篇小说除少数作品因为篇幅过短（如《霜叶红似二月花》），导致主题表达不鲜明之外，大多都以明确的社会主题为创作动机，因此，当他在长篇巨制的写作过程中一旦将主题表达出来了，那么作品本身的完整与不完整，对他个人而言，似乎已经不那么重要了。另外，在那个提倡无产阶级革命文学的时代，茅盾选择了通过对民族资本家和小资产阶级生活、思想进行描绘，揭示出中国的资产阶级不能领导中国革命取得胜利，这是从反面去阐释无产阶级革命的必要性。一方面是他生活环境和生活经验导致他选取这样的视角来反映社会，同时，也是通过作品对自己进行思想和生活方面的双重改造，反映出了"知识分子在革命斗争中自我改造的可能性及其积极意义，肯定了已经成为现实中一种巨大力量的革命势力对于这种自我改造的重大保证作用"③。但是，这样的书写是否真的能如茅盾所想的那样？他的大量未完成的长篇小说创作现象，已经为我们提供了部分答案。

---

① 朱明：《读〈子夜〉》，庄钟庆编：《茅盾研究论集》，天津人民出版社1984年版，第162页。

② 夏志清：《中国现代小说史》，刘绍铭译，广西师范大学出版社2014年版，第122页。

③ 樊骏：《茅盾的〈蚀〉和〈虹〉》，北京大学文学研究所编：《文学研究集刊》（第四册），人民文学出版社1956年版，第249页。

三 反思与重估

中国现代长篇小说，是在 1930 年代开始得以充分发展与成熟的，但是这一成熟，有它极其艰难的一面。虽然这一时期产生了大批量的长篇作品，但同时也包含了大量的未完成长篇。茅盾的创作，作为这一现象最典型的个案，在很大程度上折射出了现代长篇小说发展过程中所经历的路程与困境。

任何现实都是历史的结果。二十世纪三十年代，中国现代文学刚刚走完了它最初的十多个年头，然而导致长篇小说繁荣的历程却远远不止这十多年。当我们回溯现代文学的发展时，不难发现，长篇小说的未完成现象早在中国小说和社会革命产生不可阻挡的联姻的时候，就已经开始显现，从曾朴的《孽海花》到梁启超的《新中国未来记》，都没能以完整的篇章示人。彼时中国文学还尚未开始它的现代进程，却已经为长篇小说创作埋下了残篇的传统。一直到现代文学经历了三十年的发展后，长篇小说的未完成现象仍然像一块巨大的阴影，笼罩着整个中国现代文学发展的天空。

在文学与政治之间的关联不断强化的过程中，文学的审美性对政治权力做出的妥协，是造成这一阶段残篇创作的重要原因。从更早时期的《孽海花》和《新中国未来记》中我们可以看出，小说对理想社会的政治体制的构建，成了中国近现代长篇小说最初的表现对象。紧接着，"五四"文学对人的发现，造就了一批中短篇小说作品和以鲁迅为代表的中国现代小说家。对人的发现是"五四"文学最大的收获，但是也可以看到，对于反映大时代的长篇小说这种文体来说，仅仅有对人的发现，还不足以支撑起更为庞大的小说体式。这就导致了那一时期的长篇小说创作在数量和质量上的偏枯。随着社会局势的变化和无产阶级革命的发展，终于使得"人的发现"的意识自觉与知识分子对理想社会政治体制的建构融为一体，形成了足够支撑现代长篇小说的时代性，于是就有了《倪焕之》这样的作品，然而，这部作品对时代性的反映却不够本质和全面。随着现代文学对历史的把握，对时代性的表现，逐渐成为中国现代长篇小说的重要品质和文学传统。在这一过程中，长篇小说也在一直努力调整着自身的形态来适应时代形势的变化和革命对文学的要求。作家们纷纷向全景式描写现实的方向靠近，然而社会革命的发展，中国社会本身的病态畸形，城乡的差异，东西方文化在中国不同程度的入侵等，共同造成了那个动荡复杂的社会环境。在这样的情形下，如何全景式展现社会的面貌，如何满足作家主观上对文学理想的实现，不能不说是中国小说家遇到的难题，因为取任何一个截断面都很难全面地反映这样复杂的社会现状。因此，茅盾在《子夜》的创作过程中，那样大幅度地删减框架与题材，可能就是使作品能够以完整形态示人的不得已的办法。《子夜》的写作恰好为我们证实了中国现代长篇小说所面临的社会历史与文学表现之间的矛盾。

而那些试图与政治和社会革命保持一定距离的写作，本身也处在非常尴尬的境地。一方面，这些作品总在试图相对审美地反映社会历史图景，以审美的方式图解人生与现实；另一方面，中国现代文学的产生，本身就是以现代政治为依托，它是社会革命的必然产物。文学作为一种社会意识形态，尤其是中国现代文学，就必然带有政治无意识对作品的渗透。那么这些作品是否能够抱守着脱离政治意识形态侵染的纯美学世界呢？答案会是否定的。篇幅较短的小说或许可以在这样的夹缝中获得一点生存的空间，但是一旦它们想要扩大自己的存在，就很可能会在这样的夹缝中被粉碎。

总而言之，中国现代文学史上未尽长篇的现象，是时代和作家，政治和文学，个体与集体等多方面碰撞摩擦所产生的文学的伤疤。正是这些未尽长篇的存在，为我们证明了现代长篇创作在发展过程中，的确经历了一个相当漫长的困境，为我们看待文学史的全景图时，留下了巨大的空白，它不断召唤着历史长河中的后来者，以合理想象的方式去填补现代长篇小说在发展过程中所经历的种种细节。因此，中国现代长篇小说的残篇创作现象，不仅是对作家个案研究中所要把握的问题，同时，也应该成为现代文学史书写所不得不面对的问题。

就茅盾来说，他对中国现代长篇小说发展的重大意义，使他成了现代文学史上最重要的作家之一，他的《子夜》奠定了中国现代长篇的基础，他所开创的史诗式宏大叙事，成为中国现代长篇小说的重要传统。对茅盾在现代小说发展史上重要地位的肯定贯穿了整个中国现当代文学史，直到二十世纪八十年代末才开始对茅盾小说的艺术价值进行质疑。接着这种前所未有的质疑进一步上升到对茅盾文学地位的否定，进而有人提出将他逐出文学史①。而这种否定声音中有一个直接的理由："茅盾始终没有以长篇小说的形式向读者提供一个完整的艺术世界，没有哪一部长篇作品能够让接受主体获得充分的艺术感受和体验，他的个人艺术才能严格说来也始终没有通过长篇小说获得充分表现。"② 我们不得不承认，茅盾长篇小说的未完成，无论是给小说本身的思想深度还是艺术价值都造成了很大的损害。从小说所要建构的价值主题上来说，要想使得一部作品能够呈现出作者所设定的价值主题，那么一个经过小说叙事发展而来的结尾是必不可少的。而未完成的作品，恰恰无法让作品在面对受众时呈现出它原有的创作意图和价值主题，也无法使作者对社会、对人性的思考，达到普通人无法企及的境界。仅仅凭借作者的写作技巧、篇章结构、思想政治觉悟，以及对社会现实的真实客观全面的反映，不能显示出文学作品本应该给读者的心灵和认识所带来的强大感染力和震撼力。茅盾长篇小说所匮乏的就是这种思想的深刻和形而上的思考。茅盾曾经在《读〈地泉〉》一文中提出，一部作品在产生时必须具备的两个必要条件，其中一个就是"情感地去影响读者的艺术手腕"③，他的这一主张无疑是正确的，体现出茅盾在文学境界方面的见解是达到了一定的高度，但是在具体创作中，他自己也没能做到这一点。尽管茅盾留有多部残篇，但却不能无视茅盾小说创作的价值与意义。

---

① 王一川：《我选二十世纪中国小说大师》，《文学自由谈》1994 年第 4 期。

② 李城希：《一个时代的要求、误解、隔膜和偏见》，《文学评论》2014 年第 6 期。

③ 茅盾：《〈地泉〉读后感》，《茅盾全集》（第 19 卷），人民文学出版社 1991 年版，第 332 页。

　　首先，对小说时代性的强调。茅盾的小说创作主要表现社会革命，表现现实社会。表现现实社会的哪一方面呢？从茅盾评价鲁迅的《呐喊》可见一斑。茅盾充分地肯定了鲁迅小说在严厉抨击封建思想上的深刻性，具有"五四"的精神，"然而并没有反映出'五四'当时以及以后的刻刻在转变着的人心"①，在所反映的社会层面上有"老中国的暗陬的乡村，以及生活在这些暗陬的老的中国的儿女们，但是没有都市中青年们的心的跳动……很遗憾地没曾反映出弹奏着'五四'的基调的都市人生"②。茅盾反复强调文学对现实的表现的重要性，从中要体现出中国社会的实质内容，同时他又是有选择地反映社会现实。后来他进一步说，如何选择社会现实的内容来作为文学表现的题材呢？——"凭那题材的社会意义来抉择"③，这一注解，似乎说明了茅盾选择将都市作为自己作品的主要表现对象，是因为在他看来，都市人群的生活动向、内心思想，更能深刻地体现出中国社会发展的本质。茅盾对时代性的强调，不仅说明了现代小说反映现实的重要性，更重要的是他毕其一生的长篇小说创作为我们提出并回答了一个中国现代小说产生过程中不可避免的问题：为什么现代小说一定要强调时代性。中国革命所带来的现代政治环境的形成，决定了小说要有时代性。在茅盾看来，现代小说中人物的价值观是通过时代性来体现的，而体现了时代性的人物，本身就有一种对真理的探寻。因此，现代小说对人物类似传统小说那种宿命般的书写自然就淡化了。

　　其次，通过事件、语言、心理描写等，全方位地刻画现实主义作品中的人物形象，对现代小说人物形象的塑造，具有极其重要的意义，从而凸显了小说文体的虚构性特征，这样，茅盾的长篇小说完成了小说反映现实社会的时代性与小说虚构性的结合。

　　茅盾早在《小说月报》时期就提出，客观的"描写"在小说创

---

　　①　茅盾：《读〈倪焕之〉》，《茅盾全集》（第19卷），人民文学出版社1991年版，第198页。

　　②　同上。

　　③　茅盾：《创作与题材》，《茅盾全集》（第19卷），人民文学出版社1991年版，第358页。

作中的重要作用，而"五四"时期新派和旧派小说共同的弱点在于，就描写方法而言，他们缺了客观的态度，就采取的题材而言，他们缺了目的，而茅盾开出的药方就是西方的自然主义。虽然，事实证明了茅盾二十世纪二十年代初期提倡过的自然主义在展现中国社会革命的过程中存在多重缺陷，但同时茅盾也受到了自然主义的很多积极的影响，如强调创作小说时要精于调查分析社会现象，对人物形象的全方位刻画，将人物的内心独白、日常语言、群聊式语言等结合起来，有时还呈现出复调的氛围。茅盾小说创作的这一系列努力，从真正意义上凸显了小说文体的虚构性特征，使小说在现代文学建构中具备了独立的文体品格，从本质上完成了小说反映现实的时代性与小说文体虚构性之间的结合，使中国现代小说展现出全新的发展面貌。

再次，茅盾长篇小说对结构的驾驭，多线索、多视角、全方位展开叙述的长篇写作策略，实际上是为中国传统小说与西方小说在长篇结构上的结合，提供了宝贵的实践经验与尝试。通常认为茅盾的小说创作受西方自然主义和现实主义的影响很深，但是当我们在分析茅盾长篇小说的情节结构时，却惊讶地发现，茅盾在小说叙事的思维上，完全是传统的。传统小说的显著特点即是情节和人物会随着讲述事件的不同而随意移动，如《水浒传》《儒林外史》等，可以从多个侧面来展现社会各个层面，使每个人物在单独的情节中都有成为主人公的可能。这样的思维在中国传统绘画中也有体现，最典型的例子，莫过于北宋画家张择端的《清明上河图》，全景式地展现了汴京以及汴河两岸的自然风光和繁荣景象。不同于西方的"焦点透视"，中国绘画所采用的是"散点透视"的手法，全景式多侧面地展现对象。茅盾将传统小说中的类似散点透视的叙事方式，创造性地置换在了一个全新的现代文学语境中，以达到全景式地反映现实社会的创作意图，在这一过程中，茅盾又吸收了西方现代小说的描写方法，通过有效的内心独白，心理描写，叙述视角的灵活转化，在强调小说虚构性的同时又将"时代性"融入这种虚构之中。茅盾在中国现代文学史上所赢得的地位，不仅是由他的长篇创作的突破和贡献所决定，而且还在于茅盾所选择的创作策略。他的每一部作品都在第一时间反映了刚发生不久的社会历史事件，尽管这些作品都没能写完，但是作家却能在很大程度上将现实社会的本质融入作品主题进行阐发。由于对当下现实事件的及时反映，使文坛在为他震惊之时不知不觉地就将残篇现象掩盖在了作品的社会主题之下，使后来的人们也都理所当然地接受了这种"瑕不掩瑜"的事实。这样看来，文学不过是茅盾介入革命事业时采取的一种方式而已，这与他曾经直言自己对文学事业的不忠诚是相符合的。

我们从茅盾的残篇现象中看到的，不仅是现代长篇小说进程中经历的艰难，而且还有作家自身在文学创作中所表现出来的局限，亦即作品的美学意义和社会意义的损伤。从美学意义上来说，残篇现象导致小说这种虚构文体的文本断裂，无论是在情节还是在人物上，文本的不完整就意味着小说所表达的世界观、价值观的较大流失。而茅盾面对自己的未完成长篇似乎并不以为然，也没有像后来的读者一样流露出多大的遗憾，这和茅盾的写作策略分不开，他总是将刚刚过去不久的社会大事件及时地反映出来，先声夺人，而在茅盾之外我们又很难找到一样及时、一样宏大叙事的作品。由此不难看出，最初现代文学史对茅盾的接受，是社会政治意义大于文学的美学意义的。而新时期以来对茅盾的评价之所以会和过去产生如此大的反差，是因为在远离了社会革命和阶级斗争的文化环境中，人们更加注重对文学作品艺术性的接受。然而，一味地脱离历史情境去做所谓纯审美性的评价，又恰恰是最不可能对文学作品的艺术价值做出客观评价的。

以上分析应该看到，茅盾的长篇小说只是中国现代长篇小说发展的一个阶段，并不是我们所期望到达的顶峰，而这个阶段对后来文学史的发展又是非常重要的。人们不该忽视历史语境去评判茅盾长篇小说存在的价值。

在中国现代文学史上，长篇小说的未完成作为一种现象，不光意味着文本本身的残缺不全，在这残缺不全的文本背后，却为我们填充了更为完整的文学与社会的时代关系的内涵。虽然茅盾长篇小说的未完成留给我们的是现代文学史上不可弥补的损失，但当我们把它作为一种现代小说普遍存在而又独特的文学现象去看待的时候，就会发现

"未完成"现象本身就是一种本质的显现,这些未完成的小说作品,在一定程度上或许比那些完整的作品更能真实地反映中国现代文学发展过程中所经历的艰难而复杂的演变历程,其在文学史中留下的烙印,与那些完成了的作品同样具有文学史价值和意义。

(原刊《华中师范大学学报(人文社会科学版)》2017 年第 3 期)

文学史视野与茅盾的神话研究

赵顺宏

摘　要　把茅盾的有关神话研究置于文学史的视野之下，也就是从文学发展的源流关系来理解茅盾对于中国神话的梳理和研究；分析了茅盾对中国神话的保存问题，中国神话的历史化问题，中国神话的流变问题的思考；相关论及神话的定型问题，以及茅盾的神话研究对于我们今天如何理解文学传统所包含的深刻启示。

关键词　文学史视野；茅盾；神话研究；传统

晚清时期，在西方和日本神话研究的影响下，中国学者已经开始了有关中国神话的研究，鲁迅在早期的《破恶声论》及上世纪 20 年代的《中国小说史略》中对中国神话的一些特点有过精到的论述。但真正比较全面地考察中国古代神话的构成系统，分析中国神话的个性特征，以及探讨中国神话资源的保存、流传等的则是茅盾。所以，有研究者把茅盾看作是中国神话研究领域的奠基人。茅盾在神话研究领域的贡献是不容忽视的，但我们应该看到，作为一个作家，一个文学批评家和文学理论家，茅盾的神话研究并不是纯粹意义上的神话研究。就是说，他不是为了厘清神话本身而进行的神话研究，而主要是从文学建设的角度来进行神话研究。因而，把茅盾的神话研究置于文学史视野中加以考察是自然而且必要的。

茅盾在上世纪 80 年代初回忆自己走过的人生道路和文学道路时对早年曾有过的对于神话的热情还记忆犹新："在当时，大家有这样的想法：既要借鉴于西洋，就必须穷本溯源，不能尝一脔而辄止。我从前治中国文学，就曾穷本溯源一番过来，现在既把线装书束之高阁

了，转而借鉴于欧洲，自当从希腊、罗马开始，横贯十九世纪，直到
'世纪末'。那时，二十世纪才过了二十年，欧洲最新的文艺思潮还
传不到中国，因而也给我一个机会对十九世纪以前的欧洲文学做一番
系统的研究。这就是我当时从事于希腊神话、北欧神话之研究的原
因。"① 从而，我们可以说茅盾对于神话的钟爱既有个人兴趣的爱好，
也有着非常清晰的基于文学批评使命上的选择。正由于此，从 1918
年到 1929 年，前后约十年的时间，茅盾对希腊神话、北欧神话、中
国神话进行了较系统的梳理、比较，发表、出版了一系列相关论文和
著作，主要有《中国神话研究》（《小说月报》1925 年 1 月版，第 16
卷第 1 号）、《中国神话研究 ABC》（上海 ABC 书社 1929 年版）、《神
话杂论》（上海世界书局 1929 年版）、《北欧神话 ABC》（上海世界
书局 1930 年版）等。所谓从"穷本溯源"的角度来看神话，自然是
从源与流、本根与枝干的角度把文学与神话联系起来，意味着找到当
下文学与原初神话之间的联系。这既包含着对其中所经历变化的思
考，也包含着对渗透于变化之中内在联系的把握。这一思路当然会内
在地影响到茅盾对于神话的思考，从而显示出茅盾神话研究的特殊色
彩，具体表现为以下几个主要方面。

一

首先，以西方神话为模本对中国神话系统的构建。"神话"的出
现一定程度上是发展了的人类文明自我理解的需要，是进入到现代工
业文明的西方社会在远离自然状态之后重新寻找文化根源的结果。中
国传统历史文化语境中并没有现代意义上的"神话"这一概念，神
话只是散碎地漂浮于古代典籍和流传于民间传说之中。当茅盾等人从
西方文学批评和神话研究中认识到神话不只是远古人们的无稽之谈、
谵言幻语，而是初民的社会状况及心智状况的体现，从而认为，作为
民族气质的最初底本的神话，它不仅潜在地影响和规约着民族性格的

---

① 茅盾：《我走过的道路》，人民文学出版社 1981 年版，第 134 页。

基本倾向，也是一个民族在不断的回望过程中实现自我理解的精神资源。由此，把文学与神话联系起来、把神话看作"文学的源泉"，寻找其间的精神脉络，这对于理解西方文学发展过程来说是十分自然的。"讲西方文学，一律从神话、史诗讲起，这已成了不易的定式。"① 既然西方文学受到神话的影响十分明显，或者说由神话开始的文学历程是十分清晰的，那么，对于中国的文学批评者和文学史家来说，梳理中国文学发展过程的时候势必先要厘清中国文学的源头。对茅盾来说，对于古希腊神话的兴趣也好，对北欧神话的梳理也好，只不过是一个借以观照中国文学由源及流发展过程的参照系统。

　　传统的中国文学研究（包括文化典籍的研究）主要以注释和评点为主，并没有文学史的概念。文学史观念的确立意味着发掘文学发展的内在脉络和线索，从而，梳理文学发展的源流关系自然是题中应有之义。可以设想，从文学史的思路和角度来厘清中国当今文学与源头关系的时候，它必然沿着两种可能的路径：一是从中国文学发展的过程中寻找其演变的轨迹，一是以西方文学发展为参照寻找相类似的发展轨迹。显然，第二种方案有按图索骥的便利，所以人们很容易受到此一方案的诱导。既然西方文学发展过程中经历了神话到史诗，再由史诗到叙事文学的发展过程，那么，中国文学是否也经历了这样的过程呢？这其实并不是一个疑问，而是一个如何寻找材料证明这个命题的过程。茅盾对于中国上古神话倾注的极大热情正是从这样"穷本溯源"的思路出发的。问题被这样地理解着：既然西方文学的源头是神话，那么中国文学的源头也应该是神话；问题在于作为西方文学源头的神话无论是古希腊众神和英雄神话，还是希伯来《旧约》的宗教神话，都是清晰可辨的，相对而言，中国神话却隐而不显。那么，首要的任务就是梳理中国神话的存在状况，茅盾对神话研究的主要贡献便在于此。

　　茅盾认为中国神话主要存在于《山海经》《楚辞》《淮南子》《列

---

　　① 林岗：《二十世纪汉语史诗问题探论》，中国社会科学出版社 2007 年版，第 131 页。

子》《穆天子传》《搜神记》《述异记》等典籍之中，虽说对于其中的一些典籍，前人如蒋观云、鲁迅等也曾提到过，但到茅盾这儿是经过了一个较全面的考察所得出的结论。茅盾对中国神话研究的主要贡献当然不只是原始资料的发掘，更主要地表现在对于神话系统的梳理与建构。在茅盾看来，既然西方神话中有天地开辟，有神的谱系，有自然界神话，有巨人和英雄传说，那么，中国神话中是否也应该有相似的神话系统呢？在茅盾看来是肯定的，沿此思路，他发掘、归纳了中国古代神话的基本格局。这就是他的《中国神话研究 ABC》（后改为《中国神话研究初探》）中有关"宇宙观""巨人族及幽冥世界""自然界的神话及其他""帝俊及羿、禹"等几章的主要内容。十分明显的是希望寻找与西方神话相似的结构体系。"那么，我们能不能从上古史中抽绎出神话中的'诸神世系'来么？这是个耐人寻味的问题。我们自然不敢说这件工作一定有把握，但总不至于以为全无可能性罢。既然认为有'可能性'，就不妨先立个'假定'，然后依次考证而推求。"① 先立假定，然后依次考证而推求，可以看作是茅盾神话研究的基本方法。比如，他认为"中国神话也有与希腊及北欧相当之巨人族"②。但另一方面，所面对的是零散的，不成体系的中国上古神话资料，这在抽绎神话系统的时候自然不免常常生发感慨。比如在与希腊、北欧神话中的巨人族相比较的时候，茅盾发现中国神话中有关夸父的神话与之颇多相似之处，由此线索又联想到《列子·汤问篇》中有关"愚公移山"神话中的夸娥氏，因为都是力大者，所以茅盾猜想此夸娥实即夸父。这应该是很富有想象力的推断，但即便如此，总体来说"可惜材料太少，不能多得证据"。对于自然界的神话也有大致类似的感觉，"我们的自然界神话也是极丰富的。虽然不免零碎，而且也缺乏系统"③。

　　无论怎样界定神话，最粗略地来说，它是初民在理性尚未充分发

---

① 茅盾：《中国神话研究初探》，上海世纪出版集团 2011 年版，第 82 页。

② 同上书，第 47 页。

③ 同上书，第 54 页。

展的情况下，对于宇宙、自然界以及自身的各种疑问的想象性解释。正因为如此，我们可以在许多不同地域、不同民族的神话中发现相类似的神话要素，比如，创世神话，造人神话，日月星辰、风雨雷电等相关神话，各民族几乎都有。所以，茅盾这种以西方神话为蓝本对于中国神话系统的考证和推求有一定的合理性，它是与神话本有的属性相联系的。如果说茅盾对于中国神话系统的建构还是初步的，还是一个基本的模型，那么，沿此思路其后继者则在更广泛材料搜集的基础上对此一系统进行了丰富和完善，如20世纪40年代程憬的《中国古代神话研究》①，除某些条目上的强化或弱化之外，基本上延续了茅盾对于神话研究的架构。其突出的特点就是把文字学的材料与更广泛的上古典籍相互参证，使得中国神话系统似乎变得扎实可信。所以作者在一开篇的《自序》中颇有自信地说："我们的古代有神话的，有系统的神话的。从现存的古籍中仔细的去搜集，谨密的去考订，我们敢这样的说。这本书便想证明它。虽然所引征的还不能达到巨细无遗的程度，但勉强可说已把我们的古代神话，古代的神话系统之全貌素描出了。"② 80年代当代学人刘城淮则在更广泛典籍搜集的基础上编订出上古神话体系，分为"自然性神话""自然社会性神话""社会性神话"，虽然在具体的条目上与茅盾、程憬的划分有所区别，但其基本思路也仍然是一致的，就是先确定一种神话系统，然后考证、推求相关的神话资料。从程憬和刘城淮对中国上古神话的进一步整理中，我们可以看到茅盾式神话研究思路是有着继续推进的潜力和空间的，但就是在这进一步丰富的研究成果里我们也可以越来越明显地看到问题所在：那就是即使更丰富、更完整地勾勒出中国上古神话的系统、图貌，也不能不遗憾地发现它仍然是一种静态的资料性的存在，而缺乏动态的故事性的联系。因此，要真正恢复中国上古神话，某种程度上不只是史料欠缺的问题，而是如何找到其内在有机联系的问

---

① 此一著作撰写于20世纪40年代，直到2011年才由北京大学出版社出版。

② 程憬：《中国古代神话研究》，北京大学出版社2011年版，第1页。

题。就此而言，或许存在两种解决的思路：其一是必须对中国古代神话进行艺术重写，当然这种重写并不是改写，而是在原有情节的基础上加以增生、丰富（茅盾曾有此设想，但这还能否算古代神话就是个疑问）；其二是在把中国神话资料不断纳入到这一假设的神话系统中时逐渐发现中国神话自身的特征。在这一过程中，越是发现中国神话史料中那些难以就范的地方，就越是体现出中国神话的一些特别之处。这其中一个极其重要的方面就是中国神话的历史化问题。茅盾在对中国上古神话进行系统化归纳的时候总是对中国神话的历史化深感惋惜，"中国神话之大部恐是这样的被'秉笔'的'太史公'删削了去了"①，"中国古代的无名史家，没有希罗多德那样的雅量，将民间口头流传的神话一字不改收入书里，却凭着自己主观的好恶，笔则笔，削则削，所以我们现在的古史——由神话变成的古史，只有一道淡淡的神话痕了；但是我们也要晓得古代的无名史家虽然勇于改神话，而所改的，度亦不过关于神之行事等，而非神的世系——即所改者多为神话的内容而非神话的骨骼。"② 不难看到，在茅盾的想象和意念中，一个与神的世系相关的神的行事，神的故事是存在的，只不过在中国被历史化的过程给删削和湮灭了。

这里涉及神话的定型与神话属性问题。神话最初的存在毫无疑问应该是口头传播状态，它传播的范围、样式、具体内容实际上已很难知晓；换句话说，我们今天所看到的神话都经历过从最初的混沌状态到整合的有序状态演化过程。这种演化实际上也就是神话的定型。实际上，定型并不只有一个方向，一种路径，比如，中国神话流变过程中有历史化现象，希腊神话流变过程中也同样有历史化现象；希腊神话、北欧神话、印度神话流变中有文学化、故事化的倾向，中国神话流变中也同样有文学化、故事化的倾向。神话流变过程中还可能出现宗教化或哲学化的倾向等，如希伯来神话的宗教化倾向，印度神话的宗教—哲学化倾向等。综合而言，神话的流变实际上是包含着多种可

① 茅盾：《中国神话研究初探》，上海世纪出版集团 2011 年版，第 16 页。
② 茅盾：《中国神话研究》，《小说月报》1925 年版，第 239 页。

能性的，既有文学的、哲学的，也有历史的或宗教的，至于它最终显示出某一性格倾向则要看它在这一流变过程中定型的结果。由此，笔者认为中国上古神话流变中并不是有什么辉煌的、系统的神话消失了，而是中国神话从初始的混沌状态到整合的有序状态演化中经历了历史化的定型，从而，历史化的神话成为中国文化的一个基本要素，某种程度上也深刻影响到中国文化和中国文学的基本属性和品格。

二

其次，神话视角对于文学源流关系的梳理调整了文学原有的格局和结构。首先表现在对与神话相关典籍的发掘和重视。前面所提及的保存神话材料较多的典籍，如《山海经》《楚辞》《淮南子》《列子》《穆天子传》《搜神记》《述异记》等，没有一部在中国文化史中具有像四书五经那样经典性的地位。当然，这其中《楚辞》还不时被历代论者提及，但却是在改变《楚辞》固有属性的前提下被涉及的。恰如茅盾所指出："历代文人都中了'尊孔'的毒，以《诗经》乃孔子所删定，特别的看重它，认为文学的始祖，硬派一切时代较后的文学作品都是'出于诗'，所以把源流各别的《楚辞》也算是受了《诗经》的影响；刘彦和说：'楚之骚文，矩式周人'（《文心雕龙·通变》），顾炎武说：'三百篇'之不能不降而为《楚辞》（《日知录》），都是代表此种《诗经》一尊的观念。"① 抒情以《诗经》为源头，叙事则以《春秋》《史记》等史传传统为嚆矢。当小说被称为"稗官野史"的时候，它就是再如何挣扎也难以达到正史的地位。近代学人对于《山海经》《楚辞》传统的重视实际上是在反思传统的大背景下通过对传统内部边缘性力量的重新激活，而实现传统内部的转换。比如，王国维也是在与印度、希腊的神话联系中推重《楚辞》《庄子》等南方文学传统，"然南方文学中，又非无诗歌的原质也。南人想象力之伟大丰富，胜于北人远甚。彼等巧于比类，而善于滑稽，故言大

---

① 茅盾：《楚辞与中国神话》，《文学周报》1928 年版，第 135 页。

则有若北溟之鱼，语小则有若蜗角之国；语久则大椿冥灵，语短则蟪蛄朝菌；至于襄城之野，七圣皆迷；汾水之阳，四子独往，此种想象，决不能于北方文学中发见之。故《庄》《列》书中之某分，即谓之散文诗，无不可也。夫儿童想象力之活泼，此人人公认之事实也，国民文化发达之初期亦然，古代印度及希腊之壮丽之神话，皆此等想象之产物。以我中国论，则南方之文化发达较后于北方，则南人之富于想象，亦自然之势也。此南方文学中之诗歌的特质之优于北方文学者也。"①　与王国维相似，与《诗经》等北方传统相比而言，鲁迅也同样更为重视"庄骚"等南方文学传统，称《离骚》"逸响伟辞，卓绝一世"②，认为"《离骚》之异于《诗》者，特在形式藻采之间耳，时与俗异，故声调不同；地异，故山川神灵动植皆不同；惟欲婚简狄，留二姚，或为北方人民所不敢道"③。从地域的角度讨论南北文质的差异虽然代不乏人④，但都着意于南北对称性的比较，比较中大多没有发掘文脉源流关系，缺乏由此推动文学内部关系错动与变化的意图；自王国维到鲁迅，再到茅盾，他们在西方文学的启示下发掘文学传统自身的差异，寻找文学内部的解构与重构力量，意在由此推动文学的转型和发展。

如果说从文学源流的演变中来推动文学传统的解构与重构是近现代文学先驱的一个共识，那么，对这种源流关系的认识不限于文学的内部领域，还来源于文学的相关领域，比如史学领域。这种相关性除了中国文化中文史哲不分的传统之外，也许还有更为深刻的缘由。中国传统文化所谓文史不分中实际上还包含着固有的评价体系与相关的序列关系，体现为史学的经典化和文学的史学化。史学的经典化倾向要求历史撰述中不是简单地罗列历史事实，还必须体现出符合道统的

---

① 王国维：《屈子文学之精神》，《王国维论学集》，中国社会科学出版社1997年版，第316—317页。

② 鲁迅：《汉文学史纲要》，《鲁迅全集》（卷9），人民文学出版社1981年版，第370页。

③ 同上书，第372页。

④ 近人刘师培对此进行了较全面的总结，见《南北文学不同论》。

价值选择与评价指向。文学的史学化尤其表现在叙事文学的题材选择到内容组织等各方面，对于叙事文学的评价也是史学化的，诸如"补正史之缺""董狐之才"等。但到明清之后，正统的观念开始出现了一些松动。经学开始史学化，章学诚提出"六经皆史"，极大动摇了经学的天经地义的地位；史学本身也从正史的道统形态向着社会史、风俗史的方向移动。在此情形下，文学身上的史学缰索也开始松动，有所谓"史统散而小说兴"①的说法。

近现代"疑古学派"就是对传统史学经典化的进一步剥落，集中表现在对传统史学源头的质疑之上，即对上古尤其是大禹以前的上古史的存疑，意图还原被历史化的神话和传说。前面提及的程憬的《中国古代神话研究》其实是一部疑古派学人的著作，它试图通过重构上古神话系统来证明后来纳入正史中的人物实际上不过是一些神话人物。很明显的是，这部作品对于神话系统的构建事实上受到茅盾所搭建的神话系统构架的影响。如此，事情就变得非常有趣，中国近现代文学与史学在沿波寻源的过程中最后走到了一起。这是否也从一个侧面证明：中国神话从初始的混沌状态到整合的有序状态演化中主要经历了历史化的定型，神话演变中除了文学的固有属性之外主要显示出历史的性格。

三

再次，来看茅盾对中国神话演化方式的独到发现。神话的演化现在看来也是一个普遍的现象，它意味着各民族神话作为一种初始的文化样态，无论是形态上还是思维方式上都不是一种简单的过去式，而是存在着深远的影响。但若细究起来神话在传承与演化之中似乎并不是遵循着完全相同的方式。茅盾注意到中国神话相当独到的演化方式并对其进行了准确的揭示，主要是通过西王母形象在不同时期的变化

---

① 冯梦龙：《古今小说》，人民文学出版社 1958 年版，第 33 页。

加以说明①。为了便于说明问题，我们在此进行一个简单的复述：

又西三百五十里，曰玉山，是西王母所居也。西王母，其状如人，豹尾虎齿而善啸，蓬发戴胜，是司天之厉及五残。（《山海经·西山经》）

乙丑，天子觞西王母于瑶池之上。西王母为天子谣曰："白云在天，山陵自出。道里悠远，山川间之，将子无死，尚能复来。"天子答之曰："予归东土，和治诸夏。万民平均，吾顾见汝，比及三年，将复而野。"（《穆天子传·卷三》）

七月七日，上于承华殿斋，日正中，忽见有青鸟从西方来，集殿前。……是夜漏七刻，空中无云，隐如雷声，竟天紫气。有顷，王母至，乘紫车，玉女夹驭；戴七胜；青气如云；有二青鸟，夹侍母旁。下车，上迎拜，延母坐，请不死之药。母曰："帝滞情不遣，愁心尚多，不死之药，未可致也。"因出桃七枚，母自啖二枚，与帝二枚。帝留核箸前，王母问曰："用此何为？"上曰："此桃美，欲种之。"母笑曰："此桃三千年一著子，非下土所植也。"留至五更，谈语世事而不肯言鬼神，肃然便去。（《汉武故事》）

到七月七日，乃修除宫掖，设坐大殿，以紫罗荐地，爇百和之香，张云锦之帏。燃九光之灯，列玉门之枣，酌蒲萄之醴，宫监香果，为天宫之馔。帝乃盛服，立于陛下，敕端门之内不得有妄窥者；内外寂谧，以候云驾。到夜二更之后，忽见西南如白云起，郁然直来，迳趋宫庭。须臾闻云中箫鼓之声，人马之响。半食顷，王母至也。悬投殿前，有似鸟集。或驾龙虎，或乘白麟，或乘白鹤，或乘轩车，或乘天马，群仙数千，光耀庭宇。既至，从官不复知所在，唯见王母乘紫云之辇，驾九色斑龙。别有五十天仙，侧近鸾舆，皆长丈余，同执彩旄之节，佩金刚灵玺，戴天真之冠，咸住殿下。王母唯扶二侍女上殿，侍女年可十六七，服

① 茅盾的这一演示具有经典性，被后来的学者反复采用。

青缭之裾，容眸流盼，神姿清发，真美人也。王母上殿东向坐，著黄金褡襦，文采鲜明，光仪淑穆。带灵飞大绶，腰佩分景之剑，头上太华髻，戴太真晨婴之冠，履玄璃凤文之舄。视之可年三十许，修短得中，天姿掩蔼，容颜绝世，真灵人也。下车登床，帝跪拜问寒暄毕立。因呼帝共坐，帝面南。王母自设天厨，真妙非常，丰珍上果，芳华百味，紫芝萎蕤，芬芳填楪，清香之酒，非地上所有，香气殊绝，帝不能名也。又命侍女更索桃果。须臾，以玉盘盛仙桃七颗，大如鸭卵，形圆青色，以呈王母。母以四颗与帝，三颗自食。桃味甘美，口有盈味。帝食辄收其核。王母问帝，帝曰："欲种之。"母曰："此桃三千年一生实，中夏地薄，种之不生。"帝乃止。于坐上酒觞数遍，王母乃命诸侍女王子登弹八琅之璈，又命侍女董双成吹云和之笙，石公子击昆庭之金，许飞琼鼓震灵之簧，婉凌华拊五灵之石，范成君击湘阴之磬，段安香作九天之钧。于是众声澈朗，灵音骇空。又命法婴歌玄灵之曲。（《汉武内传》）

茅盾着重分析了上述西王母形象演化的几个阶段，从最初始的《山海经》原型经历了三个时期的演化：第一阶段为战国时期的《穆天子传》（推断为战国人作），第二阶段为汉武时期的《汉武故事》，第三阶段则为魏晋时期的《汉武内传》（推断为魏晋人所作）。进一步分析我们还可发现至少有以下几点值得注意：第一，这一演化是始终围绕西王母形象展开的。超自然的、神话性的西王母形象是整个故事构成的核心，演化的核心。第二，与西王母形象本身相关的其他要素都在不断地演化之中，西王母由一个"豹尾虎齿"的凶神逐步演化为"年可三十许"的灵姝妙人，与西王母相关的环境、物象，以及人物关系的设置等都逐步走向丰富。第三，整个演化过程也是神话原型与不同的现实文化语境之间不断谐和与对话的过程。茅盾有关中国神话演化的分析包含着从一个特定角度对中国文学发展中源流关系的揭示，与西方文学中从神话视角解释文学源流关系的思路稍加比照，会发现其典型意义更为明显。原型理论的出现是心理学研究与神话研究结合的产物，也是用以描述和界说这种文学的源流演变的。荣格认为弗罗伊德发现的潜意识心理其内在的核心并不应是个体本能，而是集体无意识。而集体无意识的主要内容就是神话"原型"，"原型概念对集体无意识观点是必不可少的，它指出了精神中各种确定形式的存在，这些形式无论在何时何地都普遍地存在着"①。对于从神话角度来看待文学源流演变，西方文学主要倾向于从表层与潜层加以认识，认为神话原型作为一种潜结构始终左右着其表象世界的变化，可以说是一种"面具式"演化。茅盾所揭示的中国神话的演化则体现为一种不断叠加的方式，可以说是一种"雪球式"的演化。这种不同演化方式的揭示对于我们理解东西方文学的传统，以及文学发展中的前后关系具有积极的意义。

长期以来，鲁迅、茅盾等新文化运动的倡导者也被看作是反传统的先驱。很多情况下，对传统的批判和对传统的继承似乎没有得到恰当的理解。一方面，非常明显的，早期现代作家在对西方文学传统的借鉴中创造了全新的民族文学形式，与此同时，他们有时还宣称他们的艺术传统完全来自西方，鲁迅曾说："我所取法的，大抵是外国的作家。"但另一方面，无论是鲁迅、茅盾，还是其他作家，事实上又总是用"盗来的火在煮自己的肉"，鲁迅对中国小说史的发掘，茅盾对上古神话系统的梳理等都应放在此一视野之下来把握。在今天的学术环境下，把茅盾的神话研究放到文学史视野中加以理解至少可以带给我们如下一些启示：其一，对中西文学关系的理解不宜过于机械，陷入一种非此即彼的狭隘的、极端的思维。中国近现代以来融入世界历史发展，其文学经历现代性的转型是历史的必然，但这并不意味着中国文学要么完全选择西方的样式，要么遵从传统的老路。这之间的变化是必然的，也是复杂的。茅盾对于神话的研究启示我们：看上去是对西方观念的借鉴，但解决的是自己的问题；看上去是从西方文学的思维路径出发的，但进程中就逐渐显示出中国神话的固有样态。其

---

① ［瑞士］荣格：《心理学与文学》，生活·读书·新知三联书店 1987 年版，第 94 页。

二，中国文学的传统并不是单一的传统，而是有着内部的丰富性，而内部丰富性在新的条件下的被激活能够在文学发展中起到内因的作用。其三，文学的传统并不是简单的前后继替关系，传统要素与现实语境的结合也有赖于现实语境对传统的召唤、接引。就此而言，我们看到茅盾对中国文学传统的理解集中体现为对早期文学源头的重视。

（原刊《浙江传媒学院学报》2016 年第 1 期）

茅盾与 20 世纪中国土地革命叙事

阎浩岗

摘　要　茅盾的乡村叙事与"典范土地革命叙事"有重要差异：他认为 20 世纪二三十年代中国农业破产、中国农民贫困化只是新近发生的事，其主要原因是外国资本入侵，而非封建土地制度的直接结果，在此之前农民存在通过勤劳而致富的可能性。茅盾笔下的地主有各种性格类型和不同品格特征，他们也是农业破产的受害者，虽然都剥削农民，但并不都是恶霸。即使革命即将或已经到来，农民也并无真正自觉的阶级意识和革命意识，其形象也未被"洁化"。茅盾对暴力革命的态度比较矛盾。茅盾乡村叙事的上述特点源于其自觉的创作追求，即强调文学反映社会现实的全面性和客观性，文学的主要功能不是直接宣传政治理念、鼓动革命，创作必须以作家本人的生活经验和独立思考为基础。因此，茅盾的乡村叙事除了独特的艺术价值，还具有一定超越政治立场的文献价值。

关键词　茅盾；土地革命；乡村叙事；独特性

20 世纪由中国共产党领导的土地革命是新民主主义革命的基本内容。它包括北伐时期的打倒土豪劣绅、十年内战时期的"打土豪分田地"、抗战时期的减租减息和 1946—1952 年的土地改革。对此，左翼作家和自由民主主义作家在其作品中都有正面或侧面、直接或间接地反映。

总览有关 20 世纪中国土地革命的众多叙事文本，笔者认为可将其分为四大类型，即：前土地革命叙事或外土地革命叙事、典范土地革命叙事、非典范土地革命叙事和反典范土地革命叙事。其中最后一类在 1949 年以后才出现，本文暂不论及，而只说前三类。所谓"前土地革命叙事或外土地革命叙事"，是指土地革命发生以前的乡村叙事或与土地革命运动同时但不以无产阶级革命意识形态为指导、不直接涉及土地革命、不以其为关注焦点的文学叙事文本。所谓"典范土地革命叙事"，是指那种以土地革命运动为主要对象，直接而充分地体现主流意识形态（无产阶级革命意识形态）对中国乡村社会结构、阶级关系的分析和认识，可作为范本向全民普及、借以动员和指导实际革命斗争的文学叙事文本。其基本特征是：（1）充分展示乡村贫富之间的尖锐对立、矛盾不可调和；（2）作品中的地主集恶霸与基层官僚于一身，道德败坏、流氓成性，常常公然违反日常伦理；（3）与之相应，除个别变质分子外，贫苦农民大多品德高尚，人穷志不穷；（4）农民与地主之间的武装冲突不可避免，革命暴力代表民意，大快人心。中国最早的"典范土地革命叙事"文本是华汉的中篇小说《暗夜》。其后则有蒋光慈的长篇小说《咆哮了的土地》、叶紫的短篇小说《丰收》和《火》、丁玲的短篇小说《东村事件》、贺敬之等执笔的歌剧《白毛女》、周立波的长篇小说《暴风骤雨》；1949—1976 年间的土地革命叙事，基本都属于"典范土地革命叙事"。小说中最著名的有高玉宝的中篇《高玉宝》、冯德英的长篇《迎春花》、李心田的中篇《闪闪的红星》、黎汝清的长篇《万山红遍》，以及电影《红色娘子军》、京剧《杜鹃山》等。所谓"非典范土地革命叙事"，是指虽然也以土地革命运动为主要对象、原则上也遵循主流意识形态的基本立场和观点，但由于作者将忠于个人直观感受、客观反映现实、尊重艺术规律置于更重要位置，其内涵有诸多溢出主流意识形态框范之处，具备一定复杂性的文学叙事文本。"非典范"当然是相对"典范"而言。

茅盾是中国共产党最早一批党员之一，是国共合作大革命的直接参与者，而且属于重要人物，1928 年他连载于《小说月报》第 19 卷第 1—3 号的中篇小说《动摇》是最早的土地革命叙事文本——其发表时间比华汉的《暗夜》早了一年。但是，茅盾有限的乡村题材小说或涉及乡村的作品均不属于典范土地革命叙事。茅盾的乡村叙事与典范土地革命叙事相比有哪些差异，为什么茅盾没有创作典范土地革命叙事文本，这是本文要重点探究的问题。

一 茅盾对农民贫困、乡村破产原因的解释

典范土地革命叙事将农民贫困、乡村破产的原因主要归咎于地主对农民的剥削和压迫，特别是封建土地制度造成的土地高度集中。农民无地可种或地不够种，因而不得不忍受地主的地租和高利贷剥削，灾荒之年或捐税负担沉重之时，贫佃农无力缴租偿债，才走向绝境。例如，华汉《暗夜》里，当罗妈妈认为自家陷入绝境"只怪得我们的运气"是"天不保佑"时，老罗伯向她说道：

"这分明是人啊！分明是我们的田主啊！他！他！他！没有他，我们就饿饭也只饿得半年呀！⋯⋯"①

叙事人也认同这种看法：他分明看见过去的一切艰难和现在的一切困苦，都是他那田主人厚赐他的。假如没有他，在过去他绝对不会那么的困穷，在现在他也绝对不会这样的冻饿。②

蒋光慈《咆哮了的土地》的解释与此稍有不同：在革命兴起之前，农民们的生活虽然贫困，但并未陷入绝境。大家对地主的富裕生活都感到羡慕和敬佩；而经过革命发动者的阶级启蒙，青年农民们对地主李敬斋家那座巍然的楼房"不但不加敬慕，而且仇恨了"。

"他们在田野间所受着的风雨的欺凌，在家庭中所过着的穷苦的生活，仿佛这些，他们很模糊地意识到，都是不公道的，不合理的，而这些罪源都是来自那树林葳蕤的处所（指地主家——引者注）⋯⋯"③

茅盾小说对此却有不同的处理。

––––––––––––––

① 阳翰笙：《阳翰笙选集》第 1 卷，四川人民出版社 1982 年版，第336 页。

② 同上书，第 339 页。

③ 蒋光慈：《蒋光慈文集》第 2 卷，上海文艺出版社 1983 年版，第158—159 页。

首先,茅盾认为农业破产、农民贫困化只是近些年的事。因而,它不是封建土地制度的直接结果。《春蚕》里,老通宝回忆:

"他记得自己还是二十多岁少壮的时候,……那时,他家正在'发';……'陈老爷家'也不是现在那么不像样的。……并且老陈老爷做丝生意'发'起来的时候,老通宝家养蚕也是年年都好,十年中间挣得了二十亩的稻田和十多亩的桑地,还有三开间两进的一座平屋。这时候,老通宝家在东村庄上被人人所妒羡,也正像'陈老爷家'在镇上是数一数二的大户人家。可是以后,两家都不行了;老通宝现在已经没有自己的田地,反欠了三百多块钱的债,'陈老爷家'也早已完结。"①

作品交代老通宝是"六十岁",他"二十多岁"的时候是 30 多年前,即民国建立以前的晚清时代。《秋收》里又有一段:

"他想到三十年前的'黄金时代',家运日日兴隆的时候;……"②

这里的"三十年"该不是确指。但将老通宝一家"黄金时代"的时间定在清末,当无问题。

其次,他认为农村破产、农民贫困的终极根源是外国资本入侵。

老通宝家当年是全凭勤俭辛劳致富:"他的父亲像一头老牛似的,什么都懂得,什么都做得";尽管人们传说他祖父从"长毛"那里偷得许多金元宝,但"他确实知道自己家并没得过长毛的横财";"老通宝虽然不很记得祖父是怎样'做人',但父亲的勤俭忠厚,他是亲眼看见的"。③

在原先清末的时候、在同样的土地制度下,穷人勤劳可以致富;那么,近些年怎么就"不行了"呢?不论按老通宝的直感,还是按小说叙事人的暗示,最重要的原因就是外国资本的入侵。小说多次写

---

① 茅盾:《茅盾全集》(第 8 卷),人民文学出版社 1985 年版,第 313—314 页。

② 同上书,第 352 页。

③ 同上书,第 314 页。

老通宝反感一切带"洋"字的东西，这不仅是盲目排外心理所致，更多的是现实功利因素。外国资本（日本丝）入侵导致中国蚕丝业受挤压濒于破产，这是老通宝一家养蚕丰收反而赔本的主要原因或根本原因。除此之外，作品也间接写到中国丝厂主和茧商为苟延残喘而操纵叶价和茧价、加倍剥削蚕农的行为。《秋收》将农民副业方面的"丰收成灾"移到了农业方面，由"养蚕赔本"换成了"谷贱伤农"，而这次的直接罪魁是"镇上的商人"：他们"只看见自己的利益，就只看见铜钱"①，在农民即将收获时拼命压低米价。这样，尽管大自然没有过分为难农民（没有自然灾害），农民们还借助了代表西方现代科技的肥田粉和"洋水车"，秋稻也获得大丰收，粮农们还是难免贫困破产。懂些经济原理的读者会想到：粮商的"天职"就是靠粮食差价获利，让他们凭良心定价不太可能，那么按当时情况来说，对农民丰收反而破产负主要责任的，是政府，是国家。政府没有利用官仓调控平抑物价，扶助农民，放任外国资本与本国工商业者对农民的盘剥，导致"田里生出来的东西就一天一天不值钱，而镇上的东西却一天一天贵起来"②。

二　茅盾笔下的地主和农民

如前所述，地主恶霸化是典范土地革命叙事的基本特征之一。大家熟知的黄世仁、韩老六、周扒皮、胡汉三和南霸天都是恶霸地主的典型。即使是大家不太熟悉的《暗夜》《咆哮了的土地》《丰收》《东村事件》等作品，也都将王大兴、钱文泰、李敬斋、何八爷、李三爹、赵老爷等强取豪夺、道德败坏的恶霸作为地主阶级的代表人物。

而在茅盾的乡村叙事中，地主并非都是恶霸。可以说，除了《子夜》中出场不多的曾沧海，他的小说和散文写到的地主都不是恶

① 茅盾：《茅盾全集》（第 8 卷），人民文学出版社 1985 年版，第 367 页。
② 同上书，第 316 页。

霸。作品中地主与农民的关系也未必是尖锐对立、不可调和，非暴力不能解决问题。"农村三部曲"里，自耕农老通宝一家与住在镇上的地主陈老爷家是世交，老通宝遇到困难时向小陈老爷求助还能得到应允。作品中还提到一个放高利贷者——镇上的吴老爷。但放贷和借贷都出于自愿，老通宝去借贷还需托亲家张财发说情，而吴老爷也肯通融，只要二分半月息。可见此人虽非善人，但也并非恶棍。《残冬》中有一个不曾出场的张财主，此人虽有恶名"张剥皮"，但他的恶行仅限于不许人偷他祖坟上的松树、将骂他的李老虎捉去坐牢，并无公然欺男霸女、巧取豪夺之举。散文《老乡神》中的老乡神虽是作者讽刺的对象，但作者仅限于讽刺其喜欢无聊的恶作剧，想要弄别人最后却被别人耍弄。如前所述，茅盾并未将农民贫困的原因仅仅归结为地主剥削压迫、品德恶劣。

茅盾的客观描绘显示出，地主也是农村破产的受害者。典范土地革命叙事为凸显暴力革命的不可避免性和必要性，常常将农民的饥寒交迫、难以生存与地主的花天酒地、挥霍无度对比来写。而在茅盾笔下，由于危机根源在乡村之外，乃至在国门之外，乡村衰落、濒于破产是整体性的。茅盾虽然没有致力写地主的破产，但不回避对地主受到冲击挤压、生活状况下降的表现，某种程度上也写出了地主的苦衷与无奈。《春蚕》里，"陈老爷家"与老通宝家一样，"两家都不行了"。"老陈老爷也是很恨洋鬼子，常常说'铜钿都被洋鬼子骗去了'。"《微波》写地主李先生为避匪患和躲教育公债摊派，到上海做寓公。作家从地主角度写："可是，'绑票'的恐怖还没闹清楚，另一件事来了：那一年的教育经费没有着落，县里发了教育公债，因为李先生是五六百亩田的大主儿，派到他身上的债票是一千。这可把李先生吓了一大跳。近来米价贱，他收了租来完粮，据说一亩田倒要赔贴半块钱，哪里还能跟六七年前相比呀！"①

这李先生最恨的是奸商，因为他们"私进洋米，说不定还有东

---

① 茅盾：《茅盾全集》（第 9 卷），人民文学出版社 1985 年版，第 29—30 页。

洋货"。小说最后，得知中国兴业银行倒闭，"李先生的全部财产，每月的开销，一下子倒得精光"，李先生决定明天就回乡下去催租。这揭示了地主催租有时也出于迫不得已。

当然，作为左翼革命作家，茅盾不会将作品主题定为替地主剥削辩护。《微波》一开头，寓居上海的李先生尽管感叹"穷了"，他们家开晚饭时还是"一碗红焖肉，一盘鱼，两个碟子：紫阳观的酱菜和油焖笋"，与灾区灾民生活形成反差。

茅盾并不否认恶霸型地主的存在，但只将其视为诸种地主类型之一，并不将"恶霸"品行当作地主的本质，不将"地主"与"恶霸"两个概念画等号。在《子夜》中，他分别塑造了曾沧海、冯云卿和吴老太爷三个不同类型的地主形象。曾沧海靠放高利贷盘剥农民，侵吞其地产，还强占农民妻子阿金，与官府勾结，动不动就以抓人关人相威胁，属于恶霸。吴老太爷则是个保守迂腐的封建遗老。虽然他年轻时也满脑子维新和革命思想，老来却信奉"万恶淫为首，百善孝为先"，自认是"积善"之人。冯云卿也像曾沧海一样靠放高利贷起家，但他并非凶相外露的恶霸，而是个"笑面虎"，用的是诈取巧夺的"长线放远鹞"方式，而非强取豪夺的恶霸方式。不论恶霸、积善者还是伪善者，地主都受到乡村破产、农运迭起、盗匪横行的冲击，逃进了都市。

与地主形象相应，茅盾小说中的农民形象也很日常，没有一个带有理想色彩、体现出自觉革命意识的形象。革命漩涡之外的老通宝自不必说，即使是《泥泞》里被卷进漩涡的黄老爹父子，也是懵懵懂懂，他的两个儿子对革命的认识颇类似于阿Q。《当铺前》里的灾民只让人感到可怜；《水藻行》里的财喜虽然外形高大，也敢作敢为，但与堂侄媳偷情，毕竟对堂侄有愧；《残冬》里的多多头、《子夜》里的阿二和进宝，也多是自发抗争或个人复仇。茅盾小说里的穷人并非都"人穷志不穷"。阿金被曾沧海强占，就不是像白毛女一样反抗，而是贪恋富贵，还与地主少奶奶争风吃醋。

针对茅盾作品的上述特点，作品发表不久就有教条主义的左翼批评家予以指责。一个署名罗浮的在《评〈春蚕〉》一文中认为，"苟税杂捐①商人，地主，高利贷等的剥削，是农村崩溃的很重要的原因"，而作者对此一笔带过，没有展开具体描写；"这里农民的阶级意识，也是写得非常淡薄非常微弱，非常模糊的"②。朱明则批评茅盾只写落后农民，"而对现代农民的斗争完全不闻不问，连一点感想也没有"③。丁宁的观点与罗浮近似，即认为茅盾没有正面描写苛捐杂税以及放高利贷者、土豪劣绅对农民的敲诈剥削，这是其缺点。④茅盾本人对这些指责颇不以为然。在其晚年撰写的回忆录中，他一方面礼貌地对这些批评家的"忠告"表示感谢，另一方面又强调理性认识必须转化为感性认识、转化为自己的思想方法，强调作家实际生活经验的重要性，反对批评家在没有相同或相似生活经验的情况下，单凭书本知识判定作品的真实性⑤。在茅盾写"农村三部曲"的1930年代和写回忆录的1970年代末的语境中，以他的身份，他当然不可能直接否定封建剥削与农民贫困化之间关系的重要性，但是他凭自己在经验和直观感受基础上的独立思考来写。他对叙述重点的选择本身就说明了其思想观点和艺术表现的独特性。

三　茅盾对暴力革命的态度

土地革命是一种暴力革命。毛泽东关于"革命不是请客吃饭"，"革命是暴动，是一个阶级推翻一个阶级的暴烈的行动⑥"的著名论述，针对的就是农民运动和土地革命。早年热衷于社会政治活动、成为专业作家后仍密切关注和跟踪政治动态、晚年仍属政界人物的茅盾，自然不可能无视这种革命的暴力特征。但是，茅盾虽然与毛泽东

---

① "苛税杂捐"后当有逗号，原文如此。
② 罗浮：《评〈春蚕〉》，《文艺月报》1933年第1卷第2号。
③ 茅盾：《回忆录·〈春蚕〉、〈林家铺子〉及农村题材的作品》，《茅盾全集》（第34卷），人民文学出版社1997年版，第533页。
④ 同上书，第535页。
⑤ 同上书，第537—539页。
⑥ 同上书，第524—525页。

一样属于政治关怀与文人气质交融的人格类型，但他的气质里似乎文人成分多于政治成分，当革命进入最暴烈的阶段、各种血腥场面触目惊心时，茅盾被震撼了，从而对暴力的必要性有所"动摇"，对暴力的副作用及其后果格外关注。他的小说《动摇》表现了对暴力革命残酷性的震惊，并非旗帜鲜明、立场坚定地宣传暴力革命的必要性与合法性。特别是小说第 11 章表现方罗兰内心活动的那段直接引语："正月来的账，要打总的算一算呢！你们剥夺了别人的生存，掀动了人间的仇恨，现在正是自食其报呀！你们逼得人家走投无路，不得不下死劲来反抗你们，你们忘记了困兽犹斗么？你们把土豪劣绅四个字造成了无数新的敌人；你们赶走了旧式的土豪，却代以新式的插革命旗的地痞；你们要自由，结果仍得了专制。所谓更严厉的镇压，即使成功，亦不过你自己造成了你所不能驾驭的另一方面的专制。"①

这段话虽可解释为作者对人物的批评，但读者读后的一般直接感受却是作者的价值立场与这一人物区分并不明显。王晓明就认为"作者……却常常还是在用方罗兰的眼光，甚至是一个贴着墙根行走的弱女子的惴惴然的眼光，打量着那些残酷的斗争场面"②。经历过暴风骤雨式革命的人，对此当更有别样体会。

《动摇》写的是小县城里的故事，茅盾真正的乡村叙事始于 1929 年 4 月发表于《小说月报》第 20 卷第 4 号的短篇小说《泥泞》。茅盾这类作品产生的年代大致与华汉、蒋光慈的典范土地革命叙事文本差不多，加之他借为《地泉》三部曲作序直接表达过对华汉、蒋光慈等人创作方法的看法，所以，我们可以将茅盾的乡村叙事视为"典范土地革命叙事"文本的直接互文本。也就是说，茅盾是有意创作不同于后者的作品。如果说典范土地革命叙事体现的是毛泽东对农民运动、对暴力革命的基本观点，那么茅盾通过《动摇》和《泥泞》等作品表现出的，是与之有别的观点和立场。茅盾在世时，由于时代

---

① 茅盾：《茅盾全集》（第 1 卷），人民文学出版社 1984 年版，第 246 页。
② 王晓明：《惊涛骇浪里的自救之舟——论茅盾的小说创作》，《二十世纪中国文学史论》第 2 卷，东方出版中心 1997 年版，第 269 页。

语境的缘故，他本人一方面对此自我辩解或检讨，另一方面又否认或避讳。

《泥泞》虽然正面描写了北伐大潮中的农民运动，但却是以反思乃至解构的笔调予以描述。贫苦农民黄老爹和他的两个儿子老三和老七懵懵懂懂被裹挟进了革命，一伙穿灰色军衣的兵让黄老爹为新成立的农民协会写"花名册"，他的两个正打光棍、处于性饥渴状态的儿子觉得"有趣"，遂抱着"共妻"的幻想，也不明所以地参加了农会活动。不料，几天后这拨搞农运的兵突然撤离，村里新来一批与前一批兵打着一样旗帜而只是"号数不同"的北方口音的军队，他们将正在生病的黄老爹抓起，问明他为农会干过哪些事后，就将其与儿子老三一起枪毙了。老七因碰巧在外，幸免于难。大兵在杀了黄家父子、征发了村民的猪和谷等财物之后，村里又"复归原状"，因没有新的恐怖，村民们"都松一口气"。按这篇小说的叙事逻辑，"打倒土豪劣绅"的农民运动只是暂时吓跑了乡董和保正，并未给农民带来任何好处，农民们甚至不知道为什么要革命。黄家父子白白阿Q似的糊里糊涂丢了性命。小说开头所写战斗过后"门外有一具赤条条的女尸，脸色像猪肝，一只小脚已经剁落"，令人联想到前一年发表的《动摇》中的类似描写。茅盾的乡村革命叙事突出了与暴力伴随的恐怖。作品没有对农民土地需求的任何交代，只有"活无常"几句牢骚涉及土地："说得好听，都是哄人的！咱连一片泥也没见面，说什么田！……"小说也没塑造一个品质恶劣、横征暴敛的土豪恶霸或官僚形象，作品里的农民麻木愚昧，没有任何觉悟，那些来发动他们的女兵们也并未真正对他们进行阶级启蒙。所以，《泥泞》和《动摇》一样，只是大革命漩涡中乡村生活的客观记录，不能起直接宣传鼓动革命的作用。

四 茅盾创作追求与其乡村叙事的关系

茅盾乡村叙事与典范土地革命叙事的差异，是其有意识的创作追求。

茅盾虽然关注政治、靠近政治，但他认为文学的主要功能不是直接宣传政治理念，而是客观全面地反映社会实际状况、科学地剖析社会肌理，并以真正艺术的方式予以表现。在《〈地泉〉读后感》中，茅盾提出作家"要用形象的言语、艺术的手腕来表现社会现象的各方面"，换句话说，一是"社会现象全部的（非片面的）认识"，二是"感情地去影响读者的艺术手腕"。茅盾所强调的这两点，与典范土地革命叙事将宣传鼓动性置于作品功能首位的创作宗旨有着重要差别。茅盾批评蒋光慈、华汉等人小说存在的"脸谱主义"，即"许多革命者只有一张面孔"，"许多反革命者也只有一张面孔"，认为这是因作者"缺乏感情地去影响读者的艺术手腕"，笔者则以为，这固然与艺术表现技巧有关，其根本原因却在于创作宗旨：典范土地革命叙事作品为了直接宣传鼓动旨在推翻地主阶级的暴力革命，势必突出强化地主与农民之间的矛盾，将其作为乡村社会的主要矛盾，并突出地主个人品行方面的恶劣，将农民形象作为正面形象塑造、彰显其正义的一面。那些不利于表现这种主题的生活侧面，就统统被"净化"掉，或予以改写、修正。茅盾的乡村叙事则强调理性"分析"，将中国社会作为"研究"的对象。这种"分析"和"研究"的态度，决定了他重视对社会及其各个阶级阶层、各种类型人物认识的"全面"性，即把不同人物都作为具体的个体生命看待，即使是"反革命者"，也要"将他们对于一件事的因各人本身利害不同而发生的冲突加以描写"。这样，就不会出现"一个阶级只有一种典型"的现象。茅盾塑造了小陈老爷、吴老太爷、曾沧海、冯云卿、李先生、老乡神等不同类型的地主形象，避免了"许多反革命者也只有一张面孔"。他还反对"把革命者和反革命者中间的界限划分得非常机械"①。而将革命、反革命阵营表现得阵线分明，正是典范土地革命叙事的共同特征。

除了强调客观分析，茅盾还反对完全脱离作家个人感性经验的抽象主题表达。他曾说，他的创作受左拉和列夫·托尔斯泰两个人的影

---

① 茅盾：《〈地泉〉读后感》，《阳翰笙研究资料》，中国戏剧出版社1992年版，第331—333页。

响。他认为这二人的作品都是"现实人生的批评和反映",区别在于左拉是"冷观的",托尔斯泰是"热爱人生"。他说"我爱左拉,我亦爱托尔斯泰","可是到我自己来试作小说的时候,我却更近于托尔斯泰了"①。那指的是《蚀》三部曲的创作,指的是这三部作品倾注了作者更多的切身体验和情感因素。茅盾毕生大部分小说的主调是客观冷静的剖析,这分明是左拉式的。与左拉不同的是,茅盾更重视用"社会科学"而非生理学或病理学分析现实(尽管其早期小说有"自然主义"成分)。不论左拉,还是托尔斯泰,他们的创作宗旨在于对社会的"批评和反映",而非宣传与鼓动,这是肯定无疑的。在接受马列主义后,茅盾的世界观有了变化,其创作思想却保持一贯性,这正是茅盾的可贵之处。因此,他虽为左翼作家,但他包括《蚀》《春蚕》和《子夜》在内的优秀作品却具备了超越政治立场的价值。写实性的"农村三部曲"在发表之初被左翼批评界某些人指为未能"在杂多的现实中,去寻出革命的契机","纯客观主义的态度,是不断的妨害了作者"②,而在今天看来,正因讲究反映现实的全面性、客观性,他的乡村叙事才具有 1920 年代"乡土小说"及 1930 年代非左翼作家及其他左翼作家作品所不具备的社会科学视野,又不似典范土地革命叙事内涵那样单一片面。所以,除了独特的艺术价值,这些作品还具备一定的文献价值。

由于并不以直接鼓动暴力革命为创作宗旨,而将客观剖析中国乡村社会结构、反映实际社会状况当作自己艺术追求的目标,茅盾也写到了阶级矛盾、政治冲突之外的乡村世界。他的另一篇近年引起研究者注意的乡村叙事作品《水藻行》③ 虽然写到官府和地主对农民的压迫剥削——筑路的徭役,陈老爷家的利息,催粮、收捐和讨债,以及陈老爷儿子的免征,但叙事者关注的焦点、表现的重点却非地主和农

---

① 茅盾:《从牯岭到东京》,《茅盾全集》(第 19 卷),人民文学出版社 1991 年版,第 176 页。

② 凤吾:《关于"丰灾"的作品》,《申报·自由谈》,1933 年 7 月 29 日。

③ 1937 年 5 月以日文发表于东京《改造》第 19 卷第 5 期,中文原文初刊于上海《月报》1937 年第 1 卷第 6 期。

民的矛盾，而是农民内部的伦理冲突。他集中写于1933—1934年间的其他小说和散文，分别记述了当时中国乡村生活的另外一些侧面，比如自然灾害带来的灾荒、灾民抢米、挖城居地主祖坟以求财，抽水机的引入及实际运用时的困难（《当铺前》《大旱》《戽水》《阿四的故事》）；洋蚕种与外国肥田粉占领中国农村市场（《陌生人》）；城乡差异，小火轮对农田的危害，"可怜相"的"土强盗"的产生（《也算是〈现代史〉罢》《乡村杂景》）等。

　　许多人单知道茅盾在写作小说特别是长篇小说之前总是先有一个比较明确的主题，并因此指其为"主题先行"的始作俑者，但却忽略了重要一点，就是茅盾也重视生活经验和作家个人的独立思考，他作品的主题是在自己生活经验基础上通过独立思考得来的。他在总结自己《三人行》创作失败的教训时说："徒有革命的立场而缺乏斗争的生活，不能有成功的作品。"[1] 因此他很看重相关生活经验的积累利用。仍以其乡村叙事为例：茅盾生于城镇，成长和工作于京沪等大都市，没有较长时间乡村生活的经历，不属于"乡土作家"。他知道自己在书写乡村方面有短处，就尽量调动自己已有的感性经验：从小与农民有接近，一些农村亲戚常来沈家，诉说自己的所思所感与所痛；他幼时祖母接连三年养过蚕，他对于养蚕"有较丰富的感性知识"。这使其对乡村的描写并不乏细腻生动之处。所以，就连对其有明显政治偏见的夏志清，也赞赏《春蚕》是"唯一接近摆脱无产阶级文学传统束缚的短篇小说"，说它"不但是茅盾的杰作，同时也是无产阶级小说中出类拔萃的一个代表作"[2]。

（原刊《社会科学辑刊》2016年第5期）

---

　　① 茅盾：《〈茅盾选集〉自序》，《茅盾全集》（第24卷），人民文学出版社1996年版，第207页。

　　② 夏志清：《中国现代小说史》，刘绍铭译，台北：传记文学出版社1979年版，第183页。

茅盾与中国大西北的结缘

李继凯　李国栋

　　摘　要　人地关系是人文地理学的重要论域，也是文学地理研究的一个重要领域，人地亦即人文与地理关系的建立往往是一种宿命般的人生深缘，茅盾与大西北的结缘就是如此。江南文人茅盾曾在20世纪30年代末40年代初有过长达两年（1939.1—1940.12）的大西北游历生活，从兰州、乌鲁木齐到西安再到延安及宝鸡，都留下了他的"探路"足迹。茅盾长达两年的大西北生活经历对其创作手法乃至思想追求产生重要影响。就像在当时革命圣地延安的生活经历锤炼了他高度的政治热情与纯洁的革命思想，还如新疆这一地处边缘的多民族异质文化区域给予了他更宽广的文化关注视野，使他能够以边缘立场来反思新疆文艺的诸多问题，同时也给予了他一般现代作家所未有的全新审美体验，让他能够更深刻全面地分析着中国现实。在此期间，作为"探路者"的茅盾社会事务繁忙，既担任行政职务并广泛参与教学和演讲等活动，还笔耕不辍，完成了数量可观的作品，尤其是借助于文学书写来参与社会、影响人心。

　　关键词　茅盾；"探路者"；大西北；文学地理；行旅与写作

　　来自浙江乌镇的茅盾一生走过许多地方，见闻非常丰富，在他所处的时代，真正做到了读万卷书、行万里路，由此成为真正博学多识的人，尤其是成为了一位中国现代"上下求索"的勇敢"探路者"。其中值得注意的是，他有一种游历与很多现代名人颇不一样，就是在20世纪30年代末40年代初曾游历过偏远的大西北，勇敢"走西口"，不仅经甘肃等地进入新疆，甚至还大难不死，脱身进入延安，度过了一生难忘的时光。人地关系是人文地理学的重要论域，也理应成为文学地理研究的一个重要领域。而从人地关系或文化地理角度考察茅盾与大西北的结缘，不仅可以回归历史境域，而且可以领略其中那些颇为耐人寻味的地方。

一 西游：实地行旅

人地结缘也要靠"缘分"，江南文人茅盾携家人入住新疆、延安，那份缘分的由来确实值得关注。从假的"红色根据地"新疆迪化（乌鲁木齐），到真的"红色根据地"延安，茅盾经历了惊心动魄的"探路"之险和喜出望外的"探路"之欢。根据茅盾《我走过的道路》所述，他在 1938 年到达香港之后，与友人萨空了主编《立报》，但是因为销量不佳，时常往里搭钱，加上香港的生活费用又高，便每月入不敷出，"常使德沚叫苦，……显然，这样过日子是不能长久的"[1]。于是茅盾便产生了离港去上海求出路的念头。不久在一次朋友聚餐中，茅盾偶然见到了正在筹办新疆学院的老友杜重远。交谈中杜重远萌生了让他去新疆帮忙办教育的想法，还直言相告："能请到你这样的名作家去新疆，号召力就大了。"[2] 正在茅盾对此事未置可否的时候，杜重远光顾"茅庐"，亲自登门来邀请他，并带来了一本油印的《三渡天山》，这本书将当时盛世才统治之下的新疆描绘得十分光明，俨然就是与苏联连成一片的"红色根据地"，令人依稀看到通向革命胜利的一条宽阔道路，所以茅盾说："那本小册子，的确使我动了去新疆做点事的念头。"[3] 由此，茅盾长达两年的大西北游历生活（相对而言可谓"走西口"）亦即"探路"之行开始了，其一行的主要行程如下：香港（1938.12）——昆明（1938.12—1939.1）——兰州（1939.1—1939.3）——哈密（1939.3）——乌鲁木齐（1939.3—

---

① 张宝裕等主编：《杜重远》，新疆大学出版社 1987 年版，第 243 页。
② 同上书，第 242 页。
③ 同上书，第 243 页。

1940.5）——兰州（1940.5）——西安（1940.5）——延安（1940.5—1940.10）——西安、宝鸡（1940.10—1940.12）——重庆（1940.12）。

1938年12月20日，茅盾不顾交通不便、前路未卜，毅然带上一家人正式动身，先是登上法国邮轮绕道越南海防与河内，又乘坐火车经过一路颠簸直到12月28日才到达云南昆明，与楚图南、施蛰存、顾颉刚等文艺界的朋友们广泛交游，直到1939年1月5日才登上了去兰州的飞机。在令人瑟瑟发抖的西北寒风中，茅盾一行住进了兰州的一家招待所，一直到2月20日他们才好不容易等来了一架可以搭乘的进疆飞机飞往哈密。到达哈密稍事休整后，他们便经由鄯善、吐鲁番，穿过天山，终于在3月11日到达当时的迪化（今乌鲁木齐市）。其行程耗时近三个月，可见当年国内尤其是"西部"问题中的"交通"枢纽是何等不畅通了。这既有设备很落后、陆路多险阻的原因，更有匪盗蜂起、管理不善的人为因素。

既来之则安之。茅盾从此便开始了在新疆一年又两个月的边疆生活，这期间他不仅参与了新疆学院的教学活动，完成了一些文章的写作，而且担任了新疆学院行政职务和一些比较重要的社会兼职，此外，还曾经与友人登天山游天池、组织暑期旅行团去遥远的边陲伊犁开展相关宣传工作。但好景不长，随着假的"红色根据地"尤其是"新疆王"盛世才反动面目的逐渐暴露，茅盾便意识到了环境恶化，开始巧妙使用韬晦之计，小病大养，同时积极寻找机会离开新疆以便继续探路。不久，茅盾忽然收到了母亲去世的加急电报，于是赶紧趁机请假，并在1940年5月5日带上一家人飞离了乌鲁木齐。飞机中途在哈密停留的那天夜里，盛世才曾先后三次给哈密守军打电话，先是要扣留茅盾他们，第二次又来电指示先不要动手，让他再考虑一下，第三次终于在电话里说："算了，让他们走吧。"① 如此茅盾一行方才逃出险境，虎口逃生的茅盾及其家人也算是大难不死。

又一次降落在兰州的茅盾本想休息一晚后继续飞去重庆，却正好

---

① 钟桂松：《茅盾评传》，南京大学出版社2013年版，第217页。

遇到傅作义带领大量随员去往重庆公干，便占用了茅盾等人的飞机座
位。同行的张仲实临时想改道到声誉鹊起的延安去看看，他劝茅盾也
一同前往。由此他们便搭上了西北公路局的便车奔波了五天，路上风
雪华家岭，翻越六盘山，经过咸阳继而到达西安，并碰巧在七贤庄八
路军办事处见到了周恩来和朱德。在西安逗留期间既参观了著名的碑
林等名胜古迹，还考察了民众市场及市民生活状况。之后于 1940 年
5 月 24 日，茅盾一行便乔装打扮随朱德总司令的车队向延安进发，
经铜川、过黄帝陵，5 月 26 日，他们终于抵达真的"红色根据地"
亦即革命圣地延安，并住进了赫赫有名的"鲁艺"。这接下来四个半
月的延安生活，对茅盾来说，绝不是一般意义的行旅羁留，而是革命
的会合，更是探路的实践。后来远在重庆的周恩来考虑到加强国统区
文化战线力量的需要，便邀茅盾前往重庆工作，10 月 10 日，茅盾夫
妇把儿女留在了延安，毅然跟随董必武的车队踏上了新征途，经西
安、宝鸡等地，在 12 月份到达了重庆。

二　担当：社会事务

积极入世的文人既是人生探路者，也是社会事务承担者。1939
年 1 月，茅盾从香港取道昆明飞抵兰州后被滞留了 45 天，因为盛世
才对茅盾等文化名人入疆有所顾忌，一时拿不定主意是否派飞机接应
他们入疆。临时住在兰州的茅盾却仍然忙碌，因他名头很响亮，当他
到达兰州的消息在报纸刊出以后，拜访者甚众，尤其是当地的文学青
年踊跃求见。在与兰州进步青年们有过交谈和交往后，他才真正了解
到当时兰州文化界的真实情形："西北的封建势力很严重，文化又落
后，因此抗战文艺运动很难开展，原来在这里的几个著名的文化人都
离开了，现在只有一些热心的文艺青年在坚持工作。"① 但他对兰州
的抗日文化还是充满了信心："现在是隆冬，等到春回大地时，这里

---

① 张积玉、王钜春：《马克思主义理论家翻译家张仲实》，陕西人民教育
出版社 1991 年版，第 221 页。

将是另一番景象……"① 他不仅赞扬了青年学生在困难条件下开拓抗战文艺的精神，还鼓励他们尽早成立文协甘肃分会，以便有一个集中的活动中心。同时，应当地进步文艺工作者赵西、薛迪畅等人邀请，茅盾在甘肃学院作了两次题为《抗战与文艺》和《华南文化运动概况》的专题报告，这不仅给予有志于抗战文学创作的青年以具体的指导，还对兰州的抗日救亡运动产生了一定促进作用。

茅盾到达新疆后，为了传扬新文化包括左翼文化，他不仅身兼数职，登台讲学，还笔耕不辍。首先，茅盾担任了新疆学院教育系的系主任，此外还承担着繁重教学任务，为教育系主讲的《国防教育》与《中国通史》等课程，给教育系各位同学留下了深刻印象。他在进疆后不久，给香港楼适夷的信中曾谈到自己的工作情况："弟担任功课每周十七小时，而大半功课与文艺无关，盖此校教员仅弟与仲实二人，他差不多包办了政治系功课，弟则包办了教育系功课。"② 其次，茅盾领导成立了新疆化协会，他作为委员长兼艺术部长，负责指导话剧、漫画等多个业务科的具体工作，同时还主持成立了戏剧运动委员会，这些举措有力地推动了全疆文化的向前发展，加强了各民族文化工作的交流沟通。在茅盾倡议下，新疆文化协会创办了漫画刊物《时代》，他还为《时代》写下发刊词。再次，茅盾还热忱培养本地的文化与文学人才，他觉得："健全的文化干部才是新疆文化建设的开路先锋。"③ 1939 年 6 月，茅盾向全疆各地发通知调查"所有之艺术天才的人士（不分族别、性别、职业、年龄）"④，求及时上报，集中培训与任用，同年 10 月他主持举办"新疆文化干部训练班"，特地聘请赵丹、白大方等讲授表演与戏剧课程，这些措施的确发现与培养了众多优秀文化人才。最后，茅盾还躬身实践、广泛游历，曾积极动员汉族、维吾尔族、哈萨克族、乌孜别克族等各民族青年学生 200

① 张积玉、王钜春：《马克思主义理论家翻译家张仲实》，陕西人民教育出版社 1991 年版，第 218 页。
② 陆维天编：《茅盾在新疆》，新疆人民出版社 1986 年版，第 6 页。
③ 同上书，第 228 页。
④ 同上。

多人组成暑期旅行团,远赴伊犁进行工作考察。所有这些都是茅盾在开拓新疆文化事业方面的独特贡献,意义深远。

茅盾离开新疆后经由兰州、西安而与延安邂逅和结缘,留下了很多耐人寻味的话题。他在延安虽不足半年,却是延安根据地建设的"在场者",这一点他明显与鲁迅、郭沫若不同。在延安期间,他写有各类文章多篇,同时参加了多项讲学、集会等文化活动,为延安的文艺事业、文化建设做出了直接的突出贡献。其一,茅盾采纳毛主席"鲁艺需要一面旗帜,你去当这面旗帜罢"的建议①,住进了鲁艺为文学系学生讲授《中国市民文学概论》,他自觉地运用马克思主义唯物史观,对中国市民文学的历史嬗变作了深刻阐述,深受师生欢迎。他的讲学活动并不限于鲁艺,而是深入到了延安文艺各界,同时他总是以一位长者姿态,耐心而又温和地解答学生的提问;其二,茅盾自从到达延安伊始,便投身到一系列的社会与文化活动中,如他参加鲁艺两周年校庆并登台讲话,参加延安哲学会第一届年会,应邀出席文抗分会的欢迎茶话会,被推选为边区回民第一次代表大会的主席团成员,被聘为边区新文字协会的发起人,还曾与吴玉章、林伯渠等人联名发表《鲁迅文化基金募捐缘起》来推动作家的创作……这些活动让茅盾感受到了边区人民的热情,也激发了他发自内心的高度政治热情,对于他革命思想的磨炼有着极其重要的意义;其三,茅盾还对延安文艺运动进行了诸多宣传和探讨,促使他取得了一些文艺理论研究方面的成果:一是对民族形式的独特思考,正如他到延安不久便发表了题为《论如何学习文学的民族形式》的长篇演讲,他认识到抗战作为"时代中轴"的要求,使得文艺为抗战服务、为大众服务才是一个根本性原则,因而他坚决赞成拥护这一原则并投入到实践与宣传中去;二是关于鲁迅的正面阐发,他在《关于〈呐喊〉和〈彷徨〉》《为了纪念鲁迅的六十生辰》《纪念鲁迅先生》等文章中都显示出对于"鲁迅的方向"与民族解放之间关系的深刻思考,从而积极地发扬鲁迅精神,坚持战斗的现实主义创作方法,推动根据地文学的健康

---

① 朱鸿召:《延河边的文人们》,东方出版中心 2010 年版,第 267 页。

发展;三是对民间文化和民间形式的特别强调,他重视运用辩证思维,既反对唯"国货"是从的思想,又反对将民间文化、民间形式全部抹杀的意识,他认为要尤其注意"向人民大众生活去学习",从而创造出为人民大众所喜闻乐见的民族形式。茅盾在延安的教学、考察、讨论及演讲等都足以显示,他的延安之行确实是不虚此行,也让我们看到了茅盾作为一位延安文艺建设者和宣传者的面相。

三 书写:文学创作

作为探路者的茅盾始终没有忘记自己还是一位书写者。他可以借助于书写尤其是文学书写来参与社会、影响人心。比如,茅盾在往返于新疆和内地的路途中曾两度路经甘肃兰州,于是他精心创作了一篇散文《兰州杂碎》,并克服欠缺资料、信息匮乏等困难,撰写了两篇文论《抗战与文艺》和《谈抗战初期华南文化运动概况》。在《兰州杂碎》中,他以"生活的味儿大不相同"开篇,一方面描述了甘肃地区生存条件的落后与民众生活的艰苦,像是"一玻璃杯的水,回头沉淀下来,倒有小半杯的泥浆……""吃完面条,伸出舌头来舐干那碗上的浓厚浆汁算是懂得礼节"①。另一方面,茅盾却又颇有深意地书写那荒凉落后和贫穷艰苦中的"繁荣"。洋货铺子异常触目,货物式样上海气派,因为掌控缉私等特权的机关人员承揽了洋货的包运包销,化公为私,大发国难财。茅盾将这种形势下愈战愈旺的市场归结到"中国人自有办法"上,表现出他对国民党政府统治黑暗腐败的无奈和嘲讽。在《抗战与文艺》和《谈抗战初期华南文化运动概况》两篇文论中,茅盾精辟地论述了抗战文艺的方针、任务和文艺批评方式,提出了当前的文艺运动任务和对开展西北地区文化运动的意见,对于当时的兰州和整个西北地区的文艺运动,具有重要的指导意义。从他的"目前全国文化运动最大的缺点是各地发展的不平

---

① 方铭编:《茅盾散文选集》,百花文艺出版社 1984 年版,第 136 页。

衡……尤其是西北的文化运动，更需要大批的文化人到这儿来推动"① 等言语之中，我们可以感受到茅盾当时对于即将奔赴新疆支援文化建设的坚定信念。

茅盾作为入世文人的"顺应"或"适应"能力是很强的。他在新疆生活了一年又两个月，书写甚勤，创作颇丰，撰写了诗歌、评论等各类作品共计30余篇，与新疆文化直接相关的便有《新疆文化发展的展望》《为新新疆进行曲的公演告亲爱的观众》《演出了新新疆万岁以后》《谈新疆各回教民族的文化工作》等。在这些文本之中，首先，茅盾提及了他对当时新疆文艺发展现状的认识，不管是历史的纵向比较，还是与内地的横向对比，新疆的文化发展程度都比较落后，他形容新疆为"文化上的无风地带""文化沙漠"等，他认为这种差距是由于"西风不渐"造成的，新疆由于地处偏远，对新文艺思潮的接受和反应是比较迟钝的；其次，茅盾注意到了因为抗战总动员而给新疆新文化思潮所带来的机遇，盛世才军阀政权虽独断专行，但却克服重重困难实行着"以民族为形式，以六大政策为内容"的文艺政策，他认为这具有合理性和正确性，并持以高度赞扬的肯定态度，"总而言之，一致的都是六大政策为内容！这就是我们随时随地可以看见的新新疆的民族文化"②，并真诚地用"奇迹""一日千里"等词来形容新疆文化发生的惊人巨变；再次，他还依据独到的个人观察，提出了发展新疆文艺的原则和对策，他认为普及民众的文化教育是当务之急，要做到"普及、发展、深入"这三层关系，才能出现更多的优秀创作；最后，他建议新疆文化发展要建立一种全局观念，他深知西部的文化缺乏人才，呼吁大批的文化人前往支援，以解决全国性文艺发展不平衡的问题。遗憾的是，乱花迷眼，茅盾被"新新疆"的假象蒙蔽了较长时间，和当时的诸多共产党人一样，未能及时识破盛世才欺世盗名、投机钻营的真实面目。

不过，当年茅盾侥幸离开新疆以后，依然深深眷恋着大西北这片

---

① 陆维天编：《茅盾在新疆》，新疆人民出版社1986年版，第217页。
② 同上书，第218页。

神奇的土地，写有《新疆风土杂忆》等篇幅较长的回忆性散文。其文在形式上，叙描结合、诗文并茂，形态多样的随笔体令人目不暇接，现代游记散文的结构在此实现了新的转变；在内容上，以风土见胜又暗含人情，正如开篇便是对左宗棠进军新疆时所栽植左公柳"引得春风度玉关"的赞赏。另外，茅盾每每写到动情之处，还"诗以记之"，如贯穿全文的四首《新疆杂咏》。其中一首："晓来试马出南关，万树银花照两间。昨夜挂枝劳玉手，藐姑仙子下天山。"① 诗的出现不仅是对风土人情精练的审美把握，更是令文章趣味横生、情意浓郁，确为文章增加了不少活泼而又雅致的成分。

茅盾在陕西延安、西安等地的时间一共不足半年，不及他在新疆的一半。但就写作而言，却也有各类文章 15 篇左右，绝大多数都是谈文艺问题的，如《论如何学习文学的民族形式》《旧形式、民间形式与民族形式》《中国市民文学概论》《关于〈呐喊〉和〈彷徨〉》《纪念鲁迅先生》等。茅盾的这些创作理论研究深深影响了当时身在陕西的一些年轻作家。他在离开秦地以后更是精心写过关于陕西的多篇散文和心系北国的诗歌。他的系列散文如《风雪华家岭》《西京插曲》《"战时景气"的宠儿——宝鸡》《秦岭之夜》等，发挥了他擅长纪实的笔墨功夫，为现代游记奉献了精彩篇章；而诸如《风景谈》《白杨礼赞》等系列散文更是广播人口，深刻地滋养了日后的无数文学青年及陕西文坛。《风景谈》借景言情，抒发了对根据地军民和谐生活的赞美之情，令读者在领略到"风景"与"延安"关联的同时又会明白："人类的高贵精神的辐射，填补了自然界的疲乏，增添了景色，形式的和内容的。人创造了第二自然！"② 大美自然在民间孕育着民众无限的生命力，是民族精神生生不息的生动外化。《白杨礼赞》则表达着茅盾对于奋斗的、进取的或上升的共产党人的高度认同，并从其与民众水乳交融所形成的同心同德、团结向上的时势看到了必胜的希望："我赞美白杨树，就因为它不但象征了北方的农民，

---

① 陆维天编：《茅盾在新疆》，新疆人民出版社 1986 年版，第 199 页。

② 茅盾：《风景谈》，中国青年出版社 2012 年版，第 7 页。

尤其象征了今天我们民族解放斗争中所不可缺的朴质，坚强，以及力求上进的精神。"这种充盈激情与诗意的篇章，通过超越特定时代的历史性解读，更有其"影因"力量和精神内涵的深远影响值得我们关注。

所谓白杨树派，是从秦地文学的创作实际出发，参照茅盾诗文（如《白杨礼赞》《风景谈》《题〈白杨图〉》等）所提示的精神特征和审美特征，以及评论界已有的相关成果，从而郑重命名的一个具有地域性的小说流派。茅盾直接提携或以其精神魅力激励了柳青、杜鹏程、王汶石、柯仲平等陕西作家，从而使得秦风秦韵的"白杨树派"蔚为壮观。不仅如此，茅盾还参与或影响了整个 20 世纪陕西文学风格与文学精神的构建。20 世纪秦地文学有三大文学现象最为引人注目，一是延安文学，二是白杨树派，三是陕军文学。然而同样引人注目的是，茅公与这三大文学现象都有着相当密切的关系。茅盾与延安文学和白杨树派的精神结缘正如前文所述，当茅公逝世以后才进驻文坛的"陕军"新锐作家同样深受其文学风范的影响，就像曾经斩获茅盾文学奖的路遥、陈忠实等作家，在创作主张、审美倾向、构思特点等多个方面都自觉或不自觉地深得茅盾文学精神的真传。诚然如斯，茅公精神永驻秦地，其"影因"亦可不朽。

四 结缘：人文地理

人地亦即人文与地理关系的建立往往是一种宿命般的人生深缘，茅盾与大西北的结缘就是如此。北"风"南"骚"，历代学者多有论及，梁启超曾在《中国地理大势论》中指出"燕赵多慷慨悲歌之士，吴越多放诞纤丽之文，自古然矣……"[①]。近些年来，文学地理学更是开始形成一个文学研究新领域。早在 1980 年代，贾平凹就从人文地理的角度来看待秦地作家，认定由此"势必产生了以路遥为代表的陕北作家特色，以陈忠实为代表的关中作家特色，以王蓬为代表的

---

① 白朗：《中国人文地脉》，成都时代出版社 2011 年版，第 17 页。

陕南作家特色。这三位作家之所以其特色显著于文坛，这种地理文赋需要深入研究"①。地理环境，尤其是人文地理氛围为作家提供着作品创作素材，激发了作家的创作灵感，影响着作家的心理素质与审美情趣，所有这些都使得现代作家与人文地理的关系研究成为一个有意味的课题。

茅盾长达两年的大西北生活经历也必定对其创作手法乃至思想追求产生重要影响。就像在当时革命圣地延安的生活经历锤炼了他高度的政治热情与纯洁的革命思想，还如新疆这一地处边缘的多民族异质文化区域给予了他更宽广的文化关注视野，使他能够以边缘立场来反思新疆文艺的诸多问题，同时也给予了他一般现代作家所未有的全新审美体验，让他能够更深刻全面地分析着中国现实。由茅盾而思考，现代的文化人也应有深入西部去全面了解中国文化的意识，积累经验和题材，在更高认识层次上表达中国现实。

浓重而多彩的两年大西北生活成为了茅盾内心的一处"重镇"，直到新中国成立以后，他仍情系此处，时有互动，佳话连篇。如西北大学于 1979 年创办《鲁迅研究年刊》便得到了茅盾的大力支持，《鲁迅研究年刊》创刊号便刊有茅盾的重要文章，对推动实事求是的鲁迅研究以及现代文学研究，产生了很大的影响。1981 年，茅盾还应时任西北大学校长郭琦之请，为西北大学题写了校名，字写得隽秀、飘逸。他为大西北多地高校或期刊专门题写了校名或刊名。每当西北大学单演义等学者有问题请教时，茅盾总是通过书信尽力答疑解惑。而西北地区更有多地多人长期坚持从事茅盾研究，笔者的《全人视境中的观照——鲁迅与茅盾比较论》即以一种多维与整合的思路对茅盾和鲁迅作了"全人"式的比较研究，在学界引起了较大反响。另外，陕西师大的张积玉、钟海波，兰州大学的权绘锦，新疆大学的陆维天等多位学者也都在茅盾研究领域多有建树。中国茅盾研究学会和陕西师范大学两次联合主办"全国茅盾研究学术讨论会"，分别是 2000 年和 2014 年，第二次会议名称是"茅盾研究回顾与前瞻学

---

① 贾平凹：《平凹文论集》，青海人民出版社 1985 年版，第 134 页。

术讨论会暨中国茅盾研究会理事会"，在全国产生了广泛影响。

而作为"探路者"的茅盾先生，其当年"走西口"或"走丝路"的勇敢行为，就像当年山东人"闯关东"的壮举一样，都具有为个人和民族探索生路的意味，尤其在革命胜利的曙光若隐若现的历史阶段，茅盾的大西北之行，更体现出了探索民族解放、国家振兴之路的"探路精神"，具有"师者"导引先路的启迪意义，而茅盾"走西口"的种种经历以及经验教训，对当今青年来说也会有多方面的有益启示。

（原刊《社会科学辑刊》2016 年第 5 期）

作为畅销书的《子夜》与1930年代的读者趣味

葛 飞

摘 要 《子夜》被经典化之前的读者反应并不统一：不少人将《子夜》当作"黑幕小说"来阅读，也有人指责作者在情色描写方面有迎合读者低级趣味之嫌。茅盾创作《子夜》时，有着"大众化"之努力，其结果则是雅俗共赏。为了照顾一般读者的接受，茅盾熔铸出一种"可读可听近乎口语"的文字。方法之一是向"旧小说"学习，解决了长久以来新小说语言过于欧化的弊病，此举亦具有高度的文学史意义。左翼的意识形态之前卫与其普及性宣传之任务间，始终存在着紧张。在茅盾等人的理论表述中，雅俗乃为不可调和的两极，但1930年代的"小市民"乃至青年学生读者对之仍是"兼收并蓄"。

关键词 茅盾；《子夜》；大众化

《子夜》是1933年的畅销书，开明书店于"3个月内，重版4次；初版3000部，此后重版各为5000部"，"此在当时，实为少见"①。瞿秋白称赞它"是中国第一部写实主义的成功的长篇小说"，"在将来的文学史上，没有疑问的要记录《子夜》的出版"②。《子夜》的确成了现代文学史上的经典，也成了"常销书"，开明版于1951年12月已印至26版。不过，在经典化之前，却有不少读者把

---

① 参见茅盾《我走过的道路》（上），人民文学出版社1997年版，第516页。

② 乐雯（瞿秋白）：《〈子夜〉与国货年》，《申报·自由谈》1933年3月12日。

《子夜》当作"黑幕小说"来阅读，视之为"交易所现形记"；更有不少批评家对小说中的情色描写颇不以为然，指责作者有迎合低级趣味之嫌。左联批评家常常把通俗小说家的成功归结为迎合读书市场，将自己一派的作品之流行，言说为政治上的成功。问题的复杂之处在于：（一）有证据表明，茅盾在创作《子夜》时，即考虑到了"小市民"的阅读趣味；（二）读者反应不可避免地受自身的趣味、经历和立场的影响，读者"解码"不会完全等同于作者"编码"；（三）文学语言本身的复杂性，也使得"作品表面的意义、意图、它要提出的规范和价值不是由外在的批评逐渐消解的，而是在批评之前就由作品语言的运动逐渐消解了"①。《子夜》批判资本主义，剖析社会经济结构，结果却让读者不得不表同情于民族资产阶级，甚至痛恨无产阶级于吴荪甫捉襟见肘之时发动罢工②。这是作品自身消解作者意图的鲜明例证。

《子夜》被经典化之后，学界、读者也形成了思维定式，反而看不到它通俗的一面，连带着《子夜》其他层面的历史意义也就遭到了忽视——正是通过向"旧小说"学习，追求雅俗共赏，茅盾解决了新文学长久以来存在的语言过于欧化的问题；在当时，也还没有其他新小说家像茅盾这样善于讲故事。考察《子夜》面世之初读者、批评界的反应，反而能够帮助我们发现一些重要问题。

一

曹聚仁《评茅盾〈子夜〉》，是笔者所能找到的最早一篇评论

---

① 德里达语，转引自詹明信：《晚期资本主义的文化逻辑》，生活·读书·新知三联书店 1997 年版，第 329 页。

② 施蒂而（瞿秋白）在《读〈子夜〉》一文中说："在意识上，使读到《子夜》的人都在对吴荪甫表同情，而对那些帝国主义，军阀混战，共党，罢工等破坏吴荪甫企业者，却都会引起憎恨，这好比蒋光慈的《丽莎的哀怨》中的黑虫，使读者有同样感觉。观作者尽量描写工人痛苦和罢工的勇敢等，也许作者的意识不是那样，但在读者印象里却不同了。我想这也许是书中的主人翁的关系，不容易引人生反作用的！"见《新文学史料》1982 年第 4 期，原刊《中华日报》"小贡献"栏，1933 年 8 月 13、14 日。

《子夜》的专文。此时的曹聚仁以"怀疑主义"者自居，他"左右开弓"，解读《子夜》的态度亦颇为不恭："看来看去，也只看见两个主将在舞台上大战三百合，战到筋疲力尽，到牯岭去避暑为止。""看了这样一部小说，等于看完了张恨水的《春明外史》"，书名"不如改成《交易所外史》，大可以轰动上海人的视听。使作者着迷的那两位大王斗法的故事，也正是上海人爱听的故事"①。这个"酷评"被不少人征引，虽然评论者们仍一致认为《子夜》是空前的作品②。为了创作《子夜》，茅盾打探到了不少交易所内幕，吴荪甫、赵伯韬斗法也的确是小说的情节主干。在曹聚仁看来，作者本人的兴趣与"上海人"（"小市民"读者）的兴趣简直并无二致。朱自清的下述论断似乎是针对曹聚仁的："有人说这本书的要点只是公债工潮。这不错，只要从这两项描写所占的篇幅就知道"，但是作者"决不仅要找些新花样，给读者换口味"③。无独有偶，门言在《清华周刊》发表评论文章说：

> 很奇怪的，我所听到的若干读者的意见：他们的兴味大半集中在这第一次登新文学之坛的题材——"做公债"……
>
> 显然的，关于占了本书一大部分的做公债的知识，作者大部在这半年多鬼混中得来，所以内幕于他也是颇新鲜……这是很危险的，倘作者的努力，仅止于把社会上一件新奇事件的内幕知识传给读者，其作品将无异于黑幕小说。自然茅盾是不应受这种屈的，全书究竟还有一个理想在……④

---

① 陈思（曹聚仁）：《评茅盾〈子夜〉》，《涛声》第 2 卷第 6 期，1933 年 2 月 18 日。

② 禾金：《读茅盾底〈子夜〉》，《中国新书月报》第 3 卷第 2、3 号合刊，1933 年 3 月；林槭：《〈子夜〉》，《东方文艺》第 1 卷第 5、6 期合刊，1933 年 6 月 15 日；泉影：《〈子夜〉》，《学风》第 3 卷第 6 期，1933 年 7 月 15 日。

③ 朱佩弦（朱自清）：《〈子夜〉》，《文学季刊》第 1 卷第 2 期，1934 年 4 月 1 日。

④ 门言：《从〈子夜〉说起》，《清华周刊》第 39 卷第 5、6 期合刊，1933 年 4 月 19 日。

门言无意中为我们保留下了普遍存在的读者兴奋点。他大概是清华学生，所谓"若干读者"也应该指北方大学生。由此可见，新文学的恒定受众——青年学生也对公债黑幕产生了好奇心。除了青年学生，《子夜》的大批读者还有谁呢？茅盾本人也十分注意收集读者信息，大江书铺的陈望道对于书的销路有实感，他说："向来不看新文学作品的资本家的少奶奶、大小姐，现在都争着看《子夜》，因为《子夜》描写到她们了。""此外，听说电影界中人物以及舞女，本来看新文学作品是有选择的，也来看《子夜》。"① 与其一味地指责读者，还不如探究他们为何把目光集中于"内幕"。首先有必要简略地考察一下五四新文学家对于"黑幕小说"的定义。它最初指"艳情掌故的黑幕闲书"②，至于那些"实却系《官场现形记》一流的小说"，因"黑幕"的名声大了，便自称黑幕，以期多卖，与"艳情掌故""当然不能归一处"③。如此说来，"希望多卖"而以黑幕自居的"黑幕小说"，只是一个指称小说类型的中性术语。以印象批评见长的李健吾说："读完《子夜》，我们犹如有洁癖的人走出一所鱼市，同情心感到异常压抑，《官场现形记》一类著述特有的作用。"④ 门言一方面觉得将《子夜》与"黑幕小说"作类比，亵渎了前者，另一方面又说："何必讳言，倘我们能够由下劣的东西得到自己的借镜？""公道地或优容地说一句，这种黑幕小说的滥觞者，如李伯元、吴趼人及其后偶然一二种比较优秀的作品之作者，剖析社会上的鬼蜮技魈，其手腕之灵活，老辣与熟练，未始不能与茅盾比并。"⑤

曹聚仁讽《子夜》不如改题《交易所外史》，"旧派"小说家江

---

① 茅盾：《我走过的道路》（上），人民文学出版社1997年版，第516页。

② 仲密（周作人）：《论黑幕》，《每周评论》第4号，1919年1月12日。钱玄同亦称黑幕小说"即所谓'淫书者'之嫡系"，见《"黑幕"书》，《新青年》第6卷第1号，1919年1月。

③ 仲密（周作人）：《再论黑幕》，《新青年》第6卷第2号，1919年2月。

④ 刘西渭（李健吾）：《〈清明前后〉》，《文艺复兴》创刊号，1946年1月10日。

⑤ 门言：《从〈子夜〉说起》，《清华周刊》第39卷第5、6期合刊，1933年4月19日。

红蕉恰于 1922 年写过一部《交易所现形记》。左翼经济学家目《子夜》为信史，称其可以作为经济学参考书。江红蕉也为我们记录了交易所在上海初兴时的情形，"旧派"小说家常常称小说可作稗史，以此来自我辩护。也是因为"黑幕小说"声誉不佳，江红蕉"自谓作社会小说，似较有把握"①。比较而言，新文学的题材并不广阔，《子夜》扩大了新文学的题材，青年学生得以"换换口味"，市民阶层则在《子夜》中觅得了他们熟悉或不熟悉的上海社会生活，皆无可菲薄。

在批评家那里，旧派"社会小说""黑幕小说"与"社会剖析派"自然不可相混；就读者而言，读了"现形记""外史"一类的小说，有了"前理解"，阅读《子夜》才会觉得似曾相识。《子夜》不但揭露了公债之"幕"，也揭了革命和工潮之"幕"。对于一般市民和学生而言，公债内幕、工潮内情都显得有些神秘，即使他们不完全认同左翼知识分子的政治立场，《子夜》仍然能够满足他们的好奇心。这应是《子夜》出版之初即成为"畅销书"的重要原因之一。但是这好奇心也"极容易消灭。当'奇'已不复为'奇'时，那一点点的兴味就降到零了"②，《子夜》能够经久不衰，自有其价值在。

《子夜》出版之初，批评家论其人物塑造，几乎一致地认为吴荪甫、屠维岳、杜竹斋等人物形象描写得较为成功，塑造革命者、吴家客厅里的青年男女形象，则全然失败了。让朱自清困惑的是，茅盾本是擅长写女性的，《子夜》里"却没有怎样出色的"。吴家客人写得太简单了，尤其是写资产阶级诗人范博文时，"形容太甚，仿佛只是一个笑话，杜新箨写得也过火些"③。茅盾笔下的范博文不就是"小市民"心目中的资产阶级文人／"白话诗人"形象么？在 1930 年代

① 赵苕狂：《江红蕉君传》，芮和师等编：《鸳鸯蝴蝶派文学资料》，福建人民出版社 1984 年版，第 328 页。
② 门言：《从〈子夜〉说起》，《清华周刊》第 39 卷第 5、6 期合刊，1933 年 4 月 19 日。
③ 朱佩弦（朱自清）：《〈子夜〉》，《文学季刊》第 1 卷第 2 期，1934 年 4 月 1 日。

具有左翼色彩的电影以及左翼剧人创作的营业性话剧中，博士、教授亦多用表演"过火"的丑角来表现①。一方面，这是小说家、编剧的政治立场使然，另一方面，也是面向"小市民"的通俗。借用鲁迅论"谴责小说"《二十年目睹之怪现状》的话，来形容《子夜》刻画的次要人物，那就是："描写失之张皇，时或伤于溢恶，言违真实，则感人之力顿微"，沦为读者谈笑之资。茅盾的《蚀》是痛定思痛之作，描写革命的知识分子时颇存"共同忏悔之心"；《子夜》处理资产阶级诗人乃至组织工运的革命者，则有流为"小市民"的"话柄"和"谈资"之虞。

二

《子夜》中也有不少情色描写，读者也许会视之为资本家的"艳情掌故"。不少批评家对《子夜》充斥情色描写大为不满：小说中"女人的'乳峰'似乎特别容易'颤动'，甚至'飞舞'"，唯有描写吴少奶奶与雷参谋这一对痴男怨女，没有露骨的性欲，却"是国产影片上的超等镜头！这真是副刊文艺版上的标准好文章！"②所谓"超等镜头""标准好文章"，指的是鸳鸯蝴蝶卿卿我我式的浪漫。说它在《子夜》中显得独特，一是因为，唯有处理吴少奶奶、雷参谋恋爱的文字是"雅洁"的；二是因为，即便我们说它是讽刺笔法，仍与那些伤于溢恶的文字不同。吴少奶奶在教会学校读书时，"满脑子是俊伟英武的骑士和王子的影像，以及海岛，古堡，大森林中，斜月一缕，那样的'诗意'的境地"。"五卅"时代，"在她看来庶几近于中古骑士风的青年忽然在她生活路上出现了。她是怎样的半惊而又半喜！而当这'彗星'似的青年突又失踪的时候，也曾使她怎样

---

① 参见葛飞《戏剧、革命与都市漩涡：1930 年代左翼剧运、剧人在上海》，北京大学出版社 2008 年版，第 185—202 页。

② 林海（郑朝宗）：《〈子夜〉与〈战争与和平〉》，《时与文》第 3 卷第 23 期，1948 年 9 月 24 日。

的怀念不已!"旧情人雷参谋复现,只是此番他将上前线"剿匪",有战死之虞,便又再次成了吴少奶奶心目中的骑士。批评者起初疑心吴少奶奶、雷参谋客厅会面一幕是"讽刺文字,后来仔细一看,却又不像。原来作者理想中的恋爱场面老老实实就是这样的,它必须用鹦鹉、《少年维特之烦恼》,以及一朵枯萎的白玫瑰之类的宝贝来点缀!"① 难道茅盾心目中的上海浪漫果真如此?我们不如换个角度提问题:这是"戏拟"还是"拼贴"手法?"拼贴"指作者有意或漫不经心地扯入骑士小说/新式"鸳蝴派"的笔调成章,"戏拟"则是滑稽模仿、解构。作者的主观愿望恐怕是"戏拟",但批评家指责茅盾处理次要人物、次要情节时,有意或漫不经心地使用"鸳蝴派"笔法,也颇有道理。虽然"没有一位中国作家比他更其能够令人想起巴尔扎克",但是"坏时候,他的小说起人报章小说的感觉"②。即如《幻灭》,孔庆东也觉得"读来很有几分'鸳蝴气',连结尾强连长的奔赴南昌,都酷似徐枕亚《玉梨魂》中何梦霞的战死武昌"③。

据茅盾自述,《子夜》手稿扉页题有:

A Romance of Modern China in Transition

In Twilight:a Novel of Industrialized China

初版本扉页的背景,有斜排的 "*The Twilight:a Romance of China in* 1930" 字样。Romance 本意指"中古骑士小说",中译"罗曼司"或"传奇"。叙述者嘲讽吴少奶奶、雷参谋的罗曼司是"时代错误",赞叹吴荪甫才是"20世纪机械工业时代的英雄骑士和'王子'!"可惜"吴少奶奶却不能体认及此"。换句话说,作者有意创作工业化中

① 林海(郑朝宗):《〈子夜〉与〈战争与和平〉》,《时与文》第3卷第23期,1948年9月24日。

② 刘西渭:《叶紫的小说》,《咀华二集》,文化生活出版社1942年版,第58页。

③ 孔庆东:《超越雅俗——抗战时期的通俗小说》,北京大学出版社1998年版,第33页。

国的传奇，"骑士"吴荪甫效忠的是机械工业这位"贵妇"，无怨无悔，成了一位悲剧性英雄，故而引发了读者不可抑止的同情。

但是，吴荪甫对待女性只有情欲、破坏欲，毫无感情可言，反面人物赵伯韬更是如此。韩侍桁这样剖析作者意图与读者反应："为调和读者的兴趣，我们的作家，也像现今一般流行的低级的小说一样地，是设下了许多色情的人物与性欲的场面。"赵伯韬特地让半裸的刘玉英出来，让李玉亭观望观望，"同时也就是给读者们观望观望的"；"再如，冯曼卿，既已经莫名其妙地和大块头的资本家赵伯韬开了旅馆，睡了一夜，也就够了，又何必在清晨使她穿着睡衣到凉台上来，让风吹起她的衣服，'露出她的雪白的屁股！'"[1] 冯父为打探公债内幕，以女儿作美人计，也有论者认为：其实"这个故事和全书毫无关系，除非在'上海秘密大观'里才用得到，充其量也不过使人得到一点不合理的可笑而已"[2]。韩侍桁更是指责茅盾在主观上即有迎合、引逗读者窥视欲的嫌疑，而且"作者是怀着一种坚固的而并不十分正确的观念：即，一切的资产阶级的妇女，必定是放荡的，而资产阶级的生活，必定缺少不了这些色情的女儿的点缀"；这即便是事实，"也无需在书里那么夸大地写的，因为资产阶级的主要的罪恶并不是在这里"[3]。资产阶级的主要罪恶是压迫无产阶级，在《子夜》中简直成了"万恶淫为首"，这既是小说的通俗化，也是革命伦理的通俗化。日后出现的大量的小说戏剧，激起读者、观众对资产阶级、地主阶级、汉奸以及日本人的愤恨的，也不仅仅是民族、阶级矛盾，更是反派人物的性罪恶。

金宏宇考察《子夜》的修改情况时说：写"性"，"成为丑化反面人物或落后人物的一种修辞手法。这应该溯源于《子夜》等作品，尤其是《子夜》等作品的修改本"。"性被定位为兽性，主要是生活

---

[1]　韩侍桁：《〈子夜〉的艺术，思想及人物》，《现代》第 4 卷第 1 期，1933 年 11 月 1 日。

[2]　同上。

[3]　禾金：《读茅盾底〈子夜〉》，《中国新书月报》第 3 卷第 2、3 期合刊，1933 年 3 月。

腐朽、人格低下、道德堕落的人的行为"，"在阅读反应中就会引起人们对这类人物的憎恶、鄙视、愤怒"[1]。这里要说的是，有某种"读者趣味"在先，然后才有特定的"修辞手法"。在 1930 年代，包括国民党特务创办的《社会新闻》在内的上海小报，已惯于把武汉时期的"大革命"、革命家作黄色处理，这是反动气焰与"小市民低级趣味"合流。《蚀》三部曲也以武汉时期"大革命"为题材，然其拟想读者并不包括"小市民"。虽说《幻灭》有点"鸳蝴气"，《动摇》《追求》则刻画了那些并非作"时式的消遣"，而是在"刺激中略感生存意味的"章秋柳们。这是"严肃"的痛定思痛之作，融入了作者身处革命旋涡中心时的眩晕体验以及高潮过后的迷惘。彼时政局既有"世纪末"之势，性苦闷也就有了"颓加荡"气氛，于是"小资产阶级知识分子"的情欲与革命纠缠在一起，陷入性、政治的双重苦闷中不能自拔。换个角度看，革命本是一种"解放"，性解放原也包括在内，到后来却与革命不两立。《子夜》不但刻画资产阶级男女、买办的情妇，就连描写从事工运的革命家的性爱，也皆是漫画式的。瞿秋白却特意指出："真正的恋爱观，在《子夜》里表示的，却是玛金所说的几句话：'你敢！你和取消派一鼻孔出气，你是我的敌人了。'这表现出一个女子认为恋爱要建筑在同一的政治立场上，不然就打散。"[2] 这是性的政治功利主义，是作者为表达自身的党派立场而特意设计的情节，显得过于突兀，令读者愕然，忍俊不禁。

三

《子夜》在当日能够获得"读者大众"，一个重要因素是作者是讲故事的能手。小说情节紧凑，张弛得当，使人在阅读过程中"一

---

① 金宏宇：《中国现代长篇小说名著版本校评》，人民文学出版社 2001 年版，第 121—127 页。

② 施蒂而（瞿秋白）：《读〈子夜〉》，见《新文学史料》1982 年第 4 期，原刊《中华日报》"小贡献"副刊，1933 年 8 月 13、14 日。

直维持住紧张的心绪并不感到厌倦松懈"①。况且作者讲的又是"上海人"爱听的故事。1930年代的左翼小说，乃至整个新文学创作，像《子夜》这样重视情节的并不多见。20年代初，茅盾曾抱怨："中国一般人看小说的目的，一向是在看点'情节'，到现在还是如此；'情调'和'风格'，一向被群众忽视，现在仍被大多数人忽视。""若非把这个现象改革，中国一般读者赏鉴小说的程度，终难提高。"② 创作《子夜》时，茅盾不再一味要求"提高"，而是顾及到了"普及"，注重情节设计。文坛也出现了雅俗互动的趋势（在理论上左翼文坛仍要对旧派小说家穷追猛打）。

力图调和新旧而以刊载旧体小说为主的《珊瑚》杂志，批评旧小说常常只着意于故事之新奇，新小说却又太不重视情节设计："以前看小说，只问情节如何，现在看小说，要兼及文笔，思想，不能不算是进步。"不过，一般读者仍然"下意识"地欣赏情节，"不仅是喜欢听故事的妇孺如此，连高智识的一般中大学生，也多如此"；不单是中国人，外国也人是如此，恐怕只有文学研究者、批评家在阅读过程中才会将精神聚焦于文笔、思想③。无论如何，"故事是小说的基本面，没有故事就不成为小说"，喜欢听故事也是人类天性④。在情节、思想和文笔三要素中，通俗小说多以情节为本，若有余力，则能兼及文笔，甚至引入"思想"。"普罗文学"特重思想宣传，散文化、诗化小说重文笔，情节皆非二者刻意追求的对象，也就难以获得一般读者大众的认可。包括大中学生在内的一般读者，"下意识里"对情节的欣赏在新文学那里得不到满足，就很可能转向通俗小说；反之，如果新文学要获得读者大众，小说家就必须要会讲故事。左联盟员郑伯奇创办《新小说》，意在提倡"新通俗小说"。也有读者劝他

① 吴组缃：《〈子夜〉》，《文艺月报》创刊号，1933年6月1日。
② 沈雁冰：《评〈小说汇评〉创作集二》，《文学旬刊》第43号，1922年7月21日。
③ 说话人：《说话》，《珊瑚》第3卷第7号，1933年10月1日。
④ ［美］福斯特：《小说面面观》，苏炳文译，花城出版社1984年版，第23页。

"多登有故事的作品，以求成为大众的普遍读物。这样才可使《啼笑姻缘》等的鸳鸯蝴蝶派的东西消灭"①（绝大多数左翼作家仍不愿写或写不出通俗小说，郑伯奇难为无米之炊②）。1930 年代的许多左翼文学作品只问意识正确与否，而不甚讲求情节，不着意塑造有血有肉的人物，满纸是黑暗、愤激、斗争，最后再加上一个光明或不甚光明的尾巴，很难让人产生阅读快感。由于时潮的关系，城市读者至少在理性层面上，多认同于左翼意识形态，可恨的却是左翼小说大多是"长面孔叫人亲近不得"。一旦茅盾写了《子夜》这样的"好看"小说，读者又怎能不趋之若鹜呢？

　　作为新文学家，作为左联的"扛鼎"大将，茅盾对旧小说的攻击一刻也没有放松，读者却不是立场鲜明。虽然有像鲁迅母亲这样的读者，只读张恨水小说而不读新文学大师的作品，也有只读新文学的读者，那也应该有雅俗并蓄的读者，读了通俗小说"谁也不告诉。一告诉就糟：'嘿，你读《啼笑因缘》？'""读完一本书再打通儿架，不上算！"③ 他们行而不言，也给我们的研究带来了困难，这里只能从侧面证明读者们用不同的文学派别来满足自己多方面的阅读趣味。此种现象，从新文学诞生之日起，就始终存在。

　　1921 年，郑振铎对青年学生也爱看"鸳蝴派"小说颇感不解："许许多多的青年的活泼泼的男女学生，不知道为什么也非常喜欢去买这种'消闲'的杂志。难道他们也想'消闲'么？"④ 答案当然是肯定的：即便是以"新青年"或"革命青年"自命的读者也要"消闲"。1920 年代初，通俗小说刊物《小说世界》的读者就"以各处师范学校为最多，其余的学校，有北京大学"等，可见即使在新文化运动的大本营北京大学，通俗小说仍有其市场。至于"上海中学

---

　　① 王浩祥来信，《新小说》第 4 期"作者·读者·编者"栏，1935 年 5 月 15 日。

　　② 参见葛飞《都市漩涡中的多重文化身份与路向——20 世纪 30 年代郑伯奇在上海》，《中国现代文学研究丛刊》2006 年第 1 期。

　　③ 老舍：《读书》，《太白》第 1 卷第 7 期，1934 年 12 月 20 日。

　　④ 西谛（郑振铎）：《消闲?!》，《文学旬刊》第 9 号，1921 年 7 月 30 日。

师范的学生，差不多每人定有一份"①。凌云岚据此认为，旧体小说
"与新文学刊物的读者并不是截然不同的两批人，相反，他们的读者
群在一定程度上有所重合，如果要做区分的话，大概用严肃与轻松这
一对概念更合适"②。换言之，有很大一部分读者读通俗小说以消遣，
读严肃小说以获得"正确"的人生观。"上海事变"后，被贬斥为
"鸳蝴派"的小说家也创作了许多反映事变的"严肃"小说，却遭到
了左翼理论家的嘲讽与攻击③。但是对于城市读者而言，左翼理论家
树立起来的"严肃"（革命）与"轻松"（落伍）的二元对立，并不
见得那么有效。

《珊瑚》杂志征求读者的文学观，提出的问题有："今后小说的
取材应从那一方面着眼?""为什么看小说?"，等等。一位苏州读者
回答道：

> 今后取材，需要描写反帝的——为民族而挣扎的奋斗的小
> 说，劳动民众生活的小说，社会黑暗的小说，作强有力的刺激，
> 和鼓励，指示未来的。达到文学救国的目的。④

"为什么看小说?"这位读者回答道：

> 1. 为勃发反帝观念，救国热情而看爱国小说。2. 为同情豪
> 侠风范，尚武精神而看武侠小说。3. 为明了社会时势，增长见
> 识而看社会小说。4. 为调剂工作疲劳，陶养个性而看滑稽

① 《编者琐话》，《小说世界》第2卷第12期，1923年6月22日。
② 凌云岚：《三份刊物与一段历史：民国旧派小说刊物的自我变革》，《求索》2016年第12期。
③ 阿英：《上海事变与鸳鸯蝴蝶派文艺》，《北斗》第2卷第2期，1932年5月20日。
④ 张子清：《今后小说的取材应从那一方面着眼?》，《珊瑚》第2卷第10号，1933年5月16日。

小说。①

《珊瑚》的读者对左翼话语倒也是耳熟能详，使用了"劳动民众""社会黑暗""指示未来"等等语汇。小说能够使人"认识时代的改造和演变"与"社会的畸形"②，反映了"农村经济的崩溃"，讽刺了"理智和情感陷入混乱麻痹的状态"的"目下智识阶级青年"③，可以使读者"得到指示一切"④。不过，前述的苏州读者仍然爱看武侠小说、滑稽小说，"消闲"仍是他阅读目的之一。还有一位杭州读者说：目下电影如《人道》《城市之夜》《狂流》《自由之花》，"或激发新思想；或保持旧道德；复能攻击封建势力；揭穿社会黑幕；深足发人猛省"，小说亦当如此⑤（按，《狂流》系夏衍编剧）。这位读者不认为"旧道德"就是"封建势力"，"新思想"与"旧道德"不妨并存。他读小说，也不单是为了获得"正确"意识，还要"最有益于身心的消遣"，要"得到精神上的慰藉；快乐；兴奋"⑥。综上所述，可见在风气开通的大中城市，一般青年读者既是旧体小说的读者，也是左翼文艺的受众。

左翼文学要求排他性的存在，读者偏偏是兼收并蓄，让茅盾哭笑不得、愤懑不已：所有作品都是上海读者"'玩'的对象"：

> 法布尔的《科学的故事》，他要看；《铁流》，《一周间》，《侠隐记》，《雷雨》，《三国志》……一套连环图画的《火烧红莲寺》和一册《铁流》放在一处，在他竟毫无不调和之感。他

① 张子清：《为什么看小说》，《珊瑚》第3卷第5号，1933年9月1日。
② 马伯荣：《为什么看小说》，《珊瑚》第3卷第5号，1933年9月1日。
③ 黄耀铭：《今后小说的取材应从那一方面着眼?》，《珊瑚》第2卷第10号，1933年5月16日。
④ 许有秋：《为什么看小说》，《珊瑚》第3卷第5号，1933年9月1日。
⑤ 蒋树敏：《今后小说的取材应从那一方面着眼?》，《珊瑚》第2卷第10号，1933年5月16日。
⑥ 蒋树敏：《为什么看小说》，《珊瑚》第3卷第5号，1933年9月1日。

明知道"飞剑"和"掌心雷"是假的，也会批评道，"老是这一套"，然而他碰到手时总不肯不再翻一遍。①

　　绥拉菲靡维奇的《铁流》是中国左翼作家心目中"政治正确"的典型（周文还曾把《铁流》改编成章回故事，以利"大众"），《一周间》也是苏联小说。可是，一旦读者把《铁流》与武侠连环画等夹杂在一起，又招致左翼批评家的不满。当日的《子夜》在读者的书橱中会不会也夹杂在《侠隐记》《火烧红莲寺》等等之间呢？茅盾本人在《蚀》三部曲和《子夜》中，不也是夹杂着几页"鸳蝴派"笔调以及为数不少的笔调过火的故事？

　　左翼文学的"理想受众"是"工农大众"，他们文化程度不高，看不懂《铁流》之类。身处社会底层，他们对债券交易之类都市经济活动一头雾水，《子夜》自然不能赢得这部分读者。不过，1930年代已存在一个城市"读者大众"，这不但包括大中学生，也包括受过或略受新式教育的"小市民"。他们能读懂《子夜》的内容，《子夜》也颇合他们的"趣味"。对于学生群体而言，《子夜》既能满足他们的好奇心，又能由此获得"正确意识"——满足好奇心近于"消闲"，获得"正确意识"则是"严肃"的阅读态度，这一组看似矛盾的阅读目的在读者那里却并不矛盾。歌德说过："内容人人看得见，涵义只有有心人得之，形式对于大多数人是一秘密。"此语用诸《子夜》，颇可揭发其接受的秘密。我们可以把"涵义"对应于文本欲宣传的意识形态，即茅盾本人所强调的用马克思主义解剖社会，此乃"有心人得之"；《子夜》"形式"创新——它在中国新文坛首次解决了长篇小说结构问题，为具有文学修养的读者和批评家所重视；至于"内容"，亦即曲折紧张的故事、情色描写、交易所内幕……当然是"人人看得见"的。"雅人"会为《子夜》涵义之深刻与结构形式方面的突破而击节，"俗人"则获得了听故事的愉悦，看到了内幕和情色描写，可谓"雅俗共赏"或曰"各取所需"。另一方面，涵

---

　　① 茅盾：《好玩的孩子》，《中流》第1卷第2期，1936年9月20日。

义、形式与内容又密不可分，很难说读者读了"交易所外史"后，仍不能意识到公债市场之黑暗，只不过他们在涵义上之所得，也许不会达到作者预期的高度而已。

四

《子夜》能够雅俗共赏，还有一个深层次的原因，那就是茅盾解决了长期以来新文学语言及描写手法过于欧化的问题。吴组缃透露：茅盾曾亲口对朱自清说："写这本小说，有意模仿旧小说的文字，务使它能为大众所接受。这一点作者有点失败：固然文字上也没有除尽为大众所不懂的词汇，便是内容本身，没有相当的知识的人也是不能懂得的。作者的文字明快，有力，是其长处，短处是用力过火，时有勉强不自然的毛病。"① 《子夜》显然不是为劳苦大众而作，茅盾口中说的是"大众"，心里想的还是包括"小市民"在内的一般读者。论"大众文艺"，茅盾坚持认为，瞿秋白强调的章回、平铺直叙手法等等都是无足轻重的形式，"旧小说"真正值得取法的是描写方法："动作多，抽象的叙述少。而且只用很少很扼要的几句写一个动作。""从艺术的法则说，也是明快的动作能够造成真切的有力的艺术感应。"② 这也是茅盾创作《子夜》时的追求。文字明快、有力、过火皆与"模仿旧小说"有关，过火是"现形记"一类小说的毛病。

具有世界眼光的新文化人与他者之关系、语体文究竟是欧化还是俗化为宜，始终是新文学运动绕不过去的问题。从外洋移植而来的新思想、新文体是知识分子的文化资本，读写行为是构建身份认同、批判他者的最重要途径。"新青年"与源于翻译体的欧化文互成镜像，用欧化语体文描写欧化知识青年尚不觉突兀，却难以反映镜外广袤无边的"中国"，无法与民众、大众、工农兵（不同的历史阶段，对新

① 吴组缃：《〈子夜〉》，《文艺月报》创刊号，1933年6月1日。
② 止敬（茅盾）：《问题中的大众文艺》，《文学月报》第1卷第2号，1932年7月。

文化的化外之众命名的方式不同）沟通，由此而来的文学民众化、通俗化、大众化等命题，要突破知识分子的镜像世界，作家、批评家们才想到语言不能太欧化。对此我们不妨略作史的考察。

1920 年初，文学研究会提倡"民众文学"与"欧化语体文的讨论"同时展开。《小说月报》的一位读者反映，他昔日的同学因为不通外文，欧化语体文往往要读上三遍，才能勉强得其大概，不通外文者大多如此。文学不是民众的吗？希望作家能顾及民众的鉴赏力。茅盾的回复颇为武断：读不懂恐怕不全然是因为语体文之欧化，实在是不懂新思想，民众文学"并不以民众能懂为唯一条件"①。"我们"懂外文，有新思想，"他们"民众反是，前者又如何能启后者之"蒙"？俞平伯主张"民众文学"必须严格使用"听的语言，就是最纯粹不过的，句句可以听得懂的白话"，词气必须十分自然，排斥术语以及"文艺界底流行语"②。"文艺界的流行语"可解作新文艺腔、学生腔，与"中国人"日常说话习惯不同，故显得极不自然。"用古人的文法，来说今人的话，是不合理的；那末用欧西的语法，来说中国人的话，就算合理吗？"还有读者来函表示赞同论文、翻译用欧化语体文，不过，"创作所描写的若是中国的情形，倒不必故意好奇去用欧化的语体文了"③。茅盾对此未作回应。文学研究会的"民众文学"仅停留在讨论阶段，鲜有创作实践。胡适也是有感而发："新文学家若不能使用寻常日用的自然语言，决不能打倒上海滩上的无聊文人。这班人不是谩骂能打倒的，不是'文丐''文倡'一类绰号能打倒的。"而且凡人作文，皆应用"最自然的言语"，除非是"代人传话"，所传之话不是此种最自然的言语。"今之人乃有意学欧化的语调，读之满纸不自然，只见学韩学杜学山谷的奴隶根性，穿上西装，在字里行间流露出来！"④

---

① "通信"，《小说月报》第 13 卷第 1 期，1922 年 1 月 10 日。

② "民众文学底讨论"，《文学旬刊》第 26 号，1922 年 1 月 21 日。

③ "语体文欧化讨论"，《小说月报》第 12 卷第 12 期，1921 年 12 月 10 日。

④ "通信"，《小说月报》第 14 卷第 4 期，1923 年 4 月 10 日。

　　到了 1928 年，革命的功利主义使得茅盾的文学观念有所变化。他认为，"惟有用方言来做小说，编戏曲"才能让劳苦大众懂得，"不幸'方言文学'是极难的工作"；中国革命究竟还抛不开小资产阶级，让新文艺走进"小资产阶级市民的队伍去"也还比较现实点，为此就不能太欧化，不能多用新术语，不能有过多的象征色彩，不要说教似地宣传新思想①。无产阶级文艺运动在理论上无论如何也不会将"小市民"视为主要受众，茅盾后来也就没有正面坚持自己的主张。创造社向左转后，描写工农大众往往陷入概念化，语言形式亦不大众；论文更是空前的晦涩，炫耀性地移植理论，故意使用令人难以索解的音译词，以一套"新话"构建了新认同，让他者心虚，觉得自己知识不足，从而造成了翻译阅读新理论的风气。瞿秋白则批评"革命文学的营垒里面，特别的忽视文学革命的继续和完成，于是乎造成一种风气：完全不顾口头上的中国言语的习惯"，"常常乱七八糟的夹杂着"古文文法、欧洲文法、日本文法，"写成一种读不出来的……也是听不懂的所谓白话"，竟然也可以不受惩戒。瞿秋白要求左翼作家必须采用大众能够读得出、听得懂的文字创作②。知识分子为照顾他者的接受能力而提出的不能太欧化等等，难道不应该是文艺创作的一般准则吗？（作者若追求成为"文体家"，则欧化、雅化等皆另当别论）吴宓即批评流行的近乎不通之翻译的所谓语体文，已成艺术"难于精美之一大根本问题"；《子夜》"尤可爱者"，正在其"可读可听近于口语之文字"③。

　　可读可听仍与讲故事密切相关。福斯特探讨过"故事中的'声音'问题。小说家创作的故事，并不像大多数散文那样只供别人看，而是要求别人听，这就必须朗读"；虽然小说语言不必讲求音调和节

---

　　① 茅盾：《从牯岭到东京》，《小说月报》第 19 卷第 10 期，1928 年 10 月 10 日。

　　② 宋阳（瞿秋白）：《大众文艺的问题》，《文学月报》创刊号，1932 年 6 月。

　　③ 云（吴宓）：《茅盾著长篇小说〈子夜〉》，天津《大公报》"文学"副刊，1933 年 4 月 10 日。

奏，但经过心灵转化，我们默读也能领略到叙述语调的美感①。通常来说，小说开篇即奠定了通篇的叙述语调，这里不妨征引《子夜》开头的几句话：

> 太阳刚刚下了地平线。软风一阵一阵地吹上人面，怪痒痒的。苏州河的浊水幻成了金绿色，轻轻地，悄悄地，向西流去。黄浦的夕潮不知怎的已经涨上了，现在沿这苏州河两岸的各色船只都浮得高高地，舱面比码头还高了约莫半尺。风吹来外滩公园里的音乐，却只有那炒豆似的铜鼓声最分明，也最叫人兴奋……

它们的确是可读可听，有着自然的节奏和语调。从描写转入叙事后，语言有点像电影画外"音"："这时候——这天堂般五月的傍晚，有三辆一九三〇年式的雪铁笼汽车像闪电一般驶过了外白渡桥，向西转弯，一直沿北苏州路去了。"然而令人不解的是，与《子夜》同时创作的《春蚕》语言却是支离破碎的，方言俗语以及农民使用的养蚕术语都打上了引号（甚至连"清明"、"官河"、"发"家、"败"家等都加引号），简直是有意提示它们与叙述语调格格不入。开篇写水中桑树倒影一段，费力而冗长。另外，李健吾抓到了这样的句子："这是一个隆重仪式！千百年相传的仪式！那好比是誓师典礼，以后就要开始了一个月光景和恶劣的天气和恶运以及不知什么的连日连夜无休息的大决战！"茅盾还只是偶一为之，其他一些左翼青年作家的小说中，到处都是冗长、舶来、生涩的句子②。

在众多的批评家中，唯有朱明毫无保留地为茅盾学习"旧小说"辩护："有几个朋友，看到茅盾的小说，往往憎厌地说：'有着浅陋的旧小说气味'，于此足见近年来新文艺倾向欧化的程度，足见一般

---

① 〔美〕福斯特：《小说面面观》，苏炳文译，花城出版社1984年版，第35页。

② 刘西渭：《叶紫的小说》，《咀华二集》，第57—58页。

对中国旧小说感染的鄙视的情形。其实中国旧小说的浅易明快，生动的描写法"正是"它的特长"，茅盾作品"已能得着这一方的长处"①。赛珍珠曾断言："中国新小说的收获，将是中国旧小说与西洋小说的结晶。"《子夜》也正是这样的作品："于形式既能趋近于大众，而内容尤多所表现中国之特性，所以或者也简直可以说是中国的代表作。"②

读者一旦被命名为"民众""大众""工人阶级"，就变得神圣起来，且能够代表"中国"，其阅读习惯和审美趣味就应该得到照顾、满足；要谴责城市读者的"封建的低级趣味"，则须将之命名为"小市民"，再加以讨伐。但就实际而言，也有大量的工人消费武侠小说，而受过新式教育的读者大多是兼收新旧，并蓄雅俗。在读者、批评家、作家三角关系中，读者大众好似"社会本我"，是"沉默的大多数"，但以购买行为表达诉求；批评家往往扮演着"社会超我"的角色，他们是"政治正确"的化身，时刻监督着读者的欲望，指责作家不该去迎合读者的"低级趣味"，受到压抑的欲望遂以变态方式，以"性政治"的面貌出现。批评家还总是批评知识分子作家停留在舒适区，为同阶级的人而不是工农写作；茅盾的言说策略是，借"大众化"为名谈论如何照顾一般读者的阅读趣味。读者的某些诉求实在是无伤"大雅"——新文学固然不应像某些通俗小说那样单以讲故事、挑起读者好奇心为能事，不过，一部现实主义风格的长篇小说，如果剔除故事情节，还能剩下些什么？《子夜》之前新文坛一直缺乏真正意义上的长篇小说，恐怕与作家普遍不善于或不屑于讲故事有关。讲故事必然牵涉到情节设计、人物配置、谋篇布局、采取适当的叙述语言等问题，这就要求小说家注重技艺，而不是流于说教，简单生硬地灌输思想。

问题还在于，作为批评家的茅盾，对于通俗小说也是穷追猛打，

① 朱明：《读〈子夜〉》，《出版消息》第 9 期，1933 年 4 月 1 日。
② ［美］勃克夫人（赛珍珠）：《东方、西方与小说》，小延译，《现代》第 2 卷第 5 期，1933 年 3 月 1 日。

对于左翼创作出现通俗化倾向有触即发①。《子夜》雅俗共赏的层面，诸如情节张弛得当、语言明快有力、可听可读，等等，始终没有成为茅盾文学批评的准则，《子夜》的这些优点也就难以影响到当时的左翼青年作家。指导青年写作，向他们提出进一步希望时，茅盾总是强调学习社会科学（马克思主义的代名词）的重要性，必须全盘地表现社会结构，抓住社会主要动向亦即新生力量，好像《子夜》成功的奥秘尽在于此。谈创作经验，茅盾也只是强调自己如何认识、剖析社会，如何塑造人物，讳言通俗，不愿谈及《子夜》模仿了"旧小说的文字"。（茅盾自承这一点，我们仅见于前面吴组缃的转述）批评界指斥《子夜》"俗"，似乎让茅盾颇为汗颜②。在《子夜》之后的诸作中他基本戒除了"俗"，而且越写越理性，然其后来诸作艺术性亦远逊于《子夜》。

（原刊《中山大学学报（社会科学版）》2017 年第 5 期）

---

①　比如说，茅盾指责夏衍的《赛金花》、宋之的的《武则天》皆是以"女人作为号召观众的幌子"，引发观众哄笑的桥段过于夸张，是"低级趣味"的"噱头"，"缺乏深远的意义"（《谈〈赛金花〉》，《中流》第 1 卷第 8 期，1936 年 12 月；《关于〈武则天〉》，《中流》第 2 卷第 9 期，1937 年 7 月）。然而情色与过火、夸张，也正是批评界指责《子夜》的两大问题。

②　茅盾在回忆录中，抄录了不少《子夜》问世之初的评论，但是省略了批评《子夜》"庸俗"的文章。对于《子夜》汲取了"旧小说"之长的说法，茅盾也不置可否，但称"这位朱明在赞美中国旧小说的表现方法后，说是旧小说'容易走上缺乏文字能力的大众里去'，忽然拉扯到'近来欧美产生的所谓报告文学、纪录文学的形式，也未尝不是这一方面的趋向'。从上引的短文数语，我猜想朱明其人大概是研究社会科学的，但对文学却不很在行"。见《我走过的道路》（上），人民文学出版社 1997 年版，第 512 页。

传统文化在民国教育体制下的
整合与提升

——以茅盾早期作文与教师批语为例

李宗刚　谢慧聪

摘　要　清末民初的新式教育中的国文课程，尤其是作文写作教学，在继承私塾教育注重涵养学生的家国情怀的基础上，又辅以西方的现代教育的科学精神，由此使得深受传统文化影响的学生逐渐完成了向现代文化的位移，为他们创作新文学奠定了坚实的基础。新式教育下的国文课程，不仅从根本上改写了私塾教育那种注重"死记硬背"的教学方式，而且更为深远的变革还在于：它从根本上改变了作文写作的模式，即从以科举考试的"八股文"写作逐渐转向以抒发自我真实情感和思想的写作。茅盾中学时期的作文批语，承载着教师们对茅盾思想的启迪和教育，深刻地影响到他的精神世界的建构，为其走向文学创作的道路奠定了坚实的基础。

关键词　茅盾；新式教育；民国教育体制；作文批语；现代文学写作

　　民国教育体制主要是在晚清新式教育的基础上蜕变升华而来，它汲取了新式教育在西学教育中的基本方式，然后又把传统文化资源赋予了现代的内涵和功能，使新文学在传统文化与西方现代文化融会贯通的基础上获得了孕育，由此促成了中国现代文学的生成。在此过程中，清末民初的新式教育中的国文课程，尤其是作文写作教学，在继承私塾教育那种注重涵养学生的家国情怀的基础上，又辅助以西方的现代教育的科学精神，由此使得深受传统文化影响的学生逐渐完成了向现代文化的位移，为他们创作新文学奠定了坚实的基础。茅盾的早期作文与教师批语，便为我们提供了很好的佐证。

一

新式学堂的国文教学从课程设置到教学方法与传统的私塾教育相比，既有区别又有联系。私塾教育的内容多以"忠君"等为鹄的，其主要学习课程以四书五经为主，兼习《三字经》《千字文》《百家姓》《神童诗》等为辅，其最终目的就是使学生通过科举进入社会的上层，而科举的主要内容又是以"作八股文"为主。在教学方法上，私塾教育多采用"描红模子""把笔""对对子"等死记硬背的方式。而新式教育则在私塾教育的基础上，又加进了西学的课程，这就从内容上彻底更新了私塾教育的知识版图，由此改写了学生的知识结构，其在教学方法上，以"讲授"为主，同时注重启发学生的学习兴趣和学习热情，具体到国文课程方面，作文则不再以作"八股文"为主，而是把更多地关注投向对于中国社会现实所面对困境的解答上，学生的作文写作，自然也就走出了"八股文"的窠臼。所谓联系，则是指很多新式学堂都是从私塾转化而来的。新式教育的教师，有些是深受西学熏染，有些则对西学所知甚少，这样的话，在私塾的基础上建构起来的新式学堂，许多方面便深深地打上了私塾教育的烙印。具体到国文课程来说，则是其作文教学，既抛弃了科举的功利性诉求，又承继了科举中策论写作中的家国情怀，只不过这里的家国情怀不再是以忠君为最终归结点，而是以"挽大厦之将倾"为目的。新式教育和私塾教育的这种区别和联系，在茅盾早期的作文写作和教师批语中，有着突出的表现。

晚清末年的私塾教育不仅不能启迪学生的心智，而且严重地摧残着学生的心理，抑制学生的天性。茅盾回忆自己的学生时代："我们大家庭里有个家塾，已经办了好多年了。我的三个小叔子和二叔祖家的几个孩子都在家塾里念书。老师就是祖父。但是我没有进家塾，父亲不让我去。父亲不赞成祖父教的内容和教学的方法。祖父教的是《三字经》《千家诗》这类老书，而且教学不认真，经常丢下学生不管，自顾出门听说书或打小麻将去了。"① 正是在接受过新思想、崇尚新式教育的父亲的决定下，茅盾才得以摆脱私塾，较早地接触到新式教育，从而为自己最初的文学理想的实现打下了坚实的基础。

茅盾自幼即深受崇尚西学的父亲的影响。对此，茅盾曾经这样回忆："进这小学以前，我读过家塾，也读过私塾；念过三字经后，父亲就给我读'新学'了，那是从《正蒙必读》的《天文歌诀》节录出来的《天文歌略》。那时父亲还没病倒，他每天亲自节录四句，要我读熟，他说，'慢慢地加上去，到一天十句为止'。可是我却慢慢地缩下来，每天读熟两句也还勉强。这一件事，也曾惹起父亲十分的烦恼。"② 在茅盾 10 岁时，其父亲因病去世，在临终前的"遗嘱"里，他特别告诫茅盾弟兄："中国大势，除非有第二次的变法维新，便要被列强瓜分，而两者都必然要振兴实业，需要理工人才；如果不愿在国内做亡国奴，有了理工这个本领，国外到处可以谋生。"③ 在传统社会中，父亲的遗嘱之于儿子而言，是非常神圣的，根据"三纲五常"的基本规范，父命一般说来是难以违抗，作为承载了父亲厚望的遗嘱，自然不是一般的父命，而是被置于更高的神圣位置上。从总体上来看，茅盾父亲的遗嘱尽管设定了茅盾未来人生疆域要沿着"理工人才"的路径发展，但是，茅盾在嗣后的新式教育的影响下，却又自觉不自觉地偏离了父亲为他划定的人生疆域，逐渐地偏离了"理工人才"的人生路径，最终走上了文学创作的道路。在这种貌似矛盾的人生抉择中，父亲的遗嘱中所特别强化的"理工人才"，恰好是对传统既有的人才培养路径的背离，但这也最终保证并促成茅盾进入新式学堂。毕竟，如果离开了新式学堂里的新式教育，那所谓的"理工人才"自然也就无法培养出来。从这种意义上说，茅盾父亲的

---

① 茅盾：《我走过的道路》（上），人民文学出版社 1997 年版，第 70 页。

② 茅盾：《茅盾专集》第 1 卷（上、下册），福建人民出版社 1983 年版，第 385 页。

③ 茅盾：《我走过的道路》（上），人民文学出版社 1997 年版，第 57 页。

遗嘱，对他的人生产生的积极作用还是不容小觑的。对此，茅盾曾经有过这样的回忆："十岁上，父亲死了，留一个遗嘱，希望我将来进学校学工艺，并谆嘱不可误解自由平等之义。这个遗嘱，我当时不很懂得，只知父亲希望我学实业，而要走此道，则算术是重要科目，而我对于算术恰是低能。我的父亲是喜欢算术的，自修到微积分（他自修的工具，先是《数理精蕴》，后来是谢洪赍编的《代数》，《几何》，《微积分》等）。但我自小就最怕算术。所以自从父亲死后，我在奉行遗嘱的母亲的严格管理之下，——希望我做工业中人，——看小说之类的事情是禁止的（虽然我的母亲自己却非常爱看小说，到现在年纪老了还是什么都爱看）"。① 然而，就何谓"理工人才"，在茅盾母亲和祖父那里，实际上是不甚了了的："我后来并不遵照父亲的遗嘱去用心在'实科'。这是因为当时的中学校只要国文英文可以通过，就给我开班，而我的母亲对于'实科'到底是外行之至，看见我升班，也就不噜嗦。再者，我的祖父是乐天派，对于儿孙的事，素来抱了'自然主义'，任凭我爱什么就看什么"②。茅盾的母亲对实业尽管不是非常了解，但对有些职业还是有着清醒的认知的，如当有人劝茅盾的母亲让他报考师范学校时，她的反对态度是非常坚决的："杭州除了中学还有一所初级师范，有人劝我母亲让我考这个师范。师范学校当时有优越条件：不收食宿学费，一年还发两套制服，但毕业后必得当教员。母亲认为父亲遗嘱是要我和弟弟搞实业，当教员与此不符，因此没有让我去。"③ 毕竟，在具体到学校所讲授的学业时，茅盾的母亲就难以分清到底何谓"实业"，何谓非"实业"了。正是茅盾的母亲以及祖父的那种"蒙昧主义"和"自然主义"，给茅盾的文学潜能的发展提供了空隙，而茅盾也因此获得了"明修栈道，暗度陈仓"的机缘，这一切最终促成了茅盾文学潜能的释放和发展。

---

① 茅盾：《茅盾专集》第 1 卷（上、下册），福建人民出版社 1983 年版，第 351 页。
② 同上书，第 351—352 页。
③ 茅盾：《我走过的道路》（上），人民文学出版社 1997 年版，第 78—79 页。

当茅盾在求学的路上遇到诸多阻力时，其父亲的遗嘱的作用还是显而易见的。茅盾的母亲正是凭借着丈夫的遗嘱，获得了供应茅盾继续读书的资格。"母亲在父亲逝世的屋内设一个小灵堂，只供一对花瓶，时常换插鲜花。父亲的照片朝外挂着。照片镜框的两侧，母亲恭楷写的对子是：幼诵孔孟之言，长学声光化电，忧国忧家，斯人斯疾，奈何长才未展，死不瞑目；良少亦即良师，十年互勉互励，雹碎春红，百身莫赎，从今誓守遗言，管教双雏。"① 当茅盾长大之后，其祖母和二姑妈便计划着让他到纸店学徒，显然，这和"理工人才"的人生诉求相去甚远。对此，茅盾的母亲这样说："我料想卢表叔也知道。他不便反对，所以用这方法。……去年祖母不许你四叔再去县立小学，卢表叔特地来对祖父说：'这是袍料改成马褂了！'"这使茅盾意识到，"原来我母亲为了让我继续念书受到了很大的压力。卢表叔把我童生会考的成绩到处宣扬，也是为了帮助我母亲减轻一点压力，使母亲能按照我父亲的遗嘱去做"②。由此看来，茅盾正是在父亲遗嘱的庇护下，在母亲的鼎力支持下，最终走到了新式教育的行列中，这两方面为他接受新思想、创作新文学，起到了决定性的作用。

如果说父亲在茅盾的成长过程中起到了重要作用，那么，母亲则在茅盾的成长过程中起到了激励作用。面对失却了父亲庇护的孤儿，母亲则承担起了"规训"和"爱护"的双重任务。茅盾的儿子在回忆中也为我们提供了佐证："祖母在爸爸的心目中是神圣的、伟大的，是他一生中最敬最爱的人。倘若爸爸没有这样一位母亲，也许中国就不会有作家茅盾。爸爸性格内向，从不轻易流露感情，然而他对自己的母亲的爱却溢于言表。祖母在世时，他从不违拗祖母的意愿，是个出名的孝子；祖母去世后，他常常以崇敬的心情向我们讲述祖母的为人。"③ 茅盾的母亲饱读诗书："我母亲读过四书五经、《唐诗三

① 茅盾：《我走过的道路》（上），人民文学出版社 1997 年版，第 58—59 页。
② 同上书，第 77 页。
③ 韦韬、陈小曼：《茅盾的晚年生活》（二），《新文学史料》1995 年第 2 期。

百首》《古文观止》《列女传》《幼学琼林》《楚辞集注》（朱熹）等书，而且能解释。……首先要母亲读《史鉴节要》。"① 当然，茅盾在母亲的教导下读书，既有四书五经、《史鉴节要》等传统文化典籍，又有《天文歌略》《地理歌略》等体载西学知识的新式读物。茅盾的母亲正是因为接受了较多的"中学"和"西学"知识，使她对茅盾的未来人生的想象性建构，特别地凸显了"理工人才"。然而，茅盾对"理工人才"所需的新式课程，如《天文歌略》，并没有足够的兴趣，正如茅盾在回忆时所说的那样："这使得我那时幼稚的头脑对于所谓'新学'者，既害怕而又憎恶。同时却又使我对于我所进的小学发生好感，因为这里的课程都比《天文歌略》容易记也有兴味，即使是《论语》罢，孔子与弟子们的谈话无论如何总比天上的星座多点人间味。"② 虽然茅盾对"新学"的兴趣不是很大，但对文学则有着非凡的兴趣。而且他在课余熟读了《三国演义》《西游记》等新旧小说，"茅盾课余爱读小说，记忆力也极好，复述小说娓娓动听，每次去舅家，表姐总要他讲故事。他讲起《三国演义》《西游记》来，往往使年长的人也围拢来听故事。一次，他嗓子不行，讲了几句，比他小四岁的弟弟泽民叫他'歇歇'，由他接着讲下去"③。这样一来，茅盾在文学方面的天赋便得到了自由自在的发展。

在茅盾成长的关键期，仅仅接受父母的教诲，哪怕是他所接受的其父亲推崇的新学，也难以促成茅盾走向文学创作的道路，而晚清所倡导的新式教育以及新式学堂，则为他走向文学道路洞开了一方崭新的天地。茅盾对自己走进新式学堂的情形有过这样的陈述："大约是八岁那年，我们镇上初办学校，我就进了小学，读的是文明书局当时出版的《修身教科书》和《历史教科书》，还有《礼记》。作为选文读的，是《古文观止》。"④ 这所小学，实际上就是"戊戌维新后在

① 茅盾：《我走过的道路》（上），人民文学出版社1997年版，第22页。
② 茅盾：《茅盾专集》第1卷（上、下册），福建人民出版社1983年版，第385—386页。
③ 同上书，第323—324页。
④ 同上书，第351—352页。

浙江开办新学时设立在乌镇的第一所小学"①，茅盾的国文成绩是全校冠军。进入植材小学后，学校课程的设置是相当齐全的，除了英文、国文外，增加了算学（代数、几何）、物理、化学、音乐、图画、体操等六七门课，"当时课程设置这样齐全的学校是少有的"，而"教国文的有四个老师，一个就是王彦臣，……他教的好像是《礼记》。一个是张济川，外镇人，他是中西学堂的高材生，由校方保送到日本留学两年回来的，他教《易经》，……另外两个国文教师都是镇上的老秀才，一个教《左传》，一个教《孟子》"。② 这表明，茅盾在小学期间既接受了较为系统的中国传统典籍的熏染，又接受了较为系统的西学的熏染。

茅盾在小学学习阶段，一开课所学习的修身课本是《论语》③，《礼记》《易经》《左传》《孟子》《庄子》《荀子》《韩非子》等也是必学科目。但在这些必学科目之外，他所学习的国文课本则是《速通虚字法》和《论说入门》（这是短则五六百字、长则一千字的言富国强兵之道的论文或史论）。后者作为迥异于中国传统典籍的课本，被乡下人称之为"洋书"。对此，茅盾有过这样的回忆："作为国文课本的，却是新编的《文学初阶》和《速通虚字法》——乡下人称为'洋书'者是。这两本书都有图画，尤其是《速通虚字法》的插图大大使我爱好。我现在回想起来，觉得《速通虚字法》的编者和画者，实在是了不起的儿童心理学家；它的例句都能形象化并且有鲜明的色彩。例如用'虎猛于马'这一句来说明'于'字的一种用法，同时那插画就是一只咆哮的老虎和一匹正在逃避的马；又如解释'更'字，用'此山高，彼山更高'这么一句，插图便是两座山头，一高一低，中间有两人在那里指手画脚，仰头赞叹。""《速通虚字法》帮助我造句，也帮助我能够读浅近的文言，更引起了我对于图

---

① 茅盾：《茅盾专集》第 1 卷（上、下册），福建人民出版社 1983 年版，第 22 页。

② 茅盾：《我走过的道路》（上），人民文学出版社 1997 年版，第 75 页。

③ 同上书，第 72 页。

画的兴味。"① 在中国的私塾教育中，学生所诵读的是传统典籍，注重的是"背书"，至于这些典籍的内容是什么，则不在教育之列。对此，鲁迅就有过这样的记忆："先生，'怪哉'这虫是怎么一回事？……我上了生书，将要退下来的时候，赶忙问。'不知道！'他似乎很不高兴，脸上还有怒色了。我才知道做学生是不应该问这些事的。"② 但是，随着新式教育的崛起，尤其是通过借鉴西方现代语法规则，国文教学也开始注重传授相关的汉语知识。这极大地改变了私塾的教学方式，使学生在"死记硬背"之外又增加了"理解"。这样的国文课本，对学生理解汉语语法规范有着极其重要的作用，为他们熟练地使用现代汉语奠定了坚实的基础。

1911 年，茅盾进浙江湖州府中学堂，不久转入在嘉兴的浙江省立二中，受辛亥革命的影响，茅盾和同学一起，要求民主，结果被开除。1912 年春转入杭州安定中学，1913 年毕业，接着考入北京大学预科第一类（将来可进文、法、商三科）。1915 年，因经济窘迫无法继续升学，遂于 1916 年阴历七八月间，进入上海商务印书馆编译所。③ 茅盾由此进入了少年时代便确立的"大丈夫要以天下为己任"的人生宏远目标的实践阶段，并因此而踏上了"叩文学的门"的新历程。

二

新式教育下的国文课程，不仅从根本上改写了私塾教育那种注重"死记硬背"的教学方式，而且更为深远的变革还在于，它从根本上改变了作文写作的模式，即从以科举考试的"八股文"写作逐渐地

---

① 茅盾：《茅盾专集》第 1 卷（上、下册），福建人民出版社 1983 年版，第 386 页。

② 韦韬、陈小曼：《茅盾的晚年生活》（二），《新文学史料》1995 年第 2 期。

③ 张积玉：《张仲实与茅盾交往若干事实考略》，《陕西师范大学学报（哲学社会科学版）》2015 年第 3 期。

转向了以抒发自我真实情感和思想的写作。值得关注的是，科举制度重视写作的习俗依然在新式教育中得到了发扬光大："当时，科举制度虽已取消，但旧的习俗还在，小学生的作文比赛却被看成是童生考试，大家很重视，还郑重其事地发榜。除了学校的作文训练，即使在家中，差不多年岁的孩子在一起也总要比试比试，看谁的作文为上"①。作文的次数一般是"每周一次"②；作文的题目则以"史论"为主，兼有"时论"。对此，茅盾曾经有过这样的回忆：

> 每星期一篇作文。题目老是史论。教员在黑板上写好了题目，一定要讲解几句，指示怎样立论，——有时还暗示著怎样从古事论到时事。当然不会怎样具体的，我们也似懂非懂；但我们都要争分数，先生既然说过应该带到现在，我们怎肯不带呢？结果就常常用一句公式的话来收梢，"后之为（××）者可不×乎？"这一个公式实在是万应灵符，因为上半句'为'字下边可以填"人主"，"人父"，"人友"，"将帅"……什么都行，而下半句"不"字之下也可以随便配上"慎"，"戒"，"惧"，"勉"等等。
>
> 说来有点好笑。那时我们中间最大的不过十五六岁，小的十一二，照年龄而言，都还不是老气横秋地论古评今的时期，然而每星期一篇的史论把我们变成早熟，可又实在没有论古道今的知识和见解，（先生也知道，所以出了题目一定要讲解），"硬地上掘鳝"，就弄出一套公式来了；这一套公式是三段的：第一，将题中的人或事叙述几句，第二，论断带感慨，第三就是上面说过的那一道万应灵符来收梢。这样的作文每星期一次，倘要说我们有什么好处，那至多亦不过很肤浅地弄熟一点史实，以及练习之乎者也的摆布罢了。对于思想的发展，毫无帮助，可是我现

---

① 茅盾：《茅盾专集》第 1 卷（上、下册），福建人民出版社 1983 年版，第 324 页。

② 同上书，第 325 页。

在想来，当时那位先生老叫我们做史论，也有他的用意；他是想叫学生留心国家大事。他自己是"新派"，颇有点政治思想。

最可怪的，我们弄惯了史论那一套公式，有时先生例外出个非史论的作文题例如游××记之类，我们倒有点感到手足无措了。①

由此我们可以看到，茅盾的老师所出的这些"史论"题目，尽管没有完全蜕变为现代意义上的作文写作，但和这批学生所接触的私塾教育相比，其作用之大还是显而易见的。其一，这里的"史论"尽管是以"史"为议论的对象，但就其落足点而言，则是带"史"入"今"，也就是其老师所整理的三段论中的"论断带感慨"，则是学生自己生发出来的情感和思想，这就从根本上避免了科举时代的策论写作那种看不到写作者情感和思想的弊端；其二，这种"史论"写作又继承和发扬了中国传统文化所推崇的"修身齐家治国平天下"的人文情怀，注重通过对历史现象的发掘，达到升华学生的精神和情操之目的，真正地做到了从"大我"（即被历史所铭记和流传下来的事实）出发来建构学生"小我"的高尚精神，使得文化的代际传承在这样的作文训练中得到了内化；其三，历史在"新派"教师的文化视阈下得到了重新整合，由此赋予了书写历史的作文以"济世救国"的现代政治思想。"这不仅是一种价值尺度和思想观念的变化，更是一种语言氛围和话语范式的更新，它以一种渐变的方式解构着古老的、封闭的思维空间。"② 新派教师之所以接受新式教育，本身就是缘于"挽大厦之将倾"的文化使命，因此，他们在接受了新式教育的熏染后，自然就会把这种文化使命内化到其教学实践中，把培养堪称栋梁的有用之才当作教学的目的。茅盾所留存下来的两本《文

---

① 茅盾：《茅盾专集》第 1 卷（上、下册），福建人民出版社 1983 年版，第 387—388 页。

② 殷国明：《历史裂变与跨文化语境的形成》，《山东师范大学学报（哲学社会科学版）》2014 年第 5 期。

课》目录，便为我们较为全面地呈现了新式教育下的作文写作题目：

1. 学部定章学生毕业以学期为限……；2. 言寡尤行寡悔释义；3. 汉武帝杀钩弋夫人论；4. 悲秋；5. 家人利女贞说；6. 吴蜀论；7. 文不爱钱武不惜死论；8. 信陵君之于魏可谓拂臣论；9. 论陆静山蹈海事；10. 杨氏为我墨氏兼爱说；11. 翌日月蚀文武官员例行救护说；12. 秦始皇汉高祖隋文帝论；13. 汉明帝好佛论；14. 善不积不足以成名恶不积不足以灭身议；15.（1）书经二典三谟典谟二字何解；（2）牧誓何辞之费软；（3）礼器言礼者体也祭义言礼者履也同一礼也而彼此异解何钦；（4）郊特牲八蜡之义若何；（5）君子之于损益二卦其对己之道若何；（6）蹇卦惟二五不言往蹇试申其说（以上为第一册）16. 武侯治蜀王猛治秦论；17. 宋太祖杯酒释兵权论；18. 学堂卫生策；19. 祖逖闻鸡起舞论；20. 苏季子不礼于其嫂论；21. 青镇茶室因捐罢市平议；22. 马援不列云台功臣论；23. 燕太子丹使荆轲刺秦王论；24. 山中之木以不材得终天年主人之雁以不材而死试申其说论之；25. 管子称天下才而孔讥器小孟斥功卑论试其故；26. 赵高指鹿为马论；27. 选举投票放假纪念；28. 崔实谓文帝以严致平非以宽致平论；29. 有不虞之誉有求全之毁论；30. 富弼使契丹论；31. 西人有黄祸之说试论其然否；32. 张良贾谊合论（以上为第二册）①

茅盾少年时期的作文大都是以历史为背景，以历史上的英雄豪杰和重大事件为主干，或论述古往今来之事，或以古论今，如《武侯治蜀王猛治秦论》《宋太祖杯酒释兵权论》《祖逖闻鸡起舞论》《苏季子不礼于其嫂论》《马援不列云台功臣论》《燕太子丹使荆轲刺秦王论》《赵高指鹿为马论》等题目便在史论之列；茅盾少年时期的作

---

① 茅盾：《茅盾专集》第 1 卷（上、下册），福建人民出版社 1983 年版，第 328—330 页。

文除了以历史为背景之外，还有一些以现实为背景，以现实生活中新出现的事物为议论对象，如《学部定章学生毕业以学期为限……》《悲秋》《选举投票放假纪念》《学堂卫生策》《西人有黄祸之说试论其然否》等题目便在时论之列。值得关注的是，这些时论，所论不是一般意义上的时事，而是在中国传统社会中从未有过的时事。如"选举投票放假"这样的时事，在专制的社会中，根本没有存在的可能，"选举投票"这样的举措，在传统的士大夫看来，自然是大逆不道，无父无君。然而，就是这样的一些话题，竟然也在新式学堂获得了议论的空间，这对学生既有的文化心理结构的重构作用自然是不可小觑的。

三

茅盾从小学到中学求学的路上，主要的国文老师有立志小学的卢鉴泉、沈听蕉；植材高等小学的卢鉴泉；湖州中学的杨老师、钱老先生；安定中学的张献之和杨老师等，这些教书先生给予茅盾极大的肯定、激励和思想传承。作文批语作为一种文化代际传承的方式，通过师生之间的文字交流实现双向互动，教师对学生的期望、鼓励以及对"家国"责任承担的现代意识，能够直接架起师生之间内心对话的桥梁，直抵心灵，根深蒂固地影响着学生早期的成长。"文化的代际传承，不是一个虚幻的过程，而是通过具体的个体得以实现的。具体来说这种代际文化的传承首先是在家庭中进行并完成的，其次是在私塾或者新式学堂里提升的。因此在每个孩子的成长背后，我们总会看到那些导引着他们成长的精神导师的影子。"[1] 这些教师以身作则地传授着自己的精神理念和文化思想，对于学生们的文化人格的建立起到了重要的作用，而这种精神传递的方式除却教师们的人格魅力和教书育人的智慧影响，在实际的操作上还是多用"批语"来实践思想的

---

[1] 李宗刚：《精神导师与五四文学的发生》，《中山大学学报（社会科学版）》2015 年第 2 期。

代际传承。作文批语是教学传统中的方式，即教师在批阅学生作文时在行间、篇末所写的评注，教师将自己的思想和文学见解以批改的方式，书写在学生的卷面上或者作业本上。作文批语分为"圈点""眉批""总批"和"面批"四部分。眉批即在正文之中，个别段落和语句后面的批语，针对文章中的分论点、论据等适时作出或思想共鸣，或方法指导，或感慨人生的评点等。虽然作文批语的形式一直在变动，但它依然承载着教师们对学生的思想的启迪和教育，深刻地影响到文学青年精神世界的建构，使他们的文学个性得到发展，并由此走向文学或文艺的创作道路。茅盾的早年学习过程就是始终伴随着"作文批语"这样的文化传承方式进行的。

其一，对茅盾的家国情怀予以褒扬的肯定性批语。这些批语使得茅盾的文章与老师的批语之间得到了有效的呼应，为他确立"天下为公"的社会抱负起到了奠基作用。

在私塾教育及科举考试中，强化的是儒家那种"修身齐家治国平天下"的社会化路径，其着力培育的是"内圣外王"的理想人格。这样的教育恰是传统文化得到传承的有效保障，也是传统文化的可贵之处。在儒家思想中，人们尊崇的是"天下为公"的思想，崇尚的是"大丈夫要以天下为己任"的社会责任和社会情怀。

传统文化对茅盾的心理结构和人生成长的经历有着不可忽视的作用。在"家国情怀"意识的熏染下，茅盾将自己与社会紧紧地融合在一起，由此使得"小我"与"大我"得到了统一。儒家推崇的是"修身齐家治国平天下"，这使得茅盾从小便以"大丈夫当以天下为己任"[1] 自许。茅盾的"大丈夫当以天下为己任"的思想，首先，与他所接触的"诸子百家"中那些富有精神追求的"子"的精神熏染有关："这是我第一次听说先秦时代有那样多的'子'"。这些书中的思想使茅盾最早树立起了"志在鸿鹄"的抱负，形成了"富国强兵"的思想。[2] 其次，这种思想源于茅盾的父亲对维新思想的崇尚以及实

---

① 茅盾：《我走过的道路》（上），人民文学出版社1997年版，第58页。
② 同上书，第84页。

业救国之路认同的熏染。茅盾的父亲教导他要始终将"家国兴亡"之事记挂在心。这样的耳提面命，甚至转化为茅盾的"无意识"，以至于在后来的写作中，动辄就冒出"大丈夫当以天下为己任"的话语。这正如茅盾的母亲所评论的那样："'你这篇论文是拾人牙慧的'。卢表叔自然不知道，给你个好批语，还特地给祖父看。"[①] 其三，这种思想在老师的强化下，又得到了进一步固化。在儒家思想熏染下的老师，大都有入世的情结，推崇"度己"和"度人"，因此，他们对负荷此类思想的学生，往往钟爱有加。茅盾就曾经回忆了老师是如何深刻影响自己的："卢鉴泉表叔主持，出的题目是《试论富国强兵之道》。我把父亲与母亲议论国家大事那些话凑成四百多字，而终之以父亲生前曾反复解释的'大丈夫当以天下为己任'。卢表叔对这句加了密圈，并作批语：'十二岁小儿，能作此语，莫谓祖国无人也。'卢表叔特地把这卷子给我的祖父看，又对祖母赞扬我。祖母把卷子给我母亲看后，仍把卷子还给卢表叔。"[②] 卢表叔的认同和推崇对培育他的思想和情操的作用还是不容忽视的，以至于多年后，当茅盾再见到卢表叔时，谈及此事，他仍充满了无限的感激之情，并深深地铭记了一生。在茅盾的意识世界中，"大丈夫当以天下为己任"从儒家经典的熏染到家庭的熏染，再到老师们的固化，在经过了如此之多的程序之后，已经沉潜于其思想深处。

除了卢表叔的肯定和赞赏之外，茅盾在作文中显露的才华和"家国"抱负，也得到了其他多位国文老师的褒扬和鼓励，这极大地激发了茅盾的文学兴趣，使茅盾逐渐地走上了文学创作之路。在茅盾所写的《宋太祖杯酒释兵权论》一文中，教师的总批为："好笔力。好见地。读史有眼。立论有识。小子可造。其竭力用功，勉成大器。"[③] 在茅盾所写的《学部定章》一文中，老师的总批是："生于

---

① 茅盾：《我走过的道路》（上），人民文学出版社 1997 年版，第 128 页。

② 茅盾：《茅盾专集》第 1 卷（上、下册），福建人民出版社 1983 年版，第 77 页。

③ 茅盾：《茅盾全集》（第 14 卷），人民文学出版社 1987 年版，第 364 页。

同班年最幼。而学能深造。前程远大。未可限量。急思升学。冀着祖鞭。实属有志。"① 在茅盾所写的《论陆静山蹈海事》一文中,其眉批为:"存心亦良苦耳""期望正在此耳""得此文字韬厂亦能瞑目矣",总批:"有血性语,有悲悼语,有期望语。表扬中兼寓惋惜。韬厂虽死,倘泉下有知,当亦扬眉吐气耳。"② 在茅盾所写的《吴蜀论》一文中,眉批为"此处笔力疏畅识见亦好"③,"大势了然"④,总批更是以六七十字之状,展现了老师的无限赞赏之情:"蚌鹬相争,渔翁得利。古来割据之邦,卒并而折入于一国,皆由于此。吴、蜀外亲内疏,斷斷然争疆场尺寸之土,不顾大局,何异六国之不能摈秦。是篇于三国时局了然明白,故扬扬数百言,自得行文之乐。"⑤ 在茅盾所写的《文不爱钱武不惜死论》一文中,眉批为"文不清廉武无义勇自古迄今酿成无所祸患读此当为之拍案"⑥。在眉批中,诸如《武侯治蜀王猛治秦论》"思想深沉"⑦,《马援不列云台功臣论》"一针见血"⑧,"甚好"⑨ 等直接标注于原文论点,可谓比比皆是,这给思想正处于孕育成型期的茅盾所带来的影响是不可低估的。事实上,茅盾在作文中所表现出来的"家国"意识和"历史"情怀,在老师们褒扬的肯定性批语中得到了进一步的淬炼,并立志"吾党少年。宜刻自奋勉。效苏秦之往事。鉴苏秦之贫困。发愤有为。不负父母,斯则一生不虚矣"⑩。由此逐渐地涵养了他以"大丈夫"自许,"当以天下为己任"的意识,这是他生成独立的思想和情感的重要基石。

---

① 茅盾:《茅盾全集》(第 14 卷),人民文学出版社 1987 年版,第 402 页。
② 同上书,第 418 页。
③ 同上书,第 410 页。
④ 同上书,第 411 页。
⑤ 同上。
⑥ 同上书,第 413 页。
⑦ 同上书,第 361 页。
⑧ 同上书,第 376 页。
⑨ 同上书,第 377 页。
⑩ 同上书,第 372 页。

其二，对茅盾从事文学创作的潜能的推崇性批语。这些作文批语肯定了茅盾的文学才华，激励了茅盾的文学创作，具有心理期待的效应。正是在这样的激励作用下，茅盾坚定了自己的文学理想，并由此走上"文学为人生"的道路。

在崇尚新式教育的父亲的导引下，茅盾得以摆脱私塾教育，较早地接触新式教育，并最终进入新式学堂。新式学堂虽然还没有完全摆脱传统私塾的教学方式，但亦有认真负责、悉心讲授"新学"的老师。他们对茅盾在作文中所流露的思想和展现的写作天赋大加赞赏，由此促进了茅盾的文学创作潜能的释放。心理学认为："'Invitational Education'就是通过热忱的吸引、召唤或启发，在所有人类值得努力的领域（智力上、社会的、身体的、心理的以及精神上）得以激发并实现人的潜能。目的是通过教育过程把学生的潜能激发出来，让他们在愉悦、被肯定、被鼓励、充满积极、支持、赞赏、正面、笑脸的氛围下提升自信，发展潜能，突破自我。"① 在新式学堂里，老师正是通过激励性的作文批语，促成了茅盾写作才能的发挥，进一步激发了其创作的潜能。这种情形在他进入上海商务印书馆的表现中略见一斑。1916 年，茅盾进入上海商务印书馆编译所工作，在与孙毓修合作译书时，他的才华使孙毓修大吃一惊，不由得发出："你在中学和大学的中文教员是什么人"② 的疑问。

在茅盾的作文批语中不乏"是将来能为文者"③ 等众多激励和肯定茅盾才华的批语。在此，我们不妨把茅盾作文的批语，略加罗列："堂堂之阵。正正之旗。确是史论之正格"④。"慷慨而谈旁若无人"。"慨祖生不遇其主，壮志莫酬，确有见地。行文之势，尤蓬蓬勃勃，

---

① William Wasts N. Purkey, David Aspy: Overcoming Tough Challenges: An Invitational Theory of Practice for Humanistic Psychology [J], *Journal of Humanistic Psychology*, 2003, 43 (3).

② 茅盾:《我走过的道路》（上），人民文学出版社 1997 年版，第 128 页。

③ 同上书，第 87 页。

④ 茅盾:《茅盾全集》（第 14 卷），人民文学出版社 1987 年版，第 362 页。

真如釜上之气"①。"构思新颖，文字不俗"②。"余音嘹亮""词言义
正，笔意超然"③。"马援以椒房之戚不列云台，前人之论多矣。作者
复以公私二字互相推阐。入后又翻进一层立说。足见深入无浅语"④。
"竟欲归咎太祖笔锐可谓"⑤。"胸中雪亮笔下了然"⑥。"慨今慨古无
限悲忿"⑦。"此段意颇深密""正可悲叹""有精练语，有深沉语，
必如此乃可讲谈史事"⑧。"此论又推进一层矣"⑨。"引用事实确当"
"孔孟不耻盖在此也"⑩。"褒贬悉当。断制谨严。是读史有得者"⑪。
"以诙谐之笔作记事文，最为灵捷"⑫。"胸中雪亮笔下了然"⑬。"气
清而肃。笔秀以达。"⑭。"此意极新"⑮。"扫尽陈言。力辟新颖。说
理论情。两者兼到"⑯ "字斟句酌富有书卷"⑰ "笔意得宋唐文胎息，
词旨近欧苏两家，非致力于考衰辞者不办"⑱。"宽隘二字得妥""曲
笔亦好"⑲。"扼定杨墨之学未能扩充为主，精细慰贴，毫无滞机"⑳。

① 茅盾：《茅盾全集》（第14卷），人民文学出版社1987年版，第369页。
② 同上书，第362页。
③ 同上书，第405页。
④ 同上书，第377页。
⑤ 同上书，第364页。
⑥ 同上书，第389页。
⑦ 同上书，第378页。
⑧ 同上书，第379页。
⑨ 同上书，第364页。
⑩ 同上书，第383页。
⑪ 同上书，第384页。
⑫ 同上书，第388页。
⑬ 同上书，第389页。
⑭ 同上书，第390页。
⑮ 同上书，第391页。
⑯ 同上书，第392页。
⑰ 同上。
⑱ 同上书，第416页。
⑲ 同上书，第419页。
⑳ 同上书，第420页。

"物理甚明""笔亦开拓。文气疏畅"①。"四语注定全局""出题砰砰有声""将三朝人主说成一片如白玉无瑕不落痕迹""如此侧入方是大处落墨"②。"卓有力量""又辟一层思想""前半从秦始皇、汉高祖，侧到隋文，此又从秦始隋文侧八汉高，相题得窍，笔活如龙"③。"目光如炬，笔锐似剑，洋洋千言，宛若水银泻地，无孔不入。国文至此。亦可告无罪矣。"④ "一起有高屋建瓴之势""自古极聪明之人往往有极不聪明之事"⑤。"责备始皇，痛言阉祸。至斥赵高罪状。悚然可警。"⑥ "夏日服蔬食最是卫生之道"⑦。"卫生学似曾窥过。所举数策。确是学堂至要至紧。"⑧ "不错不错""办地方之事。必宽以筹之。作者谓与小民缠扰不已。至论至论"⑨。"此一笔极有开展之力""文不清廉，武无义勇。自古遵今，酿成无所祸患。读此当为之拍案"⑩。"慷慨而谈，旁若无人，气势雄伟，笔锋锐利，正有王郎拔剑斫地之慨。"⑪

对于少年茅盾来说这样高的评价，对坚定自己的选择，坚信自己抱负的精神信念无疑是一剂良药。多年过去，茅盾仍然对大部分作文批语记忆犹新："第二天发下作文卷来，我的卷上有好多点，也有几个圈（钱老先生认为好的句子加点，更好的加圈，同学们的卷子也有连点都没有的），有几个字钱老先生认为不是古体，就勾出来，在旁边写个正确的。钱老先生还在我这篇作文的后边写一个批语：'是

① 茅盾：《茅盾全集》（第14卷），人民文学出版社1987年版，第422页。
② 同上书，第423页。
③ 同上书，第424页。
④ 同上书，第425页。
⑤ 同上书，第385页。
⑥ 同上书，第386页。
⑦ 同上书，第366页。
⑧ 同上书，第367页。
⑨ 同上书，第374页。
⑩ 同上书，第413页。
⑪ 同上书，第414页。

将来能为文者。'"① "这篇作文最后四句记得是：'檐头鹊噪，远寺晨钟。同室学友，鼾声方浓。'""全文约有五百多字。杨先生的批语大意是构思新颖，文字不俗。"② 茅盾对老师的这些肯定性批语，与他人多次提及，后来还特意收入到书写自我人生经历的著述中，由此可见对其影响之大。

其三，在茅盾走向文学的道路上，作文批语对其影响是深远的，与作文批语相类似的，还有老师的"面批"。当然，严格意义上的面批，应该是就学生所写的作文展开的，但是，有些面批，也可以泛泛展开。如茅盾的老师张之琴对他的"面批"，就深深地烙在了他的心里："当时他的国文成绩，已为全校冠军。教师张之琴先生尝抚其背道：'你将是个了不得的文学家呢！好好地用功吧！'他听了这种奖励的话，益加奋勉。以异日之文豪自期，便对我说：'我能著作一种伟大的小说，成一名家于愿足矣！你意如何？'我道：'我的志愿也与你一样？'我俩遂日以阅读新旧小说为乐。"③ 试想，当老师用"抚其背"的体态语言，一下子填平了"师道尊严"的鸿沟，这对身为学生的茅盾来说，其激励作用之大自然是可想而知的，无怪乎茅盾会"以异日之文豪自期"了。

这些批语深刻地影响到了茅盾对文学创作的选择，对他走文学之路起到了奠基性的作用，也促成了他秉承"文学为人生"的现实主义文学创作道路。茅盾从老师们的作文批语中，不仅获得了"以天下为己任"的思想，而且还坚定了从事文学创作的信念。正是由此出发，茅盾自然地走到了"为人生"的文学道路，并形成了自己的现实主义的文学观："文学是为表现人生而作的。文学家所欲表现的人生，决不是一人一家的人生，乃是一社会一民族的人生"④。然而，这样的文学观，恰与他早期所受的家庭熏陶和作文批语的导引有着内

① 茅盾：《我走过的道路》（上），人民文学出版社1997年版，第87页。
② 同上书，第89—90页。
③ 茅盾：《茅盾专集》第1卷（上、下册），福建人民出版社1983年版，第47—48页。
④ 茅盾：《茅盾文艺杂论集》，上海文艺出版社1981年版，第3页。

在关系。

在中国传统文论中，便有"文章合为时而作"的传统，在科举考试中，也重视"古为今用"，注重的是从传统中汲取教训和经验，这样的文章写作，往往远离了现实，陷入到了"八股文"的窠臼之中。随着晚清社会危机的加深，关注社会现实的文章开始"浮出了历史地表"。像茅盾在中学期间所写的作文，如《学堂卫生策》《青镇茶室因捐罢市平议》《选举投票放假纪念》等，固然是老师布置的课堂作文，是老师有意识地培养学生关注社会现实的路径，但是，茅盾能够在这样的命题下，写出新意，便表明了他已经具有了透视社会问题的能力，这对他培育自己关注社会现实的思维方式具有重要的作用，而老师的批语对这方面的强化，又反过来进一步固化了茅盾的为文之道。

茅盾在作文写作中，注重发掘社会所面临的危机，然后提出自己的对策。如面对"黄祸说"，茅盾在作文中写道："西人之祸说。所以惧我也。篇中轮到中国人不可因此而生骄心。而生怠心。是自惕也。果人人能有此志。终当达其目的。"① 在此文中，茅盾大书自己力推新政的思想，如是说："如能力行新政。以图自强。将驾欧美而上之。为全地球之主人翁矣。……莫敢稍息。"对此教师批语"此说亦是"② 以及"西人闻之当为破胆""此事必无然此志颇可嘉"③。由此可见，学生的作文写作和老师的批语之间的这种良性互动，对茅盾关注社会现实的问题，提供了无限的可能性。

茅盾正是从少年时代便开始确立的关注社会现实的理念出发，在未来的为文之路上，逐渐地明晰了现实主义的文学道路的，书写反映时代的现实小说④，如他把如何区分新旧两种文学的标准便立足于是否关注社会现实上："旧派把文学看作消遣品，看作游戏之事，看作

---

①　茅盾：《茅盾全集》（第 14 卷），人民文学出版社 1987 年版，第 397 页。

②　同上书，第 395 页。

③　同上书，第 396 页。

④　阎浩然、阎浩岗：《茅盾与二三十年代中国乡村贫困叙事》，《陕西师范大学学报（哲学社会科学版）》2016 年第 3 期。

载道之器，或竟看作牟利的商品"①，他们都是"抛弃真正的人生不去观察不去描写"②，是毫无价值的；而"新派以为文学是表现人生的"③。这样的文学观，恰是在茅盾的少年时期便已经得到了奠基。

在商务印书馆工作时茅盾始终关注时世，并积极撰写文章。1917年12月，撰写了《学生与社会》这篇论文，便抨击了封建主义的治学思想："当时年轻胆大，借着这个题目对两千年来封建主义的治学思想，发了一通议论。"④ 1919年，在商务印书馆编译所工作时的茅盾，开始接触的是英文翻译，他又翻译和介绍外国文学作品，并尝试用白话翻译小说。⑤ 五四新文化运动爆发后，他时常在《时事新报》上发表文章，抨击封建主义："我那时所以对尼采有兴趣，是因为尼采用猛烈的笔触攻击传统思想，而当时我们正要攻击传统思想，要求思想解放；尼采也攻击市侩哲学，而当时的社会，小而言之，即在商务编译所本身，市侩思想和作风就很严重。"⑥ 正是以此为肇始点，茅盾踏上了中国现代文学的通衢，并逐渐地成长为中国现代文学大家，成为引领中国现代文学发展的大家之一，真正地实现了他早在少年时代便已确立的"异日之文豪"的愿景。

其四，针对茅盾作文写作中存在的瑕疵予以指正的纠偏性批语，对纠正其作文写作中存在的偏差起到了匡正作用。

任何一个作家的成长，都有一个循序渐进的过程，也有一个不断纠偏的过程。在早期的写作中，出现某些偏差是正常的，关键是如何对待这种偏差。在学生作文中，我们看不到学生写作的潜能，用一种近乎完美的标准来规范衡量学生固然不妥，但是，如果我们用一种低的标准来赞美学生也是不妥的。最好的方法就是对其应该肯定的方

---

① 茅盾：《茅盾文艺杂论集》，上海文艺出版社1981年版，第91页。

② 同上书，第84页。

③ 同上书，第91页。

④ 茅盾：《我走过的道路》（上），人民文学出版社1997年版，第141页。

⑤ 张积玉：《张仲实与茅盾交往若干事实考略》，《陕西师范大学学报（哲学社会科学版）》2015年第3期。

⑥ 茅盾：《我走过的道路》（上），人民文学出版社1997年版，第149页。

面，毫不吝啬地奉上赞美之词，对那些需要纠正的方面，则毫不留情
地指出来，使学生对自己的未来的写作能力持有怀疑时，能够提振其
精神，对写作能力沾沾自喜时，能够清醒其思想，唯此，才会做到既
不捧杀，也不棒杀。从少年茅盾作文中老师所写的批语来看，便可谓
是较好地做到了这两点，即对其值得肯定的方面予以表扬和推崇，对
其需要注意的方面予以指出和纠正。这正如鸟之两翼，车之双轮，是
缺一不可的。

　　茅盾在早期所写的作文存在诸多不足是难以避免的，关键在于老
师能否在偏爱有加的情况下，还能够痛下"杀手"，不留情面地指出
来。从茅盾作文的批语来看，老师们可以说很好地兼顾了二者，他们
在不吝笔墨地表扬茅盾作文的优长之处时，又毫不留情地指出茅盾作
文所存在的不足之点。针对《宋太祖》一文，则指出了其存在着
"此言其流弊也"① 的问题；针对《武侯》一文，则指出了"此句似
与前有重复意"② 的弊端；针对《宋太祖》一文，则指出了"治水
必导其源其斯文之谓乎"③ 的问题；针对《学堂卫生策》一文，则提
出了"豪则豪矣，少年人不宜有此悲凉语"④ 的忠告；针对《山中之
木以不材得终天年主人之雁以不材而死试申论之》一文，则提出了
"此题重在说理。作者尚能说得明白。不为所窘"⑤ 的委婉之辞；针
对《富弼使契丹论》一文，则发出了"简则简矣。而警策语尚少"⑥
的感叹，针对《张良贾谊合论》一文，则指出了"人物合论。不可
竟重一面。使旗鼓不能相当。作者论贾生甚详。论留侯则略。未免犹
有此弊"⑦ 的详略问题；针对《苏季子不礼于其嫂论》一文，则提出
了"开口便是尚宜修洁为佳""掀翻有见地""此理亦是然开口太

---

① 茅盾：《茅盾全集》（第 14 卷），人民文学出版社 1987 年版，第 363 页。
② 同上书，第 361 页。
③ 同上书，第 363 页。
④ 同上书，第 365 页。
⑤ 同上书，第 382 页。
⑥ 同上书，第 393 页。
⑦ 同上书，第 399 页。

大""摹写世情。颇能入理。然长篇文字。断难一气相贯。宜修洁为妙"① 的修改策略；针对《言寡尤行寡悔释义》一文，则指明了"文既入彀。便无难题。所谓一法通。则万法通矣"② 的点睛之法；针对《悲秋》一文，则提出了"语可动人""注意于悲。言多寄慨"③ 的告诫；针对《家人利女贞说》一文，则提出了"气顺言宜"④ 的中肯之论；针对《论陆静山蹈海事》一文，则发出了"读贾生论非暑之难，所以自用实难。篇中责备一层回不可少"，"叙静山事略亦不简不繁"，"吾亦云然"⑤ 等妙论；针对《汉明帝好佛论》一文，则辩证地提出了"明帝为东汉贤主，尊师重道，史不胜书。而好佛一端，贻万世之口实，此亦蛊治之累耳"⑥ 的问题。所有这些切中肯綮之论，都点出了茅盾早期作文写作中存在的思想、情感、结构、语言等问题，尤其难能可贵的是，这些带有批评性的逆耳之言，并不是以一种生冷的方式打压了正处于文学实践成长初期的茅盾，反而以婉转的方式滋润着此时的茅盾。尤其是把这些批评话语，置于每篇作文批语的整体背景下加以审视的话，我们就会发现，这样的批评话语和那些赞赏话语相比，其所占的比重较少，而且其基本色调也是温馨可人的。由此一来，在茅盾作文的批语中，老师的批评性批语，便构成了茅盾文学写作能力得以提升的必不可少的前提。

总的来说，茅盾早期作文尤其是早期作文中老师所写的批语，为我们探究和还原中国现代文学大家的成长之路，提供了鲜活的佐证。从这种意义上说，叶子铭和丁帆先生在评说这一文学发现的意义时曾经说过："浙江的一些同志，就茅盾与故乡，茅盾的家世，童、少年时代以及中学生活，做了大量的调查研究与资料搜集与考订工作。特

---

① 茅盾：《茅盾全集》（第 14 卷），人民文学出版社 1987 年版，第 370—372 页。

② 同上书，第 403 页。

③ 同上书，第 407 页。

④ 同上书，第 409 页。

⑤ 同上书，第 417 页。

⑥ 同上书，第 427 页。

别是茅盾家乡的桐乡县的同志，发现了茅盾小学时代的两册作文，为茅盾的传记研究提供了极好的原始素材。"① 其实，这两册作文，还具有更为广泛的文学史价值，那就是在新式教育的熏染下，一代中国现代文学大家是如何从中国传统文化和传统文学中破茧而出的。事实上，民国教育体制，也并不是无中生有，而是在晚清的新式教育的温床上孕育而来的，茅盾少年时代的作文，便为我们清晰地呈现了中国现代文学大家是如何孕育而来的真实历史情形。茅盾在新式教育的基础上，进入了民国教育体制之内，在接受了更为直接的民主、科学精神的熏染之后，敏锐地感知到了新文学时代的春风正从冰封千里的世界里徐徐吹来，然后抽出了自己的新文学嫩嫩的幼芽，蔚然成长为郁郁葱葱的新文学之林，这便意味着新时代真正地到来了。

（原刊《陕西师范大学学报（哲学社会科学版）》2017 年第 3期）

---

① 叶子铭、丁帆：《茅盾研究的回顾与展望》，《中国现代文学研究丛刊》1995 年第 2 期。

精英的离散与困守

——《霜叶红似二月花》的绅缙世界

罗维斯

摘　要　《霜叶红似二月花》以民国初年江南绅缙的日常生活圆融地展现地方社会政治、经济转型中的微妙变化。小说中，随着土地经营、高利贷和商业贸易占绅缙阶层收入权重的增大，绅缙在管理地方事务时为一己之私罔顾乡民利益。同时，小说中又极力刻画了几位在困境中坚守绅缙阶层服务桑梓的道德理想的人物。这些对绅缙阶层的叙述与茅盾的家族经验密切相关，其中也透露了茅盾内心一些隐秘的情结。

关键词　茅盾小说；绅缙；地方事务；转变；坚守

茅盾的文学创作素以及时反映时事见长。《霜叶红似二月花》（以下简称《霜叶》）这部疏离了明确社会政治事件的小说似乎是一个特别的存在。《霜叶》在文学技艺上的圆熟曾得到不少褒奖，却又是茅盾较为成功的小说中较少被研究者关注的一部。的确，《霜叶》这部特别之作在茅盾的文学序列中是有些难以安置的。不过，若是将小说中的赵守义视为顽固的封建地主阶级，王伯申属于新兴的资产阶级，钱良才、张恂如是地主阶级的知识青年或小资产阶级，那么，整部小说的故事情节又可以解读为地主阶级与资产阶级的斗争与妥协以及知识青年身处其中的迷惘与失落——这不是正与茅盾自言所秉持的社会科学理论相吻合？在这看似顺理成章的结论背后，却掩不住《霜叶》小说文本所透出的异样气息。

茅盾惯于在小说中作社会政治剖析，却又往往难以调和个人体验与科学理论之间的裂隙，以至于他的许多小说内部充满撕扯的痕迹。而《霜叶》一直被视为茅盾长篇小说中圆融、成熟的一部。这种圆熟不仅来自《霜叶》对旧小说技法的借鉴，更重要的一点是，在这部小说中，茅盾很大程度上抛开了社会科学理论的羁绊，以一种相对松弛的状态书写自己对中国社会、政治、经济转型的感性体认。

《霜叶》不似茅盾之前的小说那样明确地关注重大社会历史事件，而是将社会、政治、经济的变革融入一个江南小镇几个家族的日常生活当中。不过，与现代文学中众多家族小说不同，《霜叶》很少单纯地书写几个家族的内部生活。《霜叶》中新与旧的冲突很少表现为家庭内部的新旧观念冲突。家庭内部矛盾只作为一种旁支和陪衬。其中的主要矛盾和叙事线索都集中于家族之外的地方事务。不同家族之间更多的是凭借对地方事务的立场与态度而非姻亲关系进行连接。

小说中涉及的婚恋自由观念也显得十分稀薄。以至于《霜叶》的时代背景究竟是在"五四"之前还是之后这一问题自小说问世以来就充满争议。而我们似乎很容易忽略一点，"民国"是《霜叶》最为明确的基本时代背景——这一点也在小说中被不断强调。这一时间背景也使得《霜叶》虽被认为与《红楼梦》十分类似，但却与之具有本质区别。《红楼梦》的故事有着一个明确的皇权背景。而一直强调"民国"背景的《霜叶》却在着力叙述着一种与皇权相对的权力形态——绅权。

在中国传统社会中，社会管理通过自上而下的"皇权"和自下而上的"绅权"形成一种双轨政治模式。在基层社会中，绅士阶层是社会事务的实际操控者。[①] 皇权的式微和瓦解，加之清季民初的地方自治运动，都使地方绅士获得了更大的权力。[②]《霜叶》对地方事务的叙述显现着民国初年显著的时代特点。绅权在地方事务中的作用是茅盾小说中多有关涉的内容。所不同的是，茅盾在这部小说中使用

---

① 费孝通：《乡土重建》，岳麓书社 2012 年版，第 45—49 页。

② 魏光奇：《清末民初地方自治下的"绅权"膨胀》，《河北学刊》2005 年第 6 期。

了一个之前鲜有提及的概念——"绅缙"。

绅缙是《霜叶》中被视为封建地主、资产阶级、小资产阶级知识分子的一系列人物形象共同的身份属性。绅缙，"亦做'缙绅'。古代称有官职的或做过官的人。在茅盾的作品中相当于'绅士'。指旧时地方上有势力，有功名的人。一般是地主或退职官僚"。① "缙"通"搢"，原意是插笏，古代朝会时官宦所执的手板，有事就写在上面，以备遗忘，转用为官宦的代称。绅是古代士大夫束腰的带子。插缙于绅，固又可以"缙绅"代称仕宦。② 清代的乡约文献、江南一带的评弹、晚清小说中也都有"绅缙"的用例。③ 民国时期相关文献中也有"绅缙"之称。从用例来看，绅缙的含义偏向于茅盾在小说中更常用的概念"绅士"。绅士包括具有科举功名（包括文科举和武科举）而又尚未出仕者，卸任（丁忧、退休或被罢黜等情况）的官员，依靠军功或蒙阴取得功名的人。此外，也指清季接受新式教育或出国留学的人群中被朝廷赐予功名者。④

绅缙作为帝制时代的产物，是拥有基层社会管控权责的精英阶层。在《霜叶》中，茅盾以"绅缙"标明小说中各色人物的基本身份属性，直陈自己对于中国基层社会的原初观感。民国初年，基层社会半新半旧的"政治格局"通过小说中对各式绅缙⑤的书写自然铺陈开来。

---

① 李标晶、王嘉良主编：《简明茅盾词典》，甘肃教育出版社 1993 年版，第 416 页。

② 杨金鼎主编：《中国文化史词典》，浙江古籍出版社 1987 年版，第 165 页。

③ 如牛铭实编著：《中国历代乡规民约》，中国社会出版社 2014 年版，第 328 页；吴宗锡主编：《评弹文化词典》，汉语大词典出版社 1996 年版，第 106 页；（清）石玉昆：《小五义》，北方文艺出版社 2013 年版，第 177 页。

④ 费孝通、吴晗等：《皇权与绅权》，岳麓书院 2012 年版，第 7、60 页；周荣德：《中国社会的阶层与流动——一个社区中士绅身份的研究》，学林出版社 2000 年版，第 5—6 页；张仲礼：《中国绅士——关于其在 19 世纪中国社会中作用的研究》，上海社会科学院出版社 1991 年版，第 1、18 页；瞿同祖：《清代地方政府》，范忠信、晏锋译，法律出版社 2003 年版，第 267、273—275 页；王小静：《试论科举废除之前的学堂毕业奖励制度》，《兰州学刊》2008 年第 8 期。

⑤ 由于史学社会学文献中多用绅士这样的称呼，本文中会出现绅缙与绅士混用的情况。

一

　　茅盾常以具有绅士身份的人物形象展现时代变革的新旧交错，并极力刻画绅士阶层所负载的文化意味。但《霜叶》不仅舍弃了"绅士"这一强调士子即读书人身份的称呼，改用了"绅缙"这一更强调官员身份的称呼，且鲜有提及获取绅士身份所需的文化资本。从《霜叶》的具体叙述来看，县城的绅缙大多也并不具备帝制时代的官员身份。科举制度废除以后，读书人彻底失去了以学识换取功名的渠道。小说以绅缙这种更强调官员身份的称呼似乎更指向对基层社会的实际控制。当以文化资本换取政治资本的模式逐渐淡出基层社会管控权力的获得时，经济地位开始成为绅缙的重要筹码。于是，我们也在《霜叶》中看到了对县城诸家绅缙经济来源的铺陈描绘。

　　老派绅缙赵守义靠着土地经营和高利贷积累财富，这也使得他最接近我们观念中的剥削阶级——地主。不过，我们似乎忽略了一个重要的事实：不捐买官爵或没有科举功名的地主仍旧是庶民，没有管理地方事务的资格。而具有绅士身份的人在赋税徭役方面享有特权，也更容易拥有土地和财富。① 老派绅缙赵守义作为地方事务的把持者，可见并非一般的庶民地主。不仅如此，"土地作为绅士的收入来源，并没有人们想象的那么重要。很多绅士并不拥有大宗土地，从而靠土地获得足够的收入。相当一部分绅士似乎全无土地"。② 土地的资本回报率是比较低的。土地经营作为绅士阶层的收入来源尽管总量巨大，但只有绅士阶层中少数的上层人士才能从地连阡陌的大片地产中获得较多的收益。而这些大规模的地产也会在一次次的继承中被不断分割。③ 随着清季民国初年的一系列社会变革，土地收入才逐渐成为

---

　　① 瞿同祖：《清代地方政府》，法律出版社 2011 年版，第 270、271 页。

　　② 张仲礼：《中国绅士的收入》，上海社会科学院出版社 2001 年版，第 185 页。

　　③ 同上书，第 187 页。

绅士阶层的重要经济来源。从《霜叶》的叙述来看，老派绅缙赵守义的土地盘剥和高利贷剥削十分刻薄。小说也借新派绅缙王伯申之口称，赵守义也不过是专干损人不利己之事的老剥皮；赵守义的土地也十之八九是巧取豪夺而来的。

绅士阶层在社会骤变中，除了加强土地经营之外，还有另一条转型之路——转向现代工商业。小说中的新派绅缙王伯申就属于后者。王伯申的父亲当年做官不成，可见这一家有着绅士阶层的地位。王伯申通常被我们视为新兴资产阶级，其实他有另一个身份——绅商。

"绅商"是中国社会转型中的一个独特群体。"绅商"一词在 19 世纪以前的历史文献中绝少使用，且直到 20 世纪初年，"绅商"一词大多都是指绅士和商人两类人。但伴随着绅士与商人在新的经济基础上的融合，绅商一词的含义也在逐渐发生变化，开始指向绅士和商人融合生成的新的社会群体。[①] "1905 年左右各地商会的普遍设立构成绅商阶层正式形成的重要标志。"绅与商的合流主要有两条途径，即由绅而商或由商而绅。清末的绅商绝大多数是靠着捐纳的异途跻身绅士行列的。[②]

19 世纪末 20 世纪初形成的新兴的绅商阶层，"既有一定的社会政治地位，又拥有相当的财力，逐渐代替传统绅士阶层，成为大、中城市乃至部分乡镇中最有权势的在野阶层"。[③]《霜叶》中十几年前还上不得台面的王伯申一家正是在时代变革中崛起的绅商。

《霜叶》所大量描写的绅缙几乎都与商业紧密相关，其中既包括传统商业，也有轮船公司这样的新兴产业。小说中，张恂如一家的吃穿用度靠的是祖上的老店。秀才胡月亭却已经把祖上传下的布铺做垮了。黄和光的家财既有镇上的房租，也有压在各种老铺里的现金收益。县城上"那家'殷实绅商'不是在轮船公司里多少有点股

---

① 章开沅、马敏、朱英：《辛亥革命前后的官绅商学》，华中师范大学出版社 2011 年版，第 170—173 页。

② 同上书，第 186 页。

③ 同上。

本"①。在《霜叶》这部小说中，几乎每个绅缙家庭都与商业有所关联。

"清政府和先前的皇朝一样，明确禁止绅士从事若干商业活动。"② 但实际上，还是有绅士会改换姓名经商。不过，"以牟利为宗旨的商业活动从不被视作绅士的正当职业"。尽管清末以后有越来越多的绅士利用经商牟利，商业活动本身依旧受到上层绅士的贬斥。在漫长的传统社会中，真正通过经商获得丰厚利润的还是曾有仕宦经历的绅士。帝制时代，在朝担任官职几乎是获得巨额财富的唯一途径。不仅是高官才能获得高收入，历史学研究者从方志和宗谱中获悉，几乎所有官员都能获得大量财富。官员自己和其他人都认为，与任何职业相比，当官最有利可图。而对于没有担任官职的绅士而言，发挥绅士功能则是他们的重要收入来源。绅士阶层作为一个具有领导地位和特殊声望的精英阶层，承担着众多地方和宗族事务。③ 绅士阶层能够从承担地方事务中获得丰厚的收入。这些收入来自聘金、礼金、当地居民摊派甚至是地方税收。这些收入往往高于土地或经商的所得。④

由此，我们就不难理解《霜叶》开篇时，张府内绅缙太太们的谈话了。无论是从事土地经营和高利贷盘剥的赵守义，还是从事现代商业活动的王伯申，这两位县城数一数二的绅士，都"根基太浅"，是上不得台面的。赵守义、王伯申这两位县城最有势力的绅缙，他们集聚财富的方式不仅过去在传统绅士阶层中不入流，而且财富的规模也未见得能与帝制时代的绅士相比。从几位绅缙"太太们"的谈话可知，县城里现在的大户哪有以前的大户人家"底子厚"。小说中的大部分绅缙无论是经济收入，还是身份地位，都无法与以前的绅缙相比。《霜叶》中看似写了绅缙家太太们的居家闲谈，其实展现了民国初年由政治经济转型引发的地方权势的转移。

---

① 茅盾：《霜叶红似二月花》，华华书店 1948 年版，第 178 页。

② 张仲礼：《中国绅士的收入》，上海社会科学院出版社 2001 年版，第 138 页。

③ 同上书，第 185 页。

④ 同上。

随着传统绅士阶层转向单纯的土地剥削和高利贷收入或者从事商业活动，有一定经济实力的社会阶层也在试图享受绅士阶层的待遇。小曹庄的一个小小的"暴发户"曹志诚，有三十多亩田地，讨了个大户人家的丫头做老婆，便学起了大户人家的规矩，摆起架子来，"专心打算出最便宜的价钱雇佣村里一些穷得没有办法的人做短工"。① 就是这样一个刚靠着土地收入当上小地主的人，已经在村里干起原本是绅士才有资格做的包揽诉讼。

不仅绅士阶层在地方管理中的职权被兴起的富裕庶民分割，更让绅缙太太们感到不忿的是绅缙人家在日常生活中刻意彰显的阶层区隔也被逐渐打破。在张家老太太看来："如今差不多的人家都讲究空场面了。那怕是个卖菜挑粪出身的，今天有几个钱，死了爷娘竟然也学绅缙人家的排场，刻讣文，开丧，也居然还有人和他们往来；这要是在三十年前呀，那里成呢？干脆就没有人去理他……"② 瑞姑太太也感慨："从前看身份，现在就看有没有钱。"③ "作为传统乡村的一个独特的社会集团，士绅不仅是封建礼教文化的代表，也是政治权力的象征在地方上对声望、文化、经济等资源的垄断，使其成为占据乡间生活中心并拥有某种权力的魅力型人物……士绅与平民不断在日常生活的各种细节中区分彼此，从而共同维护各自在权力关系中的身份。人们希望成为士绅群体中的一员，并小心翼翼地维护着权力的合法性及权力关系本身。"④ 但民国以后，清朝旧制废除，绅民界限日益模糊。小说中，属于绅士阶层的礼制开始被富裕的庶民仿效，并在一定程度上得到了乡民的认可。

小说中，财富多寡不仅僭越了帝制时代社会阶层的区隔，也在逐渐生成管控地方事务的资格。在传统社会中，绅缙身份由科考和仕宦得来。尽管绅缙的家人可以与其共享特权与荣耀，但除蒙荫以外，一

---

① 茅盾：《霜叶红似二月花》，华华书店 1948 年版，第 181 页。

② 同上书，第 164 页。

③ 同上。

④ 李涛：《士绅阶层衰落化过程中的乡村政治——以 20 世纪二三十年代的浙江省为例》，《南京师范大学学报（社会科学版）》2010 年第 1 期。

般而言绅缙身份终究不可世袭。但科举制度废除以后，无论是科考正途或是捐纳异途都不复存在。较之功名官职而言，财富恰恰能够代际传承。小说中，绅缙身份出现了一种"世袭化"的倾向。绅缙家庭的少爷如张恂如等人只要自己愿意，就可以出来担任管理地方事务的绅缙。

茅盾之前的小说往往强调绅士阶层的文化属性。《霜叶》这部小说却刻意淡化了这一点，而重点展示绅缙的经济资本。小说中，由"官"到"管"的"缙"代替了学而优则仕的"士"，经济取代知识成为绅缙身份的标志。种种日常生活层面细碎的细节实际上展现了民国初年绅士阶层及地方权势一些根本性的变化。"在由农业宗法社会向工商业社会的过渡转折中，金钱开始替代功名成为衡量社会成就和社会地位的标志。人们逐渐用经济成就的大小而不是文章道德的高低来评判一个人的社会价值。"[1]《霜叶》所呈现的半新半旧的社会历史风貌，实质上也就是政治变革引发经济结构骤变之后，地方精英的分崩离析与结构重组。而这种地方精英内部的变化正是《霜叶》中主要故事情节展开的原点。

二

现在研究普遍认为，《霜叶》展现了农耕文明与现代商业的冲突。其实，小说中还花了更多的笔墨来表现经济基础变化引发地方权势转移之后，作为地方精英的绅缙们如何面对和处理这种冲突之下的地方事务。在小说中，这种地方绅缙对地方事务的管控又渗透于县城绅缙家庭日常生活的细节之中。

小说开篇以张恂如与家中女眷的谈话引出了新派绅缙王伯申试图以兴办平民习艺所为名与老派绅缙争夺善堂的管理权。随后，又以县城里绅缙与"少爷班"等各色人物在茶肆的闲谈进一步勾勒出县城

---

[1] 章开沅、马敏、朱英：《辛亥革命前后的官绅商学》，华中师范大学出版社 2011 年版，第 183 页。

绅缙们的派系划分和处理地方事务的立场。如何处理地方公益事业中最大宗款项——善堂存款，成了小说中绅缙们争论的焦点。

通常我们会将王伯申与赵守义对善堂管控权的争夺视为地主阶级与资产阶级的冲突。当然，从二人背后的经济基础来看似乎也没有错。不过，我们也应该了解，除了按不同经济基础划分出人物社会阶层差异之外，赵守义与王伯申在小说中还有着一个共通的身份属性——绅缙。因此，这就不再是单纯的农耕文明和商业文明之间的冲突、落后的地主阶级和新兴资产阶级的矛盾，而是社会转型期作为地方精英的绅缙们在地方事务中的内部权力分配问题。

赵守义是县城中老一辈绅缙中最有实力的一位，并代表着老派缙绅掌管县城的公共事务——善堂。与他同属一个派系的鲍德新是前清的监生，胡月亭是前清的一名秀才。前者以捐纳异途得功名，后者是科举正途出身。二位无疑都具有帝制时代的绅缙身份。赵守义能在其中为首，又能与省城举人这样的上层绅士交好，应该具备帝制时代的绅缙身份。至于王伯申则被归为了新派绅缙。他的合作伙伴大多是自己公司的职员，所结交的上层势力也不再是有威望的绅缙，而是科长这样现代行政体系中的政府官员。他也很愿意与在上海做买办的冯退庵这样的更新式的人物往来。他的新派既来自新的经济基础，也来自新的政治势力。王伯申虽有做官不成的父亲，但作为新兴的绅商在地方上的势力仍旧稍逊于"老派"绅缙。《霜叶》中传统的地方事务仍由一些"老派"的绅士掌控。而随着经济地位的上升，从事现代商业的"新派"绅缙也开始与"老派"争夺管理善堂这样的地方核心权力。

《霜叶》中所写的善堂在江南地区是十分常见的综合性慈善机构，一般涵盖育婴堂、义塾、保甲局、义渡、丐厂等众多机构，负责老人、寡妇、弃婴的赡养，施舍药材、食物，教育，治安巡逻，救灾、救生等社会生活的方方面面。① 《霜叶》中就谈到了县城的孤老

---

① 夫马进：《中国善会善堂史研究》，商务印书馆 2005 年版，第 467—475 页。

病穷按月在善堂领取抚恤金，善堂每年还要施药材。善堂运营的经费来自私人或其他社会组织的捐赠，捐赠的形式包括土地和现金等，也有官产投入其中，如国家划拨的土地等。《霜叶》中写道，长江三角洲地区善会、善堂林立，就连县城内及之外的市镇也遍布着善会善堂。① 经济上的富庶曾使帝制时代的江南绅士阶层十分乐于出资兴办各种地方公益事业。② 善会善堂基本上都由地方绅士负责经营管理，领导这些善举的群体被称为善堂绅士或善举总董。③ "负责当年运营的会员也希望在证明众人的捐赠都得到正当的运用的同时，报告当年事业究竟取得了什么成绩。这样就出版并广泛散发了被称为《征信录》的会计事业报告书。于是捐赠者和参与这一事业的同仁利用该报告对事业内容进行监督。"④

但是，小说中，赵守义掌管善堂十余年来竟然都没有做过征信录。这是十分反常的情况。此外，在多数情况下，善会善堂运营需要大量经费，每年的赤字部分需要主事的绅士自己垫付亏空，对绅士而言这成了一种类似于徭役的沉重负担，因而被地方绅士视为畏途。⑤ 而《霜叶》中，善堂已经由赵守义一个人把持多年，这桩传统慈善事业反倒成了有利可图、值得一争的领域。以赵守义为首的"老派"绅缙除了昏聩之外，私德与公德皆不甚佳。这种道德上的缺陷显然无法满足帝制时代对地方公益事业管理者的基本要求。至于"新派"绅缙王伯申，他的新在老派绅缙眼中只是："就事论事，只要一件事情上对了劲，那怕你就和他有杀父之仇，他也会来拉拢你，俯就你。事情一过，他再丢手。"⑥ 张、钱两家的太太们看来，王家几代都是

────────────

①　夫马进：《中国善会善堂史研究》，商务印书馆 2005 年版，第 419—420页。

②　徐茂明：《江南士绅于江南社会（1368—1911 年）》，商务印书馆 2004年版，第 190、191 页。

③　夫马进：《中国善会善堂史研究》，商务印书馆 2005 年版，第 476 页。

④　同上书，第 709 页。

⑤　同上书，第 443—445 页。

⑥　茅盾：《霜叶红似二月花》，华华书店 1948 年版，第 99 页。

精明透顶的人物，只会钻营占便宜而从不吃亏。小说也不断强调着这个新派绅缙身上唯利是图的商人特性。王伯申办平民习艺所既是试图拥有传统绅士在地方的声望，其中也包含有个人的利益诉求。王伯申的轮船公司随意倾倒煤渣以致河道堵塞，轮船航行引发的水涝还淹没了农民的田地，危害一方。但精明算计经营成本的王伯申却并没有在这些问题上表现出对公益事业的热心，反倒利用自己的绅缙身份与官员疏通来维系自己的利益而损害地方公益。

最终，新派绅缙与老派绅缙经过互相算计之后，还是达成了利益和权力的妥协。尽管新旧两派绅缙经济基础和政治势力依然不同，但同处于绅缙地位还是能让他们因为共同利益而暂停争斗。地方公益尤其是穷苦人的利益并不在新旧两派绅缙的重要考量范围之内，县城里的大部分绅缙也都因为自身利益而袖手旁观。这并不是帝制时代绅士阶层主事地方的常态。

民国以后，绅士管理地方失去了官方的监督和规则约束，更失却了物质基础。当掌控地方的绅士成了单纯依靠土地和高利贷剥削的劣绅或者唯利是图的商人，那么就很难期待他们能够如传统正派绅士一般为地方公益事业尽心尽力。然而，在县城这样的基层社会，不仅在制度上绅缙依旧是实际的控制者，而且平民的心态依旧希望绅缙主事。《霜叶》所写的也正是新旧交替的社会背景下，作为精英的绅缙阶层的道德失落和责任缺失。而茅盾极力刻画民国初年这种半新半旧的氛围的同时，也在怀想一种正派绅士主事地方的理想状态。

三

时代转换过程中，绅缙的私利与公益不可避免地发生冲突。但在小说中，无论是老派绅缙赵守义，还是新派绅缙王伯申，都不是帝制时代掌管地方事务的精英阶层。从"太太们"的闲谈来看，县城里的大户"四象八头牛"大都衰败得没有影了，只剩下钱家这一头象。而在钱家的瑞姑太太看来，钱家也不如当年，算不得象而只是一头瘦

牛了。① "同治前后，家产百万以上可称"象"，五十万至百万者称
'牛'，三至五十万喻为'狗'。到清末民初，这'四象'财产达到
巅峰，都有上千万两以上。"② 小说中这些原本的大户都因经济变革
而衰败。在经济变革中发起来的绅缙其经济规模已大不如前。

　　然而，茅盾本人依旧对正派绅士造福一方的历史记忆充满怀想。
正当老派的赵守义等一众绅缙与绅商王伯申针对善堂存款产生冲突
时，一派看似隐没的政治力量浮出水面。一位是新派班头、已故的老
一辈绅缙钱俊人的儿子钱良材，一位是喜好格致之学、不合时宜的老
绅缙朱行健。钱良材的父亲钱俊人是前清时候县里的热心人，"新派
的班头，他把家产花了大半，办这样办那样"。③ 现下闲散、不合时
宜的老绅缙朱行健也总是和他一道帮衬。这两位无疑是传统正派绅缙
无私奉献地方的典型。可惜的是钱俊人壮年而逝，朱行健只是个说的
话 "平时就被人用半个耳朵听着"④ 的闲散老绅缙。

　　小说中关于老绅缙朱行健的内容大多与他喜好科学技术有关。但
从朱行健参与地方事务的少量细节中，我们却能感受到他沉迷于科
技是一种逃避。赵守义原本满以为早年在县城里 "闹维新" 的朱行健
会支持平民习艺所这样看似新派的地方事务。但是，面对少爷班们热
心用善堂办现代慈善事业平民习艺所时，朱行健能清醒地指出其中的
症结和风险。他也曾与钱俊人热心办新派事业，却最终一事无成。而
他也能体会钱俊人的感慨："行健戊戌算来也有二十年了，我们学人
家的声光化电，多少还有点样子，惟独学到典章政法却完全不成气
候，这是什么缘故呢，这是什么缘故呢？"⑤ 朱行健对于声光电化的
痴迷，也来自对典章政法改革的失望情绪。不过，当面对涉及地方公
益的大事件时，他一改平时闲散的作风，主张用善堂的款项疏通河

---

　　① 茅盾：《霜叶红似二月花》，华华书店 1948 年版，第 164 页。
　　② 钟桂松：《社会转型时期的历史画卷——纪念茅盾〈霜叶红似二月花〉
创作 70 周年》，《茅盾研究》（第 12 辑），新加坡文艺协会，2013 年，第 171 页。
　　③ 茅盾：《霜叶红似二月花》，华华书店 1948 年版，第 39 页。
　　④ 同上书，第 40 页。
　　⑤ 同上书，第 39 页。

道，解决轮船带来的农田水患。服务桑梓的绅缙职责，在朱行健那里也并不曾被抛却。

钱俊人的儿子钱良材在茅盾后来的回忆录中被归为"一些出身于剥削家庭的青年知识分子"①。可实际上，小说中非但没有涉及这些青年剥削的细节，反倒大量书写了他们为地方公益的无私付出。正派的传统绅士日渐式微的事实或许激发了茅盾的怀想与向往。这使得《霜叶》中的钱良材在某种程度上成了正派绅士钱俊人的某种再现，是帝制时代正派地方精英的回光返照。

钱良材出场之前，他的嗣母瑞姑太太就谈到钱良材活像他的父亲钱俊人。钱家的宗亲"永顺哥"也忍不住和村民反复地赞叹钱良材："活像他的老子，活像他的老子！啊呦呦，活像！""活像！一点儿也不差！""你要是记得三老爷，二十多年前的三老爷，我跟你打赌你敢说一声不像？"② 小曹庄的村民认识钱良材，也因为他是赫赫有名的钱俊人钱三老爷的公子。在钱家庄，钱良材的地位也与钱俊人的声望密切相关。

对于钱良材本人来说，他每次提到父亲生前的言行必然会引起虔诚而思慕的心情。钱良材当年站在父亲的病床前聆听嘱咐时，甚至会感觉到父亲的那种刚毅豪迈的力量已经移在自己身上。他十分努力地继承父亲为桑梓服务的理想。钱良材看不起王伯申明明是自私自利的守财奴骨头，却要充大老官假意关心地方公益。于是他"存心要教给他，如果要争点名气，要大家佩服，就该懂得钱是应当怎样大把大把的化！"③ "钱良材和他的父亲一样的脾气：最看不起那些成天在钱眼里翻筋斗的市侩，也最喜欢和一些伪君子斗气。在吝啬的人面前，他们越发要挥金如土。"④

尽管，钱良材在小说中是县城里的"少爷班"，而不具备钱俊人

---

① 茅盾：《我走过的道路》（下），人民文学出版社1997年版，第300页。
② 茅盾：《霜叶红似二月花》，华华书店1948年版，第196页。
③ 同上书，第158页。
④ 同上。

那样的绅缙身份，却依旧竭尽着正派绅缙的职责，诚挚地关心乡民的利益。王伯申的轮船导致河道周边农田被淹。县城其他绅缙大多都在轮船公司有股份而不愿牺牲自己的经济利益出面协调。只有朱行健和钱良材愿意上公呈处理。可是王伯申与官员的关系却使此事不了了之。在下了两天雨以后，钱良材担心家乡的水患，赶回去察看。在与绅缙官员交涉无果的情况下，钱良材再次选择了大把花钱的方式解决问题。他花费自己的家财，连夜组织村民筑起堤坝，防治轮船航线带来的水涝灾害。这个过程中，钱良材独自承担重责，颇有点孤军奋战的悲壮决绝。朱行健和钱良材让其他绅缙忌惮之处就在于，这样的正派绅缙能够为了公益而发起"傻劲"来，全然不顾及自身利益。

茅盾对于这样的正派绅士是充满情感和偏爱的。钱俊人担心吃奶三分像，而奶妈出身低微、小家子气、说不定还有暗病，所以钱良材是自己的母亲喂的奶。这在绅士家庭中是十分少见的情况。赵守义的连襟徐士秀打量起钱良材时也会不由自主地收敛起傲慢。他看到，钱良材即便只穿一件短衣却也是上等的杭纺。"良材的脸上那样的温和，然而那两道浓眉，那一对顾盼时闪闪有光的眼睛，那直鼻子，那一张方口，那稍见得窄长的脸盘儿，再加上他那雍容华贵，不怒而威的风度，都显出他不是一个等闲的人物。"[1] 原本是以徐士秀的视角叙述，但字里行间又不难感到作者忍不住的溢美之词。就连与钱府有关的人物都获得乡民的另眼相看。永顺哥一个农家老汉，因为和钱良材是同一个高祖的，"小时候也在这阔本家的家塾里和良材的伯父一同念过一年书。良材家里有什么红白事儿，这'永顺哥'穿起他那件二十年前结婚时缝制的宝蓝绸子夹袍，居然也有点斯文样儿，人家说他毕竟是'钱府'一脉，有骨子"。[2]

小说中，钱良材具有极高的道德操守和品行规范。为了农民的利益，他到县城与官员绅缙交涉，尽力挽救危局。在白糟蹋了时间却一无所获时，他会发自内心地羞愧。在没有实际解决问题的情况下，他"觉得没

---

[1] 茅盾：《霜叶红似二月花》，华华书店 1948 年版，第 183 页。

[2] 同上书，第 190 页。

有面目再回村去，再像往日一样站在那些熟识的质朴的人们面前，坦然接受他们的尊敬和热望的眼光"①。筑堤坝时，但凡用到乡民的一个麻袋、竹篓，他都叮嘱家丁一定要付钱，绝不让农民吃亏。连外乡的船夫也知道钱大少爷从不亏待人，乡里的百姓更对他信任、推崇。为了突出钱良材名门望族、气度不凡的形象，小说中还专门用邻村曹家庄的小地主"暴发户"曹志诚做陪衬。曹志诚这个满脸麻子、腆出个大肚子、满身臭汗、说起话来颤动着一身的肥肉的土财主，更凸显出钱良材这位正派绅缙家的大少爷是如何气宇轩昂，正直、无私、善良。

在传统社会中，绅士是一乡所望、一邑之首。这种特殊的地位既得益于官方策令，也源自正派绅缙对于乡里公共事业的付出。《霜叶》这部小说的很大一部分情节也是围绕绅缙与地方公益之间的关系展开。而小说中，善堂的管理正显示出了当时地方绅缙与公益事业之间的裂隙和矛盾。诚如上文所言，江南地区的善会善堂是涵盖社会生活各方面的综合性公益机构。在传统社会中，这种机构的设立和运行既有地方官员强加于绅缙的近似国家徭役的强制要求，也不乏乐善好施的正派绅缙一掷千金的主动承担。绅士在地方的声望也正是通过对当地社会的贡献所构筑。《霜叶》中的钱俊人无疑是正派绅缙的某种理想状态，大有毁家纾难、为国为民的担当。他的儿子钱良材在很大程度上也是这种正派绅缙道德理想的继承者。

然而，历史的轨迹早已划过了清王朝最后的边儿。作为继承者的钱良材开始对父辈的理想产生了迷茫和更进一步的思考。面对家世的衰微，社会现实的旧辙已坏、新轨未立，钱良材坚持以一己之力承继正派绅士的理想，但对于现实也不免充满困惑与反思。他牺牲了自己和乡里的土地，出资筑堰防涝。但工程完成后，他感到了说不出的懊恼和空虚："如果那时他是仗着'对大家有利'的确信来抵消大家的'不大愿意'的，那么现在他这份乐观和自信已经动摇而且在一点一点消灭。"② 钱家庄的质朴的农民渴望把所有的疑难"整个儿"交给

---

① 茅盾：《霜叶红似二月花》，华华书店1948年版，第176、177页。
② 同上书，第212页。

钱大少爷。他们习惯于"天塌自有长人顶"的快慰。村民觉得钱大少爷见过知县老爷了，就会有办法。他们听说钱大少爷已经想好了办法，"老年人会意地微笑，小孩子欢呼雀跃"[1]。小说中，随处的日常生活细节展现着传统向现代转换的征候。

清朝到民国的变迁，并没有改变村民的思想意识观念，他们仍旧等待着被绅缙和父母官拯救或者简单地暴力相抗。而钱良材则对现实有了更深层次的认识。他明白："大家服从他，因为他是钱少爷，是村里唯一的大地主，有钱有势，在农民眼中就是个土皇帝似的，大家的服从他，并不是明白他这样办对于大家有益，而只是习惯的怕他而已！"[2] 农民的这些想法是让他痛苦的。他对钱俊人的事业有继承，也有迷茫与自省。尽管履行着绅缙之责，但他清楚自己已不是当年的绅缙，而只是和曹志诚一样的地主。"他整天沉酣于自己所谓的大志，他自信将给别人带来以幸福的，然而他最亲近的人，他的嗣母，他的夫人，却担着忧虑，挨着寂寞，他竟还不甚晓得。而且他究竟得到了什么呢？究竟为别人做到了什么呢？甚至在这小小的村庄，他和他的父亲总可以说是化了点心血，化了钱，可是他们父子二人只得到了绅缙地主们的仇视，而贫困的乡下人则得到了什么。"[3] 正派绅士阶层无私地倾尽所有心力家财却一事无成，这多少显出了单纯的个人理想和担当在改良社会上的无力，也是茅盾个人对正绅理想的留恋与游移。

小说开篇谈及筹办新的慈善事业时，老绅缙朱行健就曾对维新派改良社会的失败努力有所感慨。而作为维新派绅缙钱俊人的继承者，钱良材也一直处于对父亲正派绅缙理想的坚守与反思之中。在他心目中，父亲给他指的道路没有错："可是如果他从前自己是坐了船走的，我想我现在总该换个马儿或者车子去试试罢？"[4] 钱良材的抉择

---

① 茅盾：《霜叶红似二月花》，华华书店1948年版，第200页。
② 同上书，第213页。
③ 同上书，第211页。
④ 同上书，第171页。

也不仅仅是对父辈绅缙处世之道的反思。钱良材最终咬紧牙关，把先父遗下来的最后一桩事业，佃户福利会停掉了。这也多少有些经济上的考虑。

《霜叶》中几乎没有谈到钱良材的经济来源。他既不从事商业经营，又在土地经营上厚道纯良不让穷苦的农人吃亏，那么他大把花出去的钱来自何处呢？其实，茅盾虽没有直接追溯钱家的官职家世，却也暗示了钱家是名门望族。正如上文所言，这样的绅缙世家能够从做官和承担地方事务中获得远高于地租和经商的收入。钱家是县城的"四象八头牛"中仅存的"象"了。"大爷派"十足的钱良材也养成了如父亲一般大把散钱的习惯。而在钱家的瑞姑太太看来，钱家也不如当年，算不得象而只是一头瘦牛了。[①] 在清季民国初年的社会经济结构变动中，地方绅士也随之产生了内外部的严重分化。随着经济实力的下降，正派绅缙对地方的贡献逐渐减小。正派绅缙的继承者钱良材虽有志于继承父志，但已失却了帝制时代绅缙的经济实力和政治权力。

与茅盾的许多长篇小说创作相似，《霜叶》也是一部没有完成的作品。小说中也并没有展现正派绅缙的继承人钱良材在社会政治之路上的抉择。而小说的后半部分却多少透露了正派绅缙的继承者思想样态的转变。钱良材质问张恂如："你是张恂如。大中华民国的一个公民，然而你又是人之子，人之夫，人之父，你的至亲骨肉都在你身上有巴望，各种各样的巴望，请问你何去何从。你该怎样?"[②] 这一番话也未尝不是他对自己的考问。一方面，他感到了在五伦的圈子里没有自由的自己，在家宅之外的事业也困境重重。另一方面，他又对"民国"这一现代国家形态有清晰的概念，也具有农民所没有的公民意识。儒家道德约束与现代公民意识的转变，公民责任与亲族的利益期望，传统正派绅缙的事业与新兴社会局面下的道路选择，都构成了这个正派绅缙继承者的内心的困扰。

---

① 茅盾：《霜叶红似二月花》，华华书店 1948 年版，第 164 页。
② 同上书，第 169 页。

小说中，县城两大绅缙赵守义与王伯申对善堂管理权的争夺，是清季民国初年政治经济变革之下精英阶层涣散的体现，而钱良材与朱行健则在时代骤变中困顿地坚守着一种旧式地方精英的道德理想。

四

茅盾本人就出身于江南小镇的绅商家庭。茅盾在小说中的叙述也颇有些家族史书写的色彩。帝制时代，读书人以科举制度获取功名，进则为官，退则为绅。江南自古富庶繁华，文化兴盛，既有不少诗礼传家者靠着科考正途跻身绅士，也有商人以捐纳的异途成为绅士。"晚清咸丰、同治以后，商人竞相捐纳，如潮水般涌入士绅阶层，形成一个特殊而又影响巨大的绅商群体。"① 茅盾的祖父经商之余，手不弃卷，多年以来期望有科举正途出身；虽未如所愿，倒也还是以捐纳得了绅士身份。茅盾在回忆录中也谈及祖父人品端方而被当地绅士请去商议地方事务。茅盾的父辈自幼受教应举，亲族中也不乏由绅入商或由商入绅者。

生长于江南一带绅士家庭的茅盾，历来对绅士阶层在清季民国的现代转型充满兴趣。茅盾的小说创作中惯以绅士阶层在经济转型中的演变分化展现其对中国社会现代化进程的某种整体性的分析。而他笔下的绅士阶层又常常若隐若现，并与小资产阶级、民族资产阶级等他所掌握的社会政治理念混杂在一起。茅盾习惯于在叙述人物身世背景时谈及人物的绅士身份和绅士家庭背景。而《霜叶》的叙事时间推至了民国初年，远早于他几乎所有的小说创作。绅士阶层不再是小说中人物的过往，而成为了当下。这是帝制时代的绅缙在民国社会中嬗变的最初形态。某种意义上说，《霜叶》是茅盾之前许多小说创作的前传，也最大限度地暴露了他内心隐秘的情结。或许也正因如此，新时期以后，茅盾仍旧对这部未完成的小说恋恋不忘，想要续作。

---

① 徐茂明：《江南士绅与江南社会（1368—1911 年）》，商务印书馆 2004年版，第 174 页。

续稿中，茅盾试图重新将《霜叶》归之于某种政治理论和自我阐释的逻辑自洽体系当中。为此，续稿中王伯申要办电灯公司，黄和光与张恂如都要认股。他的那位原本在小说中着墨不多的儿子王民治则会携新婚妻子东渡求学，学电机以服务于电灯公司发展的需要。大有"洗白"资本家王伯申的势头，也符合茅盾历来对现代资本主义发展的兴趣和好感。王伯申一家未尝没有成为《子夜》中吴荪甫那样的民族资本家的可能。续稿中，正派绅缙钱俊人的继承者在国民革命的大潮中投入了新的政治理想。钱良材等绅缙家族接受了新式教育的青年，也极有可能成长为《动摇》中参与国民革命运动的革命青年。小说中出场不多的绅缙家族的小姐们，在城里接受了现代教育，也将成为茅盾小说中常常书写的时代女性。

总体上看，《霜叶》标志着茅盾创作手法的一次释放。细碎的日常是茅盾书写得最为细致生动、得心应手的内容。而茅盾长期以来却更希望以一种宏大叙述表现中国社会政治的重大事件和突出风貌。这种写作专长与写作主题偏好之间的差距，也常常使得茅盾的小说显出某种生硬和造作。而在《霜叶》中，茅盾开始平顺地处理二者的关系，以自己书写琐碎幽微的特长来展现一个社会迟缓的变局。

同时，《霜叶》是一个复杂的文本，包含着茅盾多年来对中国社会政治的思考。20世纪40年代，茅盾在新文学上的地位得到进一步确认，甚至被人讽为才到中年便"称公称老"。创作《霜叶》时，他已到过延安，但最终没有留下。到桂林时又受到国民党中央宣传部部长张道藩的接见，大有左右逢源之势。而《霜叶》整部小说基调沉郁，局势模糊，政治倾向亦极不明朗。可以说，其中也多少透露出了茅盾内心在面对社会政治理念抉择上的某种困境。

茅盾自称清楚《霜叶》中的青年知识分子只是霜叶而非红花。霜叶的红固然只是木叶凋零衰败前回光返照的灿烂，二月花才是新春将至一场明媚的开始。但从小说文本来看，这旧的红甚至比新生的红更让作者留恋，也正如落寞的正派绅缙也有新兴社会政治理想一般光明的魅力。或者"霜叶红似二月花"之前的一句"停车坐爱枫林晚"才更符合茅盾的创作心声。某种意义上说，《霜叶》包含着茅盾小说创作与内心世界的一些隐秘，由此出发来反观茅盾其他的小说创作，我们或许能产生一些新的认识。

（原刊《文学与文化》2017 年第 1 期）

论茅盾理论倡导与小说创作的矛盾与张力

高旭东

摘　要　作为文学研究会的首席批评家，茅盾竭力反对主观抒情与印象主义，力倡客观写实，试图将艺术科学化，推崇将人类情感纳入实验室的左拉。然而这不但与文学研究会以抒情为特征的主导创作倾向相左，而且他随后创作的《蚀》三部曲、《野蔷薇》等作品，在写实中具有浓重的抒情性与象征性，也与自己的理论倡导相矛盾。20世纪30年代，当社会主义现实主义允许将主观的理想带入作品时，他的《子夜》与农村三部曲等中期小说却力图屏蔽主观，真实地、不加粉饰地再现中国社会，这在一定意义上又实践了他早期倡导的艺术科学化的主张。茅盾的创作正是在这种矛盾与张力中，实现了艺术的独创性。

关键词　茅盾；批评；创作；矛盾

茅盾在"五四"文坛上主要是以文学研究会的理论家与批评家的面目出现的，在大革命失败后的苦闷中开始了文学创作。他为学术界所忽略的是，作为批评家的理论倡导与作为作家的文学创作之间的深刻矛盾，是揭开茅盾从"五四"时期到30年代的文化与艺术奥秘的一把钥匙。

一　"五四"时期茅盾客观写实的理论倡导与文学研究会创作倾向的矛盾

"五四"时期的茅盾作为文学研究会的首席批评家，从写实主义和自然主义的立场对中国文学传统展开了批判。他认为中国文学的传统观念有两种截然相反的倾向，第一种倾向是"主张文以载道的"，在于取消文学的独立价值；第二种相反的倾向"满口玩世飘忽，才子风流"则是把文学当成游戏和消遣而不把文学当成一种严肃的工作。他推崇的写实主义与自然主义，把文学当"成了一种科学，有它研究的对象，便是人生——现代的人生；有它研究的工具，便是诗（Poetry）剧本（Drama）说部（Fiction）"①。茅盾甚至将美与真实画了等号，认为应该"尽量把写实派自然派的文艺先行介绍"。他对客观与真实的推崇使他跳过了写实主义，而直奔自然主义。"自然派作者对于一桩人生，完全用客观的冷静的头脑去看，丝毫不搀入主观的心理"，使他佩服得不行。由是，实地观察和客观描写便成为茅盾文学评论的一个重要标准。

以真实为美，使人想到罗丹，不过对茅盾的文学批评影响最大的还是他在《自然主义与中国现代小说》等文中推崇的左拉，以及在《文学与人生》等文中推崇的泰纳。他的中国文学应是前写实主义的观点出自陈独秀，但是与陈独秀不同，茅盾对西方文学思潮的发展进行了研究。他说："西洋古典主义的文学到卢梭才打破，浪漫主义到易卜生告终，自然主义从左拉起，表象主义是梅特林克开起头来，一直到现在的新浪漫派；先是局促于前人的范围内，后来解放（卢梭是文学解放时代），注重主观描写；从主观变到客观，又从客观变回主观，却已不是从前的主观。"②"新浪漫派"即现代派。既然写实主义、自然主义在西方已成明日黄花，而且受到现代西方人的批判——"太偏于客观，便是把人生弄成死板的僵硬的了"，"客观观察法也是蔽于主观的偏见"及其不健全的"机械的物质的命运论"，那么茅盾为什么还要推崇写实与自然二派呢？他有几种解释：一是对

①　茅盾：《文学和人的关系及中国古来对于文学者身份的误认》，《茅盾文艺杂论集》，上海文艺出版社 1981 年版，第 25 页。

②　茅盾：《小说新潮栏宣言》，《茅盾文艺杂论集》，上海文艺出版社 1981 年版，第 7—8 页。

现代派"一般人还领会不来",而写实与自然二派则容易"领会";二是"新浪漫主义在理论上或许是现在最圆满的,但是给未经自然主义洗礼,也叼不到浪漫主义余光的中国现代文坛,简直是等于向瞽者夸彩色之美"。至于浪漫主义,茅盾说:"中国现代小说的缺点,最关重要的,是游戏消闲的观念,和不忠实的描写;这两者实非旧浪漫主义所能疗救。"①

然而,文学研究会作家王统照却并没有理会茅盾的理论倡导,而是注重主观的表现与诗意的象征。他推崇叶芝,原因在于写实主义"纯重客观",浪漫主义"纯为兴奋的"刺激,只有现代主义的叶芝能够将热烈的情感与夐远的思想结合在一起。在现实生活与"诗意的思"之间,王统照更倾向于后者,并以"诗意的思"去凝视现实的罪恶。"诗"使他的作品具有浓烈的感情和感伤的色调,"思"则使他的作品具有象征意味。因此,即使是在描写下层社会不幸的《湖畔儿语》等小说中,也流露出作者忧愤感伤的情感,而其他小说则诗意更浓。长篇小说《一叶》叙述背景涉及义和团、辛亥革命、二次革命以及第一次世界大战,然而小说无意去客观再现这些社会画面,而是通过李天根的父亲被族人气死,情侣慧姐被遗老逼死,好友张柏如被诬入狱、迫害成病、去国不归,悟出人生乃是飘落的一叶、悲哀与人永远相随的哲理,在小说主人公的漂泊中浸染着浓浓的感伤色调。也许更能代表"诗意的思"的是《沉思》《微笑》一类小说。《沉思》中的女模特儿琼逸,那美丽的裸体便是"爱"与"美"的化身,她想通过绘画的中介使"爱"与"美"律动于整个世界之中;然而她的这一美妙的思想却不为世俗世界所理解,他们不是想利用她就是想占有她。《微笑》就更神:一个麻木的小偷关在狱中,因偶然的机会而看到了女犯人的"微笑"。这充满爱的美丽微笑是那么具有神力,使他立刻悔悟,出狱后就变成了一个有知识的工人。冰心的《超人》与《悟》等小说,其理想色彩与王统照的小说可以媲美。她

---

① 茅盾:《自然主义与中国现代小说》,《茅盾文艺杂论集》,上海文艺出版社 1981 年版,第 96—98 页。

的小说在优美宛转的叙事写景中总流露出一种温柔亲切的感情，再加上她那淑女式的含蓄格调，使她的小说也具有诗化的倾向。

文学研究会的王统照、冰心、叶绍钧等作家都追求"爱"与"美"、童心与自然，但是冰心的"爱"是母亲之爱，王统照的"爱"是两性之美，叶绍钧的"爱"与"美"对于"灰色的人生"来说则是一种光明和理想。尽管叶绍钧比其他文学研究会作家要较为写实，但是连茅盾都承认五四时期推崇柏格森的叶绍钧的小说是不那么"客观"的。柏格森是现代主义的哲学家，而普实克正是从现代主义的技巧分析叶绍钧的小说的："完全忽视情节，对话几乎自成一体，与具体人物形象塑造无关，它不过是渲染气氛、交代背景或人物关系的工具。我们经常见到海明威、乔伊斯或福克纳等现代西方作家使用相同的手法。"① 茅盾认为，"庐隐与'五四'运动，有'血统'的关系"，"我们现在读庐隐的全部著作，就仿佛再呼吸着'五四'时期的空气"②。无论是私生活的自由放任，还是小说的自传性质和感伤色调，庐隐都有点类似创造社的郁达夫。庐隐最早的小说《一个著作家》《一封信》《灵魂可以卖么》等有向外正视现实的努力，不过，这种努力被愁云惨雾的控诉淹没了。庐隐也许意识到，这类小说并非她的特长，加之"五四"退潮给她带来的迷茫，于是文风一转，就一头扎进自我表现的艺术海洋之中了。《海滨故人》中的露沙、《或人的悲哀》中的亚侠、《彷徨》中的秋心等，都是庐隐本人的某种化身，正如郁达夫小说中的"于质夫"。而许地山小说的浪漫主义色彩，既不同于王统照的理想主义，也不同于庐隐的感伤主义，而是以异域色彩的背景、宗教意味的人物与浪漫传奇的情节为显著的特征。由此可见，文学研究会的创作基本上背离了茅盾的客观写实的理论倡导。

---

① 普实克：《叶绍钧和安东·契诃夫》，《普实克中国现代文学论文集》，湖南文艺出版社1987年版，第199页。

② 茅盾：《茅盾论创作》，上海文艺出版社1980年版，第199页。

二　茅盾早期小说与其理论倡导的矛盾

不单是文学研究会的作家同仁背离了茅盾的理论倡导，就连茅盾自己的早期小说与其理论倡导也存在着明显的矛盾。从这个意义上说，尽管茅盾很早就加入中国共产党，除了在1925年发表《论无产阶级艺术》，还做了很多实际的革命工作，但是茅盾的早期创作却打上了"五四"文学浓重的抒情烙印。

《蚀》三部曲的《幻灭》是茅盾小说的处女作。由于他在创作前就有着深厚的中外文学的理论涵养，又有到汉口参与大革命的实际生活经历，因而处女作就显得非常成熟。女主人公静女士（章静）从小在传统家庭中长大，多愁善感。她原来是在读书中寻找安慰，并冷对抱素的追求，抱素被慧女士戏弄后，同情心使她对美好的爱情燃起了希望。但在与抱素结合后，才发现所爱的人竟是有妻室的反动军阀的走狗，静女士的希望破灭了。她厌倦了拜金的上海的喧嚣而奔赴汉口，对革命燃起了诗情画意的热情与希望，然而实际的现实生活却与她的想象相距甚远，她不断地变换工作，在无聊中感到了又一次幻灭。小说通过静女士的经历展示了传统女性在现实生活中的碰壁，这象征着传统文化的衰落，而她与未来主义者强连长的欢好则是传统与现代的融合。为了突出静女士的传统性格，小说还刻画了一个勇敢而决绝的新女性慧女士，她与抱素在一起不但没有受到伤害，反而将抱素戏耍了一番。

《动摇》比《幻灭》更富有艺术表现力。茅盾回忆，《动摇》非"信笔所之"而是"有意为之"，构思的时间较长。与《幻灭》主要从静女士眼中看世界不同，《动摇》通过国共合作时期武汉附近的一个县城在革命中的风雨变换，展示了更广阔的社会生活以及人物的复杂心理。男主人公方罗兰作为国民党县党部的负责人，性格矛盾而优柔寡断，他是一个具有正义感的革命者，但身上的文人习气很浓而缺乏政客的果敢。然而权力的腐败却在这个县城横行无阻，胡国光作为投机取巧、心狠手辣的老狐狸，在革命到来时以极左的面目出现，获

取了相当大的权力,暗地里却是贪色好淫,胡作非为,并挑动不明真
相者对革命进行挑战。对于这个混进革命队伍中的蛀虫,方罗兰一开
始就对他有所警惕,但却不能像坚定的革命者李克那样与之斗争,只
能在中和妥协中维持现状。最后,胡国光勾结国民党右派对城内的革
命者进行大肆屠杀,方罗兰只得逃跑。

正如方罗兰动摇于各种政治势力之间,在个人生活中,他也在传
统与现代之间徘徊而难以抉择。其妻陆梅丽是《幻灭》中静女士的
变形再现,在很大程度上象征着传统女性。与方罗兰结婚后,她越来
越想退回家庭,面对着时代变迁而不知所从。孙舞阳则是《幻灭》
中的慧女士的变形再现,象征着现代新女性。孙舞阳比慧女士更加艳
丽性感,在性上也更加开放。她投身革命显得很果敢,那种玩男人的
姿态则是当代木子美的先驱。在很多男人趋之若鹜的情况下她游刃有
余地周旋于其间,以致使嫉妒她的女性说她是妖艳放荡玩着多角恋爱
的"公妻榜样"。方罗兰不能离弃他的妻子,又抵御不了孙舞阳的诱
惑,他彷徨于传统与现代之间而感到无所适从。小说结尾,方罗兰带
着梅丽与孙舞阳逃到一座破败的尼姑庵避难,这座破庵象征着古老的
中国;而在梅丽梦中,破庵倒塌压垮了一切生机,则是对国民党右派
摧残了中国之希望的一种象征。

若将《幻灭》与《追求》易位,更切合作品演进的内在逻辑。
从追求、动摇到幻灭是那个大变动时代知识青年的普遍心态。《幻
灭》中的静女士不断幻灭,但还在不断追求;而在《追求》中,所
有的追求与希望都成了"死神唇边的笑",这是蒋介石大屠杀造成的
知识青年真正幻灭的表现,因而表现的是浪漫感伤的一代知识青年的
现代困境,这是中国式的"迷惘的一代"与"垮掉的一代"的艺术
再现。小说中的女主人公章秋柳是慧女士、孙舞阳的传人,但却比前
二人显得感伤颓废。在同学聚会上,她再次见到求学时的恋人张曼
青,自己都感到诧异,因为过去那个意气风发指点江山的张曼青早已
死去,变成了一个眼光如豆而追求实际的人。另一同学王仲昭,在新
闻救国的旗帜下实行半步改革,并且从主编那里争取到自己负责版面
的自由,他的这些努力都是为博得漂亮可人的恋人陆俊卿的爱,然而

婚期临近，陆俊卿却出了车祸。看破红尘的同学史循（取历史循环之意）最为悲观颓废，整天琢磨着怎样自杀。章秋柳为了将他从死神那里拉回来，以少女之身拯救他，然而史循还是在恣欲与酗酒中死去。章秋柳染上梅毒后那种坦然态度，更表明这群知识青年感觉生不如死的颓废。于是，同学聚会、野餐就成为他们之间倾吐痛苦的场合。张曼青说"现在的时代病"就是"中国式的世纪末的苦闷"。

《蚀》三部曲具有浓重的抒情性，很难用任何一种文学上的"主义"来加以简括。可以说，《蚀》三部曲是浪漫主义、现实主义、象征主义与颓废主义的杂糅。具体而言，茅盾在文学研究会时期倡导的现实主义，在《蚀》三部曲展示主人公赖以活动的社会背景与细节描写上都有表现，而五四文学的个性解放与浪漫抒情在三部曲的主人公身上也表现得很充分；茅盾推崇的梅特林克等人的象征主义技巧在三部曲中时有运用，而大屠杀后知识青年那种幻灭感与孤独感又与世纪末的现代主义相契合。

在创作《蚀》三部曲的同时或稍后，茅盾还创作了《创造》《自杀》《诗与散文》等短篇小说。《创造》中的君实开始嫌新婚妻子娴娴封闭、满足，甚至有飘然出世之思，就以新文化对她加以洗礼，给她阅读个性解放乃至性解放的书。娴娴果然在性上变得热烈，对新事物的关心超过了对他的关心，直至最后竟离弃了他。《诗与散文》中的诗象征着女性的怕羞、幽娴与空灵，散文象征着女性的热烈、性感与肉感，青年丙占有了散文式的桂女士，又想追求诗一样的表妹，然而最后桂女士与表妹双双离开了他。这两篇小说都具有浓重的象征意味。《自杀》则具有浓重的抒情性。环小姐寄居在姑母家，在"五四"新潮的洗礼下她暗示姑母恋爱婚姻要自己做主。然而，那位与她春风一度的男子离开了她，她却怀上了身孕。她在自杀前那种情景交融的抒情，具有浓重的感伤色调。

《虹》是一部从《蚀》三部曲向《子夜》过渡的长篇小说，然而却并没有因为这部小说的过渡性质而牺牲艺术，较之《蚀》三部曲也是非常出色的。《蚀》三部曲那种浓重的抒情略有变淡，象征技巧仍在使用。小说仍以女主人公的视角看世界，与《幻灭》中的静女士和《追求》中的章秋柳不同，梅行素是一个更为复杂的女性形象，这使小说对人生的刻画也更加深刻。小说开始描写女主人公挣脱樊笼，出四川前往上海的船上，第二章到第五章倒叙她在成都的经历，从而构成了对"五四"时代的象征。梅女士在益州女校受到新文化的洗礼而追求个性自由。她爱上的是表哥韦玉，然而父亲却将她许配给表侄柳遇春。由于患肺病的韦玉奉行的是托尔斯泰的无抵抗主义，柳遇春的殷勤加上父亲的威逼，她还是嫁给了柳遇春，但她却没有随遇而安。在她的反抗下，柳遇春从把她据为己有到恳切哀求她回家，变化很大。当柳遇春将奋斗的艰难与对她真正的善意倾诉给她时，她被打动了，然而她受不了柳遇春在性上无休止的索求又开始反抗。柳遇春不得不出去住旅馆，不过再次亲热时，梅女士为他带给自己的妓女味而恶心。她向好友徐绮君求援要离开家庭的樊笼。梅女士离弃了传统而向往现代，然而传统中的善性也会打动她；她追求新文化与进步，然而又看到新文化旗帜下进步阵营的种种腐败现象。

小说的第六章到第七章所描写的梅女士在泸州师范学校小学部的任教经历，恰恰就是新文化经被小和尚念坏的典型，是茅盾眼中"五四"后与革命到来前的中国文化界现状的象征。小说第八章接续第一章，描写梅女士到了上海，遇到了共产党人梁刚夫，也遇到久违了的现在已是革命者的黄因明。她深深为具有钢铁意志的梁刚夫所吸引，梦里都想与梁刚夫缠绵，然而过去几乎是所有男人追逐对象的她，现在却不能打动梁刚夫，她只能在梦里索取梁刚夫的爱。与此同时，她还爱上了一种"主义"。在这种爱与主义的影响下她义无反顾地投入了"五卅运动"。第八章到第十章艺术上并不成功，梁刚夫的形象缺乏血肉与生动性，结尾也落入革命加恋爱的俗套。然而总体而言，《虹》还是一部表现从"五四"到"五卅"知识分子心理变迁的优秀长篇小说。

正如陈独秀与胡适都倡导写实主义，而显示了文学革命实绩的鲁迅小说的主导倾向并非现实主义[①]一样，茅盾追随陈独秀与胡适倡导

---

① 高旭东：《鲁迅前期的艺术选择与文化选择》，《山东大学学报（哲学社会科学版）》1993 年第 2 期。

写实主义，不但文学研究会作家的主导倾向并非现实主义的，就连他本人早期的小说创作也运用了夸张、变形、象征、隐喻的艺术技巧，并且具有浓重的抒情特征。无视茅盾早期小说的多元混杂，而将之与《子夜》等看成是同样的现实主义作品，是无视其早期小说的艺术独特性的表现。梁实秋最早看出了"五四"文学的浪漫主义的特征，在1926年就发表了《现代中国文学之浪漫的趋势》；普实克[①]将"五四"文学家看成是西方维特的同志，基本范式是浪漫主义的"主观主义与个人主义"；李欧梵[②]称"五四"文学家为"浪漫的一代"；就连茅盾本人，从《子夜》中以《少年维特之烦恼》象征"五四"，到《庐隐论》将自我表现的庐隐看成是"五四"精神的化身，等于追认了"五四"文学的浪漫特征。为什么陈独秀、胡适、茅盾在"五四"时期都倡导写实主义，而"五四"文学却以浪漫主义为主导？一个重要原因是"五四"文学革命的核心精神是个性解放，而追求个性精神以及个性对社会整体的反抗挑战，基本上还是一个浪漫主义的课题，再加上中国抒情诗传统的潜在渗透以及受新文化感召的都是处于浪漫感伤年龄的青年，就使得"五四"文学以浪漫主义为主导。然而"五四"文人那种强烈的社会使命感，又使之兼容了现实主义；而"五四"退潮后个性的孤独焦虑，又使现代主义文学有了滋生的土壤。于是，不同文学流派多元混杂地潮动在一个作家的创作中，是"五四"文学的典型形态。茅盾的早期小说虽然也是多元混杂的，但与"五四"文学以浪漫主义为主导不同，而更多的是现实主义的因素，这是茅盾小说创作的艺术独特性。

三 茅盾三十年代的小说创作与左翼理论的矛盾

与传统现实主义尤其是自然主义特别强调客观写实不同，左翼的

---

① 普实克：《中国现代文学中的主观主义与个人主义》，《普实克中国现代文学论文集》，湖南文艺出版社1987年版。

② 李欧梵：《中国现代作家浪漫的一代》，新星出版社2005年版。

革命现实主义或者社会主义现实主义（来自苏联）却强调理想因素融入现实。20世纪20年代末30年代初蒋光慈的长篇小说《咆哮了的土地》（《田野的风》），阳翰笙的由三个中篇《深入》《转换》《复兴》构成的《地泉》三部曲，洪灵菲的长篇小说《大海》，就是这种革命现实主义或者社会主义现实主义的艺术结果。在现实的描绘中加入理想，按照理想塑造现实人物，是这些小说的艺术特点，《大海》下部就完全流入理想主义。茅盾从日本归国后就加入了"左联"，也应该按照这种现实与理想结合的模式来写小说，然而，茅盾在《子夜》等小说中实践的现实主义，既不同于传统的现实主义，也不同于革命现实主义或者社会主义现实主义。

茅盾的早期小说几乎每一部都有一个女主人公，而在《子夜》与农村三部曲等茅盾30年代的小说中，早期小说那种女性视角与浓重的抒情性消失了，以知识青年为主人公也消失了，而是依据马列主义的统一世界观客观再现社会现实。30年代为现实主义文学在中国的诞生准备了条件。首先，西方的现实主义与自然主义基于统一的世界观，这在多元混杂与追求个性自由的"五四"时期是很难做到的，然而随着一元超现代模式在左翼文坛的确立，统一的世界观就不成问题。其次，现实主义与自然主义都是在西方资本主义发展的城市中兴起的，到了30年代的上海，资本主义经济在中国发展的现代景观为现实主义文学准备了丰厚的土壤。这就使《子夜》成为中国现代文学的现实主义杰作。

《子夜》的开头就很有艺术表现力。吴府的丧事成为上海各色人等的交际场合，善于投机的买办资本家赵伯韬找到民族资本家吴荪甫及其姐夫杜竹斋，说服他们与其联手结成公债多头，利用市场操纵战局，他们的联手果然有所斩获。但是吴荪甫的心思不在公债投机，而在振兴民族工业上。实业界同仁孙吉人、王和甫推举吴荪甫牵头，联合兴办一家银行，希望能用银行的资本来经营交通、矿山等民族企业。这正合吴荪甫之意，于是益中信托公司很快就成立起来了。吴荪甫在大鱼吃小鱼这一点上没有丝毫的怜悯之心，他想到的只是民族工业的起飞。就在他雄心勃勃地发展民族工业时，他在家乡双桥镇的企业因农民的反抗而遭受损失，上海工厂里的工潮也闹得他很头痛。他对付工人很有手段，提拔智勇双全的职员屠维岳作为他与工人之间的代言人，买通带头闹事的工头姚金凤平息了工潮。当姚金凤被当成资本家的帮凶而工潮再起时，屠维岳献计吴荪甫开除姚金凤而提拔出卖姚金凤的工人，工人上当不同意开除姚金凤，而工人告密者的日子反而难过了，用这种反间计终于平息了罢工。而在这时，赵伯韬正与益中信托公司进行鏖战。双方经过几个回合的交锋，赵伯韬终于击溃吴荪甫为首的益中信托公司，致其严重亏损。于是吴荪甫陷入了空前的困境，他想再与赵伯韬较量必须有雄厚的资金，而为了聚集资金必须盘剥工人，于是又激起了新一轮的工潮。加上军阀连年混战、农民濒临破产，吴荪甫终于觉悟到在中国发展民族工业是何等艰难。

资本来到世间每个毛孔都流着血和肮脏东西的真理，在《子夜》中得到了艺术再现。这一点在民族资本家的吴荪甫身上有所表现，尤其表现在集官僚资本与买办资本于一身的赵伯韬身上。奸诈骄横的赵伯韬因为将灵魂卖给了官僚与洋鬼子，钱来得太容易，就惊人地腐化堕落。他玩过的女人无数，诸如漂亮放荡的交际花徐曼丽、风骚小寡妇刘玉英等；而他玩弄年轻貌美仅有17岁的处女冯眉卿，最能表现资本的罪恶。冯眉卿的父亲冯云卿为了挽回在公债市场上的惨败，把唯一的女儿冯眉卿送给了赵伯韬，为的就是让女儿探听到赵伯韬在公债市场上是做多还是做空。谁知初经人事的女儿只顾在赵伯韬床上睡觉，回家后在父亲的盘问下，才知道忘了父亲嘱托的大事，只好根据父亲所说的多头就是买进，想当然地以为赵伯韬有钱就是多头，其实赵伯韬当时是空头，结果弄巧成拙，使冯云卿落得个人财两空。《子夜》涉及工潮的地方很多，但多数是群像，倒是对竭力瓦解工潮的屠维岳的描写显得栩栩如生。尽管如此，《子夜》仍是一部大规模再现30年代中国社会的现实主义艺术杰作。

夏志清对《子夜》的否定性评价，正如他对鲁迅《故事新编》的否定一样没有道理。不过夏志清的评价却影响了近30年来的《子夜》研究，很多人也以《子夜》的概念化来否定《子夜》。概念化确实是艺术的大敌，但《子夜》对主人公吴荪甫形象的描绘能够找到概念化的影子吗？换句话说，现代中国文学中，有哪一部小说描写民族资本家能够像《子夜》对吴荪甫的描写那样，具有非凡的生动性与复杂性呢？当然夏志清的贬低是有标准的，这就是在《蚀》三部曲与《虹》等小说中，可以发现茅盾脉搏的跳动，而在《子夜》中茅盾的个人却被屏蔽了。然而，如果这也能构成对《子夜》否定的理由，那么，是不是在艺术上应该独崇浪漫主义而贬低现实主义，是不是应该推崇"席勒式"而贬低"莎士比亚化"？而且从本体上说，概念化与主体被屏蔽也是对立而不能共存的。

如果说《子夜》再现的主要是 30 年代的民族工业与金融业情状，那么中篇小说《林家铺子》则反映了当时民族商业的凋敝。主人公林先生称得上是商界能手，他知道怎样讨好顾客，会搞集资，会囤积货物，还懂得怎样促销。他还有一个毫无二心的雇工，就是喜欢他女儿林小姐的勤快助手寿生。为了振兴林家铺子，他们主仆精诚团结，用尽了各种方法推销林家铺子的商品，然而还是不能维持惨淡经营的现状。连年的战争、民生的凋敝、强盗的横行与官僚的压榨连成一气，终于使林家铺子倒闭。入股林家铺子的朱三太与张家嫂，非但得不到股息，连股本也赔了进去，都是非常悲惨的结局。如果说《林家铺子》比《子夜》多提供了什么，那么可以这样说，当权者没有维护社会的公平正义，导致了对民族商业所有生机的扼杀。结果是除非成为官商或者奸商，否则民族商业再怎么苦心经营也难以成功。

《子夜》的原来构思是要大规模反映城乡交织的中国社会，然而《子夜》中第四章专写乡村，在结构上却又游离于全书。为了弥补没有详细再现乡村社会的缺憾，茅盾创作了农村三部曲《春蚕》《秋收》与《残冬》，其中《春蚕》最为优秀。《春蚕》描写的是以养蚕为主要经济来源的江南农民，在蚕丝丰收之年，却因为洋货的泛滥使民族丝织业凋敝，结果丰收带来的不是富裕，而是欠下更多的债。30 年代很多小说都写到了谷贱伤农，《春蚕》在艺术上的成功在于以栩栩如生的笔墨，描绘出老通宝这一传统农民的形象。他忠厚倔强，相信经验与传统，认定只要辛勤耕耘就有收成。为了买桑叶他抵押了田产，为了照顾好蚕宝宝他忍饥熬夜守候在蚕房。他忌讳颇多，认为白虎星荷花会带来灾难，因而禁止儿子多多头与荷花接触。他墨守成规，仇视洋鬼子并及一切带"洋"字的东西。结果正是与洋鬼子的战争以及洋货泛滥，导致了蚕丝的丰收不但没有给他带来经济收益，反而白赔上 15 担叶的桑地和 30 块钱的债，老通宝气病了。相比之下，老通宝的儿子多多头就厌弃成规与传统，他也不相信靠着勤劳就能致富，并且违反禁忌与荷花交往。到了《秋收》与《残冬》，多多头就成为反抗与革命的主要人物。

传统现实主义的世界观往往植根于基督教（巴尔扎克、托尔斯泰）或科学（自然主义基于遗传学），社会主义现实主义则是在理想的光照下对社会主义社会的反映，茅盾却使用马列主义社会科学的世界观来再现并非社会主义社会的半殖民地上海与土洋混杂的传统乡村，因而其小说很少革命现实主义或社会主义现实主义的理想化的弊病。在他 30 年代的中期小说中，甚至连早期小说的抒情性也消失了，似乎完全屏蔽了主观，反而实现了早期理论倡导的客观写实。尽管这种艺术实践与革命现实主义或社会主义现实主义是矛盾的，但茅盾的创作正是在矛盾与各种张力中，实现了艺术的独创。他的现实主义小说也比蒋光慈、阳翰笙、洪灵菲的革命现实主义或社会主义现实主义更有艺术价值。

（原刊《江苏行政学院学报》2017 年第 1 期）

商务印书馆的用人机制与茅盾的成名之路

余连祥

摘　要　1916 年夏天，北京大学预科生茅盾进入商务印书馆。总经理张元济对其定位为"试办生"。张元济很快从茅盾的一封便笺性质的信中发现了其才情，让编辑所所长高梦旦把茅盾安排到充满挑战的岗位上去历练。茅盾抓住机遇，开始了在商务十年的迅速成才之路。他凭着天赋与勤奋，在五四新文化运动中崭露头角。综观茅盾的成名之路，可以看出，是中国最大的出版机构商务印书馆，最早成就了新派编辑家茅盾，同时又成就了作家茅盾和评论家茅盾。

关键词　茅盾；商务印书馆；《小说月报》；《蚀》三部曲

1916 年 8 月 28 日，北京大学预科生茅盾，凭着商务印书馆北京分馆经理孙伯恒的介绍信，顺利见到商务印书馆总经理张元济。张元济早在 1916 年 7 月 27 日"日记""用人"项就记载："伯恒来信，卢鉴泉荐沈德鸿。复以试办，月薪廿四元，无寄宿。试办后彼此允洽，再设法。"①

张元济把茅盾安排在编译所英文部。茅盾的饭碗属"试办"性质，并不稳固。"彼此允洽"应有两层含义：一是茅盾与商务"彼此允洽"，二是茅盾表叔卢鉴泉主持的财政部公债司与商务北京分馆在承印公债证券方面"彼此允洽"。

---

① 张元济：《张元济日记》（上册），商务印书馆 1981 年版，第 92—93 页。

商务编译所的编辑和翻译，大体上有三类：第一类是传统科举功名出身的知识分子，以张元济、高梦旦、杜亚泉、庄俞、蒋维乔为代表；第二类是海归，以陈承泽、邝富灼、郑贞文、周昌寿、蒋梦麟、杨端六为代表；第三类是国内新式学校的毕业生，以茅盾、郑振铎、叶圣陶、胡愈之为代表。① 茅盾进馆时，编译所的骨干属前两类，茅盾他们这一批是在"五四"新文化运动中崭露头角的。

茅盾从 1916 年的"试办生"，到 1921 年出任革新后《小说月报》的主编，前后只用了短短五年时间。茅盾的迅速成长，一方面固然是其天赋与勤奋，另一方面也得益于商务印书馆这一良好的舞台和灵活的用人机制。本文主要从如下三个方面探讨茅盾的成名之路与商务印书馆的用人机制。

一　商务印书馆全面激发了茅盾多方面的潜能

初进商务，茅盾被安排在英文部新近设立的"英文函授学校"，修改学生寄来的课卷。"英文函授学校"，实际名称为"英文函授学社"，张元济亲自兼任社长，周越然负责日常事务。该社创办才半年，只有初级和中级两班，高级班讲义尚在编写。学生程度不高，茅盾每天改几本卷子，工作很轻松。与茅盾同住一舍的谢冠生，属"辞典部"。茅盾从他那里看到了当时正在发行的《辞源》。《辞源》由江苏武进人陆尔逵主持编纂，历时 8 年，花费大量人力、物力，于 1915 年 10 月初版。《辞源》汲取外国辞书的长处，在国内首创以单字为词头、下列词语的体例；既收古语，也收录新词，在一定范围内反映了世界学术成果。茅盾翻阅《辞源》后，忍不住给张元济写了一封便笺性质的信。"这封信开头赞扬商务印书馆的出版事业常开风气之先，《辞源》又是一例。次举《辞源》条目引出处有'错认娘家'的，而且引书只注书名，不注篇名，对于后学不方便……此书

---

① 张学继：《出版巨擘——张元济传》，浙江人民出版社 2003 年版，第68—69 页。

版权页上英文为《百科辞典》，甚盼能名实相符，将来逐年修改，成为真正的百科辞典。"①

当天晚上，谢冠生就对茅盾说："你那封信，总经理批交辞典部同事看后送请编译所所长高梦旦核办。"张菊生不愧是识才、爱才、用才的伯乐，从寥寥二百余字的信中看出了这位"试办"者的学识，指示高梦旦调他到更能发挥才能的岗位上去。

次日上午，高梦旦叫茅盾去谈话。他称赞了茅盾的信，说总经理希望茅盾能到重要的岗位上去历练，商请茅盾去做资深编辑孙毓修的助手。卡本脱的科普畅销书《人如何得衣》，孙毓修已译了三章，让茅盾接着译下去。茅盾看了孙毓修自称"与众不同"的译文，才知道他是用骈体文意译的，并不高明。他仿其文笔，续译完全书，孙毓修不核对原文，略作修改，便交给高梦旦付印。茅盾于年底前又独自译完了卡本脱的《人如何得食》和《人如何得住》。

1917年上半年，孙毓修与茅盾商定，要"编一本开风气的书，中国寓言"。茅盾十分中意商务涵芬楼丰富的藏书，乘编选《中国寓言初编》之机，系统地阅读先秦诸子、两汉经史子部等典籍。大半年后，该书编定，孙毓修写了一篇骈四俪六的序。《中国寓言初编》于1917年初版，版权页上写"编纂者桐乡沈德鸿，校订者无锡孙毓修"，两年内印了三版。

由此可见，茅盾这一助手其实并不好当，译书要懂英文，译文甚至还要用骈体文，编辑《中国寓言初编》更需要古文功底。好在茅盾中西皆通，能胜任这一"助手"的角色。

不久，茅盾又兼任了另一"助手"。

茅盾利用业余时间译述了英国威尔斯之科学幻想小说《三万年后孵化之卵》投给《学生杂志》。主编朱元善自1917年1月20日起，分3期登完了该小说。这篇用文言译述的小说是茅盾在报刊上发表的第一篇译作。当年朱元善一人主编三本杂志，忙得不亦乐乎。他向高梦旦提出，要调茅盾去当助手。经协商，自8月起，茅盾半天做

① 茅盾：《茅盾全集》（第34卷），人民文学出版社1997年版，第123页。

孙毓修的助手，半天帮助朱元善审阅《学生杂志》的投稿。

　　孙毓修编译的童话富有生活情趣，语言优美且图文并茂，深受读者喜爱，茅盾称他为"中国有童话的开山祖师"。从 1917 年下半年起，茅盾在孙毓修手下陆续编写了 17 册《童话》共 27 篇，加上收入郑振铎接编的《童话》中的《第十二个月》，共 28 篇。从载体上看，可分童话和故事两类，大都属编译和改写性质，用的是古代白话小说的通俗笔法。其中，《寻快乐》《风雪云》《学由瓜得》和《书呆子》等童话和故事，是茅盾自己创作的。由此可见，茅盾最早发表的文学作品为儿童文学。如茅盾编写的《书呆子》，故事生动有趣，是一篇寓教于乐的儿童文学佳作。

　　助编《学生杂志》伊始，茅盾的工作主要是处理在校学生的投稿，编辑文言的游记、诗、词。朱元善是一个趋时的编辑，订阅陈独秀主编的《新青年》。朱元善打算效仿《新青年》，以《学生杂志》小试改革，先从社论开始。茅盾应朱元善的要求，写了社论《学生与社会》，发表在 1917 年 12 月号的《学生杂志》上。这是茅盾的第一篇论文。朱元善对该社论很中意，要求茅盾再写。1918 年正月号的《学生杂志》上又发表了他的《一九一八年之学生》。社论对学生提出三点希望：革新思想、创造文明和奋斗主义。当年商务众杂志中唯有《学生杂志》对《新青年》倡导的新文化运动作了微弱的呼应。

　　在商务涵芬楼图书馆的英美旧杂志中，茅盾发现了《我的杂志》（*My Magazine*）和《儿童百科全书》（*Children's Encyclopaedia*），这是两种供中学生阅读的通俗读物。《三万年后孵化之卵》就是从这两种杂志上找出来的。1918 年《学生杂志》上继续刊登科学小说，发表了茅盾与弟弟沈泽民合译的《两月中之建筑谭》以及科普读物性质的《理工学生在校记》。茅盾还根据上述两种旧杂志上若干篇成功者的传记和轶事，编写了励志读物《履人传》和《缝工传》，也在《学生杂志》上连载。

　　与此同时，茅盾努力自学外国文学。他除了借阅编译所图书馆英文原版的文学名著，还通过美国的"伊文思图书公司"和日本的丸善书店订购文学名著。他及时把自己的研究所得介绍给中学生。1919

年第二、三期《学生杂志》上发表了《萧伯纳》，第四、五、六期连载了《托尔斯泰与今日之俄罗斯》。茅盾称后者是其第一篇文学论文。尽管论点幼稚，但茅盾的这两篇长文，较为详细地向中国读者介绍了萧伯纳和托尔斯泰。

二　商务的"趋时"成就了新派编辑家茅盾

在"五四"新文化运动中，茅盾更加自觉地购阅《新青年》，积极投身白话新文学。胡愈之是当年商务印书馆《东方杂志》的编辑，与茅盾同事。他在《早年同茅盾在一起的日子里》一文中回忆道：

> 在上海只有《时事新报》的《学灯》，后来是《民国日报》的《觉悟》接受了白话文。那时茅盾同志用各种的笔名在《学灯》上写的白话文的短文和译稿。但是新文学运动的主要的提倡者，仍然是《新青年》杂志。记得当时每逢新的一期《新青年》杂志在日报上登了出版广告，我在下班以后就匆忙到棋盘街群益书局去零买一本，以先睹为快。我总是在群益书局遇到雁冰同志，但是在编译所内部我们绝口不谈《新青年》和白话文的事。因为直至1919年为止，商务印书馆的刊物仍坚持用文言文，反对用白话文。①

当年商务众杂志主编中，要数《东方杂志》主编杜亚泉最保守。他在《东方杂志》上撰文反对新文化运动。1918年9月和次年2月陈独秀连续两次在《新青年》上著文，严厉质询和驳斥《东方杂志》主编杜亚泉。胡愈之作为杜亚泉手下的青年助编，只能偷偷购阅《新青年》。

在"五四"新文化运动的影响下，茅盾专注于文学，翻译和介绍了外国文学作品。他在馆外开辟的第一个新文学园地则是《时事

---

① 胡愈之：《早年同茅盾在一起的日子》，《人民日报》1981年4月25日。

新报》的副刊《学灯》。契诃夫的短篇小说《在家里》是茅盾第一次用白话文翻译的小说，且尽可能忠实于英文译本。该小说发表于1919年8月20—22日《时事新报·学灯》。茅盾在《时事新报·学灯》上用笔名"雁冰""冰"等发表外国文学译作，介绍外国作家，很快得到总编辑张东荪的赏识。

1918年3月，研究系报纸《时事新报》聘张东荪为总编辑。他上任伊始，就创办了《学灯》副刊。该副刊与《晨报副刊》《京报副刊》《民国日报》的副刊《觉悟》，被誉为五四时期倡导新文化运动的四大报纸副刊。1919年在北京创办《解放与改造》杂志，张东荪任总编辑。次年改名为《改造》。1920年与梁启超等成立"共学社"，编译图书，由商务印书馆出版共学社丛书。

茅盾应张东荪约稿，为《改造》编译了《罗塞尔〈到自由的几条拟径〉》，介绍无政府主义、社会主义和工团主义，又从尼采的《查拉图斯特拉如是说》中选译了《市场之蝇》。茅盾欣赏尼采"重新估定一切价值"的反传统思想。该刊也刊登了茅盾翻译的外国文学作品，如象征主义戏剧大师梅特林克的五幕短剧《丁泰琪之死》。

刊物在商务印书馆出版物中占有重要的地位。然而，到了五四时期，商务印书馆与时代之间的落差使商务面临的形势十分严峻，某些出版物与新文化运动的反差太强烈了。这种反差引起新文化界的强烈不满，罗家伦在北大的《新潮》杂志发表《今日中国之杂志界》一文，公开点名批评商务版杂志。这种反差也导致商务的美誉度下降，营业日见衰退，说明商务出版物已无法满足新一代青年学子的期待视野。

穷则思变。张元济毕竟是识时务的俊杰。经过一番筹划，商务先拿最保守的杜亚泉开刀。自1920年起，由晚清著名督抚陶模的儿子陶保霖接替杜亚泉出任主编。由于发行量下降，其他杂志主编也明显感到了压力。1919年11月初，身兼《小说月报》与《妇女杂志》主编的王莼农忽然找到茅盾，说是《小说月报》下一年起将用三分之一的篇幅提倡新文学，拟名"小说新潮"栏，商请茅盾主持这一栏的实际编辑事务。

1920 年第 1 期《小说月报》推出茅盾起草的《"小说新潮"栏宣言》，明确提出"刊中刊"的新文学主张。茅盾希望中国的新文学能在系统译介、研究和吸收的基础上，实现与世界文学的"接轨"。

"小说新潮"栏作为"刊中刊"，版面有限，茅盾只能"螺蛳壳里做道场"，尽量把它办得有声有色。然而，半革新的《小说月报》由于定位的半新半旧，在读者市场上"驼子跌跤，两头不着地"，即原先喜欢鸳鸯蝴蝶派的部分读者因不喜欢"小说新潮"栏而不再订阅或购买《小说月报》，而喜欢新文学的读者因不满仍占杂志三分之二的鸳鸯蝴蝶派作品而不订阅或购买《小说月报》。

与此同时，在馆内馆外因译介外国文学作品而走红的茅盾，在馆内却潜伏着危机。1920 年 7 月 8 日，编译所事务部部长江裔经奉命调查茅盾的工作情况后，向张元济汇报道："雁冰近三月中本馆所付译费兹另单呈核。此君月薪四十八元，办事精神尚好，惟担任外间译件不少。近又充共学社社员，终恐不免有分心之处。向来座位设在《四部丛刊》中，此数月来实与《四部》事甚少关系。每月约担任《东方》《教育》杂志一万字左右，不付稿费。前星期起座位移于楼上，夹在端六、经宇二座位之间，较易稽察。此后成绩或可稍佳。"①

当年商务众多杂志中，除了《英文杂志》以外，都拉茅盾撰稿、译稿。从汇报来看，除了《东方》与《教育》杂志每月约一万字不付稿费外，其他杂志都是付稿费的。由于馆内外每月稿费不下 40 元，故茅盾在馆内稿费赚得太多，让有些人眼红。将茅盾的座位移至楼上《东方杂志》编辑杨端六、钱经宇之间，便于工作场所与座位相统一，"较易稽察"。

当然，这事还可以从另一方面看，张元济觉得茅盾是一位"能人"，只是馆内外副业太多，有些"不务正业"，故要加强对他的管理。这也为张元济日后起用茅盾主编《小说月报》埋下了伏笔。张元济对茅盾的管理，采用的是内紧外松的策略，并没有伤及茅盾的自

---

① 汪家熔：《商务印书馆史及其他——汪家熔出版史研究文集》，中国书籍出版社 1998 年版，第 93 页。

尊。两年之后，王云五却采用伤害茅盾自尊的手段来强行建立自己的威信，这就激怒了年轻气盛的茅盾。

尽管《东方杂志》撤换主编后只是略有起色，但张元济他们仍坚持对商务版刊物的主编进行"换血"：《教育杂志》改由李石岑编辑，实际由周予同负责；《学生杂志》由杨贤江主持编辑；《妇女杂志》改由章锡琛编辑；《小说月报》改由茅盾主编。富于戏剧性的是，让茅盾出任《小说月报》主编，是张元济、高梦旦上北京"访贤"闹出来的"乌龙"事件。

1920年10月，张元济、高梦旦为了使商务能在新文化运动中获得新的动力，便到新文化运动中心北京去寻求支援。他们去拜访了胡适、梁启超、蒋百里等名流。蒋百里便向张元济、高梦旦提到了郑振铎等一批青年，并转达了他们想办一个文学刊物的意愿。

郑振铎设法找到张元济和高梦旦，想在商务出版新文学杂志。高梦旦与其是福建长乐老乡，他们便用方言交谈，备感亲切。张、高两位对他很有好感，但不太愿意新办刊物，只想革新原有的《小说月报》，希望郑振铎他们写稿支持。言谈中，郑振铎向张元济说，贵馆有一位沈雁冰，虽未曾认识，但读其文，知其人于新学旧知均很有根底，十分佩服。

蒋百里是著名的军事理论家和新文化倡导者。茅盾在北京大学念预科时，有个同学是他的小同乡兼亲戚，曾带茅盾到其寓所去过几次。硖石与乌镇相距数十里，蒋百里与茅盾可谓是半个老乡。蒋百里追随梁启超，是共学社的骨干。茅盾作为共学社的活跃分子，引起了蒋百里的注意。他把茅盾作为从事新文化运动的"同志"介绍给郑振铎他们，还向寻觅《小说月报》主编的张元济、高梦旦他们推荐了茅盾。

真可谓"踏破铁鞋无觅处，得来全不费功夫"。茅盾这位几年前的"试办"生，如今已是闻名京沪的新文化"弄潮儿"。张元济、高梦旦回商务后进一步了解茅盾的情况，不禁大喜，就决定提升沈雁冰为《小说月报》主编。

　　大约是十一月下旬，高梦旦约我在会客室谈话。在座还有陈慎侯（承泽）。高谈话大意如下：王莼农辞职，《小说月报》与《妇女杂志》都要换主编，馆方以为我这一年来帮助这两个杂志革新，写了不少文章，现在拟请我担任这两个杂志的主编，问我有什么意见。我听说连《妇女杂志》也要我主编，就说我只能担任《小说月报》，不能兼编《妇女杂志》。高梦旦似乎还想劝我兼任，但听陈慎侯用福建话说了几句以后，也就不勉强我了，只问：全部改革《小说月报》具体办法如何？我回答说：让我先了解《小说月报》存稿情况以后，再提办法。高、陈都说很好，要我立刻办。①

　　茅盾向王莼农了解情况后，向高梦旦提出三条要求：一是现存稿子（包括林译）都不能用，二是全部由四号字改用五号字，三是馆方应当给主编全权办事，不能干涉编辑方针。高梦旦与陈慎侯商谈后，全部接受了茅盾的三条要求。他们只是提醒茅盾，明年一月号的稿子，两星期后必须开始发排，40 天内结束。

　　封存原有稿子，既为新文学清理"门户"，从"礼拜六派"手中全面夺取文学阵地，又可以让全面革新的杂志令读者耳目一新，不再犯定位不准的旧病。面向学生的《学生杂志》早就用五号字了，《小说月报》改为五号字，意味着读者市场要从中老年市民转向年轻人了。向馆方要求"全权办事"的权力，自然能充分贯彻自己的编辑意图。

　　茅盾对于组织论文和翻译稿比较有把握，但对能否组织到满意的创作稿心里没底。不过他在组织创作稿时又有了戏剧性的一幕。1920年第 10 期《小说月报》上所刊王剑三的《湖中的夜月》，是一篇风格新颖的白话小说。茅盾找出此人在北京的通讯地址，发了快信，告知《小说月报》将全面革新，自己是新任主编，约请他和熟人写稿支持。

　　王统照（剑三）收到茅盾的来信，急忙拿来给正在筹建"文学研究会"的郑振铎他们看。郑振铎他们阅信后，觉得这是好事，应该大

---

　　① 茅盾：《茅盾全集》（第 34 卷），人民文学出版社 1997 年版，第 179 页。

力支持。郑振铎给茅盾复信，说明成立文学研究会的筹备经过和宗旨，并热情邀请茅盾也作为发起人参加，同时答应立即筹集稿子寄到上海。

在郑振铎的组织下，各会员积极赐稿。周作人写了《圣书与中国文学》以及译作《乡愁》，郑振铎署名"慕之"投寄了小说《不幸的人》，冰心、叶圣陶、许地山、瞿世英、王统照等都交来了小说，还有不少译作。郑振铎认真审阅后分批寄往上海。最后寄去《文学研究会宣言》和《文学研究会简章》。

文学研究会是中国现代文学史上成立最早、影响最大的文学社团。茅盾在主持革新《小说月报》之初，戏剧性地成了文学研究会的 12 名发起人之一，《小说月报》成了该会的代用刊物。①

1921 年 1 月 10 日，《小说月报》第 12 卷第 1 期，即革新号，如期出版。《〈小说月报〉改革宣言》先介绍了革新后《小说月报》的栏目，同时以文学研究会"同人"的口吻提出了六个方面的新文学主张。接下来是两篇文学论文：周作人的《圣书与中国文学》和沈雁冰的《文学与人的关系及中国古来对于文学者身份的误认》。

两个骨干栏目是《创作》和《译丛》，都十分精彩。《创作》栏里，许地山的《命命鸟》、王统照的《沉思》都是各自的代表作之一。茅盾对叶绍钧的小说《母》加了按语，特别赞赏。

《译丛》栏里，有耿济之译果戈理的《疯人日记》、周作人译日本加藤武雄的《乡愁》、孙伏园译托尔斯泰的《熊猎》、王剑三译荷兰夏芝的《忍心》和波兰高米里克的《农夫》、茅盾（署名冬芬）译挪威般生（比昂逊）的《新结婚的一对》，以及郑振铎的《杂译泰戈尔诗》等。

此外，茅盾还配合译文撰写了论文《挪威写实主义前驱般生》、《海外文坛消息》六则，郑振铎写了《书报介绍》和《文艺丛谈》等。

面貌一新的《小说月报》第 1 期印 5000 册，供不应求。各地读者纷纷要求重印，各处分馆还纷纷来电要求下期多发。第 2 期便印 7000 册，到年底竟突破 1 万册。

———————————

①　陈福康：《郑振铎传》，十月文艺出版社 1994 年版，第 64—68 页。

茅盾全面革新《小说月报》可谓一炮打响，其成功的原因是多方面的。

首先是正确的读者市场定位。茅盾上任伊始，就封存了"礼拜六派"的稿子和林译小说，表明了其彻底革新的决心。革新后的《小说月报》从栏目设定到刊出稿子，不留"礼拜六派"的影子。1917年，《新青年》创导白话新文学，启动了白话新文学的读者市场，北大师生创办的《新潮》紧随其后，推波助澜。1921年1月，全面革新的《小说月报》面世时，《新青年》已转为政治性刊物，《新潮》也已是强弩之末，布不成阵了。《小说月报》及时填补了市场空缺，迅速成为最具影响力的新文学杂志。

其次，《小说月报》与文学研究会相辅相成，共同扩大影响力。《小说月报》这块刚从旧文学手中夺过来的文学园地，正待新文学作者来耕耘；而文学研究会正需要在新文学园地里有其用武之地。经过茅盾与郑振铎等人的努力，《小说月报》成了文学研究会的代用刊物，文学研究会诸人也成了《小说月报》的基本作者队伍。

第三，有赖于茅盾这位新派编辑家综合能力的充分发挥。茅盾是一位新学旧知均有根底的新文学家，他在《小说月报》上通过文学论文和作品评价，提倡为人生而艺术，起到了很好的编辑导向作用。作为一位有主见的主编，茅盾在栏目设置、稿件选用方面有所侧重，革新后的《小说月报》形成了自己的特色：为人生的写实主义文学。文学研究会诸人的"问题小说"就是由《小说月报》推出的，在茅盾的呵护下产生了很大的影响。茅盾不仅是具有眼光的编辑，而且是全能型的作者。尽管有文学研究会这支在当时最"豪华"的新文学作者队伍，但茅盾在排兵布阵时仍捉襟见肘，关键时刻，茅盾只能亲自上阵。除了创作栏，其他栏目，茅盾都是最优秀的作者之一。《海外文坛消息》则是茅盾的"自留地"，且影响很大。

对于革新《小说月报》，叶圣陶在《略谈雁冰兄的文学工作》中指出："《小说月报》的革新，是极有意义的事……我不说革新以后的《小说月报》怎样了不起，我只说自从《小说月报》革新以后，我国才有正式的文学杂志，而《小说月报》的革新是雁冰兄的劳绩。"①

1921 年春，郑振铎毕业于交通部铁路管理专科学校，分到上海西站当见习。郑振铎于 5 月进馆，在教材部编中小学教科书，次年创办《儿童世界》周刊。他帮茅盾谋划《小说月报》，出面拉稿子，减轻了茅盾的负担。

茅盾为了提高《小说月报》创作稿的水平，还做了如下工作：一是偶有满意的作品发表，编者加按语给以肯定，叶绍钧的《母》、冰心的《超人》、许地山的《换巢鸾凤》都受到茅盾的赞扬。二是与郑振铎一起，想方设法拉优秀的创作稿子。他在 1922 年 6 月 6 日致周作人信写道："鲁迅先生如有创作，极盼其赐下。《月报》中最缺创作，他人最不满意于《月报》之处亦在不多登创作，其实我们不是不愿意多登，只是少好的，没有法子。所以务请鲁迅先生能替《月报》做一篇。"②鲁迅把 1922 年 6 月写的《端午节》寄给了茅盾，茅盾将它发在 9 月号的《小说月报》上；不久又把 10 月写的《社戏》寄来，茅盾将其刊登在自己编辑的最后一期上。三是发表优秀的译作，同时介绍外国文艺思潮和著名作家，盗别人的火，来煮自己的肉。在这方面，茅盾自己作出了表率。

针对一般读者不熟悉外国小说发展史的情况，茅盾请本馆的谢六逸专门撰写了《西洋小说发达史》，分期连载。

茅盾与郑振铎通力合作，把第 13 卷编得比第 12 卷更为成熟、精彩。

时事变迁，高梦旦由于不懂外语，深感力不从心，主动让贤编译所所长。胡适经过调研后婉辞商务让其出任所长的邀请，推荐了自己的老师王云五。王云五于 1922 年 1 月就任所长，很快与商务保守势力合流，不顾当初不干涉编辑事务的约定，干涉茅盾编辑事务。茅盾在 7 月号的《小说月报》上发表《自然主义与中国现代小说》，点名

---

① 叶圣陶：《略谈雁冰兄的文学工作》，《新文学史料》1982 年版，第 34—37 页。

② 茅盾：《茅盾全集》（第 36 卷），人民文学出版社 1997 年版，第 62 页。

批评了《礼拜六》杂志上的游戏之作，这是对于一年多来"礼拜六"派对茅盾进行攻击的答辩。王云五借口茅盾抨击了"礼拜六"派，对茅盾施加压力，谓"礼拜六"派将提出诉讼，告《小说月报》破坏他们声誉，要求茅盾写文章向他们表示道歉，被茅盾断然拒绝。王云五又派手下对《小说月报》的稿件实施检查。茅盾发觉后，向王云五提出正式抗议，声明如馆方不取消内部稿件检查即辞职。商务经过研究，同意茅盾辞去《小说月报》主编，但仍挽留在编译所工作，并由郑振铎从 1923 年起接任。商务一方面让茅盾辞职，给"礼拜六"派出一口恶气；另一方面让同为文学研究会核心的郑振铎来当主编，以表示该刊宗旨不变，以免影响销路，同时茅盾也可以接受。

王云五出任炙手可热的编译所所长，完全靠的是胡适的盛名以及胡适的力荐。他要在编译所建立威信，唯一的"资本"就是所长的权力。他亲自出面或通过手下人"奉所长之命"找借口指手画脚，让所里的人听他指挥。《自然主义与中国现代小说》一文惹出的风波恰好让王云五找到了与茅盾"较量"的借口。当年的茅盾年轻气盛，压根儿不把王云五放在眼里，王云五自然要拿他开刀。此时的茅盾，是商务"少壮派"中最具知名度的人物，撤了他的主编职务，"杀猴给鸡看"，自然对于其他不买王云五账的人具有威慑力。编译所的英文部部长邝富灼是资深海归，行事不用请示所长高梦旦，成了王云五的"心病"，日后也被王云五成功"逼退"。

郑振铎主编《小说月报》后，茅盾与他前台幕后的角色进行了换位。郑振铎还请茅盾继续主持《海外文坛消息》。

辞去《小说月报》主编职务后，茅盾被调到国文部，工作由自己选择，自称"打杂"。尽管王云五推行"科学管理法"，但对茅盾破例，没有定量要求。茅盾介于馆内正式编辑和馆外名誉编辑之间。这让茅盾腾出时间来，把更多的精力投入到中国共产党早期的革命工作中去。

第一次国共合作时期茅盾也成了跨党分子。上海市党员大会选出恽代英、沈雁冰等 5 人，出席国民党第二次全国代表大会。会后茅盾奉命留广州，任中国国民党中央宣传部秘书，协助毛泽东主持宣传部工作，中山舰事件后奉命回上海。

1926 年 4 月，茅盾回上海的第二天，郑振铎来告知，香港报纸盛传茅盾为"赤化分子"，租界捕房向商务印书馆要过人。茅盾明白商务的意思是让他辞职走人，就主动提出辞职。商务给了茅盾 900 元的退职金和 100 元面值的股票。茅盾在商务的十年编辑生涯就此画上句号。

三　《小说月报》让"专业作家"茅盾一举成名

大革命失败后，茅盾成了被通缉的政治犯。茅盾不愿做职业革命家，又不能公开谋职，剩下的只有偷偷卖文一途。茅盾从庐山潜回上海，于 8 月下旬着手写作中篇小说《幻灭》，用了 4 个星期写完。

中篇小说《幻灭》在叶圣陶代理主编的《小说月报》9 月号和 10 月号推出后，由于题材的时效性和描述的真切，在读者中产生了广泛的影响。《幻灭》的"助产师"叶圣陶，在《略谈雁冰兄的文学工作》中回忆了当年的情景：

> 雁冰兄起初不写小说，直到从武汉回上海以后，才开始写他的《幻灭》……振铎兄往欧洲游历去了，我代替他的职务。我说，写些小说吧。雁冰兄说，让我试试看。虽说试试看，答应下来就真个动手，不久，《幻灭》的第一部分交来了。登载出来，引起了读者界的普遍注意，大家要打听这位"茅盾"究竟是谁……《幻灭》之后接着写《动摇》，《动摇》之后接着写《追求》，不说他的精力弥满，单说他扩大写述的范围，也就可以大书特书。在他三部曲以前，小说哪有写那样大场面的，镜头也很少对准他所涉及的那些境域。[①]

《幻灭》《动摇》《追求》作为文学研究会丛书，分别于 1928 年

---

① 　叶圣陶：《略谈雁冰兄的文学工作》，《新文学史料》1982 年第 1 期。

8 月、10 月、12 月由商务印书馆出版单行本，销路颇佳。

商务的其他杂志，也是茅盾"卖文"的对象。1928 年 2 月 23 日写成的《创造》，发表于《东方杂志》第 25 卷第 8 号，这是茅盾的第一篇短篇小说。

茅盾蛰居上海寓所约 10 个月里，除了写作小说处女作《蚀》三部曲，还应叶圣陶的要求，写了《鲁迅论》和《王鲁彦论》等作家论。

作为文学研究会和《小说月报》的"首席"评论家，茅盾一直高度评价鲁迅的小说。为了避难就易，茅盾先写《王鲁彦论》。对鲁迅的作品，评论界往往有截然相反的意见，必须深思熟虑，使自己的论点站得住，故茅盾接下来才写《鲁迅论》。可是，在 11 月号的《小说月报》上首先登出来的却仍旧是《鲁迅论》，因为叶圣陶从编辑的角度考虑，认为还是用鲁迅来打头炮比较好，而且那时鲁迅刚从香港来到上海，也有欢迎他的意思。

写完《追求》，茅盾就到日本避难去了。身在岛国的茅盾，主要精力还是用在卖文为生上面。蛰居上海时，《小说月报》的稿费是茅盾的主要收入。与此同时，茅盾还得广开财路。商务革新后的《妇女杂志》由章锡琛（雪村）主编，让周建人（乔峰）协助。该刊提倡妇女解放和恋爱自由，与王云五他们的矛盾不断升级，主编章锡琛遭解雇。章锡琛在郑振铎、胡愈之、叶圣陶、茅盾等人的支持下，于 1926 年 8 月 1 日正式挂出了"开明书店"的牌子。正因为有以上这段因缘，所以后来的开明书店，与郑振铎、胡愈之、叶圣陶、茅盾等人的关系，就像同人书店一样。1930 年 5 月，茅盾把《幻灭》《动摇》《追求》三个中篇合成一部，题名为《蚀》，由开明书店出版。日后茅盾的小说大都由开明书店出版。

在 1932 年初的"一二八"上海战争中，商务印书馆遭重创，《小说月报》停刊。茅盾与商务印书馆的关系日渐疏远。以后与其关系密切的是开明书店和生活书店。

综观茅盾的成名之路，可以看出，是中国最大的出版机构商务印书馆，最早成就了新派编辑家茅盾，同时又成就了作家茅盾和评论家茅盾。尽管茅盾在晚年撰写回忆录时对王云五的不少做法仍耿耿于怀，但对于张元济、高梦旦等商务元老的爱才、惜才和大胆用才仍心存感激。

（原刊《湖州师范学院学报》2016 年第 38 卷第 11 期）

茅盾自然主义的创作实践与认同危机

——以《子夜》为中心

龙其林　赵树勤

摘　要　茅盾受到了自然主义文学的直接影响，其作品《子夜》与左拉的《卢贡·马加尔家族》存在着密切的关联。茅盾在《子夜》的结构、内容和表现手法上都受到了左拉的《卢贡·马加尔家族》的影响；《子夜》以《金钱》为参照系，在小说题材和人物形象塑造方面都有诸多相似之处；茅盾不断扬弃左拉自然主义并不是一个单纯的文学问题，而涉及了许多复杂的文艺观点和意识形态因素。

关键词　茅盾；左拉；内容；手法；认同

一

　　茅盾的长篇小说《子夜》与西方文学存在着的多维复杂关联，一直是学界关注的问题。但令人遗憾的是，既有的研究在分析西方文学与《子夜》的关系时更多分析的是托尔斯泰对于茅盾的影响，而左拉对于茅盾深刻而长远的影响则未得到足够的重视。通常地，认为茅盾在创作《子夜》时不断扬弃左拉的自然主义而更近于托尔斯泰，有两点重要理由：一是认为在具体作品的比较中，二者在表现社会、人生以及结构、艺术框架有不少相似之处；二是认为茅盾的《子夜》在人物出场、心理描写、环境氛围等方面从托尔斯泰的创作中进行了借鉴。

　　在我们看来，通常对于茅盾和托尔斯泰创作关系的描述倒更适用于茅盾和左拉。抛开《子夜》和《卢贡·马加尔家族》篇幅、形式的差异，我们可以在作品之间的构思和展开中发现一系列共通之处。茅盾是一位创作宗旨很明确的作家，"他的创作十分注重作品题材与主题的时代性，要求创作与历史同步，自觉追求'巨大的思想深度'和'广阔的历史内容'，反映时代全貌和发展的史诗性。"① 为了实现对中国社会全景式的扫描和对社会性质的考察，茅盾在创作《子夜》时有着较为明晰的定位，小说力图展现政治与经济、城市与农村、民族工业与帝国主义经济、小镇居民与知识分子群体等社会生活的各个方面，而贯穿其中的线索则是以吴荪甫为代表的吴氏家族网络。这种以家族为圆心、反映出一个时代与社会风貌的写作目标也正是左拉写作《卢贡·马加尔家族》时所追求的。左拉在确定表现第二帝国时代社会生活的全貌时，他在着手写作之前就有整体计划，而贯穿这一整体计划的内在联系就是一个家族的血缘关系。为此，左拉构建了卢贡·马加尔家族的谱系图，并使这个家族的几代成员经历诸多变迁，使其生活在社会生活的各个阶层，与他们周围的各色人等勾连起来形成一个庞大的树形图和社会网络。

在《子夜》和《卢贡·马加尔家族》这两部家族史中，我们看到了当时社会生活的各个阶级的生活、习俗和心理，其中既有政界、官场的争斗，也有王公大臣的宅地、奢华荒淫的生活；既有上流社会的觥筹交错，也有底层贫民的艰难困苦；等等。这些内容叠加在一起，真正构成了作家对于中、法社会的全景式扫描。左拉在创作时主张以科学的态度加以观察，为了使自己的作品具备科学实验的精准与摄影师般的细腻，他在进行创作之前总要大量地搜集、阅读资料、了解生活，甚至为了写作具体的场景还要进行实地考察。左拉创作中的这种实地考察与实录性途径，是茅盾极力推崇和追求的。茅盾在写作精神上接受了科学的方法，因而他也采取了相同的创作模式。茅盾在写作《子夜》的过程中，他"在上海的社会关系，本来是很复杂的。朋友中间有实际工作的革命党，也有自由主义者，同乡故知中间有企

① 凌宇、颜雄、罗成琰等：《中国现代文学史》，湖南师范大学出版社1999年版，第276页。

业家，有公务员，有商人，有银行家，那时我既有闲，便和他们常常来往。从他们那里，我听了很多。向来对社会现象，仅看到一个轮廓的我，现在看的更清楚一点了。当时我便打算用这些材料写一本小说。""一九三〇年冬整理材料，写下详细大纲，列出人物表"①。"本书为什么要以丝厂老板作为民族资本家的代表呢？这是受了实际材料的束缚"，"因为我对丝厂的情形比较熟悉"②。

从这里不难发现，茅盾是怀着左拉式的实地观察、资料搜集之后才开始进行小说创作的，之前必然存在着一个熟悉生活、观察人物和环境的过程。正是由于在上海时较多地了解了银行家、企业家、公务员、商人们的生活与状态，所以《子夜》中有关资本家、企业家们的叙述最为深刻、逼真。同样是因为这个原因，对于农村生活的隔膜在小说的第四章中得到了鲜明的体现，小说中的农民形象几乎是模糊不清的。正如作家所解释的："这部书写了三个方面：买办资产阶级，民族资产阶级，革命运动者及工人群众。三者之中，前两者是作者与有接触，并且熟悉，比较真切地观察了其人与其事；后一者则仅凭'第二手'的材料，即身与其事者乃至第三者的口述。这样的题材的来源，就使得这部的描写买办资产阶级与民族资产阶级的部分比较生动真实，而描写革命运动者及工人群众的部分则差得多了。至于农村革命势力的发展，则连'第二手'的材料也很缺乏，我又不愿意向壁虚构，结果只好不写。此所以我称这部书是'半肢瘫痪'的。"③叶圣陶先生在谈及茅盾的创作时，认为其创作中的许多内容"虽为小节，他也不肯一毫含糊"④，而这恰恰是对左拉文学精髓的学习和实践。

同时，一些研究者认为托尔斯泰的《战争与和平》开场是以上百名人物开始的，这些人物关系错综复杂，而《子夜》的开端和《战争与和平》颇为近似。在这些观点中，出现了一系列讹误之处：

---

① 茅盾：《〈子夜〉是怎样写成的》，《新疆日报》1939 年 6 月 1 日。

② 同上。

③ 茅盾：《再来补充几句》，《子夜》，人民文学出版社 2004 年版，第 479—480 页。

④ 叶圣陶：《略谈雁冰兄的文学工作》，《文哨》，1945 年。

首先，《子夜》的开端并不是以人物而是以环境描写开始的。《子夜》的开头描写的是上海的黄昏景色："太阳刚刚下了地平线。软风一阵一阵地吹上人面，怪痒痒的。苏州河的浊水幻成了金绿色，轻轻地，悄悄地，向西流去……"这种细腻、生动的环境描写，不是更与左拉的自然主义描写极其类似吗？其次，以众多人物开场并非《战争与和平》的专利，何以能够确定茅盾的《子夜》是受到托尔斯泰而非其他作家的影响呢？事实上，就心理描写、环境氛围表现而言，《子夜》更近于左拉而非托尔斯泰。左拉采用自然科学的实验方法，通过观察、调查、实验的方法来达到对自然与社会的表现。在这个过程中，作家尽量保持客观冷静的态度，通过文字精确的剖析与分析来实现作品对于科学性的追求。《子夜》呈现了一种与此前新旧两派小说所不同的地方：它不再停留于故事、情节等单纯的动作层面的表现，而且对于自然和社会环境也给予了仔细的描绘；它突出了作家对于生活的仔细观察和详尽描写，使小说从真实的误区中走了出来。左拉以临床医生和实验观察者自居，茅盾也努力成为社会生活的实验员和观察者。正如普实克指出的："茅盾追求客观性的努力表现在他煞费苦心地从叙述中排除了作者本人的因素。他的小说没有显示出与任何人有关联的痕迹。作者的目的是让我们亲眼看到、亲身去感觉和体验到每件事，消除读者与小说所描述内容之间的一切中间过渡，使读者进入小说的情节，好像亲眼看到正在发生的一切。"① 茅盾在创作《子夜》的过程中，大都是采取客观、理性的分析方法，一般不轻易地夹杂个人的情感痕迹。《子夜》这种客观、理性的描述，非但不是人们分析的对于托尔斯泰心灵的艺术的借鉴，反而是在尽可能地剥除主观因素的介入。

二

也有的研究者依据 1930 年出版的《西洋文学通论》中茅盾对于

---

① ［捷克］雅罗斯拉夫·普实克：《普实克中国现代文学论文集》，李燕乔等译，湖南文艺出版社 1987 年版，第 134 页。

《卢贡马惹尔》中《金钱》的介绍"大抵都是普泛的文字",断定"茅盾在《子夜》的创作中,没有受到《金钱》的直接影响","《子夜》和《金钱》的某些近似现象""并非出于时间过程中的承传、输出或接受的影响关系,而是在不同空间中平行发展的理解"①。

　　之所以产生这种误解,一方面是因为受到了茅盾在文艺随笔中自我剖析中对于托尔斯泰的亲近和对左拉的规避这一态度的影响,另一方面则在于未能认真分析茅盾的思想构成和知识储备。一些研究者在查看茅盾《西洋文学通论》中关于自然主义一章的论述中,只看到作家对于左拉《金钱》一文的简要概述,加上茅盾在回忆录《我走过的道路·〈子夜〉写作的前前后后》中所说的"我虽然喜欢左拉,却没有读完他的〈卢贡·马卡尔家族〉全部二十卷,那时我只读过五、六卷,其中没有《金钱》"②,便认为《子夜》没有受到《卢贡·马加尔家族》的影响。

　　实际上,茅盾不仅对于这部巨著有着总体的、到位的分析,而且对于每一部作品的内容都是了解的;即便对于《金钱》的介绍并不详细,并不能因此而否定他对作品内容梗概的了解和熟悉。尽管茅盾认为他当时并未读完过《金钱》这部作品,但是对于小说的人物、内容却是熟悉的,否则茅盾不会在《西洋文学通论》中介绍《金钱》的梗概。这至少表明了茅盾对《金钱》内容的了解。而就两部小说的内容来看,也是具有相当高的相似性:《金钱》描写了萨加尔和甘德曼两大集团的斗争。萨加尔凭借其哥哥卢贡大臣的力量创办了一个世界银行,他一方面将从银行股票中拿到的钱做投机生意,一方面利用工程师哈麦冷进行东方开发赚取高额利润。面对甘德曼这个顽强对手的存在,萨加尔通过不法手段抬高股票行情,最后终于彻底破产。左拉在《金钱》中讲述的故事,被茅盾吸收和改造成了《子夜》中

---

　　①　赵婉孜:《托尔斯泰和左拉的小说与〈子夜〉的动态流变审美建构》,《中国比较文学》2009年第2期。

　　②　茅盾:《〈子夜〉写作的前前后后》,《我走过的道路》(中),人民文学出版社1984年版,第117页。

民族资本家吴荪甫与买办资本家赵伯韬两大集团的争斗。吴荪甫是一位具有胆识、才能和野心的民族资本家，他组织益中公司发展民族工业，同时也积极地投身公债市场，最后吴荪甫在公债市场和工业发展中同时陷入了困境。

两部作品的主人公也颇有精神气质上的共同点。萨加尔是一个典型的冒险家、投机家、野心家，他确立了一幅征服世界的宏伟图纸："这些铁路线，正像一个渔网一样，从中亚细亚的这端到那一端，这对他来说便是一件投机事业，是金钱的生命线。一下把这个古老的世界抓住，一如抓住一个新的俘获物一样，而这些俘获物还完整无缺，蕴藏着无以数计的财富……"而《子夜》中的吴荪甫也是一个刚毅、果断、具有现代管理才能、野心勃勃的民族资本家。吴荪甫也渴望着建立一个属于自己的工业王国："吴荪甫拿着那'草案'，一面在看，一面就从那纸上耸起了伟大憧憬的机构来：高大的烟囱如林，在吐着黑烟；轮船在乘风破浪，汽车在驶过原野。他不由得微微笑了。"事实上，早在北大预科时，茅盾就学习了英语，并选择了法语作为第二外国语。对于精通英文、熟悉法语的茅盾来说，他要通过其他途径阅读，至少是了解《金钱》的内容并非难事。茅盾之所以在《西洋文学通论》中对于《卢贡·马加尔家族》系列小说的介绍比较普泛，很大程度上是由该书的性质决定的，即"这本书是想在'怎样入手去研究西洋文学'这意旨上，简略地叙述了西洋文学进程中所经过的各阶段"[1]，并不能因此而否定作者受到《卢贡·马加尔家族》中系列作品的影响。对于作家来说，有时一些内容上的基本了解便会对其创作产生重要启示，并不一定要按照作品的原文、理论作为指导，这种内容上的熟悉"不一定具体地'指导'了作家的创作，但却可以成为理解一部作品的认识角度"[2]，从而对创作者产生隐约却根本的影响。在《子夜》出版之后，瞿秋白即敏锐地发现了小说与左拉

---

① 茅盾：《例言》，《西洋文学通论》，书目文献出版社 1985 年版，第 1 页。

② 张清华：《境外谈文》，花山文艺出版社 2004 年版，第 231 页。

《卢贡·马加尔家族》系列小说中的《金钱》之间的密切关系。在《〈子夜〉与国货年》中，瞿秋白分析说："这是中国第一部写实主义的成功的长篇小说。带着很明显的左拉的影响（左拉的'L'argent'—《——金钱》）。"[1] 叶圣陶先生就曾说过："我有这么个印象，他写《子夜》是兼具文艺家写作品与科学家写论文的精神的"[2]，这既表现了茅盾写作的严谨性、科学性，同时也揭示出了《子夜》与左拉及自然主义之间的密切关系。

如此，那么茅盾在其文章和创作谈中谈到自己的创作更近于托尔斯泰，该如何理解呢？是否仅仅由于他们的创作倾向和意趣上的切近？

其实早在1920年的《小说月报》中，茅盾就主张中国要介绍新派小说，其中就包括左拉的作品。之后，茅盾接连发表了一系列文章，继续在中国作家和文化界中提倡自然主义文学。到了1922年，《小说月报》掀起了介绍自然主义的热潮，杂志相继刊登了一些关于自然主义论争的文章，从而将自然主义的介绍更加向前推进一步。针对周作人认为自然主义专门在人间发现兽性的问题，茅盾撰写了《"曹拉主义"的危险性》一文为左拉进行辩护："自然主义的真精神是科学的描写法。见什么写什么，不想在丑恶的东西上面加套子：这是他们共通的精神。我觉得这一点不但毫无可厌，并且有恒久的价值；不论将来艺术界里要有多少新说出来，这一点终该被敬视的。"[3] 茅盾不仅在理论上倡导自然主义和为左拉辩护，而且还在介绍、翻译左拉的《卢贡·马加尔家族》上费力不少。茅盾的文学观念经历了一系列的转变，他对自然主义也经历了由陌生到熟悉、由大力倡导到渐渐疏离的过程。茅盾在谈到自己所受西方文学的影响时，曾这样说道："我爱左拉，我亦爱托尔斯泰。我曾热心地——虽然无效地而且

---

① 瞿秋白：《〈子夜〉与国货年》，《瞿秋白文集》（文学篇第二卷），人民文学出版社1986年版，第71页。

② 叶圣陶：《略谈雁冰兄的文学工作》，《文哨》，1945年。

③ 郎损：《"曹拉主义"的危险性》，《文学旬刊》，1922年。

很受误会和反对，鼓吹过左拉的自然主义，可是到我自己来试作小说的时候，我却更近于托尔斯泰了"①。在《茅盾论创作》一书中，茅盾曾这样分析左拉的创作方法："凡此一切'材料'，剪报，抄书，谈话记录，观察和'观光'时的札记，他都细心地研究了，分类排比，于是在他觉得够用了时，他就根据这些材料来写创作。"② "我们要排斥贪省力的走马看花似的左拉式的方法"③。

<h1 style="text-align:center">三</h1>

实际上，茅盾之所以突出自己与托尔斯泰作品的关系，而在中后期对于左拉及其《卢贡·马加尔家族》有所忽略、回避甚至是否定，并不是一个单纯的文学问题，而涉及了许多复杂的文艺观点和意识形态因素。首先，我们必须看到，茅盾自己在早年倡导自然主义之际便对其抱有某种警惕意识。在《自然主义与中国现代小说》一文中，茅盾就指出："物质的机械的命运论仅仅是自然派作品里所含的一种思想，决不能代表全体，尤不能谓即是自然主义。自然主义是一事，自然派作品内所含的思想又是一事，不能相混。"④ 在《"曹拉主义"的危险性》中，茅盾进一步阐发了自己对于左拉及自然主义作品的担忧："由现代人的眼光看去，他的创作的态度是很不妥当的，因为人生不仅是物质的，也是精神的，而且科学的实验方法，未见能直接适用于人生。"⑤ 由此必然导致茅盾对于左拉及作品在艺术上的高度接受与思想立场上的对立的奇特局面，"作为一个社会主义者，茅盾始终对自然主义表现出一种警觉"，"在茅盾看来，左拉自然主义至多只是一种工具，而非一种程式，在茅盾思想中更多渗入中国传统政治与道德内容"，"茅盾借助于左拉，却最终远离了自然主义，这种

---

① 茅盾：《从牯岭到东京》，《小说月报》1928 年第 19 卷第 10 期。
② 茅盾：《茅盾论创作》，上海文艺出版社 1980 年版，第 462—463 页。
③ 同上。
④ 茅盾：《自然主义与中国现代小说》，《小说月报》1922 年版。
⑤ 郎损：《"曹拉主义"的危险性》，《文学旬刊》，1922 年。

实用理性主义的借用，正是贯穿于左拉介绍之始终的"①。

其次，20 世纪 20 年代末 30 年代初中国社会突出的阶级矛盾、民族矛盾成为《子夜》创作的潜在背景。左拉隐匿个人态度、追求客观真实的创作方法，在当时迫切的现实要求、政治意识形态和具有忧患意识的中国文坛显然不受欢迎。瞿秋白就曾对自然主义提出过猛烈的批评，认为"左拉自己所谓'科学性'，其实是联结着非道德主义，非政治主义的，这是使得'社会'小说不致于转变到社会主义小说的一种靠得住的担保"②，"左拉理论的实质和他客观上的政治作用，的确包含着反动的成分"③。茅盾是一位坚定的革命文学家，面临自然主义存在的否定革命倾向的必要的问题自然不会等闲视之。茅盾思想中的"儒家思想中通过进入庙堂直接参与政治的方式实现士大夫所追求的'道统'、传统士大夫政治家和文学家的双重身份"④，也对其创作方法的选择产生了影响，于是茅盾对于自己创作受到左拉作品影响所表现出的犹疑乃至否定态度带上了鲜明的时代烙印。

再者，茅盾之所以在创作谈和文艺随笔中屡次否认《子夜》受到左拉作品的影响，更深层的原因或许还在于作家对于外来影响的一种焦虑。从茅盾受左拉《卢贡·马加尔家族》影响的事实来看，对于作品的阅读与熟悉必然沉淀为作家知识背景之一而对之后的创作产生潜在的影响。茅盾在 20 世纪 20 年代的众多文章、杂志、著作中大力提倡自然主义方法，并在创作实践中明显地吸收、借鉴了自然主义的观念、方法，甚至其笔名佩韦即是取自自然主义理论家圣·佩韦，那么到了创作《子夜》之际，左拉作品的影响势必仍然对作家产生某种规约。茅盾曾这样回忆："一九二七年我写《幻灭》时，自然主

---

① 钱林森：《法国作家与中国》，福建教育出版社 1995 年版，第 339 页，第 335 页。

② 瞿秋白：《关于左拉》，《瞿秋白文集》（文学篇第二卷），人民文学出版社 1986 年版，第 201—202 页。

③ 同上。

④ 陈晓兰：《文学中的巴黎与上海——以左拉和茅盾为例》，广西师范大学出版社 2006 年版，第 223 页。

义之影响，或尚存留于我脑海，但写《子夜》时确已有意识地向革命现实主义迈进，有意识地与自然主义决绝。但作家之主观愿望为一事，其客观表现又为一事，客观表现（作品）往往不能尽如主观所希冀。"① 茅盾之所以会有意识地表现出对左拉和自然主义的规避，其原因或许还在于作家试图竭力摆脱左拉的影响，"这种'摆脱'并非通常语义上的'摆脱'，从比较文学角度来看，这是一种担心与影响者雷同而不能创新的焦虑。换而言之，茅盾对左拉影响的拒绝，正显现左拉对茅盾创作思想内核的强劲渗透"②。

事实上，茅盾与西方经典家族经验和技巧对接之后，既有进行创作所需的丰富的精神资源，又有社会生活赋予的生命体验，本可以在家族小说领域内继续前行，创作出中国式的《卢贡·马加尔家族》。但令人遗憾的是，茅盾构建中国宏大家族叙事的可能性因为种种原因最终没有能够坚持下去。

（原刊《理论月刊》2017 年第 2 期）

---

① 茅盾：《致曾广灿》，贾亭、纪恩选编：《茅盾散文》，中国广播电视出版社 1995 年版，第 562 页。

② 钱林森：《法国作家与中国》，福建教育出版社 1995 年版，第 335 页。

茅盾在抗日战争时期的文学编辑活动

钟海波

摘 要 抗战时期，茅盾以一个文化战士的身份坚守在自己的文艺阵地上，以笔为枪，用文艺的形式与日本侵略者及妥协派、投降派展开斗争，在编辑领域取得了骄人的成绩。茅盾在抗战时期编辑的文学杂志及文艺副刊主要有《呐喊》(《烽火》)《文艺阵地》《立报·言林》《笔谈》及《新绿丛辑》。茅盾文学编辑活动及其成功经验，具有重要现实意义，值得我们总结和继承。

关键词 茅盾；抗战时期；编辑；期刊

茅盾是中国现代著名的革命作家、文艺评论家、翻译家和社会活动家，同时他也是一位成就卓著的编辑大家。他的编辑活动，包括报刊编辑、图书编辑和出版评论三个方面。在长达41年的编辑生涯中，他相继编辑过十几种刊物，几十种图书，写下数十篇出版评论文章。五四新文学运动高涨期，他编辑革新《小说月报》，产生了轰动效应；左联时期，他编辑《文学》杂志引人瞩目。抗战前期，他主编的《中国的一日》开一代风气。抗战爆发后，他以一个文化战士的身份坚守在自己的文艺阵地上，以笔为枪，用文艺的形式与日本侵略者及反动派展开斗争，在编辑领域取得了骄人的成绩。

关于茅盾的编辑活动问题，从上世纪90年代开始成为学界关注的一个焦点。1994年，徐帆发表《略论茅盾的编辑思想和实践》，从理论与实践两方面，研究茅盾的编辑活动；1995年，李频出版《编辑家茅盾评传》，从编辑角度介绍评价了茅盾的文化业绩；2000年，吕旭龙发表《茅盾的编辑风格》，用比较的方法研究茅盾编辑特点。关于茅盾在抗日战争时期的文学编辑活动，也有单篇论文发表，比如：熊飞宇的《〈文艺阵地〉的编辑特色》；吴昌立的《抗战时期〈文艺阵地〉对人性的关注》。但整体而言，学界对茅盾在抗战时期的文学编辑活动研究不够系统深入。本文试图较为系统地梳理茅盾在这一时期的文学编辑活动，总结这位伟大作家在特殊的时代环境下对祖国文化、文学做出的特殊贡献。

一　《呐喊》(《烽火》)

1937 年 7 月，抗战的烽火在华北燃起，不久上海也发生了战事，情势十分严峻。面对危情，上海的作家们群情激奋，许多作家提出需要对上海已有的一些文学刊物，《文学》《文丛》《中流》《译文》等进行全面改版调整以适应抗战形势。但是也有一些作家认为，日本侵略军猛烈进攻上海，上海恐怕难以久守，在上海的所有文学刊物可能都要面临停办的处境。在新闻出版界颇具影响力的邹韬奋先生听取了各方面意见之后，分析说《文学》《文丛》《中流》《译文》等"大型刊物恐怕适应不了目前这非常时期，需要另外办一些能及时反映这沸腾时代的小型报刊，如日报、周刊、三日刊等。"① 邹韬奋的分析引起了茅盾的共鸣，茅盾觉得应当把已经停刊的《生活星期刊》杂志另取名字恢复发行。与此同时，多数作家出版界人士坚持认为无论《文丛》《译文》等大型文学刊物是否停刊，文艺界应当尽快创办一份能够适应战时需要，可以迅速传达出作家们呼声的机动灵活的小型文学刊物来，创刊的目的主要一方面在于唤起和鼓动全国人民的抗战斗志和热情，另一方面也要推动和促进文艺大众化工作的进程，最终开拓出一片抗战文艺的新天地来。茅盾同意这种看法，他说：在抗战斗争中，每个作家都有拿枪上战场的勇气和决心，但是目前没有到需要作家艺术家投笔从戎，去前线冲锋陷阵的时候。他认为，在抗战斗

---

① 茅盾：《我走过的道路》（下），人民文学出版社 1988 年版，第 3 页。

争中，"文艺战线也是一条重要的战线"①，作家艺术家在文艺这条战线上作战，凭借的武器就是手中之笔，作家的笔可以用来描绘抗日战士的勃勃英姿，也可以用来呼喊出中华民族誓死保卫国土的决心与壮志，同时也可揭露汉奸、亲日派的罪行，使全国人民认清其丑恶面目和本质。他还指出，以后作家艺术家的工作岗位也不再是窗明几净的办公室、写字间，前线、农村、工厂是作家艺术家们发挥作用的地方。鉴于茅盾在文学界出版界的地位和声望，作家们一致认为茅盾任这个小型文学刊物的主编最为合适。这样，在《文学》《中流》《译文》等大型刊物停刊以后，由茅盾主编的《呐喊》杂志诞生了。茅盾在炮声隆隆中写了《呐喊》的创刊献词——《站上各自的岗位》，献词写道："中华民族开始怒吼了！中华民族的每一个儿女赶快从容不迫地站上各自的岗位罢！……这悲剧之中，就有光明和快乐产生，中华民族的自由解放！"②《呐喊》的创刊号于1937年8月25日面世，这是一份用小三十二开纸印刷的薄薄的杂志，每份仅售二分，刊物的封面标有"文学社、文季社、中流社、译文社合编"的字样。因为办刊经费紧张，该刊向社会声明用稿没有稿酬，但是出乎编辑意料的是，尽管没有稿费，但作家们投稿十分踊跃。《呐喊》前两期发表的稿件主要源于编辑约稿，由于《呐喊》创刊后产生了很大的社会反响，得到了文艺界广泛支持，所以到了第三期，即《烽火》第一期，就主要登载外来稿了。为什么要改刊名，那是因为当时对于《呐喊》刊名存在一些不同的意见，不少人提出在抗日战争的大时代中仅有"呐喊"助威还是远远不够的，刊名应该体出现时代特色，于是改名为《烽火》。《烽火》最初在上海出版发行，上海被日军攻占后，遂迁至广州。在上海的时候，茅盾是编辑人，巴金是发行人。到了广州，巴金成了责任编辑，茅盾负责发行。③《呐喊》（《烽火》）

---

① 茅盾：《烽火连天的日子》，《茅盾全集》（第35卷），人民文学出版社1997年版，第136页。

② 同上书，第139页。

③ 巴金：《悼念茅盾同志》，《文艺报》1981年4月22日。

是抗战初期影响极大的刊物，茅盾主编该刊共计 4 个月。它在抗战中充分发挥了鼓舞士气、凝聚力量的作用。

二 《文艺阵地》

1937 年 10 月，因上海发生战事，茅盾于当月 20 日辗转来到汉口。上海生活书店的徐伯昕来看望茅盾，希望茅盾能主编一个类似《文学》的中型刊物。茅盾初步同意。1938 年 2 月 7 日茅盾再次与生活书店徐伯昕及邹韬奋会晤商谈办刊事宜，当即决定创办的刊物叫《文艺阵地》（半月刊）。因考虑到武汉形势紧张，也决定把《文艺阵地》的出版地设在广州。前往广州路经长沙，茅盾遇见了张天翼，便向他约稿，张天翼给他一个短篇小说《华威先生》。2 月 24 日茅盾来广州，正式筹备出版《文艺阵地》，2 月 27 日，茅盾由广州来到香港，大量稿件从广州的生活书店转寄到茅盾手中，这些稿件有老舍的新京剧《忠烈图》；有萧红的散文《记鹿地夫妇》；有叶圣陶的杂感《从疏忽转到谨严》；有周文的通讯《文艺活动在成都》；有刘白羽的速写《疯人》以及从苏联回国不久的戈宝权寄来的《苏联剧坛近况》，等等。这些稿件可以满足《文艺阵地》一期刊用。1938 年 4 月 16 日《文艺阵地》创刊号如期出版。该刊的出版在文艺界引起极大的反响，尤其是张天翼的《华威先生》反响更加强烈。这一短篇小说，用讽刺的笔法揭露了抗日战争时期国统区存在的黑暗面，成功塑造了新的文学形象——华威先生。他整日忙忙碌碌的开会应酬，表面为抗战，实际为抢权。他想包揽抗日救亡的所有事务。他是一个务虚不务实的国民党"党棍"形象。这一作品的发表引起激烈的争议，褒贬不一。茅盾在《文艺阵地》发表《八月的感想》据理力争，从内容到艺术全面肯定了这篇讽刺小说的价值。之后，《文艺阵地》第三期刊出姚雪垠的《差半车麦秸》，该作品引发的争议和引起的轰动不亚于《华威先生》。"差半车麦秸"也成为一个重要的文学典型。1938 年底在杜重远的游说下，茅盾举家去了新疆，离开香港，刊物交由楼适夷接编。1939 年楼适夷由香港去上海，编务工作也由香港转移至上海。1940 年 8 月,《文艺阵地》的 5 卷 2 期后,因被上海租界当局查禁而被迫停刊,为了继续进行文艺活动,于是以辑刊的方式发行,并更名为《文阵丛刊》,该刊是二十四开本,共出了两辑,一辑是《水火之间》,另一辑是《论鲁迅》。

1940 年冬天,茅盾从延安来到重庆,筹备《文艺阵地》复刊。1941 年 1 月 10 日续出第 6 卷第 1 期。但由于遭到国民党文化机关的阻挠,《文艺阵地》不得已于 1942 年 1 月(第 7 卷第 4 期)再度停刊。1943 年 1 月至 1944 年 3 月,为了弥补《文艺阵地》停刊所造成的损失和缺憾,茅盾和同仁们又筹划出版《文阵新辑》丛刊,该刊物是 24 开本,共出三辑,它们分别是《去国》《哈罗尔德的旅行及其他》《纵横前后方》。

从 1938 年 4 月 16 日创刊至 1944 年 3 月停刊,《文艺阵地》共出 63 期,期间发表了许多文艺精品,除了张天翼的《华威先生》、姚雪垠的《差半车麦秸》外,还有沙汀的《老烟的故事》,丁玲的《在医院中》,茅盾的《霜叶红似二月花》,萧乾的《刘粹刚之死》,骆宾基的《东战场别动队》,周而复的《播种篇》,艾青的《吹号者》,陈白尘的《魔窟》,茅盾的《白杨礼赞》,李南桌的《广现实主义》等。它所发表的高质量作品明显多于同时期其他刊物。茅盾在抗战时期主编这一大型刊物,在中国抗战史上和文化史上留下了光辉的足迹。这一刊物是连接国统区与解放区作家的纽带,也是连接中外作家的纽带。它为动员民众,鼓动抗战,繁荣抗战文艺做出很大贡献。这一杂志与抗战"文协"会刊《抗战文艺》有着同样的影响力,在抗战文坛享有美誉。《文艺阵地》是产生优秀抗战文学的园地,也是培植抗战文艺新人的摇篮。

三　《立报·言林》

1937 年 11 月,上海沦陷后,有进步色彩且很有影响力的报纸《立报》被迫停刊。之后,《立报》总经理、主编萨空了和茅盾都来到香港,于是萨空了去找茅盾商量《立报》在香港复刊的事宜,他邀请茅盾去编辑《立报》的副刊《言林》。《立报》在上海出版时，《立报·言林》是由谢六逸编辑，其风格玲珑，多样，轻松，精悍，茅盾以往常在上面发表杂文，对此十分熟悉。当萨空了邀请茅盾担任副刊编辑时，茅盾说：我在香港正在编辑《文艺阵地》，恐怕没有时间和精力再来编辑《言林》了。但萨空了坚持说，这并不矛盾。他让茅盾同时编两种杂志。他给茅盾分析说：《文艺阵地》半月出一期，用稿也不多，占用不了他太多时间，而《立报·言林》每一期只有二千五百字需要他编辑，工作量不大，顺手的事，而且他还劝茅盾到香港安家，说那边生活条件、写作条件都要比广州优越，环境安静，不必天天躲日军空袭。萨空了还怕茅盾有顾虑，进一步说，他完全可以在香港把《文艺阵地》编好，然后再寄到广州来排版印刷，他只负责编辑，让生活书店负责印刷发行，万一有事情需要到广州来处理，也不过是两个多小时的车程。抗战时期香港物价飞涨，茅盾的收入不够一家人开销。考虑到生活问题，为了能够安心搞创作和编刊，茅盾接受了萨空了的建议和请求。确如《立报》总经理、主编萨空了所讲，《言林》的编辑工作不太复杂，这个副刊主要发表杂文、短论、诗歌等，所来稿件一般篇幅短小，文体也较为单纯。《立报》在香港复刊时，茅盾编辑副刊《言林》，他在复刊号的献词中说明了办刊的主张："凡对人生社会，百般问题，喜欢开口的人，都请到这里来谈天……今日我中华民族正在和侵略的恶魔作殊死战，《言林》虽小，不敢自处于战线之外，《言林》虽说不上是什么重兵器，然亦不甘自谓在文化战线上它的火力是无足轻重的。它将守着它的岗位，沉着射击。《言林》不拘于一种战术：阵地战、运动战、游击战，凡属拿手好戏，都请来表演……"①

《立报·言林》复刊初期，因稿源不足，茅盾还要动手赶稿写文章，复刊的第一周，茅盾每天要为《立报·言林》写一篇文章，之后不久许多地方的投稿就雪片一样地飞来，以致很快形成了一支经常

---

① 于连祥：《逃墨馆主——茅盾传》，浙江人民文学出版社 2006 年版，第187 页。

供稿的稳定写作队伍。茅盾是一位编辑经验丰富的老编辑了，他深知要办好一个副刊最关键的问题是每天需要有一篇重点文章，它必须新颖精彩。起初，茅盾很担心这样的重点文章难以落实，于是不得不自己动笔，但不久这一问题解决了：他培养的固定的写作队伍投来的稿件，一般都不需要他花费多大力气就能安排在头条。这是一群青年作家队伍，大约有十几位。他们个个思维活跃，文笔流畅，理论素养深厚。这些作家都能按照茅盾的要求写出他所需要的文章来。这一群青年有李南桌、黄绳、袁水拍、杜埃、林焕平等。和青年作家交流多，茅盾也与他们结下了深厚的友谊。在编辑《言林》期间，茅盾感觉比较愉快。1938 年 12 月 20 日，茅盾要离开香港去新疆，遂辞去《言林》编辑工作，与此同时，萨空了也去新疆，《立报》停刊。

四 《笔谈》及《新绿丛辑》

1941 年，抗战进入相持阶段，国民党顽固派消极抗日，积极反共，他们制造了震惊中外的"皖南事变"。为了开辟"第二战线"，中共中央安排茅盾再去香港。当时在重庆执行公务的中共中央副主席周恩来约见了茅盾，并对他说："我把你从延安请到重庆，没想到政局发生这样大的变化，现在又要请你离开重庆了。这次我们建议你到香港去。三八年你在香港编过《文艺阵地》，对那里比较熟悉。现在香港有很大变化，所处的地位十分重要，是我们向资本主义国家和海外华侨宣传中国共产党的政策，争取国际舆论的同情和爱国侨胞支持的窗口，又是内地与上海孤岛联系的桥梁。万一国内政局发生剧变，香港将成为我们重要的战斗堡垒。因此，我们要加强香港的力量，在那里开辟一个新阵线。"① 茅盾接受了任务，去香港办一个文艺刊物。但是究竟办什么性质的刊物，他还一时没有定下。经过反复斟酌，茅盾最终倾向于办一个小品文刊物。因为办大型的文艺刊物与香港当时

---

① 茅盾：《在抗战的逆流中》，《茅盾全集》（第 35 卷），人民文学出版社 1997 年版，第 406 页。

的环境和气氛不适应，而中型文艺刊物已经有了周鲸文和端木蕻良主编的《时代文学》，而且茅盾考虑到在各种斗争十分复杂的时代更需要有鲜明强烈战斗性的刊物，纯文艺刊物缺乏战斗力。小品文期刊与大中型文艺期刊相比较，虽然它不便打阵地战，却便于"游击队"大显神威，在动荡的抗战相持阶段，"更应该打游击战"①。这份文艺期刊终于问世了。它是半月刊，刊名为《笔谈》，以发表小品文为主要职志。为了征集稿子，茅盾给各地朋友发去"征稿简约"："一、这是个文艺性的综合刊物，半月出版一次，每期约四万字；经常供给的，是一些短小精悍的文字，庄谐并收，辛甘兼备，也谈天说地，也画龙画狗。也有创作，也有翻译。不敢自诩多么富于营养，但敢保证没有麻醉也没有毒。二、内容如果要分类，则第一，关于游记或地方印象；第二，人物志，以及遗闻轶事；第三，杂感随笔，上下古今，政治社会，各从所好；第四，读书札记，书报春秋；第五，文艺作品，诗歌，小说，戏曲，报告；第六，时论拔萃。以上六类，不一定期期都有，但总想做到有则必不是充数滥竽。"②《笔谈》创刊后得到进步作家的大力支持，优秀的稿件源源不断。叶以群投来了小说，戈宝权投来了译文，杨刚投来了散文，远在重庆的郭沫若、上海的楼适夷等等也都寄来了稿件。尤其柳亚子先生为《笔谈》写的关于革命掌故的札记《羿楼日札》，更使新生的《笔谈》增色不少。③ 茅盾除了办刊，也亲自为刊物撰写时事评论，纵谈抗战时期国内外形势。

茅盾主编《笔谈》（半月刊），1941 年 9 月 1 日创刊，1941 年 12 月 8 日太平洋战争爆发，日军进攻香港，他于 1942 年 1 月 9 日离开香港回内地，该刊停办，3 个多月共出 7 期。

抗战时期，未成名作家出版作品十分困难。书店老板出书往往先看作者的名气。为了使未成名作家有出版作品的机会，茅盾决定与自

---

① 吕旭龙：《从〈笔谈〉看茅盾的编辑个性》，《茅盾研究八集》，新华出版社 2003 年版，第 415 页。

② 茅盾：《战斗的一九四一年》，《茅盾全集》（第 35 卷），人民文学出版社 1997 年版，第 426 页。

③ 李频：《编辑家茅盾评传》，河南大学出版社 1995 年版，第 158 页。

强出版社合作出版一套丛书，专门出版未成名作家的作品。这样，为了扶植无名作者，从 1943 年 12 月至 1944 年 9 月，茅盾主编了一套丛书《新绿丛辑》，共出三辑。第一辑：穗青的小说《脱缰的马》（1943 年 12 月）。穗青当时是一个刚刚露头的文艺青年，此前在《文艺阵地》发表过处女作《在火车站》。茅盾读了《脱缰的马》原稿，发现这是一部少见的佳作，于是在《新绿丛辑》第一辑登出。第二辑：郁茹的小说《遥远的爱》（1944 年 4 月）。此前，女青年李玉如投来一篇小说《遥远的爱》，茅盾读后觉得很好，提出几条修改意见，让她修改。之后把这部小说登在《新绿丛辑》第二辑发表，并为作者取了一个有文采的笔名："郁茹"。第三辑是两个中篇小说：王维镐的《没有结局的故事》和韩罕明的《小城风月》（1944 年 9 月）。为了提高这些作家的知名度，茅盾分别为这些作家的作品写了序言，而且组织老作家写读后感附于作品之后。通过茅盾的宣传介绍确实扩大了这些作者的影响力。

五 结语

总的来说，茅盾在抗战时期的编辑活动有这样一些特点。

1. 旗帜鲜明，服务抗战。抗战时期的茅盾以文化战士自许，他所主编的刊物，坚持为抗战现实服务，对所主编刊物的性质宗旨有明确定位，立场鲜明，既注重思想性，也注重文艺性，遵循市场规律但不以赢利为目的，其刊物能够鼓舞人民，教育人民，爱憎分明，战斗性强，文化品位高。同时，茅盾能敏锐感知时代脉搏，善于捕捉社会热点问题，他所编刊物时代感强，不少作品能够引起轰动效应。尽管这些刊物生存时间长短不一，但每种刊物一经他的编辑出版便很快成为名刊，发挥了时代号角的作用。

2. 依靠作家，严谨办刊。茅盾为人谦逊，善于团结优秀作家，由于他有丰富的人脉资源，稿源充足。《文艺阵地》是抗战时期影响极大的文艺刊物，它的成功，最根本的原因应当是得到了文艺界广泛的支持。《文艺阵地》有较为稳定的稿源，经常为该刊撰稿的老作家或者后来经《文艺阵地》扶植培养而成名的年轻作家，就有七十多位。可以说进步爱国的广大作家们是《文艺阵地》生存的坚强后盾。《笔谈》的生存发展也是以广大的作家群的支持为基础的。抗战时期大批文化界人士和作家云集香港，如胡绳、乔冠华、以群、袁水拍、戈宝权、骆宾基、胡风、林焕平、丁聪等，他们都经常为茅盾的刊物写稿、译稿，有时提供插图。由于有丰富的稿源，加之茅盾审稿严格，优中选优，精中选精，校对仔细认真，一丝不苟，如此保证了刊物的质量。

3. 发现人才，培养人才。茅盾甘为他人作嫁衣，在编辑他人的文字，审阅他人稿件的同时也注重发现和培养文艺新人，积极扶持新人新作，使刊物能够保持生机与活力。抗战时期涌现的文艺新人如姚雪垠、杜埃、林焕平、李南桌、黄绳、袁水拍、萧曼若、穗青、寒波、周正仪等都得到了茅盾的提携。茅盾十分赏识的青年评论家李南桌，在《文艺阵地》上发表八篇论文：《论典型》《广现实主义》《再广现实主义》《论"差不多"和"差得多"》《评曹禺的〈原野〉》《关于文艺大众化》《抗战与戏剧》《关于鲁迅先生》。

4. 繁荣文艺，建设文化。茅盾在香港主编《文艺阵地》《立报·言林》及《笔谈》，为香港这一"文化沙漠"变为"文化绿洲"起了较大的促进作用。抗战前，香港是一个畸形儿，物质极度繁荣，文化十分萧条。随着茅盾等大批作家来到香港，他们编辑出版报刊，使香港的文艺在抗战中赢来第一个高潮。当然，茅盾的编辑活动对全国抗战文艺的发展和文化建设也做出了重要贡献。

总之，茅盾在抗战时期的编辑活动及其成就，是一笔重要的精神财富，有许多地方值得我们总结和继承。

（原刊《山东青年政治学院学报》2016 年第 6 期）

逻辑理性建构与茅盾
《子夜》的革命叙事

周仁政

摘　要　1930 年前后，左翼小说经历了一个由情感表现到逻辑理性建构的发展过程。逻辑理性建构是茅盾《子夜》的创作特征。作为"社会分析"小说，《子夜》遵循正确的社会科学理论，表现了对社会政治前景的预见性，创造了左翼文学史上难得的现实主义经典。《子夜》的客观写实主义和非英雄主义使其革命叙事具有间接性和隐匿性，并非代表左翼文学的正统和主流。

关键词　《子夜》；逻辑理性；社会分析；革命叙事

一　左翼小说：从情感表现到逻辑理性建构

自 1924 年张闻天《旅途》发表到 1930 年蒋光慈创作《咆哮了的土地》（《田野的风》），左翼小说的基本表现方法是隶属于浪漫主义体系的情感表现，即以"革命 + 恋爱"为特征的"革命的浪漫谛克"。一方面表达了知识分子在"伦理革命"的意义上对传统礼教文化及其社会伦理秩序的"创伤体验"，一方面以"伦理情感化"为特征，抒写了现代政治伦理对传统家庭（家族）伦理的颠覆与替代。五四以后，在叛逆家庭，追求婚恋自由中中国知识分子树立了一种自我化的伦理价值观，以蒋光慈为代表的左翼小说家通过"革命 + 恋爱"的叙事建构，把自我之爱与政治（伦理）之憎结合起来，以塑造集体主义英雄为目标，从自我化到社会化，使个性主义升华为集体主义，完成了以"情感伦理化"为旨归的现代政治文化的伦理建构①。

在中国历史语境中，伦理建构是一种情感建构，伦理化的情感表达对左翼小说而言更是一种情绪化表达，这就决定了蒋光慈等左翼小说作家不仅本质上是浪漫主义者，叙事建构和观念表达上亦是不折不扣的理想主义者。他们的创作多具有想象性、模式化特征，人物形象夸张浮泛，思想内容脱离实际，表现形式幼稚粗砺。因而在 1930 年"左联"成立前后遭到批判和"清算"。

在著名的《〈地泉〉五人序》中，瞿秋白（易嘉）、郑伯奇、茅盾、钱杏邨及华汉（阳翰笙）所表达的观点，既是对"革命的浪漫谛克"创作方法的检讨和批判，也是对这一创作模式的历史性的否定。作为现实主义创作和批评理论的倡导者和实践者，茅盾堪称中国现代文学史上现实主义一面醒目的旗帜。在《〈地泉〉五人序》中，他表达的中心观点是："一个作家不但对于社会科学应有全部的透澈的智识，并且真能够懂得，并且运用那社会科学的生命素——唯物辩证法；并且以这辩证法为工具，去从繁复的社会现象中分析出他的动律和动向；并且最后，要用形象的言语艺术的手腕来表现社会现象的各方面，从这些现象中指示出未来的途径。"②

从世界范围内看，左翼现实主义文学的特质是社会科学化。在现实主义文学运动史上，如果说 19 世纪以巴尔扎克、福楼拜和托尔斯泰等为代表的现实主义文学是以保守主义为特色的批判现实主义，那么，19 世纪中叶以后，在黑格尔哲学和马克思唯物辩证法观念影响下的现实主义文学运动，因其科学化的认知体系和民本主义政治价值观，便不失时机地把这一文学潮流推向了意识形态化的"文学主流"地位。一股世界范围内的表达新型政治理想的现实主义文学思潮渐成

---

① 上述问题作者曾作专文论述，参见《创伤体验与早期左翼小说的革命叙事》（《江汉论坛》2013 年第 8 期），《伦理情感化与蒋光慈小说的革命叙事》（《南京师大学报（社会科学版）》2016 年第 1 期）。

② 茅盾：《〈地泉〉读后感》，《中国新文学大系 1927—1937·文艺理论集一》，上海文艺出版社 1987 年版，第 870 页。

气候。20 世纪 60 年代，前苏联文艺政策代言人 B. 苏契科夫在与法国左翼批评家罗杰·加洛蒂关于现实主义的论争中，对作为意识形态的现实主义文学的特征曾有过如下归纳：

> 现实主义的艺术之所以能够那么广阔而丰满地反映人类生活流，反映伟大的历史性的战役与伴随着社会进步而来的变革，是因为它的首要特点与特色过去和现代都是社会分析，正是社会分析使得描写典型环境中的典型性格和真实地再现生活成为可能。这种分析帮助现实主义艺术理解人类行为的动机、理解情欲与利害关系的隐秘的原因，并通过在人类特性方面极其个性化的、独特的性格来暴露、揭示社会生活中这个或那个历史时期、历史环境的典型特色。典型化的原则对现实主义创作方法来说是关键性的，而且同它的认识作用方面是密不可分的。①

这里强调"社会分析"作为现实主义文学的原则和特征。从方法论和文学观念上看，多数时候现实主义文学都是作为富于政治理想主义和黏附着社会科学认识论色彩的文学样式而存在和发展的。从批判现实主义到"社会主义现实主义"，作家笔下的"社会批判"不仅是对政治现实的感性反映和社会弊端的暴露，更是通过把握历史规律和表现新型政治理想的"社会分析"及其逻辑理性建构，把理想主义的社会设计和富于历史规律性的政治前景推到人们面前。所谓立于"典型环境"塑造"典型人物"是其症结所在。"典型"的观念在黑格尔那里具有揭示"绝对理念"的崇高性，在马克思主义者看来就是反映新型政治现实、表达政治理想的规律和法则。以此为基础，在科学方法论指涉下创造具有感性认识价值的政治符号——文学典型。

在中国现代文学史上，自觉而全面地理解和运用上述原则从事现实主义文学批评和创作的作家无疑是茅盾。五四以后，从主张文学

---

① ［苏］B. 苏契科夫：《关于现实主义的争论》，［法］罗杰·加洛蒂：《论无边的现实主义（附录）》，百花文艺出版社 1998 年版，第 250—251 页。

"为人生"，强调文学的"非个人性"，到领悟文学与"政治社会"的必然联系，茅盾的文学立场处处与"醉心于'艺术独立'"，"诟病文学上的功利主义"的"艺术派"取对峙分立的姿态。他认为"文学之趋于政治的与社会的，不是漫无原因的"，可举俄罗斯、匈牙利、挪威等国的例子，"证明环境对于作家有极大的影响"，加之"从学理上"承认"人是社会的生物"，文学之趋向于"政治意义和社会色彩"更是应有之义①。1925 年，茅盾揭起"无产阶级艺术"的大旗，要求用"阶级分析"的观点看待文学与人生的关系。他认为，"从文艺发展的史迹上"看，"文学作品描写的对象是由全民众的而渐渐缩小至于特殊阶级的"。"在我们这世界里，'全民众'将成为一个怎样可笑的名词？"他说：我们看见的是此一阶级和彼一阶级，何尝有不分阶级的全民众？……我们如果也承认那一向被骗着而认为尊严神圣自由独立的艺术，实际上也不过是统治者阶级保持其权威的一种工具，那么，我们也该想到所谓艺术上的新运动——如罗曼·罗兰所称道的……"民众艺术"这个名词……是乌托邦式的。我们要为高尔基一派的文艺起一个名儿，……这便是所谓"无产阶级艺术"。

所谓"无产阶级艺术"在他看来既不是对于资产阶级表示极端憎恨的"革命文学"，也不是"旧有的社会主义文学"（民粹主义和无政府主义的文学）。"无产阶级艺术"的理想"不是破坏，却是建设——要建设全新的人类生活。这新生活不但是'全'新的，并且要是无量的复杂，异常的和谐"。"无产阶级艺术"不是追新逐异的玩意儿，其样板不是未来派、意象派、表现派等艺术"新派"，而是"资产阶级鼎盛时代""革命的浪漫主义的文学和各时代的不朽名著"。不要"以为无产阶级艺术的题材只限于劳动者的生活"，或者"误以刺激和煽动作为艺术的全目的"。"观念的偏狭和经验的缺乏"易"弄成无产阶级艺术内容的浅狭"②。

---

① 沈雁冰（茅盾）：《文学与政治社会》，《小说月报》1922 年 13 卷 9 号。
② 沈雁冰（茅盾）：《论无产阶级艺术》，《文学周报》1925 年第 172、173、175、196 期。

可以说，茅盾的"无产阶级艺术"论是进化论文学史观和阶级论文学功利观的结合。他把社会学批评原则和政治学"阶级分析"法结合起来，以实证和规律代替题材和内容作为判别文学社会政治属性的标尺。在对文学的政治功能的把握上，茅盾显然并非如创造社、太阳社作家那样，把文学仅仅看成革命的"留声机"和宣泄政治情绪的工具。他使无产阶级的政治理想和文学理想相结合，从实践角度和知识论的高度，力求"无产阶级艺术"在政治理想、认识价值和科学规范上统一起来，从而创造一种"能于如实地表现现实人生而外，更指示人生向美善的将来"的新型现实主义艺术。为此，他指出："文学者决不能离开了现实的人生，专去讴歌去描写将来的理想世界。我们心中不可不有一个将来社会的理想，而我们的题材却离不了现实人生。我们不能抛开现代人的痛苦与需要不为呼号，而只夸缥缈的空中楼阁，成了空想的浪漫主义者。"虽则可以从政治上判明"被压迫民族与被压迫阶级的解放就是现代人类的需要"，但他认为"文学者更须认明被压迫的无产阶级有怎样不同的思想方式、怎样伟大的创造力和组织力，而后确切著名地表现出来，为无产阶级文化尽宣扬之力"。这是"文学者的新使命"①。因此，文学就不仅是充当现实政治的舆论工具，更需要继承历史上进步文艺思潮的传统，把作为"科学"的现实主义与作为"真理"的社会科学理论结合起来，创造新型的"无产阶级艺术"。即如 B. 苏契科夫所说对于"广阔而丰满"的"人类生活流"，运用唯物辩证法的原则进行"社会分析"，"通过在人类特性方面极其个性化的、独特的性格来暴露、揭示社会生活中这个或那个历史时期、历史环境的典型特色"，创造典型环境里的典型人物。

在对蒋光慈等的批判中，茅盾正是站在社会科学化的文学立场上，要求把"脸谱主义"与典型化分开，以逻辑理性而不是浪漫情绪建构左翼小说的革命理想和政治逻辑。人物形象更不必那样是非分明，"把革命者和反革命者中间的界限划分得非常机械，两面的阵营

---

① 沈雁冰（茅盾）：《文学者的新使命》，《文学周报》1925 年第 190 期。

中都不见有动摇不定的分子"，这样则会"很严重地拗曲现实，很严重地使得读者不能得到正确的对于革命者的认识和理解"，达不到从典型环境中塑造典型人物的目的，亦即不能创造一种合于政治真理性的艺术真实。

为此，茅盾提出作家应当"更刻苦地去储备社会科学的基本智识，更刻苦地去经验复杂的多方面的人生，更刻苦地去磨练艺术手腕的精进和圆熟。较之一切政治工作者，一个艺术家的'成年'当更为艰苦"[①]。他要求左翼现实主义文学的"艺术的真实"是以社会分析为基础的逻辑理性化的历史真实，反对把文学等同于一般宣传品，反对不具备现实主义素养和社会科学修养的作者来创造"革命文学"。他认为，真正具有"艺术的真实"的革命文学需要的不仅是政治热情，更要有对社会科学理论和社会政治状况的辩证唯物主义的认识。这被茅盾视为左翼文学的生命。

二　《子夜》：社会分析与政治预见

以对左翼革命政治的认同及其理论逻辑的洞察为中心，对具有独特价值和政治使命感的"无产阶级艺术"的热望激发了茅盾作为一个左翼现实主义作家的勃勃雄心。这便促成了 1930 年夏秋之交，茅盾产生"大规模地描写中国社会现象的企图"[②]，创作了左翼文学史上难得的现实主义"经典"——《子夜》。

从《子夜》的创作动机上看，基于其社会分析的逻辑理性建构的要求，茅盾并非像早期左翼文学一样，有意回应左翼政治斗争的现实，即不是正面的，而是迂回曲折地表现了这一斗争的历史成因和未来走向。他在政治上直接回应的是 20 世纪 30 年代初有关中国社会性

---

①　茅盾：《〈地泉〉读后感》，《中国新文学大系 1927—1937·文艺理论集一》，上海文艺出版社 1987 年版，第 870—874 页。

②　茅盾：《〈子夜〉后记》，《茅盾论创作》，上海文艺出版社 1980 年版，第 56 页。

质的论战。因而使学术化的社会分析思维与艺术地展现社会阶级矛盾和阶级关系结合起来，第一次以超常的政治预见，从逻辑理性高度表现了社会革命的现状和前景。

以文学叙事的方式表现政治斗争的状况，提出社会分析的见解，对于左翼文学而言是一种全新的叙事策略，作为一个在思想界并不明朗，在实践上并非显而易见的理论命题，茅盾所依据的当然并非全然是自我的判断，而是以其作为一个左翼作家兼思想家的政治敏感性和现实感知力，回应并求证了左翼主流意识形态的中心观点及实践目的。

从政治角度看，《子夜》以理论归集事实，以理念感知对象，表现的是马克思主义社会科学理论的正确性。不仅第一次从文学上正面诠释了马克思主义经济决定论历史观和阶级斗争社会政治史观的具体内涵，并使其获得了中国化的理论特征和实践品质。作为文学表达，很明显，《子夜》不仅从理论和实践上回答了左翼政治是什么的问题，也回答了左翼文学是什么的问题。较之蒋光慈等"普罗"作家，正如瞿秋白所说，"那些五年前参加五卅运动的智识青年，现在很有些只会'高坐大三元酒家二楼，希图追踪尼禄（Nero）皇帝登高观赏火烧罗马城那种雅兴了'"。《子夜》"以大都市做中心"，用1930年两个月中的"片断"，"差不多要反映中国的全社会"，且"相当的暗示着过去和未来的联系"[1]。

所以，由于《子夜》对所获得的政治理念进行了极富理性品质和实践要求的传达，对左翼文学来说，它把早年只是属于"智识青年"的激情澎湃的"革命文学"，演绎成了具有社会科学理论色彩的政治化文学。这也正如瞿秋白所言，有人把茅盾比拟为美国的辛克莱，但二者却"截然不同"："一个是用排山倒海的宣传家的方法，一个却是用娓娓动人的叙述者的态度。"就其影响于知识分子的政治态度和获得较高的文学话语权而言，亦是早期普罗文学望尘莫及的。

---

[1]　瞿秋白：《〈子夜〉和国货年》，《瞿秋白文集》（文学编第 2 卷），人民文学出版社 1986 年版，第 71 页。

这也体现于它的政治科学化的社会分析思维，即"应用真正的社会科学，在文艺上表现中国的社会关系和阶级关系"①。

因其政治观念表达和理论阐释的需要，尽管《子夜》在思想方法上所运用的仍然是普通的政治经济学理论逻辑和单向性社会学思维，即在茅盾看来，"1930 年春世界经济恐慌波及到上海。中国民族资本家，在外资的压迫下，在世界经济恐慌的威胁下，为了转嫁本身的危机，更加紧了对工人阶级的剥削，……引起工人的强烈反抗。""工人阶级的经济的政治的斗争"都是指向资产阶级的，中国的民族资产阶级只有两条路，一是"投降帝国主义"，二是"与封建势力妥协"。中国的政治斗争是无产阶级同资产阶级的斗争，中国不可能走资本主义发展的道路②。因而按瞿秋白的说法，它"在社会史上的价值是超越它在文学史上的价值的"③。但仍然可以肯定地说，《子夜》的出现是为中国现代文学史创造了一部政治化的文学"经典"。

作为左翼"经典"，除了思维方式上的政治逻辑理性，《子夜》确实表现出诸多不同于其他左翼小说的叙事策略和技巧。第一，与其他取材于农村的左翼小说不同，它"偏重于都市生活的描写"④。从关注 20 世纪 30 年代上海的政治局势出发，茅盾采用了与马克思主义经典描述相一致的政治经济学视角，为中国现代社会革命的历史合理性求证与辩护，表现出鲜明的政治理性主义色彩。第二，在政治思维和文学构架上，茅盾关注城市社会生活的变动有其睿智和先锋性。20世纪 30 年代初，当刘呐殴、穆时英笔下出现一派灯红酒绿、喧哗躁动、光怪陆离的都市文化景观的时候，透过破产、罢工、投机、萧条

---

①　瞿秋白：《读〈子夜〉》，《瞿秋白文集》（文学编第 2 卷），人民文学出版社版，1986 年版，第 93 页。

②　茅盾：《〈子夜〉是怎样写成的》，《茅盾论创作》，上海文艺出版社1980 年版，第 59—60 页。

③　瞿秋白：《读〈子夜〉》，《瞿秋白文集》（文学编第 2 卷），人民文学出版社 1986 年版，第 92 页。

④　茅盾：《〈子夜〉后记》，《茅盾论创作》，上海文艺出版社 1980 年版，第 56 页。

这些都市政治经济现象，茅盾获得了一种透视现代社会政治生活的"新感觉"。从浮躁的都市文化和喧嚣的都市街景中审视对其具有支配力和控制权的都市上层——作为都市精英的工业资本家们的活动，透过"街景"去瞭望"客厅"，看到的是更深的政治动荡。从而在"大规模"表现中国社会现象的企图中获得了对于未来政治的预见性。

正是以政治预言家的身份形成了《子夜》的创作——这是茅盾的先见之明。在《子夜》中茅盾表达政治理念的严密逻辑和创作布局的精心结撰，以及人物塑造的生活化、情境化等，与其政治化的叙事策略和艺术化的叙述技巧产生了较为绵密的结合，以致诉诸普罗大众视听及其阅读期待之间出现了深深的裂痕。这正是他日后在左翼文坛备受诟病的原因。

这又来自两个方面，一是政治上的，如瞿秋白的批评：

> 在意识上，使读到《子夜》的人都在对吴荪甫表同情，而对那些帝国主义，军阀混战，共党，罢工等破坏吴荪甫企业者，却都会引起憎恨，这好比蒋光慈的《丽莎的哀怨》中的黑虫，使读者有同样感觉。观作者尽量描写工人痛苦和罢工的勇敢等，也许作者的意识不是那样，但在读者印象里却不同了。我想这也许是书中的主人翁的关系，不容易引人生反作用的！

他认为，未能弥补这一缺陷或许是《子夜》的收笔"太突然"。"假使作者从吴荪甫宣布'停工'上，再写一段工人的罢工和示威，这不但可挽回在意识上的歪曲，同时更可增加《子夜》的影响与力量。"[1] 在瞿秋白看来，《子夜》中诸多隐晦的表现，缺乏激情的平铺直叙，对于知识分子以外的工农群众，以及钟情于"革命加恋爱"的"智识青年"，怕是淡乏影响力的。

---

① 瞿秋白：《读〈子夜〉》，《瞿秋白文集》（文学编第 2 卷），人民文学出版社 1986 年版，第 92—93 页。

一是文学上的，如吴组缃的批判：

> 茅盾的方法显然是贯彻了文艺为政治服务的原则，是从政治原则出发的。同时这也是从客观需要出发，不是从自我主观出发的。他是政治需要什么，我就写什么。……茅盾对于主题掌握的途径，应该予以很高的评价。第一，他的作品主题，总是有很高的思想性，总是表现了时代与社会的主要矛盾。……写的总是大题目，大场面。……第二，他的这些作品的主题，总是有着明显的倾向性与积极性的。因而其主题思想的概念，在当时是政治性很强的。……

> 但看其所要表现的主题，他的生活显然不够，描写也有严重缺点。……故事情节的发展与人物性格一定程度的游离，以及架空生活的不真实的情况的出现，并不是作者毫无生活，而是作者从分析中国社会性质的概念出发，离开了人物的思想性格而先定下事件的发展，离开了生活的真实来做文章。①

吴组缃并不认为茅盾小说在政治上有何缺陷，政治性强或"主题先行"是其作为左翼小说的特点。缺乏"生活的真实"是吴组缃批评茅盾创作的要点。他曾对与《子夜》同一主题的《春蚕》展开分析，认为其农村题材的创作尤甚。茅盾自己也说过，由于"生活环境上的限制，使我不敢写农村，而只敢试试写《春蚕》，——这只是太湖流域农村生活的一部分，只农村中一个季节"；加上"生活经验的限制"，"不能不这样在构思过程中老是先从一个社会科学的命题开始"②。这且涉及另一个左翼文学的症结性问题：体验生活与表现政治现实的关系。通常一个具有左翼政治倾向的作家并不充分具备左翼文学所要求的表现对象和题材内容，而作为"政治时尚"的左翼文学本身不仅要求于

---

① 吴组缃：《读〈春蚕〉》，《苑外集》，北京大学出版社 1988 年版，第 273—275 页。

② 茅盾：《我怎样写〈春蚕〉》，《青年知识》1945 年第 1 卷第 3 期。

文学的政治倾向性，更要求文学表现政治现实的直接性和即时性。而在革命的时代，"革命浪漫谛克"的激进主义情绪也是不可或缺的。所以，从上述批判看，作为政治指导者的瞿秋白的批评明显倾向于后者，而学者兼文学家的吴组缃的批评则可视为政治范畴以外的批评。

同时，茅盾的创作经验也说明，都市生活作为他熟悉的题材领域，加上他的"社会分析"的开掘，决定了《子夜》的成功。相反，《残冬》等农村题材小说的失败，正是其重蹈蒋光慈式的覆辙的结果。其实，无论对于何种创作，没有作家自己真正熟悉的生活领域，再"体验"也终存隔膜，更不用说向壁虚构。这便是左翼文学"政治取胜、艺术失当"的原因。

三 《子夜》:逻辑理性的革命叙事

较之蒋光慈等左翼作家，茅盾的《子夜》首先并未遵循只写革命、将文学等同于宣传、表现工农等教条化的规则。他早期的创作就超越了"题材决定论"的所谓"唯物辩证法的创作方法"的制约，尽管受到来自创造社、太阳社作家的批评，亦不改初衷。在创作中，茅盾坚持以现实主义眼光审时度势。他认为，无产阶级作为新兴文艺的主体尚在成长中，而资产阶级，特别是小资产阶级，作为旧有的革命力量并没有退出历史舞台。他们中的精英分子还在从事着积极的政治经济的活动，小资产阶级知识分子在革命前尽管有种种动摇、妥协的表现，但仍是一支不可忽略的力量。不能忽视他们的历史价值及其在动摇、分化中所产生的对于新型革命的影响。而且在现阶段，革命文艺的读者和作家首先并非"劳苦群众"，而是小资产阶级知识分子。"如果说小资产阶级都是不革命，所以对他们说话是徒劳，那便是很大的武断。"事实上，"六七年来的'新文艺'运动虽然产生了若干作品，然而并未走进群众中去，还只是青年学生的读物"。为此他曾郑重地宣告："现在为'新文艺'——或者勇敢点说，'革命文艺'的前途计，第一要务在使它从青年学生中间出来走入小资产阶级群众，在这小资产阶级群众中植立了脚跟。而要达到此点，应该先把题材转移到小商人，中小农，等等的生活。不要太多的名词，不要欧化的句法，不要新思想的说教似的宣传，只要质朴有力的抓住了资产阶级生活的核心的描写！"① 他始终认为，"无产阶级艺术仍将如过去的艺术，以全社会及全自然界的现象为对象为汲取题材的泉源，这是理之固然，不容怀疑的"②。他主张"拣自己最熟习的事来描写"。为此而曾被创造社和太阳社批评家斥之为"小资产阶级的代言人"。

在《地泉》"序"中，茅盾的观点也明显地和其他人有所区别。他认为，蒋光慈和华汉等"革命的浪漫谛克"的创作失败的原因"不外乎（一）缺乏社会现象全面的非片面的认识，（二）缺乏感情地去影响读者的艺术手腕"。为此他呼吁：作家们"应当更刻苦地去储备社会科学的基本智识，更刻苦地去经验复杂的多方面的人生，更刻苦地去磨练艺术手腕的精进和圆熟。较之一切政治工作者，一个艺术家的'成年'当更为艰苦"③。这成为以茅盾为代表的"社会分析派"小说理论的基石。

所谓"社会分析"，即用社会科学理论，主要是马克思主义的历史唯物主义观点，特别是阶级分析法，从政治、经济、文化等角度去观察社会现象，分析现时中国社会的性质，并坚持严格的现实主义方法去反映社会现实。它跟"灵感主义"的凭"想象"而不凭"亲身体验"的"革命的浪漫谛克"不同，又和机械论和题材决定论的"唯物辩证法的创作方法"有别，是在"清算"了"革命的浪漫谛克"，并吸取了"唯物辩证法的创作方法"的经验教训之后，探索出来的使普罗文学获得发展的一条新路。

较之早期左翼小说的"革命的浪漫谛克"，以茅盾为代表的"社会分析派"作家的创作遵循严格的现实主义原则，在政治思想上以马克思主义社会分析理论为准绳，艺术上以逻辑代替想象，以描绘代

---

① 茅盾：《从牯岭到东京》，《小说月报》1928 年第 19 卷第 10 期。

② 沈雁冰（茅盾）：《论无产阶级艺术》，《文学周报》1925 年第 172、173、175、196 期。

③ 茅盾：《〈地泉〉读后感》，《中国新文学大系 1927—1937·文艺理论集一》，上海文艺出版社 1987 年版，第 871、874 页。

替抒情，通过再现波澜壮阔的社会现实生活挖掘历史所隐伏的社会变动的潜力，揭示符合其政治目的和要求的社会变动的方向。在创作方法上则以调查研究取代向壁虚构，因而获得了具有一定现实透视力和历史感知力的认识效果，在艺术上则达到了一定的雅俗共赏的社会效应。这是其最为积极的方面。

同时，正如瞿秋白所言，这种着重理论和逻辑建构的革命文学，一方面，它使人获得了丰富的现实感和深远的历史感，"它不但描写着企业家、买办阶级、投机分子、土豪、工人、共产党、帝国主义、军阀混战等等，它更提出许多问题，主要如工业发展问题，工人斗争问题，它都很细心的描写与解决"。但另一方面，"在意识上，使读到《子夜》的人都在对吴荪甫表同情"，"不容易引人生反作用"。这多少源于作者的过于冷静客观的态度，隐匿了作品的政治倾向性。

从左翼文学史上看，鲜明的政治倾向性，以及饱含政治之憎的革命激情，以及英雄主义和理想主义等，往往成为正统左翼文学的醒目标签。不独"革命浪漫谛克"的左翼小说是如此，茅盾之后左翼文学也并未丢弃，甚至在新的意义上强化了这一"革命浪漫主义"标识。因此，以《子夜》为代表的"社会分析派"左翼小说，因其理性主义，以及带有自然主义倾向的社会写实主义，缺乏正面表现革命英雄主义的创作，在左翼文学史上并不占有主导和主流的地位。当一种理论上的合理性让位于实践上更明确的目的性之后，这种间接性和隐晦性表达的意义就显然淡漠了，其独特的历史地位亦遭受质疑，这也是茅盾及其《子夜》在左翼文学史上的宿命。但亦如瞿秋白所说，作为"时代的反映"，"在中国，从文学革命后，就没有产生过表现社会的长篇小说，《子夜》可算第一部。"加之它对社会科学理论的正确运用，以及对社会政治前景的具有预见性的分析，在左翼文学史上，它之作为逻辑理性建构，即思想理论表达的政治教科书的作用和地位则是不可取代的，这即是瞿秋白所谓"《子夜》在社会史上的价值是超越它在文学史上的价值"的地方。

（原刊《湖南师范大学社会科学学报》2016 年第 6 期）

茅盾研究刍议[*]

贾振勇

摘　要　在中国现代文学研究的知识谱系、价值秩序和意义系统正在悄然酝酿深刻变化的情况下，茅盾研究也面临深刻的挑战，探究茅盾及其作品的独创性应成为一个重要取向。顾彬《二十世纪中国文学史》以"世界文学"眼光对茅盾小说的评价，应该引起我们对茅盾小说现代性的含混、复杂内涵进行重新辨识，茅盾小说中的政治性、时代性，也是中国现代性内涵的重要组成部分。近年学界关于民国实际经济状况与《子夜》叙事关系的研究，深化了人们对茅盾小说的理解与阐释，但需要注意区分虚构文本和历史事实的本质差异。作为有独立意志的作家，茅盾有权以自己认同的方式进行艺术虚构，通过小说艺术表达对社会、政治的反抗和希冀。这就需要我们在更广阔视野中理解茅盾小说艺术的独创性，恰恰可能在茅盾的混乱、脆弱、痛苦和彷徨时刻，他的艺术才情才得以天然释放，从而营造出充满含混、暧昧和张力的原生态小说艺术。

关键词　独创性；世界文学；现代；经济；含混

一

2001 年 3 月下旬，在桐乡召开的"纪念茅盾逝世 20 周年纪念活动暨第七届茅盾研究（国际）学术研讨会"，堪称茅盾研究史上的一

＊　本文为国家社科基金项目"创伤与中国现代作家独创性关系研究"阶段性成果，项目批准号 15BZW181。

次盛会。之所以说是盛会，一是参加这次会议的中外学者有一百多位；二是很多茅盾研究的老专家，依旧宝刀不老，比如孙中田、查国华、庄钟庆、王嘉良、钟桂松、丁尔纲等先生，他们的发言依旧充满了对茅盾的深厚感情；三是当年的中年学者，开始挑起茅盾研究的大梁，比如后来担任会长的钱振纲先生等人；四是很多青年学者在茅盾研究的舞台上崭露头角，比如李玲、阎浩岗以及有幸叨陪末座的笔者。这次会议还有值得注意的一点，就是因重评《子夜》而引发学术界乃至社会舆论纷争的蓝棣之先生，遭到了一些与会专家的质疑，有些甚至还比较激烈。

笔者上述记载，仅仅是根据记忆和印象而来的部分追述。更大多数的专家学者，都提交了精彩论文，因记忆模糊不敢妄议。笔者的主要意图，不是要全面客观呈现这一学术盛况；而是想借此说，从那时开始，截止到 2016 年 8 月上旬在上海召开的"茅盾抵沪百周年纪念大会暨第十届茅盾学术研讨会"，十五年时光弹指一挥，茅盾研究发生了很大的变化。仅据印象和主观感受而言，这个变化主要体现在：一、随着时光流逝，随着茅研界学者们思想解放步伐的加快，更为客观地而不是政治思维优先地研究茅盾及其作品，已成为茅研界的主要动向；二、以茅盾为主要研究对象的学者依然佳绩频出，但更多的年轻学者仅仅将茅盾作为研究对象之一或研究内容的一部分（这个现象并不意味着茅盾研究的衰落，而是一代人有一代人研究方式的自然呈现；在新的研究方式和研究格局中重新审视茅盾，完全可以取得茅盾研究的突破性成果）；三、由于人们重新阅读和审视历史、政治、社会等外部因素，并将茅盾及其作品置放在一个更广阔的、更深厚的理解和阐释框架中，一些新的研究成果自然脱颖而出，有的甚至堪称中国现代文学研究领域的重量级成果。

应该看到，自从 2001 年那场规模大、水平高的茅盾研究会议后，茅盾研究在表象上就处于不温不火的状态了。有的学者将之归因于"重评《子夜》""茅盾被踢出 20 世纪中国文学大师行列""秦德君回忆录""脱党"等学术争议事件的冲击。应该说，这种归因其实只是就事论事，某种程度上甚至是带着感情色彩得出的结论。有关这些事件争论所产生的影响，事实上并没有在茅研界和社会接受层面造成不良影响，不但没有造成茅盾研究的停滞，反而深化和丰富了茅盾研究。这些学术事件的发生，与其说是它们本身有轰动效应，不如说是在全社会旧有价值评价体系行将崩溃、新的价值评价体系尚未建立起来时必然要出现的现象。事实上，中国现代文学史上许许多多的作家，包括鲁迅、郭沫若、茅盾，基本上都面临着一个被解构又需要重新建构的过程。

学术乃天下之公器，学术研究要有直面真相、直面史实的胆识与勇气。具体研究成果的利弊得失，当然可以充分讨论、辩驳；但还原、再现一个更为真实而丰富的茅盾，应该成为茅盾研究者的一个基本共识。由于众所周知的原因，我们的中国现代文学研究尤其是文学史教材的叙事，在整体上依然受到很大的束缚和钳制。这个束缚与钳制，既有来自社会政治等外部空间的管控，也有来自研究主体内部的匮乏与短板。所以，茅盾研究处于不温不火状态，更深层的原因在于我们的中国现代文学研究乃至中国社会，正处于一个酝酿深刻变化的时期。至于要持续多久，很大程度上要依赖于社会政治文明演化的进程与方向。

如果说，随着中国现代文学研究的知识谱系、价值秩序和意义系统，正在悄然酝酿着深刻变化；那么，应该说茅盾研究也会迎来更为深入和全面的变革与发展时期。像茅盾这样一个充分体现了理性与审美、文学与政治、颓废与抗争、虚无与理想的深刻矛盾的作家，像茅盾这样一个和近百年中国历史、社会、政治关系如此密切又百般纠葛的作家，在中国现代文学研究旧有研究范式逐步衰落、新的研究范式正在酝酿的时期，如果能得到更深入的发掘与拓展，那么，就不但会使茅盾研究的能力和水平达到新的境界，而且还会为中国现代文学研究的整体突破带来有力的支撑。

问题的关键在于，茅盾研究领域最近一二十年的探索，在取得丰硕成果的同时，一直存在一个较为重要的问题尚待解决。简单说，就是茅盾及其作品的评价问题。这在其他中国国现代文学诸大家中，同样是个突出问题。需要申明的是，有关茅盾的研究，存在一个统一、有效的标准，未必是好事，很可能是一言堂；茅盾研究的标准存在混乱，也未必是坏事，未必不能带来学术研究的深入与突破。事实上，鲁迅研究、郭沫若研究，等等，存在一个统一的标准吗？整个中国现代文学研究标准大一统的时代早已过去，多元甚至是混乱的茅盾评价标准，恰恰有可能成为茅盾研究实现突破的契机。

　　谈论茅盾研究的标准问题，不是要讨论和制定一个统一的标准，而是在这个问题意识和问题框架的导向下，看看如何才能更为客观、准确和有效地研究茅盾及其作品。韦勒克在他那著名的《文学理论》中，提到过一个对文学研究来说很重要的目标和使命问题："我们要寻找的是莎士比亚的独到之处，即莎士比亚之所以成为莎士比亚的东西；这明显是个性和价值的问题。"① 我以为，这个文学研究的目标和使命问题，完全可以归纳为：研究并发现一个作家及其作品的独特性和创造性，是文学研究的重中之重。对茅盾及其作品而言，我们不但要更为客观、准确和有效地发掘其真实性、丰富性、多样性和复杂性，更要紧紧把握住他作为一个文学家的独特性和创造性，这既包括茅盾文学作品的独特性和创造性，也应包括他的文论、学术研究、翻译等多领域呈现出来的独特性和创造性。

　　所以，本文无意倡导建构一个宏大的、统一的关于茅盾研究的评价标准体系。只是意图在这一问题框架和期待视野中，根据几个层面的感受与体会来简略分析茅盾研究领域的几个问题，看看这些问题的探索与争鸣，是否可以推进茅盾研究迈向更加纵深、广阔的地带，并期待感兴趣的专家学者予以批评指正，共同将茅盾研究推向更高的学术研究境地。

二

　　如何更为准确、客观和有效地评价茅盾作品的成败得失，至今都

---

　　① ［美］勒内·韦勒克、奥斯汀·沃伦：《文学理论》，刘象愚、邢培明、陈圣生、李哲明译，江苏教育出版社 2005 年版，第 6 页。

是困扰茅研界的一个重要问题。国内学者这方面的研究，尽管成果数量繁多，但存在很大的同质化和相似性现象。而海外汉学家顾彬有关茅盾的评价，由于立场、视角和方法等等的差异，则显得比较与众不同。尤其在他那部被称为"第一千零一部"文学史著作的《二十世纪中国文学史》中，有关茅盾的相关评价，在很多方面迥异于我们固有的研究。他山之石，或可攻玉，顾彬有关茅盾的评价当然不是标准答案，但至少可以提供有价值的参考，或可启发我们进行更深入的探索。

在顾彬的这部文学史著作中，有关茅盾的评价占了较重的篇幅。仅以鲁、郭、茅三大家为例，有关鲁迅的文学史叙事，大约有 13 页；有关郭沫若的文学史叙事，大约有 9 页；有关茅盾的文学史叙事，则大约近 10 页。篇幅的长短，代表叙事内容的多寡，代表文学史编纂者对一个作家的重视程度。倘若说，这篇幅还只是表象问题；那么顾彬对茅盾的具体相关评价，则从内里层面触及我们过去研究所忽略的很多东西。在顾彬有关茅盾的文学史评价中，他的从世界文学视野去理解和评价茅盾的见解，尤其引人注目。

作为一个屡次引发国内学界争议的海外汉学家，顾彬对茅盾研究的历史与现状，显然非常了解。他的有关茅盾的文学史叙事论调，也主要指向国内的茅盾研究。比如他强调："尽管今天中国国内批评茅盾小说的概念化，但他也是一位阅读极广、深谙世界文学的作家，他小说中开放式的结局从文学理论角度来说是完全没有任何问题的。"① 正是站在世界文学的角度，站在现代小说常常描述的自我与世界的分裂、人的先验性的无家可归状态等角度，他认为茅盾小说结局的建构，比如《子夜》的结尾"可是，也由你"，就很发人深省，他认为："在一个为无法驾驭的政治、经济和社会力量所统治的世界里，留给现代主人公的，只是一个虚幻的行动可能。"② 顾彬从这样的视

---

① ［德］顾彬：《二十世纪中国文学史》，范劲等译，华东师范大学出版社 2008 年版，第 106 页。

② 同上。

野与角度，谈论茅盾小说作为中国现代长篇小说的奠基作用与价值，与我们现在不少文学史叙事中那种还把民族资产阶级在帝国主义及其走狗买办挤压下终于溃败作为小说主题的解读，显然是有天壤之别的。如果说站在旧有意识形态角度解读茅盾小说，早已明日黄花；那么我们诸多从所谓现代性视野探究茅盾小说多重内涵的研究，也往往只顾及概念意义上的现代性及其所谓的普适性特征，或者止步于用欧美现代性的理论指标来衡量茅盾小说的成败得失，恰恰忽略了茅盾小说如何以本土经验将这些现代性内涵呈现出来，当然更忽略了如何理解时代性、政治性等要素作为中国文学现代性一个重要矢量的复杂、含混价值（正面价值、负面价值均有）。

正是因为顾彬对茅盾研究的历史与现状较为熟悉，显然他是有所不满的："'西方的'二手资料很早就给予茅盾很大的注意。唯独在西方，他还能保持住以往的地位。中文参考文献虽然没有直接地否定他一度的地位，但它现在越来越多的强调了一点：茅盾首先是共产党人和社会学家，然后才是文学批评家和作家。"[1] 必须指出，顾彬的这个不满尽管有失简单化，尽管忽视了国内近年涌现的诸多茅研成果，但我们过去围绕茅盾的身份认同和角色定位发生的非左即右式的肯定或否定，却也是不争的研究史事实，迄今也未完全消除。这里所强调的是，当我们的研究还有些"只缘身在此山中"的时候，顾彬却指出了问题的症结所在："这种对他的作品判断上的不相称显然与这一情况相关，即茅盾用叙事形式提出的现代人的问题似乎只能从'欧洲'出发才能得到理解。如果不对西方现代派有深入的了解，是不可能对茅盾有公允评价的。"[2] 如果我们还纠结于文学与政治、政治与审美的二元、黑白对立判断模式，而不将文学与政治、政治与审美的百般纠葛置放在更广阔、更开放、更深厚的学术视野，那么即使从"欧洲"出发，看到的"现代人的问题"也可能仅仅是皮毛、表

---

① ［德］顾彬：《二十世纪中国文学史》，范劲等译，华东师范大学出版社2008年版，第106页。

② 同上。

象和简单类比，更何况茅盾小说所蕴含的是"中国"的"现代人的问题"。

如果说从主题、身份、角色等研究层面，顾彬有所不满；那么在国内学界几乎集体默认的茅盾小说艺术性较差这个层面，顾彬的看法就不仅仅是不满了："茅盾被当前新一代的中国文学批评界轻率地贬为概念化写作的代表。而从世界文学的角度看，他却是一个技法高明的作家。中国的文学批评通常缺乏足够宽的阅读面和相应的外语知识。探测现代中国文学的深层的任务，往往就留给了西方文学批评。很早时候，普实克（1906—1980）、葛柳南（Fritz Gruner，1923—2001）和高利克等一些汉学家就对茅盾进行了深入的、至今仍未被超越的研究。"① 顾彬这话说得其实很难听了，等于说我们国内过去的茅盾研究做了大量无用功，充其量也就是基础性和浅层次的工作。如果我们先放弃情绪化的态度和细枝末节的计较，而是将焦点集中于"技法高明"；那么，如何从"深层的任务"这样一个目标研究茅盾的"技法高明"，显然顾彬的说法就值得我们深思再深思。

这里需要强调的一点是，顾彬眼中的世界文学，主要是指近现代以降的欧美文学，显然有强势文明居高临下的优越姿态，由此他的判断有失偏颇也是显而易见的。但他以世界文学眼光评价茅盾的成就，显然是国内学界需要重视并分析他为何如此认为。但是需要警醒的是，依据世界文学的眼光，不是一个中国现代文学如何借鉴、模仿、学习西方文学的单一视角，不是一个简单的知识系统的移植，也非一个文化语境的简单对比，更非价值秩序和意义系统的机械挪用。我们在看到茅盾如何借鉴、模仿欧美文学的同时，更要看到茅盾如何进行了本土化和创造性的转化。而这个创造性转化，显然不仅仅是完全依赖欧美文学的经验与技法；而是借壳生蛋，将中国本土经验融会到借鉴与模仿进程中，从而生成了自身的艺术独创性。自然，在这个艺术独创性生成的过程中，中国传统文学和文化的诸多要素，也实现了现

① ［德］顾彬：《二十世纪中国文学史》，范劲等译，华东师范大学出版社2008年版，第112页。

代转换，并深深印刻在茅盾的小说世界中。

所以，与顾彬不同的是，我以为，当我们从世界文学眼光评价茅盾及其作品时，绝不能只盯着欧美文学的经验和价值尺度，而是应当将世界文学当作完整的、全面的、真正的世界文学来运用。也就是说，这个世界文学的范畴和眼光中，不但包括欧美文学等中国域外的文学，还必须要包括中国古典文学，更要包括中外古今文学碰撞、交融过程中那个实现了自我确证的中国现代文学。只有在这样一个完整的、全面的世界文学的视野中，茅盾小说的独特性、创造性价值或许才能更加有效地彰显。

三

在世界文学视野中，更为准确和客观地探索茅盾小说的独特性和创造性，是一个长期而复杂的学术命题。这一命题的答案可能会出现多种多样的面相，每个学者自然可以根据自己的知识、理论和眼光，得出相同或截然相反的评判。本文拟从两个具体学术问题介入，初步谈谈茅盾小说的独特价值所在。

第一个问题，是茅盾小说叙事与当时国民经济乃至政治实况的关系问题。

近些年，关于茅盾小说叙事与当时中国社会政治经济状况的关系研究，引发了不少学者的关注与深入探讨；尤其是《子夜》的主题等内涵层面的重新分析与解读，更是得到青睐。尽管不少老一代学者还依然坚信，是帝国主义金融买办的兴风作浪导致了吴荪甫的失败，是帝国主义经济侵略造成了中国民族资本经济的崩溃和中国农村的凋敝；但越来越多的学者，通过对当时中国社会实况尤其是经济实况的分析、研究，认为茅盾关于《子夜》的主题设计和主观价值取向，与事实乃至他的实际体验并不吻合，进而导致了《子夜》文本中存在很多"矛盾"和"混乱"之处。

这类研究，相当于推翻了过去有关《子夜》主题解读的定论，应该说具有较高的学术创新价值。但问题在于，如何准确理解茅盾小

说叙事中的社会政治经济图景与实际的社会政治经济状况之间的复杂
关系，如何恰切理解这种复杂关系带给茅盾小说艺术的张力机制和紧
张氛围，既需要进行纵深挖掘，也需要避免逻辑陷阱。无论是茅盾后
来反复给《子夜》主题注入政治正确的内涵，还是后世研究者依据
政治正确对《子夜》主题的进一步政治"美图"，显然都无法充分解
释小说文本所呈现的丰富、含混、充满张力的艺术场景和艺术效应。
如此释义，恰恰是把《子夜》当作"一个高级社会文件"来看待了。
事实上，就是依据当时国民经济实况对《子夜》主题进行祛魅，如
果拿捏不准，也容易导致非此即彼的结论。究其原因，大概主要在于
研究者的致思模式，基本上都陷入了"政治与文学"的二元对立逻
辑思路中。包括常常语出惊人的顾彬，显然也深受这个逻辑症结的影
响，比如他认为："茅盾是他时代的记录者，他撰写了民国时代中国
的编年史，而且是从自身经验出发。他所做的事，直到今天仍未落
伍。……从编年史家记录直接事件的态度出发，对于叙事者产生出一
个很大的问题。分析当代时势最好应保持一定距离，而不是从自身经
历出发。茅盾因此需要遵循某些规定，如果这些规定由中国共产党发
出，那么历史与文学之间，政治宣传与艺术创作之间就存在一种事属
必然的紧张关系。"①

　　政治宣传与艺术创作之间的"紧张关系"，的确是茅盾小说尤其
《子夜》中存在的一个重要现象，当然值得进一步深究。但我想强调
的是，无论是茅盾自己，比如呼应中国社会性质大论战、主动按照当
时国内马克思主义理论观念的自我想象进行小说艺术建构；还是后来
的在政治正确和政治美图的道路上大肆添砖加瓦者；或者那些进行政
治祛魅的反其道行之者，大概都忽略了两个基本命题：第一，小说文
本和社会历史事实存在着本质差异，一个是虚构的艺术，一个是实存
的状态，二者的关系绝非是简单的同构模式和镜像关系，而且随着时
光推移还会逐渐形成一种互为主体性的关系，造成"文史互证"的

---

　　① ［德］顾彬：《二十世纪中国文学史》，范劲等译，华东师范大学出版社
2008 年版，第 107 页。

暧昧；研究者进行探究时，如何更准确地在两者的异形同构和互为主体性关系中发掘茅盾小说的特征和价值，是需要把握好分寸、掌握好尺度的。第二，按照黑格尔的说法，"自由的本质在于由自己决定自己是什么"，① 那么民国时代的茅盾，作为一个有着独立意志的"自由"作家，无论他的政治倾向如何，无论他的艺术趣味怎样，他都有尊重自己内心世界进行自由创造的权利；他依据当时心目中"最先进的社会科学"来建构小说图景的利弊得失暂且不论，但是他作为一个文人，用小说艺术来表达对现实专制政治和黑暗经济的思索与反抗，这一行为本身就是文人的自由和良知的体现与升华；这也是茅盾通过小说艺术，展现出来的主体能量和人格魅力。

第二个问题，是茅盾小说初步建构现代人含混精神世界及其艺术魅力的自然生发问题。

我们不必讳言茅盾小说文本内部的"矛盾"和"紧张"现象。这当然也是后来茅盾小说遭受指摘的一个重要原因。举个古代的事例，话说宋代的李廷彦为了讨好自己长官，写了首百韵诗呈上，其中有句诗说："舍弟江南殁，家兄塞北亡。"他的长官阅后感叹说："不意君家凶祸重并如是！"这个李廷彦还比较实在，赶忙解释说："实无此事，只图对属亲切耳！"说这个事例的目的，是说明茅盾小说创作过程中，的确存在着为了表达某种价值理念和政治意图而有意为之的现象，比较众所周知的《子夜》创作过程中因瞿秋白建议而屡加修改的情况。瞿秋白的建议作为外来影响元素，最终得以呈现在小说文本中，终归是要经过茅盾的自我内心世界进行认可的。但是，这种认可究竟是更多出于理性的判断还是更多出自感性的体悟？这种认可所引发的创作过程中的艺术障碍与困境又是怎样的？恰恰是这些，亟须我们审慎对待，而不是过多纠缠于已经成为文学史事实的文本是正确还是错误。

应该强调的是，正是外部因素和内部因素、理性判断和感性体悟

① ［德］黑格尔：《美学》第二卷，朱光潜译，商务印书馆 1979 年版，第175 页。

的诸多"紧张""矛盾"关系，导致了今天人们对茅盾小说尤其《子夜》的多样化甚至是对立化的理解与解读。可是反过来想，茅盾小说的独特性和创造性，难道不正是因此而来吗？如果说茅盾小说尤其是《子夜》只是如批评者所说的概念化写作、观念化写作、肢解复杂的社会关系、图解社会发展模式，这不仅在当时不会产生重大反响，就是后来也不会产生持久而广泛的争论。必须注意一点，无论是茅盾作品完成后在各类创作谈中对创作意图的各种补充、解释，还是后世研究者顺藤摸瓜、旁征博引的分析、判断，在某种程度上都是"强制"理解与阐释；是对文本固有涵义的意义放大、增值或意义遮蔽、阉割。即使作品完成后的那些理解和释义是准确的（既包括茅盾自己的，也包括瞿秋白及后来研究者的），也只能说那只是作品内涵、意义和价值系统的一个组成部分。如何完整、全面和系统地理解和阐释小说文本的多重内涵、含混意义和复杂价值，是茅盾研究走向深入的一个关键环节。

思维的惯性，往往导致创新的迟滞。今天的研究者，已经完全没有必要站在特定的立场来研究茅盾。除了要更为准确、客观地研究心理动机、价值理念和意义诉求在茅盾小说创作过程中的作用和影响，茅盾小说的艺术独特性和创造性更需要我们进行深入的再理解与再阐释。笔者在《创伤体验与茅盾早期小说》等文章中，已经较为充分地强调了"紧张""矛盾"关系带给茅盾小说的复杂性、暧昧性和含混性艺术特征，而且更强调了这种复杂性、暧昧性和含混性特征，恰恰带来了茅盾小说艺术的原生状态的独特魅力，比如对《子夜》艺术成就的肯定："时代女性、知识分子、小资情调、都市氛围、灯红酒绿、虚无颓废等等亲历或目睹的那些人和事、情与境，对女性的迷恋、浪漫的追逐、弱势心理的回味、文人惆怅的积习等等积淀或向往已久的那些内心的冲动和欲望，都在小说中泛起非凡的、天然的艺术魅力，构成了小说文本的精彩之处。"① 即使并不看好茅盾小说艺术成就的夏志清，也不得不遵守自己的艺术感觉，认为《子夜》"这书

① 贾振勇：《创伤体验与茅盾早期小说》，《文学评论》2012 年第 2 期。

虽然有点冗长沉闷，但是很具气势，不愧为自然主义中的力作。"①

在过去的研究中，当我们更多关注主题、内涵和意义层面问题的时候，实际上在某种程度上也忽略和遮蔽了对茅盾小说进行更为深入的艺术层面的探索。所有的研究，充其量只是对作品文本的一种可能性理解与解释，这种可能性究竟有多大程度的准确性和客观性，是需要我们深刻反思的。茅盾及其作品，即使在"高级社会文件"这个角度说，也是后世理解一百多年来中国历史、社会、政治、经济复杂性的一份鲜活精神备忘录。历史不仅是帝王将相、才子佳人的舞台，也是芸芸众生、凡夫俗子的世界，还存在着政治、经济、文化等形式所无法表达的大量的历史集体无意识，更有个体活生生的感觉、情绪、意志、欲望在悄无声息地运作。与其他精神形式不同的是，茅盾及其作品以文学的独特表达方式，为我们呈现了一百多年来中国社会复杂、微妙的历史和社会图景，而这个图景又绝不仅仅是一个概念化、模式化、图式化的刻板模型，而是具有复杂内涵、暧昧经验和含混气质的艺术品。何况那么有气魄、大规模描述中国社会"人间喜剧"的作家至今还是那么少见？何况这种有气魄和大规模的叙事中还掺杂着那么多的复杂鲜活的生命经验与意蕴？更何况中国现代文学的史诗性诉求自茅盾后究竟有多少作家更上层楼了呢？

茅盾及其作品，尽管存在着这样那样的诸多遗憾与缺陷；但我们不能不承认，那依然是一种"有意味的形式"。茅盾的很多作品，依然具有贯穿历史、现实与未来的有效艺术能量。借用普列汉诺夫的说法，是依然有效的"鲜活的生命衣裳"。比如顾彬对《蚀》的理解："三部曲的现实性在于将个人命运与社会发展联系在一起。这里描绘的失望情绪同1989年东欧政治事件之后相当大一部分欧洲知识分子所经历的幻灭有些平行之处。"② 顾彬能从茅盾描述的过去的幻灭中

①　[美] 夏志清：《中国现代小说史》，刘绍铭等译，复旦大学出版社 2005年版，第 99 页。

②　[德] 顾彬：《二十世纪中国文学史》，范劲等译，华东师范大学出版社 2008 年版，第 109 页。

感受后来的幻灭，我们为什么却很少甚至无从感知呢？"人生代代无穷已，江月年年望相似"，我们所处的时代，并不是一个具有全然崭新世界图景的时代。这个时代不但和既往历史过程依然血肉相连、唇齿相依，而且很多历史深层的命题还基本上是同质、同构乃至同形。可是，历史的相似性、残酷性和暧昧性，为何轻轻地在我们手中溜走了呢？

正如《子夜》结尾所说："可是，也由你。"研究者如何摆脱自身的种种局限，是茅盾研究取得更大成就的一个关键因素。很简单，茅盾及其作品世界已经完型，已经不会再主动参与到这个世界的流变进程中。茅盾及其作品中那些关于社会、关于历史、关于革命、关于解放、关于阶级、关于女性、关于爱情、关于欲望、关于痛苦、关于混乱、关于脆弱的诸种叙事，需要研究者们带着自由、民主、光明之神，去重新认识、理解与阐释。如果研究者无畏于外部价值律令的钳制，以独立、自由的学术意志重新走入茅盾及其作品的世界，那么你眼中的茅盾及其作品的虚构艺术空间，又如何不会打开一扇别样的大门？

（原刊《社会科学辑刊》2016 年第 5 期）

茅盾社会进步视野下的妇女解放理论

李 玲

摘 要 茅盾社会进步视野下的妇女解放理论，徘徊于社会本位与妇女本位之间，既有出于男性立场对女性世界的真诚关怀，也有明显的男性中心立场之偏颇。首先，茅盾以承担改造社会的责任来解放妇女，因而十分注重妇女素质的提升，却不重视妇女现实权益的争取问题。其次，茅盾在号召妇女参与社会工作的同时，也告诫妇女不要歧视家务劳动，但并未质问男性不承担家务的传统分工方式，而把解决妇女负担过重的问题寄希望于最终消灭私有制。再次，茅盾认为恋爱既是多变的又是神圣的，他在婚恋问题上因吸收了子辈男性的自我解放需求而偏重于坚持自由主义伦理，并主张男女间的绝对平等。

关键词 茅盾；妇女解放；社会进步

不同于晚清梁启超、马君武等人从民族国家立场出发、以重塑女国民和国民之母为旨归的妇女解放思路，五四时期，尤其是1919年始，妇女解放的出发点基本上已经摆脱了民族国家的救亡焦虑，而转换为以社会进步和人的解放为主调，尽管社会进步、人的解放本是从民族救亡这一主旨中孕育生长出来的，二者之间有着千丝万缕的联系。在"五四"文化语境中，社会进步和人的解放往往是相互诠释、相互界定的。如何阐释社会进步和人的解放在妇女解放问题方面的具体内涵，如何界定这二者在妇女问题中的相互关系，就产生了社会本位立场、妇女本位立场和个体本位立场三者之间的交织、冲撞关系，从而衍生出妇女本位与男性本位立场之间、个体自由选择与性别本质界定之间、新思想与传统观念之间时而并行不悖、时而激烈冲突的思想图景。茅盾在这些问题上形成了与鲁迅、周作人等其他"五四"理论者不尽相同的思想倾向。

茅盾是"五四"时期妇女解放领域重要的思想者。他在 1919 年至 1932 年间发表了约百篇关于妇女解放的杂文和论文，而其中绝大多数都集中在 1919—1924 年的 5 年间。较早对茅盾妇女解放理论做出初步梳理的是日本学者南云智 1988 年发表的论文《茅盾早期妇女论》①。九十年代后期的相关研究主要以马克思主义妇女解放思想为理论指导，衡量茅盾妇女解放理论的成就与不足。丁尔纲认为茅盾的妇女观是由"资产阶级民主主义的"走向"马克思主义的"而呈现出逐步完善的过程的。② 翟耀则既充分肯定茅盾把妇女运动的途径确定为"社会改革"的立场，也十分赞赏茅盾主张妇女应该"坚持自身精神解放特别是思想道德观念解放"的观点。③ 丁尔纲、翟耀在深入阐释茅盾妇女解放思想的马克思主义立场的同时，却未曾反思茅盾的某些男性本位倾向。他们都赞同茅盾反对妇女争取参政权的主张，也完全肯定茅盾关于妇女解放应该避免两性对立的观点，而并不追问其中所蕴含的男性利益保护偏向。新世纪以来的相关研究则开启了女性主义视角。刘慧英批评"五四"男性新青年们主张"恋爱至上""不提男女（夫妇）双方共同承担家务劳动"都是"以男性主体性为根本出发点的和立场的"。④ 这自然包含着对茅盾妇女观的批评。杨联芬从女性/性别视角出发对"五四"时期"恋爱自由""社交公开""自由离婚""贤母良妻"等关键词进行知识考古，也为茅盾妇

① ［日］南云智：《茅盾早期妇女论》，顾忠国、刘初霞译，《湖州师专学报》1988 年第 8 期。

② 丁尔纲：《新民主主义文化革命大潮中茅盾的妇女观的形成与发展》，《湖北师范学院学报》1997 年第 17 卷第 4 期。

③ 翟耀：《茅盾在妇女解放运动中的理论贡献》，《山东师范大学学报》1999 年第 4 期。

④ 刘慧英：《女权、启蒙与民族国家话语》，人民文学出版社 2013 年版，第 174—192 页。

女观研究提供了坚实的知识背景。① 本文把女性/性别作为观察问题的基本视角，吸收自由主义和女性主义思想资源，把茅盾妇女解放理论放在中国近现代思想文化发展的背景上重估其得与失。

"五四"时期，茅盾广泛吸收西方多种文化资源、敏锐感应中国社会现实，其思想呈现出驳杂、变动的特点。人的解放是茅盾衡量社会进步的尺度，社会进步又被茅盾视为人的解放的根本保障，而解放了的人则又被他较为狭窄地界定为能够承担促进社会进步责任的人。借助伯林的两种自由概念，可以发现，这种狭窄性不仅在于忽视了人的消极自由权利，即"主体（一个人或人的群体）被允许或必须被允许不受别人干涉地做他有能力做的事、成为他愿意成为的人"② 的权利；而且还把积极自由的外延窄化了。因此，茅盾既比较单一地以承担改造社会的责任来解放妇女，也把社会改造视作妇女解放的根本保障。这一立场，深刻与偏狭并存，敞开与遮蔽共在。以承担改造社会的责任来解放妇女，他十分注重妇女素质的提升，而对妇女现实权益的争取问题却不够重视。把社会改造视作妇女解放的根本保障，他既把妇女解放运动纳入社会改造的大系统中，也把消灭私有制视作妇女最终获得解放的条件，却疏于追问在社会改造过程中妇女的主体地位问题、妇女的权益保护问题。集中讨论恋爱、婚姻等男女两性共同面对的问题时，茅盾因吸收了子辈男性的自我解放需求，则较少囿于社会本位立场，而偏重于坚持自由主义伦理，并主张男女间的绝对平等。茅盾的妇女解放理论，徘徊于妇女本位与社会本位、男性本位之间，既有出于男性立场对女性世界的真诚关怀，也有明显的男性中心立场之偏颇。

---

① 杨联芬：《浪漫的中国：性别视角下激进主义思潮与文学（1890—1940）》，人民文学出版社 2016 年版。

② ［英］以赛亚·伯林：《两种自由概念》，《自由论》，胡传胜译，译林出版社 2003 年版，第 189 页。

一　以承担社会责任解放妇女

　　茅盾始终是从社会进步的宏大视野出发来讨论妇女解放问题的，于是，其妇女解放立场，便存在着到底是以社会为本位还是以妇女为本位的问题。有时社会本位与妇女本位之间并不冲突，两者甚至可能重叠，这时妇女解放便成为社会进步的一个合理标志；有时以社会为本位，便会导致忽视女性权益的维护、忽视女性主体的内在需求，从而可能在为妇女谋解放的同时建立起新式的男性中心秩序，于是社会本位便沦为男性本位的代名词。实际上，茅盾的妇女解放立场经历了一个由单一的社会本位到社会本位与妇女本位兼具的变化过程。

　　茅盾在1919年和1920年间着意强调社会进步立场与妇女本位立场的不同。他说，"妇女所以要解放，全为的是要全社会进步的缘故，并不是因为妇女太苦，为人道主义所以欲解放"。① 基于这种非妇女本位的社会进步立场，也基于他注重建设而并不太注重历史清算的文化态度，茅盾并不像周作人、鲁迅那么关注妇女在男权社会中所体验到的种种苦难，而是更加关注因受传统社会分工限制而造成的社会责任不平均问题，呼唤妇女改变传统生活方式、参加社会改造工作。他说："现在欲让妇女从良妻贤母里解放出来；男人要把改良社会促进文化的担子分给他们；妇女要准备精神学好本事来接这担子；这才称是真解放。能这样的妇女，便是'解放的妇女。'"② 他还以构成论思想直接反驳了尼采等认为妇女无能力的性别本质论，说："有许多人都把人造的（artificial）当作天然的（natural），硬派女子是天

---

　　① 雁冰：《读〈少年中国〉妇女号》，1920年1月5日《妇女杂志》第6卷第1号，见《茅盾全集》（第14卷），人民文学出版社1987年版，第90页。

　　② 佩韦：《解放的妇女与妇女的解放》，1919年11月15日《妇女杂志》第5卷第11号，见《茅盾全集》（第14卷），人民文学出版社1987年版，第64页。

生无能力者，所以不应解放，此谬正在不寻其根"。① 这一构成论思想的直接来源固然是西方的社会学著作，但在中国妇女解放的思想脉络上，却向前承接了明代李贽、晚清梁启超等人反对歧视女性社会工作能力的立场，向后衔接着中国共产党的妇女解放政策。茅盾这一强调妇女应该且能够承担社会责任的解放思路，虽然因把社会责任界定为促进社会进步，在具体内容上不同于晚清的救亡使命，但实际上，这一解放思路与晚清的民族国家召唤一样，对于打破传统"男主外，女主内"的性别壁垒具有重要作用，确实有利于一部分具有直接参与社会工作志向的女性走出家门、走向社会公共生活领域，有利于女性通过参与社会工作而获得自己生活的自主权；但同时，因他打破传统社会分工壁垒的思路，并不是基于男女两性均有自由选择从事家庭事务或社会事务的权利观念，② 也不是因社会工作具有交换价值而为女性利益做更好的谋划，而是从社会改造这个宏大目标出发，在新旧对立的思路上简单判定承担"改良社会促进文化"的工作高于做一个"良妻贤母"。这就存在这样的武断性：把未参加社会工作的女性一律界定为"堕落的无知的姊妹"③。这在合理地为女性开启社会公共生活空间的同时，又存在着把现有的男性标准作为人的解放的普遍标准的新的性别歧视倾向，存在着在女性新旧生活方式的是非判断上

---

① 雁冰：《〈历史上的妇人〉译者按》，1920 年 1 月 5 日《妇女杂志》第 6 卷第 1 号，见《茅盾全集》（第 14 卷），人民文学出版社 1987 年版，第 100 页。

② 《解放的妇女与妇女的解放》一文从 Right 和 Duty 两方面谈人的问题，这说明并非是茅盾不熟悉西方自由主义理论中的责任、权利相辅相成的观点，而是他在运用西方自由主义理论的时候，用中国传统的儒家思想改造了西方的责任、权利观，把权利窄化为承担责任的权利，而无视其他自由权，因而自然也就把女性的权利更多地理解为承担责任的权利，而忽视女性自由选择生活方式的权利。佩韦：《解放的妇女与妇女的解放》，1919 年 11 月 15 日《妇女杂志》第 5 卷第 11 号，见《茅盾全集》（第 14 卷），人民文学出版社 1987 年版，第 63—69 页。

③ 佩韦：《解放的妇女与妇女的解放》，1919 年 11 月 15 日《妇女杂志》第 5 卷第 11 号，见《茅盾全集》（第 14 卷），人民文学出版社 1987 年版，第 67 页。

偏于简单化的倾向。于是便生成了社会本位立场既在一个层面上与妇女本位立场一致，又在另一个层面上偏向维护男性本位立场、挤压妇女本位立场的格局。二十年代中期，周作人即对这一从晚清延续下来的妇女解放思路之偏颇进行反思，说："现代的大谬误是在一切以男性为标准，即妇女运动也逃不出这个圈子……"①

把妇女解放界定为妇女承担社会责任，而多数女性实际上还不具备承担社会责任的能力，于是，茅盾也就顺理成章地把妇女解放的迫切任务界定为妇女的自我完善，并在一段时间内以此搁置妇女向男性世界争女权的合理性。他说："提高女子的人格和能力，使和男子一般高，使成促进社会进化的一员，那便是我们对于女子解放的理想的大标帜。"② 他又说："女子中已受高等学问的，我希望他们且慢来和男子竭力争女权；我希望他们极力去提拔他们堕落的无知的姊妹，力争上游；先把自己一边的人弄好，再一齐立起来和男子争。"③ 把人的解放这一时代核心思想落实在妇女问题上，茅盾这一时期尽管也曾提到需关注妇女在教育、经济、家庭组织、承袭权、道德诸方面与男性平等的问题，④ 但就总体趋向而言，1919—1920 年间他着重强调的并不是女性摆脱男权社会对女性权益的压制，而是强调女性要以男性为标准摆脱自己"堕落的无知的"落后状态。这一妇女解放思想既

---

① 周作人：《北沟沿通信》，周作人著、止庵校订：《谈虎集》，河北教育出版社 2002 年版，第 281 页。

② 佩韦：《妇女解放问题的建设方面》，1920 年 1 月 5 日《妇女杂志》第 6 卷第 1 号，见《茅盾全集》（第 14 卷），人民文学出版社 1987 年版，第 98 页。

③ 佩韦：《解放的妇女与妇女的解放》，1919 年 11 月 15 日《妇女杂志》第 5 卷第 11 号，见《茅盾全集》（第 14 卷），人民文学出版社 1987 年版，第 67 页。

④ 茅盾以佩韦为笔名在《世界两大系的妇人运动和中国的妇人运动》一文中说："女子一向是处于被征服者的地位，现在第一要事就是反过来，也做社会中一个'人'，所以参政不参政该是第二事。现在我们该急急讨论的：一是教育的平等，二是经济生活的平等，三是婚姻制度家庭组织的改善，四是承袭权的平等，五是男女平等的新道德。"1920 年 2 月 10 日《东方杂志》第 17 卷第 3 号，见《茅盾全集》（第 14 卷），人民文学出版社 1987 年版，第 120 页。

是反传统的，也是男性中心的。这一重责任、否权益的妇女解放思路，正与八九十年代中国重权益、轻责任的女性主义思潮形成鲜明对比。

1921 年以后，茅盾修正了自己从男性角度居高临下批评妇女落后的立场，而在妇女解放问题上着意填平社会改造目的与自己先前着意撇清的妇女本位立场之间的沟壑，在不改社会改造初衷的同时，更多地从人道立场出发为妇女辩解。他为之辩护的女性范围，是逐步从新女性延伸至传统女性的。1921 年，他首先从是男权文化造成女性弱点的角度批评男性在新女性面前的精神优越感，说："我呢，一方面确也承认现社会中的新女子不曾完全洗去了女性的弱点；但是一方面却觉得由现社会中的男子来抨击女子，说伊们程度不到，实在太岂有此理了一点！……男子把女子造成现在的样子了，却又从而议其短，天地间不平的事还有过于此么？"① 其次，他还从人都是有缺点的观点出发，解构男性在新女性面前的精神优势，说："现代的人们是多么不完全，多么脆弱，正不必讳言！但多么不完全，多么脆弱的现代男子却最会说女子的如何如何脆弱，如何如何不完全。"② 尽管这时茅盾为之辩护的是尚有弱点的新女性，而不是他两年前所批评的传统的"良妻贤母"，也就是说，他先前批评"良妻贤母"时所持的弃旧扬新的妇女解放立场可能并没有改变，但他此时理解新女性弱点、反对过于苛责新女性的态度，表明了其妇女解放立场确实已经在一定程度上超越了男性居高临下审鉴女性的性别不平等立场的局限，他已经在努力从新女性本位上理解妇女解放问题了。

而到 1923 年，茅盾理解女性的立场则拓展到了对传统女性的同情上。这一年，他关注《妇女杂志》关于《关于郑振埙君婚姻史的批评》的 18 篇讨论文章，他一方面理解郑振埙因妻子启如女士"不

---

① 沈雁冰：《劳动节日联想到的几个妇女问题》，1921 年 5 月 1 日《民国日报·觉悟》，见《茅盾全集》（第 14 卷），人民文学出版社 1987 年版，第 206 页。

② 冰：《弱点》，1921 年 8 月 3 日《民国日报·妇女评论》，见《茅盾全集》（第 14 卷），人民文学出版社 1987 年版，第 234 页。

肯立即放足，去铅粉，怕见人……等等弱点"而产生的婚姻苦恼，支持郑振堮因爱情得不到满足而决定逃婚的想法；但另一方面他也十分赞赏公众舆论"对于女性的弱点底谅解"的态度，认为"居然有多数男性的作者替伊辩护，这是最可喜的事！这使我们知道在冷酷的机械的现实社会生活的背面，尚潜留着一股热烘烘的力——对于受痛苦者的了解与同情！"① 他在支持男性青年的爱情追求时，并没有简单地否定传统女性的生命价值，而是视之为"受痛苦者"，投之以"了解与同情"的态度。这一立场与凌叔华等"五四"女作家同情传统女性人生痛苦的小说《绣枕》《中秋晚》等形成共鸣。

尽管茅盾对新女性和传统女性的同情和理解，始终没有达到以自由主义伦理理解女性生活方式多样性的程度，也就是说他始终没有从根本上反思自己重责任、轻权益这一妇女解放立场中的价值偏颇，但他努力超越男性精神优越感的男性自省态度仍然是相当可贵的。

1924 年开始，茅盾则把妇女运动的目标纳入无产阶级革命的范畴，强调妇女运动应该立在"内除军阀，外抗帝国主义"这两个国民运动的口号上。② 其妇女解放思想的左翼文化色彩愈加浓厚。当他把妇女运动完全视为无产阶级革命的一个组成部分后，在理论上就较少关注妇女在革命阵营内部的权益问题，其性别立场被政治立场所收编、消融。这一情形与他二十年代末期的小说创作形成鲜明对比。在1928 年创作的长篇小说《蚀》三部曲中，不羁的革命神女慧女士、孙舞阳、章秋柳，集先锋与颓废于一身，既始终走在革命的前列，又流溢着性感的光芒。这不仅表露了隐含作者茅盾的革命激情，也充分

---

① 雁冰：《读〈关于郑振堮君婚姻史的批评〉以后》，1923 年 4 月 25 日《民国日报·妇女评论》，见《茅盾全集》（第 15 卷），人民文学出版社 1987 年版，第 38 页。

② 韦：《〈妇女周报〉社评（五）》，1924 年 7 月 16 日《妇女周报》第 44 号，见《茅盾全集》（第 15 卷），人民文学出版社 1987 年版，第 179 页。类似的观点还见：玄珠：《给未识面的女青年》，1924 年 1 月 1 日《民国日报·妇女周报》第 20 号，见《茅盾全集》（第 15 卷），人民文学出版社 1987 年版，第 60 页。

宣泄了隐含作者茅盾潜意识深处的男性欲望；《蚀》中相对柔弱、迷惘的静女士、方太太形象，则展示了茅盾善于通过易性想象理解女性人生困境的文学才华。[①] 茅盾在理论文章中被消解的性别立场，在小说中却得到充分的表现，这显示的是一个作家理性立场与潜意识心理之间的差异与互补。

尽管主张妇女参与到社会改造工程中，但是茅盾始终不赞成妇女争取参政权。这首要原因是他对资产阶级代议制政治始终持怀疑态度，因而认为妇女参与到他所认为的污浊的现代政治中意义不大；还有一个原因即如前所述，他一般并不把妇女解放界定为妇女向男性世界争取现实权益的运动，而只是把它界定为"提高女子的人格和能力，使和男子一般高"[②] 的运动。就前一点而言，他与周作人形成了同中之异。周作人也不赞成妇女参政，却是因为他"觉得这只在有些宪政国里可以号召"。[③] 尽管都对妇女参政不以为然，但茅盾、周作人政治立场上的左右分野却泾渭分明。

二　妇女的家庭角色问题

茅盾尽管把妇女解放的根本点定位为妇女与男性一起承担改造社会的责任，但他并不赞成妇女因此就抛弃家庭角色。直面妇女社会工作与家庭角色的矛盾问题，茅盾最终以消灭私有制为解决问题的方法。这一乌托邦远景所支撑的妇女解放路径，固然在一定程度上包含着对女性生命需求的理解，却回避了质问妇女单方面承担家务的社会分工不平等问题，因而仍有着明显的男性中心意识。

茅盾既号召妇女走出家庭、参与社会改造工作，又奉劝她们要安

---

① 参看拙作《易性想象与男性立场——茅盾前期小说中的性别意识分析》，《中国文化研究》2002 年夏之卷。
② 佩韦：《妇女解放问题的建设方面》，1920 年 1 月 5 日《妇女杂志》第 6 卷第 1 号，见《茅盾全集》（第 14 卷），人民文学出版社 1987 年版，第 98 页。
③ 周作人：《北沟沿通信》，周作人著、止庵校订：《谈虎集》，河北教育出版社 2002 年版，第 275 页。

心承担家务，而从未对男性提出打破传统男外女内角色定型、也承担家务的要求。他认为在价值判断层面上，承担家务与新女性角色之间并没有矛盾，因为"专教女子做这些事而不许伊求知识，这才是剥削女子的人权；若许伊有知识，尊重伊的意见了，便做做这些杂务，不算辱没，这正是'人'的合理生活！"① 所以，他说："……我对于鼓吹妇女解放说男子不该把家常琐事去辱没妇女，我有些不敢苟同。以为这种解放论调未免看错了解放的目的。"② 但问题在于，当他把家务定为家庭琐事，没有专指育儿这件事时，他并没有像阐发社会改造工作的意义那样去发掘家务劳动对于人的自我实现的意义，而且他"恰恰不提男女（夫妇）双方共同承担家务劳动这一点"，③ 因此，当他把家务纳入"'人'的合理生活"时，"人"实际上便专指妇女，并不包括男性，而家务劳动此时在他的理论视野中也没有获得与社会改造工作同等的价值，所以，可以说，当他劝妇女承担家务，对此着意说明"不是叫妇女样样学到男子便算解放"，④ 并且把家务问题道德化，奉劝女性要从"自发的精神上的束缚比如喜奢华好夸诞等等"⑤ 中解放出来的时候，他实际上主要是从社会本位、男性本位考虑问题，不仅缺少妇女本位立场，也缺少男女平等意识，而有着以保护男性免于承担家务这一既有利益为前提的立场偏向。而当他着重关注儿童养育问题时，他吸纳爱伦凯的理论，从女性内在生命需求和社会意义两个维度来肯定母职的价值，便能突破其谈论一般家务时所持的男性中心立场。他介绍爱伦凯的观点说："凡母亲爱子的感情，总是和一个强烈的快感相连的。做母亲者当偎抱子女柔软的身体

① 佩韦：《妇女解放问题的建设方面》，1920 年 1 月 5 日《妇女杂志》第 6 卷第 1 号，见《茅盾全集》（第 14 卷），人民文学出版社 1987 年版，第 97—98 页。

② 雁冰：《读〈少年中国〉妇女号》，1920 年 1 月 5 日《妇女杂志》第 6 卷第 1 号，见《茅盾全集》（第 14 卷），人民文学出版社 1987 年版，第 90 页。

③ 刘慧英：《女权、启蒙与民族国家话语》，人民文学出版社 2013 年版，第 190 页。

④ 雁冰：《读〈少年中国〉妇女号》，1920 年 1 月 5 日《妇女杂志》第 6 卷第 1 号，见《茅盾全集》（第 14 卷），人民文学出版社 1987 年版，第 91 页。

⑤ 同上书，第 90 页。

时，简直可使自己忘却种种愁苦，而只觉得快感。"① 这里，发掘女性在"爱子"时的"快感"，便从母爱体验中关怀了女性生命自我满足的需求。这就包含了是"从权利而不仅仅是从'天职'上"② 肯定了女性母职的因素。他又介绍爱伦凯的观点说，母性关乎"一切民族的进化关键"这一"最大最切的问题"，③ 这样，便又赋予母职以一般家庭琐事所未曾被赋予的重大意义。茅盾的母职颂歌尽管没有顾及母亲的经济权益保护等问题，但是借助爱伦凯的视野，他超越了自己在谈论普通家务时专从社会和男性的角度设置女性义务的男性本位立场，肯定了育儿这一特殊家务对于妇女自身心灵需求和价值实现的两重正面价值，亦是有益于女性主体性建构的。

沿着妇女既要承担社会工作、又要独自承担家务的思路，妇女必然要陷入不堪重负的身心疲惫状态，因为个体的时间、精力总是有限的。几十年后新中国的妇女解放实践就证明了这点。茅盾并非没有预计到这一困境。他在介绍纪尔曼、爱伦凯等西方女子主义理论时便随她们对这个问题展开了较为丰富的思考，④ 他解决问题的方案先犹疑于爱伦凯和纪尔曼之间，而最终接受了恩格斯、倍倍尔的观点。茅盾在多篇文章中热忱介绍爱伦凯和纪尔曼的学说。爱伦凯认为母职神圣，反对儿童公育，"主张妇女们应于不妨碍教养儿女的范围内去就工作"⑤。与此相关，她认为妇女独立的关键在于人格独立、而不在于经济独立。纪尔曼则持相反的意见，她提出了以儿童公育的

①　雁冰：《爱伦凯的母性论》，1920 年 9 月 10 日《东方杂志》第 17 卷第 17 号，见《茅盾全集》（第 14 卷），人民文学出版社 1987 年版，第 170 页。

②　杨联芬：《浪漫的中国：性别视角下激进主义思潮与文学（1890—1940）》，人民文学出版社 2016 年版，第 314 页。

③　雁冰：《爱伦凯的母性论》，1920 年 9 月 10 日《东方杂志》第 17 卷第 17 号，见《茅盾全集》（第 14 卷），人民文学出版社 1987 年版，第 172 页。

④　茅盾把 feminist 译作女子主义。见茅盾：《家庭改制的研究》，1921 年 1 月 15 日《民铎》，见《茅盾全集》（第 14 卷），人民文学出版社 1987 年版，第 187 页。

⑤　沈雁冰：《家庭改制的研究》，1921 年 1 月 15 日《民铎》第 2 卷第 4 号，见《茅盾全集》（第 14 卷），人民文学出版社 1987 年版，第 189 页。

方式，既改善儿童教育，又保障妇女外出谋职业。她认为妇女解放的关键是经济上的独立。茅盾 1920 年发表的文章中更倾向于爱伦凯的观点，认为对女性而言母职重于社会工作，他也赞赏爱伦凯反对儿童公育的立场。这时，茅盾注重道德改造的"五四"启蒙思想与爱伦凯的妇女人格独立理论相遇合，于是，他强调妇女解放的根本点在于精神方面，而不在于经济方面。他说："我所主张的，且信的，是妇女问题该从改造伦理，改造男女关系入手，就是从精神方面入手，那才合新文化运动的真意义"，认为"去家庭服务以求经济独立是削足适履的办法"。① 妇女解放问题上是侧重于精神解放还是侧重于经济解放，本来各有其理、相互贯通，但是，当把精神解放与经济解放放在二元对立的思维框架内，提倡精神解放又包含着劝说妇女"安于家庭服务"、不要过于积极追求经济解放的意图时，其动机就未免陷入了疏于保护妇女经济利益、偏于保护男性免于家庭服务的男性中心立场了。1921 年茅盾的思想有所转变。这一年，他更倾向于接纳纪尔曼这一派的女子主义观点，同时他又吸收了恩格斯（茅盾译为恩格尔）、倍倍尔（茅盾译为伯伯尔）的社会主义妇女解放理论，于是便认可了妇女经济独立的重要性，说："理论方面呢，实在可说妇女经济独立是合理之至不用怀疑的。"② 确认妇女经济独立的重要性，就必然要把妇女的社会职业放在重于家务劳动的位置，但他仍然"不提男女（夫妇）双方共同承担家务劳动这一点"，③ 而是接受了纪尔曼、倍倍尔的公厨公育观点，主张将来以公厨公育的方式把妇女从家庭事务中解脱出来。他说："社会主义者主张由社会创办公厨公共育儿所，主张由社会给衣食住于凡替社会尽了力做了工的人，主张由社会来养育小儿、养老，……

---

① YP：《家庭服务与经济独立》，1920 年 5 月 5 日《妇女杂志》第 6 卷第 5 号，见《茅盾全集》（第 14 卷），人民文学出版社 1987 年版，第 138 页。

② 雁冰：《妇女经济独立讨论》，1921 年 8 月 17 日《民国日报·妇女评论》，见《茅盾全集》（第 14 卷），人民文学出版社 1987 年版，第 244 页。

③ 刘慧英：《女权、启蒙与民族国家话语》，人民文学出版社 2013 年版，第 190 页。

一切都由社会去办了。"① 于是，在以公厨公育把妇女从家务劳动中解放出来这一思路上，他的妇女解放思想便与废除私有制的社会改造思想衔接上了。茅盾最终把妇女解放的根本点确定为消灭私有制这一乌托邦远景上，却并没有解决到达这一乌托邦社会之前妇女所面临的社会职业与家务劳动的时间冲突问题，也始终没有质问保护男性免于分担家务的社会分工模式。

三 妇女与婚恋自由

茅盾还以恋爱为核心，讨论了恋爱、结婚、离婚、贞操、社交等与妇女解放密切相关的问题。茅盾既肯定恋爱的多变性，也推崇恋爱的神圣性；他最初不赞成离婚，但迅速就走向倡导绝对的离婚自由、主张男女性道德的绝对平等。茅盾的婚恋观尽管前后有变化，但总体上是张扬婚恋自由的个性主义压倒了同情弱者的人道主义。

在五四语境中，恋爱特指男女两性之爱；爱情则指普遍之爱，既包括两性之爱，也包括伦理亲情等。茅盾从未建构过恋爱地久天长、永恒不变的神话，始终坚信恋爱是多变、非永久的。他认为恋爱受"社会习惯的暗示""个人经验的联合作用"或"情形的助成"三种因素影响，不可能始终如一，即便是白头偕老的夫妇，其夫妇爱也与少年恋爱的滋味不同，因此，他"不信有纯粹的恋爱，也不信纯粹的恋爱的永久性"②，而是相信恋爱"决不能保其永久不变迁"。③

以恋爱多变的观点为根基，茅盾却先后形成了截然不同的婚姻

---

① 沈雁冰：《家庭改制的研究》，1921年1月15日《民铎》第2卷第4号，见《茅盾全集》（第14卷），人民文学出版社1987年版，第195页。

② 雁冰：《"一个问题"的商榷》，1919年10月31日《时事新报·学灯》，见《茅盾全集》（第14卷），人民文学出版社1987年版，第57—58页。

③ 雁冰：《新性道德的唯物史观》，1925年1月5日《妇女杂志》第11卷第1号，见《茅盾全集》（第15卷），人民文学出版社1987年版，第261—262页。

观。1919 年，他主张"非恋爱的结婚"，① 认为"结婚问题不当以恋爱为要素"。② 这时，他不赞成男性新青年针对传统女性的离婚行动。他放逐婚姻中的恋爱因素，并非是要回到传统以家族延续为目的的婚姻观上，而是把婚姻当作改造社会、启蒙女性的工具。直面父母包办的婚姻，茅盾倡导男性多为女性着想、多为社会进步事业着想的利他主义立场。为传统女性着想，他说："我不要伊，别人要伊么？"③ 为社会启蒙事业着想，他认为，"该女子不社交无知识，是个可怜虫，我娶了他来，便可以引伊到社会上，使伊有知识，解放了伊，做个'人'，这岂不是比单单解约，独善其身好得多么？"④ 而回到男性自身的立场，他认为，"……结婚到底为什么？我敢抄 Bernard Shaw 的话道：'在产生超人。'"⑤ 这种男性以"超人"自勉的婚姻观，充溢着深切同情弱质女性的人道情怀和改造社会的责任心，却独独忽视了男性婚姻中合理的恋爱需求，呈现出以社会整体进步目的压倒子辈男性生命欲求的价值偏向。这虽然包含着令人感动的男性自我牺牲精神，但显然是幼稚的。

1921 年到 1925 年间，茅盾转而正视婚姻中恋爱因素的重要性，并站在批判旧礼教和理解人的恋爱需求的立场上为离婚自由辩护。首先，他改变了原先提倡男性在婚姻中以"超人"自勉、以启蒙使命压制恋爱需求的立场，认为如果男性因悲悯旧式女性而情愿牺牲自我、斩断已发生的恋爱，那么，这"只是个人的信念而已，不能作为道德标准，勉强人人去履行"⑥。其次，他从批判封建礼教、提倡新道德的角度为离婚自由辩护。针对旧礼教的道德信条，他强调

---

① 雁冰：《"一个问题"的商榷·其二》，1919 年 11 月 1 日《时事新报·学灯》，见《茅盾全集》（第 14 卷），人民文学出版社 1987 年版，第 60 页。

② 雁冰：《"一个问题"的商榷》，1919 年 10 月 31 日《时事新报·学灯》，见《茅盾全集》（第 14 卷），人民文学出版社 1987 年版，第 57 页。

③ 同上书，第 59 页。

④ 同上。

⑤ 同上。

⑥ 冰：《"男女社交"的赞成与反对》，1921 年 9 月 21 日《民国日报·妇女评论》，见《茅盾全集》（第 14 卷），人民文学出版社 1987 年版，第 259 页。

"……离婚与个人道德无损；在男子方面不为不德，在女子方面不为不贞"①。他反对男性的"不离婚而恋爱"，②认为一方面不忍心与旧式的妻子离婚，另一方面又与新女性恋爱，是"虚伪的人道主义"，③"岂不和旧礼教的'夫妻如同水火而决不可离婚，却许嫖堂子'是一样的事吗？"④再次，他还从尊重生命自由权、维护恋爱神圣性的角度为离婚自由辩护，反对男性或女性因顾及配偶的感受而忍受无爱的婚姻。虽然丈夫对韩端慈女士"片面的感情甚深"，但是并不理解她的"志愿"；⑤虽妻子对郑振壎有夫唱妇随之德，但并没有现代意义上的自觉恋爱，茅盾都旗帜鲜明地支持他们的离婚或逃婚诉求。他说："……我们信奉恋爱教，确信结婚生活必须立在双方互爱的基础上，无恋爱而维持结婚生活，是谓兽性的纵欲，是谓丧失双方的人格！人道主义的美名固然可爱，但我们更爱自己的人格，和对手的人格。"⑥这种婚姻必须以恋爱为基础的立场完全反驳了他1919年"非恋爱的结婚"⑦观点。

离婚自由问题不仅牵扯着传统礼教与新道德的冲突，还牵扯着新道德内部个性主义与人道主义的矛盾；不仅涉及男女双方的人格，也涉及双方的生存处境。茅盾1921—1925年间批判传统礼教对离婚自

① 沈雁冰：《离婚与道德问题》，1922年4月5日《妇女杂志》第8卷第4号，见《茅盾全集》（第14卷），人民文学出版社1987年版，第330页。

② 冰：《〈不离婚而恋爱的问题〉按语》，1921年10月5日《民国日报·妇女评论》，见《茅盾全集》（第14卷），人民文学出版社1987年版，第274页。

③ 冰：《虚伪的人道主义》，1921年10月5日《民国日报·妇女评论》，见《茅盾全集》（第14卷），人民文学出版社1987年版，第273页。

④ 冰：《这也是礼教的遗行》，1921年9月28日《民国日报·妇女评论》，见《茅盾全集》（第14卷），人民文学出版社1987年版，第272页。

⑤ 沈雁冰：《闻韩女士噩耗后的感想》，1923年1月24日《民国日报·妇女评论》，见《茅盾全集》（第15卷），人民文学出版社1987年版，第26页。

⑥ 雁冰：《读〈关于郑振壎君婚姻史的批评〉以后》，1923年4月25日《民国日报·妇女评论》，见《茅盾全集》（第15卷），人民文学出版社1987年版，第39页。

⑦ 雁冰：《"一个问题"的商榷·其二》，1919年11月1日《时事新报·学灯》，见《茅盾全集》（第14卷），人民文学出版社1987年版，第60页。

由的污名化，自然是完全合理的；但他站在个性主义立场上绝对否定婚姻中同情弱者的人道主义立场，却只能说一半合理、一半不合理。具有恋爱渴求的现代人要求与自己不爱的配偶离婚，其个性解放需求中蕴含着对自己一方的人道态度，自然是合理的。但是当配偶一方因历史原因尚不具备独立生存意识和社会生存能力时，新青年在合理地维护自己的个性解放需求时，显然还应该合理地解决离婚后另一方的经济问题，否则便有可能使得一些没有条件侈谈"人格"的旧式的妻子落入无处立足的悲惨处境。茅盾在倡导离婚自由时充分张扬个体的自由权和人格问题，自有其建构新道德的积极意义，但又因未考虑弱势一方的经济安排问题，显然对转型期传统女性的人道关怀不足。一般情形下，现代人确实如茅盾所言，不应该"不离婚而恋爱"，但是在某些特殊情境下，如果新青年的"不离婚而恋爱"并不是多妻主义的借口，而确实是因顾及旧式的妻子的生存状况，便不能说其人道主义是"虚伪的"，也不能简单地将之等同于旧礼教所允许的"嫖堂子"。庐隐既与郭梦良恋爱、结婚，又阻止郭梦良与前妻离婚；鲁迅既与许广平恋爱、结婚，又终身未与朱安离婚，都是历史转型时期觉醒的现代人在维护自己的恋爱需求与关怀弱势传统女性之间所做的无奈妥协，这一妥协兼顾了自我的个性主义需求与对他人的人道情怀，虽然这使得个性主义与人道精神因互相牵制而都不够完满，但显然这相对而言是最合理的做法了。他们的实例正反驳了视"不离婚而恋爱"为不道德的看法。茅盾倡导离婚绝对自由的立场，因张扬新青年的个性主义有余、而关爱弱者的人道主义精神不足而瑕瑜兼具。

1923 年，茅盾说明自己之所以偏重提倡离婚自由是因为"现今的离婚法都偏在'不许'一边的"①，而实际上他虽然认为离婚自由是终极目标，但现阶段在允许离婚和不许离婚"两极端中间""得个执中的办法"②，因为目前还需在一定程度上维护家庭稳定以免妨碍

---

① 沈雁冰：《离婚与道德问题》，1922 年 4 月 5 日《妇女杂志》第 8 卷第 4 号，见《茅盾全集》（第 14 卷），人民文学出版社 1987 年版，第 327 页。

② 同上。

社会组织的固定。从社会组织的稳定，而不是从弱者的生存处境出发考虑问题，这时对茅盾倡导离婚自由的个性主义立场造成一些牵制的，是社会本位立场，而不是人道精神。1925 年的《新性道德的唯物史观》等诸篇文章中，茅盾则摆脱了担心社会组织不稳定的顾虑，义无反顾地倡导绝对的离婚自由。

茅盾不仅始终坚持恋爱是多变的观点，而且，二十年代，他放弃了 1919 年无视婚姻中恋爱因素的立场之后，便把恋爱问题视为妇女解放和青年成长中的重要问题，对之进行了多重思考。首先，他把恋爱放在至高无上的地位，主张"为了恋爱的缘故，无论什么皆当牺牲，只有为了恋爱而牺牲别的，不能为了别的而牺牲恋爱"①。他还着重说明恋爱的多变性并不损恋爱的神圣性，说："一个人有过两三回的恋爱事，如果都是由真恋爱自动的，算不得什么一回事。在女子方面，算不得不名誉的，有伤贞洁的。"② 其次，他强调恋爱激情的纯粹性，认为应当"为恋爱而求恋爱"，反对在恋爱中掺杂进"名誉，风头，金钱，等等外物"。③ 至于恋爱激情中是否应该包含进理性因素，他的观点则前后有变。1922 年他主张"惟丝毫不带理知作用的恋爱才是真的恋爱"④。1924、1925 年他又告诫青年不要相信这种排斥理性的"浪漫派的神秘论"，认为"恋爱是两心相融的情意通过理智的炉锅后所成的新物；它在情意的交融上又加了一次人格的了解"。⑤ 至于这恋爱激情的内质，他认为"一定是灵肉一致的"，其步

①　雁冰：《新性道德的唯物史观》，1925 年 1 月 5 日《妇女杂志》第 11 卷第 1 号，见《茅盾全集》（第 15 卷），人民文学出版社 1987 年版，第 262 页。

②　冰：《恋爱与贞洁》，1922 年 4 月 5 日《民国日报·妇女评论》，见《茅盾全集》（第 14 卷），人民文学出版社 1987 年版，第 333 页。

③　冰：《解放与恋爱》，1922 年 3 月 29 日《民国日报·妇女评论》，见《茅盾全集》（第 14 卷），人民文学出版社 1987 年版，第 324 页。

④　冰：《恋爱与贞洁》，1922 年 4 月 5 日《民国日报·妇女评论》，见《茅盾全集》（第 14 卷），人民文学出版社 1987 年版，第 331 页。

⑤　沈雁冰：《青年与恋爱》，1924 年 1 月 15 日《学生杂志》第 11 卷第 1 号，见《茅盾全集》（第 15 卷），人民文学出版社 1987 年版，第 66 页。

骤是"由肉体的而进于灵魂的",① 所达到的最高境界则是"人格的互证和灵魂的合一"。② 关注恋爱中肉的维度,他展示了肯定自然人性的立场;关注恋爱中灵的维度,他又批判了中国文化传统中仅仅把男女关系视作"风流韵事"的"游戏"态度。③ 再次,在恋爱与贞操的关系上,他不仅从男女平等的立场出发,批判要求女性单方面为男性守节的传统贞操观;而且还基于其对恋爱多变性和神圣性的双重认知,反对"立脚于恋爱始终不变"的"贞操主义",④ 也不赞成单以灵或肉为标准来裁定贞洁与否。他认为"所以贞操与恋爱的关系,一而二,二而一,并不分彼此。有恋爱时,贞操不守自在"。⑤

总之,茅盾在婚恋问题上,由最初的社会本位立场出发,迅速就走向个体本位的自由主义伦理,倡导绝对的恋爱自由和离婚自由。从体认子辈男性生命需求的立场出发,他在婚恋道德上提倡妇女与男性的绝对平等,这固然有利于妇女摆脱封建传统男权道德的束缚,但同时也形成了较少关注多数妇女的现实生存条件与男性并不平等的问题这一偏向。

四 结语

茅盾强调不应该把妇女解放问题孤立化,而应该把妇女解放问题纳入社会改造工程中。社会改造事业,在茅盾的理论视野中,不仅是解放了的妇女所应该从事的真正有意义的事业,而且还是妇女解放的

---

① 佩韦:《恋爱与贞操的关系》,1921 年 8 月 31 日《民国日报·妇女评论》,见《茅盾全集》(第 14 卷),人民文学出版社 1987 年版,第 254 页。

② 沈雁冰:《青年与恋爱》,1924 年 1 月 15 日《学生杂志》第 11 卷第 1 号,见《茅盾全集》(第 15 卷),人民文学出版社 1987 年版,第 66 页。

③ 同上书,第 64—66 页。

④ 雁冰:《新性道德的唯物史观》,1925 年 1 月 5 日《妇女杂志》第 11 卷第 1 号,见《茅盾全集》(第 15 卷),人民文学出版社 1987 年版,第 261—262 页。

⑤ 佩韦:《恋爱与贞操的关系》,1921 年 8 月 31 日《民国日报·妇女评论》,见《茅盾全集》(第 14 卷),人民文学出版社 1987 年版,第 254 页。

真正保障。这一方面使得他能够从更为广阔的历史视野中看问题，但也使得他有时未免偏于把妇女动员起来为社会改革事业服务，而不够重视妇女权益的维护问题。在家务劳动问题上，茅盾尽管吸纳公厨公育乃至消灭私有制的社会主义理论来解决妇女的困境，但始终没有质问男性不承担家务的社会分工模式。思考恋爱、婚姻等男女两性共同面对的问题，茅盾主张恋爱自由和离婚自由，偏向于张扬自我个性的自由主义伦理，其关怀弱势女性的人道主义立场最终让位于男女之间绝对平等的立场。综合来看，茅盾的妇女解放理论，以促进社会进步为根本宗旨，既有真诚关怀妇女的现代人道情怀，又有突破传统男权樊篱的理论建树，但也有难以克服的男性中心立场之偏颇。

茅盾偏重于社会整体性的思维方式，后来延续在他的小说创作中；而他在早期妇女理论思考中较少顾及的女性生命体验，则在他后来的小说创作中有补充性的充分发展。茅盾小说创作所呈现出的女性立场与男性立场对话的复调景观，说明男作家并非必定无法站在女性立场上为女性代言。茅盾妇女解放理论中所存在的男性中心偏颇，根本原因在于两方面，一是这些论文、杂文多写于他未满 30 岁的青年时代，这时他在性别立场上换位思考的深度还不够；二是论文、杂文也不像小说创作那样可以充分调动作者潜意识中所蕴含的生活体验资源来突破理性思维的局限。

（原刊《妇女研究论丛》2017 年第 4 期）

论文本细读在茅盾文学
批评中的重要地位
——重读《中国现当代文学茅盾眉批本文库》

蔺春华

摘　要　茅盾为部分现当代文学作品所作的眉批集中在上世纪五十年代末六十年代初，这一时期他开始用清醒的现实主义态度反省文艺的弊端，建立在细读文本基础上的眉批无疑从一个侧面体现了他的批评立场和着眼点。茅盾没有对作家作品和人物形象进行简单的二元对立的价值评判，他以自己的阅读和批评方式表明，对小说作品的评价决不能以意识形态标准代替艺术标准，而是要尊重艺术规律的特殊性，通过细致解读作品文本，切实挖掘作品的深层意蕴，特别是那些作家创作的主观意图和艺术效果相龃龉的地方。他的诗歌批评的风格尺度也始终建立在仔细品读揣摩诗歌文本的基础上，并且巧妙地将中国古典诗歌以画理入诗、融绘画于诗情的笔法运用于自己的诗歌点评中，使他的诗评充满表意的形象性。

关键词　文本细读；茅盾；文学批评；重要地位

1950—1960 年代的茅盾，他的文学创作和批评都陷入了难以言说的困境。一方面，作为共和国的文化部部长和文联、作协的主要领导人，茅盾渴望以全新的创作实绩表达他对新中国文艺政策的高度认同和积极响应，展现他作为继鲁迅之后左翼革命文学旗手的风采；另一方面，自五四新文化运动以来深植于内心的人道主义情怀和对文学艺术审美价值的一贯追求，又使茅盾的创作和批评理念很难完全融入文学政治一体化的时代风潮中。于是，在矛盾与尴尬中，他的文学创作几乎完全止步,他的文学批评则呈现出极为矛盾和复杂的状态。《中国现当代文学茅盾眉批本文库》[①] 汇集了茅盾 50 年代末 60 年代初对 8 位中国现当代作家的 40 余种作品所作的眉批,在 1996 年茅盾百年诞辰时出版面世。这套眉批本文库,极为真实地记录了茅盾对当时产生重要影响的文学作品的精细解读,也从一个侧面反映了他对文学审美批评的始终如一的坚守和垂范。在 21 世纪的今天,重读《中国现当代文学茅盾眉批本文库》,既是对现当代文学经典作品的重温与反思,从中寻觅到 1940—1960 年代的政治文化语境在作家创作和茅盾文学批评历程中留下的特殊印记,也可以发现文本细读作为茅盾文学批评的精魂在当下的跃动以及对今天文学批评所产生的积极影响和启发。

一

总共四卷的眉批文库包括长篇小说卷两本:即杨沫的《青春之歌》和乌兰巴干的《草原烽火》;中篇小说卷一本:内含杜鹏程的《在和平的日子里》和茹志鹃的《高高的白杨树》;诗歌卷所涉诗人诗作有阮章竞《漳河水》和《迎春橘颂》、田间《田间诗抄》、郭小川《月下集》和闻捷《河西走廊行》。这里首先要介绍的是《中国现当代文学茅盾眉批本文库》的中短篇小说卷,它由茅盾对杜鹏程的中篇小说《在和平的日子里》和茹志鹃的《高高的白杨树》等短篇小说所作的眉批构成,其中对《在和平的日子里》的批语就有 59条,内容涉及小说的主要人物形象与人物关系、语言修辞和语境等等。《在和平的日子里》是以《保卫延安》蜚声文坛的青年作家杜鹏程 1957 年发表于《延河》杂志的中篇小说,刚刚结束了战争题材写作的作家将笔触伸向了新中国诞生后的筑路事业——宝成铁路的修筑现场,真实地描写了革命战争时期的军人在和平年代社会主义建设中的英雄业绩,以直面现实的勇气反映了他们从战争状态进入到和平年

---

① 这些宝贵的眉批本被编辑为四卷本的《中国现当代文学茅盾眉批本文库》,由中国国际广播出版社 1996 年 7 月出版。

代之后思想改造的重要性和迫切性。单行本出版的 1958 年 7 月，杜鹏程就将扉页上题写着"敬请沈部长指教"的小说赠予当时的文化部部长茅盾。一贯以扶持文坛新人为己任的茅盾，在繁忙的公务之余对小说进行了逐字解读。在 59 条眉批中有相当一部分是针对小说的两个主要人物阎兴和梁建而作。他们是一对战争年代的战友、曾经的团职干部，在纵横一千多里的铁路工地上，又分别担任了拥有一万多名筑路职工的第九工程队的正副队长，原本都有争当新时代社会主义建设事业英雄理想的两个人却在这个特殊的战场走上了不同道路，阎兴始终保持了在艰难困苦中"奋不顾身的革命劲头"，梁建面对艰苦的筑路工程，不仅以自己的奋斗历史和革命本钱作筹码，逐渐丧失了奋斗的意志，还多次萌生了逃离的念头。受时代主流意识形态的影响，杜鹏程的创作初衷是为了塑造阎兴这样的英雄人物，小说中也不乏颂扬赞美之词。但茅盾显然对梁建这个形象更有兴趣，每到与梁建相关的章节，他都品读得格外细心：比如在小说的第 45 页，作者描写了一段梁建在江边看到人们熙熙攘攘的日常生活后的心理状态，看着卖柴火、核桃、酸枣的老乡和修表、钉鞋、算卦、耍猴儿的街头手艺人，梁建觉着：

> 这些卖艺的、挑担的、摆摊的、东奔西走混一碗饭吃的人，或许有他们的难处，可是倒也逍遥自在。不是吗？他们随便捞几个钱，把肚子塞饱，哪怕天塌下来，也不熬愁。任务呀，工期呀，雨季呀，洪水呀，材料呀，图纸呀，计划就是法律呀，跟自然界作斗争呀，与这些穿草鞋的农民、做小生意和耍小手艺的人，有啥相干？

梁建暗下决心，要继续对筑路工地上救火一样的工作保持冷静，遇到使别人心肺都要炸的事，也得沉住气。茅盾先生对此作了这样的眉批："这一段写梁建思想变化，颇有特色，不落俗套。"之后，围绕小说对梁建的描写，茅盾还作了多处眉批，比如对梁建看到纤夫拉纤时的心理活动，茅盾毫不掩饰赞叹之情："插这一段好！因为也是写梁的思想变化的。"① 而小说透过另一个人物韦珍的视角描写梁建的文字，也引起了茅盾的关注和肯定，他多次在空白处写下"从韦珍的心目中写梁建"，"这一段好""从韦珍眼中写梁建"② 等批语。说明茅盾不仅对小说文本进行了贯通一气的仔细阅读，还对围绕梁建性格变化的描写进行揣摩。陈思和曾经指出："文本细读的功能在于探讨一部作品可能隐含的丰富内涵与多重解释，窥探艺术的奥秘与审美的独特性。"③ 那么，茅盾在特定年代对小说文本的细读及其所作的眉批对于今天我们理解把握原作《在和平的日子里》到底有什么启发性和指导性？又折射出哪些时代特征以及茅盾批评理念中一以贯之的审美立场呢？众所周知，小说评点通常都是体系严谨、逻辑性很强的理论文字，但眉批是阅读者在阅读过程中即时产生的灵感和想法，随读随批，三言两语，不仅有突破固定批评模式的功效，还有简洁、直观，一语中的的艺术效果。茅盾的眉批集中在上世纪五十年代末六十年代初，这一时期，"他开始用清醒的现实主义态度反省社会和文艺的弊端"，并"关注与支持'中间人物论'"④。建立在文本细读基础上的眉批无疑体现了他的批评立场和着眼点。就《在和平的日子里》而言，虽然阎兴这个形象是作家杜鹏程倾心打造的和平年代的革命英雄人物，但梁建的形象却直到今天仍然具有代表性。事实上，杜鹏程在小说中对梁建的描写也时而流露出既批判又惋惜的矛盾心理，身处险情频发的筑路现场，梁建并没有完全放弃自己的责任，但面对精神和体力的超负荷支出，梁建又常常抱怨工地生活击毁了他的健康而产生退缩的念头。正是这个处在矛盾中的人物，引起了茅盾浓厚的兴趣，一贯坚持现实主义创作和批评原则的茅盾认为："矛盾

---

① 茅盾：《中国现当代文学茅盾眉批本文库》中篇小说卷，中国国际广播出版社 1996 年版，第 47 页。

② 同上书，第 48—52 页。

③ 陈思和：《文本细读在当代的意义及其方法》，《河北学刊》2004 年第 2 期。

④ 程光炜：《茅盾建国后的文艺理论和批评》，《南都学刊》2004 年第 1 期。

往往集中在这种人物身上，他们也是一种典型。"① 这一时期的大连会议上，茅盾还在发言中指出，写工人农民，不能只写两头，即只写作为学习榜样的和作为批判对象的，也应该写处于中间状态的，并且要作为典型来写。在自己的阅读中茅盾身体力行，将阅读视野始终围绕着梁建以及与梁建思想变化相关的人物及其关系展开，他关注的梁建，就是一个"生活在我们中间的现实的人"②，体现了现实生活中的矛盾复杂关系。正因如此，茅盾对《在和平的日子里》所作的眉批中，没有对作家作品和人物形象进行简单的二元对立的价值评判，他以自己的阅读和批评方式表明，无论是英雄人物还是非英雄人物，都不能以意识形态标准代替艺术标准，而是要尊重艺术规律的特殊性，通过细致解读作品文本，切实挖掘作品及人物的深层意蕴，特别是那些作家创作的主观意图和艺术效果相龃龉的地方，引导读者进一步体会文学创作的规律和奥秘。

二

《中国现当代文学茅盾眉批本文库》长篇小说卷 2 是茅盾对蒙古族作家乌兰巴干的代表作品《草原烽火》所作的眉批本，这是茅盾以卓越的政治智慧和文学大家的宽广胸怀关心、扶持中国少数民族作家的又一个例证。"早在 20 世纪 30 年代，茅盾就对中国少数民族作家和民族地区的文学事业特别关注。满族作家端木蕻良、彝族作家李乔、白族作家马子华等，当年都曾得到过茅盾的指导与帮助。"③ 新中国诞生之后，中国少数民族文学进入了一个崭新的发展阶段。当时已身居高位的茅盾，阅读少数民族文学作品数量之多，阅读之深、之细，可为后世垂范。他曾撰文称赞蒙古族作家玛拉沁夫的长篇小说

---

① 茅盾、韦韬：《茅盾回忆录》（下），华文出版社 2013 年版，第 193 页。
② 茅盾：《文艺评论集》（下），文化艺术出版社 1981 年版，第 873 页。
③ 李鸿然：《茅盾，民族文学的朋友与导师》，《民族文学》2008 年第 Z1 期。

《科尔沁草原的人们》"从生活出发，而不是从政策出发"。尽管新中国成立之后的茅盾意识到描写工农兵、塑造工农兵英雄形象，将是每个艺术家创作必须严格遵循的文艺路线，但他从不讳言作家独特的生活积累在创作中的重要性，这也是茅盾现实主义文学观的重要立场。1962 年，茅盾又高度评价了玛拉沁夫的短篇小说集《花的草原》，他说："玛拉沁夫富有生活积累，同时他又富于诗人的气质，这就成就了他的作品的风格——自在而清丽。"① 这些切中肯綮的批评，在少数民族作家主体精神和艺术风格走向成熟的过程中产生了极其重要的影响。四十多年后，年过花甲的玛拉沁夫仍记忆犹新："使我感到敬佩的是茅盾先生以那样简洁的评语，准确地概括和认同了多年来我苦苦寻索的属于我的那种艺术感觉和艺术方位。"② 与玛拉沁夫一样，乌兰巴干也是少数民族作家中的佼佼者，《草原烽火》作为十七年文学长篇小说的代表性作品，在 1958 年和 1959 年先后由中国青年出版社和人民文学出版社出版，人民文学出版社出版时，以叶圣陶先生的小说评论做了代序，茅盾的眉批本即是对这一个版本的批阅。《草原烽火》以洋洋 40 万言的篇幅，展现了科尔沁旗草原上蒙汉各族人民在中国共产党的领导下反抗封建王爷压迫和日本帝国主义侵略的英勇斗争。茅盾在全部 80 条批语中，将文本细读"作为主体心灵审美体验的交流与碰撞""以自己的心灵为触角去探索另一个或为熟悉或为陌生的心灵世界"③。袒露了他的真实情感和阅读体验。这首先体现在茅盾阅读中对作品文学性的高度关注。茅盾眉批《草原烽火》针对的对象，有时是一段情节描写，有时是一段叙事文字，有时是某个具体的词句，无论褒贬，都是出于个人情感或审美的需求，融进了自己的生命体验和主观愿望。比如小说第一章里，作者透过主人公李大年的眼光，描写了草原上的自然风光以及玩耍的孩子们和奔突的野马群，茅盾在相关的四段文字旁边做了标记，并批注"写得绚烂、矫

---

① 茅盾:《读书杂记》，作家出版社 1963 年版，第 56—57 页。
② 玛拉沁夫:《想念青春》，《文艺报》1996 年 1 月 26 日。
③ 陈思和:《文本细读在当代的意义及其方法》，《河北学刊》2004 年第 2 期。

健，如奇峰隆起。"① 在小说第 32 页，作者有数段描写奴隶扎木苏荣和李大年在暗夜里会面的文字：

> 夜徐徐降临。十八道冈子，变成波澜形的暗暗的长影。一只夜猫子从冈子里飞出来，落在冈下的一块石头上鸣叫。那块石头远望象一条趴牛，所以人们叫它趴牛石。……
>
> 暗夜的云层里透过了镰刀似的月亮，一个人在远远的路上摇荡着身子，渐渐走进趴牛石旁，把夜猫子吓飞了。

这个人正是赶来接头的奴隶扎木苏荣，当他伸手去摸石头底下的小洞时，发现藏在里面的皮套子没有了，扎木苏荣立即意识到他要联络的人已经到了。在这段文字旁边，茅盾写下了意味深长的八个字："金鼓之后，笛音悠扬。" 颇有点睛之功，既是对作家描写技巧的赞叹，也有助于读者深入小说的语境，对下文即将到来的扎木苏荣和李大年的会面充满了期待。对于作者在人物描写方面的手法，茅盾也多有赞赏，认为"有中国古典小说的表现手法的痕迹"②。显然，在细读和点评《草原烽火》的过程中，茅盾完全进入了一种忘我的境界，他沉浸在小说营造的世界里，之前的人生体验和作为文学家、批评家的艺术经验与小说的艺术世界互相融合、互相碰撞，因此，对于某些失当的人物语言和对话，他也直言不讳批评道："知识分子气""知识分子的语调"。可以说，我们在眉批本中见到的茅盾，是较少受意识形态的干扰和影响，对艺术规律有着清醒、自觉认识的茅盾，他的眉批，完全是一种个人化阅读、体验、阐发的过程。尤其令人感佩的是，茅盾虽然点评的是人民文学出版社出版的《草原烽火》，但却以中国青年出版社版本作为参照，他仔细辨析了两个版本的不同之处，具体到每一个字词，为此耗费的心血可见一斑。在 1950—1960 年代

---

① 茅盾：《中国现当代文学茅盾眉批本文库》长篇小说卷 2，中国国际广播出版社 1996 年版，第 29 页。

② 同上书，第 42 页。

高度敏感的政治氛围里，"谨小慎微""有时甚至到了逆来顺受、明哲保身的程度"① 的茅盾，也许并没有想到这套眉批本会公开出版面世，他只是全身心沉浸在文学文本所提供的艺术世界里，情之所至、兴之所至、言所欲言。今天看来，茅盾当年的细读，还充满了对中国少数民族文学发展前景的美好期待。这里当然有茅盾对一个初露头角的少数民族青年作家的宽容的批评意向，因为"乌兰巴干当时是用蒙语构思，汉文写作，语汇贫乏，常常词不达意"②。虽然小说文稿在出版之前，已经得到出版社编辑长达八个月的逐字逐句的编辑加工。但茅盾所做的点评，不粉饰、不隐讳，自始至终好处说好，坏处说坏，但绝少激烈言辞，始终和风细雨。具体从辞藻、修辞到结构、叙事，进行多方位的体察、辨别和指导。可以说，茅盾在细读小说文本的同时也提供了细读文本的具体方法，再次确立了文本细读在他文学批评理念和范式中不可取代的地位。

三

早在新文学初期，很多文化人都热衷于泛泛地抨击旧文学、宣传新文学，一些富有新气象的作家作品反而遭到了冷遇。是茅盾敏锐发现并捕捉到这些文学作品散发的现代美学气息，进行了卓有洞见的评析。比如郭沫若的《女神之再生》甫一发表，茅盾就撰文介绍它"委实不是肤浅之作"而是"空谷足音"，寥寥数语就点明了郭氏诗歌在新诗草创期的价值，同时也证明茅盾诗歌批评的起步之早。在《中国现当代文学茅盾眉批本文库》诗歌卷里被茅盾评点的四位诗人及其诗作，"并不拥有经典化的文学史地位，却有某种公式化和概念化特点"③。但茅盾对待这些作品的态度和他文学批评的风格尺度仍

---

① 杨守森：《小说大师与文化部长——茅盾建国后的心态分析》，《山东师范大学学报》2002 年第 6 期。

② 石湾：《〈草原烽火〉的诞生》，《中华读书报》2010 年 3 月 10 日。

③ 王本朝：《文学风格：茅盾当代文学批评的美学底线》，《文艺争鸣》2015 年第 8 期。

然建立在仔细品读揣摩诗歌文本的基础上，"不但维护了文学创作的艺术性和个性，也坚守了文学批评的语言感受和审美体验底线"①。他字斟句酌地对诗歌的语言形式、音节音韵、节奏结构乃至总体风格一一做出了自己的评说。其中最关注的莫过于诗歌的语言之美。因为诗歌反映生活具有高度的集中性，这就要求诗的语词必须极为凝练、精粹，用极少的言语去表现丰富的生活内容。阮章竞的《漳河水》虽然是一首叙事诗，但作者并不是重于叙说故事，而是着力于选择最具典型性的生活现象，用生动、含蓄、精练的诗句刻画三个农村女性的精神世界。在诗集的扉页上，茅盾就写道："作者的诗句有两个特点：一是群众语言的加工，二是融化成语，不但和前者不调和而且特别新鲜。"② 茅盾特别在"种谷要种稀留稠，娶妻要娶个剪发头。种玉茭要种'金皇后'，嫁汉要嫁个政治够"四句诗歌后面做了标记并批注曰："只四句就写出了双方的情投意合。"③ 在之后的批注中，他多次使用"新鲜""风趣""妙"等词汇表达他的阅读感受，特别是茅盾留在组诗《新塞外行》扉页上的一大段批注，几乎成了阮章竞诗歌研究中的权威性观点，被广为引用，茅盾说："这一组诗大部分是好的，有清丽的诗，也有豪放的诗。句法有民歌体，也有古典诗体；诗的语言有加工的人民语言，也有文言。形式（句法、章法）上有创造，能自铸新词，想像奔放，色彩斑斓……"④ 充分肯定了阮章竞在诗歌语言及表现形式上的成功探索和实践。与此同时，茅盾对郭小川《月下集》的眉批中却流露出对诗歌语言、句法、音节等方面的不满与批评，态度鲜明，毫不留情。尽管收入《月下集》的诗

---

① 王本朝：《文学风格：茅盾当代文学批评的美学底线》，《文艺争鸣》2015 年第 8 期。

② 茅盾：《中国现当代文学茅盾眉批本文库》诗歌卷，中国国际广播出版社 1996 年版，第 5 页。笔者认为此条眉批系茅公笔误，根据上下文，茅公要表达的意思是后者和前者不但调和而且特别新鲜。

③ 茅盾：《中国现当代文学茅盾眉批本文库》诗歌卷，中国国际广播出版社 1996 年版，第 20 页。

④ 同上书，第 60 页。

歌中有不少都是诗人郭小川有一定影响的作品，比如在《投入火热的斗争》这首诗的末尾，茅盾毫不客气地批评道："此诗探求新形式，但何以把整句拆开分行写，有时两字占一行，有时半句占一行，却看不出什么规律，全诗押韵也没有规律。"① 对《致大海》一首，茅盾则在空白处批注："大凡写诗，初稿是一气呵成，音节上的推敲，形象上的琢磨，都在修改时为之。往往一句诗会修改几遍，或完全推翻原来的意境，另写新句。"② 这段批语似是在泛泛探讨诗歌创作的经验和体会，但却隐含着对郭小川诗歌不注重字句推敲的批评。虽然批评对象不同，诗歌形式不同，但茅盾一如既往践行着他对诗歌艺术性因素的高度重视，显示出他文学批评理念中恪守的原则和立场。在重读眉批本的过程中，我们发现茅盾作为一个具有深厚艺术修养的文学巨匠，他在诗歌眉批中时常发挥想象，巧妙地将中国古典诗歌以画理入诗、融绘画于诗情的高妙笔法运用于自己的诗歌点评中，使他的评语充满表意的形象性，有效唤起阅读者的视觉经验，加深对诗歌作品的理解，这里以对《田间诗抄》的眉批为例作一点探讨。田间因抗战时期创作了诗歌《给战斗者》而被称为"时代的鼓手"，他的诗风也被定格在激越短促、铿锵有力、富有战斗性和鼓动力等方面。但茅盾对《田间诗抄》的眉批，却发掘出田间诗歌诗情与画意的和谐婉约之美。他评价田间的《渔夫之歌》"深情寄于白描"，称赞《巴尔干山上》"如泉水淙淙，读之有清凉之感"，他认为《给黑海》"像一丛雏菊，逐朵看，不见特异（逐句看，不见特异），然而整丛看，却有惊人的美丽"③。对田间诗歌在感情表达上的节制含蓄、语言上的简约清丽给予了洞烛幽微的审视。

众所周知，茅盾早在开始小说创作之前，就是新文学阵营很有影响的批评家沈雁冰，他的文学批评从上世纪20年代开始一直到延续

---

① 茅盾：《中国现当代文学茅盾眉批本文库》诗歌卷，中国国际广播出版社1996年版，第420页。

② 同上书，第423页。

③ 同上书，第414—415页。

70 年代末，对整个现当代中国文学批评体系的形成和发展都产生了极大的影响。已有研究者统计，茅盾一生的著述中可纳入文学批评范畴的文章多达 887 篇①，跨越现当代两个时代。作为一个自成系统的批评大家，茅盾的文学批评自始至终都很重视文本细读在文学批评中的重要性和不可替代性。重读《中国现当代文学茅盾眉批本文库》就会发现，即便是在文学的社会功利性取代了文学审美风格的多样性、文学批评生态极不健康的五六十年代，茅盾依然以孜孜不倦的态度坚持把文本细读作为他文学批评中不可或缺的基础，他随读随批，以眉批的方式记录下来的文学感悟，在半个世纪后的今天，仍然闪烁着一个大批评家的真知灼见和不朽的文学情怀。

（原刊《浙江传媒学院学报》2017 年第 1 期）

---

① 参见周兴华《"我"与"我们"：茅盾作家论的意义标志》，《文学评论》2005 年第 4 期。

重估

从汪蒋之争到"回答托派"：
茅盾对《子夜》主题的改写

妥佳宁

摘　要　《子夜》的创作动机长期被解读为"回答托派"，即用小说写作阐释在帝国主义压迫下，中国民族资产阶级始终无法战胜买办阶级而发展中国的资本主义经济。然而，茅盾虽接受瞿秋白的指导，但直到成书之后仍未能深入理解所谓"托派"观点并予以有力回答，反而在揭示"立三路线"的过程中与某些所谓"托派"观点形成共鸣。事实上，在小说"提要"和现存大纲及前四章手迹当中，茅盾笔下所谓的"民族资产阶级"与"买办"，更多地呈现为实业与金融之间的对立掣肘。茅盾之所以不能很好地"回答托派"，既是因为实业与金融背后的汪派与蒋派之争，也是从宁汉对立到宁汉合流时期的茅盾，其1927年的亲身革命经历在1930年上海的曲折映现。而小说结局由原来设计的吴荪甫与赵伯韬在红军四起形势下的握手言和，按瞿秋白要求改写为民族资产阶级无法战胜买办，虽符合了"回答托派"的意识形态要求，却遮蔽了茅盾原本对中国社会的把握与言说方式。

关键词　《子夜》；托派；革命；茅盾；瞿秋白

1939年，茅盾在新疆学院演讲时，对《子夜》的写作动机作出定性："这样一部小说，当然提出了许多问题，但我所要回答的，只是一个问题，即是回答了托派：中国并没有走向资本主义发展的道路，中国在帝国主义的压迫下，是更加殖民地化了。"① 这为后来很长时期内的《子夜》解读模式奠定了基调，即在帝国主义压迫下，中国民族资产阶级始终无法战胜买办阶级而发展中国的资本主义经济，以此"回答托派播散的中国已是资本主义社会的谬论"②。这种解读也相应地成为文学史中的经典论断，甚至质疑《子夜》艺术成就的论者，同样以"回答托派"作为小说"主题先行"的论据③。

然而，《子夜》究竟是如何回答所谓"托派"的？众所周知，在《子夜》的写作过程中茅盾曾受到瞿秋白的指导，并有所改写。1931年4月，茅盾携部分已成小说原稿及各章大纲访瞿秋白，并在此后详谈一到两周。瞿秋白建议茅盾"改变吴荪甫、赵伯韬两大集团最后握手言和的结尾，改为一胜一败。这样更能强烈地突出工业资本家斗不过金融买办资本家，中国民族资产阶级是没有出路的"④。瞿秋白的这种指导，显然出于所谓"回答托派"的意图。既然小说原来设计的吴、赵握手言和的结尾，并不利于"回答托派"，那么茅盾在接受瞿秋白这样的指导之前，究竟如何理解吴赵之争？所谓的"回答托派"，又具体指谁，其观点究竟如何？

这不但要重新考察当年关于中国社会性质的论战，更要细致辨别茅盾在小说创作过程中不断改写的无数文本"碎片"，厘清其中细节与1930年代中国社会历史乃至更早时期茅盾所经历的革命实践及革命文学论争之间的复杂纠葛。只有真正回到文本与史实构成的"民国历史情境"本身，才能逐一解答文学与当时社会历史之间的具体问题，进而探寻建立在这些"碎片"之上的"宏大"意义。

---

① 转引自茅盾《〈子夜〉是怎样写成的》，《战时青年月刊》第2卷第3期，1939年。该文最初发表于1939年6月1日《新疆日报·绿洲》，原题为《茅盾谈〈子夜〉是怎样写成的》。

② 唐弢主编：《中国现代文学史》（二），人民文学出版社1979年版，第168页。

③ 蓝棣之：《一份高级形式的社会文件——重评〈子夜〉》，《上海文论》1989年第3期。

④ 茅盾：《〈子夜〉写作的前前后后——回忆录［十三］》，《新文学史料》1981年第4期。

一 《子夜》与中国社会性质的论战

在讨论茅盾对《子夜》主题的阐释时，往往被忽略的，是茅盾1939 年的演讲所处的新疆学院，尽管带有"赤化"色彩，却处于盛世才标榜"亲苏"的特务统治之下。就在茅盾抵达迪化前，盛世才在1937 年 12 月途经新疆回国的康生等人授意下，以"托派"罪名逮捕了之前由苏联派往新疆工作的中共党员俞秀松，蓄意制造了"大阴谋案"。后俞秀松被押往苏联，1939 年被判处死刑。而俞秀松不仅与茅盾同为中共早期创建者，在新疆时更化名王寿成担任新疆学院院长。这样，茅盾在新疆学院演讲不能不鲜明地亮出批判"托派"的态度。

但日后对《子夜》的解读模式，并不由这次演讲的偶然性决定，而是由小说本身与这一问题的纠缠以及日后的意识形态环境所决定的。无论茅盾在此次演讲之前是否曾经提及《子夜》要"回答托派"或思考中国社会性质论战的问题①，至少经瞿秋白指导后的《子夜》写作过程，已不可避免地与关于中国社会性质的论战发生了联系②。茅盾后来曾再次解释《子夜》与中国社会性质论战的关系：

> 剩下一个问题不可以不说几句：这部小说的写作意图同当时颇为热闹的中国社会性质论战有关。当时参加论战者，大致提出

---

① 曹万生较早注意到了《子夜》与关于中国社会性质论战的关系并不那么单一，但他认为，所谓"回答托派"的说法是茅盾 1939 年才首次提及的，此前的小说创作过程中和《子夜》后记中都未出现，而是 1937 年何干之对关于中国社会性质论战加以总结并给予定性之后，尤其是 1938 年毛泽东公开肯定论战中使用的"半殖民地半封建社会"说法后，茅盾才用这样的说法来解释《子夜》。见曹万生《茅盾的市民研究与〈子夜〉的思想资源》，《西南民族大学学报》2006 年第 9 期。

② 毛夫国在曹万生论证基础上认为，"回答托派"并非《子夜》创作时的真实意图，由此质疑"重写文学史"浪潮中以"回答托派"作为论据来判定《子夜》"主题先行"的做法。见毛夫国《再论〈子夜〉的"主题先行"》，《文艺理论与批评》2015 年第 6 期。

了这样三个论点：一、中国社会依然是半封建半殖民地的性质；打倒国民党法西斯政权（它是代表了帝国主义、大地主、官僚买办资产阶级的利益的），是当前革命的任务；工人、农民是革命的主力；革命领导权必须掌握在共产党手中。这是革命派。二、认为中国已经走上了资本主义道路，反帝、反封建的任务应由中国资产阶级来担任。这是托派。三、认为中国的民族资产阶级可以在既反对共产党所领导的民族、民主革命运动，也反对官僚买办资产阶级的夹缝中取得生存与发展，从而建立欧美式的资产阶级政权。这是当时一些自称为进步的资产阶级学者的论点，《子夜》通过吴荪甫一伙的终于买办化，强烈地驳斥了后二派的谬论。在这一点上《子夜》的写作意图和实践，算是比较接近的。①

如茅盾所述，参与论战者可以大致分为"革命派""托派"和"资产阶级学者"三派。这场论战并非单纯的学术讨论，而是在 1927 年国共分裂进而争论以往国民革命乃至未来中国革命性质的背景下发生的②。1928 年，戴季陶、陈果夫、陈布雷、周佛海等在上海创办《新生命》月刊，"检讨"国民党在此前国民革命中清共的不力③。10 月，陶希圣在此发表《中国社会到底是什么社会?》，随后在新生命书局出版《中国社会之史的分析》及《中国社会与中国革命》。1930 年，陶希圣又在《新生命》月刊发表《中国之商人资本及地主与农民》，称："中国社会是金融商业资本之下的地主阶级支配的社会，而不是封建制度的社会。"④

---

① 茅盾：《再来补充几句》，《子夜》，人民文学出版社 1977 年版，第 576 页。
② 卢毅：《论 20 世纪二三十年代的中国社会性质问题论战》，《徐州师范大学学报》2008 年第 4 期。
③ 周佛海：《今后的革命》，《新生命》第 1 卷创刊号，1928 年。
④ 见陶希圣《中国社会到底是什么社会?》（《新生命》第 1 卷第 10 期，1928 年）、《中国社会之史的分析》（新生命书局，1929 年）、《中国社会与中国革命》（新生命书局，1929 年）、《中国之商人资本及地主与农民》（《新生命》第 3 卷第 2 期，1930 年）。

对陶希圣的古代社会分期①，避居日本的郭沫若有不同观点②。而受当时中共中央宣传部及中央文委的直接干预③，创造社刊物《新思潮》在 1930 年第 4 期发起征文，其中一个题目便是"中国是资本主义的经济，还是封建制度的经济"④。这一期还刊登了丘旭的《中国社会到底是什么社会？——陶希圣错误意见之批评》⑤。作为"中国经济研究专号"，《新思潮》第 5 期发表了中共中央宣传部秘书潘东周、中央文委委员王学文（郑景）等人的一系列论文，由中国社会性质问题的讨论，来肯定"反帝""反封建"的革命任务依然要由中共领导⑥。中共中央文委书记朱镜我等主编的《新思潮》月刊，也就成为后来茅盾描述中的"革命派"。这一期《新思潮》的"编辑后记"明确了刊发这些论文的最主要目的，倒不全是驳斥国民党的相关论述，而主要是反对所谓的"取消派"：

> 然而，事实上竟有一派自命理论家的人们，竟非主张中国是资本主义的社会，因而说现在的统治阶级是资本家的民族资产阶级，目前的军阀混战的局面是甲派资本家集团与乙派资本家集团的对战；他们竟认定中国封建势力已经扫除，帝国主义已经对民

---

① "陶希圣 1929 年 5 月所著《中国封建社会史》，主张周代为封建社会，春秋之际，封建制度开始分解，因此秦汉以降不能称封建社会。"见冯天瑜《史学术语"封建"误植考辨》，《学术月刊》2005 年第 3 期；陶希圣《中国封建社会史》，上海南强书局，1929 年。

② 郭沫若认定周代为奴隶社会，秦代进入封建社会。见郭沫若《诗书时代的社会变革与其思想上的反映》（《东方杂志》1929 年第 26 卷第 8、9、11、12 期）、《中国古代社会研究》（上海联合书店 1930 年版）。

③ 王慕民：《关于"新思潮派"的几点思考》，《历史教学》2000 年第 8 期。

④ 《新思潮社第一次征文题目并缘起》，《新思潮》1930 年第 4 期。

⑤ 丘旭：《中国社会到底是什么社会？——陶希圣错误意见之批评》，《新思潮》1930 年第 4 期。

⑥ 潘东周：《中国经济的性质》；吴黎平：《中国土地问题》；向省吾：《帝国主义与中国经济》；李一氓：《中国劳动问题》；向省吾：《中国的商业资本》；郑景：《中国历史上两次最大的农民暴动》。见《新思潮》1930 年第 5 期。

族资产阶级让步，所谓资产阶级性的民权革命已经完成其任务，目前没有任何的革命征兆，一切农民底反抗统治阶级底行动只不过是大革命后的"余波"，工人运动之非合法的斗争行动，只不过是一种盲动。于是，他们一齐地反对中国革命的十大政纲，一齐地破坏工人群众之政治斗争，一齐地取消学生群众以及城市小资产阶级底为自由而斗争的运动，而自命为真正的革命党人。这就是今日中国的所谓取消派的中国革命论，同时也就是他们一派的政治路线之根本观点及其实际行动之总策略之中心。①

所谓"取消派"，原是 1905 年俄国革命失败后，布尔什维克对孟什维克中持"取消革命行动"观点者的称谓②。这里"今日中国的所谓取消派"，正是对当时出现的中国托派的一种叫法。托派，即托洛斯基派，是 1927 年正式与斯大林派决裂的苏共派别，后又逐步发展成为一个国际"共运"组织。托洛斯基③（1897—1940），是与列宁共同领导俄国革命的苏共元老。1905 年俄国革命时期，托洛斯基提出"无间断革命"论④，主张资产阶级民主革命与无产阶级革命的"无间断"发展过渡，即要求无产阶级在反对沙俄统治的资产阶级民主革命中，迅速争夺革命领导权；1917 年，托洛斯基与列宁共同领导"十月革命"后，成为苏共最高领导人之一。列宁逝世后，托洛

---

① 《编辑后记》，《新思潮》1930 年第 5 期。

② 查 1928 年汉语语境中该词的用法："8. 取消派一九〇五年在俄国革命后的反动时代，孟什维克底一部分主张取消对于政权底直接的革命行动，即是把以前的作个总结算，主张工人必须与资产阶级自由主义者同作政治运动。"见《新术语》，《思想》1928 年第 2 期。

③ 即托洛茨基，文章所涉时代翻译为托洛斯基。本文保持时代色彩，均写为托洛斯基。

④ 中文多译作"不断革命"，瞿秋白将其译作"无间断革命"，彭述之译为"永续革命"［郑超麟：《瞿秋白与托洛斯基不断革命论》，《郑超麟回忆录》（下），东方出版社 2004 年版，第 294 页］。汉语中"不断"一词有"反复""没完没了"之意，故此处采用瞿秋白译法以避免产生歧义。

斯基与斯大林及共产国际在中国革命等问题上分歧严重，托洛斯基反对中共加入国民党的国共合作方式，更强调无产阶级革命领导权，主张将国民革命"无间断"地发展为无产阶级革命。1927年"四一二"之后，托洛斯基主张中共退出武汉国民政府，建立苏维埃政权，完成无产阶级革命。中国革命失败后，托洛斯基与斯大林的争论白热化，认为斯大林当为中国革命失败负责，而共产国际则将责任归于陈独秀等中共领导人。至此，苏共及中国留苏学生都分裂为两派①。1927年12月，苏共十五大批准了开除托洛斯基党籍的决定，开始在苏联全国肃清托派分子，托洛斯基被流放到哈萨克，中国留学生中的托派也被遣返回国。1928年7月，托洛斯基的《中国革命的总结与前瞻》等文章，强调"资本主义关系在中国的绝对优势，它的直接的统治"②与斯大林关于中国"半殖民地地位和帝国主义的财政经济的统治"论述完全相反③，在共产国际第六次代表大会期间引起各国代表强烈反响，一些代表回国后纷纷成立托派组织④。至1929年，托洛斯基本人也被苏联政府驱逐出国。留学苏联归来的托派成员严灵峰，1930年在中国托派刊物《动力》创刊号上发表《"中国是资本主义的经济，还是封建制度的经济?"？——应〈新思潮〉杂志之征》，回应《新思潮》的征文。他批判王学文等新思潮社的观点，认定"中国社会经济中是资本主义成分占'支配'或'领导'的地位"⑤。《动力》随即成为托派表达类似观点的阵地。所谓《子夜》"回答托派"，也就是要否定这样一种关于中国已经发展到资本主义社会的观点。而上述三派的分歧，绝不仅仅是对此时中国社会性质

---

① 王凡西：《双山回忆录》，东方出版社2004年版，第67页。

② ［苏联］托洛茨基：《中国革命的总结与前瞻——它对东方国家和整个共产国际的教训》，托洛茨基著，施用勤译：《托洛茨基论中国革命（1925—1927）》，陕西人民出版社2011年版，第263—301页。

③ 斯大林：《中国革命问题》，《论反对派》，中华书店1932年版，第259—263页。

④ 唐宝林：《简论中国托派》，《中共党史研究》1989年第1期。

⑤ 严灵峰：《"中国是资本主义的经济，还是封建制度的经济?"？——应〈新思潮〉杂志之征》，《动力》第1卷第1期，1930年。

的看法不同，更来自于对此前国民革命性质与任务的不同理解。这场关于中国社会性质的论战，很大程度上是立场之争，各派出于不同立场分别发展出各自的理论为其意识形态服务，有时甚至刻意保持与对方的意见相反，呈现一种先有立场，后发展出基本理论的逆行轨迹。

然而，经常被忽略的是，在托洛斯基与斯大林及共产国际就国共合作问题发生分歧之初，中共内部也相应地出现了广州和上海两种对国共合作的不同态度。上海的中共中央尤其是陈独秀等，最初并不乐于积极同国民党合作北伐，更倾向于群众运动；而亲赴广州的瞿秋白等，则按共产国际指示积极促成国共合作，以北伐的战争方式推动革命。到中共五大及八七会议前后，由于对革命形势的判断不同，中共内部的这种分野发生了巨大转折。在共产国际新的指示下，瞿秋白等组建新的中央，积极开展军事活动，脱离武汉国民政府，而将革命失败的责任归于陈独秀等。从苏联陆续回国的留学生带回托洛斯基讨论中国问题的文件，宣传托洛斯基思想。这些思想辗转影响到被排挤出中央的陈独秀、彭述之等人，逐步被他们有限度地接受[1]，在国内先后成立了一系列托派组织，分别出版《我们的话》《无产者》《十月》和《战斗》等刊物，并于 1931 年一度统一[2]，被当时的中共中央称为"陈托取消派"。但是，部分中国托派也并不完全认可陈独秀。

在一系列中共中央文献及上述《新思潮》的"编辑后记"中，所谓"取消派"的叫法，乃是出于中共中央对该派观点的反对[3]，认为其关于中国已经是资本主义社会的观点，等于取消了"反帝""反

---

① 郑超麟：《回忆录·左派反对派》，《郑超麟回忆录》（上），东方出版社 2004 年版，第 321—322 页。

② 参见唐宝林《中国托派史》，台北：东大图书公司，1994 年。

③ 尼司编：《陈独秀与所谓托派问题》，新中国出版社 1938 年版，第 6—7 页。

封建"的革命任务①。中国托派当然不会自视为"取消派",而是按照苏联托派的叫法自称"布尔什维克—列宁派"、"列宁主义者左翼反对派"或"左派反对派"等,并反将中共中央称为"干部派"。那么,在托派看来,中国社会性质和革命性质的问题,究竟应作何解?事实上,托派自认为坚持无产阶级革命,而国共合作的国民革命的"反帝""反封建",在其眼中仅仅是争取中国的独立和民主,还不是最高目标。托派认为,如果不及时将这样的资产阶级民主革命"无间断"地过渡为无产阶级革命,其结果便是"人们转移了工农群众对于本国压迫者的仇恨,去恨帝国主义,外国压迫者"②。

1928 年,在莫斯科召开中共六大后,瞿秋白不再担任中共中央高层职务,被留在苏联。1930 年从苏联归来的瞿秋白,此后之所以要求茅盾改写小说结尾,其中的一个重要原因,便是斯大林派和托派之争已经波及中共内部。关于中国社会性质论战的焦点,已不再是国共之间对革命性质的争论,而成为中共内部中央与所谓"取消派"之间就中国革命是否仍需"反帝""反封建"问题展开的争夺③。一旦茅盾小说表现出上述"编辑后记"所指摘的观点,譬如"现在的统治阶级是资本家的民族资产阶级,目前的军阀混战的局面是甲派资本家集团与乙派资本家集团的对战",那就不仅是缺乏对所谓"取消派"观点的批判,反而有可能成为典型的"托派"言论。这显然是瞿秋白不愿看到也不允许出现的。

由此可见,茅盾这部小说虽然与中国社会性质论战的思想背景存在密切关系,但创作之初却完全不能"有力"地否定所谓"托派"观点,反倒与之不无"共鸣"之处。那么,茅盾在小说中究竟如何描绘并评判所谓托派观点呢?

---

① 棠:《取消派对于中国经济认识的错误——帝国主义与中国经济》,《新中国》第 1 卷第 1 期,1933 年。

② 郑超麟:《回忆录·进潮或退潮?》,《郑超麟回忆录》(上),东方出版社 2004 年版,第 278 页。

③ 彭维锋:《在文学与政治之间:瞿秋白左翼时期的文艺思想研究》,新华出版社 2008 年版,第 33—43 页。

二 托派对工人运动的态度及茅盾的描绘

由于小说描写共产党多集中于罢工部分，故《子夜》出现的"取消派"观点，主要是在对罢工领导者的相关描绘中①。在中共地下工作者玛金与苏伦散会后的单独对话中，苏伦说："看到底：工作是屁工作！总路线是自杀政策，苏维埃是旅行式的苏维埃，红军是新式的流寇！"②被玛金认为"和取消派一鼻孔出气"的党员苏伦，其观点虽然包含了托派对苏维埃和红军问题的不同看法，却并不能显示现实中托派对罢工问题的真正态度。

1933年《子夜》出版后，瞿秋白所作、鲁迅修改并以鲁迅笔名"乐雯"于4月2日和3日在《申报·自由谈》上发表的《〈子夜〉和国货年》，在评论《子夜》之余，不忘对上海某些民族资本家在1933年元旦发起国货年运动加以讽刺③。而紧接着的1934年又被命名为妇女国货年，并于元旦在上海举行国货公司花车游行，其中最为显眼的就是上海美亚绸厂的丹凤花车④。上海美亚绸厂由民族资本家莫觞清于1920年创办，1925年后在沪已先后设立6个分厂，"合计

---

① 此外，在未受瞿秋白影响的《提要》，和接受瞿秋白建议后重新写成的现存大纲手稿中，茅盾多次提及"取消派"。在《提要》所列"工贼"形象中，最后一种即为"属于取消派者"。而吴荪甫与罢工工人之间的第三次斗争，茅盾设计了"罢工指导者之间发生了不同的意见，工贼中间，亦有蒋派，改组，取消，及资本家雇佣工贼四者之间的暗斗"（茅盾：《子夜（手迹本）》，中国青年出版社1996年版，第449、452页）。在现存大纲第十三章纸页空白处，茅盾列下了与罢工运动相关的22个相关人物，其中"左派女工"何秀妹、张阿新、陈月娥，均属"立三路线者"，而"工贼"中只见蒋派、改组派和资本家雇佣者，并未出现具体的取消派"工贼"形象，仅有中共罢工领导者苏伦属于"取消主义倾向者"，也非托派组织成员（茅盾：《子夜（手迹本）》，中国青年出版社1996年版，第477—478页）。

② 茅盾：《子夜（手迹本）》，中国青年出版社1996年版，第368页。

③ 对瞿秋白和鲁迅合写该文的考证，见丁景唐、王保林《谈瞿秋白和鲁迅合作的杂文——〈《子夜》和国货年〉》，《学术月刊》1984年第4期。

④ 《妇女国货年》，《东方杂志》第31卷第3期，1934年，封里照片。

有织机五百余台，每月出品可达一万余匹，每年营业约计三百五十万元"①。此后又不断扩充，甚至被上海的《国货月报》尊为"诚我国丝织业最大之工厂也"。尽管《子夜》所写裕华丝厂并非绸缎厂，但小说中吴荪甫丝厂的规模巨大，且不断扩充，吞并了陈君宜的绸厂，正可与现实中的上海美亚绸厂相映衬。更重要的还在于，小说与现实中两厂均发生大罢工。由于资方削减工资②，1934 年 3 月 3 日起美亚绸厂 10 个分厂四千多工人一致罢工。后资本家联合法租界巡捕房予以镇压，造成"三一一"惨案。罢工工人先后向上海市政府和社会局请愿，均遭镇压，终被迫复工，罢工失败③。而对现实中这样一场与小说描绘极为相仿的罢工，中共中央和托派做出了不同的表态。由此也可间接得知，在中共中央与托派眼中，《子夜》所描绘的罢工及其失败究竟意味着什么。

当时已经撤到中央苏区的中共中央，在其主导的中华苏维埃政府机关报《红色中华》上④，将正在进行的美亚绸厂罢工视为各家"绸厂总罢工已经开始"，并且以宣传攻势强调这次罢工"粉碎了取消派的破坏阴谋"⑤。而托派刊物《火花》则在罢工失败后讨论《美亚绸厂工人罢工失败的原因及教训》，承认该派曾致信罢工委员会，但未能完全争得领导权；并提出既与《红色中华》观点不同，又与《子夜》所描绘的"取消派"观点也不相同的看法：

　　但罢工惨败的直接原因，则是四月十五日向社会局请愿时及

---

　　① 《美亚织绸厂小史》，《国货月报》第 1 卷第 3 期，1934 年。

　　② "美亚的工资于去年七月，曾经有过一次九折的减削，此次绸织企业家集议之后，美亚厂方又于这九折工资之上，再行七折或七五折，这即是说，不出一年，工资逐次减低百分之四十。"见狱生《上海美亚织绸厂工潮纪实》，《女青年月刊》第 13 卷第 5 期，1934 年。

　　③ ［美］裴宜理：《上海罢工：中国工人政治研究》，刘平译，江苏人民出版社 2001 年版，第 259—272 页。

　　④ 早在 1932 年，《红色中华》的主编王观澜即因"重大托派嫌疑"而被苏区中央局免职并一度开除党籍。

　　⑤ 《风起云涌的白区工人斗争》，《红色中华》第 171 期第 4 版，1934 年。

被驱散后，未能紧把握住工人情绪的变化而为及时的策略的转
变。在包围社会局时，罢工领导者不知道在美亚工人孤军独战，
无广大工人群众实力拥护，不足以威胁国民党形势之下，在国民
党市政府已奉有蒋介石命令早具决心压迫美亚工人斗争情形之
下，在美亚工人大奋斗月余，精神疲敝，不堪再受流血摧残情形
之下，如果包围社会局时间太久，不适可而止，则国民党政府为
维持其统治威权，必将以武力压迫工人，而使疲敝工人再受流血
的打击。因此，他们使工人漫无限制包围下去，以致终不免于狼
狈的溃退，而造成惨败的前提。但在工人被武力驱散以后，如能
立即把握住工人情绪已经颓丧，已经对罢工失望，这一点，而敏
捷的设法恢复工人的情绪并作策略的转变，则仍不至于召致这样
悲惨的失败。但不幸，这时，工人领袖多已被扣留被逮捕，史大
林派的官僚们既溜之不见，而反对派自己又不能提出这样及时转
变策略，因之，使工人徘徊恐惶数日之久，不知出路何在。结
果，资本家以停伙食，解雇的手段，更进一步向工人压迫。精尽
力竭的工人们更不能支持，于是便零乱的无条件的复了工。①

中共中央与托派在《红色中华》与《火花》上分别从各自立场
分析了这场罢工。尽管《子夜》描绘的是此次美亚罢工前四年的
1930 年在"立三路线"指导下上海各行业大罢工，但仍可与 1934 年
的美亚大罢工各派态度作一番对比。《子夜》描写裕华丝厂罢工出现
失败迹象和工人党员被抓的严峻形势时，中共罢工领导者克佐甫要求
第二天再次罢工，玛金却提出不同意见②：

　　"我主张总罢工的阵线不妨稍稍变换一下。能够继续罢下去

---

　　① 原文见施蒂尔《读〈子夜〉》，《中华日报·小贡献》1933 年 8 月 13、
14 日。本文引自瞿秋白《读〈子夜〉》，瞿秋白著，朱正编：《论〈子夜〉及其
它》，百花文艺出版社 1985 年版，第 123—124 页。
　　② 茅盾：《子夜（手迹本）》，中国青年出版社 1996 年版，第 362 页。

的厂，自然努力斗争；已经受了严重损失的几个厂，不能再冒险，却要歇一口气！我们赶快去整理，去发展组织；我们保存实力，到相当时机，我们再——"

玛金的话立刻被克佐甫打断，遭到严厉指责：

"你这主张就是取消了总罢工！在革命高潮的严重阶段前卑怯地退缩！你这是右倾的观点！"

克佐甫虽然使用了"取消"和"右倾"等词汇，但仅是出于对玛金的警告与提醒，并未认定玛金是所谓"取消派"或托派。然而，小说中玛金对裕华丝厂罢工问题的观点，与现实中托派对美亚绸厂罢工的观点颇有相通之处。茅盾如此描绘中共罢工领导者的意识，虽然是出于对"立三路线"过激倾向的批判，但在另一方面却显然未能完全与托派思想划清界限。其原因倒不是茅盾与哪一托派组织有任何关联，而是因为流亡日本刚刚归来的茅盾，从根本上并不能完全明白当时的托派观点究竟如何，或何种曾经"正确"的观点现在已被划入"托派"而不允许再提。他仅仅从瞿秋白对所谓"取消派"的批判中了解到一些中共中央对该派观点的描绘，故而小说中才会出现对苏伦那些"看到底"观点的描绘。

茅盾写作《子夜》过程中，虽按照瞿秋白所解释的党的政策"何者是成功的，何者是失败的"来"据以写后来的有关农村及工人罢工的章节"[①]，但终于只在表层按中共中央对"取消派"观点的批判予以描绘，让玛金怒斥并拒绝苏伦，而未能从小说情节与细节描绘上体现与托派的清晰界线，反倒让玛金自己对罢工运动的态度与托派观点发生了某种"共鸣"。可见，《子夜》直到成书之后，仍未能彻底完成瞿秋白的意识形态意图，尤其没有很好地回答托派。相反，倒

① 茅盾：《〈子夜〉写作的前前后后——回忆录［十三］》，《新文学史料》1981 年第 4 期。

是瞿秋白，在后来更为详尽的《读〈子夜〉》一文中，不忘借助玛金
"恋爱要建筑在同一政治立场上"的"真正的恋爱观"，指出被她拒
绝的苏伦的"取消派"立场不正确①。

　　既然茅盾当时并未能深入理解所谓"托派"观点并予以有力回
答，甚至与某些托派观点不无相近之处，那么在瞿秋白特定意识形态
诉求之外，茅盾究竟是从哪里获得了他关于中国社会性质的认识的？
被瞿秋白解读为"民族资产阶级"与"买办"的对立，到底有着茅
盾本人怎样的现实经验基础？这些问题的答案，应首先在受瞿秋白影
响之前写成的小说"提要"和前四章手稿中去寻找②。而此外的章节
当中，只有部分痕迹残留下来。

三　实业与金融背后的汪派和蒋派

　　小说能否很好地回答托派，关键在于如何判断中国社会的性质，
也就是如何描绘"民族资产阶级"与"买办"斗争成败的。回到
《子夜》即可发现，所谓"民族资产阶级"与"买办"的对立，在
小说中更多地呈现为实业与金融之间的冲突；与其说是"民族资产
阶级"无法战胜"买办"来发展中国的资本主义，不如说是 1930 年
中国金融发达而实业凋敝的经济怪象的写照。

　　在受瞿秋白指导之前已经写成的小说手稿第一章结尾处，吴老太
爷昏厥将死，吴荪甫、杜竹斋等家人亲属挤在小客厅里忙乱。张素素
问经济学教授李玉亭："你看我们这社会到底是怎样的社会？"李玉

---

　　①　原文见施蒂尔《读〈子夜〉》，《中华日报·小贡献》1933 年 8 月 13、
14 日。本文引自瞿秋白《读〈子夜〉》，瞿秋白著，朱正编：《论〈子夜〉及其
它》，百花文艺出版社 1985 年版，第 123—124 页。
　　②　对《子夜》成书谱系进行翔实考证的汉学家冯铁发现，现存手稿的前
四章，正是未经瞿秋白建议修改的原写作稿。［瑞士］冯铁：《由"福特"到
"雪铁笼"——关于茅盾小说〈子夜〉（1933 年）谱系之思考》，李萍译，［瑞
士］冯铁：《在拿波里的胡同里》，火源、史建国等译，南京大学出版社 2011 年
版，第 456—479 页。

亭回答："这倒难以说定。可是你只要看看这儿的小客厅，就得了解答。这里面有一位金融界的大亨，又有一位工业界的巨头；这小客厅就是中国社会的缩影。"① 借李玉亭之口，将实业与金融的并立作为"中国社会的缩影"，显然是小说的点睛之笔。整部作品都围绕着工业资本家吴荪甫和金融家赵伯韬在借贷、公债和罢工三条战线上的斗争展开。吴荪甫最后因同样作为金融家的姐夫杜竹斋倒戈赵伯韬，以致彻底失败。一旦忽视小说所描绘的金融与实业相互掣肘甚至对立，而仅仅着眼于"民族资产阶级"与"买办"这样的阶级话语表述，固然可以看到小说后来对所谓"托派"的回答，却遮蔽了茅盾原有的社会认知视角。

现存小说的"提要"手稿，是茅盾否定了最初构思的三个记事珠之后②，重新确定的写作提纲，更早于前四章手稿的写作，同样未受瞿秋白指导的影响。"提要"首先列出了"两大资产阶级的团体"："吴荪甫为主要人物之工业资本家团体"和"赵伯韬为主要人物之银行资本家团体"。介绍双方的政治背景时，手稿原文写着"工业资本家倾向改组派"，"银行资本家中，赵伯韬是蒋派"。在"改组派"几个字旁边的空白处，茅盾用另一种较粗的笔迹标明"即汪精卫派"③。所谓改组派，正式名称是"中国国民党改组同志会"，是宁汉合流后汪精卫遭排挤暂赴海外时，国民党内部反蒋的政治派别。1928 年陈公博等创办《革命评论》，将海外的汪精卫奉为领袖，宣扬恢复"民国十三年的国民党改组精神"④。汪、蒋之争成为当时国民党内部最为严重的冲突。到 1930 年中原大战期间，冯、阎、桂、粤军阀联合起来与蒋派中央军争夺革命正统，拉拢汪精卫在北平召开"中国国民党中央党部扩大会

① 茅盾：《子夜（手迹本）》，中国青年出版社 1996 年版，第 23 页。
② 这三个记事珠辑录发表于《茅盾作品经典》第 1 卷（中国华侨出版社 1996 年版，499—513 页），但辑录有部分文字认读错误。其手稿照片可参见孙仲田《图本茅盾传》，长春出版社 2011 年版，第 128 页。
③ 茅盾：《子夜（手迹本）》，中国青年出版社 1996 年版，第 448 页。
④ 汪精卫：《一个根本观念》，《革命评论》1928 年第 12 期。

议"，即"北方扩大会议"，另立国民党中央①，再度与蒋分庭抗礼。这些都成为《子夜》小说故事的重要背景②。若不能看到小说中随处可见的汪、蒋之争，则无法正确解读吴、赵背后的不同政治理想。

　　而在小说文本当中，并未明确吴荪甫和赵伯韬分属汪、蒋两派，只是予以暗示。小说第三章手稿写唐云山的汪派主张"我们汪先生就是竭力主张实现民主政治，真心要开发中国的工业；中国不是没有钱办工业，就可惜所有的钱都花在军政费上了"。同时说明吴荪甫的政治倾向"也是在这一点上，唐云山和吴荪甫新近就成了莫逆之交"③。非常值得注意的一点，是现实中汪精卫及改组派对实业与金融的态度。改组派用发展实业来阐释孙中山三民主义中的民生主义："实业计划 Industrial Development of China 实与民生主义相表里，假使实业计划不克完成，民生主义必无从实现。"④ 而汪精卫拟在"北方扩大会议"上提出《经济政策及财政政策草案》，提出"兴办生产事业""保障产业和平""发展农业并改良农村经济生活""整理金融和币制""奖励移植"的经济政策。其中"整理金融和币制"，不仅要创设国家银行、实行金本位制，以应对金贵银贱问题，还明确规定"托拉斯及交易所的应受国家严格监督"⑤。要求严格管控金融的改组派，被称为"实业党"。吴荪甫之所以与唐云山等改组派成员追随汪精卫，正是由于汪派振兴实业的政治主张。而小说手稿当中曾经使用

　　① 陈进金：《另一个中央：一九三〇年的扩大会议》，《近代史研究》2001年第2期。
　　② 关于《子夜》对国民党改组派的描绘，参见妥佳宁《国民党员茅盾的革命"留别"——兼及〈子夜〉对汪精卫与国民党改组派的"想象"》，李怡、蒋德均编：《国民革命与中国现代文学》（中），花木兰文化出版社2015年版，第345—364页。
　　③ 茅盾：《子夜（手迹本）》，中国青年出版社1996年版，第63页。另外，屠维岳向桂长林表示："吴老板也和汪先生的朋友来往。"见第162页。
　　④ 陈公博：《目前怎样建设国家资本？》，《革命评论》1928年第7期。
　　⑤ 汪精卫：《经济政策及财政政策草案》，《国闻周报》第7卷第35期，1930年。

过的一个英文副标题 a Novel of Industrialized China①，即中国工业化的故事，正与改组派所谓"实业计划 Industrial Development of China"相一致，足见吴荪甫振兴中国工业的宏大理想，其思想来源不无国民党改组派的影子。

《子夜》又如何描绘南京国民政府的蒋派？相对于从香港到北平的汪派，小说也只暗示了赵伯韬的政治背景②。赵伯韬对李玉亭提出更换益中公司总经理时，反对的理由便是"我这里的报告也说是姓唐的，并且是一个汪派"。李玉亭、杜竹斋等劝吴荪甫避免和赵伯韬斗法时，先后提到"唐云山有政党关系""老赵自己也有的"③。赵伯韬与美国金融界有密切关系，这显然与现实中蒋派政权背后有金融支持者一致。

南京国民政府在"四一二"前后获得上海金融界，尤其是江浙财团及外国资本的支持，此后又不断加强对金融的控制④。利用中央财政的关税收入为担保，大量发行公债，以保障蒋派中央军与地方军阀作战的高额军费。一旦蒋派战败，这些由南京国民政府发行的公债，下届政府是否负责就很难预料，故而公债市场的涨跌受到战事胜负的直接影响。蒋派与各系军阀的中原大战，严重影响国内交通运输，工商业受到重创；而金融界却大发国难财，在公债市场利用军事内幕操纵涨跌。小说描绘益中公司合伙人孙吉人"江北的长途汽车被征发了，川江轮船却又失踪"，吴荪甫吞并的 8 个小厂所生产的轻工业产品因战事阻碍交通失去了销路；而赵伯韬、尚仲礼则买通军队的进退来控制公债市场的涨跌。"关税库券""裁兵公债"和"编遣库券"等，被投机的散户们戏称为"棺材边"。依靠与南京国民政府

---

① 手迹中小说最初的英文题名 In Twilight 之后有两个副标题：a Romance of Modern China in Transition，或 a Novel of Industrialized China，见茅盾《子夜（手迹本）》，中国青年出版社 1996 年版，第 1 页。而小说改名《子夜》后，扉页上的英文标题则是 The Twilight：a Romance of China in 1930，见茅盾《子夜》，开明书店 1933 年版，扉页。

② 刘佛丁：《试论我国民族资本企业的资本积累问题》，《南开大学学报（哲学社会科学版）》1982 年第 2 期。

③ 茅盾：《子夜（手迹本）》，中国青年出版社 1996 年版，第 217、239 页。

④ 郑会欣：《关于张嘉璈被撤换的经过》，《学术月刊》1986 年第 11 期。

的密切关系，赵伯韬干预交易所增加卖方的保证金，甚至放出消息谎称要南京财政部饬令各大银行及交易所"禁止卖空"，企图挤压做"空头"的吴荪甫的利益空间①。虽不能真正禁止卖空，但双倍保证金这样不平等的交易之所以能实现，正是因为南京国民政府要靠公债来维持巨额军费，故而偏袒从事"多头"交易的金融集团。

汪派被称为"实业党"，注重保护工业资本家利益，主张发展实业，而蒋派南京政府则依靠金融资本家支持②，甚至因时局与战事需要而侵害实业利益③。实业家吴荪甫和金融家赵伯韬分属汪、蒋两派，他们对中原大战的态度也受其政治倾向的影响。赵伯韬"希望此次战事的结果，中央能够胜利，能够真正统一全国。自然美国人也是这样希望的"。而吴荪甫"有发展民族工业的伟大志愿"，"他是盼望民主政治真正实现，所以他盼望'北方扩大会议'的军事行动赶快成功"④。即便不用现实主义或自然主义的模式来解读，也可明显地看出，茅盾小说与中国社会现实的对应关系。

汪派与蒋派经济政策的差异，用常见的阶级话语表述就是：两派各自代表了工商业资产阶级与买办、大资产阶级的不同利益。而把阶级话语还原后，则呈现为两派对实业与金融冲突的不同立场。茅盾之所以选择实业家与金融家的斗争来把握当时的中国社会，除了1930年中国金融发达而实业凋敝的社会原因外，还与他本人的亲身经历密不可分。

四 南京与武汉之间的革命正统之争

小说中的一个细节，似乎颇能展现茅盾本人经历与《子夜》所

① 茅盾：《子夜（手迹本）》，中国青年出版社1996年版，第23、428—429页。

② 王正华：《1927年蒋介石与上海金融界的关系》，《近代史研究》2002年第4期。

③ 袁广泉：《中兴煤矿没收事件始末——北伐战争就地筹饷及民营企业的抵制》，[日]石川祯浩主编：《二十世纪中国的社会与文化》，袁广泉译，社会科学文献出版社2013年版，第402—441页。

④ 茅盾：《子夜（手迹本）》，中国青年出版社1996年版，第167、270页。

描绘的中国社会之间的复杂关系。由于中原大战影响公债涨跌，唐云山向吴荪甫报告张桂联军要退出长沙，消息利于蒋派中央军，公债将止跌反涨。吴荪甫向唐云山确认军事内幕的可靠性，问他"铁军"是否向赣边开拔，唐云山告诉吴荪甫该部队并非攻向南昌而是撤退①。王中忱曾指出这个"铁军"并非"北伐战争中叶挺所率领的国民革命军独立团"，而是 1930 年联桂反蒋时重新继承北伐时期第四军番号的粤系张发奎部队②。吴荪甫为什么要用"铁军"来称呼张发奎和李宗仁等的张桂联军呢？北伐时期，国民革命第四军一部由张发奎等率领屡建功勋，"铁军"盛名远播，不仅是粤系张发奎等后来不断沿用第四军的番号来表明其革命正统性，诸多派别的部队也都在争夺第四军番号。中共南昌起义的部分部队即来自叶挺所率第四军一部。而脱离叶挺后的朱德余部，在井冈山会师后，又组建了中国工农革命军第四军，后改称中国工农红军第四军。直到抗战时期国共再度合作，叶挺领导的部队仍以"新四军"为番号，都是来自北伐时期著名的粤系第四军。

这一细节看似无关紧要，却不经意间流露了茅盾本人的经历与小说的密切关系。就在以"回答托派"来解释《子夜》创作动机的新疆学院演讲中，茅盾曾说"我那时没有参加实际工作，但在一九二七年以前我有过实际工作的经验，虽然一九三〇年不是一九二七年了，然而对于他们所提出的问题以及他们工作的困难情形，大部分我还能了解。"③ 那么，茅盾 1927 年以前究竟有过怎样的实际革命经验？又如何以 1927 年以前的经验来写 1930 年的中国？

日本学者桑岛由美子提出"《子夜》的问题是大革命时期的矛盾的延长"，并考证了"在 1926 年 1 月的中国国民党第二届全国代表大会上，茅盾担任宣传部秘书，是宣传部长汪精卫的直属部下（当

---

① 茅盾：《子夜（手迹本）》，中国青年出版社 1996 年版，第 241 页。

② 王中忱：《重读茅盾的〈子夜〉》，《海南广播电视大学学报》2002 年第 2 期。

③ 转引自茅盾《〈子夜〉是怎样写成的》，《战时青年月刊》第 2 卷第 3 期，1939 年。

时的代理部长是毛泽东)"①。

而 1927 年初，茅盾赴武汉国民政府工作，先在中央军事政治学校武汉分校（即黄埔军校武汉分校）任政治教官，4 月起编辑汉口《民国日报》。此前被排挤到海外的汪精卫，于 1927 年 4 月回沪，坚持国共合作，与蒋不和，随即赴武汉主持国民政府。"四一二"之后，蒋介石在南京另立国民政府，宁汉分裂。粤系部队第四军一部由张发奎等率领，不仅在北伐中建立功勋而被誉为"铁军"，更在宁汉对立中为汪精卫方面提供了重要的军事保障。其对武汉国民政府的支持，更甚于湖南籍的唐生智、何健等军阀。而茅盾所教授的黄埔武汉分校学生，亦归入第四军部属，成为日后广州起义的重要力量。此时的茅盾撰写了一系列社论，支持汪精卫"工商业者工农群众的革命同盟"等政令。事实上，汪派支持实业并拉拢工商业者的做法早在广州国民政府时期已经显现：1924 年 7 月，广州国民党中央即在汪精卫的提议下设立实业部，动员工商业者参加革命。而在南京国民政府与武汉国民政府对立期间，武汉金融界将大量现金转移至上海等地，遭到武汉国民政府的阻止，汪精卫于开除蒋介石党籍的当天，即 4 月 17 日，颁布了《集中现金条例》，查封各银行金库。这与南京国民政府依靠金融界支持的做法完全相反②。

南京国民政府与武汉国民政府对革命正统的争夺，显然是后来国民党内部汪、蒋长期对立的重要起点。尽管汪蒋之争自广州时期已经展开，但正是国民革命时两个国民政府的分庭抗礼，成为后来国民党中央数度分裂的效法对象。1927 年 7 月底，武汉国民政府集结大批部队于江西，意图东征南京国民政府，然而就在此时，包括部分"铁军"系在内的部队为中共掌控，在南昌发动起义，一度主张"和平分共"的汪派也不得不改变态度。短暂的宁汉对立，最终在中共

① ［日］桑岛由美子：《茅盾的政治与文学的侧面观——〈子夜〉的国际环境背景》，袁晓译，《中国现代文学研究丛刊》1995 年第 3 期。
② 中国银行行史编辑委员会编著：《中国银行行史（1912—1949 年）》，中国金融出版社 1995 年版，第 139—140 页。

南昌起义，尤其是广州起义之后，出现了一致清共的局面。而茅盾在武汉国民政府与南京国民政府对立期间的革命经历，事实上不仅影响到他的《幻灭》《动摇》和《追求》等早期革命文学创作，也在《子夜》中留下了抹不去的痕迹。这样也就不难理解，茅盾为何在小说中仍然让吴荪甫使用"铁军"这样的称号，来指称再度与蒋对立的张桂联军。

小说中"五卅"纪念日，李玉亭感慨各地农民骚动和"土匪"打起共产党旗号的，数也数不清。"他很伤心于党政当局与社会巨头间的窝里翻和火并，他眼前就负有一个使命，——他受吴荪甫的派遣要找赵伯韬谈判一点儿事情，一点儿两方权利上的争执。他自从刚才在东新桥看见了示威群众到此刻，就时时想着那一句成语：不怕敌人强，只怕自己阵线发生裂痕。而现在他悲观地感到这裂痕却依着敌人的进展而愈裂愈深！"[1] 这再一次点出吴荪甫与赵伯韬之争，背后正是国民党内部的对立，而中共大规模罢工运动和红军的兴起，使得李玉亭深感两派合作共同对抗中共的"必要"。然而在中原大战甚至"北伐扩大会议"又一次分裂国民党中央的情形下，李玉亭的这种携手反共愿望当然难以见到希望，故而不免悲观。

另外，小说中吴荪甫工厂的罢工风潮中，工会里属于改组派的屠维岳、桂长林等主张安抚工人，而属于蒋派的钱葆生则主张用流氓镇压工人。这两派的差异，显然与1927年武汉国民政府继续国共合作却无法控制"过火"的工农运动，而南京国民政府利用青帮血腥清党的政策分歧相一致。而小说中罢工运动的最终结局，则是两派试图和谈。最终在潮水一般的工人冲厂之际，工会改组派的桂长林引来警察，开枪镇压了上海各地前来冲厂的总罢工[2]。这正与武汉国民政府最终转向清共，并致宁汉合流的大革命结局出奇地相似。由此可见，茅盾用以描绘1930年上海的理论资源和切身体验，有许多恰恰不只

---

① 茅盾：《子夜（手迹本）》，中国青年出版社1996年版，第211页。
② 关于小说中罢工运动的党派背景，参见妥佳宁《作为〈子夜〉"左翼"创作视野的黄色工会》，《文学评论》2015年第3期。

是来自上海，而来自 1927 年南京与武汉的一度对立与最终合流。

由此反观小说结局的改写，瞿秋白建议茅盾"改变吴荪甫、赵伯韬两大集团最后握手言和的结尾，改为一胜一败。这样更能强烈地突出工业资本家斗不过金融买办资本家，中国民族资产阶级是没有出路的"①。而在茅盾原来设计的"提要"中，小说结局是在"吴赵皆有同归于尽之势"时，"长沙陷落，促成了此两派之团结，共谋抵抗无产革命。然两面都心情阴暗。此复归妥协一致抗赤的资本家在牯岭御碑亭，遥望山下：夕阳反映，其红如血，原野尽赤。韩孟翔怃然有间，忽然高吟曰：'夕阳无限好，只是近黄昏！'大家骤闻此语，冷汗直淋。"②

"提要"中小说题名原为《夕阳》，另外还有两个名字"《燎原》or《野火》"。显然是对应着这一原有结尾设计的。吴荪甫与赵伯韬在红军的燎原野火面前，最终走向握手言和，不恰是 1927 年从宁汉对立到宁汉合流的写照吗？正是瞿秋白出于"回答托派"意图对小说结尾的改写建议，遮蔽了茅盾以 1927 年革命经历对 1930 年中国社会的理解。

结语　从《夕阳》到《子夜》

受瞿秋白影响之前的《夕阳》，诚然是茅盾以自身革命经验对中国社会的把握，但后来接受瞿秋白建议改写而成的《子夜》，同样也是茅盾做出选择的结果。《子夜》的复杂写作过程，已不可避免地纳入"回答托派"的主题。不过，茅盾对中国社会的原有理解，并不局限于"民族资产阶级"是否能够战胜"买办"这样的阶级话语，实业与金融的关系以及汪、蒋之争等原有视野，仍大量残留于作品当中。

囿于小说主题"回答托派"的既有定论，以往研究很难就茅盾

---

① 茅盾：《〈子夜〉写作的前前后后——回忆录［十三］》，《新文学史料》1981 年第 4 期。

② 茅盾：《子夜（手迹本）》，中国青年出版社 1996 年版，第 452 页。

自身对中国社会的把握与瞿秋白所做的意识形态要求之间的纷繁纠葛，做出细致的辨析。只有回到写作过程中残留的大量文本碎片，在史实考证和文献生成系谱整理的基础上，重新研判各种表述中的不得已与暧昧的自我辩白。只有"不简单用现象和差异瓦解'主流'，或依靠过去结论的'反题'来推进认识"①，才能将层层覆盖于文本之上"意义的斑驳"逐步揭开②，回到原本就不可能泾渭分明般清晰的历史当中，去理解更为多义复杂的文学。

（原刊《中山大学学报（社会科学版）》2017 年第 1 期）

作者校注：事实上，茅盾当年在新疆日报社的演讲有许多新疆学院的学生来听，并非在新疆学院演讲。作者重新校对本文时发现该错误，但为避免篡改文章发表时的原貌，仅在此处注明，文中所有关于茅盾在新疆学院演讲的说法，都应改为在新疆日报社的演讲。

---

① 姜涛：《"重新研究"的方法和意义》，《读书》2015 年第 8 期。
② 李怡：《中国现代文学史的叙述范式》，《中国社会科学》2012 年第 2 期。

论《子夜》对 1930 年中国民族工业
危机反映的真实性

赵 丹

摘 要 茅盾的《子夜》以其大视野地反映了 1930 年的民族工业的困境而得到以往学界的充分肯定。然而近年来有学者认为 1930 年的民族工业处于轻度繁荣状态，因而质疑《子夜》反映历史的真实性，并以此作为论证茅盾创作主题先行的前提。本文从整体上考察了 1930 年民族工业的发展状况，并重点分析了缫丝业、火柴业、棉纺织业、面粉业、卷烟业五个行业的具体发展情况，说明 1930 年中国民族工业的确处于危机之中，因此本文认为《子夜》对 1930 年中国民族工业危机的反映是真实的。

关键词 茅盾；《子夜》；1930 年；民族工业；危机

《子夜》以对缫丝业、火柴业的重点描写，反映了 1930 年中国民族工业的困境。对于《子夜》反映这一社会现象的客观性，以往曾经亲历过那段历史的文学评论者，无论是左翼还是非左翼，都不曾提出过疑义，其真实性在一段很长的时期内曾被视为是无需论证的。

但是，近年来伴随着对左翼政治思潮和文艺思潮的反思，有学者开始对《子夜》反映民族工业困境的真实性提出质疑。就笔者所见，提出这种质疑的代表性文章是青年学者邬冬梅女士发表于 2012 年《文学评论》第 3 期上的论文《民国经济危机与 30 年代经济题材小说》。在这篇论文中，邬冬梅认为 1930 年中国经济尚处于轻度繁荣阶段，《子夜》将中国民族工业写成破产是为了迎合当时的左翼政治理论和文艺政策，所写与历史事实不符。笔者认为邬冬梅老师的结论下得过于仓促，其论证过程尚有可推敲之处。笔者拟与邬老师进一步讨论这一问题，以便澄清事实的真相。本文将从两个角度对其进行考察，一是 1930 年中国民族工业发展的整体情况，二是 1930 年中国民族工业发展的分行业情况。

一 1930 年中国民族工业发展的整体情况考察

邬冬梅在其文章中对 20 世纪 30 年代中国经济的发展作了这样的描述："在世界经济危机的背景下，整个中国经济经历了 1929—1931 年秋的轻度繁荣、1932—1935 年的民国经济危机和 1935—1936 年的经济复苏几个阶段"[①]，邬冬梅并没有说明她这样一个重要判断的文献依据。笔者经查阅有关文献发现，许多学者认为 30 年代中国经济总体是处于衰败状态的，如汪敬虞先生在他的《第二次国内革命战争时期的中国民族工业》一文中就认为，第二次国内革命战争时期，亦即 1927—1937 年"民族工业的总的情况是破产半破产的境遇"[②]，汤宜庄先生在《1927—1936 年民族工业命途再探》中认为 1927—1936 年"以 1929 年为界，之前稍有发展，之后处于衰落"[③]，但也有一些学者提出了与邬老师相近的观点。如王方中先生就认为，"1927—1937 年间的民族工业的发展大体上可以划分为三个阶段。1927—1931 年较为平稳，1931、1932 至 1935 年间陷入了深刻的危机，1936、1937 年明显好转"[④]。估计邬冬梅关于 1929 年至 1931 年秋民国经济轻度繁荣的观点即以此为据。

[①] 邬冬梅：《民国经济危机与 30 年代经济题材小说》，《文学评论》2012 年第 3 期。

[②] 汪敬虞：《近代中国资本主义的总体考察和个案辨析》，中国社会科学出版社 2004 年版，第 160 页。

[③] 汤宜庄：《1927—1936 年民族工业命途再探》，《苏州大学学报》1991 年第 4 期。

[④] 王方中：《1927—1937 年间的中国民族工业》，《近代史研究》1990 年第 6 期。

王方中先生在其《1927—1937 年间的中国民族工业》一文中证明 1927 年至 1931 年中国经济繁荣的主要依据为 1927—1931 年间民族资本制造业及公用事业投资年递增率为 14.6%，这明显高于 1931—1935 年间 2.4% 的年递增率。我认为这种论证方法存在两个问题。首先，这两个数据由王方中先生根据刘佛丁先生的《试论我国民族资本企业的资本积累问题》① 中的相关数据计算得出，但是综合考察王方中先生的《1927—1937 年间的中国民族工业》以及刘佛丁先生的《试论我国民族资本企业的资本积累问题》，可发现 14.6% 这个数据的得出存在问题。刘佛丁先生将 1927 年制造业及公用事业的资本额 36781.0 万元加上 1928—1931 年工业的新增资本额以得出 1931 年的制造业及公用事业的资本额 63431.4 万元②，王方中先生以其和 1927 年的资本额相比较以得出 1927—1931 年 14.6% 的年递增率。这种计算方法没有将 1927 年的资本额在这四年间的减少情况考虑在内，因此得出的数据并不可信。其次，14.6% 的年递增率并不能反映 1927—1931 年五年间历年注册工厂资本额的变化，要考察这五年间历年新注册资本额的变化只能从对这五年间每年新注册资本额的比较中得出，而不能以年平均递增率代替。所以我认为 14.6% 的年增长率不能说明 1927—1931 年民族工业的投资是逐年发展的状态，

---

① 刘佛丁：《试论我国民族资本企业的资本积累问题》，《南开大学学报（哲学社会科学版）》1982 年第 2 期。

② 刘佛丁在《试论我国民族资本企业的资本积累问题》中介绍其对 1931 年制造业及公用事业资本额的计算方法为："（1935 年）制造业及公用事业、矿业、交通运输业均系在 1927 年（或 1926 年）资本数上加入 1928—1931 年注册的工业、矿业、交通运输业公司的资本额（据 1936 年《申报年鉴》载国民党政府实业部的统计）。制造业及公用事业项下再加入四年间新设的中小企业 4000 家，资本 1200 万元……"由此笔者推算出算式：36781.0（1927 年制造业及公用事业资本额）+ 11784.3（1928 年新注册工厂资本额）+ 6402.3（1929 年新注册工厂资本额）+ 4494.7（1930 年新注册工厂资本额）+ 2769.1（1931 年新注册工厂资本额）+ 1200（1927—1931 年中小企业资本额）= 63431.4（万元）（其中 1928—1931 年新注册工厂资本额皆根据 1936 年《申报年鉴》计算得出）。

更不能说明这几年民族工业的发展情况。因此我认为王方中先生的观点"民族工业 1927—1931 年间较为平稳"是不能成立的。

汪敬虞先生和汤宜庄先生认为 30 年代中国经济总体处于衰败状态，但因两位先生还没有将注意力集中到后来引起争议并与我们的论题息息相关的 1927—1931 年，因此我们进一步查找了两方面的数据，一是 1927—1931 年民族工业生产总值的逐年变化；二是 1928—1931年间历年新注册工厂的数目和资本额。

1927—1931 年民族工业生产总值的数据殊难查找。据曾任国民党政府财政顾问的美国财政学家阿瑟·恩·杨格在《一九二七至一九三七年中国财政经济状况》中的考察，1927—1931 年全国工业生产总值由 67 亿余元缓步增长至 88 亿余元[①]，年增长率是 7%，发展较为平稳，但这是包含在华外资工厂在内的工业产值，所以这个数字并不能反映中国民族工业的变化。

其次，从历年新注册工厂的数目和资本额来看。1936 年的《申报年鉴》上发表有国民党政府实业部对 1928 年到 1934 年"最近七年各种公司注册类别比较统计表"，汪敬虞据此统计如下表（在此截取本文论述相关的 1928 到 1931 年，其中 1931 年资本额一栏据 1936 年《申报年鉴》修改)[②]：

1928—1931 年历年新注册工厂的数目和资本额

年份	工厂数		资本数		每厂平均资本额	
	实数	指数	实数（千元）	指数	实数（千元）	指数
1928	250	100.0	117843	100.0	471	100.0
1929	180	72.0	64023	54.3	356	75.6

---

① ［美］阿瑟·恩·杨格：《一九二七至一九三七年中国财政经济状况》，中国社会科学出版社 1981 年版，第 347 页。

② 汪敬虞：《近代中国资本主义的总体考察和个案辨析》，中国社会科学出版社 2004 年版，第 160 页。

续表

年份	工厂数		资本数		每厂平均资本额	
	实数	指数	实数 （千元）	指数	实数 （千元）	指数
1930	119	47.6	44947	38.1	378	80.3
1931	113	45.2	27691	23.4	245	52.0

这份统计和许涤新、吴承明主编的《中国资本主义发展史》[①] 的统计是吻合的，与史全生在《江浙财团与蒋介石政权的建立》一文中的统计"在 1928 至 1931 年间，中国新设立的厂矿企业达 662 家，资本总额 25245 万元"[②] 也是吻合的。从上表中，我们可以看出，1928 年新注册工厂的总资本额尚接近 1.2 亿余元，以后几年逐年下降，到了 1931 年新注册工厂的总资本额只有不足 0.3 亿元，每年新注册的工厂的数量和年资产总额降低明显，说明 1928—1931 年民族工业发展的速度是逐年变缓的。而且，在这四年中，每厂平均资本额也是下降的趋势，说明新设工厂的规模也是逐年变小的。就像汪敬虞先生在《近代中国资本主义的总体考察和个案辨析》中所言："一方面新设工厂的数目减少了，另一方面，数目日趋减少的新设工厂的规模，也更加缩小了。"[③] 注册工厂减少，注册资本额降低，新设工厂规模逐渐变小，1928—1931 年民族工业发展的困境与危机是显而易见的。

另外，我们还能从一个间接的方面稍做考察，1927 年中国对外贸易入超 1.5 亿元，以后逐年增加，1931 年入超就达 8 亿元以上[④]，入超的巨大反映了外国进口商品对我国市场的占据逐步增强，从一个

---

① 许涤新、吴承明主编：《中国资本主义发展史》（第三卷），社会科学文献出版社 2007 年版，第 89 页。

② 史全生：《江浙财团与蒋介石政权的建立》，《江海学刊》1984 年第 4 期。

③ 汪敬虞：《近代中国资本主义的总体考察和个案辨析》，中国社会科学出版社 2004 年版，第 161 页。

④ 中国人民大学政治经济学系《中国近代经济史》编写组编：《中国近代经济史》（下册），人民出版社 1978 年版，第 3 页。

侧面反映了民族工业发展的衰败。从以上分析可以看出，从总体上来看，1927—1931 年民族工业处于衰败之中。

此外，邬冬梅在《民国经济危机与 30 年代经济题材小说》中写道，"1929—1931 年秋，中国的工业发展和对外贸易与危机中的西方各国相比相对繁荣"，并因此认为中国在 1929—1931 年秋经济处于"轻度繁荣"[①] 时期。其在文中提出中国相对繁荣的主要依据是这几年金贵银贱有利于中国的对外贸易。其实，金贵银贱对中国对外贸易的影响还是一个值得考察的问题。有史学家指出，由于当时中国出口以农副产品和其他初级原料等中国无剩余产品的货物为主，进口以机械设备、化工产品、生活必需品为主，所以即使金贵银贱，中国出口也无以扩展、进口无以减少。[②] 并且，根据许涤新、吴承明主编《中国资本主义发展史》[③] 以及中国人民大学政治经济学系编《中国近代经济史》[④] 中的相关数据我们发现，事实上，1930 年的进口总值较1929 年增长了 3.47%，1931 年的进口总值较上一年增长了 9.45%；出口总值则 1930 年和 1931 年分别较 1929 年降低了 11.9% 和10.5%。这就充分说明了当时影响中国对外贸易的因素是多方面的，金贵银贱并没有起到遏制进口促进出口的客观作用，反而导致火柴业等原料需要进口的行业成本增高。所以，以金贵银贱推导中国 1930年前后经济发展良好根据是不充分的。

二 1930 年中国民族工业发展的分行业情况考察

为了弥补总体发展数据的不足，我们还需分行业考察 1930 年前

[①] 邬冬梅：《民国经济危机与 30 年代经济题材小说》，《文学评论》2012年第 3 期。

[②] 石毓符：《近代金贵银贱对中国的影响》，《天津财经学院学报》1981 年00 期。

[③] 许涤新、吴承明主编：《中国资本主义发展史》（第三卷），社会科学文献出版社 2007 年版，第 17 页。

[④] 中国人民大学政治经济学系《中国近代经济史》编写组：《中国近代经济史》（下册），人民出版社 1978 年版，第 3 页。

后民族工业的发展状况。汪敬虞在《第二次国内革命战争时期的中国民族工业》中说过，"在旧中国的工业结构中，轻工业是占绝对优势的。整个民族工业的情况，实际上就是纺纱、缫丝、卷烟、面粉、火柴几项主要轻工业的情况"①，因此笔者选取了缫丝业、火柴业、棉纺织业、面粉业、卷烟业五个行业，考察它们在1930年前后的发展，以了解实际情况。缫丝业的衰败始于1929年。由于1929年开始的世界经济危机的剧烈影响，以外销为主的中国缫丝业出口受阻，1929年中国出口生丝114898公担，以后逐年下降，1930年下降至91583公担，1931年更下降至82364公担。② 出口受阻导致我国民族缫丝业产量迅速下降，据《中国近代缫丝工业史》考察，1929年全国厂丝总产量是我国历史上总产量最高的一年，达147768公担，至1930年直线下降至116454公担，1930年以后的产量下降趋势更是惊人。③ 相应地，1929年"全国360家丝厂有丝车12万部；此后就走向下坡"④。陈真、姚洛合编的《中国近代工业史资料》也指出，仅就江浙地区来说，1930年"上海丝厂106家中，年终时停业者约达70家，无锡丝厂70家中，停业者约40家"；"广东丝厂情形之困难，亦复相类"⑤。

导致1929年后中国缫丝业的显著衰落的最重要的原因就是1929年经济危机的爆发。在1929年世界经济危机以前，中国缫丝以外销为主，主要的销售市场是美国和法国，并且在国际市场上唯我独尊。但是受经济危机的影响，美、法等国生产停顿，对生丝的消费大为降低。根据《中国近代缫丝工业史》的考察，美国在经济危机后"为

① 汪敬虞：《近代中国资本主义的总体考察和个案辨析》，中国社会科学出版社2004年版，第162页。
② 严中平等编：《中国近代经济史统计资料选辑》，中国社会科学出版社2012年版，第61页。
③ 徐新吾主编：《中国近代缫丝工业史》，上海人民出版社1989年版，第660—661页。
④ 同上书，第322页。
⑤ 陈真、姚洛合编：《中国近代工业史资料》（第一辑），生活·读书·新知三联书店1957年版，第59页。

限制进口而实施新关税法加征丝税，从价抽 25%—45% 不等"①，由此导致美国消纳华丝量大为减少，由 1929 年的 50972 公担下降到 1931 年的 38129 公担②，并且仍在急剧下滑。法国市场上亦同，"在法国市场上这时华丝的进口量也从 1929 年 3.75 万公担减少到 1930 年 2.32 万公担，1931 年 1.99 万公担，到 1932 年进一步减少为 0.81 万公担，只及 1929 年的 22%"③。

国际市场的冷遇是造成民族缫丝业在 1929 年之后破产的主要原因，缫丝业的破产也代表了榨油业、炼糖业、制茶业、制蛋业等以外销为主的民族工业的破产。

民族火柴业在第一次世界大战中发展迅速，并一直持续到 1927 年，但是从 1928 年起，民族火柴业即趋于衰落。1928 年全国新设火柴厂 15 家，1929、1930、1931 年分别降至 4、11、10 家。1928 年新设火柴厂厂均资本是 7.6 万元，之后一直到 1935 年却从未超过 4 万元。④ 根据全国火柴同业联合会在 1930 年的调查，1929 年全国火柴主要产区如江苏、广州皆有将近一半火柴工厂倒闭。⑤

考察 1928 年起民族火柴工业受挫的原因，主要是瑞典火柴的倾销和金贵银贱的冲击。据石毓符考察，金贵银贱是一个长期趋势，1929—1933 年是金银比率上升剧烈的时期之一，1924 年的金银比价只有 27.7，1929 年却一跃而为 38.6，在 1932 年更一跃而为 73.5⑥，增长迅速。金贵银贱，那么中国的进口品价格就会水涨船高，因此严重打击了原材料主要仰给于外国的火柴工业，使我国火柴工业的成本

① 徐新吾主编：《中国近代缫丝工业史》，上海人民出版社 1989 年版，第 302 页。
② 同上书，第 645 页。
③ 同上书，第 302 页。
④ 刘克祥、吴太昌主编：《中国近代经济史 1927—1937》（一），人民出版社 2012 年版，第 285 页。
⑤ 青岛市工商行政管理局史料组编：《中国民族火柴工业》，中华书局 1963 年版，第 31 页。
⑥ 石毓符：《近代金贵银贱对中国的影响》，《天津财经学院学报》1981 年 00 期。

大大提高，正如龚骏在《中国新工业发展史大纲》中说，"查我国火柴重要原料，向仰给于外国，自金价暴涨以来，原料顿形昂贵，出品价值一高，销路自受影响"[①]。

苛捐杂税亦增加了民族火柴业的成本，据《中国民族火柴工业》记载，生产火柴的"主要化学原料氯酸钾、赤磷……除运到码头由海关征收7.5%的进口税"，还要领因属于"爆裂品"而必需的运输护照，比如"在江苏每5000斤填照一张，要缴纳护照费和印花税6.50元，另外每百斤还要缴纳'运单费'1元"。火柴制成后运销过程中还要承担高额赋税，"等到制成火柴出场运销时，又要逢关缴税，遇卡纳厘"[②]。相比较而言，瑞典火柴行销我国只需缴纳7.5%的进口税，而不必缴纳各种厘金等，这是有利于瑞典火柴在中国倾销的重要因素。瑞典火柴的大量进口致使我国国产火柴市场剧烈紧缩，导致民族火柴业销路停滞，产量下降。

以上我们分析了缫丝业和火柴业1930年前后的危机，由于邹冬梅在《民国经济危机和30年代经济题材小说》中认为《子夜》重点描写的丝业和火柴业的破产"在当时具有特殊性"[③]，不能代表全部行业。因此下面我们考察一下缫丝业、火柴业之外的几个行业1930年前后的发展情况，以观察茅盾对缫丝业、火柴业的表现是否具有代表性。

棉纺织业是近代中国轻工业中发展势头最好的工业部门，它于1927—1931年在总量上仍旧保持了良好的发展势头，在1927年中国民族资本有纱厂73家，纱锭数2099058枚，到1931年发展成为84家，纱锭数为2730790枚。[④] 表面来看，1927—1931年华商纱厂的总

---

① 龚骏：《中国新工业发展史大纲》，华世出版社1935年版，第289页。

② 青岛市工商行政管理局史料组编：《中国民族火柴工业》，中华书局1963年版，第30页。

③ 邹冬梅：《民国经济危机与30年代经济题材小说》，《文学评论》2012年第3期。

④ 汪敬虞：《近代中国资本主义的总体考察和个案辨析》，中国社会科学出版社2004年版，第162页。

数量增加了，但是"新工厂的设立必须与原有工厂的改组和闭歇联系起来加以考察，然后才能判定整个民族工业是发展了还是衰落"①，纱厂的新设和改组情况并不乐观。据严中平在《中国棉纺织史稿》中的观察，"1923—1931 年这九年内，纯粹华资所新设的纱厂得 15 家，旧厂增设的纱布厂 8 家，另收买日英各一厂，共添新厂 25 家。但华商纱厂之改组，出租，改租者凡 19 家，归债权人接管者 5 家，停工者 11 家，出售者 17 家，由此可知旧厂的异动实超过新厂的建设，全部说来，实在即是前期萧条的延续，距离繁荣是很辽远的"②。

从华商棉纺织业与外商的对比也可看出中国民族棉纺织业的萧条，据朱斯煌所主编《民国经济史》的数据，华商纱锭在全国纱锭中所占百分比由 1927 年的 57.1% 降至 1931 年的 55.7%；相比较而言，日商纱锭 1927 年总数是 1370（千锭），占全国总额 37.3%，到 1931 年却发展到总数 2003（千锭），占全国总额 40.8%。1927—1931 年日商纱锭的增长率是 46.2%，华商纱锭增长率却只有 30%。③ 也就是说中国棉纺织业尽管仍在发展，但势头已明显不如日商。

发展势头最好的民族棉纺织业尚且如此，其他行业状况更加堪忧。民族面粉业就是一例。以上海为例，1925—1927 年民族面粉厂数分别为 20 家、18 家、16 家，已见逐年减少之势；而 1927—1931 年分别为 16 家、15 家、15 家、16 家、15 家④，近乎停滞。《中国近代面粉工业史》指出，民族面粉业"出现了 1930 年前后的一段竭蹶困难时期，有较大一批民族资本机器面粉工厂，于销路受阻，经营困难而歇业、倒闭。在行业总的不景气当中，民族资本机器面粉工业向

---

① 汪敬虞：《近代中国资本主义的总体考察和个案辨析》，中国社会科学出版社 2004 年版，第 161 页。

② 严中平：《中国棉纺织史稿》，商务印书馆 2011 年版，第 234 页。

③ 朱斯煌主编《民国经济史》，银行学会 1948 年版，第 335 页。

④ 严中平等编：《中国近代经济史统计资料选辑》，中国社会科学出版社 2012 年版，第 114 页。

两极分化，少数实力雄厚的大厂，乘机兼并，自成体系，出现了面粉工业的集中与大厂控制市场的情况"①。民族卷烟业在 1927 年之后也处于一蹶不振的境地。1925 年"五卅运动"抵制外货使民族卷烟业获得了最大的发展。以上海为例，"'五卅'惨案发生后，国货运动，盛极一时，咸以吸购外烟为耻，遂相率自建工厂，于是小资本之烟厂林立于海上"②，1925 年之前上海民族卷烟厂从未超过 20 家，1925年猛增至 51 家，到 1927 年仅上海一地就有卷烟厂 182 家，增势不可谓不大。可是 1927 年以后，上海华商卷烟厂逐渐减少，到 1932 年只剩下 60 家维持生产。③ 民族面粉业和卷烟业在 1930 年前后遭遇困境的主要原因和上文所分析民族火柴业类似，主要是由于外来商品的挤压，以及沉重的税负，在此不再一一分析。

从总体来看，1927—1931 年中国对外贸易入超逐渐变大，而且1928—1931 年的新注册工厂数逐年减少，注册资本额缩水严重，新注册工厂的规模也逐年变小，1930 年的民族工业处于衰败之中。可以认为，《子夜》所重点描写的缫丝业和火柴业并非特殊情况，是有典型性的，其对于 1930 年民族工业危机的反映是准确的。

（原刊《中国现代文学研究丛刊》2016 年第 10 期）

---

① 上海社会科学院经济研究所主编：《中国近代面粉工业史》，中华书局1987 年版，前言第 3 页。

② 上海市机器工业史料组编：《上海民族机器工业》，中华书局 1979 年版，第 312 页。

③ 严中平等编：《中国近代经济史统计资料选辑》，中国社会科学出版社2012 年版，第 114 页。

多多头是一个"新农民"?

朱献贞

摘　要　茅盾"农村三部曲"中的多多头形象，在诸多文学史和文章中被认为是一个新农民，他的叛逆性被夸大为阶级觉醒和反抗，但是他的反抗本身就存在问题，其思想认知也带有传统农民思想固化特点。而这个形象的存在，为我们区分不同左翼作家的文学创作，提供了一个参照。因此这是一个需要重新认识的重要人物形象。

关键词　新农民；革命；启蒙；多多头

茅盾的"农村三部曲"一直为各种文学史和众多研究者称道至今。而其中"老通宝""多多头"等农民形象的塑造更是成为现代文学史上的经典人物，受到一代代研究者的重视。但有些文学研究的文章和史著中，对"多多头"这一农民形象做了不够恰当至少不够辩证的概括和评价，很多人把多多头和老通宝简单视作新旧两代农民形象，把"多多头"视为上世纪 30 年代农村经济转型进程中的新一代农民代表，尤其是其不安于现状的叛逆性和对社会不公的反抗性，成为农民"进步""觉醒"的标志。

这几乎成为了一个理所当然、一目了然的结论。但是，阿多真的是"新式农民"或"新一代农民"？他的"新"是指哪些方面？作为五四新文化和新文学运动的积极推动者茅盾，也像太阳社和后期创造社的年轻革命作家那么轻率的将农民神圣化和把革命斗争理想化？这些问题得重新思考。

在很多文章和"现代文学史"中，基本上将老通宝塑造成了"勤劳坚毅""忠厚老实""善良俭朴"但又"保守仇洋""迷信封建""墨守成规""因循守旧""安于现状""迷茫顺从"甚至有很强"奴性"的老一代农民形象。老通宝目睹过父辈的"勤俭忠厚",他认为"自己也是规矩人",其实就是传统中的顺民或曰良民。而与老通宝相对应的"多多头",在文学史和众多著述中则被指称为"有朦胧的阶级意识"、"对本阶级的农民抱有同情心"、较早感受到"阶级压迫""并逐渐走向觉醒的反抗先锋",是一个"豪爽热情""乐观独立""开通活泼"的革命农民。但从社会统治者的角度来说,这就是既有秩序的破坏者,是一个"刁民"或曰"暴民"。这是一个似乎与老通宝完全不同的叛逆者。

作为破产农民的代表,多多头对农民现状处境的认识和走向反抗之路,显示了农民思想意识的新变化,这在"农村三部曲"中是较为明显的。但在看到这些新变化的同时,我们也应该清楚地认识到,多多头的新变化是有一定限度的,甚至可以说是带有很多传统色彩的。

在一些论者看来,多多头没有如老通宝一般农民的迷信和排外思想。在小说中我们也的确看到,当老通宝栽种蒜头来测养蚕的运气,并警告多多头不要接近荷花时,"全家就只有他不大相信那些鬼禁忌";多多头对老通宝反对洋水龙、肥田粉的不以为然,以及对所谓流着鼻涕的"真龙天子"当然也不屑一顾。但在看到这些"进步"的同时,我们也要认识到,多多头的这种"觉醒"其实很有限。他不信那些"鬼禁忌"但也并未反对,只是"不大相信"而已。对老通宝排斥洋水龙、肥田粉问题,多多头也并未采取进一步劝进的措施,只是任由老通宝慢慢改变自我裁决。他对当时在村中流传的所谓的"真龙天子"流言也没有什么新见。这些都在说明,多多头的"觉醒"其实并没有超出当时大多数大众的思想认知水平,我们不应人为地拔高多多头的觉悟。

很多论者认为,多多头没有惩罚荷花的偷蚕行为、反对人们去客籍人那里"起赃",那是因为多多头富有阶级同情心。如果仅仅就具体这两件事来说,这是没问题的,但是我们也必须看到,这种同情心并不是普遍的。当多多头带领李老虎和陆福庆袭击"三甲联保队"

时，对那个被无辜认定为"真名天子"的孩子所表现出来的言行中，我们看不出什么阶级同情心，甚至表现出一种调笑：多多头"笑着说道：'哈哈！你就是什么真命天子么？滚你的吧！'"尤其是当多多头率领饥饿的灾民到自家抢夺阿四辛苦赊来的米时，那种所谓的阶级同情心更是消失殆尽，甚至有些不近人情。1935 年 8 月著名文艺评论家李健吾在称赞《雷雨》的同时，也指出曹禺塑造的鲁大海"有些不近人情"，因为在李健吾看来，"无论怎样一个大义灭亲的社会主义者，也绝不应该灭到无辜的母亲身上。"① 这一观点似乎更适合于对多多头抢劫亲人行径的评价。

最能显示多多头"新"意识的应该是对农民在新时代的出路问题的思考。他否定了老通宝靠养蚕或种稻、勤俭持家来还债翻身乃至幻想复兴家运的梦想，他也否定了阿四、四大娘对租田梦和对"自种自田"传统"家"的信仰，而建议他们到城镇做工。但吊诡的是，当多多头在否定了传统农民这些生存方式的时候，自己却采取了传统农民"逼上梁山"的抗争方式，陷入了一个农民反抗现实生存处境的传统陷阱。

那么，我们再来看看多多头的所谓"革命性"问题。

在谈论这个问题之前，我们要了解这样一个认识前提。我们所说的农民，并不是贫民也不是流民更不是流氓无产者。农民就是有一定家产或农田的人。这样的农民就是小有产者。我们千百年来的农业礼俗社会之所以形成了"超稳定"结构，其中一个重要原因，就是农民的小农意识——小有产者的意识长期存在。"传统礼俗有两个依托点：一是以自给自足小生产为主的农业文明；二是以男性血缘为纽带的宗法制度。"这是历两千多年历史考验的礼俗社会长盛不衰的重要原因。② 小有产者或还抱着小有产者意识的农民，其实很难参与到农民暴动或者革命中来的。其实无论列宁还是毛泽东都曾经提及农民的小有产者意识是阻碍农民革命的重要障碍。

---

① 李健吾：《雨》，《大公报·文艺副刊》1935 年 8 月。
② 王学泰：《礼俗：社会组织的粘合剂》，《读书》2013 年第 12 期。

正是基于这样的认识前提，我们再来考察多多头的革命时，就可能对他的革命性有较为清醒的理解。

首先，多多头的暴动意识是一个不断反复的过程。就是这种"反复"让我们观察到了多多头思想结构中的另一面。他一方面不相信农民仅靠勤俭工作就可以翻身的，即使做到脊柱骨折断；他也更不相信农民靠一次养蚕或种稻的丰收能够改变命运。但是，当老通宝兢兢业业养蚕的时候，多多头也是忙得不可开交，甚至连与荷花说话的时间都没有；当农民抢粮风潮过去后，虽然多多头因为老通宝对自己的怨怒而留在镇上或者帮其他农民浇稻田，但是最后还是参与了老通宝的"秋收"梦。这些无不说明，多多头一只脚试图跳出传统小农意识的同时，其实另一只脚还深深陷在传统小有产者意识的泥潭中。

其次，更为重要的问题是，多多头的"革命"方式。在多多头的诸多叛逆行为中，写得最精彩的情节就是《秋收》里抢劫自己家哥嫂的赊米这一环节。我们上面已经提及了他的这种"不近人情""大义灭亲""社会主义者"的问题，这里我们注意的是，他的暴动思维方式。

"你们有门路，赊得到米，别人家没有门路，可怎么办呢？你有米吃就不去，人少了，事情弄不起来，怎么办呢？——嘿嘿！不是白吃你的，你也到镇上去，也可以分得到米呀！"（多多头对阿四说的话——笔者注。）

六宝下死劲把四大娘拉开，吵架似的大声喊着，想叫四大娘明白过来："有饭大家吃！你懂么？有饭大家吃！谁叫你磕头叫饶去赊来米呀？你有地方赊，别人家没有呀！别人都饿死，就叫你一家人活么？……大家吃了你的，回头大家还是帮你要回来的！哭什么呀！"

这两段对话，很容易让我们联系到传统农民造反时的"均贫富"思想，更让我们看到了传统农民造反者激发小有产者或还做着小有产者梦的贫民也起来暴动的思维方式：首先使小有产者变成无产者，然后引导他们加入叛逆暴民的行列。

在这里我们无意全盘否定农民革命的合理性。正如有学者指出的："否定革命的合理性，就是否定了人民主权本身，革命是一种方式，一种手段，但首先是一种权利本身。任何人都无权从人民那里夺走这一权利。"① 但在肯定人民革命主体性的同时，有必要注意人民尤其是农民革命方式里边落后的意识和思维。因为在一般农民那里，这是令他们难以接受的方式。当面对饥民抢自己的米的时候，阿四对多多头和陆福庆等人说："长毛也不是这样不讲道理，没有这么蛮！"四大娘这样表达她的不满："我们自家吃的！自家吃的！你们连自家吃的都要抢么？强盗！杀胚！"

在上世纪二十年代中后期的革命文学论争中，革命文学家们与鲁迅等人争执的一个问题就是，五四时期鲁迅等人所描写的"阿Q时代"是否真的"死去了"。对这个问题的不同回答，将意味着左翼作家在文学创作上的不同表现。

我们知道，那些较为激进的左翼作家如钱杏邨、阳翰笙（华汉）等人做出的回答是否定的。1928年，钱杏邨在《死去了的阿Q时代》中承认阿Q的性格"确实是中国人的病态性格的最重要部分"，但他强调鲁迅塑造的阿Q只是让我们"可以找到过去的中国人的特长"，"阿Q正传里藏着过去了的中国的病态的国民性"，因此，"这一篇创作是可以代表中国人的死去了的病态的国民性的"。显然在钱杏邨等革命文学家看来，鲁迅的阿Q性格仅仅代表的是"过去的中国"和"代表中国人的死去了的病态的国民性"。在钱杏邨看来，"十年来的中国农民是早已不像那时的农村民众的幼稚了。"② 阳翰笙也认为，"在中国这样大的政治和经济的危机里，从都市到农村，到处都在爆发着一切大小斗争。如果在我们的笔下写出来的，还是那样的'风平浪静'，'旧的'之中，并没有'新的'产生，'今天'之中，并没有'明天'，那我倒要说：这种作品，连'理解这个世界'都不够了。若说这就是在为着'改变这个世界'而服务，恐怕程度也很有限吧。""这还能说是唯物辩证法的现实主义么？"③

---

① 林贤治：《鲁迅的最后十年》，中国社会科学出版社2003年版，第24页。
② 钱杏邨：《死去了的阿Q时代》，《太阳月刊》1928年第3期。
③ 潘光武编：《阳翰笙研究资料》，知识产权出版社2009年版，第202页。

正是在这样的认识前提下，在左翼文学创作的潮流中产生一大批带有"浪漫谛克"色彩的普罗小说，而这其中华汉（阳翰笙）的"地泉"三部曲就是这种小说的发展极端。这样的结果就是美化了农村革命者的进步性，而忽视这些革命者身上存在的问题。后来华汉（阳翰笙）在 1933 年也不得不对自己的作品《深入》做了这样的自我批评："譬如《深入》吧，《深入》，我本想去反映那时咆哮在农村里的斗争的，但我在写的时候，却把本来很落后的中国农民，写得那样的神圣，我只注意去描画他们的战斗热情，忘记了暴露他们在斗争过程中必然要显露出来的落后意识。这样的写法，不消说，我是在把现实的斗争，理想化。"①

那么茅盾是怎么回答"阿 Q 问题"的呢？

1929 年茅盾在《读〈倪焕之〉》中指出，有人批评鲁迅"没表现现代中国的人"的看法是不公允的。鲁迅的《呐喊》所表现者，"确是现代中国的人生，不过只是躲在暗陬里的难得变动的中国乡村的人生"；"如果我们是冷静地正视现实的，我们也应该承认即在现在，中国境内也还存在着不少《呐喊》中的乡村和那些老中国的儿女们。"茅盾也同时认为中国社会开始了新变化，尤其城市人生的新发展，但他还是同时强调，"我们亦不能不承认，活跃于'五卅'前后的人物在精神虽然迈过了'五四'而前进，却也未始不是'五四'产儿中的最勇敢的几个。没有'五四'，未必会有'五卅'罢。"②

这就是"矛盾"的茅盾：既在强调老中国儿女的"难以变动"的人生与鲁迅对国民性批判的重要意义，同时承认人生变化的新进展；但又在承认新进展的同时对这种新变化新进展保持一定的反思。正是因为有这样的思维模式，我们才看到了"农村三部曲"中的老通宝与多多头的新旧对比，但茅盾同时又对多多头的"新"持有一定的保留态度甚至某些方面的否定。这就让我们看到鲁迅笔下的那个

---

① 潘光武编：《阳翰笙研究资料》，知识产权出版社 2009 年版，第 200 页。

② 茅盾：《茅盾全集》（第 19 卷），人民文学出版社 1991 年版，第 198—199 页。

卑怯、猥琐、自负且抱着奴才式革命心态的阿Q，既在茅盾的笔下表现出了一些新的变化——有了所谓的"朦胧的阶级意识""对本阶级的农民抱有同情心"的一个"豪爽热情""乐观独立""开通活泼"的革命农民；但又揭示了多多头等革命思维与阿Q"革命即是造反"一脉相承的本质，也没有过多的拔高多多头们的觉悟水平，更没有赋予这些人什么政党思想影响的痕迹，有意无意将多多头新变化的原因做了一种简约模糊甚至不可知化的处理。甚至，只要我们仔细考察多多头整个精神发展轨迹，在其身上依然能够隐约看到阿Q身上的那种流氓无产者的气味——粗暴的对待哥嫂、笑骂"真名天子"、对老通宝欠下债务的无赖抹杀等。正因为这样，多多头这个形象其实在上世纪三十年代的左翼文学写作中获得了"这一个"典型意义，"农村三部曲"也显示了它的独特存在和标本价值。

就在写作了《宿莽》集等短篇小说而尚未写作《春蚕》前的1931年，茅盾在《中国苏维埃革命与普罗文学之建设》一文中就如何"建立描写农村革命作品的题材"这一问题，表达了自己的深刻见解："我们必须从农村的血淋淋的斗争中，指示出农村破产的过程，农民的原始反抗性，农民的小资产阶级意识，在革命贫农分子中间所残存着的落后的农民封建意识。"①

这不正是对"农村三部曲"中集新特征、新内涵与旧习性、旧思想辩证地存在于多多头一身之原因的最好说明吗？

（原刊《山东青年政治学院学报》2016年第6期）

---

① 茅盾：《茅盾全集》（第19卷），人民文学出版社1991年版，第306页。

左翼文化界的尴尬遭遇

——以开明版《茅盾选集》为例

张雨晴

摘　要　1949 年 5 月，由周扬主持历时近一年完成的《中国人民文艺丛书》赶在第一届文代会前出版了。作为贯彻《在延安文艺座谈会上的讲话》精神，实践文艺的工农兵方向已取得的成果，这套丛书的地位、分量和价值毋庸置疑，特别是对于那些来自国统区的左翼作家们来说，更是一份沉甸甸的见面礼。因此，如何总结"五四"以来的左翼文艺，以及所谓国统区的左翼作家和"广泛的中间层"作家们在新政权和新文艺的表现，正是本文所要探讨的。

关键词　茅盾选集；左翼文艺；工农兵方向

1949 年 5 月，由周扬主持历时近一年完成的《中国人民文艺丛书》赶在第一届文代会前出版了。作为贯彻《在延安文艺座谈会上的讲话》精神，实践文艺的工农兵方向已取得的成果，这套丛书的地位、分量和价值毋庸置疑，特别是对于那些来自国统区的左翼作家们来说，更是一份沉甸甸的见面礼。因此，如何总结"五四"以来的左翼文艺，以及所谓国统区的左翼作家和"广泛的中间层"作家们在新政权和新文艺规范下如何安身立命等问题随之被提出。于是从 1951 年开始由茅盾主编、开明书店出版的"新文学选集"应运而生。

这部被称为"新文学的里程碑"[①] 的选集，有针对性地选取了鲁迅、瞿秋白、郁达夫、闻一多、朱自清、许地山、蒋光慈、王鲁彦、

---

① "新文学选集"出版广告，《进步青年》第 238 期，1951 年 8 月 1 日。

柔石、胡也频、洪灵菲、殷夫等 12 位"已故作家"与郭沫若、茅盾、叶圣陶、丁玲、田汉、巴金、老舍、洪深、艾青、张天翼、曹禺、赵树理 12 位"健在作家"的"革命现实主义"作品，集中展现"五四"以来所谓"进步"作家在"新文学的发展的过程"① 中的创作历程和功绩。简单对比两套丛书可以很直观地发现，与《中国人民文艺丛书》所体现出来的样板、标杆、指南等特点和作用不同，开明版"新文学选集"因为作家的身份、地位以及革命文艺创作等方面的不同而呈现出另外的特点，不妨以《茅盾选集》为例。

一　检讨与批判:"序言"中蕴藏的天机

　　开明版"新文学选集"出版之时，知识分子思想改造运动也已拉开帷幕，文艺界的"批评与自我批评"运动已经展开。在这种历史语境下，为表明向延安主流意识形态的靠拢与归顺，出版选集的"健在作家"大都借撰写序言的机会对自己以往的文艺思想进行了检讨与批判。例如在"广泛的中间层作家"中，巴金就表示"我的作品中思想性和艺术性都薄弱"，"在这新的时代面前，我的过去作品显得多么的软弱、失色!""我的作品没有为这伟大的工作尽过一点力量"。② 老舍表示自己的"温情主义多于积极的斗争"，"幽默冲淡了正义感"，并针对此前具有"错误倾向"的《猫城记》等作品愧悔说:"我很后悔，我曾写过那样的讽刺"③。曹禺检讨自己"没有在写作的时候追根问底，把造成这些罪恶的基本根源说清楚。"④ 在国统区左翼作家中，洪深批评自己的旧作非常"拙笨"，"和当前的生活是毫不投合的"，是"过时失效的作品"，"难于为它们安排用途"，

---

　　① 《新文学选集·编辑凡例》，开明书店 1951 年。其中《瞿秋白选集》与《田汉选集》因故未能出版。

　　② 巴金:《巴金选集·序》，开明书店 1951 年版，第 9—10 页。

　　③ 老舍:《老舍选集·序》，开明书店 1951 年版，第 13 页。

　　④ 曹禺:《曹禺选集·序》，开明书店 1951 年版，第 8 页。

以往的作品"并未曾为时代好好的服务"。① 张天翼认为旧作只是"提供了一点史料","自以为是站在劳动大众立场,并为他们而写,究竟他做到了没有,做到了多少?"并表示"过去的算是略为做一个交代。以后——从头学起"。②

"已故作家"虽已不能发声,但是作品中存在的问题却不能轻易放过,于是出现了一种活着的作家为去世的作家代为检讨的现象。例如,周立波在为王鲁彦所写的序言中代为检讨说:他"没有投身到人民解放斗争的主流里,对于人民用自己的力量来解放自己的可能还没有充分的看清",他的有些作品"带着知识分子的一些特有的情感","看不见阶级与阶级之间的严重的斗争,看不见工人农民的解放运动的胜利的前途。"③ 孟超在《我所知道的灵菲》的序言中代为检讨说:他的作品由于"革命知识分子的阶级性的限制"而表现出"罗曼蒂克的气质",不少小说中都体现出"小资产阶级的思想感情"。④

作为未经历过延安整风和思想改造的左翼作家茅盾,尽管这时已经是共和国文化部部长、中国作家协会的主席和中国文联的副主席,这一关也是要过的。面对《幻灭》《动摇》《追求》这三部严重影响茅盾革命形象的小说,他解释和检讨说,这几部作品"是有若干生活经验作为基础的","1925—1927,这期间,我和当时革命运动的领导核心有相当多的接触,同时我的工作岗位也使我经常能和基层组织与群众发生关系",但由于对革命形势的观察失误以及当时思想情绪的悲观失望,导致了作品出现种种问题。他检讨《三人行》的写作是因"徒有革命的立场而缺乏斗争的生活"才导致失败。关于《子夜》这部小说,他说,写作中本是打算通过农村与城市革命力量的对比"反映出那时候的中国革命的整个面貌,加强革命的乐观主

---

① 洪深:《洪深选集·序》,开明书店 1951 年版,第 7—8 页。
② 张天翼:《张天翼选集·序》,开明书店 1951 年版,第 7 页。
③ 周立波:《王鲁彦选集·序》,开明书店 1951 年版,第 8—9 页。
④ 孟超:《洪灵菲选集·序》,开明书店 1951 年版,第 9、12 页。

义"，但由于谋篇布局与写作能力上的原因造成作品未能"表现出整个的革命形势"。茅盾坦诚说，必须"检查自己的失败的经验"，认为旧作"都是'瑕瑜互见'乃至'瑜不掩瑕'的东西"，"即使有点暴露或批判的意义，但在今天这样的新时代，这些实在只能算是历史的灰尘，离开今天青年的要求，不啻十万八千里"。他还表示自己"没有把自己改造好。数十年来，漂浮在生活的表层，没有深入群众，这是耿耿于怀的，时时疚痏的事"，自此以后要"从头向群众学习，彻底改造自己"。①

从茅盾这些带有澄清、辩解性的检讨与自我批评中可以看出，在文艺一体化的进程中，作为国统区左翼作家的茅盾，其身份实际上是十分尴尬的。较之"广泛的中间层作家"，茅盾显然是站在革命阵营内部的立场去进行自我批判的，他在检讨过往的文艺思想的时候并未忘记自己左翼作家的身份。并且，茅盾在进行自我批判的同时也隐约表现出他意欲强调左翼作家在革命时期曾发挥过积极作用的意图。但同时，与延安主流作家相比，茅盾又明显意识到自己因未曾经历延安整风规训而具有的"革命缺陷"，所以必须在新形势下批判旧我，改造自己，尽快以《讲话》的精神作为绝对正确的标准转变思想，跟上新的意识形态。

事实上，结合开明版选集序言可以看出，茅盾体现出的这种尴尬的身份和生存状态，并非是他一个人，而是国统区左翼作家们的一个缩影。

二 篇目选编的用心良苦

稍微研究可以发现，茅盾在选择篇目时就特意规避那些在序言中提到的不进步的"敏感"作品，而将《春蚕》《林家铺子》《赵先生想不通》《微波》《夏夜一点钟》《第一个半天的工作》《官舱里》《儿子开会去了》《列那和吉弟》《脱险杂记》这10篇小说收入集中。

---

① 茅盾：《茅盾选集·序》，开明书店1952年版，第7—11页。

茅盾做这样的筛选，显然是觉得这些作品具有"革命意识"，相对能够与当时的主流文艺政策相契合，但若细致考察这 10 篇小说，却发现，事实与他的预期还存在很大的差距。

首先，被选入集子中的 10 篇小说，只有《春蚕》以农民作为故事的主人公。《林家铺子》中的小商铺主人林老板，《赵先生想不通》中热衷于投资与投机的赵先生，《微波》中的李先生以及《官舱里》中的老少两代人都是小有产者。《夏夜一点钟》和《第一个半天的工作》中的两位女性则是城市平民的代表。《儿子开会去了》《列那和吉弟》《脱险杂记》中的主要人物都是知识分子。总体看来，这些小说中的主人公几乎都是茅盾所熟悉的"小资产阶级"。从人物形象塑造这一方面来说，就形成了与当时以工农兵作为主人公的文艺"主旋律"并不十分和谐的局面。

其次，这几篇作品的主题与内容也值得体味。《春蚕》通过老通宝养蚕丰收却成灾来表现农村经济破产，《林家铺子》通过林老板小商铺的倒闭表现城市经济破产。这两部作品虽然内容不同，但都是茅盾"大规模地描写中国社会现象"① 的尝试，写作主题指向"30 年代城乡经济普遍破产时期那种复杂的社会经济连带关系"②，其中却并没有提及和突出无产阶级及其反抗行为。

《赵先生想不通》写小资产者赵先生的投机心理，也表现出"公债市场的热闹，投机的狂热，是怎样一种病态"③。《微波》写有产者李先生一家在动荡时局中经济境遇不断改变直至破产。这两篇小说以人物命运表现经济关系，同时勾连当时的社会现实，具有讽刺意义。不过小说内容无关革命，作品主题也与阶级反抗没有联系。《夏夜一点钟》和《第一个半天的工作》都是对职场中女性的描写。前者通

---

① 茅盾：《子夜·后记》，《茅盾全集》（第 3 卷中），人民文学出版社 1984 年版，第 553 页。

② 金宏宇：《文学的经济关怀——中国 30 年代破产题材小说综论》，《武汉大学学报（哲学社会科学版）》1998 年第 1 期。

③ 茅盾：《质疑与解答——"公债买卖"》，《中学生》第 36 号，1933 年 6 月 1 日。

过刻画女性的恋爱心理，影射公司内部关系的错杂混乱，也构成了对现代男女的讽刺；后者描写职业女性的苦闷，并以此暴露职场内部的"社会政治生态"。这两部作品倾向于揭示"小资产阶级"女性所面临的物质与精神的双重困境，并未涉及阶级文学中常见的"女性解放"等内容。《官舱里》通过老少两代人之间的对话，"缩影"式地表现当时的政治与社会生态，为读者展现出"社会一角"① 的真实面貌。小说虽然对时事政治、社会弊端进行暴露与批判，不过并未因此引出"民族反抗"与"阶级反抗"这样的情节。《儿子开会去了》写少年阿向说服父母同意自己去参加市商会的群众游行的过程以及少年去参加集会后父母的所思所想与心理变化。茅盾显然试图借由小说表现出群众运动的影响力与国人的革命热情，但他并未对运动本身进行直接呈现，也并未对革命主体进行重点书写。《列那和吉弟》写寄居在新疆的知识分子一家所养的两只小狗的遭遇，借以影射动荡的时局。小说的写作目的如茅盾所言，是为"怀念那五位在新疆受冤被捕的剧团的朋友"，同时也为纪念茅盾故去的女儿②。作品虽然具有讽刺时局的意义，但其中并未涉及动荡时局中的革命者。《脱险杂记》则是茅盾对 1941 年太平洋战争爆发香港陷落后，自己一行文化人在东江游击队保护下由香港回到内地的经历进行的速写式的记录③。小说侧重于描写知识分子在转移过程中的遭遇、见闻以及心理活动，其中并未着力突出无产阶级的"革命贡献"。

最后，《茅盾选集》的小说文本中还存在如下一些细节处理不很"得体"的问题。像《春蚕》，茅盾虽曾表示过造成小说中农村经济破产的原因是"帝国主义的经济侵略与国内政治的混乱"④，但这一

---

① 茅盾：《〈印象·感想·回忆〉后记》，《茅盾全集》（第 21 卷），人民文学出版社 1991 年版，第 193 页。

② 茅盾：《春明版〈茅盾文集〉后记》，《茅盾全集》（第 24 卷），人民文学出版社 1996 年版，第 391 页。

③ 参见茅盾《脱险杂记》，《进步青年》第二号，1949 年 6 月 4 日。

④ 茅盾：《我怎样写〈春蚕〉》，《茅盾全集》（第 24 卷），人民文学出版社 1996 年版，第 214 页。

背景是被隐藏在幕后而未做直接描写的。所以早在20世纪30年代就曾有批评者指出"如此严重的经济恐慌,犹未提起一笔追溯恐慌之成因"①。《春蚕》中的老通宝等农民,被刻画为带有传统劣根性与愚昧色彩的人物,而非《讲话》精神映照下的"英雄人物",这一点也曾被批评者质疑为只写"落后的农民"②。这样的小说叙述方式显然与"革命叙事方式"之间存在隔膜。再如,在表现群众运动的《儿子开会去了》这篇小说中,参与群众运动的少年"阿向"的父母,对于儿子去参加游行集会的行为显然有所担心,抱有犹疑态度。小说对群众运动的描写也从侧面表现出运动所具有的危险性与复杂性。这样的描写透露出的是对待革命的迟疑态度,而不是主流话语所倡导的坚定的革命态度。而在《夏夜一点钟》这篇小说中,还出现"她示威似的将腋下的一个纽扣揪开,随手霍地一撩,她那累丝纱旗袍的上半截借着那钢板一样的硬领的重量就从胸口再往下褪,露出了她那光光两个肩头和小半个胸脯了"③,这样"露骨"的情欲描写,体现出的显然是所谓的"小资产阶级的情调",与革命并不搭边。

不难发现,茅盾虽然抱着迎合主流文艺政策的态度去筛选小说,但收入《茅盾选集》中的10篇小说无论在人物、主题,还是内容的细节方面都不同程度地游离于主流文艺话语之外,有些甚至与"文艺为工农兵服务"的主流文艺思想相互抵牾。这其中可见,茅盾虽然已经在序言中进行了检讨,并且在此前的一系列文章中表示要向《讲话》学习,改造自己的思想,实践"文艺的工农兵方向",但他对文艺政策的"个人化的理解"④,显然与新的文学规范还未完全调和,他的理论言说与文艺实践并不统一。当然,这不仅仅是茅盾这一个个体所面临的问题,而是未经《讲话》规训的国统区左翼作家们普遍面临的问题。

---

① 茅盾:《〈春蚕〉〈林家铺子〉及农村题材的作品——回忆录(十四)》,《新文学史料》1982年第1期。

② 同上。

③ 茅盾:《夏夜一点钟》,《茅盾选集》,开明书店1952年版,第99页。

④ 陈改玲:《重建新文学史秩序》,人民文学出版社2006年版,第105页。

三　为迎合《讲话》修改原作

"新文学选集"出版时，为使作品更加符合延安文学规范，适应"文艺为政治服务"的主流意识形态的要求，不少作家都对作品进行了一种"迎合性的修改"①。像老舍将《骆驼祥子》节录后收入选集，共删 145 处，"第十章和第二十四章则全部删去"，不仅删减了某些"不合时宜"的内容，也将祥子堕落的结局彻底删去。②曹禺对《雷雨》《日出》《北京人》等几部戏剧的某些章节完全改写，将《雷雨》的"序幕"和"尾声"删去，第四章整章重写，增添大量反抗"帝国主义"的情节③，在《日出》中"增加了一条写革命斗争的情节线"④，"以阶级斗争和阶级矛盾重新组织剧情"⑤，将《北京人》原剧中"既原始又现代的'北京人'形象全部砍削"⑥，以达到凸显剧作的政治性，使作品可以最大限度适应主流意识形态的目的。

茅盾借出版的机会也对自己的作品进行了重新修改，他对文章的改动虽然不多，但有几处却也是颇用心思。例如《官舱里》一文，他将描写制作假钞的"××人"改作"东洋人"，将故事结尾"因为据说这些小小的连成的'南瓜棚'是奉命搭盖的，用意在避飞机'下蛋'呢!"⑦改为"因为据说这些小小的连成一片的'南瓜棚'

---

① 金宏宇：《中国现代长篇小说名著版本校评》，人民文学出版社 2004 年版，第 18 页。

② 金宏宇：《中国现代长篇小说名著版本校评》，人民文学出版社 2004 年版，第 132、154 页。

③ 商昌宝：《作家检讨与文学转型》，新星出版社 2011 年版，第 176—177 页。

④ 金宏宇：《新文学的版本批评》，武汉大学出版社 2007 年版，第 27 页。

⑤ 陈改玲：《作为"纪程碑"的开明版"新文学选集"》，《中国现代文学研究丛刊》2005 年第 6 期。

⑥ 商昌宝：《作家检讨与文学转型》，新星出版社 2011 年版，第 177 页。

⑦ 茅盾：《官舱里》，《申报·每周增刊》第一卷第十四期，1936 年 8 月 30 日。

是奉命搭盖的，用意在万一对日战争这可以避免飞机'下蛋'，那就是'防空'！"① 《列那和吉弟》一文，他将小说结尾描写主人公去向的原文"一年以后，妈妈听得剧团里的人们有了问题的时候"② 改为"一年以后，爸爸和妈妈从香港逃难到了桂林，在接到两个孩子从西北的边区写了信来的时候，又知道剧团里的人们在迪化出了问题"③。《脱险杂记》一文，他删去描写逃难心情的一句话"我们的'情绪'之痛快，自不待言了"④；将描写游击队员的命运的原文"抗战后才第一次来祖国，贡献了他的力量"⑤ 改为"抗战后才第一次来祖国，投身于东江游击队"⑥；将"惠阳城里，政治上这时可算得真空。县政府还没回来，国民党党部也没回来，警察也没回来。在敌人退出后的第五天，回来的只有若干老百姓"⑦ 这段原文删去"政治上这时可算得真空"一句。

能够看出，茅盾对文章的这几处小改动，无论是对政治环境的刻画，还是对作家面对革命时的选择与心态的书写，目的和用意都是明显的，那就是将原文中批判日本军国主义者、讽刺国民党统治的描写更加明显化，以增强讽刺的力度；将涉及革命内容的描写更加"纯净化"，力求凸显作家本身的革命意识与政治正确，借此强调自身的进步性和革命性。通过这样一种有意识的"意识形态性修改"，以达到迎合文艺为政治服务的目的。不过同样能够发现的是，茅盾的删改虽然与政治话语密切相关，并力求使文章更具有"革命色彩"，但实际上这种用心良苦也不过是细枝末节，并不能改变作品固有的"消极主题"以及主人公于革命的动摇和幻灭情绪，或者借用一句阶级

---

① 茅盾：《官舱里》，《茅盾选集》，开明书店1952年版，第125页。

② 茅盾：《列那和吉弟》，《文学创作》第一卷第二期，1942年10月15日。

③ 茅盾：《列那和吉弟》，《茅盾选集》，开明书店1952年版，第152页。

④ 茅盾：《脱险杂记》，《进步青年》第三号，1949年7月4日。

⑤ 茅盾：《脱险杂记》，《进步青年》第六号，1949年10月4日。

⑥ 茅盾：《脱险杂记》，《茅盾选集》，开明书店1952年版，第235页。

⑦ 茅盾：《脱险杂记》，《进步青年》第七号，1949年11月4日。

话语来说就是不可避免小资产阶级的温情主义。

当然，茅盾并未像"广泛的中间层作家"那样伤筋动骨地改写自己的作品，一方面是由于其作品主人公少有工农兵、革命者，作品的内容和主题以及叙事方式也与主流文艺相距甚远，这就决定了他的作品事实上很难被改写成完全符合《讲话》精神的作品；另一方面，也是由于在 1949 年建政初期，主流政治主要针对的是自由派、资产阶级等所谓敌对势力，尚属于革命阵营的左翼力量还未被纳入革命对象行列。所以，自居于革命有所贡献的茅盾，在欣然跨入体制内的同时也表示愿意改造思想和文艺观，也就没有过度夸张地检讨自己、修改旧作。

1949 年新政权建立后，在推进以《讲话》为标志的正统意识形态和文艺指导方针运动中，茅盾所遭遇的尴尬境况，并非是个案，很大程度上是整个左翼文化界共同面临的问题，这一点只要认真阅读开明版"新文学选集"便会有真切感受。

（原刊《粤海风》2016 年第 5 期）

茅盾译诗的症候式分析

赵思运

摘　要　茅盾在 1919—1925 年间翻译了 32 首域外诗歌，具有突出成就，但其后的新诗创作却乏善可陈，其症结深藏于他的译诗活动之中。茅盾的译诗出于新文化运动之亟需，具有强烈的政治意图和伦理色彩，导致他的译诗缺乏诗歌自身的文体意识。他的"以神韵取代韵律"的译诗原则和新诗语言欧化的主张，在某种程度上，助长了新诗初创时期的散文化倾向。爱伦·坡《乌鸦》的译介这一公案能够显示出茅盾译诗的新文化运动立场及诗歌文体意识的缺失。

关键词　诗歌翻译；症候式分析；茅盾

茅盾的诗歌翻译时间段是 1919—1925 年，发表于《时事新报》副刊《学灯》、《小说月报》、《民国日报》副刊《觉悟》、《民国日报》副刊《妇女评论》、《诗》、《文学》周刊等报刊的诗歌译作，达32 首。

如果说，茅盾的诗歌翻译活动具有突出成就，那么，他的新诗创作则差强人意。茅盾在经历了长达 6 年的诗歌翻译活动之后，于 1927 年开始新诗创作。严格意义的新诗，茅盾只有两首，分别是《我们在月光底下缓步》（1927.08.09）[①] 和《留别》（1927.08.12）[②]。此后写的《筑路歌》（1939）、《新新疆进行曲》（1939）、《题〈游龙戏凤

---

① 茅盾：《茅盾全集·补遗》（上），人民文学出版社 2006 年第 1 版，第255 页。

② 同上书，第 256—257 页。

图〉》（1941）、《给加拿大的文艺弟兄们》（1951）、《迅雷十月布昭苏》（1976）、《文艺春天之歌》（1979），由于充斥着大量口号和议论，在艺术上乏善可陈。

作为新文学运动的坚定支持者、新诗的倡导者，他的新诗创作为何如此之少？细究起来，他的新诗创作难以为继，或许可以在其新诗翻译现象中找出内在的症候。他的新诗翻译活动，是茅盾参与新文学运动的组成部分，而他参与新文学运动的意图主要在于促进社会发展与人的发展。他的译诗活动带有浓厚的意图伦理色彩，而缺乏对诗歌肌理的考究和新诗文体建设的意识。从诗歌伦理态度的倡导到新诗文本肌理的创作实践之间，尚有很大的距离和空间。

一 茅盾译诗的意图伦理

中国白话诗和新诗的诞生，离不开异域诗歌的译介。而"韵文化的'新学'，与思想界的关系，远比与诗坛的关系更为密切"。① 无论是黄遵宪发起的"诗界革命"，还是梁启超发起的"文界革命"，其革命动力都来自于异域的思想输入。因此，诗文译介大多着眼于社会变革，因而成为社会变革和民族进步的思想工具。

客观地讲，茅盾的译诗活动的出发点是急时代之所需。正如王哲甫所言："中国的新文学尚在幼稚时期，没有雄宏伟大的作品可资借镜，所以翻译外国的作品，成了新文学运动的一种重要工作。"② 茅盾等人于1920年组织成立"文学研究会"以后，《小说月报》从十二卷第一期（1921.01.10）即由茅盾接手编辑并彻底革新，实际上成为文学研究会的机关刊物。茅盾在《小说月报》第十二卷第一号（1921.01.10）改革宣言中说："研究文学哲理介绍文学流派虽为刻

① 张永芳：《试论晚清诗界革命的发生与发展》，见龚书铎《近代中国与近代文化》，湖南人民出版社1988年版，第930页。

② 王哲甫：《中国新文学运动史》，载《民国丛书》第五编，上海书店据北平杰成书局1933年影印，第259页。

不容缓之事，而迻译西欧名著使读者得见某派面目之一斑，不起空中楼阁之憾，尤为重要。……写实主义在今日尚有切实介绍之必要，而同时非写实的文学亦应充其量输入。"① 改革一周年之际，茅盾在《一年来的感想与明年的计划》中再次强调文学翻译的重要性："翻译文学作品和创作一般地重要，而尚在未有成熟的'人的文学'之邦像现在的我国，翻译尤为重要；否则，将以何者疗救灵魂的贫乏，修补人性的缺陷呢?"② 茅盾对《小说月报》进行了锐意革新，翻译与介绍了大量外国文艺理论、文艺思潮与文艺作品，包括古典主义、现实主义、批判现实主义、自然主义、浪漫主义、象征主义、达达主义等，非常多元化。他主持的《小说月报》设置了"译丛""海外文坛消息""文艺丛谈"栏目，以及不固定的译介栏目，茅盾常常亲力亲为，从事翻译活动。以《小说月报》为例，1921 年 1 月到 1926 年 12 月，发表的译作中俄国文学 33 种，法国文学 27 种，日本文学 13 种，英国文学 8 种，印度文学 6 种。③

　　茅盾的诗歌翻译活动就是在这种背景下发生的。他在《译诗的一些意见》（1922）中说："借此（外国诗的翻译）可以感发本国诗的革新。我们翻开各国文学史，常常看见译本的传入是本国文学史上一个新运动的导线；翻译诗的传入，至少在诗坛方面，要有这等的影响发生。"④ "据这一点看来，译诗对本国文坛含有重大的意义；对于将有新兴文艺蹶起的民族，含有更重大的意义。这本不独译诗为然，一切文学作品的译本对于新的民族文学的蹶起，都是有间接的助力的；俄国、捷克、波兰等国的近代文学史都或多或少的证明了这

---

　　① 《小说月报》第 12 卷第 1 号，1921 年 1 月 10 日。
　　② 《小说月报》第 12 卷第 12 号，1921 年 12 月 10 日。
　　③ 陈玉刚：《中国翻译文学史稿》，中国对外翻译出版公司 1989 年版，第 119 页。
　　④ 《时事新报·文学旬刊》第五十二期，（1922.10.10），茅盾：《茅盾全集第十八卷·中国文论一集》，黄山书社 2014 年版，第 328 页。

个例。"①

《茅盾译文全集》第 8 卷②以发表时间先后为序，收录了茅盾
1919 年至 1925 年间翻译并发表于《时事新报》副刊《学灯》、《小
说月报》、《民国日报》副刊《觉悟》、《民国日报》副刊《妇女评
论》、《诗》、《文学》周刊等刊物上的诗歌 32 首。列表如下：

译文题目	原作者	原作国籍	发表报刊	发表时间	备注
夜	Elizabeth J, Cootsworth	不详	《时事新报·学灯》	1919.09.30	原署译者：冰
日落	Evelyn Wells	不详	《时事新报·学灯》	1919.09.30	原署译者：冰
阿富汗的恋爱歌		阿富汗	《小说月报》第 12 卷第 7 号	1921.07.10	原署冯虚女士，从 E. Rowys Mahero 转译
海里的一口钟	戴默尔	德国	《民国日报·觉悟》	1921.09.04	原署沈雁冰重译，英语转译
我寻过……了	梅特林克	比利时	《民国日报·妇女评论》	1921.09.21	原署比国梅德林
夜夜	戴默尔	德国	《民国日报·觉悟》	1921.10.07	原署冯虚女士译
匈牙利国歌	裴多菲	匈牙利	《民国日报·觉悟》	1921.10.10	原署沈雁冰重译

---

① 茅盾：《茅盾全集第十八卷·中国文论一集》，黄山书社 2014 年版，第
328—329 页。

② 茅盾：《茅盾译文全集》（第 8 卷诗·文论），知识产权出版社 2013 年
第 2 版。

译文题目	原作者	原作国籍	发表报刊	发表时间	备注
杂译小民族诗（共十首）	土尔苟兰支、伊萨诃庚、恰夫恰瓦泽、洛顿斯奇、谢甫琴科、斯坦芳诺维支、散尔复维支、贝兹鲁奇、科诺普尼茨卡、阿斯尼克	亚美尼亚、格鲁吉亚、乌克兰、塞尔维亚、捷克、波兰	《小说月报》第12卷第10号	1921.10.10	沈雁冰译
莫扰乱了女郎的灵魂	鲁内贝格	芬兰	《民国日报·妇女评论》第11期	1921.10.12	原署冯虚女士重译
笑	鲁内贝格	芬兰	《民国日报·妇女评论》第11期	1921.10.12	原署冯虚女士重译
泪珠	鲁内贝格	芬兰	《民国日报·妇女评论》第13期	1921.10.26	原署冯虚译
"假如我是一个诗人"	巴士	瑞典	《民国日报·妇女评论》第13期	1921.10.26	原署冯虚译
乌克兰民歌		乌克兰	《民国日报·妇女评论》第14期	1921.11.02	署冯虚译，从英文转译
无聊的人生	Jules Licmaine	法国	《民国日报·觉悟》	1921.11.04	署冯虚女士译

续表

译文题目	原作者	原作国籍	发表报刊	发表时间	备注
佛列息亚底歌唱	阿特博姆	瑞典	《民国日报·觉悟》	1921.11.11	署冯虚译
塞尔维亚底情歌		塞尔维亚	《民国日报·妇女评论》第18、20期	1921.11.30、12.14	署冯虚译
二部曲	繁特科维支	乌克兰	《诗》第1卷第1号	1922.01.01	署沈雁冰译
永久	泰格奈尔	瑞典	《小说月报》第13卷第1号	1922.01.10	署希真译
季候鸟	泰格奈尔	瑞典	《小说月报》第13卷第1号	1922.01.10	署希真译
辞别我的七弦竖琴	泰格奈尔	瑞典	《小说月报》第13卷第1号	1922.01.10	署希真译
东方的梦	肯塔尔	葡萄牙	《小说月报》第13卷第2号	1922.02.10	署希真译，转译
什么东西的眼泪	肯塔尔	葡萄牙	《小说月报》第13卷第2号	1922.02.10	署希真译，转译
在上帝的手里	肯塔尔	葡萄牙	《小说月报》第13卷第2号	1922.02.10	署希真译，转译
浴的孩子	雷德贝里	瑞典	《小说月报》第13卷第2号	1922.02.10	署希真译，转译
你的忧悒是你自己的	雷德贝里	瑞典	《小说月报》第13卷第2号	1922.02.10	署希真译，转译
英雄包尔	阿兰尼	匈牙利	《小说月报》第13卷第5号	1922.05.10	原署冬芬译
南斯拉夫民间恋歌（四首）		南斯拉夫	《诗》月刊第2卷第2号	1923.05.15	署雁冰译，转译

续表

译文题目	原作者	原作国籍	发表报刊	发表时间	备注
歧路（选译）	泰戈尔	印度	《小说月报》第14卷第9号	1923.09.10	署沈雁冰、郑振铎译
乌克兰的结婚歌		乌克兰	《文学》周刊第89期	1923.09.24	署沈雁冰译
玛鲁森珈的婚礼		乌克兰	《文学周报》第170期	1925.04.27	署玄译
花冠		乌克兰	《文学周报》第174期	1925.05.24	署雁冰译
乌克兰结婚歌		乌克兰	《文学周报》第185期	1925.08.09	署沈雁冰译

如果考察茅盾的角色自期，那么，在革命家、思想家、文学家、翻译家等诸种角色之间，茅盾或许更重视革命家和思想家身份，文学家和翻译家的角色或许退后一些，而翻译则只是表达革命思想和文学思想的载体或工具。这跟"五四"时期思想启蒙、政治救亡、文学革命等主流价值观念有关。

其实，诗歌翻译在茅盾的翻译活动中占据很小一个部分。《茅盾译文全集》共计10卷，诗歌只占其中第8卷不到一半的篇幅。茅盾的诗歌翻译与整个文学翻译活动一样，构成了新文学运动的有机部分。他的文学活动充满了政治意图伦理。他从来不会把文学活动当作文学本身，而只是把文学当作社会活动的一部分，人生活动的一部分。他一直崇尚"文学为人生"的主张。在茅盾看来，文学只是表达思想的一种手段，而不是文学本身。他在《现在文学家的责任是什么？》中说："自来一种新思想发生，一定先靠文学家做先锋队，借文学的描写手段和批评手段去'振聋发聩'。"[1] "文学是为表现人

---

[1] 《现在文学家的责任是什么？》，署名佩韦，《东方杂志》第十七卷第一号。

生而作的。文学家所欲表现的人生，决不是一人一家的人生，乃是一社会一民族的人生"。① 由于茅盾坚持文学的社会功能，他反对娱乐性的文学。他在《自然主义与中国现代小说》② 中严厉批驳了鸳鸯蝴蝶派。因为茅盾批评了鸳鸯蝴蝶派，商务印书馆王云五对茅盾施加压力，提出要诉讼《小说月报》破坏"礼拜六派"的声誉，并要求茅盾撰文道歉，遭到茅盾断然拒绝。这也反衬出茅盾坚定的"为人生"的文学立场。

应和着"为人生"的文学口号和人道主义思潮，"五四"时期的翻译运动也具有强烈的倾向性。新青年社和文学研究会都特别注重翻译与中国国情比较相似的俄国、印度等国文学以及弱小民族的文学，尤其是俄国文学的翻译与介绍被置于最醒目、最突出的位置。创作方法上，倾向于法国、俄国、波兰等国家的现实主义、批判现实主义作品。关于介绍外国文学作品的目的，茅盾区分了"个人爱好""个人研究"与"介绍给群众"的不同，同时特别强调文学翻译的"客观动机"，即"主观的爱好心而外，再加上一个'足救时弊'的观念"。③ 他一再表达他的文学为人生的主张："我是倾向人生派的。我觉得文学作品除能给人欣赏而外，至少还需含有永久的人性，和对于理想世界的憧憬。我觉得一时代的文学是对一时代缺陷与腐败的抗议或纠正。我觉得创作者若非是全然和他的社会隔离的，若果也有社会的同情的话，他的创作自然而然不能不对社会的腐败抗议。我觉得翻译家若果深恶自身所居社会的腐败，人心的死寂，而想借外国文学作品来抗议，来刺激将死的人心，也是极应该而有益的事。"④ "我极力

① 《现在文学家的责任是什么？》，署名佩韦，《东方杂志》第十七卷第一号。

② 《小说月报》第十三卷第七号，1922 年 7 月。

③ 茅盾：《介绍外国文学作品的目的——兼答郭沫若君》，见《时事新报·文学旬刊》第四十五期，1922 年 8 月，又见茅盾《茅盾全集第十八卷·中国文论一集》，黄山书社 2014 年版，第 282 页。

④ 茅盾：《茅盾全集第十八卷·中国文论一集》，黄山书社 2014 年版，第 282—283 页。

主张译现代的写实主义的作品。"① 茅盾的翻译出发点跟创造社有所不同。创造社虽然也译介了现实主义文学、自然主义文学和启蒙主义文学，但更注重浪漫主义、唯美主义、象征主义、颓废主义文学的译介。茅盾虽然也推崇浪漫主义诗人拜伦，但首先因为"拜伦是一个富于反抗精神的诗人"，"中国现在正需要拜伦那样的富有反抗精神的人。"② 这与茅盾文学观念的现实关怀密切相关。

茅盾策划了《俄国文学研究》《法国文学研究》《被损害民族文学专号》《太戈尔号》等专号或增刊，尤其可贵的是，特别注重译介俄国文学、苏联文学以及弱小民族文学的理论与作品。1921年出刊的《俄国文学研究》和《被损害民族的文学号》即是最突出的代表。《小说月报》第十二卷号外《俄国文学研究》是《小说月报》革新以后第一个专号，也是中国文学史第一本集中译介俄国文学的专集。《小说月报》第 12 卷第 10 号（1921.10.10）系"被损害民族的文学号"。在这一期专号里，茅盾亲自撰写引言和导论《被损害民族的文学背景的缩图》，介绍了这些被损害民族所运用的语言文字，阐释了波兰、捷克、芬兰、乌克兰、南斯拉夫、保加利亚等国的人种、自然环境与社会环境，以及被损害民族的特性。他在《引言》里论述到为什么要研究被损害民族的文学："凡被损害的民族的求正义求公道的呼声是真的正义真的公道，在榨床里榨过留下来的人性方是真正可宝贵的人性，不带强者色彩的人性。他们中被损害而向下的灵魂感动我们，因为我们自己亦悲伤我们同是不合理的传统思想与制度的牺牲者；他们中被损害而仍旧向上的灵魂更感动我们，因为由此我们更确信人性的砂砾里有精金，更确信前途的黑暗背后就是光明。"③ 此专号里他发表了《杂译小民族诗（共十首）》。这十首诗歌分别来自

---

① 茅盾：《茅盾全集第十八卷·中国文论一集》，黄山书社 2014 年版，第 283 页。

② 茅盾：《拜伦百年纪念》，《小说月报》第十五卷第四号，1924 年 4 月 10 日。

③ 茅盾：《小说月报》第 12 卷第 10 号引言，1921 年 10 月 10 日。

亚美尼亚、格鲁吉亚、乌克兰、塞尔维亚、捷克、波兰的诗人土尔苛兰支、伊萨河庚、恰夫恰瓦泽、洛顿斯奇、谢甫琴科、斯坦芳诺维支、散尔复维支、贝兹鲁奇、科诺普尼茨卡、阿斯尼克。

翻译的这些诗歌，大多是民谣风格。反映民间生活的民谣和歌谣，除了上述《杂译小民族诗（共十首）》，还有《乌克兰民歌》《佛列息亚底歌唱》《塞尔维亚底情歌》《南斯拉夫民间恋歌（四首）》《乌克兰的结婚歌》《玛鲁森珈的婚礼》《花冠》《乌克兰结婚歌》。在这些歌谣里，有的抒发反抗家庭包办、追求爱情自由的精神；有的表达对自然和灵魂的吟唱；有爱情的深情与执着，也有情人的离别与幽会；更有丰富多彩的民间婚礼与婚俗。还有的揭示了不平等的地位，表达劝善戒恶的宗教观念；有的表达了真挚的爱情与为民族而牺牲的关系；有的表达了在狱中对于祖国新生的渴望；有的在颓废基调里表达对人类的爱心；有的表达在坑道中做工的掘墓人的革命精神；有的表达了对于受压迫的底层农民的同情。这些诗歌中流露出强烈的现实关注精神和民粹主义色彩。歌颂民族解放的诗歌也占有很大比重，以《匈牙利国歌》和《英雄包尔》为代表。前者的作者裴多菲是匈牙利伟大的爱国主义诗人，被称为"匈牙利政治复活时代苏生精神的记录者，并且做了那精神的指导者。"[①]《匈牙利国歌》唱出了反抗专制、呼唤民族独立自由的最强音！后者的作者是同裴多菲一样命运波折的裴多菲好友阿兰尼，诗中抒发了英雄包尔远离他的情人去参加战争，最后酿成了爱情悲剧。两首诗基调高昂，催人奋进！

我们注意到，茅盾的诗歌翻译基本都是由英文转译（也称"重译"）过来的，很少从外语原文直接翻译成汉语诗歌。这种转译现象或许可以作为茅盾关注诗歌的社会意义甚于诗歌文体价值的佐证。如果从茅盾的外语熟练程度讲，他翻译英美诗歌作品应该更为精准一些，为何他避熟而就生，去转译一些弱小国家民族的作品？原因在于

---

① 茅盾：《茅盾译文全集》（第8卷诗·文论），知识产权出版社2013年第2版，第13页。

他的"文学为人生"的观念，在于"想借外国文学作品来抗议，来刺激将死的人心"。① 转译现象是中国翻译界在 20 世纪上半期的现象。那个时候熟悉并运用小语种的专家不多，对于弱小民族的文学作品的翻译，主要靠从英语版本转译。王友贵认为这是"意识形态支配翻译活动的结果"②，这种现象被称为"弱国模式"。茅盾清醒地认识到"各宜根据原本，根据转译是不大靠得住的。"③ 但事实上，茅盾的译诗几乎都是转译的非英语国家作品。

二 茅盾译诗"文体意识"的缺失

基于上面的论述，茅盾的着眼点并不在文学本身，而在于文学之外的社会担当。这就导致其诗歌翻译中"文体意识"的缺失。这与新文学运动时期新诗文体的散文化具有内在逻辑的一致性。茅盾在译诗文体意识的缺失方面，体现在两个论述上：一是他认定的诗歌翻译原则"以神韵取代韵律"，二是主张新诗语言的欧化。

先说"以神韵取代韵律"原则。

关于翻译大致有两种方式，用德国学者施莱尔马赫（Schleiermacher）的话说，一种是译文尽量保持原文的各种要素特征，让译文读者尽量靠近原文作者；另一种是译文尽量采用译者国家语言文体从而消解原文中的陌生因素，不让读者产生阅读障碍，让原作者尽量靠近译文读者。第一种是鲁迅所言"洋气"，第二种即是"归化"。五四时期，多数人采取"归化"的方式来从事翻译工作，如胡适主张"全用白话韵文之戏曲，也都译为白话散文。用古文译书，必失原文

---

① 茅盾：《茅盾全集第十八卷·中国文论一集》，黄山书社 2014 年版，第 283 页。

② 王友贵：《意识形态与 20 世纪中国翻译文学史（1899—1979）》，《中国翻译》2003 年第 5 期。

③ 茅盾：《译书的批评》，《茅盾全集第十八卷·中国文论一集》，黄山书社 2014 年版，第 54 页。

的好处。"① 并且批评林纾:"林琴南把莎士比亚的戏曲,译成了记叙体的古文! 这真是莎士比亚的大罪人"。② 茅盾在《译文学书方法的讨论》就谈到,在"神韵"与"形貌"不能两全的时候,"与其失'神韵'而留'形貌',还不如'形貌'上有差异而保留了'神韵'。"③ 茅盾同意邓亨的翻译观点:"我以为一首诗的神韵是诗中最重要的一部,邓亨所说'奥妙的精神',亦当指此,我们如果不失原诗的神韵,其余关于'韵''律'种种不妨相异。而且神韵的保留是可能的,韵律的保留却是不可能的。"④

茅盾意识到有些诗歌是可以翻译的,而有些是不可以翻译的。即使可以翻译的诗歌,也只是保存部分好处而不能完全保留。因此,他赞成意译。关于诗歌的文体,在茅盾看来并非最重要,他认为"神韵"最重要,也是可能的,而诗歌文体所依赖的"韵律"他认为既不是最重要,也不一定能保留。至于原诗的格律,"在理论上,自然是照样也译为有格律的诗,来得好些。但在实际,拘泥于格律,便要妨碍了译诗的其他的必要条件。而且格律总不能尽依原诗,反正是部分的模仿,不如不管,而用散文体去翻译。翻译成散文的,不是一定没有韵,要用韵仍旧可以用的"。⑤ 茅盾主张以"神韵"取代"韵律"。

再说诗歌语言形式的欧化。

关于诗歌语言形式,茅盾是主张欧化的。他说:"我们应当先问欧化的文法是否较本国旧有的文法好些,如果确是好些,便当用尽力

---

① 胡适:《建设的文学革命论》,《文学运动史料选》(第一册),上海教育出版社1979年版,第82页。

② 同上。

③ 茅盾:《译文学书方法的讨论》,《小说月报》第十二卷第四号,1921年4月10日,又见茅盾《茅盾全集第十八卷·中国文论一集》,黄山书社2014年版,第94页。

④ 茅盾:《茅盾全集第十八卷·中国文论一集》,黄山书社2014年版,第329—330页。

⑤ 茅盾:《译诗的一些意见》,《茅盾全集第十八卷·中国文论一集》,黄山书社2014年版,第332页。

量去传播，不能因为一般人暂时的不懂而便弃却。所以对于采用西洋文法的语体文我是赞成的；不过也主张要不离一般人能懂的程度太远。因为这是过渡时代试验时代不得已的办法。"[①] 他声明："我所谓'欧化的语体文法'是指直译原文句子的文法构造底中国字的西洋句调"[②]，而不是"文学艺术的欧化"。这种诗歌语言的欧化，对于新诗散文化趋势无疑起到了推波助澜的作用。

我们比较一下茅盾与丁文林二人关于肯塔尔《在上帝手中》的译文。茅盾译文如下：

> 我的心终于找得了停留处，
> 在上帝的右手，在他的右手里。
> 我已经过在下的狭的过往的梯口路。
> 那引我们离开幻想的魔力的地方的路。
>
> 像那些被一群小孩作践了的
> 鲜生生的花朵，我而今掷去那忽来的空想
> 与那些庞大无涯的虚伪：
> 那都是欲望与理想所要求的啊。
>
> 正像一个小孩，当阿损的一天，
> 他的母亲忽来举起他，带着浅浅的微笑，
> 并且抱他，在伊胸前，走伊的路。
>
> 经过了树林，渡过了海，还有沙漠，还有草原……

---

① 茅盾：《语体文欧化之我观》，《小说月报》第十二卷第六号，1921 年 6 月 10 日，又见茅盾《茅盾全集第十八卷·中国文论一集》，黄山书社 2014 年版，第 123—124 页。

② 茅盾：《"语体文欧化"答冻花君》，《时事新报·文学旬刊》第七期，1921 年 7 月 10 日，又见茅盾《茅盾全集第十八卷·中国文论一集》，黄山书社 2014 年版，第 139 页。

睡你的觉罢，呵，我的而今自由的心啊，
你永远睡在上帝的手里！

丁文林译文如下：

在上帝手中，在他的右手上，
我的心得到彻底安歇。
幻想的官殿已空空荡荡，
我沿狭窄的阶梯拾级而下。

如同必然开败的花朵，用来美化
儿童般的无知，却终将枯萎，
短暂而并不完美的形体
使理想和激情销声匿迹。

像婴儿，微笑得那么空蒙，
被母亲紧紧抱在怀中
穿行在黑暗的生命旅程。

森林、海洋、大漠黄河……
获得自由的心，你入睡吧，
在上帝的手中永远地安歇！

　　相对来说，丁文林的译文更加整饬精练，韵律和谐，而茅盾译文更加散文化。茅盾译文中的两句"我已经过在下的狭的过往的梯口路。/那引我们离开幻想的魔力的地方的路。"显得比较拖沓，修饰语累积，即是典型的欧化句式。

　　诗歌文体意识的忽视，不仅体现在茅盾的译诗原则，也体现在他的新诗观念，二者是内在一致的。他曾经与钱鹅湖有过一个争论。茅盾在《驳反对白话诗者》中，针对那些反对白话诗者，进行了有力的反驳。在这一点上，茅盾是对的。但是，那些反对白话诗者虽然是保守主义立场，不过其观点并非一无是处，保守主义者指出白话诗应该"运用声调格律以泽其思想"，[①] 而茅盾认为"现在主张做白话诗者都说声调格律是拘束思想之自由发展的"。[②] "白话诗固与自由诗同，要破弃一切格律规式"。[③] 在对待声调格律方面，二者是针锋相对、水火不容的。当茅盾把"视古人所立的规式格律为诗的永久法式"的观点当作"专制的荒谬的思想"的时候，丝毫没有意识到对方辩友所批评的"诗歌的散文化"对于诗歌文体的破坏。钱鹅湖坚持"形质统一论"，在《驳郎损君〈驳反对白话诗者〉》，提出"原诗之要素有二：曰形；曰质。音韵声调格律等等，诗之形也；情绪想象思想等等，诗之质也。苟有形而无质，或有质而无形，皆不得称之为诗。"[④] 今天看来，钱鹅湖的观念更为公允一些。正如 20 世纪 30 年代梁实秋指出的那样，在新诗初期，"大家注重的是'白话'诗，不是'诗'，大家努力的是如何摆脱旧诗的藩篱，不是如何建设新诗的根基。"[⑤] 茅盾一方面坚持新文化运动的白话诗立场，反对文言译诗，另一方面，又主张"择神韵而去韵律"，主张欧化文法译诗。

其实，在"五四"时期，忽视诗歌文体意识的翻译倾向，是一种共识。郑振铎、沈泽民等人均持此观点。郑振铎说："自从 Whitman 提倡散文诗（prose poetry）以来，韵律为诗的根本的观念已是没有再存在的余地了。因此，我们可以说诗的本质与音韵是分离的；人的内部的情绪是不必靠音韵以表现出来的。"[⑥] 沈泽民也认为，诗歌

---

①　茅盾：《驳反对白话诗者》（署名郎损），《时事新报·文学旬刊》第三十一期，1922 年 3 月 11 日，又见茅盾《茅盾全集第十八卷·中国文论一集》，黄山书社 2014 年版，第 197—200 页。

②　同上。

③　同上。

④　钱鹅湖：《驳郎损君〈驳反对白话诗者〉》，转引自茅盾《茅盾全集第十八卷·中国文论一集》，黄山书社 2014 年版，第 210 页。

⑤　梁实秋：《新诗的格调及其他》，见杨匡汉、刘福春编《中国现代诗论》（上编），花城出版社 1985 年版，第 142 页。

⑥　郑振铎：《译文学书的三个问题》，《小说月报》1921 年第 3 期。

翻译与散文翻译一样,关键在于情绪的表现,而音韵和格式的转译都在其次。茅盾这种以散文译诗的方式,忽视了诗歌的文体特质。诗歌翻译的散文化,只是诗歌翻译过程中不成熟的阶段。中国的诗歌翻译大致走过了三个阶段,首先是 19 世纪后半期的以诗译诗阶段,用传统的格律诗翻译西方的诗歌;然后是五四时期西方自由体诗向中国的移植,导致了诗歌翻译的散文化;再然后,经过自由体、半自由体向现代汉语格律诗体过渡,逐步实现诗歌文体的等量。

三 从《乌鸦》公案看茅盾的译诗立场

我们通过一桩翻译爱伦·坡(Edgar Allanpoe)《乌鸦》(*Raven*)的公案来讨论茅盾译诗的立场与原则。

关于这首诗,茅盾所坚守的立场是新文学运动立场。1922 年,茅盾以笔名玄珠在《文学旬刊》上发表《译诗的一些意见》。在这篇短文中,他谈到爱伦·坡的名作《乌鸦》。他充分认识到了爱伦·坡诗歌中的音韵美,但是又认为该诗难以翻译。茅盾说"是一首极好而极难译的诗——或许竟是不能译的;因为这诗虽是不拘律的'自由诗',但是全体用郁涩的声音的 more 做韵脚,在译本里万难仿照。"① 他还抄录了其中的第一节和第十二节做例证,说"直译反而使他一无是处"。② 第一节原文是:

> Once upon a midnight dreary, while I pondered weak and weary,
> Over many a quaint and curious volume of forgotten lore,
> While I nodded, nearly napping, suddenly there came a tapping,
> As of some one gently rapping, rapping at my chamber door.
> "Tis some visitor," I muttered, "tapping at my chamber door-

---

① 茅盾:《译诗的一些意见》,《茅盾全集第十八卷·中国文论一集》,黄山书社 2014 年版,第 330 页。

② 同上。

Only this, and nothing more. "

　　在茅盾评价这首名作之后，1925 年 9 月，《学衡》杂志第 45 期上发表了顾谦吉的骚体译文《鵩鸟吟》，体现了"学衡派"译介国外文学的宗旨："与中国固有文化之精神不相违背"。顾谦吉翻译的题目为"鵩鸟吟"，极具古典诗学意味：

　　这是由于看到了此诗与贾谊《鵩鸟赋》之间的共通之处。《鵩鸟赋》是汉代文学家贾谊的代表作。鵩鸟，俗称猫头鹰，在中国传统文化中象征着不祥之意，听闻猫头鹰鸣叫则预示着要死人。《史记·屈原贾生列传》和《汉书·贾谊传》载：贾谊被贬任长沙王太傅三年时，有一只猫头鹰飞到贾谊的屋里。贾谊被贬本来心情就不好，加之难以适应的潮热气候，预感自己将存活不久，乃写《鵩鸟赋》，借与鵩鸟的问答抒发忧愤之情，以老庄的齐生死、等祸福之思想求得自我解脱。爱伦·坡在《Raven》诗中假设当主人公正在伤悼死去的爱人丽诺尔（Lenore）而悲伤抑郁之时，一只乌鸦飞来造访，主客相对，展开一段心灵的倾诉和对人生哀乐的探究，在忧愁、哀伤、幻灭、绝望的绝美韵律中，传达出爱伦·坡作品中独特的"忧郁美"。爱伦·坡和贾谊有着异曲同工之妙。将"Raven（乌鸦）"翻译为"鵩鸟"，在构思上使西方诗歌经典嫁接到了中国古典诗学的树干上。

　　诗题为"鵩鸟吟"，诗体为"吟"，也极其符合传统诗学的音乐性特征，因为《乌鸦》在音韵上非常讲究："其诗亦惨淡经营。完密复整。外似自然混成。纯由天籁。而实则具备格律韵调之美。以苦心焦思，集久而成之。波氏又尝撰文数篇。论作诗作文之法。分明吾人取经之资。"①《乌鸦》一诗共 18 节，每节六行，每节都以 more 结尾押韵，包括 ever more, nothing more, nevermore，乌鸦发声的六节，均以 nevermore 结尾押韵。此诗一韵到底，多用重章复沓手法，达到音韵谐美、余音绕梁之效。因此，此诗与我国古典诗歌的讲究用韵具

---

　　① 《学衡》总第 45 期（1925 年）顾谦吉译《Poe "Raven" 阿伦波鵩鸟吟》的编者按语，作者当为吴宓。

有内在的一致性。顾谦吉的骚体译文《鵩鸟吟》第一节采取富有音韵美的七言古体诗：

> 悲长夜兮凄切
>
> 耿不寐兮愁结
>
> 溯往事兮如焚
>
> 方思乱兮神灭
>
> 忽闻声兮轻微
>
> 似有人兮弹扉
>
> 亦过客之偶然
>
> 苟舍此兮何希①

"学衡派"对《乌鸦》的翻译，选择"文言文"无疑象征着保守主义文学立场。

"学衡派"的文化使命是"昌明国粹、融化新知"，因此，他们的翻译注重东西融合。《乌鸦》的哀婉动人情调和我国古典诗歌哀而不伤的审美价值有契合之处。所以，学衡的编者按语看到了"阿伦波其西方之李长吉乎。波氏之文与情俱有仙才。亦多鬼气。"②

在"学衡派"翻译此诗之前，茅盾即是坚定的新文化运动的立场，当然不会赞同学衡派的保守主义文化立场。他在《文学界的反动运动》认为：文学界的反动运动主要口号是"复古"，复古的力量有二：一是反对白话主张文言，二是在主张文言之外，再退后一步。茅盾呼吁建立联合战线反抗这股恶潮。1925 年的茅盾已经从新文化立场转型到无产阶级立场，积极参加共产党的革命活动，形成了无产阶级艺术观。1925 年，他的长篇论文《论无产阶级艺术》在《文学

---

① 顾谦吉译《Poe "Raven" 阿伦波鵩鸟吟》，《学衡》总第 45 期，1925年。

② 《学衡》总第 45 期（1925 年）顾谦吉译《Poe "Raven" 阿伦波鵩鸟吟》的编者按语，作者当为吴宓。

周报》第 172、173、175、176 期连载。1925 年茅盾提出："文学者目前的使命就是要抓住了被压迫民族与阶级的革命运动的精神，用深刻伟大的文学表现出来，使这种精神普遍到民间，深印入被压迫者的脑筋，因以保持他们的自救解放运动的高潮，并且感召起更伟大更热烈的革命运动来。"① 茅盾早期的诗歌翻译仅仅是新文化运动的一部分，面对爱伦·坡那首"极好而极难译的诗——或许竟是不能译的"杰作《乌鸦》，他自然是不会专注于诗歌文本质地。但是，对于富有真正诗歌艺术感和诗歌技艺的翻译家来说，是可以知难而进的。例如曹明伦能够尊重原诗一韵到底的特色和回环往复的韵律，进行了翻译。曹明伦译文第一节如下：

> 从前一个阴郁的子夜，我独自沉思，慵懒疲竭，
> 沉思许多古怪而离奇、早已被人遗忘的传闻——
> 当我开始打盹，几乎入睡，突然传来一阵轻擂，
> 仿佛有人在轻轻叩击，轻轻叩击我的房门。
> "有人来了，"我轻声嘟哝，"正在叩击我的房门——
> 唯此而已，别无他般。"②

茅盾站在顾谦吉的骚体译文和曹明伦的白话韵律体之间，顾左右而言他，失去了翻译的能力。一方面，他坚决反对以中国旧体诗词的形式翻译西方诗歌，另一方面，他又缺乏对文本质地的准确把握，因而只是望洋兴叹，无力翻译。

事实上，茅盾非常欣赏乃至于喜欢爱伦·坡，喜欢爱伦·坡那种神秘风格的象征主义作家。1922 年，他在《译诗的一些意见》论及爱伦·坡《乌鸦》之后，还翻译了爱伦·坡的恐怖小说《泄密的心》。1919 年他在《解放与改造》杂志上翻译了比利时作家梅特林克

---

① 茅盾：《文学者的新使命》，《文学周报》第 190 期，1925 年 9 月 13 日。
② 爱伦·坡《乌鸦》，见帕蒂克·F. 奎恩编，曹明伦译《爱伦·坡诗歌与故事集》（上编），生活·读书·新知三联书店 1995 年版，第 107 页。

的神秘剧《丁泰琪之死》，不久，他又发表了《近代戏剧家传》
（1919），介绍了《神秘剧的热心的试验》。茅盾对爱伦·坡的《乌鸦》十分喜欢，但是并没有能力翻译。于是，"乌鸦情结" 渐渐进入茅盾的潜意识之中。直到 1928 年末，潜意识中的这种 "乌鸦情结" 才再次外化出来，不过却是外化到了散体文字之中。

1928 年末，在日本京都处于迷茫与幻灭情绪之中的茅盾写出散文《叩门》。有学者曾对爱伦·坡的诗歌《乌鸦》和茅盾的散文《叩门》进行过细致比较，得出一个结论：《叩门》是对《乌鸦》的 "拟写"。① 我们摘录茅盾的《叩门》中的一个片段：

答，答，答！
我从梦中跳醒来。
——有谁在叩我的门？

我迷惘地这么想。我侧耳静听，声音没有了。头上的电灯洒一些淡黄的光在我的惺忪的脸上。纸窗和帐子依然是那么沉静。

我翻了个身，朦胧地又将入梦，突然那声音又将我唤醒。在答，答的小响外，这次我又听得了呼——呼——的巨声。是北风的怒吼罢？抑是 "人" 的觉醒？我不能决定。但是我的血沸腾。我似乎已经飞出了房间，跨在北风的颈上，奔然驱驰于长空！

然而巨声却又模糊了，低微了，消失了；蜕化下来的只是一段寂寞的虚空。——只因为是虚空，所以才有那样的巨声呢！我哑然失笑，明白我是受了哄。

我睁大了眼，紧裹在沉思中。许多面孔，错落地在我眼前跳舞；许多人声，嘈杂地在我耳边争讼。蓦地一切都寂灭了，依然是那答，答，答的小声从窗边传来，像有人在叩门。

"是谁呢？有什么事？"

---

① 王涛：《爱伦·坡名诗〈乌鸦〉的早期译介与新文学建设》，《南京师范大学文学院学报》2013 年 3 月第 1 期。

我不耐烦地呼喊了。但是没有回音。①

此种"感情的型"与茅盾十分欣赏的爱伦·坡的诗篇《乌鸦》十分谐协。在文体上，茅盾做了重大改变：其一，将爱伦·坡的诗歌文体转化为散文文体；第二，将爱伦·坡的个性化情感与人鸟对话的封闭性思考，转化为宏大的家国命题。此例也佐证了茅盾从崇尚浪漫主义到主张"为人生的文学"再到共产主义文学的观念嬗变。

结语

当茅盾将诗歌翻译作为文艺运动的一部分，且把诗歌创作暨诗歌翻译视作一种政治意图伦理工具的时候，诗歌的本体规律和诗歌技艺就悬置起来了。于是他的诗歌翻译活动在转化为诗歌创作的时候，就会由于内在艺术动力不足而搁浅。茅盾译诗现象内在蕴含的症候，也就解释了茅盾何以无法在新诗创作领域获得较高成就。

当然，茅盾的这种症候，不仅仅属于他个人。因为在五四运动时期，推翻传统诗学的藩篱是第一要义，而建设新文学范式和新诗文体规范，尚未提到议事日程上来。茅盾译诗的症候是整个诗坛乃至于文坛症候的一个鲜明个案。他的局限正是无法超越时代局限而造成的。

（原刊《关东学刊》2016 年第 7 期）

---

① 茅盾：《叩门》，《小说月报》卷 20，1929 年，第 439—440 页。

史料

茅盾代理《时事新报》主笔史实及新发现的佚文考证

雷　超

摘　要　新发现的一组茅盾佚文共有 11 篇，其中有 2 篇"编者按"，1 篇发表在《时事新报》"外论"栏（署"雁冰"），1 篇发表在《时事新报》"时评"栏（未署名）；1 篇"通信"，发表在《时事新报·学灯》"通讯"栏（署明心）；其余 8 篇时论文章均发表在《时事新报》"时评"栏（署"冰"）。这组文章首先从史料方面确证了茅盾代理《时事新报》主笔的史实，也从时间上修正了茅盾回忆录中关于代理《时事新报》主笔时间的误记情形，不仅丰富了我们对茅盾与《时事新报》历史渊源的认知，同时这些时效颇强的社会时评也让我们得以了解茅盾此时对于社会的认知及其思想倾向，对于探究茅盾早期思想研究以及五四时期茅盾与《时事新报》及其所在研究系之间的关系都有非常重要的史料价值。

关键词　茅盾；《时事新报》；佚文；考证

《时事新报·学灯》是茅盾在商务印书馆期间除为本馆《学生杂志》写文章之外最早对外投稿的社会报刊。自 1919 年 7 月 25 日以来，茅盾开始在《学灯》发表文章。茅盾此后在《学灯》的"高频"投稿，不仅渐由此与《学灯》编辑郭虞裳、宗白华、李石岑等结识，并且还因此使《时事新报》总主编张东荪对茅盾青眼相加。

据茅盾回忆，"自从上年尾①，《时事新报》的副刊《学灯》就约我写稿，张东荪（《时事新报》的总编辑）办《解放与改造》半月刊也约我写稿"②。不仅如此，茅盾回忆中还两次谈到他曾在 1920 年间代理《时事新报》主笔一事，"那是在一九二〇年，商务印书馆当局还没有约我主编《小说月报》的时候，《时事新报》的主编张东荪见我经常在《时事新报》的副刊《学灯》上投稿，认为发现了一个人材，就有意要拉我到《时事新报》工作。大约是七八月份，他因事离开上海，把我请去代理了二三个星期《时事新报》的主笔。也就在那一段时间，我在《时事新报》上写了一些短文。"③ 并且，茅盾在回忆编辑《民国日报·社会写真》栏目时，也谈及到这段经历带给他的帮助，"我接编《社会写真》是在四月初，到八月底就离开了。在这段时期里，几乎每天要写一篇短文，少则二三百字，多则五六百字。内容五花八门，都是抨击劣政、针砭时弊的杂文。因为这一类文章过去我在《时事新报》上也写过，所以还能应付过来。"④ 虽然茅盾回忆录中的叙述只是一笔带过，但我们还是可以找到一些重要的线索。

其中，值得注意的是，关于代理《时事新报》主笔时期的工作概况，茅盾也提到两次即"我在《时事新报》上写了一些短文"和"这一类文章过去我在《时事新报》上也写过"。这意味着茅盾代理主笔期间也在曾《时事新报》发表过文章。然而，从目前资料整理来看，经查人民文学出版社从 1984 年至 2001 年间陆续出版的《茅盾全集》（含《茅盾全集·附集》共计 41 卷）及其 2006 年出版的上下两卷《茅盾全集·补遗》，以及 2014 年黄山书社最新出版的《茅盾全集》（42 卷），目前都只收录了茅盾在《时事新报》副刊《学灯》

---

① 具体指 1919 年年尾。

② 茅盾：《革新〈小说月报〉的前后》，《我走过的道路》（上），人民文学出版社 1997 年版，第 166 页。

③ 茅盾：《文学与政治的交错》，《我走过的道路》（上），人民文学出版社 1997 年版，第 273 页。

④ 同上。

发表的著译文章，与各版茅盾年谱①一样，其中均未见茅盾代理《时事新报》主笔时期的"一些短文"。从茅盾研究来说，目前学界对茅盾与《时事新报》及其所属研究系的关系也鲜有系统梳理和研究。足见无论资料整理上还是茅盾研究方面均对此段史实有所"忽视"，以至于茅盾代理《时事新报》主笔的史实至今也尚未有人考证。探究其缘由，窃以为可能首先与有意或无意忽略茅盾代理《时事新报》主笔的史实有关。从作者自述来说，茅盾晚年在回忆录追叙早年与张东荪的交谊时，从片言只语和轻描淡写的叙述中明显可感当事人之间的关系早已泾渭分明，对茅盾来说似乎已没什么值得追溯的。茅盾回忆录中这种"有选择的"表达，除却素来谨慎的个性使然，其中也不乏后来政治立场及倾向与主流意识形态影响的痕迹。这从茅盾回忆录中对张东荪的评价可见一斑，茅盾认为张东荪"在政治上属于右翼"，在五四时期"也伪装进步"②。与此同时，茅盾这种自家说法在一定程度上也间接强化了研究界对此的"忽视"，有关茅盾早期思想活动的研究方面，茅盾研究界普遍更关注茅盾加入中国共产党以来的社会、政治、文化活动，研究主题与茅盾回忆录中的叙述倾向基本一致——茅盾回忆录关于早期思想活动方面也着重"回忆"了这些方面。有感于此，本文试图从茅盾代理《时事新报》主笔史实及新发现的茅盾佚文考证方面对茅盾与《时事新报》的历史渊源进行一定补充和说明。

一　茅盾代理《时事新报》史实考证

据茅盾回忆，"由于我常在《学灯》上投稿，《时事新报》的主

① 目前出版的《茅盾年谱》有，查国华：《茅盾年谱》，长江文艺出版社1985年版；万树玉：《茅盾年谱》，浙江文艺出版社1986年版；唐金海、刘长鼎主编：《茅盾年谱》第1册，台湾：花木兰文化出版社2014年版。
② 茅盾：《商务印书馆编译所》，《我走过的道路》（上），人民文学出版社1997年版，第148页。

编张东荪办《解放与改造》时就约我写文章。"① 自 1919 年 10 月 15 日茅盾在《解放与改造》发表文章以来，截止 1920 年 12 月 15 日茅盾在《改造》杂志发表的最后一篇文章，茅盾共在此刊物发表文章 14 篇。不仅如此，张东荪因事离开上海之际还曾请茅盾代理《时事新报》总主笔。关于茅盾代理《时事新报》主笔的时间，茅盾回忆录中的说法是"大约是七八月份"（1920 年间），茅盾的自家说法后来也直接成为《茅盾年谱》② 的引文。笔者查阅《时事新报》1920 年七八月的报刊发现，茅盾这两个月在《时事新报》发表的文章很少，仅有副刊《学灯》"评坛"栏在 1920 年 8 月 6 日转录的《评儿童公育——兼质恽杨二君》一文，此文 1920 年 8 月 1 日初载《解放与改造》第 2 卷第 14 号，可见这并不足以确证茅盾代理主笔的史实。值得探究的是，茅盾代理《时事新报》主笔的时间到底是何时？对此，我们结合茅盾 1920 年 11 月间在《学灯》"通讯"栏发表的两封"复信"（新旧全集和年谱均已收录）、最新发现的一组发表在《时事新报》"外论"或"时评"栏且署名"雁冰"（1 篇）和"冰"（8篇）的 9 篇评论文章，以及张东荪当时的行程，由此不仅能从史料方面确认茅盾代理《时事新报》主笔的史实，还能修正茅盾回忆中所述的时间——确证茅盾代理主笔的时间大致应在 1920 年 11 月份。

目前的《茅盾全集》和《茅盾年谱》均已收录《复 P. R.》③《代复黎锦熙》④。在《复 P. R.》中，茅盾谈到，"先生来信中对我说的话，只有一段，所以我便摘录在上面，而且我看来这一段已经可以包括先生全信的大意，所以竟大胆把其余的删节了，以省报上的篇

① 茅盾：《商务印书馆编译所》，《我走过的道路》（上），人民文学出版社 1997 年版，第 148 页。

② 唐金海、刘长鼎主编：《茅盾年谱》第 1 册，台湾：花木兰文化出版社 2014 年版，第 74 页："应《时事新报》主编张东荪的邀请，'代理《时事新报》二、三个星期的主笔。'（《我走过的道路·文学与政治的交错》）"

③ 雁冰：《复 P. R.》，《时事新报·学灯》1920 年 11 月 7 日"通讯"栏，第 2 版第 4 张。

④ 雁冰：《代复黎锦熙》，《时事新报·学灯》1920 年 11 月 12 日"通讯"栏，第 2 版。

幅，这是极抱歉的，请你原谅。"① 在《代复黎锦熙》中，茅盾则谈到"先生寄与一岑先生之明片已到，在禾所寄稿件亦已收到，因一岑先生日来病，未到，故《国语研究》第五辑未能立刻发排，俟柯先生到后再接洽。"② 从中不仅可见茅盾对来稿"删节""以省报上的篇幅"的"编辑"行为，而且还能看到茅盾收纳"稿件"以及代理《时事新报》编辑柯一岑答复黎锦熙排稿出刊的情况，这些在在说明茅盾此时在《时事新报》的"编辑"活动。

并且，结合新发现的茅盾佚文《雁冰按》③ 来看，这篇编辑按语其实正是 1920 年 11 月 1 日茅盾对 P. R.《世界改造原理》（续）④ 的简评。正因茅盾在按语中对 P. R. 君所持时论的不同意见，所以 P. R. 先生随后才会通过书信《致雁冰先生》⑤ 与茅盾商榷，这也才有了茅盾《复 P. R.》的回信。其间，值得注意的是，"编者"在 1920 年 11 月 3 日《时事新报》"时评"栏还发表了一篇陈独秀与 P. R. 君商榷的文章——《〈世界改造原理〉的批评》，并在文前加注了一段未署名的编者按语："陈独秀先生对于 P. R. 先生的《世界改造原理》有一封批评的信写与我。我对于 P. R. 先生的议论本来有点怀疑。兹更登陈先生的信于下。"⑥ 从文体观之，这篇时评的独特之处在于它首先是陈独秀写给"编者"／"我"的私人信件。文章内容也主要是陈独秀关于 P. R. 君《世界改造原理》的不同意见——陈独秀开篇就直言 P. R. 君的

---

① 雁冰：《复 P. R.》，《时事新报·学灯》1920 年 11 月 7 日"通讯"栏，第 2 版第 4 张。

② 雁冰：《代复黎锦熙》，《时事新报·学灯》1920 年 11 月 12 日"通讯"栏，第 2 版第 4 张。

③ 雁冰：《雁冰按》，《时事新报》1920 年 11 月 1 日"外论"栏，第 1 版第 1 张。

④ P. R.：《世界改造原理》（续），《时事新报》1920 年 11 月 1 日"外论"栏，第 1 版第 1 张。

⑤ P. R.：《致雁冰先生》，《时事新报·学灯》1920 年 11 月 7 日"通讯"栏，第 2 版第 4 张。

⑥ 陈独秀：《〈世界改造原理〉的批评》，《时事新报》1920 年 11 月 3 日"时评"栏，第 1 版第 2 张。

《世界改造原理》"简直是梦话",与此同时,陈独秀信中对"编者"/"我"也不无质问"怎么先生还说都极表同情呢?"恰如信中所陈,陈独秀对"我"有关 P. R. 君观点所持"极表同情"之态度不甚认同,故如编者按所言写了"一封批评的信与我"。值得进一步探究的是,信中的"我"以及发表此信的"编者"是否就是茅盾?结合 1920 年 11 月 1 日发表的《雁冰按》来看,茅盾对 P. R. 君《世界改造原理》(续)的确直陈"P. R. 先生的话我都极表同情"。如此可见,陈独秀信中对 P. R. 君"极表同情"的"先生"正是茅盾。并且,陈独秀此时致信茅盾也合乎二人的交谊实况,因为茅盾此时不仅早已与陈独秀结识且两人往来频繁(据茅盾回忆,茅盾在 1920 年 10 月间由李达、李汉俊介绍已加入由陈独秀等发起组织的上海共产主义小组)。据此来看,这篇"编者按"自然也出自茅盾之手。

不仅如此,结合署名"冰"的 8 篇佚文来看,据发表时间依次是《吊爱尔兰的柯克市尹》①《统一的第一步》②《中国社会之阶级制》③《训全国教育会的浙江代表》④《谈艺术之感想》⑤《两性问题与艺术熏陶》⑥《分工与合力》⑦《罗素的话莫误会了》⑧。从文章笔名

---

① 冰:《吊爱尔兰的柯克市尹》,《时事新报》1920 年 11 月 1 日"时评一",第 1 版第 1 张。

② 冰:《统一的第一步》,《时事新报》1920 年 11 月 2 日"时评二",第 1 版第 2 张。

③ 冰:《中国社会之阶级制》,《时事新报》1920 年 11 月 3 日"时评一",第 1 版第 1 张。

④ 冰:《训全国教育会的浙江代表》,《时事新报》1920 年 11 月 4 日"时评一",第 1 版第 1 张。

⑤ 冰:《谈艺术之感想》,《时事新报》1920 年 11 月 4 日"时评二",第 1 版第 2 张。

⑥ 冰:《两性问题与艺术熏陶》,《时事新报》1920 年 11 月 5 日"时评二",第 1 版第 2 张。

⑦ 冰:《分工与合力》,《时事新报》1920 年 11 月 16 日"时评一",第 1 版第 1 张。

⑧ 冰:《罗素的话莫误会了》,《时事新报》1920 年 11 月 17 日"时评一",第 1 版第 2 张。

和发表刊物，我们也可确证这些文章均出自茅盾之手。因为"冰"正是茅盾此时常用的笔名之一，茅盾此前早已多次使用"冰"的笔名在《时事新报·学灯》发表文章。梳理茅盾此前在《时事新报·学灯》发表文章的概况，就会看到，茅盾的著译文章主要发表在副刊《学灯》的"青年俱乐部"①"新文艺"②"评论"③"通讯"④"文学丛谈"⑤"小说"⑥等栏目，文章内容也主要是关于西洋文学翻译及其译介问题与妇女解放问题的评论和翻译。与此前不同的是，新发现的这组佚文则集中发表在《时事新报》"时评"栏目，话题驳杂，涉及时政、军事、教育、经济、文化、艺术等社会热点问题，体例上正是茅盾回忆中所述的"一些短文"。就《时事新报》而言，"时评"栏一直是由张东荪亲自主持的栏目之一。结合张东荪此时的行程来看，英国哲学家罗素应邀赴华讲学——在 1920 年 10 月 12 日抵达上海，张东荪不仅负责接待之事，并在 1920 年 10 月中下旬，"张东荪陪同罗素先后在杭州、南京、长沙等地讲演"⑦。由此可见，张东荪此时正因此事离开上海，茅盾此时也尚未接任《小说月报》主编，所以茅盾代理主笔的时间和机缘刚好合适。

如此观之，我们既可以确证茅盾在 1920 年 11 月代理《时事新报》主笔的史实，也大致可以推断茅盾代理主笔期间除一般的编务

---

① 冰：《对于黄蔼女士讨论小组织问题一文的意见》，《时事新报·学灯》1919 年 7 月 25 日"青年俱乐部"栏，第 4 版第 3 张。

② ［俄］A. Tchehco［Chekhov, Anton］著，冰译：《在家里》（At home），《时事新报·学灯》1919 年 8 月 20 日"新文艺"栏，第 4 版第 3 张。

③ 雁冰：《"一个问题"的商榷》，《时事新报·学灯》1919 年 10 月 30 日"评论"栏，第 3 版第 3 张。

④ 沈雁冰：《致虞裳先生》（原刊无标题），《时事新报·学灯》1919 年 11 月 18 日"通讯"栏，第 4 版第 3 张。

⑤ 雁冰：《表象主义的戏曲》，《时事新报·学灯》1920 年 1 月 5—7 日"文学丛谈"，第 1 版第 4 张。

⑥ ［波兰］Stefan Zeromski 著，雁冰译：《暮》（Twi light），《时事新报·学灯》1920 年 1 月 12—14 日"小说"栏，第 2 版第 4 张。

⑦ 左玉河编著：《张东荪年谱 1920 年》，群言出版社 2013 年版，第 117 页。

事宜，主要负责"时评"栏日常的编务和写稿工作。在茅盾代理之前，此项工作主要由《时事新报》主编张东荪亲自主持，所以但凡浏览此前的"时评"栏，我们时常能看到张东荪发表在此栏目的杂感或时论。至于茅盾代理《时事新报》主笔的结束时间，窃以为，若将张东荪此时刊载于《学灯》"通讯"栏的三封复信①视为张东荪已回馆工作，则茅盾代理主笔的工作大致持续到 1920 年 11 月 20 日。从 1920 年 11 月 1 日到 1920 年 11 月 20 日来看，这也与茅盾回忆中所言"二三个星期"的时间基本吻合。

二 《学灯》"通讯"栏"明心"《致主笔先生》佚文考证

1920 年 11 月 3 日，《时事新报·学灯》"通讯"栏刊载了"明心"致主笔先生的通信，信中只有一句话"主笔先生：以下这一篇文字请你发表。（明心谨白）"② 值得注意的是，"明心"随信所附的"这一篇文字"事实上是与王云五商榷其所翻译的罗素《社会改造原理》③ 存在的一些问题。"明心"认为，"我们译一本书该有三方面的责任，第一是要对得住原书的著者，第二是要对得住读者，第三是要对得住自己的光阴和信用。"④ 更何况此时正值罗素来华讲演之际，

---

① 东荪：《复寅森君》《复陆昌君》《复华林先生》，《时事新报·学灯》1920 年 11 月 20 日"通讯"栏，第 2 版第 4 张。张东荪在《复华林先生》信中写道："华林先生：承你寄下大作数次。但每次来信都未注明通讯地址。所以我不能和你通信。即现在我在报上通信给你也不知你能否看见。文字见赐总是欢迎的。美术画虽则欢迎。但是报上印不出来。未免可惜了。"

② 明心：《致主笔先生》，《时事新报·学灯》1920 年 11 月 3 日"通讯"栏，第 1 版第 4 张。

③ ［英］罗素著，王岫庐（王云五）译：《社会改造原理》，群益书社1920 年 8 月 20 日初版；1920 年 9 月 15 日再版；1920 年 11 月 1 日三版。（初刊文中笔者错将"蕴章"混淆为王云五之字，实际上王蕴章与王岫庐是两个人，在此更正，并诚挚感谢方家的指正。）

④ 明心：《致主笔先生》，《时事新报·学灯》1920 年 11 月 3 日"通讯"栏，第 1 版第 4 张。

罗素的著作备受社会的关注，在"明心"看来，"看不懂英文的都赶着买译本看；罗素先生的著作能有人把他一一译出是最有益的。然而惟其需要过紧，饥不择食之势在所难免；凡有译本莫不畅销。到此，责任的问题格外重要了"①。正是秉承这份译者责任的自觉，"明心"在文中直言，"现在我所要批评的是王岫庐先生所译的罗素之《社会改造原理》。因为听见说这部书已经再板［版］了，所以愈不得注意一下。因为这样译的书，在鄙见看来实在太不合三项责任的条件了，万一将来未见英文原本的朋友误用了他把他称引起来，岂非贻笑天下么？以下是对于岫庐先生译本第一页的批评，原书虽曾看过一遍，可是实在不及通通指出，只好把第一页的错误举出来做一个例，希望引起读者的注意和更详的批评，以及原译者第三板［版］时细细的校正罢了，至于现在第二版未卖出的书总要请发行者极力设法挽回才好，因为实在错的太利害！"② 具体来说，"明心"首先列举了《社会改造原理》第一编"生长之原理"中与王岫庐译本商榷之处，文中共 6 处示例，其中不仅援引了罗素的英文原著，还评点了王岫庐的译文，并且也提供了自己的译文。其次，"明心"不仅指出了王岫庐译本第二编存在的多处"误译"问题，并在此基础上还提出译者应有的自觉——即不仅应注意了解原著者思想主张和现代著作背后的现代精神，而且翻译速度不宜过快、译述范围不宜过大、译文尽量忠实于原著以及重译的必要。根据文中提到的信息以及结合王岫庐译本《社会改造原理》的出版情况（上海群益书社 1920 年 8 月 20 日初版；1920 年 9 月 15 日再版；1920 年 11 月 1 日三版）来看，可推测"明心"这篇文章大致写于王氏译本再版和三版之间。"明心"写作此文的初衷本希望原译者王岫庐可在第三版时仔细校正译稿，以尽译者对读者和原著之责任。我们从历史的"后见之明"来看，"明心"希望王氏在第三版时细细校正的愿望并没有实现，因为王氏译本很快

① 明心：《致主笔先生》，《时事新报·学灯》1920 年 11 月 3 日"通讯"栏，第 1 版第 4 张。
② 同上。

在 1920 年 11 月 1 日就出版了第三版，而这篇与之商榷的文章直到 1920 年 11 月 3 日才见刊。其中，颇让人好奇的是，这篇署名"明心"且发表在《时事新报·学灯》"通讯"栏的文章是否也是茅盾的佚文呢？

从笔名来看，"明心"的确是茅盾的笔名之一，茅盾在此之前已使用过这一笔名在《东方杂志》① 发表文章。从发表刊物和栏目来看，茅盾的确也多次在《学灯》上发表文章，并且茅盾此前也与《学灯》编辑已有过书信往来。仅凭这两点，只能说这篇文章可能出自茅盾之手，但也有可能是茅盾胞弟沈泽民的文章。因为茅盾胞弟沈泽民也曾使用笔名"明心"在《时事新报》副刊《学灯》发表过《科学方法论》②。茅盾在回忆录中也曾谈到沈泽民使用"明心"笔名的情况，"这里的明心，是泽民的化名，他曾用此化名在《时事新报》的副刊《学灯》及《东方杂志》发表过文章。"③ 如此一来，这篇佚文的作者究竟是茅盾还是沈泽民，还需我们进一步辨析。

结合沈泽民的生平来看，早在 1920 年 7 月 14 日，沈泽民就已与张闻天一起赴日留学④，直到 1921 年 1 月才同张闻天一起从日本东京返回上海⑤。因此，茅盾代理《时事新报》主笔时期，沈泽民此时正在日本留学。并且，结合目前的《沈泽民生平及著译系年》⑥ 来看，沈泽民这一时期发表的文章极少，仅有 1920 年 11 月 10 日发表

① ［俄］安得列夫著，明心（茅盾）译：《蓝沙勒司》，《东方杂志》1920 年 5 月 25 日，第 17 卷第 10 号。
② 明心（沈泽民）：《科学方法论》，连载于《时事新报·学灯》1920 年 5 月 7 日至 9 日"科学"栏。（参见张立国、钟桂松：《附录：沈泽民生平及著译系年》，钟桂松：《沈泽民传》，中央文献出版社 2003 年版，第 298 页。）
③ 茅盾：《革新〈小说月报〉的前后》，《我走过的道路》（上），人民文学出版社 1997 年版，第 181 页。
④ 张培森主编：《张闻天年谱·上卷（1900—1941）》，中共党史出版社 2000 年版，第 22 页。
⑤ 同上书，第 24 页。
⑥ 张立国、钟桂松：《附录：沈泽民生平及著译系年》，钟桂松：《沈泽民传》，中央文献出版社 2003 年版，第 298—299 页。

在《东方杂志》第 17 卷第 21 期的一篇评论《阿采巴希甫与"沙宁"》。查阅《张闻天年谱》，也可看到这一时期与沈泽民同在日本的张闻天继 1920 年 6 月 11 日在《学灯》发表书评《读〈女性论〉》之后也未继续在《学灯》发表文章①。而且，相比客居日本的沈泽民，在上海商务印书馆工作的茅盾此时也更容易感受到罗素访华所带来的报刊舆论界的振荡，自然也更容易关注到《社会改造原理》的出版情况。罗素赴华讲学虽在 1920 年 10 月间，但给罗素的邀请信其实早在 1920 年 5 月就已发出。因此，在罗素尚未到中国之前，国内报纸杂志关于罗素的舆论和介绍就已热烈起来，有论者已统计并指出"在 1920 年 10 月罗素来华前，他有关社会改造思想的重要著作，如《社会改造原理》《政治理想》《到自由之路》等均已被翻译并在中国出版，或摘译发表在一些重要刊物上，同时还有一批介绍罗素生平与思想的文章。"② 王云五此时十分"应景"地翻译并出版了罗素的《社会改造原理》正是这一时期的译介成果之一。茅盾本人也在罗素来华之际翻译了罗素的《游俄之感想》③ 以及美国作者哈德曼评介罗素思想的文章《罗素论苏维埃俄罗斯》④，从中也足见茅盾此时对罗素访华的关注程度。

再结合茅盾此前发表的文章来看，事实上，早在 1919 年底茅盾就已经翻译过罗素的著作。茅盾回忆中对此也有相关叙述，"《解放与改造》上有一栏叫'读书录'。'读书录'是把某一外文原著以提要形式介绍其内容，而不是全文翻译。我在这上面介绍的第一篇是张东荪给我的材料，叫《罗塞尔〈到自由的几条拟径〉》（《解放与改

① 张培森主编：《张闻天年谱·上卷（1900—1941）》，中共党史出版社 2000 年版，第 21—23 页。

② 胡剑：《罗素与五四时期社会改造思潮》，湘潭大学中国近现代思想文化史 2012 年硕士论文，第 12 页。

③ ［英］罗素著，雁冰译：《游俄之感想》，《新青年》1920 年 10 月 1 日，第 8 卷第 2 期。

④ ［美］哈德曼著，雁冰译：《罗素论苏维埃俄罗斯》，《新青年》1920 年 11 月 1 日，第 8 卷第 3 期。

造》第一卷第七号)。"① 茅盾当时译述了罗素的《到自由之路》,即《罗塞尔〈到自由的几条拟径〉》② 和《社会主义下的科学与艺术》(罗塞尔《到自由的几条拟径》第 7 章)③。从文章内容可见,通过阅读和翻译,茅盾当时对罗素的社会改造思想就已有一定的了解。

此外,茅盾在 1920 年 11 月 10 日《学灯》"评坛"栏发表的《译书的批评》,也能从思想内旨上帮助我们进一步确认这篇佚文的作者。对读这两篇文章,不难发现它们在思想内理上的高度契合。茅盾在文中将批评分为学理的、评论的、介绍的三类。其中,"就同一学说而讨论其介绍之正确与否"最为茅盾所看重,在他看来,"最合我国现在需要而又我们现在勉强能胜任的批评,当是那第三种的批评,译书的批评自然也包括在内。"④ 而"明心"这篇文章其实正是一篇典型的关于译书的批评个案,并且"明心"在文中对译者角色的理解与茅盾的思想主张并无二致。不仅如此,从北京大学预科毕业的茅盾本身也已具备阅读英文原著的能力。因此,无论是写作因由、英文翻译能力、发表时机还是文章的语言风格、思想内容等方面,茅盾都充分具备如此翔实地与王岫庐商榷罗素《社会改造原理》翻译问题的综合条件。如此观之,这篇佚文的作者极可能就是茅盾。

综上可见,新发现的这组佚文不仅从史料方面确证了茅盾代理《时事新报》主笔的史实,也从时间上修正了茅盾回忆录中关于代理《时事新报》主笔时间的误记情形,丰富了我们对茅盾与《时事新报》历史渊源的认知;与此同时,其中时效颇强的社会时评也让我们得以了解茅盾这一时期对于社会的认知及其思想倾向,对于探究茅

---

① 茅盾:《商务印书馆编译所》,《我走过的道路》(上),人民文学出版社 1997 年版,第 149 页。

② 雁冰:《罗塞尔〈到自由的几条拟径〉》,《解放与改造》1919 年 12 月 1 日,第 1 卷第 7 号。

③ 雁冰:《社会主义下的科学与艺术》(《罗塞尔〈到自由的几条拟径〉》第 7 章),《解放与改造》1919 年 12 月 15 日,第 1 卷第 8 号。

④ 冰:《译书的批评》,《时事新报·学灯》1920 年 11 月 10 日"评坛",第 1 版第 4 张。

盾早期思想研究以及五四时期茅盾与《时事新报》及其所在研究系
之间的关系都有非常重要的史料价值。

附录

<table>
<tr><th colspan="6">新发现的茅盾佚文发表时间、所在刊物、栏目、版面概况及录入文稿</th></tr>
<tr><th>作者</th><th>篇名</th><th>时间</th><th>刊物</th><th>栏目</th><th>版面</th></tr>
<tr><td>雁冰</td><td>《雁冰按》</td><td>1920 年 11 月 1 日</td><td>《时事新报》</td><td>"外论"</td><td>第 1 版第 1 张</td></tr>
<tr><td>冰</td><td>《吊爱尔兰的柯克市尹》</td><td>1920 年 11 月 1 日</td><td>《时事新报》</td><td>"时评一"</td><td>第 1 版第 1 张</td></tr>
<tr><td>冰</td><td>《统一的第一步》</td><td>1920 年 11 月 2 日</td><td>《时事新报》</td><td>"时评二"</td><td>第 1 版第 2 张</td></tr>
<tr><td>冰</td><td>《中国社会之阶级制》</td><td>1920 年 11 月 3 日</td><td>《时事新报》</td><td>"时评一"</td><td>第 1 版第 1 张</td></tr>
<tr><td>陈独秀</td><td>《〈世界改造原理〉的批评》
文前编者按——茅盾作</td><td>1920 年 11 月 3 日</td><td>《时事新报》</td><td>"时评二"</td><td>第 1 版第 2 张</td></tr>
<tr><td>明心</td><td>《致主笔先生》</td><td>1920 年 11 月 3 日</td><td>《时事新报》副刊《学灯》</td><td>"通讯"</td><td>第 1 版第 4 张</td></tr>
<tr><td>冰</td><td>《训全国教育会的浙江代表》</td><td>1920 年 11 月 4 日</td><td>《时事新报》</td><td>"时评一"</td><td>第 1 版第 1 张</td></tr>
<tr><td>冰</td><td>《谈艺术之感想》</td><td>1920 年 11 月 4 日</td><td>《时事新报》</td><td>"时评二"</td><td>第 1 版第 2 张</td></tr>
<tr><td>冰</td><td>《两性问题与艺术熏陶》</td><td>1920 年 11 月 5 日</td><td>《时事新报》</td><td>"时评二"</td><td>第 1 版第 2 张</td></tr>
<tr><td>冰</td><td>《分工与合力》</td><td>1920 年 11 月 16 日</td><td>《时事新报》</td><td>"时评一"</td><td>第 1 版第 1 张</td></tr>
<tr><td>冰</td><td>《罗素的话莫误会了》</td><td>1920 年 11 月 17 日</td><td>《时事新报》</td><td>"时评一"</td><td>第 1 版第 2 张</td></tr>
</table>

以下录入文稿中"□"代表原刊难辨识的字,"［］"代表更正:

P. R.：《世界改造原理》（续），1920 年 11 月 1 日《时事新报》"外论"栏

人类不幸自原始以来。以误认的知识失掉了作人的路子迷蔽了直觉的生活。经过一次听命于个人或少数人的改造就深入一层地狱愈不能自由超拔的反于本来大路上去。所幸近世思想渐渐的解放了。稍稍一明白就感觉是在生活需要以外的路子上。听命于以前或现在有势力。虚谬团结的人的。不是□正当生活的。自己虽明白了。对于自己的生活倾向犹如受推压一般。但前面障碍重重。抵抗其生活的力使其觉得无限苦恼。细细的观察抵抗限制的种种外物都是由于人类听命于人的改造。反觅不着原来的路上去。紊乱了自然的秩序。反被假秩序圈入□而自煎自沸。明白的先觉应当知道自己之所以能觉也不过是先得了解开缚束的机会。如衣食住完备或正当。不于物质上听命于人又得从容学问研究。思考事物的情理。思想自由。不为迷信陈理所朦〔蒙〕蔽在精神方面不听命于人所以能对自己道上倾之向之。乃环境的人群。物质方面为制度阶级。恶势力。恶嗜好所缚束。——这种缚束都是由于几百代的听命于人。——精神方面为公认的标准。社会的评判。圣贤的经义。神话的迷信等等所缚束——这种也是由于几百代的听命于人。失掉了他们自己作人的路子。和生活自然的进行。弄得非当紊乱无限苦恼。造罪作恶总不了悟。有志讲改造的应先作解放的运动。使世上的人从物质和精神各方面得恢复洁净的生命。人自然会向生活的趋向上走。成一种天然有关系的合法秩序的天下。然后世界得改造。不然种〔总〕是糊糊涂涂的要天下的人照一种安排。如何得叫诸重新的改造。还不就是在现象的上头加一层罗纲就是的。人类只要得干干净净的人生万万不消"画蛇添足"的甚么样的安排去改造。简言之。我们只从解放上做功夫。至于改造乃是人人各个的事情。绝不是一个或一部能够除开自的生活而外远领会得着旁人的生活。不但如此。就是自己的生活也不是绝对预定的。全是到时直觉的。若是硬取下某段某节来作安排。或安排的试验。则真是戕折人性的利器。讲改造的人一有了自信的主义自恃的安排想在人上面展布。一定是坑杀了人类的暴王。止人类向"人些"方面进行的障碍。无故扰乱天下的作用。为人类所不容的。改造世界的人若昧于此义。可谓未懂得"人"。未觉得自己正当的生活。还是在听命于人。就是未得的确的解放。听一部的安排处理一切。其结果有不堪想象的惨状。

雁冰按：P. R. 先生的话我都极表同情。不过 P. R. 先生是主张个人物质的及精神方面完全解放以后再事改造。鄙见却认不妨一面解放。一面改造。因为我信人的精神生活不能片刻或断的——人的理知［智］无片刻可以无指导。人的信仰无片刻可以无归宿。若待尽解放其旧而后谋建造其新。这不是有无指导无归宿的片刻——或不止片刻——吗。我以为凡一切主义都不过是个过度。将来的终点。自然不离于 P. R. 先生所说的人人各得其所的理想世界。然在欲达此理想世界之时。却不妨用种种主义做个渡船呀。（完）

冰：《吊爱尔兰的柯克市尹》，《时事新报》1920 年 11 月 1 日"时评一"

柯克市尹饿死了。殉了他自己的信仰了。姑无论他的信仰是不是（伦敦某报曾赠他的信仰是愚的信仰）。饿死的办法对不对。我们总觉得柯克市尹的人格实在可与金石比坚。日月争光。我们听了这消息的。无论知他与不知他。倘使由中心不期然而然地发生一种哀悼愤发的感情去赞扬他诨［夸］奖他。替爱尔兰人痛惜。替全世界的自由人可惜。则谁也不能说这感情是过当的事。

我们在极黑暗的圈子里争极起码的自治。可曾听见人说有这样壮烈感人的事出来么。七省八省派在京里的代表可曾有这样的表示么。我们历史上饿死英雄的英风。那里去了。

他们争自治。我们也争自治。将来的结果原不可知。只这一点上看来，已经显见我们如他们了。我气愤愤刚说到这里。一个朋友见了道。"我们岂是平民争自治。是绅缙运动罢咧"。我听了这话不禁冷了半截。

然而我总望国人以吊柯克市尹的感情来看一看自己的自治运动。不要被我朋友嚼烂舌头的话猜著。

冰：《统一的第一步》，《时事新报》1920 年 11 月 2 日"时评二"

统一两个字。忽然又到我们眼前来年。这次岑的取消军府缘于桂派势力在粤之失败。重庆军府之不能成立缘于滇军势力在蜀之失败。两个失败。一进一退。互相抵消。却成就了统一。这套戏法玩得真好看极了！

今所谓统一不能澈［彻］底办得好。这是三尺童子皆知的。为什么呢？因为照现在表面看来。已经觉得很纷纠。不用说内幕了。况且南之取消自主是老岑等说出。继他们者肯不肯承认这句话。也未可知。即算让一步讲。各方面的势力都能调和融洽。对于统一两字。不生争执了。也只是字面上的统一。不是真实的统一。为什么呢？因为督军若在。那就永远有藩镇据古的局面。统一何在？不是实际上的分裂是什么？所以我敢断一句道。‘要求真正的统一。先须废督！’国民如热心于统一，请先争废督。政府如力望统一。就得先行废督！废督是统一的第一步。国民呵！注意！不欲被字面蒙住了！

冰：《中国社会之阶级制》，1920 年 11 月 3 日《时事新报》"时评一"

中国社会素来没有显存的阶级。这是事实。但细细观察中国社会。虽没有表面的阶级。却有暗中的阶级。虽没有固定的阶级。却有无其数不断递换的阶级。

中国旧式的商店。大自当铺。小至三四个人的杂货铺子。没有一个店铺没有经理。（挡手先生）伙计。学徒这三个阶级。当铺中有头柜二柜三柜的名称。分明是一级压一级的。头柜对于二三柜以及一切学徒。他是居于指挥者阶级。但对于大朝奉先生们以及经理。他又变成服役者阶级了。二三柜等准此。所以我说这阶级是不断递化的。在此阶级的人具有两个身分［份］。

商店中的阶级制尚不及工厂中的来得利害。

中国的工厂。不用说的。是以西洋法子渗入土法的混合品。厂中自厂长一直到学徒。不知要分出几多的阶级来。所谓厂长。就不是名称其实的赀［资］本家。也总是个半不像的赀［资］本家。姑且置而不论。至于其余的工人呢。那［哪］怕他是工头呢。是三年的学徒呢。是二年或一年的学徒呢。无论如何。总同是劳工。是工钱劳动者。然而工头对于普通工人偏偏放出主者的态度来。虽然他对于厂长时必放出奴者态度来的。普通工人对于工头。自屈为奴。而对于工人。又都挺直来做主子的态度了。甚至三年学徒对于新进学徒。也有老前辈的身分［份］。不过理论上虽然如此。事实上偏中国社会找不出一个完完全全的阶级来。故中国现在确是无阶级的社会。至于以后能发生阶级否。这却不能豫［预］言。仅能说照现在产业界的趋势看来。无阶级的终欲变为有阶级罢了。

陈独秀：《〈世界改造原理〉的批评》，1920 年 11 月 3 日《时事新报》"时评二"

陈独秀先生对于 P. R. 先生的《世界改造原理》有一封批评的信写与我。我对于 P. R. 先生的议论本来有点怀疑。兹更登陈先生的信于下：

P. R. 君那篇《世界改造原理》。简直是梦话。简直是渔猎社会以前之人所说的。怎么先生还说都极表同情呢？人类自有二人以上之结合以来。渐渐社会的发达至于今日。试问物质上精神上那一点不是社会底产物？那一点是纯粹的个人的？我们常常有一种特别的见解和一时的嗜好。自以为是个性的。自以为是反社会的。其实都是直接间接受了环境无数的命令才发生出来的。认贼作子我们那能够知道！即如 P. R. 君所谓"不听命于人"之理想。当真是他个人的理想。绝对未曾听命于人吗？不但个人不能够自己自由解放。就是一团体也不能够自由解放。福利耶以来之新村运动及中国工读互助团便因此失败了。不但一团体不能够自由解放。就是一个国家也不能够自由解放。罗素先生所以说俄罗斯单独改革有点危险。不但物质上如此。精神上也是如此。譬夫。他自以为个人道德是应该如此的。又如我们生在这资本制度社会里的人。有几个人免了掠夺底罪恶。这种可怕的罪恶是个人能够自由解放的吗？除了逃到深山和社会完全隔绝。决没有个人存在之余地。我所以说 P. R. 那篇文章是梦话。是渔猎社会以前之人所说的。至于他反对一切建立一个主义的改造。我试问他反对一切建立一个主义。是否也是一种主义？他主张个人物质的及精神的方面完全解放以后再改造。是否也是一种主义？他所希望的人人各得其所的理想世界。他所希望的干干净净的人生。是否也是一种主义？我们若是听命于他的这种无信仰无归宿之改造。是否也要"深入一层地狱不能自由超拔的反于本来大路上去"。是否也是"人类听命于人的改造"。是否也要"弄得非常紊乱无限苦恼。造罪作恶总不了悟"呢？

我们中国学术文化不发达。就坏在老子以来虚无的个人主义。及任自然主义。现在我们万万不可再提议这些来遗害青年了。因为虚无的个人主义及任自然主义。非把社会回转到原人时代不可实现。我们现在的至急需要。是在建立一个比较最适于救济现在社会弊病的主义来努力改正社会。虚无主义及任自然主义。都是叫我们空想。颓唐。紊乱。堕落。反古。

明心：《致主笔先生》，1920 年 11 月 3 日《时事新报》副刊《学灯》"通讯"栏

主笔先生：以下这一篇文字请你发表。

（明心谨白）

我们译一本书该有三方面的责任，第一是要对得住原书的著者，第二是要对得住读者，第三是要对得住自己的光阴和信用。因为有这关系所以我不得不有以下的批评；务请原译者和读者要原谅我的苦心，不要拿那种坏心思来猜度人，以为我和译者有什么过不去——其实，我和译者是极愿尊重友谊的精神的。再要请译者注意的，是求他用纯正大度的精神来原谅我这支笨拙不灵的笔，万一有说话不周到的地方请他不要生气，也不要和我乱辩，有价值的辩论是在学问一面，感情方面的争论是毫无意义的。罗素先生此次来华是我们莫大的幸福，这机会的重要我们自己都已觉到了，所以对于罗素先生的著作，都格外的注意；看不懂英文的都赶着买译本看；罗素先生的著作能有人把他一一译出是最有益的。然而惟其需要过紧，饥不择食之势是在所难免；凡有译本莫不畅销。到此，责任的问题格外重要了；我们读者对于忠实的译者要感谢他，对于欺诈的译者要痛恨他；因为投机事业误尽苍生，是我们所不能注意的。以上一段闲话是要免除误会引起注意的意思；但因此而占去不少篇幅也是一椿很抱歉的事。

现在我所要批评的是王岫庐先生所译的罗素之《社会改造原理》。因为听见说这部书已经再板［版］了，所以愈不得注意一下。因为这样译的书，在鄙见看来实在太不合三项责任的条件了，万一将来未见英文原本的朋友误用了他把他称引起来，岂非贻笑天下么？以下是对于岫庐先生译本第一页的批评，原书虽曾看过一遍，可是实在不及通通指出，只好把第一页的错误举出来做一个例，希望引起读者的注意和更详的批评，以及原译者第三板［版］时细细的校正罢了，至于现在第二版未卖出的书总要请发行者极力设法挽回才好，因为实在错误的太利害！

批评如下：——

（第一编　生长之原理）中第一句原文

To all who are cahable［capable］of new impressions ans［and］fresh ihought［thought］, somo［some］modification of former beliefs ans［and］hohes［hopes］has been frought［brought］by the war.

他译：

"凡有新鲜感觉与活泼思想之人，自经此大战，其过去之信仰希望，必起多少变化"

这译错了——New gnpreesion［impressions］是"新印象"不是"新鲜感觉"；Fresh thought 是"新鲜思想"不是"活泼思想"。Capable of ……是"有……之可能"不是"具有……"这种错误。轻重上大有分别，并且像在先的二辞［词］是科学名词，译错了是不成的。依我说该译作：

"凡能接受新印象与（容纳）新鲜思想的人，他从前的信仰和希望已被此次战争惹起了多少改变了。"一容纳二字可省，惟添入则更佳。按：字眼上的批评已如前，至于意义上的批评则王先生所译殊于原文未合。原文是观察态度的话；王先生所译是独断的口气。原文——拙译似较近——一句，你看做得多好，他一句话引进全书无数话，译文则板矣。这种批评法未免太细，以此责王先生亦似过苛，但我在此处指出不过是略微表示译书是何等难事而已。

第二句原文

What the modification has been has dependen［depended］, in each oase［case］, uhon［upon］ charactes［character］ ans［and］ circumstanel［circumstance］, but in one from［form］ or anolher［another］ it has been almost uni versal［universal］.

王君译文:

"此变化之真相,固随各人性质境地而有不同;但无论如何总不脱一种之变化。"

这译也错。错处在"总不脱一种之变化"八个字。且看我的译法:

"这改变(曾)变到怎样,是依了各人的品性和境地而不同的;但有某种变化则几乎是普遍的。"

"但有某种……普遍的"一句中,原文 in one form of anoibis［another］意思是指一种变化的形式,或此或彼,但总有一种;我译"某种"似乎尚合,还求读者指正,王君译此句以含混了之变成无意义了;此句如此一译变成与上文重复,上文已说过起了变化,此地这一句覆［复］述得可笑。读者请看原文和拙译便明白了。

第三句原文:

To me, the chief thing to be learnt throngh［through］the war has been a certani［certain］view of the springs of human acllion［action］, what they are, and what we may legitimately hope that they will become.

"以余所知者,我人自斯役所得之要素:为关于人类行为渊源之或种观念,与此渊源究为无物,又依正当推测将有何种结果。"

此句大错!字眼方面的错误处小,意义方面的错误处大。读者请先看了我的译文再比较出他的错处。依我译是:

"在我看来,从此次战争所该学到的是对于人类行为底种种渊源底某种见解:这种种渊源(原文 They)现在是什么,和将来我们可以很合理的希望他变成什么。(原文 Legitimately 译为合法,今译合理似于此处适当些。)"

观此可见原文是把人类行为之渊源分作两层讲的，明明白白。可是王君一译就把罗素先生的学说改良了。你看他，他在"吾人自斯役所得之要素"下用一 colon（:）而下文之"为关于……之或种观念，与……为何物，又……有何种结果。"则明明将他分为三种了；他把原文的"对于人类行为底种种渊源底某种见解"句也算一层，而凑在下二层里，合而为三。诸君试看看，这句话成了什么话了？罗素先生看了我想是一定不肯承认的。更因为此——的错误，引起了下文的错误，读者注意。

我的译句添了一个（:）记号，和"对于"两字；这添加无伤原意并且更可明白些，所以是落得添。王君当然不以为谬罢？

第四句原文

This view, if it is ture, seems to afford a basis for political philosophy more capeble［capable］of standing erect in a time of crisis thon［than］the philosophy of traditonal Liboralism［Liberalism］has shown itself to be.

王君译作

"由此观念构成之政治哲学基础，当危机之际，视相沿之自由主义哲学尤能直立不挠。"

此句的意义的错误且慢讲，但讲他的武断语气，若使罗素看了一定要汗流浃背。你看罗素说（我译的文）：

"这个见解，若果是不错的，则似乎可以由此贡献一种政治哲学的基础，使他站在一个世运转变的时代，此那种相沿的自由主义底哲学所已经显示的更能稳定些。"

这句话何等谦恭！真是学者态度。笼统与武断是中国人向来的两种毛病，译书时最容易弄错，不仅王君为然。我希望大家要注意些，不要使外国谦恭的学者播到中国变成了"独断大王"才好！其余如 Time of crisis 译为"危急之际"是错的，要晓得不好的字典上的译文不可信讬［托］；"危急之际"和"世运转变的时代"两相差千里。罗素只说"此种见解，若果是不错的，似乎可以由此贡献一类政治哲学的基础"；王君竟把他变成"由此观念构成之政治哲学基础"。

原文 than the philosophy of Traditional Libna-lism［Liberalism］ hao［has］ shown itself to be 一句中五 has shown itself to be，王君竟把他完全脱去；殊不知此数字乃指出（相沿的自由主义底哲学）所表示的成绩已是站不稳了，在此句中立于解释的地位；若没有他则"此新见解何以比他好"一层就不明瞭了。

其实这句子是完全错的，你看他一身之中那禁得起这许多疮痍！况且因上文错了，所以本句竟与上一句两不相谋：上句说三种（这原是错的）本句却撇了其余二种单举他的第一种。我们若把原文来看便知道原文的意思是很好的：第三句说的是一种见解，由此见解可以作两层观察；第四句便接按下观察的两层，直承见解一语来再加说明。我想不幸只看了岫庐先生译本的人看到此地一定要以为原文深刻，怪自己学问浅薄看不懂哩。

第五句原文

The followlal［following］ lectuses［lectures］, though only one of them will deal wish［with］ war, are all inspires［inspired］ by a view of itu［the］ spimgs［springs］ of aethign［action］ which has been suggeste［suggested］ by itu［the］ war.

此句很明瞭，先写出我的译文是：

"以下的几篇讲义，虽然只有一篇论到战争，而诸篇全体却都是变了此次战争所暗示的人类行为底渊源底见解所鼓动的。"

罗素说的是"战争所暗示的……见解"鼓起全书的议论；王君却译成：

"此书论战争者虽仅一编，然全体立说无不感又由战争引起之行为渊源的观念。"

此句我初刊了不懂，后来又看了原本才明白的；但是他所说的"感有……观念"是如何"感"法我究竟也没有懂得。不知读者有和我愚钝到一样，和我表同情的没有？

第六句原文：

And all of them ans［are］ informee［informed］ by the hope of seeing suoh［such］ political institution［institutions］ eatblishes［eatblished〕in anrope〔Europe〕as shall make men adverse〔averse〕from war—a hope which I firndy〔firmly〕believe to be realisable, thong〔though〕hnot〔not〕wihout〔without〕a great ans〔and〕founlamental〔fundamental〕reconstruction of economic ans〔and〕social life.

若还是先把我的译文写出，便是：

"并且，他们全体的（指本书各篇）构思是被一个希望所助成的——希望这样的政治制度在欧洲城里，将使人民得以远避战争；一个希望，我深信以为可以实现的，虽然不能没有一番很大的与根本的经济生活和社会生活上底改造。"

这句中罗素是自己说话，他开头的 Them（他们）一字承上文而言指他自己的书中的各篇讲义而说的，王先生却把他弄错了，以为他们一字是指点"许多他人"故他的译文中作：

"具此观念者（按，此时说别人了），咸（这别人是多数了）希望欧洲将有或种政治制度可使人类厌恶战争。如是指希望，非由经济的生活与社会的生活，从事根本改良不为功；然余实深信其有成功之一日。"

这句子开头就是张冠李戴，已说过了且不好提他，其中还于更可笑更可怕的错误哩。听我说：罗素在他的原文里说他自己希望他所主张的政治制度能在欧洲建设成功，使欧洲人民远避战争；王君都替他说一班"具此观念"的人，"咸希望欧洲将有或种政治制度可使人类厌恶战争"；竟把一个抱有一定主张的社会改造论者的罗素变成许多"殷殷望治"的众人了！又原意的 Advuse〔averse〕from war 是"远避战争，不是厌恶战争；要晓得厌恶不厌恶是人性所发的，远避不远避是政治制度所产生的。""或种政治制度"居然能马上改变人性使他由欢喜战争一变而为"厌恶战争"恐怕是岫庐先生新发明罢？我猜岫庐先生大概没有看见原文中的 from 一字。Advrse〔Averse〕有离开之意，有反对之意；若说厌恶战争则原文该是 Adversebzlainbt（这字没有这用法的），今原文是 advasfern〔Averse from〕还不是远避战争是什么？再看下句："如是指希望，非由……不为功"云云；他把 Realizable 译为"有成功之一日"，thongh〔though〕not without 译为

"非……不为功"，虽没大错而语气意义都和原文不合，又如在"希望"之下接"……不为功"也很不妥。因为希望能实现的，原文的Realize用得一点也不错。但这种错误我决不怪王君，因为就是英文不差的人也难免有这种不正确的译法。

以上是罗素的《社会改造原理》一书上开宗明义第一章的第一节；罗素先生的大著，和王岫庐先生的大译，总算费了我一黄昏的功夫把他细细对过一道了。我素闻王岫庐先生的大名，所以郑重将事的对于，防有疏忽的地方对不起王先生；无奈反覆［复］看来，实是句句有错；我想要替王先生少找出一点错处，好使读者少上一些当，但是终于不免找出许多错处，这也正是无可奈何的事。按此一节在二百多页的原书上只有一页又四分之一，在王君译本上仅止一页（Hage［Page］）而错到这许多，则原书错误之多一定是其数可惊了。这样的书若只管传怖［布］实时学术界上的大不幸！

我虽不细评但不能不略说几句译文，因为此节错的更大。第一句第二句，原文是一句。译文的第一句是错的，第二句也是错的。译文第三句第四句即原文第二句。原文第二句稍微复杂些，他译的便不知说到那里去了。原文的意思是说大战的惨祸既引起了慈悲心智后，这慈悲心便和那时靡漫欧洲的自残行动互相水火。译文却把他变成慈悲心被自残行动可消灭。什么话！因此一错于是译文第五句乃大错特错。罗素此节所说全是说明"主张和平主义者"与"主战主义者"在社会活动中主义上的互相冲突，岫庐先生竟把当作是指欧洲国际间相互的敌忾了。第五句以下全是如此错法。罗素原意，（译文中）第五句之潮流二字正是前句中靡漫欧洲的自残行动的潮流；现在他把这句中的"和平主义的社会改造运动者"误作"主战之徒"，彼主战之徒又复须逆此"潮流"则此"潮流"二字诚不知其作何解了！他也不想想前后矛盾。自此以往，第二节中，是由第五以至第六第七，一错到底。于是第二节又无二句不错者。第一第二两节，一样全错，两种错法。第一节把罗素的态度弄糟，第二节把他的学说弄糟，一样弄糟，而后糟更甚第三节我相不愿再评了。可是我又要替译者称扬一句：第三节他却没有大译错，因为那一节实在是浅近到不能再错了。

写到此地我有一些感想，同时写在下面。

一大凡要译一个人的书第一先要了解其人的主张，若这个还[没]有弄清楚就毛草乱译是没有不错的。

不要说英文不好，就是再好些，英文中也原有许多左右皆可的活脱句子，瞎着眼译出去是大半要弄错的。二大凡译现代的书，第一先要了解现代的时代精神。

若要不了解而盲译又是不得了的。若自己公民的常识未全而便想出公民常识丛书，虽其志可嘉，然其罪亦不可绾；假使他的动机中又带来欺诈，那真实不可恕了。

三译书宁可慢些，译得太快未有不错。王岫庐先生一时间公布了三四十种名篇巨著，我又看他所定的期是每日译译本至两三本；这样译法仙家也做不到的；若王先生译的果真不错，我自然没话讲，偏偏第一部出来就错误到如此田地则我的话却是不幸而有中了。

四译述的范围宁可狭些非专长的书自由专长家去译，用不到代庖。若说自己都是专长这话又是骗初等小学生的话；仙家也做不到的。王先生自己的成绩已明白表示了。我望王先生舍弃了这付宏愿罢。要编公民丛书可以找几个专家立一个社，认认真真的译几部。

五由此我更感想到外国人译书的忠诚了。外国著名的现代大著作译成英文的必须原作家审定；就是日本译书人家都称他们"绰烂污"而其实安比中国好的多。像中国这种现象一方固由于译者的不忠实，一方也尤[由]于一般人智识低，好欺蒙。

六译书一定不要相重，实在不必。因为譬如现在这部《社会改造原理》王岫庐先生的既然使我们失望，我们的希望自然而然的便可以移到余家菊先生的那本去。余先生的我未曾读过，但未读之先不管他好不好总归是我心中的一个希望。若说两本书都好，则随便读者买那一本都不吃亏。至多不过多耗一个人的光明，减少两译者各人的收入，可是好书销路广，原不吃亏的。总之比惟一孤本流（毒）天下总好些呢。

我这篇批评是限于一隅的，虽举一斑未足以喻全豹；希望海内学子有更扼要的批评。这种批评精神在这样的混乱期内是最重要的了。

冰：《训全国教育会的浙江代表》，1920 年 11 月 4 日《时事新报》"时评一"

全国教育会在上海开会。浙江代表却提出个小学读经案来。本报对于他。早就有过评论。现在看了他的办法。

"（一）各学校于是星期日上午。依左列讲授经子二小时。

国民学校授孝经（说明）孝为百行之首。原出于天。为仁之本。佛知度众。耶知重救世。非不仁矣。

但无所本。流弊滋生。波希米之言博爱互助。即其弊之极也。孔子行在孝经所含之广。□而习之。端其本也。或谓事君之说有背其和。抑知君臣之名可废。君臣之义不可废。今之政府号令不行时局统一无望。皆昧事君之义之过也。

高等小学授小学孟子（说明）文公募纂辑经史。作小学内外二编。浅显明白。高小一二年读之。当能领会。孟子之言深切现在时势。又为后世文学之宗。幼学读之。亦复大扣大鸣。小扣小鸣。作修身讲义可。作国文读本可。

中学校师范学校甲种实业学校授论语春秋左传。专门学校授尚书周礼诗经。

大学校授大学中庸。都章原定文科哲学门。授周易毛诗仪礼礼记。文学门授尚书春秋左氏传等。仍旧。

前项书目。得由各校酌量变易或增减之。

（一）讲授经子得由教师采摘精华。酌量摘授。其不适时宜不合程度者略之。

（一）讲授经子。选用何家注释。或自编讲义。由各校自定之。"

乱七八糟。多是梦话。不知他所谓"君臣之义"是什么的义？他说高等小学应读小学与孟子。根据什么原理？中学校师范学校甲种实业学校读授论语，又是什么理由？我猜来猜去。猜不出提议人的思想是怎样连贯构成的。兼［简］直连一些常识也没有！

整理国故。我是不反对的。非但不反对。尚嫌下工夫做这番事业的人太少呢。但是若依这建议案的办法。就是一百年。整理不出国故。你们自以为是提倡"国粹"。照这办法。如我"国"真有"粹"

的话。一定是要丧在你们手里！

　　浙江省教育会的代表如此。可见浙江的教育实已破产。我们应得以反对读经的精神。更进一步。来反对破产的浙江教育会！

　　冰：《谈艺术之感想》，1920 年 11 月 4 日，《时事新报》"时评二"

　　艺术不但能使人生澄润而已。且为国民性之结晶。举凡一个国民性之优点劣点。无不表见于艺术。此在稍知艺术者类能言之。故发挥艺术。即所以爱自国之国民性而发挥之。劳农俄国当外患内忧交迫之秋。尚不忘艺术而竭其力以谋发挥。（新近之美国出版之 Soviet Russia 有一文论列甚备）岂徒为谋一般艺术家□饭计哉。其故亦在斯矣。

　　我中国虽自古无系统的艺术学说，然艺术品之足千古。人近知之。惜古人仅以游戏写意目之。故有其作品。无其学理。近今国人稍稍有言艺术者。然多输入西方学说。绝少发扬已有。夫输入西化。诚为刻不可缓之事。且其功亦非小。惟专注力于此。则我中华国民性之艺术品必至日就沦亡。而中国艺术将来永在模倣之时代。何则。未有逮个性之艺术而能创造成名者也。

　　我国之艺术研究者曷亦深思我言而分力以注意国故艺术乎。

　　冰：《两性问题与艺术熏陶》，1920 年 11 月 5 日《时事新报》"时评二"

　　英国的加本特（earkmter）［Edward Carpenter］曾说：现代两性问题的解决。有一件事欲注意。就是男性女性气质特点上的距离渐渐近了。男人有禀女性的特点。女人有禀男性的特点了。又说中性（Inter Mediate Sex）的人们渐渐增多。则对于历来所认为两性问题之锁论的恋爱问题。其观念亦随之而改变了。所以他认两性问题。不但是社会问题中之一。要求解决的。亦且是生物进化问题之一。要求解决的。他对于中性的男女不以为是社会进化的障碍。且以为是一个促进的助力。这种研究虽不始自加氏。但加氏总是研究极有得的。所以他对于中性说的批评亦为研究两性问题者所极注意的了。

我当本著他的理论来观察中国社会中的两性人们。觉得他所说的两项人。我们社会也有他所自诩是高等社会的产物的。原来我们也有。请看大都市中的男女。表示这个性质很多。这不是个实例么？后来我见得愈多之后。才知不然。原来中国人男子有女性的习惯的。是出于模仿。是出于极卑鄙的心理。至于中性。更不消说是人造的。金钱的目的罢了。现象虽同。本质却大异。这是中了加氏所说的少艺术的熏陶。而又受了恶艺术毒之故。

两性问题。我们一年前已经觉得很重要大家来讨论了。然而结果并不见好。或以为是教育力未至。青年程度不到。此说我常怀疑。现在想来。恐怕加氏所说少艺术的熏陶并受恶艺术之影响。倒是一个真原因。提倡艺术一事。似乎是很紧要的了。盼望留心两性问题者也讨论这一方面。才好。

冰：《分工与合力》，1920 年 11 月 16 日《时事新报》"时评一"

各人本着自己的信仰。尽力做去。各人尊重各人的主张。各人放出良心。不欲存丝毫的私意。各人不用手段来摧挫敌派的著作——这是我个人仅表赞成且愿做的。

论到和恶势力奋斗。论到改造社会。自然很重联合很重一到。但是这是配在高等程度的社会内讲。像我们中国这样无处不是疮孔。似乎决不是一个药方可以治到好的。所以我也觉得各行其是多方进行这话是行得的。

但是。我又确信。无论如何。有一件事。一个目的。该是大家来同做的。就是要求言论自由出版自由集会自由这三大自由。

想用直接手段来改造社会的。对于这三者是直求强取。原可不必说。就是想用间接手段来改造社会的。对于这三者。也不可置之度外。若非先得了这三者。则七层楼的洋房建在烂泥上。终有一个不可设想的日子。

这三个起码货的自由。无论抱什么主义的人。都应该起来争的。都应该给与人家的。如果他能给的话。从不争这三件上看。就可以知道这人说的是为公呢。是为私了。从不共做这事上看。也就可以知道是为己呢。是为公了。卢永祥田中玉口里说的废督。大家都不相信他。陆炯明办闽星报时宣传社会主义。在现时为止。我个人便不能相信他。因为他们或不能做。或做的完全和说的相反了。

还有一句话。就是我以为提高民智开发民财可以不一定用赍〔资〕本主义。而且办实业不是拥护赍〔资〕本主义。我们以理性来推断。应该没有这种的话。

更望大家欲明白。罗素先生说中国现在不宜采行社会主义。并非就是把社会主义的价值也否定了。并非就是把研究社会主义也作是不宜于我们了。并非就是把宣传也认为不宜了——宣传和实行当然有一个或长或短的时期隔著。

冰：《罗素的话莫误会了》，1920 年 11 月 17 日《时事新报》"时评一"

罗素先生是把自由看得很重的。所以他有些不赞成俄国现在的劳工专断政治（劳工专断政治是可是不可。别一问题）。然而他亦是个坚信共产主义的人。并且是非难现在政治制度的一个。他并不说。资本主义对于社会进化上有多大效力，他信将来的世界该是共产主义的世界。这一点。我们该应明白的。

罗素说俄国劳农政府恐怕不能持久。这是他就俄国现在的国情下的不定断语。他又说。中国现在似乎还不宜采行社会主义。这也是就中国现在国情而说。然而国情是常欲变化的。这也是欲明白的。

社会主义是将来人类生活的一种形式。欲达到这形式。应该取何种手段。应该作何种预备。实业与教育可说是手段是预备。也可说是必要的条件。不先着力在这手段。预备。必要条件。而用直接方法。这是抄近路的办法。亦有理由可信这办法是可能的。一面想抄近路。一面有人来做预备工夫。必要条件。总是有益无害。而且也有充分的理由可信是好的。

所以。从这一点看来。取直接方法改造社会的。和取间接方法改造社会的。反正是志同道合。非但不相害。而且相成。

不过奉赍〔资〕本主义为目的。而想拿教育实业来做手段的。

却就大不相同。一年前。中国已有主张如此的一派人。（因为在中国讲资本主义也是程度不够。也是要用预备的。）我敢说。他们的目的，这才是不同罗素的目的呢。也就是不同我们信罗素者的目的。

所以。罗素的话。我们不要误会。罗素教我们仍做预备工夫基本工夫罢了。不曾对我们斥其共产主义。不曾对我们说现世界的政治制度是要得的。我们要感谢罗素恳切的指点。不说门面话。同时我们要记得罗素是共产主义者。

罗素的话。莫误会了。中国的雏形资本家听着。

（原刊《中国现代文学研究丛刊》2017 年第 4 期）

茅盾佚文三篇考证及其他

金传胜

摘　要　茅盾先生不仅是一位卓越的现代文学大师，也是一位杰出的社会活动家。面向大众的公开演说，是茅盾先生启蒙民智、传播新文化、推进社会变革的重要形式之一。新、旧两版《茅盾全集》收录了茅盾的大量演说稿，虽力求搜罗齐全，但仍不免集外遗珠。《茅盾先生对于苏联的观察》《苏联的妇女和家庭》等三篇演讲记录稿，便是两版《茅盾全集》失收的佚文。这些演讲稿对于我们进一步认识与考察茅盾先生的文学创作与生平活动，具有一定的史料价值与参考意义。

关键词　茅盾；佚文；演说稿

茅盾先生不仅是一位卓越的现代文学大师，也是一位杰出的社会活动家。面向大众的公开演说，是茅盾启蒙民智、传播新文化、推进社会变革的重要形式之一。新、旧两版《茅盾全集》[1] 收录了茅盾的大量演说稿，虽力求搜罗齐全，但仍不免集外遗珠。《茅盾先生对于苏联的观察》《苏联的妇女和家庭》等三篇演讲记录稿，便是两版《茅盾全集》失收的佚文。为了《茅盾全集》的进一步修订与完善，推进茅盾研究，笔者特撰此文，介绍这几篇佚文，并略作考证，以飨诸学界。

---

① 旧版由人民文学出版社自 1984 至 2006 年陆续出齐，新版由黄山书社 2014 年推出。

一

1946 年 12 月初至 1947 年 4 月初，茅盾与夫人孔德沚应苏联对外文化协会的邀请，去苏联访问考察。这次苏联之行，不仅使他对苏联的政体、经济、文化、教育等有了较全面的认识，为其提供了文学创作的诸多灵感与素材，而且促进了茅盾作品在苏联的翻译、研究与传播。为了向国内读者介绍自己的沿途见闻与苏联的情形，茅盾曾撰写大量文章，后结集为《苏联见闻录》（1948）、《杂谈苏联》（1949），其为专谈苏联的散文集。通过介绍苏联各个方面的情况，茅盾宣传了社会主义制度的优越性，消除了国人对苏联的疑虑、隔膜与误解，为1949 年之前中苏文化的交流做出了杰出贡献。

除著述外，归国后的茅盾还以"文艺界的苏联问题专家"[①] 的身份，应上海各学校与文化团体的邀请，发表过一系列有关游苏感想的公开演讲。如钟桂松先生所言，"茅盾出国一回到上海，郭沫若等专门设宴，请茅盾介绍苏联。同时茅盾还到处演讲，所以茅盾介绍苏联成为 1947 年上海滩上的一大新闻"。[②] 这些演讲存有讲词的计有：5月 25 日在小教联进会讲《苏联的印象》，演稿由小心记录后载 5 月29 日《时代日报》；6 月 19 日应邀在开明书店讲《苏联的出版情形》，由文彬笔录后刊于 7 月 7 日《开明》新 1 号；在某处讲《苏联的青年生活》，由黄彬记录后载于 9 月《中学生》总 191 期。实际上，茅盾当时发表的关于苏联的学术演讲不止这些，相关报道与记录文献有待细致深入的史料爬梳。

笔者在平时查阅民国报刊时，便陆续发现了几篇茅盾先生谈苏联观感的演说稿。它们既未被新、旧两版《茅盾全集》收录，亦为各家《茅盾年谱》、各类茅盾研究资料集的作品目录所遗漏。虽然无法

---

① 钟桂松：《茅盾评传》，南京大学出版社 2013 年版，第 281 页。
② 钟桂松：《茅盾不愿编进文集的两本书》，《中国现代文学研究丛刊》2007 年第 6 期。

确证讲稿业经茅盾本人审定，但依学界惯例，可以视为佚文，至少也应以附录形式入集。它们是茅盾先生文学活动的历史见证，对全面认识与考察茅盾的文学创作与思想（如作家当时的苏联观）是颇有裨益的。

二

第一篇《茅盾先生对于苏联的观察》刊于 1947 年 5 月 17 日《天风》第 72 期，副标题为"五月五日在上海青年会干事周一早会讲词"，署"凯旋记"。《天风》是周刊，属于宗教类刊物，1945 年 2 月创刊于上海。该演讲稿由《天风》周刊编辑委员会编辑，基督教联合出版社发行。其正文前还有一段前记，对演说者进行了简要介绍："茅盾先生原名沈德鸿，字雁冰，浙江桐乡人，为我国名小说家。名著有《子夜》，《腐蚀》，《霜叶红似二月花》，《清明前后》等。去年十二月五日应苏联对外文化协会之邀赴苏访问，经西伯利亚，中亚细亚至莫斯科，遍访全苏各大都市之文化机关，历时五个月，四月二十五日始自海参崴经海道返沪。"记录者还记下了演讲结束后听众与茅盾的问答互动，其既折射出茅盾先生温和谦逊、平易近人的人格风范，也可窥见普通民众对苏联的兴趣所在和对中苏两国关系的关切①。

由副标题可知，此次演讲发表于 1947 年 5 月 5 日早上，邀请方为上海青年会，地点当在八仙桥。上海青年会于 1900 年成立，由颜惠庆、张振声、宋耀如等发起。最初在北苏州路四川路附近租赁房屋，1931 年在八仙桥建成大楼。它虽是基督教组织，但所开展的活动并不限于信教青年，曾积极组织筹办学术演讲、美术展览、音乐

---

① 另需指出的是，学界一般都认为茅盾的《民间艺术形式和民主的诗人》初刊于 1947 年 10 月范泉主编的《文艺丛刊》第 1 辑《脚印》。实际上，早在 1946 年 9 月 14 日，《天风》周刊第 38 期便予以全文揭载。所以，有关该文写于 1947 年的说法是不符合史实的。

会、戏剧演出、讲习班等，是上海进步青年与文化界人士进行爱国活动、学术探讨和各种集会的重要场所①。1946 年 11 月 23 日，为了欢送茅盾及其夫人孔德沚访苏，中苏文化协会曾在上海青年会举办苏联电影展与欢送茅盾夫妇赴苏酒会。有此渊源，当茅盾从苏联归国后，上海青年会邀请他演述访苏感想自然是在情理之中了。另据叶圣陶的日记，1947 年 5 月 2 日下午，中华全国文艺协会（简称"文协"）和中苏文化协会在八仙桥青年会曾联合举行欢迎茅盾返国之茶会，茅盾在席间谈了一小时许的访苏观感②。由此可见，1947 年茅盾在上海青年会至少作过两次关于苏联的演讲。

第一篇演讲稿《苏联的妇女和家庭》③ 登发在 1947 年 6 月 20 日《妇女》月刊第 2 卷第 3 期，署"茅盾先生讲"。该刊创刊于 1945 年 10 月，由上海中华基督教女青年会协会主编。文末有一段附记："这篇文字是根据茅盾先生二次的演讲记录摘录而成的，如有遗漏或错误，容待下期补正，敬请各位读者原宥——陆以真·夏苇记。"陆以真原名杨志诚，1946 年参与创办上海文艺青年联谊会（简称"文谊"），任会刊《文艺学习》编辑，与茅盾多有交往，曾撰《和茅盾先生在一起》，载 1946 年 7 月 20 日《文艺学习》第 3 期。亦为《妇女》月刊撰写了《冰心女士谈对于日本妇女的印象》等多篇文章。夏苇的具体生平不详，仅知她也是《妇女》的投稿人之一。由《来！参加这集体生活！女青年会扩大征求会员》等文推断，她应系上海女青年会会员。结合讲题特点、期刊性质与记录者信息，茅盾的此次演讲（严格来说是两次）或许是为女青年会而讲，演讲时间与地点尚待考证。当然，也不排除该文是记录者对茅盾两次不同场合的公开演讲的综合性"摘录"。值得一提的是，围绕同一主题，茅盾似乎意犹未尽，转年又创作了《苏联的妇女与家庭》，载于 1948 年 5 月 15

---

① 苏子良：《上海城区史》（下），学林出版社 2011 年版，第 1148—1149 页。
② 叶圣陶：《在上海的三年》，《新文学史料》1987 年第 2 期。
③ 《中国现代文学期刊目录新编》一书著录了该文，但将标题误作"苏联的家庭"。参见吴俊等主编《中国现代文学期刊目录新编》（上），上海人民出版社 2010 年版，第 468 页。

日《读书与出版》第 3 卷第 5 期，后收入散文集《杂谈苏联》。相较于《苏联的妇女和家庭》的直观陈述，《苏联的妇女与家庭》一文更重分析，强调了苏联共产党在妇女解放运动中的领导作用和苏联妇女本身的刻苦努力，驳斥了西方国家关于苏联妇女的"中性"说。文中时时将苏联与资本主义国家的妇女境况相比照，褒此贬彼，因而具有更浓的意识形态色彩。从口头演讲到搦管操觚，显示了茅盾对这一话题的重视，也呈现了他的不同思考。

第一篇讲稿《游苏归来》见诸 1947 年 6 月 22 日马来亚《现代周刊》复版第 57 期。该刊 1938 年创刊于槟榔屿，是马来亚著名的左翼华文报纸《现代日报》所办的独立刊物，由洪丝丝（有"南洋的邹韬奋"之称）担任主编。日军占领槟城后停刊，1946 年 5 月复刊，仍由洪丝丝任主编。该刊主要发表南洋华文作家庞鹤芝、黄绿萍、了凡等人的作品，也刊发过巴人的《从九年不食说起》[①]、夏衍的《对时局的一种看法》[②] 等"南来"作家的文章。

编者在《游苏归来》标题下写有一则按语："本文系茅盾先生于五月十二日应上海某文化团体之请，往作谈话式的演说。因为内容充实，特将全文转载于此，以供对苏联情形有兴趣的朋友们的参考。——编者"。这表明《游苏归来》是《现代周刊》转载而来，原文可能首发于上海的某份报刊，只是限于史料的不足，尚待进一步查考。有关此次演说的具体情形（如邀请方、地点、记录者），亦只能暂付阙如。作为一份在南洋华侨社会影响较大的华文期刊，《现代周刊》对该文的转载，在一定程度上说明了茅盾关于苏联现状的演讲、著作，不但为国内听众与读者所欢迎，而且在东南亚华人界亦不乏关注度与影响力。

三

上文已提到，回国后的茅盾曾撰写大量介绍苏联的单篇文章，后

---

① 金传胜：《〈巴人年谱〉再补遗》，《上海鲁迅研究》2016 年第 3 期。
② 金传胜：《夏衍佚文钩沉》，《上海鲁迅研究》2016 年第 4 期。

结集为《苏联见闻录》《杂谈苏联》两部散文集。笔者发现,收入《苏联见闻录》《杂谈苏联》的多篇文章曾初刊于上海《新闻报·艺月》等报刊,未见各家《茅盾年谱》述明。由于个别文章后经修改,所以明确它们的初刊本,对于研究茅盾著述的版本沿革不无帮助。

《新闻报·艺月》是上海以商业新闻著称的大报《新闻报》于1946年9月23日推出的一个文艺副刊,在著名报人严独鹤的主持下,报社延聘安娥负责该刊编务,实际上,田汉也主持了编辑工作[①]。由于安娥、田汉的努力,该副刊登载了许多进步文章,成为进步文化人在上海报刊业上的一个重要文学阵地,茅盾关于苏联的数篇散文便揭载于此。1947年7月14日该刊第33期发表《傀儡戏和奥布拉支梭夫》(署茅盾)、8月11日第35期刊登《再谈奥布拉支梭夫的傀儡戏》(署茅盾),以上两文均收入1948年4月开明书店版《苏联见闻录》。同年9月22日,该刊第38期刊载《记"苏联作曲家协会"》(署茅盾),后改题为《全苏作曲家协会》,收入1949年4月致用书店版《杂谈苏联》。此外,该刊于1947年还刊发了茅盾的《儿童诗人马尔夏克》(10月10日第40期)、《关于〈忆江南〉》(11月3日第43期),已被各《茅盾年谱》载录。另见《苏联的音乐》曾刊于1948年8月16日天津《综艺》半月刊第2卷第3期,后改题《苏维埃音乐》收入《杂谈苏联》,并再刊于1949年6月27日《人民日报》。

结语

以上三篇演讲稿旨在增进民众对苏联现状的了解,内容(如教育制度、托儿所)多有交集;但在相似性以外,又不乏差异性,可谓各有侧重。其中《茅盾先生对于苏联的观察》"注重在苏联人民的生活",所述内容最为丰富。其既谈到了苏联的农业、工商业和对外

---

① 张云鹄:《安娥、田汉编辑的副刊〈艺月〉》,《新闻与传播研究》1983年第1期。

贸易，又介绍了苏联的学校、托儿所、医疗、宗教等方面，几乎描绘了一幅苏联社会的全景图。《苏联的妇女与家庭》侧重于介绍苏联妇女在教育、工作上享有和男性平等的权利与地位，以及她们在婚姻、家庭中的境况。《游苏归来》则主要演述苏联青年的生活、工作和娱乐等。这足以说明茅盾在面对不同的演讲场合时能够有的放矢，尽可能地引发听众的兴趣，满足对象的"期待视野"，从而体现了茅盾极为高超的演讲艺术。

这几篇演讲稿具有十分重要的文献价值。首先，从中可以窥知茅盾当时的女权思想、对苏联的评价、对社会主义的接受等。其次，提供了茅盾夫妇苏联之行的一些细节，如与餐车女经理的交往，访问亚美尼亚科学院，参观托儿所等。它们不仅是研究茅盾生平的第一手资料，而且是茅盾作品的组成部分，还是了解二战后苏联社会现实的文本材料。总之，以上佚文见证了茅盾1947年向国人介绍苏联的情形，增进中苏文化的交流，丰富了作家的文学宝库。它们的发现，对进一步认识与研究茅盾的文学思想、生平行止等具有较高的史料价值与参考意义。

附：

茅盾先生对于苏联的观察

——五月五日在上海青年会干事周一早会讲词

主席，诸位先生，今天兄弟能与上海青年会诸位会面，非常欣幸。诸位服务的热忱，素来钦佩。尤其在抗战期间，对社会国家的伟大贡献，更值得称道。

兄弟在文艺方面，是一个写小说的。这次到苏联去，并不是去研究或是专门考察一种事情。乃是从各方面观察一下，所以今天所讲的，没有什么系统与条理，先行道歉。我现在所讲的，注重在苏联人民的生活。讲完之后，诸位有甚么问题，兄弟再为试答。

苏联是社会主义国家，所以企业与对外商业，都是由国家办的。农业采集体制，十月革命后，就没有地主了；农村的大富翁也没有了。社会主义不是共产主义，私有财产可以有；政府也保护的。各种对内对外大企业和商业，虽然是国营，但小商店，私人亦可开的。不过要登记，货物是从国家来的；私人小店，不能向外国定货①，因为外国货，也只能由国家来的。这样小店，可得合法利润。苏联的北部和其他地广人稀的地方，私人小企业也有的；原料都由国家供给；工人待遇，照国家的办法。全国的大小企业，百分之九十九属于国家；私人办的很少，但不是没有的。

社会主义有两句口号："各尽所能，各取所值。"他并且鼓励发挥工作效能，报酬是按工作难和易简单和复杂而定。工作难的复杂的工资多；容易的简单的比较少。因此工作收入，有高低大小；收入多的人，享受也可以多点，口号的原意是要使"不劳动的不得食。"劳动二字的范围，动体力的和动脑力的，都是劳动者，游手好闲则不可能。社会主义的生活政策，是保证穿暖吃饱，今天不要忧虑明天的生活，保持物价稳定，而使之逐渐减低。生活必需品是由国家供给，对外贸易是由国家办，物品均操之国家，所以没有大商人。必需品的配给，在战时是少的，战后就比较增加了；今年的数量与种类，也逐渐多了。工资最低的，可以使生活无忧。其政策既是各尽所能各取所值，所以工资每月有自一千罗布②至一万罗布的分别。配给数以外，假如要多吃一点，可以买的，但价钱比较贵。商品分国家商品与自由商品，自由商品可以出钱买，奢侈品如女人的口红及香水等，都可以买到，并不限制。苏联政府的目的，是使一般人有保障，并有自由享受。工厂出产品的价目，全国是一律。但民族手工业的小物品，各地价目也略有高低。在各取所值的原则下，政府鼓励创作；如果一个工人能发现机器某一部份③改良可以增进生产，经过试验是对的，他的工资，可以骤升至很高的数目。而改良方法，不能保持秘密，必须使全厂效法。工厂的一般工资，最低的每月有一千罗布，有的是三四

---

① 此处"定货"应作"订货"。

② 现通译作"卢布"，下文同此。

③ 此处"部份"应作"部分"。

千，特别好的像史岛芬处工人在一万罗布以上。每日工作六小时，在六小时内能做出超过规定的数量，可以增加酬报；做得少则减之。工资高的像月得一万罗布以上的人，可自由购买所要享受的物品。

外汇系以美金作计算标准，一元美金合五个罗布。外交官可以一美元换十二个罗布。汇水相当的高。兄弟是由苏联对外文化机关所招待，待遇比较好，否则生活费就太高了。苏联的物品，若以美金计算，实在高得很。譬如香烟每包卖十个罗布，元狐皮银鼠毛价在一万至两万罗布，如以一美元合五罗布计算，数目就可观了。国家对外贸易，另有计算方法。在苏联的外国人，除外交官商务官及新闻记者以外，其他很少很少。

教员的酬报，初毕业第一年在小学教书，大概每月是六百罗布，以后按年增加。如有特长，每月亦可得到一千五百罗布。苏联的学校制度，没有什么中学小学的分别；他们是七年制与十年制；七年制是必有的义务教育，十年制毕业的可考大学；教育是很普及的，他们对大学教授，是非常尊敬。

托儿所是很多的，每一个机关与工厂都有托儿所。不过大都是不过夜的。过夜的托儿所很少。过夜的有额数限制，额满了就不收。苏联妇女母爱性很重，过夜的托儿所中，她们在周末就把儿女领回家里去。娱乐方面，工厂中都有电影音乐等类，闲暇可享受娱乐教育，不必化钱①。医药方面，有指定的医院，不收费。职工会帮助也很多。普通老百姓，可以到公家医院；医费全免，药费要自己出，但数目很小。文人艺术家及外国人，也可以到这种医院里去。

农民的生活收支，稍有不同，因农业为集体制，酬劳按工数计算，勤劳的可多得，工作日期多的也可多得，少的则少得，照这样算法，如有盈余，亦照工比例分配之。除集体以外，各人自己可以得到一块地；也可以永远使用，传给子孙；但不能出卖。自己建造房屋，种植菜果，并可畜养鸡犬，由自己自由支配。战时后方农民生活较好，他们的收入，比城市的公务员好得多。农民常常将所收获的，卖

---

① 此处"化钱"应作"花钱"。下同。

给城市人民。苏联办法，可以说大统制小自由。现在人民的生活物品，尚未到战前数量与种类之多。再过两三年，等到新五年计划成功，就好得多了。人民对于这计划，是都拥护的。诸位如有所询，愿尽我所能答的来答复。

问：苏联对宗教态度如何？

答：与革命初年完全不同。宪法规定宗教自由。礼拜堂做礼拜，并非都是老年人，壮年的也很有；去年有一教会，用很大的礼节规模，选举主教，此事曾拍成电影，但有一种非约法或书面的条件，就是不能借教会机关名义来反对政府。

问：苏联有否私立学校？

答：没有，因为苏联国立学校非常普遍，而且都是免费，凡讲到大学教授时，都是很尊敬的。

问：为何苏联不欢迎外人入境？

答：想因他是世界惟一的社会主义国家，而要谨慎从事；但也有各外国政府，不愿他的国民到苏联去的。

问：家庭与婚姻如何？

答：主张自由恋爱，但并不如外传之紊乱。家庭子女人口在相当数目以上，可以由国家给与子女人口特种配给补助。

问：苏联是否奖励人口增加？

答：是的，他们说人口是苏联的最大资产。

问：离婚的事件多否？

答：有的，但并不十分随便，总要到法庭去，而法庭往往劝人在外和解，和解不成，则由法庭裁判。

问：非共产党人可否为官吏？

答：官吏是由民选的，但须先提名为候选人，并不限于共产党员；政府里有很多非共产党员执政。

问：既是民主，何以不允许第二党出现？

答：他们认为在别种制度的国家，有贫富维新守旧等分别，因而有各种阶级；但在苏联无阶级制度，一律平等，所以只有一党治国。

问：苏联对中国内战与中共怎样看法？

答：他们知道中国内战，但他们以为中国还在中产智识阶段中革命；中国的共产党，并非要打倒现在的政府，是奋斗要求一个联合民主政府；这与苏联共产，不能作同一阶段论。

问：美苏关系紧张，苏联人民看法如何？

答：苏联人民，要战后建设，在大战以后，不愿随便与人开衅；他们也揣想美国人民亦不愿随便与苏联闹事。

问：中国人在苏联多否？

答：除了少数早在那里，或已娶了苏联妇人而居住者以外，中国人很少。

问：苏联共党与中共有何关系？

答：从第三国际解散后，并无何种关系。

问：苏联人民暇时喜做何种消遣？

答：欢喜电影体育音乐及跳舞，讲到跳舞，他们没有商业化的舞女，而要自己去约舞伴的。

（载 1947 年 5 月 17 日《天风》第 72 期，署"凯旋记"）

苏联的妇女和家庭

在苏联，男女是完全平等的。要做到真正的平等第一步在减轻家务的负担，第二步在教育机会的均等，这二步他们都做到了。托儿所公共食堂等的普遍设立，使妇女得以从家务的羁绊中解放出来；至于教育机会是完全均等的，只要你愿意，一个女子照样的可以学航空做飞机师，从事于科学研究，以及那些在别国认为不适宜于妇女性的工作。不过由于体质上的不同，他们也主张分工，妇女最主要的责任是在于培养健全的下一代，即注重儿童福利工作。

苏联有妇女部，属于职工委员会。一提到妇女部，大家一定以为它的工作是关于妇女福利的，其实不然，因为在苏联没有妇女问题，男女是真正完全平等的，妇女的问题，即是一般的问题，并不需要有特殊的工作机关。他们妇女部的工作在儿童福利方面，注意儿童的教育营养卫生等等，旨在培植健全的儿童，使他们的伟大事业能有健全的后继人。

大概特别需要体力的劳动如矿工等多半由男子从事，不过妇女也有参加的，像战前莫斯科地下铁道建筑时，主管机关说"我们有人，不需要妇女参加"这一句话，就提起了妇女的自尊心，结果她们特别的努力，创造了特别高的工作记录①。

在军队中也有很多妇女参加，并不是始于战时，有许多在战前就参加了的，她们所从事的大概是无线电通讯联络以及救护方面。

从莫斯科到高加索去有几昼夜的旅程，坐的是卧车，那餐车上的经理是一个女的，因为听说是政府请来游玩的外国人，所以特别客气，时常过来闲谈，因此知道她在战前从军，战时一直在军队中服务，现在战事一结束，就退伍而担任这餐车经理的职务。

在最高苏维埃中，有五分之一是女委员（相当于他国的议员），其他教育机关、政府机关也占着相当数目的百分比；尤其是图书馆和博物馆，大多是女职员。她们的地位完全和男子一样。尤其在战时，苏联妇女负担了双重繁重的工作，她们不但负担母亲的责任，并且因为父亲上战场去了，她们还担负了父亲遗下的责任。

当然，在苏联，男女是完全平等的，但同时在需要的时候，男女却也分工的，苏联的男女分校就是根据这个原则确立的，在女校里，就有家务、缝纫、怎样做母亲等科目。

苏联的母亲虽然可把孩子寄放在托儿所，但是托儿所方面为了避免孩子失去母爱所可能发生的心理不正常发展，因此除了有特殊理由的外，每星期日仍将孩子交给他的母亲领回去。

因此，苏联的家庭关系是巩固的（小家庭），不如革命时期的薄弱，不主张破坏家庭，所以虽然结婚和离婚都是自由的，结婚仪式也全不受习俗的拘束，要简单要隆重尽可随自己的主意去安排，离婚虽然也不成问题，可是凡遇离婚案件总尽量劝他们和解，因为虽说平等，离婚到底是女的要比较吃亏的，如果和解不成，那么不能勉强只好离婚了，离婚后小的小孩总由女的带去而由男的负担生活费用。离

---

① 此处"记录"应作"纪录"。

婚后的男子当他们再结婚时往往要受到严厉的询问，问到他离婚的原因，如果离婚二次，要再结婚是更困难了。

家庭妇女在那面是很少的，但也有。因为有的妇女欢喜自己带孩子，同时她的丈夫收入可以维持他们一家的生活，于是她就在家里住了下来。假使孩子多，丈夫收入多的，也可以用老妈子，不过他们的老妈子和别国不同，她们的薪水由老妈子公会厘订，只能多，不能少。工作时间也是每天八小时，饭食由主人负责，不过主人可通知主管机关，领取配给物，同时主要的是老妈子和主人要平等待遇，可以分桌吃饭，但小菜则是每人一份。主人如果有侮辱佣人的地方，佣人就可以去告发。

到现在为止，苏联的私有财产还是没有限制，同时有保护的，不论动产或不动产。他们可以自己造房子，但不能出租，出卖送人则是可以，总之不能利用财产以生利。

苏联人民要不要储蓄呢？按照苏联一般人民来说，他们没有储蓄——也不必储蓄。他们不会失业，薪水会不断增加，生病求医不要化钱，现在虽然要付钱，但是很便宜，只是象征的一点点，比买巧克力便宜得多，因为所有医院都是国家办的。

有儿女的人，当然他是有负担的，但是现在有规定，生到第三个孩子后，国家就有津贴给他们，五个以上的还可以得到"母亲英雄"的尊号。

有一次在阿美尼亚①访问科学院的时候，听许多人讲到，那里的一个女科学家不但是母亲，并且还是七个孩子的"母亲英雄"呢！（欧美研究科学的女子大多是独身的）

普通家庭如有孩子的，孩子的教育费也是非常轻微，七岁起的七年内他们可受义务教育，（连书籍都奉送）等于中国的初中毕业，毕业后如果不进大学的则可进职业学校，这种职业学校学费也很少，家庭收入不足的还可免费，功课好的有奖励金。毕业之后就可工作。

义务学校毕业后，再读三年高中，就可考大学，大学都是公费

---

① 现通译作"亚美尼亚"。

的，膳食、另用和衣服是由父母负责，比较困难，不过也有奖励金可得的。

娱乐在他们每一个人都是很重视的，他们有"娱乐最重要"的口号，工作时他们认真工作，游玩时，就尽量游玩。一般的娱乐大概是跳舞、电影、音乐会……各工厂、机关、学校都有俱乐部，由公会举办，每一部门工作人员到自己的俱乐部去都不必化钱，俱乐部里并且还有晚会、图书馆、打球等，所以他们的业余生活是愉快的。

（载 1947 年 6 月 20 日《妇女》第 2 卷第 3 期，署"茅盾先生讲"）

游苏归来

这一次我应苏联文化团体之邀请到苏联去，在那边耽搁了三个多月。此行并非作学术研究而是对于他们战后的情形作一个概括的参观，所见者不少。不过今天在座诸君大都是青年，对于苏联青年的生活和工作各方面想必喜欢知道的，所以我想对这方面作一个简短的报告。除此之外，大家如果还想知道别的问题，我很愿意尽我所知道的答复诸君。

苏联的教育制度和我们是不相同的。他们的小学是和初中，高中合起来的。他们有二种制度，一为七年制，一为十年制。七年制的教育是苏联的儿童从七岁开始进学校念书，七年之后为十五岁，正好是初中毕业。十年制的即初中七年之后再升入高中，① 三年之后高中阶段完成。毕业后可以凭自己的志趣投考大学。因为苏联大学都是国家办理的所以仍有公费制度。学生进大学之后，每年所缴的学费为二百卢布，但学校所津贴给他的公费，每月起码三百五十卢布。如果在功课方面成绩优异的话，还可以获得奖励金。所以每一个苏联青年只要肯念书的话，家庭经济情形的恶劣对于他们的求学是丝毫没有阻碍的。换一句话说，他们每个人都有进大学的机会。

---

① 此处原文标点脱漏。

高中毕业时，他们把考试的成绩分三种：一种是成绩及格者，另一种是成绩优等者，另一种是成绩最优等者。成绩最优等的学生为使升学便利起见，可予免试升入大学，这一点是和中国不相同的。

假如一个青年初中毕业之后，因种种关系不想再进高中，那么可以凭着自己的志趣，想生产可以进职业学校或各种机关工作，如果想在将来再升学，则可在业余进补习学校。二，三年后，自认为有把握则可参加大学考试。高中毕业者如果投考大学不取，仍可自己找工作做，一方面自己补习，一年之后，再参加考试，从这方面可看出他们失学的机会是很少的。

"毕业即失业"这句话在苏联是少有的，大概在他们将毕业时已经被分配定毕业后的工作位置，使毕业之后，立即可以有工作做。文科的学生可进文化机关服务，工科的可进工厂去，不过念工科的较为特别之处，即他们在学校念完三年后毕业，须到工厂实习一年，这一年过后，他们可作为一个工程师。在一年实习中，工厂和对其他职员一样须发给他们的薪俸。

初中的学生在学校受教育之外，如果他们对于课外的技术如音乐，戏剧，体育等有兴趣，则可到学校外面的大娱乐部"儿童公园"去。里面设备甚为周全，小学初中的儿童都可以进去。（苏联的儿童有一种组织叫"儿童先锋宫"，学校中的七岁至十六岁儿童都可加入这种组织作为团员）儿童公园是一个庞大的儿童娱乐机关。属于游戏方面如跳舞，体育，音乐，话剧，下棋；研究方面如无线电收音机等各门都有，这种俱乐部事实上是等于一个学校机关。我在列宁格勒参观某一儿童公园，单单属于机器部分我足足花了三个小时才看完，还是走马看花式的呢！儿童公园的目的，使儿童在学校之外还可以到另一个小天地去玩，去研究，多一个学习的机会。除此之外在团体方面，夏天有夏令营的组织，冬天在圣诞节左右也有一个娱乐的组织。冬天的莫斯科是非常冰冷的。但是，当圣诞节的时候，可有好些地方布置得非常美丽堂皇，和安排下许多热闹的节目，学生都可以集中到那些地方去参加这种集体游戏，我曾经去参观过一次，他们这种集合的时间约二星期，也就是学生寒假期中的游戏。至于夏天的夏令营，和我国的一样，找一些名胜或好玩的地方去举行赛跑，爬山等等。这是休假期间的娱乐。在平日上课的学校中，学生仍然有歌咏团话剧团文艺社等一类的组织，经费，场所一律由学校供给。

上面是关于学生方面的生活，现在，我再来说说职业青年方面的生活。他们的职业青年大多数是在商店，工厂或公家机关服务，在他们的工作场所，一样地仍有娱乐部，尤其是工厂，里面的设备异常周到，每一个职业青年都可进去，这个情形在整个苏联是非常普遍的。

在农村方面，所谓集体农场和国营农场实际上是非常简单，集体农场就是一个大或小的农村，在农村中设有一所大的场所（里面仍设有娱乐部），农村中的农民可在里面跳舞，娱乐或开会讨论，在大规模的集体农场中，设有小学和中学，这些都是正规学校。小规模的集体农场如无法开办学校时，至少有娱乐部可资补救。集体农场中的娱乐部设备和戏剧院等当然是比不上城市中的国家大剧院那么完整，但是，能有这样的情形可算是令人满意了。

他们的国营工厂规模异常宏大，有一次我去参观某工厂是坐汽车巡礼的，不然看几天也看不完的，在工厂里的话剧院话剧表演的技术可与莫斯科剧院相比优。

苏联在作战（对德国）的期间学生离开学校参加工作者很多，一部分是参加后方生产工作，一部分则直接参加作战。成绩好的，可获得抗战的勋章，战后回校可获得校中种种的优待（并非功课上的优待）。例如津贴，膳食等等。同时，在学校的大礼堂壁□①高处，挂有许多参加作战的学生照片和履历等藉以勉励。在战时因为参加作战工作，苏联学生在量的方面锐减，莫斯科大学生减少了一半。在战前，大学中男生多于女生，在战后，学生数目恢复了，但因为伤亡关系，女生数目却与男生数目相等了。

托儿所在苏联是非常普遍的，虽然在学校机关，亦仍有这种设备。因为有些已结婚养有儿子的学生，甚感不便，所以早晨到学校读书顺便把儿子带去，交托儿所看管，下午归家时同时把儿子带回。在

---

① 文字漫漶不清处以□标示，下文同此。此处似为"上"。

交他们照管中，做母亲的可于每隔几小时去喂奶一次，如果不方便，则可交由里面的保姆负责喂奶。一些社会中的职业夫妇因无法雇请老妈子或奶妈，亦同样的①把儿子寄交该工厂的托儿所，寄交时仍然要缴费的，但费用很轻省。寄交的方法有二种：一为自早至晚，当天带回，一为特殊情形，自星期一带往，星期六带回。托儿所寄托的儿童年龄亦有限制，最高者不能超过四岁，在大学里的托儿所是划归教育部办理的，所中的儿童都是异常的肥胖，健康，活泼和令人疼爱。我和我的太太一进门去，便受他们热烈的欢迎，十几个孩子团团围住要她抱，虽然我们是异国人，他们可一点也不感到陌生，这是由于集体教养使他们惯于过着群的生活的缘故。

（载 1947 年 6 月 22 日《现代周刊》复版第 57 期，署"茅盾"）
（原刊《平顶山学院学报》2017 年第 6 期）

---

① 此处"同样的"应作"同样地"。

茅盾父亲沈永锡逝世年份的探究

陈　杰

茅盾父亲沈永锡的生平及他对茅盾一生的影响是茅盾研究的课题之一。茅盾父亲出生的年份，茅盾在其晚年回忆录《我走过的道路》中明确表述为 1872 年。但逝世年份，茅盾未有明确表述。是茅盾回忆时疏忽遗漏了，还是另有原因？因此，对茅盾父亲逝世年份的表述，历来比较模糊，一般按茅盾自己的表述为"茅盾 10 岁那年，父亲去世，年仅 34 岁"。按茅盾虚岁 10 岁算该是 1905 年，而按实岁算则是 1906 年。而查找到的有明确表述茅盾父亲逝世年份的少部分文章资料中，有的表述为逝世于 1906 年，也有表述为逝世于 1905 年。

那么，茅盾父亲沈永锡逝世的年份到底是 1905 年，还是 1906 年呢？

翻看茅盾晚年回忆录《我走过的道路》的有关章节，可以从两个章节的叙述内容里进行解析，作出探究，得出结论。

先看《童年》章节的《父亲的抱负》这一节。茅盾回忆道："戊戌政变后的第四年，即壬寅（一九〇二年）秋，举行乡试……卢鉴泉自己要去，也劝父亲去。于是结伴到杭州应考的，有五、六人……这是父亲最后一次出门，一年后他病倒了。"从中可知，沈永锡的病倒是 1902 年的次年，即 1903 年。

对父亲从得病到去世的经过，茅盾在《童年》章节的《父亲的三年之病》这一节中有比较详细的叙述，选取几个关键时间节点来作解读："大概是我 8 岁那年，父亲病倒了。"按之前叙述的沈永锡去杭州乡试回来第二年病倒，1903 年茅盾虚龄 8 岁，由此可见，茅盾是按虚龄算的。

《父亲的三年之病》这一节里之后茅盾叙述："又到年关了。这个时候，在乌镇通常是一年最冷的时候，常常下雪……"，这是指1903年的年关岁末。接着，茅盾写道："在父亲卧床不起的第二年夏天，祖母亲自到城隍庙里去许了个愿，让我在阴历七月十五出城隍会时'扮'一次犯人……"这是1904年的阴历七月十五。随后，茅盾写道："这半年里，每逢星期，外祖母早上派阿秀送食品来……"显而易见，这是茅盾在叙述1904年下半年父亲沈永锡生病时的家人生活状况。

再之后，茅盾叙述道："第二年夏季，天气酷热。母亲见从前预备给曾祖父住的两间楼房（家里称为新屋）此时空着，便找人背着父亲住到新屋的靠西一间的楼下。安排我和弟弟住在靠东一间楼下。这年夏末初秋，父亲去世了……"这里的"第二年夏季"，该是1904年后的第二年，即1905年的夏天。综上所述，茅盾父亲沈永锡逝世的年份该是1905年。

再看《学生时代》章节的《我的小学》这一节的相关叙述，也可以证明这一点。

在《我的小学》这一节，茅盾叙述道："又过了半年多，乌镇办起了第一所初级小学——立志小学，我成了这个小学的第一班学生……现在在原校址办起立志小学，又有卢鉴泉担任校长。卢表叔那年和我父亲结伴去杭州参加乡试，中了举人，第二年到北京会试落第，就回乡当绅缙。因为他在绅缙中年纪最小，又好动，喜欢管事，办小学的事就推到了他身上。"以上所述，明确呼应之前的《父亲的抱负》这一节里的叙述，从中可清晰地梳理出时间脉络——1902年卢鉴泉和沈永锡结伴去杭州参加乡试，1903年卢鉴泉又去北京参加会试落第，1904年卢鉴泉担任立志小学校长。这和乌镇史料记载的1904年乌镇办起了立志小学的史实是吻合的。

在《我的小学》这一节里之后的叙述中，茅盾写道："在进立志小学的第二年夏天，父亲去世了。"承接上段结论，可清楚地得出，茅盾父亲沈永锡逝世于1904年的后一年，即1905年。

综合以上两方面的解析，可以明确探究出，茅盾父亲的逝世年份为 1905 年。也可以说明，茅盾父亲沈永锡享年 34 岁，是指虚龄 34 岁。

（原刊《嘉兴文博》2017 年第 4 期）

木心与茅盾

夏春锦

木心与茅盾均出生于乌镇，少年时又都因外出求学而作别故乡，最终都在各自的文学艺术道路上闯出了一片属于自己的天地。两人年龄相差三十一岁，属上下辈，有关他们的关系，目前见诸描述性文字的大都舛误，不明就里。为避免以讹传讹，现综合各方资料，分条缕析，以还原事实的本真。

多篇文章中说木心与茅盾有亲戚关系，甚至不少人说他们是"远房叔侄""远房亲戚"等，其实是误传。这种有意借茅盾盛名来抬高木心家世的做法其实是木心最反对的。在木心回国前的二〇〇六年三月，他在接受《外滩画报》记者曾进的访谈中就明确澄清了自己与茅盾并无亲戚关系，他说：

茅盾在上海的时候，我们见过面。但他不是我的远亲，我们只是来自同一个地方而已。他有名气，但待人谦和，所以当时的文学青年都来拜访他，出了书都请他指教。我在他的私人图书馆里看了很多书。①

这段话基本概括了木心与茅盾的关系，归纳起来是三点：一、两人不是亲戚，是同乡；二、木心见过茅盾；三、木心借阅过茅盾乌镇家中的很多藏书。

---

① 曾进：《海外作家木心独家专访："我不是什么国学大师"》，见2006年3月5日《外滩画报》。

一

第一点已经说得很清楚，问题主要集中在第二、三两点上。按照以上木心的自述，他在上海与茅盾见过面，但并未说起他第一次见到茅盾的时间。其实木心最早见到茅盾，应该是在乌镇的少年时。这可从茅盾回故乡的行踪和木心的《塔下读书处》一文得到印证。

茅盾曾于一九八〇年作的《可爱的故乡》一文中交代："一九一三年夏，我毕业于杭州私立安定中学，为了报考北京大学预科，我离别了故乡。后来，生活、工作、斗争的需要，竟使我再没有回归故乡。在二三十年代，我还间或回家乡探望母亲，而一九四〇年母亲的去世，终于切断了我与故乡连接的纽带；那正是风雨如磐的年代。"① 木心生于一九二七年二月，整个二十年代茅盾回乡的情况姑且不说，细考其三十年代的行踪，则先后于一九三二年五月和八月、一九三三年七月、一九三四年春和秋、一九三五年九月及一九三六年十月回过乌镇。详情对照如下：

一九三二年木心六岁，已进入乌镇东栅集贤小学就读。本年茅盾两次回乡，五月那次是将母亲从上海送回乌镇，回上海后根据这次回乡见闻写成《故乡杂记》。八月那次是因为祖母去世，携夫人孔德沚及两个孩子回乌镇奔丧，后又根据此次回乡积累的素材写成《春蚕》。

一九三三年木心七岁，本年父亲去世。本年七月下旬茅盾携全家回乌镇参加祖母逝世一周年的除灵埋葬仪式，呆了一周时间。

一九三四年木心八岁，已开始习画。本年春茅盾再次将母亲从上海送回乌镇，并请泰兴昌纸店经理黄妙祥负责翻修老屋后院的三间平房，茅盾还亲自画了一张新房草图。秋后房子修好，茅盾亲自回乌镇验收。

---

① 茅盾：《可爱的故乡》，见《茅盾全集》（第 12 卷），《散文二集》，钟桂松编，黄山书社 2014 年版，第 615 页。

一九三五年木心九岁。本年九月茅盾回乌镇住了两个月，就住在新翻修后的平房。期间创作了中篇小说《多角关系》。

一九三六年木心十岁，曾一度到祖籍地绍兴。本年十月十四日茅盾回乌镇，约呆了十天。期间痔疮发作，不能行动，以致在得知本月十九日鲁迅去世的消息后也无法赶回上海参加鲁迅的治丧活动，可见病情之严重。

据茅盾回忆，一九三〇年他从日本回国后，其母陈爱珠"就迁回乌镇定居，但每年必来上海过冬，因此我每年至少要回一次家乡，或者接母亲来上海，或者送母亲回乌镇。每次大约一周至十天左右"①。之后，因抗战的爆发，母亲的去世，国内革命形势的变化，茅盾辗转奔波，从此再未回过故乡。

八十年代，木心作《塔下读书处》一文，记述了他对茅盾的印象、评价以及彼此间曾有过的交往。其中谈到抗战后木心到上海求学，一次黄妙祥的独生子阿全自乌镇来，约木心去茅盾家"叙旧"，当木心表现出不大乐意时，阿全再次鼓动说："雁冰还记得，我提起你，他说'是不是那个直头直脑的'。"② 可见他们一早是见过面的，况且木心还记起曾问过茅盾"是不是在日本真的开过豆腐店"这样的问题。大革命失败后茅盾曾于一九二八年（即木心出生后的第二年）七月东渡日本，在日本度过了一年零十个月的亡命生涯。

根据以上对茅盾回故乡行踪的梳理和木心《塔下读书处》一文中的描述，木心确曾于少年时就在乌镇见过茅盾。当时木心称他为"德鸿伯伯"，但这只是邻里之间的一种亲昵的称呼，并不能说他们之间就有亲戚关系。由于木心当时年龄尚幼，交往和交流一定不会深入，彼时茅盾在木心心中更多的是邻里"口碑上"的印象：

当已经成名的茅盾坐了火轮船，卜卜然地回到故乡乌镇，从来惊

---

① 茅盾：《〈春蚕〉〈林家铺子〉及农村题材的作品》，见《我走过的道路》（中），人民文学出版社1984年版，第130页。

② 木心：《塔下读书处》，见《木心谈木心：〈文学回忆录〉补遗》，木心讲述、陈丹青笔录，广西师范大学出版社2015年版，第31页。

不皱一池死水，大家连"茅盾即沈雁冰"的常识也没有，少数通文墨者也只道沈家里的德鸿是小说家，"小说家"，比不上一个前清的举人，而且认为沈雁冰张恨水顾明道是一路的，概括为"社会言情小说"，广泛得很。

茅盾回家，旨在省母，也采点《春蚕》《林家铺子》这类素材。他不必微服便可出巡，无奈拙于辞令，和人兜搭不热络，偶上酒楼茶馆，旁听旁观而已，人又生得矮瘠，状貌像一小商人，小商人们却不认他为同伙。

在乌镇人的口碑上，沈雁冰大抵是个书呆子，不及另一个乌镇文人严独鹤，《申报》主笔，同乡引为光荣，因为《申报》是厉害的，好事上了报，坏事报上了，都是天下大事，而小说，地摊上多的是，风吹日晒，纸都黄焦焦，卖不掉。①

无论是小说家比不上前清举人，也不及《申报》主笔，大抵是个书呆子，还是以貌取人，说他拙于辞令，和人兜搭不热络，这些都是市井街坊间惯常的观人视角和评判标准。另外还提及几件令茅盾颇为窘迫的事。其中一件是有人慕名来找茅盾，缘亲攀故地恳求茅盾为他做一张状纸，茅盾再三推辞不过，只得允承，勉强为之。因茅盾确实不擅此门径，再加上招来土律师的职业性嫉妒，"沈雁冰不会做状纸"一时疯传，成了乌镇缙绅间历久不衰的话柄。

茅盾给木心留下清晰印象的，还是木心在上海求学期间的两次见面。木心说是"在文艺界集会见到茅盾先生"，感觉"老了不少，身体还好"②。考察茅盾的履历，他一九四六年六月初由香港回上海，住在山阴路大陆新村。木心所说的"文艺界集会"有可能是本年十月十九日下午于辣斐大戏院（后改名长城电影院，已拆除）由中华全国文艺界协会等十二个文化团体联合举办的鲁迅逝世十周年纪念大会。此次集会是鲁迅逝世十年来上海举行的第一次正式的也是最隆重

---

① 木心：《塔下读书处》，见《木心谈木心：〈文学回忆录〉补遗》，木心讲述、陈丹青笔录，广西师范大学出版社 2015 年版，第 27 页。

② 同上书，第 31 页。

的纪念活动，一时名流云集，茅盾之外计有周恩来、邵力子、郭沫若、叶圣陶、柳亚子、沈钧儒、许广平、马叙伦、邓初民、夏衍、冯乃超、于伶、丁聪、袁鹰等。

此次集会很多人都发表了演说，其中尤以周恩来的出席和演讲影响最大。茅盾演说时因是乌镇口音，特别是"兄弟，兄弟"的口头禅给木心留下了特别的印象。当他与阿全到茅盾家再次见到茅盾时还就其演说时的"窘困之状"提出了自己的看法，他是希望茅盾有办法摆脱演说时吃力的困境。

一九四六年木心已进入上海美术专科学校西画系就读，此时上海美专的学生运动异常活跃，作为学生会骨干的木心亦积极参与其中。据现有资料显示，本年四月，陈沙兵、葛克俭、夏子颐在上海美专成立了中国共产党上海美专党小组。在党小组的引导和组织下，上海美专的学生举行和参与了一系列的进步活动，其中一项就是结合中国木刻协会（即抗战时期的"中华全国木刻界抗敌协会"）的活动，组织学生参加了鲁迅逝世十年纪念大会。木心作为活跃分子随同学们一起参加了此次集会。

二

木心与茅盾见面的次数不算多，两人的交流亦十分有限。但有一件事令木心受用一生，那就是木心在乌镇时频频到茅盾家中借阅藏书，"把凡是中意的书，一批批拿回家来朝夕相对"[1]。据木心自述，他早在三十年代就在茅盾书屋见到过北欧的译本，也就是说借书的最早时间是在三十年代。

少年木心痴迷于阅读古今中外的书籍，用他的话说少年时"我的'自救'，全靠读书，'书'是最神奇最伟大的"[2]。他一边在家人

---

[1]　木心：《塔下读书处》，见《木心谈木心：〈文学回忆录〉补遗》，木心讲述、陈丹青笔录，广西师范大学出版社 2015 年版，第 31 页。

[2]　李宗陶：《木心：我是绍兴希腊人》，《南方人物周刊》2006 年第 26 期。

和家庭教师的指导下系统地阅读传统经典，同时从茅盾的藏书中读到不少外国作品集。所以他说，"少年在故乡，一位世界著名的文学家的'家'，满屋子欧美文学经典，我狼吞虎咽，得了'文学胃炎'症，后来想想，又觉得几乎全是那时候看的一点书。"① 更令木心感到意外的是，他不仅在茅盾的藏书中见到许多带着外国作家和中国五四新文学作家手迹的签赠本，好多古籍上也留有经茅盾阅读后留下的圈点、眉批和注释：

> 世界文学经典是诚惶诚恐的一类，高尔基题赠、巴比塞们签名惠寄的是有趣的一类，五四新文艺浪潮各路弄潮儿向茅盾先生乞政的是多而又多的一类，不少是精装的，版本之讲究，在中国至今还未见有超越者，足知当年的文士们确凿曾经认真，曾经拼力活跃过好一阵子。古籍呢，无甚珍版孤本，我看重的是茅盾在圈点、眉批、注释中下的功夫，茅盾的传统文学的修养，当不在周氏兄弟之下。看到前辈源远流长的轨迹，幸乐得仿佛真理就在屋脊上，其实那时盘旋空中的是日本轰炸机，四野炮声隆隆，俄而火光冲天，我就靠读这许多夹新夹旧的书，满怀希望地度过少年时代。②

书上留下的这些文学前辈的手迹，对于一位文学少年来说显然发生了某种潜移默化的影响，在少年木心的心中埋下了带着温情的文学种子。木心曾说"老家静如深山古刹"，是"书本告诉我世界之大无奇不有"，而"丰富的人生经历是我所最向往的"③。可以说在茅盾藏书的阅读引领，打开了木心的心灵世界，将他的目光引领到了更为广

---

① 木心：《海峡传声》，见《鱼丽之宴》，广西师范大学出版社 2009 年版，第 20 页。

② 木心：《塔下读书处》，见《木心谈木心：〈文学回忆录〉补遗》，木心讲述、陈丹青笔录，广西师范大学出版社 2015 年版，第 30—31 页。

③ 木心：《海峡传声》，见《鱼丽之宴》，广西师范大学出版社 2009 年版，第 21 页。

阔的文学视野，也安顿了少年躁动而又无处安放的青春。

正因为茅盾的藏书满足了少年木心的求知欲望，木心是把茅盾家当作自己的"福地"的，乃至到了晚年依然对心中的这块福地有着清晰的记忆：

> 沈家的老宅，我三日两头要去，老宅很普通，一层楼，砖地，木棂长窗，各处暗沉沉的，再进去，豁然开朗，西洋式的平房，整体暗灰色调，分外轩敞舒坦，这是所谓"茅盾书屋"了，我现在才如此称呼它，沈先生不致自名什么书屋的，收藏可真丰富——这便是我少年期间身处僻壤，时值战乱，而得以饱览世界文学名著的嫏嬛福地了。①

木心能够如此顺当地借得茅盾的藏书事出有因，原来"那年月，沈宅住的便是茅盾的曾祖父特别信任的黄妙祥一家人，……黄家住着就是管着，关于书，常有沈氏别族子弟来拿，不赏脸不行，取走则等于散了，是故借给我，便算是妥善保存之一法。"②再加上木心对这些书爱护有加，对破损的还会动手"补缀装订"，所以黄妙祥很是放心，还夸木心说他看过的书比没有看过的还"整齐清爽"。

其实，黄妙祥与孙家既是老乡又是世交，还沾亲带故，有点亲戚关系。首先他们都是绍兴迁居乌镇的移民，而孙家是从木心的祖父孙秀林时迁到乌镇的。早在光绪末年，黄妙祥就牵头联络同样迁居乌镇的宁波人，在乌镇中市十三房头建造了一座宁绍会馆。此处遂成为"绍兴帮"的议事之所，也供客死他乡的宁绍同乡暂时停放灵柩。"宁绍会馆也是'宁绍帮'联络的枢纽，不但贫富相济、有难同当，而且子女嫁娶，首选的也是同乡人。宁绍会馆的营建和运作，孙秀林

---

① 木心：《塔下读书处》，见《木心谈木心：〈文学回忆录〉补遗》，木心讲述、陈丹青笔录，广西师范大学出版社 2015 年版，第 29 页。

② 同上书，第 30 页。

也出了不少钱和力。"① 孙秀林与黄妙祥既是同乡,又同样热心公益,可知交情不浅。到了后来木心大姐孙彩霞的婚事也是经黄妙祥介绍的,嫁给了在南浔当纸店伙计的王济诚。王济诚也是绍兴人,为人朴实勤俭,不久就去杭州与人合伙新开了家纸店。木心自己也说他叫黄妙祥为"妙祥公公",他的二表哥还是"黄门女婿"。由此看来,孙、黄两家才是姻亲关系,而黄家人为木心大开茅盾书屋的方便之门完全就在情理之中。

这位黄妙祥其实和沈家特别是茅盾本人也有着亲密的关系。茅盾的曾祖父沈焕还在汉口经商时,曾汇款回家让长子沈恩培(茅盾祖父)开了一家"泰兴昌"纸店。纸店坐落于乌镇镇中心的应家桥北塊下岸,两间店面面街临河,以经营纸张、摺簿、锡箔为主,同时内设刻字柜,由一位姓傅的师傅经营。开店伊始,纸店的经理是沈焕的一个侄子,沈培恩则负责监督业务。但两人均不善经营,待一八九七年底沈焕回乡安度晚年时,盘查店务后撤了两人的职,同时提拔了当时只是纸店刀手(切纸工)的黄妙祥为经理。沈焕于一九〇〇年秋逝世,三子分家后泰兴昌归沈恩培所有,但沈恩培无意经商,仍由勤勉的黄妙祥继续任经理。

一九三三年七月下旬,茅盾回乌镇为去世一年的祖母除灵,发现老屋后面的三间平房已经坍塌,出于想"躲到这里写作"的目的,与夫人孔德沚商量后决计进行翻修。对于翻修旧屋,孔德沚还补充了一条理由:"房子修好了,妈妈可以搬进去住,你那一大堆洋装书,也可以搬一些到乌镇存起来,免得搬一次家受一次罪。"② 于是第二年春,茅盾又一次送母亲回乌镇时就把仍是纸店经理的黄妙祥请来,同他商量翻修后院这三间平房的事。在精明能干的黄妙祥的亲自操持下,历时半年左右房子终于于一九三四年秋后盖好。茅盾亲自回乌镇

① 邵传统、王松生、徐家堤:《东栅孙家厅——绍帮移民孙秀林和其家人》,见《乌镇掌故续编》,徐家堤主编,珠海出版社2006年版,第187页。

② 茅盾:《一九三五年记事》,见《我走过的道路》(中),人民文学出版社1984年版,第269页。

"验收"，对屋子和黄妙祥的才干均表示出了自己的满意和赞许。随后的冬天和第二年的春天，孔德沚上海、乌镇之间跑了几趟，从上海运回了一批家什和十几箱书，据茅盾回忆其中包括一套商务印书馆出版的百衲本二十四史。

和绝大多数被毁的书籍一样，茅盾的乌镇藏书同样难逃毁于天灾与人祸的命运。一九四六年茅盾从香港回到上海后本打算回乌镇一趟去祭拜母亲的坟墓，但一直抽不开身，拖到七月才决定让孔德沚一人先去。四五天后孔德沚回沪，带回了两箱已长霉点的洋装书，"告诉我，后院三间平房内的家具已荡然无存，都被三叔（沈叔庄）变卖了。这两箱书是从夹墙里取出来的。母亲去世后，三叔发现家里有那么多书，就害怕起来，耽心里面有抗日的内容，而这种书又不能卖，只好藏到夹墙里。几年下来，线装书都霉烂了，只剩下这些外国的洋装书。"①

木心对这批书一直也很惦记，毕竟温暖过他的童年和少年。身在大洋彼岸的他不知从哪里听闻乌镇要起造"茅盾图书馆"，一时勾起他对世事无常的感叹："这是好事向上的事，可惜那许多为我所读过、修整装订过的书，历经灾祸，不知所终了，不能属于一代又一代爱书的人们了。"②

三

如前文中的访谈所引，木心觉得茅盾"有名气，但待人谦和"。这完全可以从一九四六年木心随阿全到茅盾家拜访，面对木心的"一味莽撞"而茅盾始终保持长者宽厚谦和的态度中看得出来。木心自己事后反思说，"之所以肆意发问，倒是出于我对茅盾先生有一份

---

① 茅盾：《抗战胜利后的奔波》，见《茅盾全集》（第36卷），《回忆录二集》，钟桂松编，黄山书社2014年版，第660—661页。

② 木心：《塔下读书处》，见《木心谈木心：〈文学回忆录〉补遗》，木心讲述、陈丹青笔录，广西师范大学出版社2015年版，第37页。

概念上的信赖，不呼'伯伯'而称'先生'，乃因心中氤氲着关于整个文学世界的爱，这种爱，与'伯伯''蜜橘''题字'是不相干的，这种爱是那书屋中许许多多的印刷物所集成的'观念'，'观念'就赋我'态度'"①。

木心对作为乡里前辈茅盾的态度是尊敬的，但木心对茅盾的文学创作确实又保留了个人的看法。这种看法具有两面性。首先，木心认为"茅盾的文学起点扎实，中途认真努力过来，与另外的颓壁断垣相较，就俨然一座丰碑"②，这是木心从文学史的角度对茅盾地位的肯定。但木心也有犀利的一面，他认为茅盾这一代文学家担当着继往开来的历史使命，可文学创作的实绩并没有达到预期的高度：

> 《幻灭》《动摇》《追求》时期仅是个实验。《子夜》时期，成则成矣，到头来远几步看，那是一大宗概念的附着物。《腐蚀》时期，茅盾渐臻圆熟，然而后来，后来呢，五十年代、六十年代、七十……应是黄金创作期，他搁笔不动，直到日薄西山，才匆匆赶制回忆录，可谓殚精竭力，实则文学之馀事，他所本该写、本能写的绝不是这样一部烦琐的自然主义的流水账，文学毕竟不是私人间的叙家常，叙得再细致也不过是一家之常而已。③

显然，木心对茅盾的文学创作充满了惋惜，但他并没有把所有的责任都推到茅盾个人身上，他很清楚造成这一辈作家在黄金创作期却搁笔不动的原因是什么。因为木心自己就是过来人中的一个，如鱼饮水，冷暖自知。

木心对茅盾文学成就的苛刻，源自他对包括五四新文学在内的整

---

① 木心：《塔下读书处》，见《木心谈木心：〈文学回忆录〉补遗》，木心讲述、陈丹青笔录，广西师范大学出版社 2015 年版，第 36 页。
② 同上。
③ 同上。

个二十世纪中国文学的成绩总体评价不高。他认为"这一百年是文学的荒年"①，而"'五四'新文学是民族文化断层的畸形产物，师承断了……所谓新文化时期中国文学，匆匆过客，没有留下可与西方现代文学相提并论的作品"②。所以木心用"看不下去"来表达自己对这些作品的态度，在讲世界文学史时也没有将中国的二十世纪文学作为专题来讲，只是偶尔提及罢了。

（原刊《木心逝世三周年纪念：〈温故〉特辑》，刘瑞林主编，后发表于《梧桐影·致敬茅盾专辑》2017 年第 21 期）

---

① 见《文学回忆录》，木心讲述、陈丹青记录，广西师范大学出版社 2013 年版，第 490 页。

② 同上书，第 427 页。

从茅盾给丁景唐的一封信说起

宫 立

摘 要 由茅盾给丁景唐的一封短札说起，谈及到茅盾先生与丁景唐先生之间的交往。丁景唐先生曾拜访过茅盾先生，茅盾先生还曾在文艺青年联谊会的讲演中提及此事。后丁景唐先生就茅盾先生对瞿秋白的评价在《人民日报》上发表了文章，后由丁景唐先生对茅盾先生的拜访谈到笔者自身对丁景唐先生的拜访。

关键词 短札；拜访经历；文艺青年联谊会；评价瞿秋白

笔者在近日举办的茅盾、黄药眠、徐光耀、郑逸梅、秦瘦鸥、吴伯萧、柯灵等名家手迹拍卖专场中，读到茅盾给丁景唐的一封短札，《茅盾全集》《茅盾书信集》《茅盾年谱》均失收，当为佚简，照录如下：

> 景唐同志：
> 大札及大作《学习鲁迅和瞿秋白作品的札记》，均已收到，谢谢。此书搜集了许多可宝贵的材料，对青年们十分有益。因为这也可以教育青年们：前辈治学治事如何踏实与至诚也。匆此奉复，顺颂健康！
> 雁冰 五月廿九日

的确如茅盾所言，丁景唐的《学习鲁迅和瞿秋白作品的札记》，"搜集了许多可宝贵的材料"，是新中国成立后第一部研究鲁迅、瞿秋白及二人交往的专著，"以研究对象的日记、著作等第一手资料为重点的学术思维方式，首次挖掘了大量新资料，变换视角，融会贯通，不断扩展鲁迅、瞿秋白之间关系的课题外延，积极开拓和丰富了其内涵，得出令人耳目一新的重要结论，至今仍有权威性的指导意义。"这本札记当时很受欢迎，1958 年 6 月初版印了 1.2 万册，7 月份再版 6500 册，1961 年 9 月又印了第 3 版，又是 1.2 万册。

　　由这封信，想到了丁景唐与茅盾的交往。丁景唐早在 1946 年就拜访过茅盾。他在《青年一代》1981 年第 4 期与杨志诚合写有《茅盾关心文学青年——记三十五年前的一次会见》。1946 年 2 月 10 日，上海文艺青年联谊会在全国文协上海分会的赞助下成立。作为联谊会的干部，丁景唐、郭明、袁鹰等在叶以群的介绍下，于 1946 年 6 月的一天，到大陆新村 6 号 2 楼拜访了茅盾。茅盾鼓励文艺青年联谊会要多做"连排长"的工作，"在中国，爱好文艺的年青人是那么的多，他们是文艺阵地中的小士兵，而作家呢，在中国也不少，他们好像是部队里的军长和师长。但是，缺少的是连排长啊！没有连排长，师长和小兵之间就脱了节。这军队还怎样去作战？"当看到文艺青年联谊会的会刊《文艺学习》时，茅盾还提到，"为了培植文艺新军，光是刊载几篇青年作者的作品还是不够的，应该对这些作品进行评介。要收集读者的意见，最好在第二期上刊登出来。还可以选刊优秀的作品，并且好好地解释一下：它们的内容怎样？修辞怎样？"在看到文艺青年联谊会的另一种会刊《心的交流》专栏时，茅盾赞赏道，"通讯这件事是有很大的社会意义的，你们要多做这方面的工作，把文学青年团结起来。"茅盾当时刚从重庆经香港回到上海。

　　文艺青年联谊会为了欢迎茅盾，还在育才中学举办了"文艺演讲会"。笔者查阅 1946 年 7 月 20 日的《文艺学习》第 3 期，刊有《六月的文谊》，文中提到，方言诗人朗里朗诵了自己的作品《歌颂茅盾先生》。茅盾表示不敢接受这样的歌颂，并随后作了演讲，并为文艺青年联谊会题写了一段话，"今天的文艺工作者不能藉口于'我是用笔来服务于民主'而深居简出，关门做'民主运动'，他还应当走到群众中间，参加人民的每一项民主争自由的斗争，亦只有如此，他的生活方能充实，他的生活方是斗争的，而所谓'与人民紧紧拥抱'云者，亦不会变成一句毫无意义的咒语了。"这期的《文艺学习》还刊发了陆以真的报道《和茅盾先生在一起》，讲的就是丁景唐提到的这次拜访。

丁景唐在 1985 年 6 月 20 日的《人民日报》写有《记茅盾悼念瞿秋白同志的一首遗诗——兼论茅盾对瞿秋白的崇高评价》。1980 年 5 月，丁景唐去北京参加国家出版局召开的全国出版工作座谈会后，在一个星期天的下午，和包子衍、孔海珠一起到交道口南三条 13 号拜访了茅盾。当时，丁景唐向茅盾请教了两个问题，"一、瞿秋白当年住在茅公家里的情况，二、瞿秋白牺牲后，鲁迅主持编印秋白同志《海上述林》，是否约他一起到郑振铎家中开会相商？"茅盾略作思考后即予回答，关于第一个问题，"有些情况，孔另境（茅盾夫人孔德沚的弟弟）在回忆瞿秋白一文（指《记秋白》，署名'东方曦'，刊于 1940 年 11 月 1 日《宇宙风》另乙刊）中曾写到过，可以参考。现在，他正在写回忆录，将在回忆'左联'和写作《子夜》的篇章中写到他和秋白同志的交往。"对于第二个问题，茅盾回复，"事隔多年，一时记不清楚，还要再回忆回忆。"丁景唐还想请茅盾为他写一首关于纪念瞿秋白的诗作为永久的纪念，茅盾"欣然允诺"，随手就在一张纸上记下了丁景唐的名字。茅盾去世后，他的儿子韦韬在整理父亲的遗物时，在一本笔记本上，发现了茅盾为丁景唐写的纪念瞿秋白、鲁迅的七言绝句手稿一页，"左翼文台两领导，瞿霜鲁迅各千秋。文章烟海待研证，捷足何人踞上游。赠丁景唐"，就将这手稿寄赠给了丁景唐。

韦韬在 1981 年 10 月 5 日给丁景唐的信中提到："这首诗大概写在去年十一月中，是我父亲写的最后两首旧体诗之一（另一首是赠老舍夫人胡絜青同志的）。本来他打算写成条幅送您，但入冬后气喘愈烈，条幅终未能写成。现在留下的手迹因为是草稿，所以没有署名。"据丁景唐描述，这份手稿是"人们日常使用的最普通的那种六十四开笔记本的一页，印有灰色行格，共十三行。蓝黑墨水直行书写，六行字，每行六字或四字不等，虽用钢笔，但仍见起笔落笔的交代，颇具中国传统书法的情趣。字迹俊逸中显出苍劲。通篇用了不少简化字，有标点符号"。茅盾在这首七言绝句中对鲁迅、瞿秋白在左翼文化运动中的历史功绩作了高度评价，也表达了一种期许，希望丁景唐等研究者能对左翼文化运动的历史经验以及对瞿秋白、鲁迅进行深入研究。

由丁景唐拜访茅盾，笔者想到自己在 2015 年 4 月 27 日收到了时年 95 岁高龄的丁景唐先生的签名本《犹恋风流纸墨香：续集》（上海文艺出版社 2015 年 3 月重版，2015 年 1 月初版）。丁先生题："宫立小友存念丁景唐赠二〇一五年四月于华东医院。"收到书后，笔者在六一儿童节跟随韦泱老师去华东医院拜访了丁景唐先生，先生精神头很好，谈关露、瞿光熙……

（原刊《中国社会科学报》2017 年第 8 期）

新发现的有关茅盾的几则史料

钟桂松

一　在商务印书馆的史料

2016 年是茅盾诞辰 120 周年，也是茅盾到上海商务印书馆工作 100 周年。2015 年 8 月，我从茅盾故乡桐乡市档案馆保存的茅盾档案中，发现了两份茅盾在上海商务印书馆工作时珍贵的档案史料，都是过去有关茅盾传记中没有提到过的。一件是高梦旦 1918 年 12 月 24 日为茅盾加工资一事的报告，另一件是 1920 年 7 月 8 日编译所为付茅盾在商务的稿费而向张元济写的材料和稿费清单。这两件史料，是茅盾的儿子韦韬 2007 年捐献给桐乡档案馆的。

两件史料共五页。其中高梦旦写的手迹不全，只有两页，保留了涉及茅盾部分的手迹，估计是茅盾收藏时是有选择的缘故；另一件是商务印书馆编译所 1920 年 7 月为付茅盾翻译稿费的 4、5、6 月的稿费清单和报告，有三页。其中一页是报告，两页是清单，主要是作品目录、字数、稿费数额等。

第一份是高梦旦为加工资写的材料，从内容看是残缺的，没有头，仅余后面两页，在前面似应还有一页或者两页。所剩两页内容如下：

假期改革事，如不加，乞批示付下。

加薪单一册约二百五十元，乞察核。尚有数人忘声明者，一朱紫翔每年津贴百元，兹改为每月加十元，取消津贴，博如言，渠尚不满意，弟意万万不可再加。黄希加致百二十元，暑假时已谈定，且渠丧兄（　），此不足以留廿一人，实有用也。

沈德宏（鸿）、谢冠生能力甚好，各加十元，实在尚不足为相当之值，但本人却无十分要求也。

丁英桂二十元，周振宏十八元，振宏近来亦振作，原拟冬加六元，初见丁极有用，可加至十元，以示俊异并使他人此后不至以为例。丁在其同班中实为第一人，不又不特别，伯训博如亦赞成。

张伯康亦好，原拟加四元或稍酌增亦可。

这份材料，写在"商务印书馆启事用笺"上，文字上，除个别字难辨认外，其余都比较明白，是对一些人加薪方案及点评，涉及茅盾等人的文字，可以看出颇有好评。茅盾在回忆录中讲到加薪事，只讲到第一次加薪的情况。即1916年底，茅盾接到通知，从"下年正月起，每月薪水三十元，即每月加了六元。"茅盾还知道，"进馆半年即加薪，虽只六元，已是破格优待，编译所中人员，进去为二十四元者，熬上十年，才不过五十元而已。"所以，第一次加薪，虽则六元，茅盾已经心满意足了，心态非常好。而这次加薪，应该是茅盾在商务的第二次加薪。这次加薪，距上次加薪，已经过去二十多个月了，但是这次加薪比上次幅度大，加十元。而且在加薪的同时，还获得领导的好评，认为"沈德宏（鸿）、谢冠生能力甚好"，而且，姿态也高，所以给他们两个各加十元并不为过，因为与他们为商务印书馆做出的贡献创造的财富相比，"实在尚不足为相当之值"。而且，茅盾和谢冠生都还十分低调，对薪水都"无十分要求"。编译所领导从加薪这件事情上，看到了茅盾、谢冠生两位年轻人的人品，所以，领导用欣赏赞许的口气肯定在这次加薪过程中沈、谢的表现。这是目前见到当年商务印书馆编译所领导在报告中正式表扬青年茅盾的史料。

那么，这个加薪方案是出自谁的手笔？据落款"谦"字来推测，应该是刚刚从张元济手里接任编译所长的高梦旦先生所为。高梦旦，名凤谦，字梦旦，福建人。1903 年进商务印书馆。此时任编译所长。所以，所内雇员的薪水方案应该由他提出，这是合乎情理的。至于同时得到表扬的谢冠生是编译所词典部编辑，与茅盾同住一室的年轻人。比茅盾小一岁，浙江嵊县人，生于 1897 年，据说此人聪明绝顶，中学毕业后留校任教，1915 年进商务印书馆编译所词典部，曾主编《中国地名大辞典》。后来到法国攻读法学，1924 年获得法学博士。回国后先在大学任职，后来从政，曾任司法行政部长，成为民国时期的法学专家。1949 年去台湾后历任"司法院"副院长、院长。1971年 12 月在台湾去世。茅盾回忆录里对当时谢冠生的志向也有提及。这一件史料中涉及其他人员的加薪和评论，同样是商务印书馆留下来的珍贵史料，因与茅盾无关，这里不再叙述。

第二件史料是编译所一位领导 1920 年 7 月 8 日为付沈雁冰在商务印书馆杂志上的翻译稿费而向张元济写的专题报告共三页，比较完整。但是落款的名字难以辨认，用×代之，希望识者给予指正。其原文如下：

雁冰近三月中本馆应付译费兹另单呈核此君月薪四十八元，办事精神尚好，惟担任外间译件不少，近又充共学社社员，终恐不免有纷心之处。向来座位设在四部丛刊中，此数月来实与四部事甚少关系，每月约担任东方、教育杂志一万字左右，不付译费。前星期起，座位移于楼上，夹在端六、经宇二座之间，较易稽察，此后成绩或可稍佳，此复。

菊生先生

沈雁冰君译稿：

我们该怎样预备了去谈妇女解放问题《妇女杂志》用

第一飞行机《妇女杂志》用

新妇女界之评论《妇女杂志》用三篇九千字拾伍元

近代文学的反流篇《东方杂志》用一万四百字贰拾陆元

女子的觉悟（续）《妇女杂志》用娼妓与贞操（又）一万七千字贰拾伍元

以上四月份共稿六种合计洋陆拾陆元

新社会的结婚和家庭《妇女杂志》用三千字

家庭服务与经济独立（又）千六百字柒元

安得列夫《东方杂志》用五千字拾贰元

两性冲突的原因《妇女杂志》用八千字拾玖元

以上五月份共稿四种合计洋叁拾捌元

娼妓与贞操（续）《妇女杂志》用一万五千字贰拾肆元

为母的《东方杂志》用二千五百六十字陆元

两性间的道德关系《妇女杂志》用五千六百字拾元

以上六月份共稿四种合计洋肆拾元

这份有三页用毛笔书写的稿费单，从字体上看，肯定不是高梦旦所为，也不是王云五的笔迹，况且 1920 年 7 月，王云五还没有到商务印书馆编译所任职。从口气和做法看，用现在的话来说，肯定是编译所一位管理干部。可惜这个署名现在没法辨认。从报告中，可以看出编译所对自己职工的管理还是非常细致和上心的，对茅盾的了解也十分清楚，不愧是老板式的管理者。一方面肯定拿 48 元月薪的茅盾"办事精神尚好"，另一方面又指出茅盾向外投稿和参加共学社等"不免有纷心"。而且当时编译所的领导看到茅盾已经完成《四部丛刊》的底片审查工作，再让茅盾坐在《四部丛刊》的办公室里，认为工作量太少了，担心茅盾去做其他事情，所以将茅盾的办公地方搬到楼上，桌子安排在杨端六和钱经宇两位前辈之间，当局意图这样便于"稽察"茅盾的工作态度和工作成绩。

材料里的经宇就是钱智修（1883—1947），字经宇，浙江嵊县人，是一位 1911 年进商务的前辈，比茅盾大 13 岁，据说此人的文章写得非常漂亮，当时他的文章在上海滩上有"洛阳纸贵"赞誉，上海的一些进步报纸争相向他约稿。杨先生后来离开商务印书馆从政了。当时茅盾搬他身边办公时，钱先生刚刚从杜亚泉手里接任《东方杂志》主编。另杨端六比茅盾大 11 岁，生于 1885 年，1966 年去世。湖南人，是留学归国的专家。曾经留学日本、英国、德国，是留日学生中华学艺社的社员，1920年从欧洲回国，由郑贞文介绍进商务印书馆的《东方杂志》社工作的。据《商务印书馆大事记》说，杨端六是1921年进商务的。

现在，从这件史料看来，杨先生应该是1920年进商务的。郑贞文也有回忆说，杨端六"于1920年自欧洲归国，由我介绍入编译所的东方杂志社工作。"否则在1920年7月8日的史料里，茅盾的座位安排在杨、钱之间就无从说起。据说，杨先生是经济学专家，对会计学尤其擅长，所以在商务时，高梦旦发挥他的专长，让他参与会计制度改革，成绩卓著，后调任总公司协理。但是当时茅盾与杨端六先生在一起办公时，杨端六也在《东方杂志》当编辑（撰述），而且还没有结婚。杨端六在1921年与才女袁昌英结婚，当时杨先生已经36岁。材料中说茅盾"充共学社社员"的细节，过去茅盾的传记都未曾提及。茅盾参加过共学社，是茅盾生平史料的新发现。共学社1920年4月成立于北京，由梁启超发起。口号目标是"培养新人才，宣传新文化，开拓新政治"，共学社当时阵势非常大，核心人物是梁启超、蒋百里、张君劢、张东荪等，蔡元培、张謇、张元济、熊希龄、范源濂、张伯苓、严修、林长民、张公权、丁文江、王敬芳、蒋梦麟、蓝公武、胡汝麟、张家璈、梁善济等名流都列名发起。共学社成立董事会评议会，都是各界精英。同时，共学社的成立得到一些大企业的支持和资助，所以，1920年5月梁启超将《解放与改造》改名为《改造》，由共学社主办，蒋百里主编。共学社是个纯粹的民间学术机构，所以参加共学社成为社员的条件要求只有一条，即翻译5万字以上。而此时的茅盾已远远超过这个条件。据说，当时共学社与商务当局协定，在商务出版丛书，有一百多种，涵盖了马克思主义、无政府主义、基尔特社会主义等各种不同的思想政治思潮。

不过，编译所管理者虽然了解沈雁冰的工作情况，但是从这个报告看，对沈雁冰的创作翻译以及其他活动，似乎不清楚。先从这个稿费单看，他们只是将署名沈雁冰或者当局了解的笔名的翻译稿子才付稿费。因为实际上当时茅盾发表的翻译文章还要多，他们都忽略不

计。而且时间上也不是很规范。比如说四月份的《我们该怎样预备
了去谈妇女解放问题》一篇，其实不是四月份发表的作品而是发表
在 1920 年 3 月 5 日的《妇女杂志》上，而《女子的觉悟》是在三、
四月的《妇女杂志》上，分上、下篇发表的，现在统一归为四月份
的稿子。还有，再从报告看，当时的茅盾似乎很空闲，《四部丛刊》
可以不管，每个月只要在《东方杂志》《妇女杂志》上发表万把字，
就完成任务了。领导感觉太轻松了。所以编译所要给他压力，换个座
位，让两位前辈监督他。其实，1920 年的上半年，茅盾还是事情不
少的，除了用笔名写文章外，从 1920 年 1 月开始，茅盾参与《小说
月报》的部分改革，主持"小说新潮"栏目。这项任务应该计在茅
盾的工作量里面，但是这份向张元济报告的材料里却只字未提，是领
导不计还是不屑？不过，此时的茅盾有所分心也是客观存在的。因为
1920 年上半年陈独秀到上海后，开始物色革命同志，《新青年》杂志
移到上海后，在这一年的 5 月份重新出版，茅盾被陈独秀看中，也开
始涉及其中，所以从工作角度看，分心是肯定的。还有，当时茅盾和
一帮同乡的年轻人结社，组织桐乡青年社，牵涉到茅盾的一些精力也
是事实。不过，编译所尽管对茅盾管理甚严，甚至让前辈监督他的日
常工作，但是从 1920 年 10 月起，茅盾用相当多的精力投身革命，成
为中共早期的党员之一，却是用心良苦给茅盾换办公室的编译所领导
所没有想到的。

二 佚信五封

茅盾的书信收集整理出版始于 20 世纪 80 年代。1984 年 10 月，
浙江文艺出版社出版孙中田、周明编的《茅盾书简》，是最早出版的
茅盾书信集；1987 年 10 月，百花文艺出版社出版了刘麟编的《茅盾
书信集》；1988 年 3 月，文化艺术出版社出版了孙中田、周明编的
《茅盾书信集》。这三部书信集，都是茅盾去世后较早出版的书信集。
三部书信集收录的书信互有重复但编辑各有特色：刘麟编的书信集按
收信人编辑，而孙中田、周明编的按年份编排，所以查阅茅盾书信，

各有所便。后来人民文学出版社编辑《茅盾全集》，1997 年出版三卷《茅盾全集》的书信集，共收茅盾书信 1354 件。之后，茅盾之子韦韬又从各个方面搜集到不少茅盾佚信，收入人民文学出版社的《茅盾全集》补遗卷里。后来，在编黄山书社版《茅盾全集》时，韦韬又将这些佚信补进新版《茅盾全集》中。在编辑过程中，我又将散落在外的茅盾给胡适的信等，补进全集书信卷，因此，黄山书社2014 年 3 月版《茅盾全集》书信集三卷共收茅盾书信 1397 件，比人文版《茅盾全集》书信卷增加 43 件。

但是，黄山书社的《茅盾全集》出版后，笔者从桐乡档案局的茅盾手稿和相关材料中又发现一些新版《茅盾全集》书信卷没有收入的书信，是研究茅盾的珍贵史料。

（一）致唐弢

唐弢同志：久不通讯。甚念，顷拟找一七五期以前的《文学周报》，查一点材料，此间不可得，不知上海方面能借得否？如果有，敬请费神借寄，用后即当奉赵。匆此顺颂，健康，

沈雁冰六月十一日（据手稿）

按：茅盾这封信没有署年份，从内容看，当时茅盾正在写回忆录，需要借用《文学周报》参考，所以，写信时间估计在1977 年或者 1978 年间。

（二）致赵清阁

清谷大妹，八月十七信迟复为歉，近来杂事甚多，不速之客亦多，觉得累了，腰痛已并旬，医谓无碍，则亦听之而已。北京秋老虎厉害，仍潮闷，昨起早晚凉，有秋意，但白天出外，仍穿夏衣，您谓《李自成》小说畅销与我评价有关，其实不然，光明日报看到畅销，这才从雪垠处索观我前年和他的通信，并请雪垠摘录一部分发表，这一天的光明日报引起注意，至今仍有向报社索此日之报者，认为我对此书评价太高，又认为此书第一卷胜似第二卷者，大有人在，有一定的代表性。当然，"金求足赤"，

不合辩证法；书求全美，恐也如此，如果知道雪垠读过明末清初官书，野史，笔记小说甚至方志之多，及其分析史料，去伪存真之辛勤，而且他学习历史唯物主义与辩证唯物主义认真而确有所得，便会承认自来用历史题材写小说或剧本者都不及雪垠之认真不苟，何况其文笔也以济之。如果从这些方面想，则我之评价未必过高也，至谓第二卷不及第一卷，恐亦是皮相之谈，此点说来太长，只好打住。"李"书已决定拍电影，恐系连台三部，电影剧本正在编写中，预定于建国卅年周年时完成第一部，那时"李"书第三卷也将于此时出版，全书共五卷，百余万字，第三卷初稿已得，将用一年时间反复修改。来信谓"李"书据明史简略之记载而演为百万字之长篇，盖未知其所据有了史料倍于明史李自成传者盖百千倍也。不是我狂妄，我在明史外，读明、清之际私人著作亦不少，但雪垠所读十倍于我。所以我知其写作时的甘苦，至于来信谓文字有堆砌处，诚然有之，至谓情节繁琐，则未必；刘宗敏等有粗话，正是写其性格之一面，凡此等等指责，不独您有之，也有一定的代表性，希望本百家争鸣的精神，讨论一番，亦有益事也。匆此即颂，健康！

沈雁冰，九月七日（1977 年）新通讯写得不太清楚，姑猜如封面。

按：这是 1977 年茅盾写给女作家赵清阁的一封信。赵清阁与茅盾私交甚笃，她从三十年代开始向茅盾约稿开始，一直到茅盾晚年，始终以老师辈礼相交。不知道什么原因，在赵清阁发表的茅盾给她的信中没有这封信，自然，新版《茅盾全集》也没有收入。当时，即 1977 年 8 月 17 日，赵清阁在回茅盾 8 月 5 日来信时，给茅盾写了一封长长的回信，除了讲一些自己的近况外，用了相当的篇幅来谈自己和听到别人对《李自成》的评价，同时在信中直言，社会上的对《李自成》的负面评论，担心"影响"茅盾，"于我公影响不佳"。所以，她将一些想法、看法直接写信告诉茅盾。赵清阁在这封信里，还说到姚雪垠曹靖华和她三个河南人都曾得到茅盾的帮助和提携的幸运。而茅盾在这封信中，直接谈了自己对《李自成》这部小说的看法。

（三）致刘白羽

白羽同志，转上《人民文学》送来的原稿三篇，这就是秦兆阳同志选来让我们看了，再在下周会上讨论的，这三篇就是编辑部中有争论的罢？我昨晚仔细看了，并且做了点札记，因此失眠，今晨头晕脑胀，我看这三篇都可以用，不知编辑部中反对方面意见如何？我看还有些清规戒律，为了使下周的会不光是"领导同志"，我建议在作协而不在我家召集，并邀请《人民文学》编辑部读过此三篇原稿而有意见的编辑同志一齐参加，亲亲切切可以透透彻彻来谈一次，解决一些看法上的问题，你看如何？我以为尽可能要使参加那个会的人都把这三篇看过，各人根据"第一手"的材料来个制断。我以为这三篇的作者都有好的前途，如果我们引导得很（好）这三篇的作者都有驱使笔墨的必要手段，而且看得来各人有自己的风格。呵，写得多了，会上再谈罢，即颂健康。

雁冰四月四日上午附原稿三篇：《一瓢水》《姐妹》《爱的成长》。

（据手稿）

按：这封信是在韦韬捐献给桐乡档案馆的资料中发现的。年份不详，但内容十分清楚。从中茅盾对作者作品的负责态度和对文艺规律认识的魄力，值得我们学习。

（四）致钱君匋

君匋兄：顷得若君来函，谓《团的儿子》二版拟加用插画，即可付印云云，甚为欣慰。七月以来，开明付版税新法，足下想亦知之。鄙意此法对作者固有利，而对书店亦少了若干麻烦，万叶经济宽裕，对于《团的儿子》新版税祈能照开明办法一次付

清，此款请即交另境可好。结单侧仍请寄敝处，匆匆即颂日新

雁冰上九月廿五日（1948年）（据手稿）

按：钱君匋是茅盾的老乡，浙江桐乡人，一生致力于书法、篆刻、绘画、收藏、音乐、文学创作等等，都取得丰硕成果。二十年代钱君匋进入开明书店，抗战后，钱君匋创办万叶书店，出版进步书籍。茅盾这封信就是和钱君匋谈自己的译文《团的儿子》出版结账问题。

（五）致力群

力群先生：在沪曾通函札，至后闻先生赴嘉兴一带战地服务，在立报《言林》见有大文，述及曾至乌镇，乌镇乃弟故乡，今沦陷矣，弟自上月来湘后，匆匆一月，顷始知先生住址。而弟因办《文阵》，今晚即赴广州（"文阵"在南方印刷，江口出版），附奉预告一纸，旨趣内容，具见其中。现请先生拨冗写稿。并请最好能于三月五日以前寄出。因《文阵》定于四月一日出版也。临行匆促，不及多详，到广州后当再通讯即期日新。

茅盾二月廿一日（1938年）并请转约尊友写稿。

（原载《山西文学》1982年第4期）

按：这封信是1982年力群在纪念回忆茅盾的文章中披露的，不知何故，当时力群在文章中披露了三封信，最近我在编《忆茅盾》时发现，当时编茅盾全集时，漏收了此封信。据力群说，当时上海战争发生后，他参加了上海救亡演剧队第六队到茅盾家乡嘉兴一带做宣传工作，后来，力群写了一篇文章，介绍自己见闻，发表在上海的《立报》上。此时已经在广州、香港筹备编辑《文艺阵地》的茅盾非常关心已经沦陷的家乡的情况，见到力群的文章后十分高兴，所以写这封信向力群约稿。

（原刊《新文学史料》2016年第3期）

域外

轨迹与方法：竹内好的茅盾论

裴　亮

　　摘　要　比较战前和战后竹内好对茅盾的一系列译介与研究，可以清晰地看到不同时期的巨大"反差"。其成因主要在于，战后竹内好借助对鲁迅文学的研究而反思日本近代化的历程并通过重审"政治与文学"的关系而获得了对茅盾文学本身所蕴含的政治文化内涵进行重估的视角和契机。这种"以否定自我的方式重构自我"正是竹内好言说和思考历史的重要方法。

　　关键词　竹内好；茅盾；鲁迅；译介；转向；时代性；政治性

　　早在 1935 年 3 月，竹内好于《中国文学月报》创刊号上发表时评《今日中国文学之问题》之际，就在该文的"农民文学之动向"一节中特别指出："中国的革命文学退潮后，起而代之并成为文坛主流的是茅盾的《春蚕》所代表的农民文学的方向"①，显示出对茅盾小说创作动向的密切关注。随后，在《中国文学月报》第 14 号（1936 年 5 月）上更是发表了日本中国现代文学研究史上的第一篇专论《茅盾论》，而这比他在同刊物发表的《鲁迅论》（1936 年 11 月）还要早半年之久。战后，竹内好则进一步致力于茅盾《子夜》等代表作品的译介工作并于 1949 年执笔撰写了《茅盾传》。这一系列事实说明：茅盾，无疑是除了作家鲁迅之外，竹内好理解和研究近现代

──────────

　　① 竹内好：《今日の中国文学の問題》，《竹内好全集》第 14 卷，筑摩书房 1981 年版，第 7 页。

中国文学转型与社会变革的重要路径之一。学界普遍将竹内好所建构的鲁迅形象与所阐释的鲁迅研究视为一个整体，称之为"竹内鲁迅"①。因循这一理路，我们也可以将竹内好对茅盾的生平介绍（传记）、整体研究（专论）与作品翻译（译介）概括为"竹内茅盾"。这三个部分三位一体，共同构成了竹内好对茅盾的独特理解和感悟，同时也反映出了其茅盾评价的时代性"轨迹"。换句话说，"竹内茅盾"也与"竹内鲁迅"一样，包藏着他对近现代中国理解的思想资源和理论负载，是一个虽未引起重视但却值得开掘的研究课题。

一 问题之所在："竹内茅盾"的时代"矛盾"

1936 年 5 月，从东京大学中国文学专业毕业后的竹内好在其一手组织创办起来的"中国文学研究会"会刊《中国文学月报》上，推出了被视为日本茅盾研究起点的作家专论《茅盾论》。作为东大同届毕业生中唯一从事中国现代文学研究的竹内好，当时如何看待茅盾的创作呢？在此摘译其代表性文字以说明彼时竹内好对茅盾的评价与态度：

> 以我个人之愚见，茅盾乃是极其少见的文辞拙劣的作家。这是非常重要的一点。现代中国作家，无论是鲁迅，还是郁达夫，大多文章本身写得都很好。……当我开始着手撰写《茅盾论》这一课题之时，曾有研究同仁劝说我尽量狠狠地给予严厉批评。我对此也无异议。将茅盾称之为当代一流之作家，确实乃是万分

① 竹内好以鲁迅研究作为他思想的起点和归宿，学术界习惯上把竹内好关于鲁迅研究所阐发的思想和研究的方法论，称之为"竹内鲁迅"。其具体内容包括三本冠以"鲁迅"之名的著作，其核心之作是 1944 年由日本评论社出版的《鲁迅》。国内系统梳理竹内好鲁迅研究的相关专著可参照靳丛林《竹内好的鲁迅研究》（北京大学出版社 2012 年版），刘伟《"日本视角"与中国现代文学研究——以竹内好、伊藤虎丸、木山英雄为中心》（人民出版社 2011 年版）等。

可笑之言。① （注：下划线为引者所加，下文同。本文所引日文文献，如无对译者的注释说明，皆为笔者拙译）

很显然，竹内好在此文中对茅盾的文字功底进行了严厉批评，对其文学价值也作了彻底的否定，更对将茅盾与以文章见长的鲁迅并举的观点进行了驳斥。

反观战后竹内好的茅盾言说，不论是传记性的概说，还是作品的具体评论，莫不呈现出与战前截然相反的"姿态"。例如，在战后所写的第一篇介绍茅盾作品的专文《茅盾的见闻杂记》中，对其代表作《子夜》一改此前负面性的"恶文说"，认为"它不仅是茅盾的代表性长篇，而且是现代文学中屈指可数的杰作之一"②。而最能体现这一颠覆性转变的，要数 1962 年竹内好受河出书房所邀编撰《世界文学全集》中国文学部分时，将茅盾与鲁迅并举编为一个合集，不仅承担了诸如《霜叶红似二月花》等篇目的实际翻译工作，并在卷首撰写了详细的《〈世界文学全集·鲁迅·茅盾〉解说》。在"茅盾的文学"的章节之首，竹内好将茅盾与鲁迅进行对比，进行了如下论述：

> 中国近代文学之中，如果说鲁迅是首屈一指的作家的话，那么坐第二把交椅的除了茅盾就无他人。……就茅盾的文学使命而言，一言以蔽之，鲁迅用诗文来展开的近代化工程，茅盾也同样在散文的领域中来践行。他是彻底的散文作家，从这个角度而言，他和鲁迅之间存在一种互为补充的关系。③

将以上论断和 1936 年所著《茅盾论》中的观点进行比读，可以

---

① 竹内好：《茅盾论》，《中国文学月报》第 14 号，1936 年 5 月。

② 竹内好：《茅盾〈见闻杂记〉后记》，《竹内好全集》第 3 卷，筑摩书房 1981 年版，第 74 页。

③ 竹内好：《〈世界文学全集·鲁迅·茅盾〉解说》，《竹内好全集》第 3 卷，筑摩书房 1981 年版，第 118 页。

清晰地看到在战前与战后两个不同的时期，对作家茅盾的认知和接受在竹内好内部已然发生了巨大的"反差"：就作品评价而言，从"恶文说"转向"杰作说"；从文学地位而言，从"与鲁迅不可相提并论"反转为"与鲁迅互为补充"；在作品翻译方面，从"译介必是徒劳，不译方为明智"一变为"译介完全不足，急需加强"。我们不禁要问：从战前到战后，究竟是何种内在动因的引导与外在环境的促发，使竹内好对茅盾的译介与评说从整体到局部都产生了如此天翻地覆的"矛盾"？其评价轨迹的变化又彰显了怎样的方法性意义？

二　战前的茅盾"批判"与翻译"缺席"

要解答此问题则必须首先回到"竹内茅盾"的原点，理清《茅盾论》（1936）当时的书写背景及其思想来源。写作此文的1936年，正是竹内好开始专心从事中国文学研究、积极发展同人组织、大力编辑出版同人刊物的起步时期。1934年3月，他集结武田泰淳、冈崎俊夫等五名东大校友召开了第一次筹备会议，筹划成立专业性的中国文学研究会并确定以"中国文学研究会"为会名，策划出版同人杂志。1935年3月会刊《中国文学月报》正式创刊。而《茅盾论》正是竹内好发表于这本会刊上的第一篇作家专论。

1. 批评之核心："文学"与否

该文大体上分为三个部分：一是中国文坛茅盾评说批判；二是茅盾代表作品的解说；三是茅盾文学史地位的评价。限于本文篇幅，笔者将文中的核心论述简要译出列举如下：

> 一时之间，茅盾成了"文学"之神。直到现在或许也依然如此。……我所认的一位中国留学生，将茅盾视为有名的文学家。此看法让我感到非常之吃惊，曾一度让我感受到作为外国人无法理解的悲哀。可是，如今还仅仅只是重读了数页的茅盾，很不幸，我依然没能找到需要推翻视其为恶文家之愚见的丝毫理由。……

以我个人之愚见，茅盾乃是极其少见的文辞拙劣的作家。这是非常重要的一点。

现代中国作家，无论是鲁迅，还是郁达夫，大多文章本身写得都很好。……即便他已经深谙小说之道，但就最后所呈现出的作为作家最根本的资质禀赋这方面而言，恐怕仍有质疑的余地。……他的作品之所以能博得好评，不是因为文学作品的浑然天成，而是在于对文学之外亦即对社会的一种迫切不安情绪的凝练表现。①

从上文重点标记的引文可以看出，"文学"一词反复出现，不仅占据着核心地位，而且被他注入了实践的内涵与批判的精神。其中"凭茅盾文章好坏来判定"亦即对作品"文学性"的重视，可以看作是其评价茅盾文学的起点和标准。对于茅盾文学流行的原因，亦是从否定其"文学性"而肯定其"社会性"元素的视角进行解析。可见，竹内好是将茅盾定位在一个"文学者"的身份，从"纯文学"的意义上对茅盾作品的"文学性"提出了批判。换言之，此时的竹内好是在政治与文学的对立关系中完成了他对茅盾的初次评价。早在上个世纪80年代，有学者就指出"事实上，竹内好本人是一位真正的'纯文学'主义者，他是用文学主义的眼光来观察鲁迅的"②。而1936年发表的《鲁迅论》中，"政治与艺术的二元对立，可以说是中国现代文学的基本性格"的论述延续了他"褒鲁迅而批茅盾"的思路。在他看来，"鲁迅是一个文学者，而且是第一义的文学者。这就是说，他的文学不靠其他东西来支撑"，"是质询文学本源的文学"③。这无疑源自于竹内好"把'文学'从一种创作行为推向终极性和本源性存在本身"④，而其背后所映射的是此一时期竹内好对茅盾文学之意义与价值所存在的心理隔膜与主观偏见。

---

① 竹内好：《茅盾论》，《中国文学月报》第14号，1936年5月。

② 严绍璗：《日本中国文学史》，江西人民出版社1991年版，第519页。

③ 竹内好：《近代的超克》，李冬木译，生活·读书·新知三联书店2005年版，第146页。

④ 孙歌：《竹内好的悖论》，北京大学出版社2005年版，第40页。

2. 作为"批评"的"翻译": 茅盾作品的"缺席"

以竹内好为核心的中国文学研究会从创立之初就非常关注中国文学的语言问题，而对于作为外国文学的中国现代文学而言，最直接也是最大的语言问题无疑就是翻译的问题。在会刊《中国文学月报》从 1935 年 3 月创刊至 1948 年 5 月永久休刊的总计 105 期中，中国文学作品的翻译高达 84 篇，而仅仅是战前的部分中就占了 60 余篇，其中又有 40 余篇乃是现代作家作品。如果就单个作家被翻译篇目的数量而言则首推鲁迅。研究会的成员们不仅在会刊上刊登单篇作品的翻译，而且还积极推出鲁迅的单行本、选集与全集。值得注意的是，在翻译方面，竹内好对待鲁迅与茅盾的态度显然是天壤之别：

> 我阅读《子夜》前后足足跨越了三年的时间，想起那个时候这事儿还曾被留日中国学友夸赞的记忆，足见即使在中国这部作品也远没达到因受到好评而广泛阅读的程度。至于在中国的情况倒是可以不予置评，但将茅盾介绍到日本的文化人士，之所以不约而同地未将《子夜》作为一个重要问题对待，如果不是某种莫名奇妙①地巧合的话，那无疑是甚为贤明之策。由此也教育了我原来外国文学的译介也是有个性的事情。②

正因为此时竹内好对茅盾作品文学性的嗤之以鼻，所以战前竹内好不仅自身并未翻译过茅盾的任何作品，而且对于其他研究会同人不约而同地未向日本文坛译介茅盾的《子夜》表示是有所为有所不为的"高明之举"。

三 竹内的"战后反思"与"茅盾重评"

竹内好对茅盾的态度在战后却呈现出彻底否定旧我之见的"自

---

① 此处"奇妙"应作"其妙"。
② 竹内好：《茅盾论》，《中国文学月报》第 14 号，1936 年 5 月。

相矛盾"的态势，主要具体表现为两个方面：积极为茅盾立传与致力于茅盾文学作品的翻译。其代表性的论说文章包括：1947 年 4 月《茅盾的见闻杂记》（《随笔中国》创刊号）、1948 年 9 月《茅盾传》（《二十世纪外国作家辞典》）、1949 年 9 月《霜叶红似二月花附记》（《中国研究》第 9 号）、1951 年 9 月《茅盾》（《近代文学》9 月特辑现代外国作家论）等。特别是在 1958 年 5 月竹内好为《现代中国文学全集·茅盾篇》所撰写的后记中，他对自己的茅盾接受心路历程做了如下剖白，而这种"反思"的姿态所带来的最直接的反映就是对茅盾文学史价值的"重估"及其作品的"重释"。

> 我从战前开始就悄悄地关注了茅盾作为作家地成长之路，而且在我看来《子夜》代表了他最高的文学成就。而战后以来，在此之前一直未能经眼的他写于战争之中的诸多作品终于得以阅读。终于知道了我此前对他认识的肤浅、也知道了他将战争视为恐怖暴力而开创了抗战文学的新境地，深为感动。虽然，我们的状况是文学因为战争而被荒废，但在中国则与之相反，文学因战争的洗礼而呈现出艺术的丰富性，其最典型的例子就是茅盾。①

1. "重估"之契机：以鲁迅为坐标的反思

在被派往中国战场前夕的 1943 年，竹内好开始撰写《鲁迅》。竹内好把自己精神内面对于生与死的体认、把对战争的考问都一同投入到鲁迅的研究与书写中。对于这一特殊时期的特殊写作，日本学者山田敬三曾指出："竹内好战时的反抗姿态，以投入到鲁迅之中的这种形式，使鲁迅和作者浑然一体，达到难以分辨的程度。"② 竹内好正是借助《鲁迅》的撰写和研究工作，以中国为坐标来反省日本，

---

① 竹内好：《〈现代中国文学全集·茅盾编〉后记》，《竹内好全集》第 14 卷，筑摩书房 1981 年版，第 107 页。

② 山田敬三：《鲁迅世界》，韩贞全、武殿勋译，山东人民出版社 1983 年版，第 237 页。

批判战争。借用丸山升的说法，"鲁迅便成为体现实现了与日本'近代'不同性质近代的中国之特征的文学家、思想家，他自身便是对于日本近代的批判和镜子"①。因而，中国以及以鲁迅为代表的中国现代文学不是外在的"他者"，而成其为自我反省的契机。这一点，可以从竹内好自我的言说中得以确证："从鲁迅的抵抗中，我得到了理解自己那种心情的线索。从此，我开始了对抵抗的思考"，"我形成了对日本的近代与中国近代的比较性思考"。②

在作为反思日本、重审近代之起点的《鲁迅》中，竹内好使用最多的关键词之一就是"抵抗"和"挣扎"。关于"挣扎"一词的含义，竹内好在作者注释中作解释道："'挣扎'这个中文词汇有忍耐、承受、拼死打熬等意思。我以为是解读鲁迅精神的一个重要线索，也就不时地按原样引用。如果按照现在的词法勉强译成日文的话，那么近于'抵抗'这个词。"③ 竹内好认为作为鲁迅的文学思想核心的"抵抗"，其方式就是"他拒绝成为自己，同时也拒绝成为自己以外的任何东西"，其实质就是自我批判和自我否定的文学态度。而这也构成了他战后观照其他中国现代作家的一种思维方式。在写于1951年4月的《茅盾》一文中，我们也能看到"抵抗"论的延续（为展示竹内措辞，此处引用日文原文为例）：

> 魯迅とはややちがった立場からではあるが、かれ（茅盾——筆者注）は、革命文学に抵抗した少数者の一人である。かれの場合は、この抵抗が文学的生命の源泉になり、それ以後、病弱と戦いながら、次々に大作を書いた。④

---

① 丸山升：《鲁迅、革命、历史》，王俊文译，北京大学出版社2005年版，第346页。

② 竹内好：《近代的超克》，李冬木译，生活·读书·新知三联书店2005年版，第196页。

③ 同上书，第9页。

④ 竹内好：《茅盾》，《竹内好全集》第3卷，筑摩书房1981年版，第88页。

可以说，战后竹内好对于茅盾的再认识，正是源于撰写《鲁迅》这一"反思"行为所引导出的"重估"契机，与战后"竹内鲁迅"的建构有着一脉相承的精神联系。日本思想史研究者鹈饲哲指出："我们可以看出围绕'抵抗'这个词语的思考以及实践总是在译介的活动中出现。竹内好寻求的课题很可能是如何翻译他者的'抵抗'。"① 竹内好将中国鸦片战争战败开始乃至抗日战争胜利结束的历史过程与日本明治维新以来的近代化进程进行比较之际，他一方面对日本的近代文化进行直接批判，一方面又提出"国民文学"以使日本文学的近代化建构能得以完成。而茅盾文学中对革命文学的"坚守（抵抗）"、对马克思主义文艺批评理论的民族化建构以及给予"人民文学"的现实主义养分，对于在战败打击下探索新出路的竹内好来说，无疑提供了一种新的方向与可能性。

2. "重释"之基点：政治与文学关系的再思考

竹内好对茅盾文学世界的"重释"还得益于他通过对鲁迅文学世界的深刻理解而对"政治与文学"之关系产生了新的认识。在《鲁迅》中的绝大篇幅都是在论述鲁迅与政治的关系，并用鲁迅来阐述了他自己对文学与政治之关系的理解，竹内好认为：

> 政治和文学的关系，不是从属关系，不是相克关系。迎合政治或白眼看待政治的，都不是文学。所谓真正的文学，是把自己的影子破却在政治里的。可以说，政治与文学的关系，是矛盾的自我同一关系。②

此外，在另一篇论文《中国文学的政治性》中，竹内好也重新定义了政治与文学的关系。学者孙歌认为，竹内好把二者的关系最终确定为"场"和"其中存在"的关系，它们相互依存、相互制掣的

① 鹈饲哲：《新版鲁迅解说》，《新版鲁迅》，未来社2002年版，第233页。
② 竹内好：《近代的超克》，李冬木译，生活·读书·新知三联书店2005年版，第134页。

关系构成了文学位置的"非实体化"。文学不再是附属于政治，政治也不再被看作与文学对垒的实体化力量。① 反观前文所述 1936 年《茅盾论》中"文学（艺术）与政治二元对立"的评价基准，战后竹内好所秉持的"真正的文学并不反对政治，但唾弃靠政治来支撑的文学"② 等论断显示出他摒弃了战前的单纯强调文学性的简单思维，转而强调二者的矛盾同一性。木山英雄认为，竹内好"不但没有由于时代性的反政治主义而躲入狭窄的文学世界，构想两者相互依据对方而在自我否定同时得以唤醒真的自我的场域，甚至试图摸索文学全面参与历史和现实的政治之可能性"③。

如果我们综观茅盾文学理念与文艺批评的基本表述，也可以发现其谈论最多的也是文学与时代、文学与社会以及文学与政治的关系。茅盾认为："文学不仅是供给烦闷的人去解闷，逃避现实的人们去陶醉；文学是有激励人心的积极性的。尤其是我们的时代，我们希望文学能够担当唤醒民众而给他们力量的重大责任。"④ 所以，茅盾特别看重的是文学的现实功用，故而强调文学为人生的现实意义。也正因为茅盾如此重视文学的社会功能，在具体文学创作中他才会力图使作品体现出现实的政治意义。竹内好发表过一篇介绍茅盾演讲"文艺创作的问题"的文章《社会主义的现实主义》，在文中竹内好分析指出："文学决不能成为一部分社会阶层或是一小部分群体的独占之物。文学应该使心怀全体国民，必须以建设国民的文学为目标。如果不这样的话，即便是实现国民统一的政治革命取得了成功，那么为其提供精神来源的文学本来的使命也无法达成。"⑤ 故而，竹内好从

---

① 孙歌：《竹内好的悖论》，北京大学出版社 2005 年版，第 74—76 页。

② 竹内好：《近代的超克》，李冬木译，生活·读书·新知三联书店 2005 年版，第 135 页。

③ 木山英雄：《也算经验——从竹内好到"鲁迅研究会"》，《鲁迅研究月刊》2006 年第 7 期。

④ 茅盾：《大转变时期何时来呢?》，《茅盾全集》（第 18 卷），人民文学出版社 1989 年版，第 414 页。

⑤ 竹内好：《社会主義の現実主義》，《竹内好全集》第 3 卷，筑摩书房 1981 年版，第 98 页。

"政治"的根底里发现"文学",在文学当中体味"政治"的思路,不仅与茅盾的文艺理论观念不谋而合,而且也恰恰是竹内好战后重估茅盾文学价值的出发点。

带着这种迥异于战前的思维模式和重评姿态,竹内好再次正面迎向茅盾的文学世界。他尽量避免唯文学性的单一视角并主动将茅盾的文学批评、小说创作和革命经验与其批评家、小说家、革命家的多重身份对应起来综合思考,进而试图从整体上抓住茅盾精神的核心并将其蜕变进程展现出来。这一思维在其编选《现代中国文学全集》为"茅盾篇"所写的导言中体现得淋漓尽致。①

为进一步论证自己的观点和判断,竹内好列举茅盾写于 1945 年回顾战时文坛状况的《八年来文艺工作的成果及倾向》一文进行了说明。茅盾在此文中总结抗战以来的文艺实绩,展望未来文艺发展方针时提出:"艺术的首要任务必为配合广大人民的迫切的民主要求。认定了此一中心任务,然后我们过去曾经热烈讨论过的一些问题如深入民间,如大众化,如政治性与艺术性的相因相成……,方可得一正确的理解。"② 竹内好分析认为,在日益残酷的战争的环境之中,在日益加强的国民党言论控制之下,"茅盾的抵抗姿态不仅没有崩坏,反而将这些逆境转化,用婉曲的笔法进一步描写自己对人性的观察与思考而使他的文学获得了更为深沉的笔调"③。这种积极思考"政治性与艺术性的相因相成"之关系而使文学创作得以打开新境界的思维,正显示出了作为作家茅盾的非凡素质。从茅盾文学深入发展的历程中,竹内好也进一步论证了从"竹内鲁迅"以来所延续的对政治与文学之关系的重新审视:作为无用者的"文学家"如何在弱化现实政治世界的局限与影响之后重新建立具有绝对政治性的"文学"。

---

① 竹内好:《〈现代中国文学全集·茅盾编〉后记》,《竹内好全集》第 14 卷,筑摩书房 1981 年版,第 105 页。

② 茅盾:《八年来文艺工作的成果及倾向》,《文联》1946 年第 1 卷第 1 期。

③ 竹内好:《〈现代中国文学全集·茅盾编〉后记》,《竹内好全集》第 14 卷,筑摩书房 1981 年版,第 106 页。

3. "重评"之实践：翻译的集中"临场"

1937 年 7 月卢沟桥事变爆发，武田泰淳等会员四人皆应召入伍参战。同年 10 月竹内好也获得日本外务省文化事业部第三种补助经费的支持，前往当时的北平，开始了以语言研修为名的战时留学生活。竹内好于是将会刊的统筹编辑工作移交给了留在日本的松枝茂夫。1939 年年末结束了两年中国留学生活而返回日本的竹内好重新接手《中国文学月报》的编辑工作，并着手推出了一系列改组措施。作为重点环节与策略之一的就是对于中国文学翻译的重视与大力提倡。从 1940 年的第 60 号开始《中国文学月报》改名为《中国文学》，并从第 66 号起开设了专题栏目"翻译时评"。该专栏主要内容为研究会成员轮流对在日出版的中国文学翻译作品进行评论，而对于开设该专题的理由，竹内好在该期的"编辑后记"中做了如下解释：

> 所谓翻译，尽管包含着多种多样的问题，但往往本身不被视作一个问题。……尤其对中国文学而言还没有产生能作为基准的翻译范型。翻译的问题，绝不仅仅是语法规则或言语表现的问题，深思之后它最终反映和还原的还是人的问题。即便在其技术层面无疑也是十分复杂的。[1]

竹内好自己在翻译专栏上发表的文章内容也主要集中在对翻译者思想态度的讨论上。他批评指出日本传统"汉文训读"式的直译容易妨碍日本人对中国文学获得整体而全面之理解，进而极力主张："好的翻译是从深刻的理解以及对自己理解的边界意识写出来的。"[2]故而，竹内好所谓翻译问题不仅是技术层面上的"译什么"和"如何译"的问题，而是日本人对中国文化接受的态度问题。更为重要的是，在翻译实践层面他通过大力倡导对中国现代作家作品的融会贯通式翻译而反对日本传统汉学的日式"直译"，进一步思考译者的主

---

[1] 竹内好：《翻译时评》，《中国文学》第 70 号，1940 年 3 月。
[2] 同上。

体性问题。竹内好对翻译问题之思考的深化，也进一步反映在他对茅盾文学译介的态度与选择上。在发表于 1951 年 8 月 29 日《日本读卖新闻》上题为《望向中国现代文学之眼》一文中，他言及战后至 50 年代初年间的中国现代文学翻译状况时发表感慨道：

> 和法国文学翻译比较起来，中国文学的情况可以说正是如同什么都没有被译介一样。举例而言，只是单看小说创作的发达程度，茅盾从《子夜》到《腐蚀》以至《霜叶红似二月花》等一系列现实主义的典范之作，目前连一部都没有被译介。①

1941 年末，竹内好发表了一篇表明自己战时心境的《与支那书》。文章前半部分"理性地批判日本文学家书写中国的态度，后半部分暴露了竹内好的烦闷，却一时找不到合适工作赋形方式所带给他的苦恼"②。此一时期他也试图通过开设语言讨论特辑与翻译专栏来探讨理解中国的路径，但似乎都没有能够找到有效的媒介与介入方式。而战后，竹内好与茅盾的作品再次相遇之后，终于使他找到了合适的载体。他亲自陆续翻译推出的作品则包括：《西北见闻记》（1948）、《霜叶红似二月花》（1949）、《子夜》（1963）等。而这一系列对茅盾的翻译实践也进一步印证了他对译介活动本身所具备的文本理解与批评以及文化政治批判作用的理解与坚持。

四 作为方法的"重写"：竹内好的自我"超克"

竹内好一直十分强调对"同时代"中国阅读和理解的重要性，因而也特别倚重自己切身参与历史的感觉。这种与"时代"共鸣、

---

① 竹内好：《中国现代文学への眼》，《竹内好全集》第 3 卷，筑摩书房 1981 年版，第 292 页。
② 铃木将久：《竹内好と〈鲁迅〉》，《アジア学への誘い—国际地域の社会科学 III》，御茶の水书房 2008 年版，第 254 页。

共存的"同步"感受，在重其鲜活感与临场性的同时，自然也无法避免地带有阶段性的历史"局限"。无论是褒是贬、是推崇还是批判，我们首先需要厘清的是竹内好思考问题与中国言说的方法本身。

作为思考东洋的近代如何被建构的代表著作，无论是他一系列关于鲁迅的著作还是在中国有着广泛影响的《近代的超克》，都是竹内好探寻主体性形成的载体。而竹内好所思考的主体性之建构过程，"实质就是主体的自身历史得以形成的过程，历史如何在'每一个自我拼搏的瞬间'成为自我"[1]。因为，在竹内好看来，历史不是一个完整的连续性的实体对象，而是由一个个主体为了自我确立而搏斗的瞬间组成。所以，历史以可能性的状态存于主体对现实状况的机能性的每一个回应的瞬间当中。以此推衍，大到整个东洋近代观的形成，小至个别作家论的阐释，所谓竹内方法抑或竹内思想的形成，也是竹内好当前阶段的自我与前一个历史阶段的自我相"搏斗"的"重层"叠加的过程。

竹内好对"思想"有着自身独特的认识："所谓思想，总是那种只有它才能对现实有所触动，总是那种变革现实（也包括精神）的东西吧。如果是这样，那么思想之为思想，从维持现状的立场上看，它总是危险的。"[2] 也就是说，竹内好不认为"维持现状"或只针对现状而发的言论能称之为思想。相反，他所推崇的乃是通过否定的过程而克服思想局限的方法和态度。借用竹内好自身的标志性"话语"，可以说是一种自我的"超克"。"超克"从字面可理解为超越和克服之意，在不同的语境下其实现的路径可以表现为"转向"与"回心"："表面上看来，回心与转向相似，然而其方向是相反的。如果说转向是向外运动，回心则向内运动。回心以保持自我而反映出

---

① 唐宏峰：《作为方法的竹内好——以〈何谓近代〉和〈近代的超克〉为中心》，《中国图书评论》2007 年第 3 期。

② 竹内好：《冈苍天心》，《竹内好全集》第 8 卷，筑摩书房 1981 年版，第 163 页。

来，转向则发生于自我放弃。"①

日本学者代田智明认为："竹内思想的'焦点'，在于他作为思想家的态度。这是通过否定的过程而使被否定的对象获得新生的思想态度。"② 代田智明所揭示的"否定之否定"，就是作为学者的竹内好之思维方式。而事实上，竹内好战前与战后关于茅盾译介与言说态度的轨迹变化，对茅盾文学价值的重估，对于茅盾与鲁迅文学地位互补性的再认识，都是他的否定之否定思维的产物。竹内好不同时期的茅盾评价虽然存在巨大"矛盾"，但他通过对茅盾文学世界的重读、重审与重评来寻求自我认识的思路确是一以贯之的。这种"以否定自我的方式重构自我"之"回心"，在方法论意义上竹内好称之为"重写"。《何谓近代》一文中，竹内好分析完"转向"与"回心"之区别后，总结道：

> 我认为日本文化在类型上是转向文化，中国文化则是回心型的文化。日本文化没有经历过革命这样的历史断裂，也不曾有过割断过去以新生，旧的东西重新复苏再生这样的历史变动。就是说，不曾有过重写历史的经历。③

中国学界历来重视竹内好的鲁迅研究，但因为译介的"时间差"之影响，大多是将原本在不同阶段发表的鲁迅言说综合起来作为一个共时的整体性的"竹内鲁迅"来接受，而往往忽略了其言说方式与讨论内容的历时性变化。事实上，即便是竹内好笔下的鲁迅言说与鲁迅形象也是随时代语境而不断自我修正与不断变化的。日本学者尾崎文昭就曾指出"学术界把写于1944年的《鲁迅》作为阐述竹内好鲁

---

① 竹内好：《近代的超克》，李冬木译，生活·读书·新知三联书店2005年版，第212页。

② 代田智明：《论竹内好——关于他的思想、方法、态度》，《世界汉学》1998年第1期。

③ 竹内好：《近代的超克》，李冬木译，生活·读书·新知三联书店2005年版，第213页。

迅观的主要资源，但是战后竹内好改变了对鲁迅的理解"，"《鲁迅入门》（1953 年出版——引者注）对《鲁迅》几乎是全面的修改，包括立论和文字。在《入门》中竹内好大幅度加深了对鲁迅的认识，进一步走近了鲁迅的真正面目。"① 1961 年《鲁迅》再版，竹内好在《后记》中也证实了自己战后对鲁迅的认识比战时有很大的变化。②

　　作为战后反思参考坐标之一的作家茅盾，竹内好对其评价与认识亦产生了根本性的变化与超越。例如，战后在写于 1951 年 4 月的《茅盾》一文中继续深化对《子夜》的评价，认为这部作品所体现的现实主义的方法使"中国文学的现实主义从朴素的低级阶段进而向批判现实主义飞跃"，因而"对于中国文学而言是重要的收获"③。可见，"重写"的方法是读解竹内好的关键所在。它虽然意味着要切断与"旧我"的联系而催生"新我"，但却不是仅仅把过去当作无关现在的"过去"，而是意味着对现在抑或对将来的事态发展做决定性判断之时能够将"过去"作为反思和重审的契机加以认识，并且以"过去"为参照坐标，在"过去"中去重新定位和思考现实和未来。

（原刊《中国现代文学研究丛刊》2016 年第 11 期）

---

① 尾崎文昭：《从〈鲁迅〉到〈鲁迅入门〉：竹内好鲁迅观的变动》，《鲁迅研究月刊》2011 年第 1 期。

② 同上。

③ 竹内好：《茅盾》，《竹内好全集》第 3 卷，筑摩书房 1981 年版，第 90 页。

茅盾文学在日本
——以《子夜》对堀田善卫《历史》的影响为例

曾　嵘

摘　要　茅盾的作品最初于 1936 年传入日本，至 1950 年代茅盾作为中国现代作家已被日本文坛广泛接受。其代表作《子夜》自 1933 年发表后，被多次重译并被奉为中国现代文学的经典之作。战后派作家堀田善卫阅读了大量茅盾的作品，并模仿《子夜》"截面图"式的开关技巧和"一树千枝"的结构模式，创作了长篇处女作《历史》。这体现出茅盾文学在世界现代文学建构过程中的作用。

关键词　茅盾；堀田善卫；《子夜》；《历史》

茅盾于 1928 年 6 月至 1930 年 4 月在东京、京都生活过，创作了数篇随笔和中短篇小说，1934 年，评论家井上红梅的《支那新作家茅盾》在日本《文艺》杂志上刊出后，茅盾作为中国新文学实力作家开始被关注。1936 年，其早期三部曲中的《动摇》和《追求》经小田岳夫译成日文，改题为《大过渡期》由第一书房出版。1937 年，《水藻行》由山上正义译出刊于《改造》杂志，一时成为日本文学界的话题。1940 年代初，武田泰淳译的《虹》、曹钦源译的《小巫》、奥野信太郎译的《我的研究》、猪俣庄八译的《自然主义和中国现代小说》也相继刊载①，茅盾成为继鲁迅之后日译最多的作家。至 50 年代，小野忍译的《腐蚀》《茅盾作品集》《鲁迅·茅盾》《茅盾篇》

① 参考《现代支那文学全集》（东成社 1940 年版）的第三卷、第十卷、第十二卷。

《中国研究 ABC》等作品选集也陆续出版发行，这时的茅盾作为中国现代作家已广泛被日本文坛接受。其长篇代表作《子夜》，最初由增田涉 1938 年摘译，以《上海真夜中》为题刊登在改造社的《大陆》杂志上。后因侵华战争的全面展开而中止，直至 1951 年尾坂德司以日语题名《真夜中》（上下部，千代田书店）全文译出。十年后，小野忍和高田昭二合作重译《子夜》，分别于 1962 年和 1967 年出版了上、下部分。同时，竹内好也两度翻译《子夜》，第一次是 1963 年①，第二次是 1967 年②。经过日本中国文学研究者们的反复翻译与推介，《子夜》作为中国现代文学的经典之作而为日本读者熟知。

　　目前中日研究界，关于茅盾在日本的经历及个别作品的论文为数不少，在日本的茅盾文学研究亦被整理成书。③ 然而，茅盾文学和日本作家的交叉影响，却鲜被论及。有两篇论文，从比较文学的角度讨论了茅盾与日本作家的关联。一篇是杨承淑的《茅盾与岛崎藤村的自然主义文学观构造》；另一篇是王中忱的《堀田文学和战后中国：以〈齿轮〉为中心》④。前者以自然主义影响为前提，分析了茅盾《子夜》和岛崎藤村《子夜》⑤ 在人物描写和文章表现上的异同。后者从小说叙事结构、主题比较了茅盾的《腐蚀》和堀田善卫的《齿轮》，具体呈现了堀田在创作《齿轮》时所受到的茅盾影响。上述论文呈示了崭新的茅盾文学研究视角。

---

① 改题名为『夜明け前一子夜一』，收录于《中国现代文学选集》（平凡社 1963 年版）第四卷。
② 修订了 1963 年的版本，出版发行了单行本《子夜》（河出书房 1967 年版）。
③ 李岫的《茅盾研究在国外》（湖南人民出版社 1984 年版）和下村作次郎、古谷久美子编著的《在日本与中国的茅盾研究参考资料目录》（1977）是此类研究中的翘楚。
④ 此为王中忱先生 2009 年 8 月 6 日在东京工业大学与清华大学举办的研讨会上的口头报告。
⑤ 日文原题为：「茅盾と島崎藤村の自然主義文学観の構造—『子夜』と『夜明け前』をめぐって」，刊载于日本东北大学中国文史哲研究会主办的《东洋学》（第 46 卷，1981 年）。

本文旨在具体考察和分析茅盾文学在日本的传播和影响。通过比较茅盾的长篇代表作《子夜》（1933）和堀田善卫的《历史》（1951），依次阐释《子夜》如何被日本出版界介绍、如何被日本文人阅读，并给堀田的长篇创作带来了什么样的影响等问题。

一 译者对《子夜》的翻译与阅读

茅盾的长篇代表作《子夜》，1933 年 1 月由上海开明书店出版发行。增田涉是首位翻译者。据增田《茅盾印象记》（1936）的记载，他曾和茅盾讨论《子夜》的创作，并陈言：虽然不够深入，却能大胆豪迈地抓住社会的各个方面，眼界开阔。而茅盾也同意增田的观点，认为作品有生硬、严肃的地方，其长处就是全面而广泛地描写了社会。① 一方面批评小说构造和情景设计不够合理，一方面肯定小说描写出社会的现实，毁誉参半是 1930 年代日本的中国文学研究者们对这部作品的主流态度。竹内好在 1936 年也曾撰文批评茅盾的 "恶文"，却又肯定宏大叙事的 "巧妙"。由此可以看出，增田涉在 1938 年摘译《子夜》，主要是认同作品全面广泛描写社会现实的价值，却因战争和译者的个人事务，没能全译。

1951 年，尾坂德司全译《子夜》。彼时，中国早已结束《子夜》中所描写的国共混战时代，成立了全新的中华人民共和国。日本出版方和译者也应该明白这点，却为何要重新翻译并大加宣传呢？这其实与当时日本特殊历史形势有密切关系。译者在后记中解释道：

> 《子夜》（笔者加）的时代背景是 1930 年，正值第一次世界大战后的大萧条席卷东方海岸之年。而次年，成为第二次世界大战导火线的九·一八事变爆发。当今，目睹了第二次世界大战终结的当今，苟延残喘在前所未有的苦痛中为第三次世界大战的魔影而担惊

---

① 转引自相浦杲《日本研究茅盾文学的概况》，收录于《茅盾研究在国外》，李岫编，湖南人民出版社 1984 年版，第 425 页。

受怕的我们，一瞥《子夜》，大概就会发现此中所描写的男女群像，即为"你"亦为"我"。《子夜》虽是 1932 年中国人的作品，却震撼了 1951 年日本人的心，无非是因为它以国际大都市上海为舞台，从正面把取了全世界所面临的政治经济及含其他一切社会机构在内的"现代"诸矛盾，并执拗地追究了其形成原因。在此意义上，日本人和中国人之间，又何其地相似啊![1] 尾坂的翻译意图一目了然。其着眼点并不在于 1930 年代和 1950 年代中日之差异，而在于中日两国经受战争威吓的人群，在于经济大萧条之下的各类社会矛盾的形成及形态。译者认为同样的历史环境造就类似的矛盾关系，尽管有时空上的差异，但在此矛盾社会里生存的人群会有精神上的共鸣。这其实也是出版社发行并宣传此作品的主要原因。

日译本《子夜》第一部的腰封上，写着："硝烟不止的内战和共军的猖獗""农村崩溃与都市经济恐慌的暗黑'子夜'里，他们如何存活下去？"翌月发行的第二部的腰封上，又写着："描写野心勃勃意图掌控工业界的上海大资本家悲惨冷酷的经济战争及悲剧的一生，是阐明国家与民族，政治与经济，民主主义与共产主义，资本与劳动，土地与农民等现代根本问题，检视其缺陷与矛盾，暗示黎明的中国文学巅峰之作。"

1945 年战败后的日本在 GHQ 的代管下，在政治经济军事上推行了制定新宪法，解散军队和财阀等一系列"民主"制度。然而，随着 1951 年朝鲜战争的爆发，日本沦为美军的后勤基地，运送战争物资，扩大警察队伍，剿杀共产党等，为新一轮战争添砖加瓦。面对国际形势的剧变，诸种矛盾产生，一部分日本人民纷纷发声抗议，后来发展为旷日持久的"反安保条约运动"。出版社的广告词里所谓的"共军的猖獗"及"现代根本问题"，正是冷战或日本剿共运动下的话语。冷战勃发之时的译者和出版社感受到了国际情势的恶劣，译出并宣传茅盾的《子夜》，意图借助此作品中所描写的时代背景和战乱

---

① 茅盾：《子夜》，尾坂德司译，千代田书房 1951 年版，第 296 页。

下的人群，来寻求读者共鸣。

　　而十年后，当冷战的硝烟稍稍消退，小野忍和高田昭二又重译《子夜》。其目的已然不同于尾坂，更多是从文学研究的角度来重新评价。1954 年，小野忍发表论文《茅盾：人与作品》，详细介绍了茅盾的青少年时代至当时的经历及文学作品，其中提及了《子夜》的创作经历，却没有进行作品分析。① 翌年，高田昭二弥补了这一缺憾，从人物的角度分析了《子夜》的结构和小说手法中存在的缺陷，但总体认为"无论是内容还是手法，《子夜》是《蚀》三部曲之后的最佳作品，潜藏了茅盾对前期作品进行总决算的意图，并显露了以后创作农村小说的征兆"②。对于高田的观点，小野显然是认同的。他后来确立《子夜》在 1930 年代的地位时，引用了高田的观点，认为"是时代的最高杰作，也是标志茅盾文学转变之作"③。他们作为中国文学研究者，更偏重文学表现方式，其译本也更忠实于原文。例如：尾坂为方便日本读者阅读一律用片假名表示的人名，在小野和高田的译本中被还原成汉字。在译本后记中，只是详细解说了小说的历史背景、故事构成及翻译，并无之前论文中曾有过的批判之言，也无前述中尾坂感叹的所谓中日的共鸣。

　　几乎与小野同时，竹内好于 1963 年重译了《子夜》，收录于平凡社发行的《中国现代文学选集第四卷长篇小说》。据松井博光调查，《子夜》刊出不久，竹内直接从上海订购了此书，读后感动不已，立志译成日文。译本完成后，在解说里绝赞"此作品规模宏大，中国现代文学作品中无媲美之作"，并认为它融合了《儒林外史》《红楼梦》等中国经典和外国文学。④

---

　　① 参考小野忍《茅盾：人与作品》，《东洋文化》，东京大学出版社 1954 年版。原文页码未标注。

　　② 高田昭二：《关于茅盾的〈子夜〉》，《东京支那学报》，东京大学出版社 1955 年版，第 57 页。

　　③ 小野忍：《1930 年代的上海文坛》，《东洋文化》，东洋文化研究所 1971 年版，第 9 页。

　　④ 参见松井博光《薄明的文学：中国现实主义作家茅盾》，东方书店 1979 年版，第 206 页。

以上，《子夜》从 1951 年到 1967 年短短十几年内被重译三次，在日本得以广泛传播。其缘由一方面是由于冷战下沦为美国战争帮凶之尴尬境地的日本，因外部的侵入导致诸种矛盾勃发，致使译者和出版社把日本境遇等同为《子夜》中的上海，意图以此作品为媒介，向读者们寻求一种精神上的共鸣。另一方面，由于日本的中国文学研究者认同《子夜》的文学价值，将其作为当时少见的中国现代文学的经典来进行评介和翻译。在此情境之下，《子夜》成为中国现代文学的代名词，成为文学研究者们耳熟能详的名作。即便是不谙中文的法国文学研究者篠田一士，也看过小野和高田的译本，且深为震撼，后来把《子夜》编入《二十世纪十大小说》并详加解说。同时，《子夜》的传播也影响了一部分的日本作家，战后派作家堀田善卫可谓其典型范例。他阅读了大量茅盾的作品，包括《子夜》，并模仿其小说手法创作了长篇处女作《历史》。

二　堀田善卫与茅盾的接触

堀田善卫与茅盾的接触分为两部分：一是两人生活和工作上的交往，二是堀田阅读茅盾文学的体验。堀田滞留上海期间（1945 年 3 月—1946 年 12 月），曾去上海某杂志的旁听会听过茅盾的演讲[①]，可惜后者并不知情。两人真正相识是 1956 年在印度召开的亚洲作家会议上。当时中国代表团成员是茅盾、老舍、周扬、谢冰心和严文井，而日本方面则是堀田担任团长。根据堀田的话[②]，会议间歇或散会后，两人有过亲密的交流，"在'官方'的深处竟然是心意相通的"。因此，当他看到中国年轻的翻译们的粗鲁吃相受到众人诟病时，对茅盾直言相告，并受茅盾之托对他们进行礼仪培训。次年，堀田与山本

---

① 堀田善卫：《回想·作家茅盾》，《堀田善卫全集》第 13 卷，筑摩书房 1994 年版，第 381 页，第 384 页。

② 堀田善卫：《茅盾》，《堀田善卫全集》第 14 卷，筑摩书房 1994 年版，第 684—685 页。

健吾、中野重治等作为日本第二次文学代表团成员访问了中国，接待他们的也正是担任中国作协主席的茅盾。然而，由于中苏关系交恶和"文化大革命"等内外复杂的政治局势，二人之后再无缘相见。堀田在《茅盾》一文的末尾写道：本想趁巴金访日（1980）时打听这位故人的情况，却不料会谈被取消，原因不明。由此可见，堀田与茅盾的交往源于工作交流却不失率直的朋友之情。而接触茅盾的作品，却远在他们相识之前。堀田曾多次谈及他初次阅读茅盾文学作品时的感受：

> 不记得是三几年，第一书房出版了一批现代文学丛书，收录的几乎全是当时刚问世的作品。与安德烈·马尔罗、蒙泰朗、Jacques Chardonne、朱利安·格林等作品一同的是茅盾的《大过渡期》……与这些西欧作家并列，茅盾的这部作品毫不逊色，在1930年的20世纪文学里，作为社会小说——当时还没有全体小说这种说法——堂而皇之地占据了一席之地。当时的我，和竹内好等人都为此惊愕不已。①

如前所述，《大过渡期》是小田岳夫摘译的《动摇》和《追求》，于1936年作为世界现代文学丛书的一部由第一书房出版发行，堀田通读后"惊愕"于中国文学的杰出。毋庸置疑，他的"惊愕"源于日人对近代中国的蔑视。1921年芥川龙之介访问中国时，在《上海游记》中发出了中国已无艺术的感慨。可以说，在大多数日本人的观念里，中国的现代文学是不存在抑或是不被认可的。堀田也不例外。他中学寄居在美国牧师家庭，生活起居上习惯西式的生活。大学在庆应义塾攻读法国文学，倾倒于西方现代文学。因而，茅盾与西欧名家的并排出现，颠覆了堀田等崇尚西方文艺的青年们的固有观念。堀田对茅盾文学的第一印象是描写社会现实的"社会小说"，这可谓是让他重新审视中国现代文学的契机。

---

① 堀田善卫：《作为诱惑者的批评家》，《新潮》四月号，1989年4月。

堀田此后一直关注并阅读茅盾的作品。在上海期间去听茅盾的演讲,1946 年末离开上海时所携带的书籍中夹有《腐蚀》①等,皆可为其佐证。不只是阅读上的享受,在他的创作中,茅盾的影响也非同小可。自 1948 年后,诗人堀田开始涉足小说创作。他并不讳言短篇小说《齿轮》来源于"茅盾论"的启发②。长篇处女作《历史》的创作笔记里亦记有《子夜》的书名。可以想见,1951 年堀田在《历史》创作初期,就参阅了尾坂德司翻译的《真夜中》。关于其阅读感受,在他的随笔《茅盾》与《回忆作家茅盾》中皆有表述:

> 我认为作品导入部分非常巧妙,值得写长篇小说的人学习。开始是吴老头所住的双桥镇面临危险,而被子女强行抬上往上海的船,船抵达上海后,这位老人最终受惊吓而死,于是举行了隆重的葬礼。通过这个葬礼,塑造了所有重要的人物,且精确全面地描绘了古老的中国、上海半殖民化的现状以及农村和城市的时代背景③。

与前面译者和出版社的关注点不同,堀田尤为赞赏《子夜》的开头。对茅盾创作手法之巧妙,评论家们均持肯定的态度,但反复解说《子夜》开头部分的唯有堀田一人。"尤其是开头,在上海举行的葬礼上,向读者全面介绍主要登场人物这一点,作为社会小说或大河小说的起笔,在技术上简直是巧妙至极。"④《历史》是堀田挑战长篇小说的实验作品,"把现代史收敛于文学"⑤是他想要达到的理想状态。因而,如何用文学描写诸事件的全体,如何创作长篇小说成了他面临的难题。在这样的情况下,堀田与《子夜》的相遇,以及从中

---

① 小野忍的证言。参考座谈会"广场的孤独与共同的广场——堀田善卫芥川奖纪念庆祝会记录",《近代文学》1952 年 5 月。

② 堀田善卫:《广场的孤独解说》,《广场的孤独》,中央公论社 1951 年版。

③ 堀田善卫:《回忆作家茅盾》,《堀田善卫全集》第 14 卷,筑摩书房 1994 年版,第 315 页,第 313—314 页。

④ 同上。

⑤ 堀田善卫:《母亲思想》,《文学界》1952 年 6 月。

受到的启发，成为写就《历史》的关键。以下将具体考察堀田在创作《历史》开头部分时是如何模仿《子夜》的。

三 截面图：开头的模仿

《子夜》中的人物有 50 多人，其中大部分如堀田所言，是集中在吴老太爷的葬礼上登场的。然而，从吴老太爷的出现至葬礼结束，情节循序渐进地展开，笔调从容。小说最先映入读者眼帘的是渲染着现代气息的上海的风景：

> 太阳刚刚下了地平线。软风一阵一阵地吹上人面，怪痒痒的。苏州河的浊水换成了金绿色，轻轻地，悄悄地，向西流。……暮霭挟着薄雾笼罩了外白渡桥的高耸的钢架，电车驶过时，这钢架下横空架挂的电车线时时爆发出几朵碧绿的火花，从桥上向东望，可以看见浦东的洋栈像巨大的怪兽，蹲在暝色中，闪着千百双小眼睛似的灯火。向西望，叫人猛一惊的，是高高地装在一所洋房顶上而且异常庞大的 Neon 电管广告，射出火一样的赤光和青磷似的绿焰：Light，Heat，Power！①

相较于太阳、软风、苏州河这些上海古来的自然景色，高耸的钢架、浦东的洋栈、广告这些标志着现代化到来的人造物非常炫目，像"怪兽"，且"叫人猛一惊"。茅盾用写实的手法描写了被现代装置侵占后上海的模样。比喻中透着诡异，暗示着风景后面潜藏的危险。

随后，三台 1930 年式的雪铁龙汽车，载着主人公吴荪甫和杜竹斋夫妇来到码头，迎接吴老太爷回吴府。25 年不曾踏出书斋半步，除了《太上感应篇》不看其他书物的吴老太爷，无疑是被作者刻意夸张化了的人物，因而在他踏入上海的瞬间，就成为这魔都的他者，而被它活活吞噬致死。在这个传统中国人的眼睛里，上海充斥着

---

① 茅盾：《子夜》，开明书店出版社 1933 年版，第 1 页，第 9 页。

"大眼睛放凶光的黑怪物"，耳朵里灌满的是"轰，轰，轰！轧，轧，轧！啵，啵，啵！叫人心跳出腔子似的猛烈嘈杂的声浪！"① 茅盾利用吴老太爷的他者身份，把小说开头提出的现代化的魔性渲染到极点。紧凑的感叹号表现了吴老太爷感受到的巨大压力。

吴老太爷的葬礼是极其重要的一个环节。在小说的第二章和第三章中，茅盾把吴宅切割成一个个小空间，集合各阶层的人，分类叙述他们的言论，挑拣出当时中国的各种矛盾并铺陈开来。"灵堂右首的大餐室"中开始是两名军人讨论中央军和地方军阀的矛盾，其次是民族资本家抱怨与买办金融资本家之间的矛盾。在"花园的六角亭子里"，吴荪甫和赵伯韬的谈话标志着二者的角逐正式开始，并贯穿作品始终。而"隔了一个鱼池，正对着那个六角亭子的柳树荫下草地上"，知识青年们围绕着民族利益和阶级利益之间的矛盾展开了争论。最后在书房里，吴荪甫和管家的对话凸显了劳动阶级和民族资本家之间的矛盾。这几组矛盾关系在等候发柩的短时间内，在同一空间里得以全部呈现，其手法无比巧妙。

茅盾曾在《从牯岭到东京》中反省了《蚀》的缺陷主要是结构松散，因而精心构思了《子夜》的结构："把好几个线索的头，同时提出然后来交错发展下去……在结构技巧上要竭力避免平淡。"② 由上述对小说开头的介绍可以看出，他采用紧凑却又不失余裕的节奏，描写了夹杂着现代与传统自然的上海景物，随后塑造吴老太爷为他者，通过他在车上的感受把上海妖魔化的一面推向高潮，最后利用在吴老太爷葬礼上各阶层人士的谈话，把当时中国存在的主要矛盾关系以截面图的方式呈现在读者面前。

对《子夜》开头的精巧配置，堀田善卫赞叹不已，并直接在《历史》中借用了此方法。小说的第一段以《列子·汤问》中女娲补天后复被共工断柱而天地倾斜的典故开始，以思辨的语气讲述着生活

---

① 茅盾：《子夜》，开明书店出版社1933年版，第1页，第9页。
② 茅盾：《从牯岭到东京》，《茅盾全集》（第19卷），人民文学出版社1991年版，第179页。

在倾斜空间里的中国人并无原罪意识。随后，进入第二段：

> 如果把西北之涯的天山为端，或谓世界之边际，天地自此朝黄海、东海倾斜。……以世界彼端天山为起点流向东南的百川千流中，四爪紧钳中国大地凝视着大洋彼岸日本的两条巨龙黄河与长江，即为中国本身。中国潜在势力（Energy）全部都体现在巨龙之中，从其口腔充溢而出。其他外国势力也撬开了口腔，以近代的利器削去其口颚的关节，强行侵入至巨体深处。过去一个多世纪是侵入期，只可惜并没随同日本的败退而终止——①。

很明显，堀田首先以神话为切入点捕捉住中国争斗不休的历史形象，随后以长江黄河象征中国，指明中国当时潜藏的两大势力。一为代表"Energy"的"潜在势力"，二为侵入的外国势力。并且，强调了外国的侵略并没有随着日本战败而结束的局面。

紧接着，出现了主人公龙田赶在零点戒严前匆忙回家的场面。日本人龙田是上海的他者，他在利用交通工具移动的同时，观察着：

> 外滩上，面朝黄浦江如峭壁般并立的建筑物上方飘扬着十二国的国旗。法籍的中法工商银行、英籍的汇丰即香港上海银行、大英银行、大英公司、怡和洋行、沙逊大楼、美籍的亚细亚石油、荷兰籍的和兰银行等，……睁大嫉恨的双眼死盯着陆地和海面，带有吸盘的双手张开着。那手也伴随占领伸到了日本吧。……外滩里最高的是中国银行，相当于日本的日本银行。然而，由于附近矗立的外国建筑物太过威武雄壮，一眼望过去，只会让人觉得高个儿的它被壮实的建筑物们四面夹攻，挺着瘦弱的脊骨屏屏伸向上空。②

---

① 堀田善卫：《历史》，《堀田善卫全集》第 2 卷，筑摩书房 1993 年版，第 5 页，第 8 页。

② 同上。

龙田看到"二战"结束后的上海，依旧为外国势力控制，而中国的财库中国银行在四面压迫中显得如此孱弱。堀田在叙述龙田的观察时，很明显用了象征的手法，暗示了中国民族势力的弱小与外国势力的强悍。接着，他利用龙田回忆与"潜在势力"的会面，巧妙地安排主要人物的登场，并由此牵引出当时中国存在的矛盾关系。

人物登场是循序渐进的。起初是留用于国民党宣传部的龙田在大学的宣讲会上，认识了买办资本家的儿子康泽、大药房老板的千金周雪章和流亡学生史量才。随后与他们一道去了康家，又见到了知识分子洪希生和工人陶一亭。这些人物分别代表大资产阶级、小资产阶级、知识分子、劳动者和穷苦学生。在救济委员会工作的洪希生，讲述了中国民族企业的惨状，呈示了外国物资和中国民族企业的矛盾。劳动者陶一亭谈到工厂的现状，呈示了工人与日本人，以及工人与重庆政府的矛盾关系。聚会的同时，"外国势力"的关键人物，日本人左林也正在康家与康泽的父亲见面。因而，作为大资本家的儿子康泽，透露了左林主导的"亚美经济会议"将摧毁中国民族产业而重建日本的企图，以此呈现了保卫民族产业的中国爱国青年的"潜在势力"与外国经济侵略者的矛盾关系。由此展开了康泽为首的秘密组织与"亚美经济会议"的对决，并贯穿《历史》始终。

如上所述，《子夜》开头的展开顺序为：暗示现代化到来的上海风景→作为他者的吴老太爷坐在汽车里观察到的上海的魔性→葬礼上主要人物登场→利用各阶层的谈话呈示（现）社会矛盾关系。而《历史》开头的展开顺序为：暗示被外国势力侵蚀的中国→作为他者的龙田在电车和黄包车上观察到上海强盛的外国势力→在康家主要人物登场→利用各阶层的谈话呈示社会矛盾关系。从小说开头部分的展开来看，堀田所用的小说手法与茅盾的非常相似，他们都利用他者的观察描写上海，让主要人物集中登场，通过谈话呈现主要矛盾关系来描写中国的社会现实。从小说开头部分的展开可以判断堀田模仿了《子夜》。另外，从手法细部，如利用交通工具更宏观地观察城市景物，人物塑造更注重阶级性而不是个性等部分，也可以看到茅盾对堀田的影响。以下，将从小说的整体结构来进一步分析两者的影响关系。

四 结构的模仿:"一树千枝"

茅盾的《子夜》于 1932 年 12 月脱稿,1933 年 1 月经上海开明书店出版发行。讲述了 1930 年上海民族资本家吴荪甫与金融资本家赵伯韬的商业对决过程。并以此为主线分为两大方向,一是以吴荪甫为中心,叙述他在积累资本过程中吞并其他小资本家,镇压工人革命运动等事件;二是以赵伯韬为中心,描述他在金融市场控制其他投资散客并牵制吴荪甫的投资,并最终取得了胜利的过程。

堀田《历史》的各章节从 1952 年 2 月至 1953 年 3 月陆续刊载在《文学界》《新潮》《文艺春秋》等杂志上,1953 年由新潮社集结成单行本发行。小说的舞台是 1945 年日本战败后陷入国共内战的上海。以国民党宣传部留用人员龙田为主人公,讲述了他所接触的两大势力之间的斗争活动。一派势力是以买办资本家的儿子康泽为首,联合知识分子、工人、学生的爱国青年秘密团体。一派势力由日本右翼左林主导,联合买办资本家、国民党高层及美国资本家等的"亚美经济会议"组织。为了阻止后者重建日本帝国的野心行动,爱国青年秘密团体坚持与之抗争,最后争取到龙田等中立方的帮助,获得了胜利。全文围绕二者之间的斗争,分为两大方向:一是"亚美经济会议"把中国民族工业移往日本使之复兴的一系列举措;二是爱国青年秘密团体从各个方面悄悄进行的阻止行动。

从上述简介中可以看出,《子夜》围绕吴荪甫和赵伯韬之间的对决展开,描写了中国 30 年代军阀混战及其引发的各种金融混乱,刻画了乱世下生存的利己人群。《历史》则以"日本的发展必然建立在侵略中国之上"的历史宿命关系展开,围绕爱国青年秘密团体与"亚美经济会议"组织的对决,描写了"二战"后国共内战中经济被特权阶层或外资垄断下混乱不堪的场面,刻画了或为民族或为个人贪欲而行动的各阶层的人群。两作品的时代背景与小说主题皆有很大的不同。然而,小说的结构却极其相似。

首先,《子夜》围绕吴荪甫和赵伯韬的金融战争展开,引出了至少四大冲突。其一为买办资本家和民族资本家的冲突；其二为地主与农民间的冲突；其三为资本家与工人劳动者的冲突；其四为家庭内部的矛盾冲突。同样，《历史》以爱国青年秘密组织反抗"亚美经济会议"团体为主线展开，引发了以下冲突。一是中国纺织工人与买办资本家和外国资本家之间的冲突；二是流亡学生与重庆政府之间的冲突；三是为日本战死者代言的中立方与日本右翼势力的冲突。虽然两部作品中呈现的社会背景有差异，且揭示的矛盾关系亦不完全相同，但其情节发展的范式可谓相差无几。结合小说开头进一步分析可以发现：两作品均在开头部分塑造了主要的出场人物，通过人物间的会话精炼呈现出主要社会矛盾，随后进入正文使之深化。以正反方的对决为主线，并衍生出各种矛盾关系的构造，许志安称其为"一树千枝"[①]。

多种矛盾的展开意味着小说时间与空间维度的拓展。茅盾《子夜》的时间设定为 1930 年 5 月中旬至 7 月中旬的两个月时间。竹内好认为作家有意描写社会现实的全体而摒弃所有的时间因素，以确保小说世界的现实性，因而形成剖面图的构造。[②] 相较于《子夜》，《历史》的时间设定更短，即从 1946 年 11 月中旬至 12 月 1 日。关于这点，村杉昭是如此评论的：从小说构造而言，《历史》自由停止或启动时间进行同时描写或多元描写，无视固有观念的秩序，就像一个大熔炉，把所有事件全部扔进去使之熔炼，力图从正面表现历史的全体。[③] 的确如此，《子夜》与《历史》最大的共同特征是自由操控时间，要么通过重复情境来延长叙事，要么通过频繁切换画面来全方位叙述事件。作家利用这些手法，"力图抓住历史进程和现实运动的瞬间形态，时间的短暂性由大跨度或整体性的空间来补充"[④]。篠田一

---

① 许志安：《取精用宏推陈出新——试论茅盾长篇小说对中外结构艺术的继承和革新》，湖南人民出版社 1983 年版，第 396 页。

② 参考竹内好 1963 年所写的《黎明前—子夜—》译后记，转引自《拂晓的文学》，松井博光著，东方书店 1979 年版，第 205 页。

③ 村杉昭：《位置选择的决意》，《文艺首都》25 卷第 4 号，1954 年 4 月。

④ 汪晖：《关于〈子夜〉的几个问题》，《中国现代文学研究丛刊》1989 年第 1 期。

士认为这是全面描写社会现实的重要创作技巧。[①]

萨特是堀田熟悉的作家。他的《自由之路》同样是社会现实主义文学的典范，然而他的历时性叙述与《子夜》完全不同。堀田曾在《现代的归结》中提出一个疑问，即如《自由之路》这样的大部头小说，萨特最终能否让它完结[②]。在构思《历史》前的1951年，他就已经认识到：现实主义文学的最大问题在于它的不能完结。然而，《子夜》的"一树千枝"的构造和"剖面图"的构造，可以在复杂多元地表现社会现实的同时，避免了《自由之路》的不完结局面。堀田后来创作《历史》时选择模仿《子夜》，显然是由于茅盾的这些巧妙构思给他提供了一个解决此问题的范式。

结　语

茅盾的《动摇》和《追求》于1936年经小田岳夫翻译并改名成《大过渡期》，作为世界现代文学丛书的一部，给长期无视中国现代文学的日本读者们带来了强烈的震撼，其中有竹内好、堀田善卫等之后成为文坛主力的部分人物。堀田认为：鲁迅的伟大在于批判精神，而茅盾的杰出在其富于矛盾的文学[③]。其后，茅盾的《子夜》在日本被多次重译并被奉为中国现代文学的经典之作，一方面是由于日本知识分子在冷战和美国的"占领"之下，从《子夜》中找到了相似的社会现实背景和精神上的共鸣。另外则是正逢战后日本文坛转型期，意图"把现代史收敛于文学"的日本作家们，对《子夜》表现社会多种矛盾之巧妙的构思和手法大为赞赏的缘故。

《子夜》的翻译和评介影响了日本作家的文学创作，堀田善卫的长篇处女作《历史》即典型范例。堀田模仿《子夜》，在《历史》

---

① 篠田一士：《二十世纪十大小说》，新潮社1988年版，第224页。
② 堀田善卫：《现代的归结》，《堀田善卫全集》第13卷，筑摩书房1994年版，第102页。
③ 堀田善卫：《回想·作家茅盾》，《堀田善卫全集》第13卷，筑摩书房1994年版，第381页，第384页。

的开头部分集合主要人物并同时呈现主要矛盾，围绕一对正反对决关系分化成多种矛盾，随后在文本中纵向平行地进行铺陈，直至结尾以一方的胜利而告终。《子夜》"剖面图"的小说结构既可以多重表现社会现实矛盾，又可以保证小说的完结，这或许是堀田为何愿意选择《子夜》而不是同时代萨特《自由之路》的主要原因吧。

（原刊《中国现代文学研究丛刊》2017 年第 4 期）

"命运女神"与"时代女性"的遇合
——茅盾小说中女性形象塑造与北欧
神话的关联性研究

张　岩

摘　要　茅盾在小说中创造了大量富于时代精神的女性形象，将其置身在中国革命的巨大历史冲突中，描述女性在时代巨变中的心理历程和命运发展，体现了极强的现实感和时代意识。同时，茅盾作为中国现代民族神话学的重要奠基者，译介了大量的西方神话和神话学著作，形成了独特的神话观。从茅盾极为喜爱的北欧神话的视角来考量作家笔下的时代女性形象，可以看到从《蚀》到《野蔷薇》再到《虹》蕴含其中的命运女神精神的逐渐发展和线性延续。

关键词　命运女神；时代女性；茅盾；北欧神话

在中国现代作家的笔下，"命运"体现出特定历史时期内对于宇宙恒定性规则和个体生命存在的探究，作为积极主张表现现实生活、摹写真实人生的作家，茅盾对"命运"的困惑与探寻更多地体现在对北欧神话中"命运女神"精神的思考中，并且通过对于时代女性形象的塑造将这种思考具象化。时代女性在茅盾的文学世界中有着特殊的地位和非凡的魅力。用"命运女神"作为研究主线，能够在从《蚀》到《野蔷薇》再到《虹》三部作品之间寻找到彼此勾连、逐步发展的轨迹形态。

一　"时代女性"与"命运女神"

　　茅盾在 1933 年 5 月所写的《几句旧话》一文中，回忆了自 1926 年初到 1927 年夏这一期间从上海到广州、武汉的见闻感受，并这样描述当时一些青年知识女性的动态："那时正是'大革命'的前夜。小资产阶级出身的女学生或女性知识分子颇以为不进革命党便枉读了几句书。并且她们对于革命抱着异常浓烈的幻想。是这么想使她们走进了革命，虽则不过在边缘上张望。也有在生活的另一方面碰了钉子，于是愤愤然要革命了。她们对于革命就在幻想之外再加上了一点怀疑的心情。"[①] 茅盾笔下的时代女性从五四文化所赋予的民主主义和个性主义出发，渴望能够在改造社会的实践中实现自我价值。由于她们缺乏更高的理想追求和坚忍的革命意志，因而在大革命高潮中她们不免怀疑动摇，大革命失败后她们则沦于悲观消沉。"时代女性"作为一个具有历史连续性，内涵逐渐发展丰富的对象，基本延续表现在茅盾二三十年代的作品中，并成为反映茅盾文化思想、现实思考的重要表现载体。而同样在这个阶段，茅盾的北欧神话的翻译和研究也在持续地进行，"命运女神"与"时代女性"之间的关联始终都没有停歇，而是或隐或显地呈现在作品之中。将北欧"命运女神"的精神内核剥离出来，可以看到三位女神各自代表的意义内涵恰恰与茅盾的《蚀》《野蔷薇》和《虹》三部作品的主题思想之间存在着极为近似的对应关系。

　　在《北欧神话 ABC》第十六章中，茅盾详细地介绍了北欧命运女神不同于希腊命运神的性格特征："诺伦司的判词就是神也得服从的。她们决定了神的命运，也决定了人类的命运……这三姊妹名为乌尔特（Urd），浮尔腾第（Verdandi），斯古尔特（Skuld），代表了过去、现在、未来这三时间。她们的主要业务是：织造命运之网，每天

---

　　① 茅盾：《几句旧话》，《茅盾全集》（第 19 卷），人民文学出版社 1991 年版，第 439 页。

从乌尔达尔中汲水来浇灌生命之树，并在树根上壅培新土，务使这圣树永久新绿而活泼……因为三姊妹是代表了时间之三态的，所以长姊乌尔特是老而衰颓，常常向后回顾，似乎念念不忘过去的什么人和什么事；二姊浮尔腾第则正在盛年，新鲜活泼，勇敢，目光直向前面；至于斯古尔特这老三呢，通常是密密地躲在面网里，不示人以真相，脸向着的方向，和乌尔特相反，手里那一本书或一卷纸，都是不展开，是表示未来之神秘不可得知的。"① 北欧命运女神的形象增添了许多人格化的性格色彩，尤其是浮尔腾第女神勇敢、活泼、直面现实的精神表现，给予茅盾颇多创作和人生思考上的启迪。茅盾正是通过对北欧命运女神原型的参照来深入地揭示他笔下女性形象的内心世界，烛照人物的深层意识。

二　《蚀》——时代与命运的同行

《蚀》三部曲中的"时代女性"更多指代的是一个群体意象，而这个群体之中的典型个体形象主要有《幻灭》中的静女士、慧女士，《动摇》中的方太太、孙舞阳，《追求》中的章秋柳等。这些时代女性大都是在"五卅"运动的冲击下，投身到大革命的漩涡中来的青年知识分子，在她们的身上凝聚了勇力与懦弱的双重性格。从表面上看，孙舞阳们具有更强悍的独立意识，也表现出对革命更加强烈的参与感，但是在时代风雨的冲刷下仍然陷入颓废的幻灭之中，在对逝去的时光的缅怀与悼念中苟活。作家虽然没有找到重新走上革命之路的确切方向与途径，当时依然希望给作品中的人物、给正在摸索中的青年革命者，也给自己一个光明的希望。所以在小说中章秋柳对人生尚存着从颓废中振拔的愿望："过去的早已死了，早已应该死了。"② 可

---

① 茅盾：《北欧神话 ABC》，《茅盾全集》（第 28 卷），人民文学出版社 1993 年版，第 367 页。

② 茅盾：《追求》，《茅盾全集》（第 1 卷），人民文学出版社 1984 年版，第 392 页。

以被视为"北欧的勇敢的运命女神 Verdandi 的化身"①。这是茅盾第一次在小说中明确地将时代女性形象与命运女神原型联系起来。

从审美角度来看，《蚀》三部曲塑造的时代女性的形象系列，是前一个时期的现代文学作品中所没有的，也标志着茅盾从一开始涉足文学创作就表现出自己独异的审美眼光和审美判断。此后，女性形象在很长一段时间内，都是构成茅盾文学作品最重要的美学元素。然而，北欧女神的人格精神在这一时期还未能上升到茅盾创作时代女性的艺术标尺上，只是显性层面上的简单叠合，无论是对于静女士、方太太，还是对于慧女士、章秋柳来说，前方的道路依然陷入重重的迷雾之中，她们看不到命运女神的指引，寻找不到未来的方向，更谈不上真正意义上的追求。如果说《蚀》三部曲，表现了青年知识分子在时代风暴涤荡下的行为历程和心灵动荡，打上了茅盾自我体验、内心叩问的鲜明烙印，是他主观感受的折光，那么命运女神的人格化寓意更多的与茅盾现实人生际遇相契合，从而碰撞出希望的火花，指引他挣脱心灵上的苦闷与困惑，再次燃起奋斗的激情。

完成《追求》后数月，茅盾在《从牯岭到东京》一文中，对自己一年来苦闷迷茫的思绪做出了厘清："我们要有苏生的精神，坚定的勇敢的勘定了现实，大踏步往前走，然而也不流于鲁莽暴躁。我自己是决定要试走这一条路：《追求》中间的悲观苦闷是被海风吹得干干净净了，现在是北欧的勇敢的运命女神做我的精神上的前导……我已经这么做了，我希望以后能够振作，不再颓唐；我相信我是一定能的，我看见北欧运命女神中间的一个很庄严地在我面前，督促我引导我向前！她的永远奋斗的精神将我吸引着向前！"② 从时间上考量，茅盾在此后不久，就写了短文《北欧神话的保存》和《希腊神话与北欧神话》。随着对于北欧神话研究的深入，茅盾对于命运女神的精

---

① 茅盾：《追求》，《茅盾全集》（第 1 卷），人民文学出版社 1984 年版，第 415 页。

② 茅盾：《从牯岭到东京》，《茅盾全集》（第 19 卷），人民文学出版社 1991 年版，第 186 页。

神实质的理解也更加的深入。北欧命运女神无惧无畏、勇往直前的精神特质终于在茅盾同样经历了幻灭、动摇的心理历程之后，点燃了他追求的信念和奋进的热情。

三 《野蔷薇》——时代与命运的交错

《野蔷薇》可以看作是《蚀》三部曲的续篇，是《幻灭》扉页题词的对革命前途"上下求索"的结晶，也可以看作是《蚀》到《虹》的过渡。对于《虹》的创作，作者认为是北欧勇敢的命运女神作为前导的艺术成果，那么《野蔷薇》正是逐步理解这一命运女神精神的过程，是茅盾思想由消沉到振奋、由悲观到乐观的转折点。小说集《写在〈野蔷薇〉的前面》的长篇前言运用神话比较学介绍了希腊和北欧关于命运的神话，通过比较肯定了北欧神话的现实意义："现实的北方民族是紧抓住'现在'的，既不依恋感伤于'过去'，亦不冥想'未来'。"① 作家严厉地批判了那种"空夸着未来"的脱离现实的错误思想，认为不能盲目地理解所谓"历史的必然"，并将它当作"自身幸福的预约券"，倡导"凝视现实，分析现实，揭破现实"的生活态度。② 《野蔷薇》里五篇作品的女主人公，从表面看，这五篇小说都是写女子的恋爱生活、闺房韵事，事实上作者此时此地的注意力并没有单纯停留在对封建礼教和封建家长制的批判上，而是使得作品题旨超越了表层意义的审美空间，实现对过去、现实、未来之间独特的时间认知上。《野蔷薇》的五篇小说，在整体结构上，既有它的有机性和连贯性，同时又有各自独特的中心思考焦点。

《创造》最初发表于 1928 年 4 月的《东方杂志》，主人公娴娴作为君实找到的一块混沌未凿的"璞玉"，君实按照自己的理想引导娴娴读书，指导她的行为谈吐，终于把娴娴塑造成自己理想的女性。然

---

① 茅盾：《写在〈野蔷薇〉的前面》，《茅盾全集》（第 9 卷），人民文学出版社 1985 年版，第 525 页。

② 同上。

而，娴娴并没有止步，仍旧沿着君实创造她的思路向前行走，变得热衷于参与实际政治，成为了革命力量的象征。在小说的结尾，作者借仆人王妈之口言外有音地点出小说的主旨："她（娴娴）叫我对少爷说：她先走了一步了，请少爷赶上去罢。——少奶奶还说，倘使少爷不赶上去，她也不等候了。"① 新生的娴娴的人生哲学就是："过去的，让它过去，永远不要回顾；未来的，等来了时再说，不要空想；我们只抓住了现在，用我们现在的理解，做我们所应该做。"② 这段话正是浮尔腾第女神所表征的生活态度和人生取向。《诗与散文》的主人公桂奶奶是娴娴的另一重呈现，求学时期老师教导她崇拜娇羞、幽娴、柔媚这"三座偶像"③，一等到偶像被人打破，她就变成了一个"执著现在"的人，热烈而顽强地追求起"青春快乐的权利"④了。作家对于这一形象的刻画着力于对旧生活的果断告别，当她感受到爱的热烈召唤时，她大胆地打破娇羞、幽娴、柔媚的道德牌坊，追求爱的权利和自由；当她发现爱的消逝和背叛时，她又能果断告别无法挽回的旧爱，重新面对新的人生。可以这样说，在桂奶奶的人生中，她从不纠缠于过去，而总是立足于现在，这也是对浮尔腾第女神精神的一个全新演绎。

与娴娴、桂奶奶这种立足现在的人生哲学相对照的是《一个女性》中的琼华和《自杀》中的环小姐。琼华原本信奉"不爱也不憎，只是本能的生活"⑤ 的生命哲学。当经历了父亡母病、家境败落的遭遇后，饱尝世态炎凉的琼华始终无法摆脱过去、正视现实。环小姐的身上有同革命者在一起的追忆和狂喜，又有革命高潮过去的孤独和悲

---

① 茅盾：《创造》，《茅盾全集》（第8卷），人民文学出版社1984年版，第31页。

② 同上书，第23页。

③ 茅盾：《诗与散文》，《茅盾全集》（第8卷），人民文学出版社1984年版，第90页。

④ 同上书，第91页。

⑤ 茅盾：《一个女性》，《茅盾全集》（第8卷），人民文学出版社1984年版，第65页。

凉。在展望未来的时候，"她将大无畏地站在社会面前，抱定了她的第一次爱的果实"①；而沉溺于对过去的悔恨之时，她又"但愿世界立刻毁灭，但愿孽火把她自己，一切人，一切事，一切悲的乐的记忆，全都烧了个无踪无迹"②。最终无法自拔于极度的失望，无力吞食"世界太美丽，而她的命运太残酷"③的苦果，不堪在嘲讽与冷漠中摸索她的生活的旅程，选择了告别人生的结局。琼华和环小姐都是"新的体认和旧的梦幻"的"掺和"④者，她们无法跟随时间的脚步面对现实的人生，象征着"过去"的乌尔特女神牢牢地牵绊住了她前行的脚步。

《昙》是《野蔷薇》中的最后一篇，小说主人公张女士曾参加过北伐战争，从革命浪潮中退出来，受制于封建家庭、内外交困的时候，她紧张地思考出路问题，这也是作者当时心绪的一种折射，是作家感情的寄托与写照。无论对小说主人公张女士来说，还是对茅盾本人而言，在当时所处的现实境遇都是一个阴云密布、举步维艰的时期。"昙"所指代的乌云密布是一个短暂的存在，又是一个无法确定的未来，正如命运女神中的象征未来的"斯古尔特女神"的面容一样模糊不清。

四　《虹》——时代对命运的超越

《虹》是茅盾寄居在日本时创作的一部长篇小说，首先小说的题目——"《虹》"就具有深厚的象征韵味，借助于希腊神话中春之女神的原型，茅盾把《虹》的原稿寄给《小说月报》的主编郑振铎时附一信，对小说的取题命意做出了较为充分的阐释："'虹'是一座

---

① 茅盾：《自杀》，《茅盾全集》（第 8 卷），人民文学出版社 1984 年版，第 47 页。
② 同上。
③ 同上书，第 38 页。
④ 茅盾：《一个女性》，《茅盾全集》（第 8 卷），人民文学出版社 1984 年版，第 53 页。

桥，便是春之女神由此以出冥国，重到世间的一座桥；'虹'又常见于傍晚，是黑夜前的幻美，然而易散；虹有迷人的魅力，然而本身是虚空的幻想。这些便是《虹》的命意：一个象征主义的题目。"[1] 在经历了幻灭的悲哀、人生的矛盾之后，作家正处在这座"虹"桥之上，尽管张望着美丽的人生，却清醒地认识到这还只是一种虚空的幻想。小说《虹》对北欧命运女神精神的审美再现承袭了《野蔷薇》中表现出的意义价值，即对人生既不要深陷过去、无法自拔，也不要好高骛远、空想未来，而要执著地坚持"现在"，超越"现在"。

《虹》中的命运女神精神不仅仅是正视现实人生、面对命运的挫折与坎坷，更要把握命运、驾驭命运。这就体现出对于北欧神话的一种现实超越。北欧神话赋予了"命运"以至高无上的权威，即使是天神也无法摆脱命运的安排，所以才会最终上演那惨烈的"神界终曲"。而小说中梅行素的个性特征中表现出鲜明的征服环境、征服命运的野心，当未来陷入迷雾之中，寻找不到方向的时候，她勇于自己判断这现实人生的正确走向，并且果敢地向着这个未来而奋进。梅行素具有坚强和高傲的性格特征，也具有征服命运的人生理想，她因时制变地用战士的精神往前冲，勇敢地追求和体验自己的现实人生，实践自我新的人格理想，并且不顾人生道路如何崎岖，都勇于跌倒又爬起。这始终执著于现实，永不衰退的斗争意志，以及永远鲜活自信的生活态度，都与北欧命运三女神中那位象征着"现在"的盛年、活泼、勇敢、直面现实的浮尔腾第女神的人格化寓意极为相似。这种"不停止""不徘徊""没有矛盾"[2]，"紧抓着现在，脚踏实地地奋斗"[3] 不仅是梅女士的人生信条，也是茅盾对于命运女神精神的新的体悟和理解。正如小说中，作者通过对三峡情景的描绘来隐喻梅女士的命运："现在这艰辛地挣扎着穿出巫峡的长江，就好像是她的过去

---

① 茅盾：《虹》，《茅盾全集》（第2卷），人民文学出版社1984年版，第6页。

② 原文有遗漏，没有出处。

③ 茅盾：《虹》，《茅盾全集》（第2卷），人民文学出版社1984年版，第12页。

生活的象征,而她的将来生活也该像衢门以下的长江那样的浩荡奔放罢!"①

"盯着命运前进"是梅行素的人生信条,是茅盾的个体生命追求,同时也是为迷途者点亮的一盏心灯,向奋进者吹响的嘹亮号角。至此,茅盾对于北欧神话中的命运女神精神的理解实现了真正意义上的升华。

五　结语

北欧神话中的三位命运女神乌尔特、浮尔腾第、斯古尔特,分别是过去、现在、未来的人格化象征,从《蚀》到《野蔷薇》再到《虹》对命运女神精神的把握就隐含了一条"过去—现在—未来"的时间线索。

如作家在《野蔷薇》前言中所说:"如果将一个民族的关于运命的神话当作某种人生观来研究,则比照着对看希腊民族和北欧民族的运命神话,也该是一件很有趣味的事情罢。"② 这条发端于《蚀》,成形于《野蔷薇》的时间线索逐渐形成了茅盾对于命运女神精神寓意的实质把握,无论是留恋"过去",还是空想"未来",都是作家不赞同的人生态度。作家热情赞扬了立足"现在"、对于命运脚踏实地

---

① 茅盾:《虹》,《茅盾全集》(第2卷),人民文学出版社1984年版,第6页。

② 茅盾:《写在〈野蔷薇〉的前面》,《茅盾全集》(第9卷),人民文学出版社1985年版,第521—522页。

地奋斗的女神精神。茅盾在借助北欧神话原型来塑造时代女性形象的过程中，从神话中吸取某些现代生活与现代文化中所缺乏、但又为人性所渴望的精神要素。透过北欧命运女神的神话意蕴来考察时代女性的文化精神与现实价值，结合茅盾作为中国现代民族神话学奠基人的文化身份，可以认为茅盾笔下的时代女性形象既体现出对远古神话传统的回望，也是对现代生活的别样反映；既是对中西方文化传统的秉持与继承，也是现代意识的一种独特表现形态。这种独特的创作思考和文化实践在启蒙精神与民间信仰、西方视野与民族化道路、民间文化与作家文学、传统积淀与现代语境等关涉现代文化品格的诸多维度上均体现出独特的文学史价值。

（原刊《鲁东大学学报（哲学社会科学版）》2016 年 5 月第 33 卷第 3 期）

论茅盾与美国左翼文学之关系

吕周聚

摘　要　茅盾在文学观念、创作方法及文学活动等诸多方面都与美国左翼文学发生密切关联，在很大程度上受到了美国左翼文学的影响。正因如此，茅盾创作的《子夜》等左翼文学作品不仅与当时的苏联左翼文学不同，而且与国内的左翼文学也有所不同，改变了中国左翼文学发展的方向。茅盾与美国左翼作家之间的密切交往合作，扩大了中国左翼文学在世界文坛上的影响，让中国左翼文学在世界文坛上发出了自己的声音，获得了自己独特的地位。

关键词　茅盾；美国；左翼文学；关系

众所周知，茅盾是中国左翼文学的巨擘，苏联是左翼文学的发源地，茅盾的文学创作受苏联左翼文学的影响是毋庸置疑的。然而，如果仅从这一角度来考察茅盾的文学创作，有些问题可能解释不清楚。茅盾的《子夜》是中国左翼文学创作的重要收获，它的问世改变了中国左翼文学"革命加恋爱"的创作模式，引导中国左翼文学走向成熟。然而，《子夜》无论是其思想倾向还是创作方法都与同时期的苏联左翼文学不尽一致。那么，《子夜》中所呈现出来的这种思想倾向与创作方法是否另有源头？通过考察可以发现，茅盾与美国左翼文学之间存在着密切的关系，正是美国的左翼文学赋予茅盾及其《子夜》以新的精神面貌。

实际上，在 20 世纪 30 年代红色左翼文学成为一股世界性的文学潮流，在许多国家都出现了左翼文学，但由于各国的社会情况不一，导致各国的左翼文学呈现出不同的特点。美国的左翼文学与其自由主义思想相结合，形成了具有自由主义特征的美国左翼文学，出现了厄普顿·辛克莱等一批著名作家，他们关注下层民众的苦难生活，运用新的表现手法来进行创作，不仅在美国文坛上产生了重要影响，而且在世界文坛上也产生了广泛影响，"在世界的左翼文学都不自觉地被苏联的理论所牢笼着，支配着的今日，只有美国，却甚至反过来可以影响苏联。且不论辛克莱一班人所代表的大规模的暴露文学为苏联所未曾有过，只看新起的帕索斯的作品在苏联所造成的，甚至比在美国更大的轰动，就已经够叫人诧异了。美国的左翼作家并没有奴隶似的服从苏联的理论，而是勇敢的在创造着他们自己的东西"①。1938 年是辛克莱的 60 岁生辰，苏联作家协会致电辛克莱表示祝贺，"电文中详述辛克莱作品如何为苏联读者所爱好，辛克莱的作品在苏联印了数百万册，'100%' 已达二十版，*The Jungle* 和 *King Coal* 二十二版，*Jimmy Higgins* 二十四版"②。由此来看，以辛克莱为代表的美国左翼作家对苏联的左翼文学产生了重要影响，茅盾接受美国左翼文学的影响也就不难理解了。那么茅盾接受了哪些美国左翼文学的影响，这些影响如何体现在茅盾的创作活动之中？

一　揭黑幕与社会剖析

茅盾《子夜》出版之后广受好评，有人将他与法国的左拉相提并论，认为《子夜》受到左拉自然主义小说的影响；有人把《子夜》与《屠场》相提并论，将他视为中国的辛克莱。那么，茅盾与左拉、辛克莱之间究竟是一种什么样的关系？

《子夜》出版后瞿秋白以乐雯的笔名发表《〈子夜〉和国货年》一文，称"这是中国第一部写实主义的成功的长篇小说。带着很明显的左拉的影响（左拉的 Largent——《金钱》）。自然，它还有许多

---

① 《现代·美国文学专号·导言》，《现代》1934 年第 5 卷第 6 期。

② 茅盾：《辛克莱六十生辰》，《茅盾全集》（第 5 卷），黄山书社 2014 年版，第 545—546 页。

缺点，甚至于错误。然而应用真正的社会科学，在文艺上表现中国的社会关系和阶级关系，在《子夜》不能够说不是很大的成绩。茅盾不是左拉，他至少已经没有左拉那种蒲鲁东主义的蠢话"。① 从题材内容的角度来看，《金钱》与《子夜》之间具有某些相同之处，但这是否能说明《子夜》确实受到过《金钱》的影响？对此，茅盾做了说明，"左拉的《卢贡·马卡尔家族》第十八卷《金钱》写交易所投机事业的发达，以及小有产者的储蓄怎样被吸取而至于破产。但我在这里要说明，我虽然喜爱左拉，却没有读完他的《卢贡·马卡尔家族》全部二十卷，那时我只读过五六卷，其中没有《金钱》。交易所投机的情况，如我在前面所说，得之于同乡故旧们"②。茅盾的这段夫子自道告诉我们，其《子夜》并没有受到《金钱》的直接影响，二者在题材内容上的相似只是一种偶然。

茅盾的《子夜》发表后，朱明在《读〈子夜〉》中写道："而就大规模的社会描写，浅易圆熟而又生动有力，以及近于'同路人'的意识这几点上讲来，茅盾又可以说是中国的辛克莱。"③ 吴组缃在评论《子夜》的文章里也提到有人说中国之有茅盾，犹美国之有辛克莱。对此，茅盾未置可否，这是一个很耐人寻味的现象。同时，我们会发现，尽管20世纪30年代中国出版界翻译出版了辛克莱的大量作品，他是当时中国文坛非常热门的作家，但茅盾在其文章中很少提到辛克莱的名字。那么，茅盾与辛克莱之间是否有关系？如果有关系，这种关系体现在哪些方面？

辛克莱是美国文学史上"揭黑幕"运动的主要作家，与中国20世纪30年代的左翼文学有着密切的关系。1928年2月15日出版的《文化批判》2月号发表了冯乃超摘译辛克莱的文艺批评著作《拜金艺术——艺术之经济学的研究》中的部分章节，这是辛克莱的作品

① 瞿秋白：《〈子夜〉和国货年》，《申报·自由谈》1933年3月12日。
② 茅盾：《〈子夜〉写作的前前后后》，《茅盾全集》（第1卷），黄山书社2014年版，第566页。
③ 朱明：《读〈子夜〉》，《出版消息》1933年4月。

最早被翻译成汉语在中国传播。冯乃超按照自己的理解把辛克莱的"一切的艺术是宣传,普遍地,不可避免地是宣传,有时是无意识的,大底是故意的宣传"等文字用大一号的字体印刷出来,以醒目的方式突出其重要性。冯乃超在《拜金艺术》译文的前言中强调辛克莱与中国左翼文学的关系:辛克莱"和我们站着同一的立脚地来阐明艺术与社会阶级的关系,……他不特揭破了艺术的阶级性,而且阐明了今后的艺术的方向"①。同期刊发了李初梨的《怎样地建设革命文学》一文,在文中第二部分"什么是文学"中摘译了辛克莱关于艺术的定义:"一切的艺术,都是宣传。普遍地,而且不可逃避的是宣传;有时无意识的,然而时常故意地是宣传",李初梨只将"艺术"换成"文学",用来对"文学"重新下定义。从此,辛克莱及其作品成为中国左翼作家膜拜的对象,辛克莱也成了无产阶级文学的代言人,其作品被大量翻译介绍过来。从 1928 年到 1937 年,"中国翻译界、文学界出于自身的内在需要,先后推出 30 余部辛氏作品中译单行本,更不用说以上散见于报刊的作品"②。其中,郭沫若以"易坎人"的笔名翻译过辛克莱的《屠场》等多部作品。由此可见,辛克莱及其作品在 20 世纪 30 年代中国文坛产生了很大影响,作为左翼作家的茅盾对辛克莱及其作品应该并不陌生。当然,冯乃超、李初梨、郭沫若等创造社成员从辛克莱那儿发现了"一切文艺是宣传"的"真谛",而茅盾则对此持保留态度,这在以鲁迅、茅盾为一方,以郭沫若、蒋光慈为代表的创造社和太阳社成员为另一方的无产阶级革命文学论争中可以看得一清二楚。

从题材内容的角度来看,《子夜》与《屠场》之间的关联度并不大,前者写上海滩上层社会的奢侈生活,后者写下层劳动者的悲惨生活,由此发现不了二者之间的联系。但二者又的确存在密切关系,这

---

① Upton Sinclair:《拜金艺术——艺术之经济学的研究》,冯乃超译,《文化批判》1928 年第 2 号。

② 谢天振、查明建主编:《中国现代翻译文学史(1898—1949)》,上海外语教育出版社 2004 年版,第 351 页。

种关系主要表现在二者对社会问题的关注上，即在创作理念上二人是相同的。辛克莱是美国"揭黑幕运动"的主要作家，"像左拉一样，辛克莱并不将小说当成纯粹的艺术品，而想使小说在社会科学中占有一席之地。他主要的兴趣在政治、经济、工业、商业和社会问题方面"①。《屠场》关注芝加哥肉类加工厂工人的贫困生活和非人的工作环境，脏乱差的肉食加工过程，被视为美国第一部无产阶级小说。作品发表后在美国社会上产生了巨大的反响，不仅给辛克莱带来了名望和财富，确立了其小说创作的基本模式，而且推动美国政府在 1906 年颁布实施"纯净食品和药品法案"（*Pure Food and Drug Act*）。茅盾也运用社会科学来分析中国的社会问题，其作品关注中国的社会现实政治，被誉为"社会剖析派"作家。茅盾的《子夜》有着明确的创作目的，"一九三〇年夏秋间进行得很热闹的关于中国社会性质的论战，对于确定我这部小说的写作意图，也颇有关系。当时的论战者提出了三种论点：一、中国社会依旧是半封建半殖民地社会，推翻代表帝国主义、封建势力、官僚买办资产阶级的蒋介石政权，是当前革命的任务，领导这一革命的是无产阶级。这是革命派的观点。二、中国已经走上了资本主义道路，反帝反封建的任务应由中国资产阶级来担承。这是托派的观点。三、中国的民族资产阶级可以在既反对共产党，又反对帝国主义和官僚买办阶级的夹缝中求得生存和发展，建立欧美式的资产阶级政权。这是一些资产阶级学者的观点。我写这部小说，就是想用形象的表现来回答托派和资产阶级学者：中国没有走向资本主义发展的道路，中国在帝国主义、封建势力和官僚买办阶级的压迫下，是更加半封建半殖民地化了"②。他要用小说来参加关于中国社会性质的论战，用生动的人物形象和曲折的故事情节回答中国社会性质是什么这一问题。茅盾是中国共产党第一批党员，在左翼文学阵营中有着重要的地位，但茅盾与郭沫若、蒋光慈等左翼作家不同，

---

① 杨仁敬：《20 世纪美国文学史》，青岛出版社 2003 年版，第 98 页。
② 茅盾：《〈子夜〉写作的前前后后》，《茅盾全集》（第 1 卷），黄山书社 2014 年版，第 536 页。

以郭沫若、蒋光慈为代表的创造社、太阳社成员着重表现无产阶级与资产阶级的对立冲突，突出文学作品的政治性，将文学视为政治宣传的工具，把复杂的社会问题、文学问题简单化了；而茅盾的《子夜》则力图呈现当时中国社会的全貌，作品以民族资本家吴荪甫与买办资本家赵伯韬之间的矛盾冲突为主线，将工人与资本家、农民与地主、资本家与资本家之间的矛盾纠葛一一呈现出来，从而勾画出 20 世纪 30 年代中国社会的众生相。作品涉及当时中国的政治、经济、商业、军事等重大社会问题，并对这些问题做出深入的剖析，具有史诗的品格，而这正是《子夜》与当时文坛上流行的左翼文学作品的区别，也正是其价值意义之所在。除了《子夜》之外，茅盾的《林家铺子》等作品也皆堪称中国社会分析的经典之作。

二　深入实地调查的写实主义

作为左翼文学阵营的重要成员，茅盾对中国左翼文学如鱼饮水，冷暖自知。作为一名评论家、理论家，他对以创造社、太阳社为代表的中国左翼文学发展中所存在的弊端有着清醒的认识。在他看来，创造社并未形成系统的左翼文学理论，"就理论的建立而言，除了零碎的驳难的应付的论文而外，很少有系统的坚实的理论文字。尤其探究普罗文学的形式论与内容论的文字异常缺乏"。同时，他们在创作技巧层面也存在诸多问题，"就作品而言，技术上固然未臻圆熟，并且错误倾向很多，例如英雄主义的色彩，'身边琐事描写'的残痕，以及'灵感主义'的尚未汰尽。而最大的病根则在那些题材的来源多半非由亲身体验而由想象"①。茅盾一针见血地指出了创造社作家文学创作所存在的根本问题，即对革命生活缺少亲身的经历体验，单凭想象虚构来进行创作，作品脱离了当时的社会现实生活，呈现出一种浪漫蒂克的倾向。太阳社成员与创造社成员有所不同，他们"是有

---

①　茅盾：《关于"创作"》，《茅盾全集》（第 1 卷），黄山书社 2014 年版，第 520 页。

一部分有'革命生活实感'的青年，本来不从事于文学而从那时起方奋然执笔的。因为他们本来不从事于文学，所以多少没有沾染着过去文坛的积习，但亦因为本来不从事于文学，所以文学技术不够，结果便是把他们的'革命生活实感'，来单纯地'论文'化了。他们的作品的最拙劣者，简直等于一篇宣传大纲"①。以蒋光慈为代表的太阳社成员都是革命活动家，虽然具有革命的实践经验，但缺少文学创作经验和创作技巧，结果将文学作品写成宣传大纲。在茅盾看来，蒋光慈作品中的人物描写就是"脸谱主义"，革命者或反革命者都只是一副面目，人物的转变，又"每每好像睡在床上翻一个身"，"看了蒋光慈的作品，总觉得其来源不是'革命生活实感'，而是想象"②。由此不难发现，创造社作家和太阳社作家虽属两个不同的社团，但他们却存在着相同的问题——以想象、虚构代替现实生活，导致左翼文学陷入概念化、公式化、标语口号化的泥淖，作家成了革命的留声机，文学成了政治宣传的工具。茅盾对当时中国左翼文学的现状表示不满，对这些不良倾向提出批评，并要努力改变中国左翼文学的现状，解决左翼文学创作中所存在的这些问题。茅盾认为创造社和太阳社把创作理解为"政治宣传大纲"加"公式主义的结构和脸谱主义的人物"是错误的，"将来的伟大作品之产生不能不根据三个条件：正确的观念，充实的生活和纯熟的技术；然而最最主要的还是充实的生活。只有从生活中把握到的正确观念方是真正的'正确'，也只有从生活中把握来的技术方是活的技术"③。这是茅盾针对中国左翼文学所存在的诸多弊端所提出的治病药方。那么，这一药方是茅盾的祖传药方，还是茅盾从别处学习借鉴过来的？

众所周知，中国左翼文学与苏联左翼文学之间存在着密切的关系，中国左翼文学在理论、形式等方面所存在的弊端也基本上都来自

---

① 茅盾：《关于"创作"》，《茅盾全集》（第1卷），黄山书社2014年版，第520页。

② 同上书，第521页。

③ 同上书，第522页。

苏联左翼文学。苏联左翼文学阵营中虽然存在着"岗位派""列夫派""托派"等不同的文学主张，但他们的文学主张存在着诸多的问题，是苏联左翼文学乃至世界范围内左翼文学弊端的根源。而 20 世纪 30 年代出现的美国左翼文学与苏联左翼文学的不同之处，即美国左翼文学作家不是以僵化的政治理念来指导文学创作，而是强调深入生活，以纪实的手法来呈现复杂的社会生活，辛克莱是其中的代表，"他重视调查研究，积累资料，进行科学的观察和客观的分析"①。辛克莱重视对社会现实的调查研究，在此基础上揭露美国社会的黑暗，具有强烈的时代色彩。在辛克莱的影响下，中国现代文学史上出现了一批纪实小说，龚冰庐的《炭矿夫》、巴金的《矿坑》《雪》《矿丁》、孟超的《谭子湾的故事》、蒋光慈的《短裤党》、戴平万的《林中的早晨》②，茅盾的《子夜》也自觉地运用这种创作方法，并强调这种方法的重要性，这使得《子夜》摆脱了当时流行的革命的浪漫蒂克，呈现出现实主义的基本特征，从而引导中国左翼文学走上了一条新的发展道路。

茅盾从 1931 年 10 月开始写作《子夜》，到 1932 年 12 月 5 日完稿，写作时间并不长，但其酝酿准备的时间较长。茅盾在养病期间一直在筹划《子夜》的写作，"这三个月中，好像重温读过的书，我又访问了从前在卢公馆所遇到，并曾和他们长谈过的同乡亲戚故旧。正所谓温故而知新，这一次重访同乡故旧，在他们的谈话中，使我知道仅一九三〇年，上海的丝厂由原来的一百家变成七十家。无锡丝厂由原来的七十家变成四十家。广东丝厂的困难也差不多。其他苏州、镇江、杭州、嘉兴、湖州各丝厂十之八九倒闭。四川丝厂宣告停业的，二三十家。这都是日本丝在国际市场上竞争的结果。这坚定了我的以丝厂作为《子夜》中的主要工厂的信心。我又从同乡故旧的口中知道，一九二九年中国火柴厂宣告破产的，江苏上海九家，浙江三家，

---

① 杨仁敬：《20 世纪美国文学史》，青岛出版社 2003 年版，第 98 页。
② 葛中俊：《厄普敦·辛克莱对中国左翼文学的影响》，《中国比较文学》1994 年第 1 期。

河北三家，山西四家，吉林三家，辽宁三家，广州十三家。这又坚定了我以内销为主的火柴厂作为中国民族工业受日本和瑞典的同行的竞争而在国内不能立足的原定计划。这便是我用力描写周仲伟及其工厂之最后悲剧的原因"①。茅盾的亲戚朋友中有许多人经商办工厂，他对这一领域比较熟悉，朋友圈给他提供了创作的灵感。通过访谈，茅盾对丝厂发展的大趋势有所了解，但对丝厂的具体情况并不熟悉，为了掌握工厂的实际情况，他深入工厂进行实地调查，"同时我再一次参观了丝厂和火柴厂。我是第一次写企业家，该把这些企业家写成怎样的性格，是颇费踌躇的。小说中人物描写的经验，我算是有了一点。这就是把最熟悉的真人们的性格经过综合、分析，而后求得最近似的典型性格。这个原则，自然也可适用于创造企业家的典型性格。吴荪甫的性格就是这样创造的；吴的果断，有魄力，有时十分冷静，有时暴跳如雷，对于下人的要求十分严格，部分取之于我对卢表叔的观察，部分取之于别的同乡之从事于工业者。周仲伟的性格在书中算是另一种典型，我同样是综合数人而创造的"②。

茅盾在《子夜》中第一次写证券交易所，为了写得真实，他想办法参观上海华商证券交易所。但交易所门禁甚严，除了经纪人，他人不能随便进去。为了进交易所，他找交易所的经纪人章郁庵帮忙，"他欣然允诺，并向我简短地说明交易所中做买卖的规律及空头、多头之意义。这在别人，也许一时弄不明白。但我则不然。因为交易所中的买卖与我乡一年一度的叶（桑叶）市有相像之处。每逢春蚕开始，便有几个人开设叶行，其实他们手中并无桑叶。约在蚕汛前三四月，开叶行的人们对即将来到的蚕汛有不同的猜度。猜想春蚕不会好的人就向他所认识的农民卖出若干担桑叶，这像交易所中的空头；猜想春蚕会大熟的，就向镇上甚至邻镇拥有大片桑地而自己不养蚕的地主们预购若干担桑叶，这就像交易所中做多头的。因为都是预卖或预

---

① 茅盾：《〈子夜〉写作的前前后后》，《茅盾全集》（第1卷），黄山书社2014年版，第544页。

② 同上。

买，每担桑叶的价格通常是低的，到蚕忙时，如果蚕花大熟，叶价就贵，预卖的不得不买进比他预卖时贵三四倍的桑叶来应付农民。这样，他就亏本了，甚至破产。而预买的却大获其利。反之，亦然，而预买桑叶愈多者吃亏愈大。叶市约 3 个月结束，而交易所是每月交割，所不同者止此而已。……这些关于叶市的知识，以及《子夜》中以丝厂为背景的故事，都是引发我写《春蚕》的原因"①。

通过实地调查，茅盾对工厂、证券交易所等的具体情况有了直观的感受与了解，为写作积累了大量丰富的材料。茅盾善于观察生活，从日常生活中积累创作素材，《子夜》中的许多人物是有生活原型的，如吴荪甫的原型就是卢表叔，即卢学溥，此人曾任北洋政府财政部公债司司长、交通银行董事长、造币厂厂长等要职；作品中吴少奶奶的原型即是卢家的宝小姐。由此可见，《子夜》之所以丰润、充实、生动，受到读者的好评，这与茅盾在创作前所下的这番调查研究的功夫是密不可分的。

瞿秋白在阅读了《子夜》的初稿后给茅盾提出了一些修改建议，茅盾接受了一部分意见，"但是，关于农民暴动和红军活动，我没有按照他的意见继续写下去，因为我发现，仅仅根据这方面的一些耳食的材料，是写不好的，而当时我又不可能实地去体验这些生活，与其写成概念化的东西，不如割爱。于是我就把原定的计划再次缩小，又重新改写了分章大纲，这一次是只写都市而不再正面写农村了。但已写好的第四章不忍割舍，还是保留了下来，以至成为全书中的游离部分"②。农民暴动和红军活动是当时共产党领导的无产阶级革命运动的两个核心任务，也是当时左翼文学重要的表现对象，并且瞿秋白也建议茅盾在《子夜》中加强对这一题材内容的表现，但茅盾并没有接受瞿秋白的建议。因为他对农民暴动和红军活动并不了解，不愿凭借道听途说和虚构想象来描写这方面的内容，于是只得调整修改全书

---

①　茅盾：《〈子夜〉写作的前前后后》，《茅盾全集》（第 1 卷），黄山书社 2014 年版，第 563 页。

②　同上书，第 558 页。

的大纲。但他又不舍得去掉已写好的第四章关于农民暴动的内容，这使得此部分与全书处于游离状态，成为《子夜》的一大瑕疵。茅盾对《子夜》进行过深刻的反思，"这本书写了三个方面：买办资产阶级，民族资产阶级，革命运动者及工人群众。三者之中，前两者是作者与有接触，并且熟悉，比较真切地观察了其人与其事的；后一者则仅凭'第二手'的材料，即身与其事者乃至第三者的口述。这样的题材的来源，就使得这部小说的描写买办资产阶级与民族资产阶级的部分比较生动真实，而描写革命运动者及工人群众的部分则差得多了。至于农村革命势力的发展，则连'第二手'的材料也很缺乏，我又不愿意向壁虚构，结果只好不写。此所以我称这部书是'半肢瘫痪'的"①。茅盾对《子夜》有着清醒的认识，《子夜》之所以"半肢瘫痪"，其根本原因在于他对当时革命运动和工人群众缺少深入了解，且他没有时间与机会去对此进行体验与调查。由此可见，茅盾虽然要极力摆脱 20 世纪 30 年代左翼文学所存在的脱离现实、概念化、公式化的倾向，但他仍然在一定程度上受到了当时流行的左翼文学的影响。《子夜》中所存在的这些不足，也正是当时许多左翼文学所共同存在的问题，且这些问题在《子夜》中只是瑕疵，而在其他左翼文学中则成了致命的硬伤。因此，《子夜》既带有左翼文学的弊端，又具有当时主流左翼文学所缺乏的纪实精神，而这正是《子夜》独特的文学史价值所在。

茅盾无论是对自己的文学创作，还是对其他左翼作家的文学创作，皆有着敏锐而清醒的认识。他呼吁建设真正的普罗文学，并对如何建设真正的左翼文学提出了具体的措施。他以笔名施华洛发表了《中国苏维埃革命与普罗文学之建设》一文，在他看来，我们所以还没有产生无愧于我们这时代的作家和作品，原因在于作家们缺乏实际革命斗争的经验，在于没有唯物辩证法的修养以观察、分析复杂的事物，"所以我们若要进步，产生真正的普罗文学，就必须一脚踢开我

---

① 茅盾：《再来补充几句》，《子夜》，人民文学出版社 1994 年版，第 555 页。

们过去号称为普罗文学的东西，就必须反对浅薄的分析，单调的题材，和闭门造车的描写。我们必须重温我们过去的斗争经验，从中分析其得失。我们得从头开始。我们必须从工厂中赤色工会的斗争，"左倾"与右倾机会主义两条战线上的斗争，黄色工会的欺骗，黄色走狗的个人权利的冲突，改组派的活动，取消派的出卖劳工利益；就是要在这样复杂的事态中，提出其中最严重的问题，运用唯物辩证法的分析，透过表面而观察其本质，由此获得写作的题材。我们必须从农村的血淋淋斗争中，指出农村破产的过程。农民的原始反抗性，农民的小资产阶级意识，在革命农民中间所残存的农民的落后封建意识，以及上举这些不正确的倾向如何由耐心而坚韧的工作加以克服。……我们还必须从统治阶层崩溃的拆裂声中，从统治阶层内部各派不断的利害冲突，以及各派背后的各帝国主义的冲突，从统治阶层的疯狂的白色恐怖以及末日将至的荒淫无度，从统治阶层最后挣扎的狰狞面目中透露出来的绝望的恐怖，从小资产阶级的动摇，总之，从统治阶层的崩溃声中，从革命巨人威武的前进声中，亘全社会地建立我们作品的题材。时代给了我们伟大的题材，我们必须无负于这样的题材。而在斗争的实践中，必然会产生这样的作家和作品。这是全世界人民所渴望的中国普罗文学"①。真正的普罗文学应该与当时的社会现实生活密切相关，作家须从社会现实中汲取创作营养，改变闭门造车的创作方法。只有从观念、题材、方法等层面上进行改革，才能创作出真正的普罗文学。茅盾从理论上阐释了创作普罗文学的方法，然而理论并不能简单地等同于创作实践，要将理论转化成文学作品还有很长的路要走。

20 世纪 30 年代美国的左翼文学虽然提倡深入现实生活进行调查，文学作品呈现出纪实性的特点，但这并不等于说他们的作品就是传统的现实主义文学。实际上，美国的左翼作家大胆地探索尝试各种新的创作方法，使其作品呈现出丰富多彩的文体风格。多斯·帕索斯

---

① 茅盾：《关于"创作"》，《茅盾全集》（第 1 卷），黄山书社 2014 年版，第 524 页。

是美国著名左翼作家，他虽然没有加入共产党，但他是美国左翼刊物《新群众》的编委，支持美国共产党的活动，采访工人的罢工运动，为共产党的刊物写稿子。其《美国》三部曲描写 20 世纪初到 1929 年美国经济危机爆发的社会画面，结构宏大，尝试运用多种新的创作手法，呈现出先锋小说的基本特征。其《赚大钱》将新闻标题、片断直接引入作品中，增强作品的社会时效性和社会影响力。由此出发我们可以发现，在《子夜》的提要中穿插着一些相关的新闻事件，"交易所中第一次战争——六月四日李宗仁、张发奎占领长沙。同时，彭德怀占领岳州三天"①。在具体写作中，茅盾不是将新闻直接引入作品中，而是把新闻事件通过作品中人物之口来进行讨论，揭示出战争与社会、政治、经济之间的复杂关系，这是茅盾与帕索斯的不同之处。同样，虽然《子夜》与《屠场》之间具有异曲同工之处，如《屠场》开头写移民进入美国，各种人物纷纷登场，由此拉开全书的序幕；茅盾《子夜》的开头写吴老太爷从乡下进城，各种人物粉墨登场，由此揭开上海洋场的社会百相。但他的创作与辛克莱的创作呈现出不同之处，诚如瞿秋白所说，"人家把作家来比美国的辛克莱，这在大规模表现社会方面是相同的；然其作风，拿《子夜》以及《虹》《蚀》来比《石炭王》《煤油》《波士顿》，特别是《屠场》，我们可以看出两个截然不同点来，一个是用排山倒海的宣传家的方法，一个却是用娓娓动人的叙述者的态度"②。三、茅盾与美国左翼作家的交往合作。20 世纪 30 年代，在中国活跃着一批美国左翼作家，如史沫特莱、伊罗生等，他们同情支持中国的左翼文学运动，与中国左翼作家之间保持着密切联系，对推动中国左翼文学的发展乃至中国革命的发展做出了重要贡献。茅盾与美国左翼作家之间保持着密切的书信往来，通过与他们合作，拓宽了中国左翼文学的生存空间，扩大了中国左翼文学在世界文坛上的影响，中国左翼文学成为世

---

① 茅盾：《〈子夜〉写作的前前后后》，《茅盾全集》（第 1 卷），黄山书社 2014 年版，第 547 页。

② 同上书，第 568 页。

界左翼文学的重要构成部分。1930 年 3 月中国左翼作家联盟在上海成立，这标志着左翼阵营内部无产阶级革命文学论争的结束。左联成立后，茅盾参加了左联的相关活动。此时的左联生存环境恶劣，经常遭到国民党政府的搜查打压，主办的刊物遭到审查停刊。左联采取游击战的方式来争取自己的生存权利，不时创办新的刊物来发表自己的作品，扩大左翼文学的影响。1931 年，茅盾与鲁迅、冯雪峰一起编辑中国左翼作家联盟的机关刊物《前哨》，在筹备过程中发生了国民党政府枪杀柔石、胡也频等左联五烈士事件，于是临时把第一期改为"纪念战死者专号"，其中有《中国左翼作家联盟为国民党屠杀大批革命作家宣言》一文，"这篇宣言的英译稿，由史沫特莱根据我的不好的英语一句一句说，史加以润色，然后我再对原文校勘英译，如此反复而最后定稿的"①。此外，《前哨》还发表了《为国民党屠杀同志致各国革命文学和文化团体及一切为人类进步而工作的著作家思想家书》《中国无产阶级革命文学和前驱的血》，刊登五烈士的小传、照片及遗作，"这一期《前哨》虽是秘密发行，但因为它揭露和控诉了轰动世界的蒋介石大批屠杀青年作家的罪行，刊物又经史沫特莱传到了国外，引起了国际进步舆论的抗议，因此收到了很大的宣传效果"②。《前哨》只出了一期，第二期不能再原样出版，改名《文学导报》继续出版。在中国左翼作家遭到严酷打击的时候，史沫特莱对鲁迅、茅盾等人伸出了援助之手，中国左翼文学度过了最艰难的时期。美国左翼作家伊罗生（Harold R. Isaacs）于 20 世纪 30 年代初来到中国，是上海英文版《大美晚报》和《大陆报》的记者，从 1932年到 1934 年初在上海编辑英文刊物《中国论坛》（*China Forum*），在史沫特莱的介绍下与鲁迅、茅盾等中国左翼作家相识，并有着较密切的往来。1934 年，他计划编选一本中国左翼文学小说选《草鞋脚》（*Straw Sandals*）（英译中国短篇小说集——1918—1933），将中国左

---

① 茅盾：《"左联"前期》，《茅盾全集》（第 1 卷），黄山书社 2014 年版，第 506 页。

② 同上。

翼文学介绍给美国的读者（该书当时并未出版，直到 1974 年才由麻省理工学院出版社出版）。由于他对中国左翼文学并不熟悉，于是请鲁迅和茅盾协助提供有关材料，鲁迅、茅盾给伊罗生提供了大力帮助。"鲁迅和我接到伊罗生的请求，就在一起作了一次研究，认为这是一个难得的机会，可以把'左联'成立以后涌现出来的一批有才华而国外尚无人知晓的青年作家的作品介绍到国外去，也弥补了斯诺那本书的不足。因此鲁迅和我都很热心，对伊罗生提出的要求，决定尽量予以满足。我们研究了选题的范围和选目，以及介绍左翼期刊的内容。"[①] 后来，伊罗生将他与鲁迅、茅盾编选《草鞋脚》时的来往书信等材料交给哈佛大学燕京图书馆收藏。从美国哈佛大学燕京图书馆收藏的鲁迅、茅盾有关《草鞋脚》一书的书信和资料的手稿来看，这组档案由以下材料组成：鲁迅为该书写的《序言》（从字迹上看，是别人代为抄写的，当时没有发表，后来收入《且介亭杂文》）；鲁迅和茅盾致伊罗生的书信手稿六封（其中鲁迅书信手稿三封，茅盾起草、茅盾和鲁迅共同署名的书信手稿三封）；鲁迅、茅盾自传手稿两件（从笔迹上看，鲁迅自传是别人代为抄写的）；茅盾撰写的介绍《太阳》《文化批判》等 19 种进步文艺刊物的《中国左翼文艺定期刊编目》手稿一份；茅盾撰写的《草鞋脚》的作品选目录一份，其中分为"关于农村生活的""关于工人生活的""关于'一二八'及东北义勇军的""关于苏区生活的""关于'白色恐怖'的""关于内战及士兵生活的"及"其他"，列出了拟选入的具体作家作品；还有对张瓴、巴金、吴组缃、谢冰心、欧阳山、草明、涟清、东平等人的作品及生平简介手稿各一份。此外，还有鲁迅致伊罗生英文书信一封（此信为秘书代写，鲁迅署名），内容为谢绝接受 1935 年九月号纽约《小说杂志》（*Story Magazine*）译载其小说《风波》稿酬一事。这些资料与茅盾在回忆录中所提及的相关内容基本一致。从这些档案材料可以看出，茅盾对中国左翼文学的刊物、作家作品非常熟悉，他所提

---

① 茅盾：《一九三四年的文化"围剿"和反"围剿"》，《茅盾全集》（第 1 卷），黄山书社 2014 年版，第 727 页。

供的这些书面材料对伊罗生的翻译工作给予了很大的帮助。茅盾是中国现代文学史上著名的批评家、翻译家和作家，他不是简单地模仿照搬美国左翼文学，而是学习借鉴其精华，融化为自己的血肉。其作品在题材、内容、主题等方面与美国左翼文学之间并无直接的联系，但在文学观念、创作方法等方面他与美国左翼文学之间具有诸多相通之处，这正是茅盾的高明之处。正因如此，茅盾创作的《子夜》等左翼文学作品不仅与当时的苏联左翼文学及国内的左翼文学有所不同，而且与美国的左翼文学也有所不同，这充分地体现出茅盾对中国左翼文学发展所做出的突出贡献。茅盾与美国左翼作家之间的密切交往，扩大了中国左翼文学在世界文坛上的影响，让中国左翼文学在世界文坛上发出了自己的声音，获得了自己独特的地位。

（原刊《社会科学辑刊》2016 年第 5 期）

论茅盾对苏联儿童文学的兴趣

阿克萨娜·彼得罗夫娜·罗季奥诺娃[①]

摘　要　茅盾与鲁迅、郭沫若、巴金等中国现代文学大师一样，积极关注儿童文学创作和外国优秀儿童文学的译介。在茅盾写的文章《儿童文学在苏联》《〈团的儿子〉译后记》《儿童诗人马尔夏克》和《马尔夏克谈儿童文学》，以及自传《我走过的道路》中，作家介绍了上世纪 30 年代苏联发展儿童文学事业的成就，以及 C. Я. 马尔夏克、M. 伊林等苏联儿童文学作家的创作经验，从中可以看出茅盾对苏联儿童文学所具有的理想和价值的赞许态度。茅盾的这些论著，曾经规范了新中国儿童文学事业的发展道路。虽然今天中国翻译苏联俄罗斯儿童文学工作的地位有所下降，但出版数量仍保持增长趋势。

关键词　茅盾；苏联；儿童文学；兴趣

研究中国儿童文学，不能绕过在 20 世纪初即决定基本改变中国面貌首先需要改变天下居民世界观的一代杰出的作家—教育家。从鲁迅开始，先进的中国文学家始终不渝地把自己的意愿转向正在成长的、还没有被他们所认为的传统文化精神上的野蛮主义毒素毒害的一代。正如 A. M. 法夸尔（Farquhar）所说："孩子变成了'未来中国的政治象征'。"[②]

---

① O. П. 罗季奥诺娃：《郑振铎和他在〈儿童世界〉杂志的活动》，《第三届"远东文学研究"国际学术研讨会论文集》。圣彼得堡：圣彼得堡大学出版社 2008 年版，第 39—48 页。

② 法夸尔：《中国儿童文学：从鲁迅到毛泽东》，夏尔波《一本东方的书》，纽约美国夏普出版社 1999 年版，第 335 页。

如果研究那个时代最著名的十来位作家，就会发现，他们中每一位都为儿童文学在中国的产生和发展带来沉甸甸的贡献。这方面令人信服的证据就是 20 世纪 80 年代在中华人民共和国出版的由 13 本书组成的总名为《文学大师和儿童文学》系列丛书。在这些大师的行列中有鲁迅（1881—1936）、郭沫若（1892—1978）、巴金（1904—2005）、老舍（1899—1966）、冰心（1900—1999）、郑振铎（1898—1958）、叶圣陶（1894—1988）、茅盾（1896—1981）和其他人。这些厚重书卷中的每一部都是作家们专门为孩子们写的艺术作品的选集，还有他们翻译的外国儿童文学作品，以及研究儿童教育领域各种问题的论文和概论。

2008 年，在准备纪念郑振铎诞辰 110 周年《远东文学研究》学术研讨会论文的时候，我们已经注意到上面提到的丛书。我们甚至拥有文集《茅盾和儿童文学》（1984 年），因此，在纪念茅盾诞辰 120 周年前夕，我们认为必须研究茅盾在这个不那么著名的领域的活动。

在由上海社会科学院文学研究所研究员孔海珠编辑的文集《茅盾和儿童文学》的前言中指出，茅盾做到了独家编成这部文集①。结果组成这部书的是整整 555 页，明确展现了作家在萌生中的中国儿童文学领域里的工作。在文集的末尾附加了详细的附录，其中按年代记录了茅盾在这一领域的文章、文集和译作。研究了这些材料之后，可以发现茅盾对古希腊神话和北欧民间故事的独特兴趣。把自己的注意力转向这一事实，对于茅盾来说，在儿童文学领域特别富有成果的是在 1917—1948 年间。但是，用于研究民间故事的单篇文章和特写，以及专著，是到后来，直到作家本人去世之后才发表的。

在这些丰厚的遗产中间有一些文章提到我们的同胞 С. Я. 马尔夏克（1887—1964）②的名字，还有茅盾在《〈团的儿子〉译后记》

---

①　孔海珠：《茅盾和儿童文学》，上海少年儿童出版社 1984 年版，第 1—2 页。

②　萨穆伊尔·马尔夏克，俄罗斯及苏联诗人，1887 年 11 月 3 日出生于沃罗涅什的一个著名犹太拉比（犹太人中的一个特别阶层，是老师也是智者的象征）后裔家庭。曾数度荣获斯大林文学奖和列宁勋章。1964 年 7 月 4 日在莫斯科去世。

（1946 年）和《儿童文学在苏联》（1936 年）的标题下写的文章。茅盾对苏联儿童读物的思想和价值的态度不能不反映到在中国发展儿童文学上来，因此这些文章对于理解 20 世纪中国文学的发生过程具有巨大的价值。上述这些文章写于不同时期，而重要的是茅盾于1946—1947 年在苏联的四个月旅行之前和之后写的，作为对这次旅行的总结，在中国很快出版了两本书：旅行札记《苏联见闻录》（1948 年）和关于苏联人民政治、经济和文化生活的资料文集《杂谈苏联》（1949 年）。与此相联系评价茅盾对苏联儿童读物作用的观点将是很有意思的，尤其是 1960—1970 年代中华人民共和国与苏联之间正式反映在文化接触中的关系冷淡，在复杂的情境下，茅盾表示否决再版自己关于苏联之行的特写，尽管它们很受大众欢迎。我们发现，在这部文集里这样或那样地强调了苏联的指导作用，违反了人民文学出版社对作家的要求，甚至没有被收入 1958—1961 年出版的十卷本茅盾文集中去。可是在自己生命的最后时期，茅盾还是同意了在系列丛书《文学大师和儿童文学》文集里发表上述文章。看来，茅盾对发表自己著作态度的改变不只是由于他个人观点的进化，某种程度上还由于文学之外的政治情势。

我国研究者 B. Ф. 索罗金极为准确地称茅盾为"苏联文化在中国的第一批宣传者之一"[①]。在指出作家广泛的兴趣，认真醉心于各国文学和哲学的同时，B. Ф. 索罗金指出，茅盾"一次又一次地回到俄罗斯，后来是苏联文学，发现其'在西方文学之上的优势'。"[②]"1917 年十月革命"的消息在茅盾那里唤起巨大的震撼，此后他成为俄罗斯文学的积极宣传者。

有意思地指出，茅盾没有接受系统教育的可能，但他在年轻时就由于自身工作关系而不可避免地同那些在国外接受过教育的人为伍了。青年茅盾被安排到上海商务印书馆编辑翻译部的岗位上，在那里

---

① 索罗金：《伟大的一生》，列宁格勒艺术文学出版社 1990 年版，第 11 页。

② 同上。

茅盾获得了通向最新外国文学潮流的通道，他为自己的同胞翻译它们。翻译杂志的工作使他在出版家和文学家中接近了郑振铎和鲁迅。同时值得特别指出的是他与叶圣陶的友谊和合作。我们顺便指出，所有他们这些人都站在了中国儿童文学诞生的源头。例如有这样一件有意思的事：在 1921 年，郑振铎被茅盾介绍做外国故事集的编辑。这本名叫《矮人鼻子》的书成了郑振铎在儿童文学领域编辑工作的第一部作品。郑振铎生平中的重要一页是他作为《儿童世界》杂志主编的工作，他因此而与茅盾积极合作。例如，众所周知，从 1924 到 1925 年，茅盾在这份杂志上发表了一组由十篇古希腊神话组成的改写译文，还有北欧民族的六篇故事。稍后，茅盾、郑振铎和叶圣陶在文学杂志《小说月报》主编的岗位上轮流替换，但仍分出不少注意力给儿童文学。这种环境和工作在茅盾那里形成了对儿童文学稳定的兴趣和成熟的见解，因此在成年后他写出了文章《儿童文学在苏联》，该文发表在 1936 年 7 月 1 日的《文学》杂志上，向我们呈现了他在这一领域兴趣的完全合乎规律的成果。这篇文章的基本来源是 1934 年 8 月 17 日至 9 月 1 日在莫斯科召开的苏联作家协会第一次全国代表大会材料，还有 1936 年 1 月在莫斯科举行的苏联列宁共产主义青年团中央委员会第一届儿童文学讨论会决议。茅盾文章的分析风格向我们展示了研究者对具体出场人物、数字、基本任务和解决它们的途径的关注态度。在那个时代最普及的儿童文学作家中间，茅盾正确地提到 К·楚考夫斯基（1882—1969）[①]、С. 马尔夏克（1887—

---

① 科尔涅伊·楚考夫斯基，苏联作家、批评家、翻译家。童年家境贫寒，靠自学成名，1901 年开始发表作品。1903—1904 年居住在英国，研究英美文学。1916 年应高尔基的邀请，主持"帆"出版社儿童文学部的工作；十月革命后参加世界文学出版社的工作。此后开始儿童文学创作，写有诗体童话《鳄鱼》（1916）、《苍蝇的婚礼》（1924）等，以游戏的形式（谜语、笑话等）帮助儿童了解人类的美好品德。晚年写有回忆录《回忆片断》（1959）、《同时代人》（1962）等，生动地再现了列宾、柯罗连科、安德列耶夫、高尔基、马雅可夫斯基等作家、艺术家的形象。

1964）和 A. 巴尔都（1906—1981）① 的名字，还常常客观地引用楚考夫斯基和马尔夏克的言论。他向自己的同胞介绍其趣味醉心于自己时代的英雄、他们的人生道路和成就的年轻的苏联读者与众不同的特点。他引用马尔夏克的话，指出苏联孩子们的要求是在这些书中展现社会主义文化的成就②。马尔夏克观点所贯穿的个人见解是"儿童艺术书籍应该是提供知识的，而提供知识又应该是艺术的"，而这一观点后来被茅盾拿来作为中国儿童文学的目标之一③。在援引楚考夫斯基和马尔夏克的同时，除了儿童作家和出版家的成就之外，茅盾还指出了他们的不足和失误。例如他写道，儿童读物中十部有九部是不适合阅读的，从中没有提供或是艺术的或是认识的价值④。这时茅盾就研究了解决这些问题的基本途径。比如说，在指出文学对儿童的科普意义时，他极为详细地讲述了苏联文学家所进行的带有金钱奖励的竞赛方案，对适于两个年龄段（对 14—15 岁的少年和 10 岁的孩子）的这种体裁的优秀作品分别给予二万五千、一万五千、八千和五千卢布奖金，并且没有忘记指出，评委会的组成和竞赛的具体期限⑤。在这里中国作家（指茅盾——译者）还介绍了 M. 伊林（1896—1953）⑥ 新的创作构想，而他，顺便说一句，在中国的知名度要远远大于他的兄弟 C. 马尔夏克。在茅盾写作这篇文章之前，在中国已经出版了伊林为孩子们写的下列书籍的译本：《五年计划故事》（1930年）和《十万个为什么》（1929 年）⑦。茅盾还单独研究了楚考夫斯

---

① 阿格尼娅·巴尔都，苏联著名儿童文学作家。二战结束后，曾在苏联组织帮助开展了"寻人"活动，帮助 927 个失散家庭团聚，产生了较大社会影响。

② 孔海珠：《茅盾和儿童文学》，上海少年儿童出版社 1984 年版，第 445 页。

③ 同上书，第 553 页。

④ 同上书，第 445 页。

⑤ 同上书，第 449 页。

⑥ 米·伊林，苏联儿童文学作家、工程师，致力于写作通俗科学作品。代表作有《十万个为什么》《不夜天》《黑白几点钟》《在你周围的事物》《自动工厂》《原子世界旅行记》《人怎样变成巨人》《书的故事》等。

⑦ 孔海珠：《茅盾和儿童文学》，上海少年儿童出版社 1984 年版，第 447 页。

基对如何解决培养儿童作家问题的建议。在这里组织与每一位作家一起工作的编辑委员会，创办其任务为培养新一代作家的儿童文学报纸，建立区域性的作家网，以及建立作家与孩子们之间的联系引起了他的注意①。

真正在茅盾那里引起他赞叹的是苏联儿童对阅读的兴趣。相当详尽地引用事实材料，作家描述了莫斯科的一家书店，在那里每个月都举行几次少年读者与儿童作家的会见。在这些人中间他叫出名字来的有 A・巴尔都、K. 楚考夫斯基、H. 萨康斯卡耶（1896—1951）②、3. 拉别诺维乞（1895—1965）③、C. 摩吉来芙斯卡耶（1903—1981）④⑤。谈及眼下询问的苏联儿童书籍情况，茅盾指出，在书店开张后的 28 天内（我们提请注意，这里说的是 20 世纪 30 年代）就销售了 175 万册儿童读物。在这里他说道，苏联在 1936 年计划出版 420 种，总印数为 40 亿册的儿童读物。在指出基本成就之一的这些书籍价格的便宜时，茅盾赞美道："世界各国儿童读物之销数恐怕没有比苏联再大的了。"⑥ 除了儿童文学，茅盾还以 H. 萨支（1903—1993）领导下的莫斯科儿童剧院为例详细分析了为儿童的戏剧演出工作。在这里他引用了这样一些有意思的数据：1936 年在苏联有 57 个儿童剧院在工作，而每一个剧院都有"儿童活动"组织（从六七十人到五百人），他们向专业作家提出题目和材料，甚至履行编辑职能⑦。

如同我们所看到的，茅盾发表在 1936 年夏天《文学》杂志上的这篇文章，成为影响中国儿童文学发展的权威文献。

---

① 孔海珠：《茅盾和儿童文学》，上海少年儿童出版社 1984 年版，第 450—451 页。

② 尼娜・巴甫洛芙娜・萨康斯卡耶（今译萨孔茨卡娅，真名安东尼娜・巴甫洛芙娜・索科洛夫斯卡娅），俄罗斯苏联女作家，诗人，儿童文学作家。

③ 吉娜・拉别诺维乞（今译拉宾诺维奇），犹太裔儿童文学女作家。

④ 索菲亚・摩吉来芙斯卡耶（今译莫吉列夫斯卡娅），犹太裔俄罗斯苏联女作家，诗人，儿童文学作家。

⑤ 孔海珠：《茅盾和儿童文学》，上海少年儿童出版社 1984 年版，第 452 页。

⑥ 同上书，第 444 页。

⑦ 同上书，第 453—454 页。

战后年代无论是在中国还是苏联我们两大民族紧密联系。在这些年里茅盾积极介绍苏联作家关于战争的短篇和中篇小说。在它们中间有 B. 卡泰耶夫①写于 1944 年的《团的儿子》。从茅盾写于 1946 年的小说译文后记中,我们知道中国读者早就知道 B. 卡泰耶夫了。紧接着又翻译了他的长篇小说《时间前进呀》(1932 年)和中篇小说《我是劳动人民的儿子》(1937 年)②。茅盾译《团的儿子》用的是从《国际文学》杂志上选来的发表于 1945 年 11 月的英文版文本。茅盾认为自己有责任指出,这部小说的英译本把 28 章压缩成 25 章。同时他还说明,自己咨询了著名翻译家戈宝权,后者拿英文文本与俄文原本做了校对③。在自己的后记中,茅盾谈到了 B. 卡泰耶夫小说的现实与主人公未来雏形在中国的相似,号召作家们创作类似的为儿童的作品,同时使那种认为儿童文学应保持远离政治的理论失去影响力。

如上面所指出的,茅盾于 1946 年 9 月在上海写了《〈团的儿子〉译后记》之后再过了三个月,作家应全苏对外文化协会的邀请,到苏联作了为期四个月的旅行。在这段时间他去了莫斯科、列宁格勒,到了高加索和中亚地区,还不说他去莫斯科是从符拉迪沃斯托克乘火车走了 12 天,穿过了我们整个国家。不算他 1928—1929 年作为政治侨民到日本,那么这是他第一次出国旅行。这次从 1946 年 12 月 5 号到 1947 年 4 月 25 号的旅行,茅盾是和自己的夫人一起去的。众所周知,后来茅盾再次得到苏联的官方签证,但这次为期四个月的旅行是最有收获和有趣的。用 B. Ф. 索罗金的话来说,当时茅盾的目的是在国民党政权诽谤的条件下传播关于苏联的真实消息④。在茅盾的自传体小说《我走过的道路》中有独立的一章题为《在苏联》。由于这篇

---

① 瓦连京·彼得洛维奇·卡泰耶夫(今译卡达耶夫,1897—1986),苏联俄罗斯小说家,剧作家,诗人。

② 孔海珠:《茅盾和儿童文学》,上海少年儿童出版社 1984 年版,第 441 页。

③ 同上书,第 443 页。

④ 索罗金:《茅盾的创作道路》,莫斯科东方文学出版社 1962 年版,第 177 页。

文献，以及《茅盾年谱》中描写的这些年的详细记录，我们可以建立起他在苏联经历的准确详细的画面。如上所说，茅盾的这次访问是苏联对外文化关系协会组织的，当时这个协会的主席，从1940年到1948年是 B. C. 科缅诺夫。协会本身当时位于大格鲁吉亚街17号楼。除了 B. 科缅诺夫，茅盾夫妇还受到苏联对外文化关系协会东方部负责人 H. 叶洛费耶夫的关照。值得指出我们国家对茅盾之行的巨大兴趣，值得一提的是苏联媒体对茅盾来访的广泛报道。在中国作家到来的第一天莫斯科广播电台就作了专门报道，后来这个新闻又刊载在主导报纸《真理报》上[1]。在拟定自己在莫斯科逗留的计划时，茅盾表达的愿望是"了解文化组织的工作，并会见苏联作家"[2]。后者被他看作是这次苏联之行的主要目的之一[3]。因为在这篇文章里我们聚焦在"儿童"问题上，也就要补充说，根据开明书店的请求，茅盾在莫斯科打算"买到所有小学和中学教科书"[4]。我们发现了，在二月份 H. 叶洛费耶夫安排了茅盾同 B. 卡泰耶夫、C. 马尔夏克、K. 西蒙诺夫（1915—1979）和 H. 吉洪诺夫的会见。在《茅盾年谱》中我们还找到，2月15号作家来到 B. 卡塔耶夫家里，茅盾赠送给他中文版的《团的儿子》，而卡泰耶夫回赠给他苏联出版的这本书的最新再版本[5]。而在下一天，2月16日，茅盾拜访了儿童作家 C. 马尔夏克位于花园地墙街[6]（当时叫奇卡洛夫街）14/16号的寓所。现在在这栋传奇性的大楼正面镶有一块纪念铭牌，上写着："在这栋楼房里从1938到1964年生活并工作过诗人萨穆伊尔·亚阔夫列维奇·马尔夏克。"正是在这里，在三楼113号单元里，进行了对于茅盾来说意义

---

① 茅盾：《我走过的道路》，《茅盾文选》，列宁格勒艺术文学出版社1990年版，第537页。

② 同上书，第536页。

③ 同上书，第538页。

④ 同上书，第536页。

⑤ 《茅盾年谱》，新北花木兰出版社2014年版，第637页。

⑥ 莫斯科中心区的一条街道，1938年以前叫花园地墙街（ульцаСадовая-Землянойвал），1938年到1953年叫奇卡洛夫之街（Чкаловская улица），1953到1994年叫奇卡洛夫街（УлицаЧкалова）。

重大的会见，对这次会见的回忆，他稍后一些发表在自己的两篇特写里：《儿童诗人马尔夏克》和《马尔夏克谈儿童文学》。关于这次会见的一些想法还写进了茅盾的自传体小说《我走过的道路》里。尤其是在其中谈到，茅盾在 1 月已经接触过马尔夏克，他"表露出对民间故事、歌曲、传说、现代中国诗歌和儿童故事的巨大兴趣"。因此这次会见茅盾送给他用中国南方故事情节写的《马凡陀山歌》①。马尔夏克回赠给他自己的著名剧本《十二个月》（1943 年）②。

在自己发表在 1947 年 10 月 10 日《新闻报》上的文章《儿童诗人马尔夏克》中，茅盾介绍马尔夏克，说他除了是新的儿童文学的创始人和领导者之外，还领导着把年轻的才华之士吸引到这一领域的有明确目标的工作。看来这篇文章是安排在生于 1887 年的马尔夏克 60 寿辰纪念日发表的。在这篇文章中简短地介绍了儿童诗人卓越的人生道路，叙述了在他的童年和少年时代身边的父母，叙述了他与批评家 B. B. 斯塔索夫（1824—1906）③ 机缘巧合的会见，而他又把 14 岁的马尔夏克介绍给 M. 高尔基。在这篇文章里茅盾还简要介绍了其他一些在马尔夏克文学方向上起了重要作用的有趣事件：例如他在近东漫长的旅行，以及他在伦敦大学的学习。

茅盾题为《马尔夏克谈儿童文学》的特写曾发表在 1948 年 4 月在哈尔滨出版的文集《苏联见闻录》中。我们发现了，这部文集的编者是著名的俄罗斯学家和文学理论家曹靖华，顺便说一句，他于 1930 年代在列宁格勒任教。在这篇特写中，茅盾回忆了在自己为期四个月的苏联之旅中直接到马尔夏克家里做客。在这篇文章里他与中

---

① 诗集。作者袁水拍（1916—1982）。1946 年、1948 年出版。有正、续两集。多采用山歌、民谣形式，以抗日战争后期和解放战争时期国民党统治区的市民生活为题材，从各个侧面反映当时政治腐败、经济崩溃、社会混乱等现象。语言通俗，形式活泼，在当时流传颇广。

② 茅盾：《我走过的道路》，《茅盾文选》，列宁格勒艺术文学出版社 1990 年版，第 538 页。

③ B. B. 斯塔索夫，俄罗斯音乐和美术批评家，艺术史家，档案学家，社会活动家。

国读者一起分享了与杰出的儿童诗人交往的印象，他称其为苏联儿童文学领域的革新家。茅盾真诚地赞赏了他的文学天赋，认为它是带有文雅韵律的语言的朴实与自然易懂，同时又具有平易近人地与儿童谈论严肃事物的特点。因此他称马尔夏克除了是"语言的魔法师"之外，还是"诗歌的教师"①。茅盾认为马尔夏克作品最重要的特点是它们的教育价值。中国作家（指茅盾——译者）说，在这方面马尔夏克强调对儿童教育不该有训诫。为了明确地展示这种对于中国是新现象的例证，茅盾介绍了马尔夏克的诗作《火》。在赞美马尔夏克诗歌才华的同时，茅盾分析了他的创作方法，研究了他的与儿童文学相联系的艺术准则，最后，提出了他称之为世界文学中全新现象的苏联儿童文学独特性的论点②。自由、公正、勤劳和友爱，这就是茅盾在马尔夏克的创作中划分出来的基本主题。除此之外，茅盾还介绍了马尔夏克对中国民间歌曲和故事的兴趣，强调了对应该从童年开始培植的对巩固文化间交流与人民友谊的注意。

在我们研究的这些文章中明显看出茅盾对苏联儿童文学所具有的理想和价值的赞许态度。在 20 世纪后半期中华人民共和国发生了翻译苏联儿童书籍的浪潮。这是苏联儿童作家成为中国同行向其看齐的基本坐标的极好证明。根据中国文艺学家方卫平的观点，在 1950—1960 年代，俄罗斯和苏联文学在中国起了主要指导者的作用。特别是茅盾本人，在苏联作家第三次代表大会上发言指出："苏联文学是最好的教师和忠实的朋友。"③ 应当承认，在 1980 年代，明显扩展了外语翻译的地域。统计一下，在 1980—1990 年代，在中华人民共和国发生了儿童文学发展史上不寻常的高涨，翻译外国儿童文学作品也打破了以往的记录。在综合情境下俄罗斯和苏联儿童文学作品的翻译变换到第四位，可是我们的儿童读物的出版数量却像以往一样保持着

---

① 孔海珠：《茅盾和儿童文学》，上海少年儿童出版社 1984 年版，第 459 页。

② 同上书，第 461 页。

③ 索罗金：《茅盾的创作道路》，莫斯科东方文学出版社 1962 年版，第 182 页。

增长的趋势。

（李逸津译自《远东文学研究》第七届国际学术研讨会论文集，圣彼得堡：НП-Принт 出版工作室，2016 年版，第 109—117 页）

（原刊《徐州工程学院学报（社会科学版）》2016 年第 31 卷第 6 期）

茅盾的苏联战争文学译介
——社会学分析与解读

陆志国

摘 要 本研究以布迪厄的社会学理论为视角分析了抗战时期文学场（文学翻译场）的自治情况、译者茅盾的翻译习性、政治诉求及其在译文《复仇的火焰》中的体现等。抗日战争、国民政府审查等外力冲击下的文学翻译场仍呈现出相对的自主，但当译者对政治资本的追求与翻译相遇时，选译苏联战争文学，并在译文中凸显某种政治意义就成为一种当然行为。

关键词 布迪厄；审查；文学场；政治资本；茅盾

一 引言

全面抗战爆发后，茅盾不再专注于弱小民族文学的翻译，而是将译介的目光转向战争文学。据他回忆，当时的翻译主要与赞助人有关。

曹靖华邀他依照英文本翻译苏联作家巴甫连科（Pavlenko）的《复仇的火焰》（*Flames of Vengeance*），茅盾有些踌躇，因为那时不再提倡转译，而最终同意翻译这部小说还是听了曹靖华的意见。"曹靖华却认为译品的好坏决定于译者的中外文修养和对作品风格的理解，而不在于是否转译。"① 稍早几年穆木天（1934）就撰文倡导直接从原文翻译，以避免劣质译本的出现。尽管鲁迅和茅盾等人对穆木天的

---

① 茅盾：《从思想到技巧》，书报精华副刊，1997 年。

观点进行了批驳，但直接从原文译已愈来愈成为翻译生产者的首要选择。《苏联文艺》的主编罗果夫即在创刊词上声明："我们需要由俄文翻译文艺作品的译者。"① 茅盾也提到当时从俄语原文进行翻译的趋势："那时懂俄文的人已经不少，翻译小说一般都根据原文，不再提倡转译……"② 转译问题或许是茅盾犹豫不决的一个原因，但茅盾转向翻译苏联战争文学并非曹靖华一句劝那样简单，劝说背后有着更为深层的因素。本研究试以布迪厄（Pierre Bourdieu）的社会学理论为视角，以《复仇的火焰》为个案，审视茅盾这一时期的译介选择和翻译策略，尤其关注译者的政治诉求怎样折射于当时的文学翻译场。

二　文学翻译场的自治

根据布迪厄的分析框架③考察文学翻译者的实践首先要看文学场（包括子场域文学翻译场）在权力场中的位置，即审视文学场和文学翻译场是否处于自治状态。

抗战时期文学场（包括文学翻译场）的呈现较为复杂。从地缘政治学的角度来看，中国当时主要分为三大区域：沦陷区、解放区和国统区。

不同地区拥有不同的权力中心，并分别制定了不同的文艺政策。从整体来看，文学场并不体现自治原则（autonomous principle），因为在某个区域产生较大影响的文学在另一区域就不一定被认可，甚至受到制裁，如解放区推崇的文学在国统区就可能被禁售，但在整个阶段的某一区域，文学场则可能拥有相对自主的空间。

布迪厄在理论上赋予场域内部分析以优先性，探讨外部因素的影

① 罗果夫：《信箱（答萧韵先生）》，苏联文艺出版社 1943 年版，第 189 页。
② 茅盾：《我走过的道路》（下），人民文学出版社 1997 年版，第 496 页。
③ Bourdieu，M：《The Field of Cultural Production：Essays on Art and Literature》，Cambridge：Polity Press.，1993 年版，第 14 页。

响也必然要依据场域的内在逻辑。① 当时茅盾的文学和翻译行为主要发生在国统区，国民政府的文化政策、文艺审查等措施就成为干预文学场及文学翻译场的主要外力。国民政府设置了专门的文化机构，颁布了系列法规来维护其文化统治。譬如，1938 年 10 月设立中央图书杂志审查委员会来负责图书的监管，1941 年 2 月又成立国民党中央文化运动委员会（简称文运会）负责规划全国文化运动之各种方案。1938 年 7 月通过《修正抗战期间图书杂志审查标准》，强调对恶意抨击本党，诋毁政府，鼓吹偏激思想，强调阶级对立等反动言论加以查禁②。1940 年 9 月正式发布《战时图书杂志原稿审查方法》，规定凡审查机关不准发行及不遵照指示删改而擅自出版者将受到查禁处分③。1942 年 9 月国民党以文运会名义在重庆创办了《文艺先锋》杂志来推行和宣传国民政府的文艺政策。

　　茅盾在一些文章中多次提到审查等措施的影响。在桂林期间他谢绝了各大杂志对短论和杂文的约稿请求，因为这类文体在他看来是"向敌人掷投枪"，很难"通过图书检查老爷的关口"④。他采取了较为委婉的方式来写作，如借《圣经》故事创作了《耶稣之死》来影射国民党的法西斯统治⑤。由此可以看出茅盾对审查的顾虑与抗争，从历史语境与茅盾的经历又可看出审查针对的是政治倾向明显或者左翼作家的作品。如果不去明显地触及政治，作品就不一定受到制裁。而且作品若由不同的出版社出版，所受的遭遇也不尽相同。茅盾在桂林编了几本文集，前两本都顺利出版，而交给民范出版社的《茅盾自选短篇集》这本他以为"最不可能'危害抗战'的集子"却没有获准出版。茅盾认为："也许民范出版社的后台不硬，或者他们没有

---

① Swartz，D：《Culture and Power：The Sociology of Pierre Bourdieu》，Chicago：The University of Chicago Press，1997 年版，第 128 页。

② 张静庐：《中国近现代出版史料·现代丙编》，上海书店出版社 2003 年版，第 496—497 页。

③ 同上书，第 499 页。

④ 茅盾：《我走过的道路》（下），人民文学出版社 1997 年版，第 459 页。

⑤ 同上书，第 472 页。

打通图书杂志审查处的关节。"① 审查机制在茅盾眼中并非那么规约，就像贺麦晓指出的那样，当时的审查规则是易于规避的②。

《文艺先锋》上发表的文章从另一个角度反映了文学场的情况。《文艺先锋》是文运会主任张道藩创办的文学刊物，宗旨是宣传国民党的民族主义文艺政策，为国民党的战时文化服务。张道藩提出的文艺政策受到不少文化人士的批评，且相关文章多数都刊登在《文艺先锋》上。譬如，沈从文在《文艺政策探讨》一文中讽喻文艺政策只是"那么一点不疼不痒的奖励，再加上些不必要的琐碎限制"，不可能有"良好的作用"③。他强调文学中所阐发的政治理想应该从政治层面来解决，而不是文艺政策所能左右，表达了他对当时文艺政策的失望。沈从文等学者能够在《文艺先锋》上公开表达与官方相左的看法表明在政治干预下文学场仍然呈现出较为开放的空间。作为国民党的机关刊物，《文艺先锋》还是能够基本认同文学场的逻辑，并没有因政治宣传的需要而粗暴干涉。张道藩对茅盾的约稿能反映出象征资本（symbolic capital）在文学场中的作用。

茅盾在 20 世纪 30 年代初就成为知名作家，甚至被认为是当时"中国最伟大的作家"④。为扩大《文艺先锋》在文学场中的影响，张道藩不顾茅盾的左翼身份，费尽心机将其从桂林邀至重庆，请他"提供一个长篇连载，何时交稿'悉听尊便'"⑤。茅盾的长篇小说《走上岗位》在《文艺先锋》发表后，编者在总结期刊成就时指出，茅盾的《走上岗位》和老舍的《火葬》将是抗战中两个重要的长篇。而实际上《文艺先锋》屡屡声称喜欢刊登短篇作品，并不欢迎长篇创作。茅盾和老舍的小说之所以成为例外，与他们的文学声名（象

---

① 茅盾：《我走过的道路》（下），人民文学出版社 1997 年版，第 479 页。

② Hockx，M：《Questions of Style：Literary Societies and Literary Journals in Modern China，1911–1937》，Leiden：Brill，2003 年版，第 227 页。

③ 刘洪涛：《沈从文批评文集》，珠海出版社 1998 年版，第 71 页。

④ 戈宝权：《中外文学因缘：戈宝权比较文学论文集》，北京出版社 1992 年版，第 679 页。

⑤ 茅盾：《我走过的道路》（下），人民文学出版社 1997 年版，第 491 页。

征资本）有很大关系，表明国民党御用文人也很注重遵守文学场的规则或默会语（doxa）。

以上例子简要说明了外部因素从不同角度折射于文学场的情况。贺麦晓在分析审查措施下文学场的自治特征时指出："政治权力的代表并没有在文学场域内占据强有力的地位，若是那样，他们可能会告诉文学家写什么和怎样写。因此，既然政治权力不能被自动转化为文化权力或相反，文学生产就不会受制于审查机构或左翼派别。"① 由此可见国统区统治下的文学场享有相当程度的自治。

作为文学翻译场的母场域，文学场呈现出自治的状态标志着文学翻译场也具有自主性。相比于文学场，抗战时期的文学翻译场享有的自治程度更高，因为文学翻译那时受到的阻力相对较小。茅盾指出，当时"反映现实的作品难于发表，部分作家就转向了译介和研究外国文学"②。

从对苏联文学的译介态度上也能反映文学翻译场趋于自主的情况。国民政府从 20 世纪 20 年代末以来一直采用审查等措施来禁止苏联文学的传播。但 1935 年 10 月成立以孙科牵头的中苏文化协会意味着国民政府对苏联文学译介的解冻。1937 年 8 月，苏联和国民政府签订《中苏互不侵犯条约》，中国和苏联关系升温，苏联文学在中国的译介也随着政治上的联姻而走向合法化。如茅盾所言："那时，苏联是友邦，介绍苏联，说得再热情也无妨。图书杂志审查处的老爷们尚未受命查禁。"③

简而言之，尽管抗战时期的文学场和文学翻译场受到审查等外力影响，但仍然处于相对自治的状态，译者拥有较大的自主性，能够在习性的调适下追逐所处场域的资本（主要指象征资本）。

---

① Hockx，M：《Questions of Style：Literary Societies and Literary Journals in Modern China，1911 – 1937》，Leiden：Brill，2003 年版，第 250 页。

② 茅盾：《我走过的道路》（下），人民文学出版社 1997 年版，第 494 页。

③ 同上书，第 495 页。

三　茅盾对苏联战争文学的译介选择

相对自主的文学翻译场中，译者获得声名的首要标志是选择翻译世界名著，这样原著的象征资本便能较大程度地转化为译者的象征资本，从而使译者在场域中获得更多的利益。而民国时期的一些文学翻译家除了对文学资本和经济资本的追求外，还将文学翻译与国家的振兴和民族的解放结合起来，即体现在对政治资本的追求上，这不同于布迪厄对文学场法则的解释①。茅盾等人在二三十年代选译弱小民族文学，政治资本就是要考虑的一个重要因素。借助政治外力，通过圣化策略使弱小民族文学在场域中的位置得以彰显，促使文学场的等级发生改变，也使茅盾的翻译选择更为注重文学的政治、社会功能，并逐渐构成他的一种翻译习性。②

茅盾在抗战时期对政治身份的追求契合了这样的习性。茅盾1940年从新疆到延安后，本想留下为解放区的抗战文艺做出贡献。但受周恩来的委派，又前往重庆开展文化工作，以便加强国统区文化战线的力量。周恩来这样做是考虑到茅盾在"国内外的名声，在那种环境里活动比较方便"，国民党对他又奈何不得。③ 这说明茅盾是带着政治使命奔赴重庆的，在离开延安前他就向张闻天提出过恢复党籍的问题，但被告知出于斗争的需要暂时未获允许。④ 可见茅盾开展文学及翻译活动的目的与其政治诉求有着必然的联系。到重庆后茅盾为《文艺先锋》撰写了中篇小说《走向岗位》。《走向岗位》持见较

---

① Hockx，M：《The Literary Field of Twentieth-century China》，Richmond：Curzon Press，1999 年版，第 12 页。

② 陆志国：《审查、场域与译者行为：茅盾 30 年代的弱小民族文学译介》，外国语文出版社 2014 年版，第 91—95 页。

③ 茅盾：《我走过的道路》（下），人民文学出版社 1997 年版，第 378—379 页。

④ 茅盾在回忆录中写道："中央书记处认真研究了我的要求，认为我目前留在党外，对今后的工作，对人民的事业，更为有利。"见《我走过的道路》（下），人民文学出版社 1997 年版，第 380 页。

为中和，受到张道藩的赞赏。但茅盾与张道藩较为合作的态度却引起了左翼人士的微词。① 因此，一方面为了有利于抗战，而不采取过激的文学行为，另一方面又能让中共及左翼人士看到他在抗战中的政治、文艺取向，选择翻译苏联战争小说就不失为一个上策。

当时的文学翻译场中，世界古典文学名著和苏联战争文学是翻译的两大潮流。茅盾是这样解释其选择的："在这股翻译介绍世界名著的风气的影响下，我也拿起了译笔，不过我没有涉足古典名著，而是从事了另一个我认为也是意义重大的工作——翻译介绍苏联卫国战争的文学。"② 其选择的理由在《近年来介绍的外国文学》中有所表述："当自己的民族解放事业尚在最艰苦阶段上奋斗的时候，对于表现了自己决定自己命运，创造出人类的地上乐园，而且在反法西斯战争中拯救了人类命运，推动了历史前进的苏联文学，自然不能不发生深厚的兴趣。不，岂但是深厚的兴趣而已，直将由此认识真理，提高勇气。"③

这样的言说和圣化策略与其提倡弱小民族文学的译介是异曲同工。苏联战争文学作为先锋文学要想在文学翻译场中占据有利的位置，必须将世界名著的经典地位进行区隔。这个过程要借助政治力量或政治话语来完成。当时一些翻译家在译文集序言中亦反复凸显政治意义，以此来提高苏联战争文学在场域中的地位。如主编"苏联文学丛书"的曹靖华在译文《死敌》的序中写道："在这不完全的集子里，已经可以看出苏联是怎样粉碎了自己的敌人……这些伟大的宝贵的历史的教训与经验，在我们全国上下争民族独立的今日，是值得我们深切思考研究的，不仅是把这些作品当作小说而已！"④ 茅盾在评述抗战时期的创作时认为好的作品应当具有教育意义："使勇敢者更勇敢，消极者积极起来，懦弱者坚强起来，使强暴奸邪有所畏惧。"⑤

---

① 茅盾：《我走过的道路》（下），人民文学出版社 1997 年版，第 493 页。
② 同上书，第 495 页。
③ 茅盾：《近年来介绍的外国文学》，《文哨》1945 年第 5 期。
④ 曹靖华：《曹靖华译著文集》，北京大学出版社 1990 年版，第 293 页。
⑤ 茅盾：《从思想到技巧》，《书报精华副刊》1947 年第 7 期。

这也是对倡导译介苏联战争文学的一种言说方式。苏联战争文学往往被赋予了双重特征，体现出政治资本和文学资本的合一，就像曹靖华在赞美《虹》时所说："《虹》是一部小说，是用心血凝成的一部最现实的艺术上的杰作，同时也是强有力的号召。"①

茅盾及一些翻译生产者对苏联战争文学的译介赋予了一层政治意义，借政治之力来对文学翻译场的等级秩序进行冲击。这也说明受到战时政治的影响，苏联战争文学亦能在文学翻译场中占据有利的位置。因为它体现着译者对文学资本和政治资本的诉求，契合了茅盾的翻译习性，使茅盾的翻译选择成为当然。

四 场域规范与茅盾译文中凸显的积极政治倾向

西弥奥尼认为，在长期的翻译实践中译者养成了屈从于原文的习性。尹戈莱芮不同意这点，指出考察译者对规范的屈从应放在翻译发生的具体场景中，因为具体翻译实践中对规范的坚守与背离都可能发生。② 围绕茅盾的译介行为考察发现忠实于原文的规范在文学翻译场中逐渐成为译者的习性之一。茅盾在 20 世纪 30 年代就坚持认为："对于文艺作品的翻译，自然最好能够又忠实又顺口，并且又传达了原作的风韵和'力'。"③ 董秋斯等人在 40 年代对翻译的看法和茅盾基本一致。李今将三四十年代的文学翻译实践总结为："在'信'的共识上，进一步要求'达'，在信与达的基础上继续追求各有侧重的不同翻译风格、流派的形成。"④ 简要来说，好的译本建立在"信"

---

① 曹靖华：《曹靖华译著文集》，北京大学出版社 1990 年版，第 325 页。

② Hockx，M：《Questions of Style：Literary Societies and Literary Journals in Modern China，1911 – 1937》，Leiden：Brill，2003 年版，第 249 页。

③ 茅盾在《谈谈翻译——〈文凭〉译后记》中指出："在文艺作品的翻译时，如果能够达到第一目的——传达了原作的'力'，则信与达自在其中。因为不达则感动人的力量自然差了，而不信则决不能像原作那样感动了人。"在他看来，力在某种程度上与译文的政治教育功能密切相关。

④ 李今：《二十世纪中国翻译文学史（三四十年代·俄苏卷）》，百花文艺出版社 2009 年版，第 79 页。

"达"的基础上，并且力求传递出原文的神韵。

作为知名作家和译者，茅盾懂得怎样去赢取或维持自己的声名。他一方面对转译较为谨慎，另一方面尽可能地忠实于原文。总体来看，茅盾的译文较为流畅，删减和不对应（指与英译本）的地方较少，茅盾称这是他翻译的"最大努力结果"。① 但当翻译习性与政治资本的诉求相交织时，译文则出现了不对应的情况，或者译文的某些段落凸显了小说的政治或教育意义。

1. 将阴柔的词译成中性或阳性

英译本常用 her 来指代 Russia，但茅盾常将 her/she 译成"俄罗斯""祖国"甚至"他"，却从来不翻译为"她"，且不惮于重复。例如：

（1）"Russia, our Russia," he repeated incoherently, seized with a tremendous pain for his country, for her misfortune, for all the horrors that the Germans had brought on her. ②

"俄罗斯，我们的俄罗斯呵，"他断断续续反复念这两个字，非常强烈的痛苦抓住了他，为了祖国的受难，为了德国人带了来给他祖国的所有的恐怖。③

（2）Russia is no easy nut to crack, she's like a flame. It's not enough to take her, she must be quenched. And It's a flame that spreads clear up to the Pacific! ④

俄罗斯不是轻易能够砸碎的，俄罗斯好比一股火。火，被拿到了还是不够，必须扑灭。可是俄罗斯这火焰是熊熊万里直到太平洋的!⑤ 中国传统文化中常用"她"或"母亲"来指代祖国，以表现

---

① 刘麟：《茅盾书信集》，百花文艺出版社 1987 年版，第 70 页。

② Pavlenko, P：《Flames of Vengeance》，Moscow：Foreign Languages Publishing House，1942 年版，第 9 页。

③ 韦韬：《茅盾译文全集·小说三集》，知识产权出版社 2005 年版，第 185 页。

④ Pavlenko, P：《Flames of Vengeance》，Moscow：Foreign Languages Publishing House，1942 年版，第 11 – 12 页。

⑤ 韦韬：《茅盾译文全集·小说三集》，知识产权出版社 2005 年版，第 187 页。

祖国的宽容和阴柔之美。译者没有将英文中的 she 直接译为"她",而是反复铺陈"俄罗斯"三个字来加强语句的表达功能。译者消隐了"她"所包含的柔弱形象,而在构建一个钢筋铁骨、充满张力的俄罗斯国家形象,从而昭示中国人学习俄罗斯不屈不挠的战斗精神。

2. 个别单词词义置换

小说中市党部常委柯罗脱叶夫向代表们总结游击队活动时有这样一段话:

(3) What we are undertaking is not a hand-to-hand encounter, but a war which enters into everyday life, so that the very air becomes intolerable for the Germans, so that they fear to eat or drink, fear night and day, fear moon and sun, loud shouts and whispers.①

我们干的,不是一拳一拳的厮打,而是一种进入了日常生活的斗争,要使得空气也叫德国人受不住,要使得他们不敢吃,不敢唱,白天害怕,晚上也害怕,太阳害怕,月亮也害怕,大声地呼唤害怕,小声低语也害怕。② 译者这里没有译出 fear to drink 的意思,却添加了"不敢唱"这个表达。唱歌是情绪的宣泄,在革命斗争中是一种爱国主义和乐观精神的表现。小说中多次提到游击队员喜欢歌唱,这样表述更能突出游击队员给德国士兵造成的恐惧。

3. 归化式歌词翻译

茅盾对游击队员所唱的歌进行了特别处理。以下这首歌在英译本中是自由体,但茅盾却在开头部分以中国诗歌中的五言古体译出。

(4) The cliffs are grim, as the waves in a frenzy of rage
Break white with foam and return to the charge once again
But firm and grey and unyielding

---

① Pavlenko, P: 《Flames of Vengeance》, Moscow: Foreign Languages Publishing House, 1942 年版, 第 26 页。

② 韦韬:《茅盾译文全集·小说三集》,知识产权出版社 2005 年版,第 200 页。

The thrusts repulsed, the cliffs

Rise over the sea…①

海浪汹汹然，狂怒吐白沫，

一次又一次，疯狂冲峭壁；

峭壁何尊严，屹然不稍屈，

一次又一次，粉碎侵犯者，

挺立波涛中，昂首海天阔……②

原文中采取了隐喻的方式，以峭壁不惧海浪来暗示苏联人民威武不能屈的精神。译文在传递出这种精神的同时又将 the thrusts repulsed 译为"粉碎侵犯者"，显然有所指代，使寓意更为凸显。

下一段中原文叙述的重点开始转向人，渲染了伐伦乔人骁勇善战的英雄形象。翻译时茅盾却不顾上下段落在形式上的不协调，采用了楚辞体。

(5) The cliffs have lent their granite bones to us Varangians,

From ocean waves have come the pulse and beat in blood,

Our thoughts are veiled in fog, and secret.

The ocean gave us birth,

And there we'll perish.

The swords are keen, the arrows sharp that arm Varangians,

And never yet has foe escaped their deadly aim.

Heroic men of Northern countries,

Their God is Odin great,

---

① Pavlenko, P: 《Flames of Vengeance》, Moscow: Foreign Languages Publishing House, 1942 年版，第 76 页。

② 韦韬：《茅盾译文全集·小说三集》，知识产权出版社 2005 年版，第 248 页。

The sullen ocean. ①

花岗石兮棱棱，

山赋傲骨兮，伐伦乔人；

浩淼壮阔兮海波，

深密不测兮朝雾，

雾赋我兮思维，

海授我兮脉搏。

生于斯，葬于斯，

嗟我伐伦乔人兮大海之子！

剑利兮镞锐，

仇人兮授首。

嗟我北国之英豪兮，

大神奥定兮我所崇祀。②

　　也许茅盾认为楚辞体更能表现原文的力，"这是唱低音的最雄壮的一支歌。词句和曲调，都是庄严而沉毅，写出了北方的精神的力量，全体浑然成为卓拔的整体。"③。而以奔放之情来表达雄壮、庄严的风格也非楚辞体莫属。胡适在用楚辞体翻译拜伦的《哀希腊》时说："吾所用体较恣肆自如"，"原文精神不敢稍失，每委曲以达之"④。楚辞体能让中国读者忆起爱国诗人屈原，学习他为了国家命运而宁愿献身的精神，像苏曼殊所说："一个人在三十前不读《离骚》，是没有活气的，在三十后读了《离骚》，不能为国家去死，也是没有活气的。"⑤ 茅盾在序言中也强调巴甫林科这部书"是一面镜

---

①　Pavlenko, P：《Flames of Vengeance》，Moscow：Foreign Languages Publishing House，1942 年版，第 76 页。

②　韦韬：《茅盾译文全集·小说三集》，知识产权出版社 2005 年版，第 248—249 页。

③　同上书，第 248 页。

④　曹伯言：《胡适日记全编1》，安徽教育出版社 2001 年版，第 238 页。

⑤　姜亮夫：《楚辞今译讲录》，北京出版社 1981 年版，第 129 页。

子，也是一支号角"①。译者也想从屈原力求报国而受到排挤的事例来表明共产党领导的武装斗争却没有得到宣扬。茅盾写道："当我读了 P. 巴甫连科的中篇小说《复仇的火焰》，我好像看见了我们弟兄的面影，我欢喜而流泪，我亦太息而苦笑，我想到我们那些在冰天雪地中和野蛮残酷的敌人拼死斗争的同胞，几年来高举起复仇的火把，使得广大的土地在敌人底下燃烧，他们的处境困难了百倍，他们的功业却还没得到应有的表彰。"②

　　茅盾在译文中或隐或现地体现出自己对政治资本的追求，这种追求有时以牺牲原文的整体性为代价，说明译者的政治诉求与翻译习性间的角力，或者说政治对文学翻译场造成的冲击。布迪厄指出："文化生产者能够运用自己的权力，尤其在危机时期，对社会空间产生一套系统的、批判的表述，以此动员被统治者的潜在力量，帮助颠覆权力场的既定秩序。"对于茅盾来说，翻译在某种程度上成为一种含蓄的、象征性的表述方式，使他在不丧失威信的情况下有效实施象征权力。

五　结语

　　通过对现有资料的梳理与考证，发现抗日战争、国民政府审查等因素并没有改变文学场及文学翻译场的自主逻辑。茅盾构建起的翻译习性、政治诉求及苏联战争文学的趋时性等因素促使茅盾做出了这样的译介选择。从《复仇的火焰》的译文来看，茅盾能够基本遵守翻译场的规范，力求再现原文的风貌，但在习性及政治身份的作用下，某些译文又凸显出他积极的政治倾向，体现出中国背景下译者的政治资本与文学资本相依又相斥的特点。这种现象也使布迪厄的文学场叙述面临着更大的挑战。

（原刊《天津外国语大学学报》2017 年第 4 期）

---

① 韦韬：《茅盾译文全集·小说三集》，知识产权出版社 2005 年版，第 177 页。
② 同上书，第 176 页。

茅盾与斯特林堡

——从《茅盾全集》的两条注释谈起

杨华丽

一

当把茅盾依次指认为小说家、散文家、翻译家、编辑家、文学批评家时，毫无疑问地，我们更看重的是茅盾在小说创作方面所取得的巨大成就。验诸茅盾研究界所取得的实绩，对小说家茅盾的探析成果显然更为丰硕，更成体系，对后四种身份的茅盾的探究则稍显薄弱。而对于茅盾的散文家、翻译家、编辑家、文学批评家这四种身份之间，以及这四种身份与小说家茅盾之间的复杂关系，尤其是对1916—1927 年间作为散文作者、翻译者、编辑者的沈雁冰，与1927年成为小说作者的茅盾之间的关系，学界尽管已多有关注，但仍存在不尽如人意处。比如，茅盾此时期的翻译与其散文中的妇女解放思想的关系为何？将茅盾此时期的翻译及他对妇女解放问题的思考放诸他的编辑工作中，放诸五四前后的思想演进历程中，其独特性何在？茅盾此时期关于妇女解放问题的散文、大量的翻译作品，与他后来创作的小说、小说人物之间的关联性何在？注意并尝试解答这些问题，或许有助于我们重视1916—1927 年之于小说家茅盾的意义所在，有助于理解小说家茅盾的独特品格之由来。

囿于篇幅，本文重点关注茅盾与斯特林堡的关系，而其切入口，则是《茅盾全集》中的一篇小文章——《对于黄蔼女士讨论小组织问题一文的意见》的两条注释。

《对于黄蔼女士讨论小组织问题一文的意见》，是茅盾以"冰"之名，发表于 1919 年 7 月 25 日的《时事新报·学灯》上的一篇散文，现收入《茅盾全集》第 14 卷。从该卷目录可见，该文之前，茅盾一共发表了 5 篇散文性质的文章：《学生与社会》《一九一八年之学生》《履人传》《缝工传》《福熙将军》。该文之后，至 1922 年 9 月，茅盾依托《妇女杂志》《时事新报·学灯》等阵地，发表了 40 余篇涉及女子经济独立、家庭改制、儿童公育、社交公开、恋爱自由等妇女解放问题的文章。换句话说，该文是茅盾从泛泛地谈论青年学生或外国名人，转而细致、深入地谈论中国的妇女解放问题，切入五四新文化运动的转捩点。在该文中，他表达了他"决不反对解放女子，也未尝不想帮助女子得了解放"① 的意见，但他认为当时妇女解放的情形并不乐观，因为他发现，至少有一大半女子是在"套上文明的假面孔，实行他的'懒惰'主义"②。为驳斥黄女士关于欧战后女子成绩甚好的言论，茅盾提醒她说："但也是大战之后新见的事情，而且恐怕尽力的还是些中等社会的妇女，是平昔不讲女权，不讲 advanced view 的女子！"③ 紧接着，茅盾举了 Shaw（萧伯纳）和 Strindberg（斯特林堡）的作品，来证明大战以前欧洲讲 manly woman 的女子是如何不堪。在论述斯特林堡的文字中，他说的是：

> 再看 Strindberg 的 "Married" 中间的 "A Doll's House"，他所写的新女子，为什么到底又失败呀！"Son of a Servant" 一篇里的新女子，又是好不好呀？Strindberg 是个恨女人的人，他的话或者有些过火，但我看现在我们社会中的情形，他的话实在的确！一些儿不过火！

在 "Strindberg" 后，编者添加的注释内容为：

---

① 茅盾：《茅盾全集》（第 14 卷），人民文学出版社 1987 年版，第 48 页。
② 同上。
③ 同上。

Strindberg 斯特林堡 （J. A Strindberg，1849 – 1912），瑞典戏剧家，小说家。下文的 "Married"，是他的短篇小说集《结婚集》。

然而，在 "A Doll's House" 之后，编者添加的注释却是：

A Doll's House《玩偶之家》，挪威戏剧家易卜生所作剧本名。

上述两条注释显然是矛盾的：根据茅盾原文，A Doll's House 是 Married 中的一篇，Married 既是斯特林堡的小说集，那么，A Doll's House 就应是斯特林堡的小说而非易卜生的剧作。但孤立地来看 A Doll's House，熟悉的译名确实是《玩偶之家》，而其作者，则是易卜生。那么，是茅盾因对斯特林堡的认知不足①而言说有误，还是编注者不小心犯了张冠李戴的错误？要回答这个问题，首先，应搞清楚茅盾所言的 A Doll's House 的作者及体裁；其次，需要思考，如果 A Doll's House 是斯特林堡的小说，那么，该作品在中国的翻译状况如何，该文与易卜生的同名作品之间的联系及区别何在？最后需要回答，在当时的 "易卜生热" 中，茅盾却对斯特林堡做出了肯定性评价，这意味着他在斯特林堡的中国传播中具有怎样的价值？

二

A Doll's House 的确最易被人认定为易卜生的剧作。早在 1914 年，该作品就被译为《玩偶之家》，成了春柳社在上海的公演剧目。

---

① 刘慧英曾说："其实，在章周（按：章锡琛、周建人）之前的茅盾在妇女问题研究方面的知识积累也并不充分，（中略）在另一篇文章里则又将《玩偶之家》指认为斯特林堡的作品。"见刘慧英：《女权、启蒙与民族国家话语》，人民文学出版社 2013 年版，第 177 页。此处所言的 "另一篇文章"，即《对于黄蔼女士讨论小组织问题一文的意见》，而 "《玩偶之家》"，就是 "A Doll's House"。

随后的 1915 年，胡适就关注到易卜生，且提及自己 "颇思译 Ibsen 之 A Doll's House 或 An Enemy of the People"①。到了 1918 年 6 月 15 日，《新青年》出版第 4 卷第 6 号时，在胡适的大力组织下，"易卜生号"隆重问世，易卜生的生平思想、主要剧作被一一推介。在该期目录中，第二篇文章的标题即为 "《娜拉》（A Doll's House）"。即是说，该 "娜拉"虽不是 A Doll's House 的准确汉译，但在胡适看来，二者却可等同视之。在《易卜生主义》中，胡适说了 "他自己（按：娜拉）不过是他丈夫的玩意儿，很像叫化子的猴子专替他变把戏引人开心的"之后，添加了一个括号，内写 "所以《娜拉》又名《玩物之家》"②。可见，A Doll's House 可以翻译为《玩物之家》，也可以翻译为《娜拉》，但胡适显然更倾向于使用《娜拉》而非《玩物之家》之名。在《易卜生传》中，袁振英则说："一八七九年《娜拉》一剧出版。是剧一名《玩偶家庭》（A Doll's House），亦名《模范家庭》，为易氏生平最有名之杰作。（中略）是剧之主人为娜拉 Nora。"③ 可见，在袁振英眼里，用 "娜拉""玩偶家庭"或者 "模范家庭"来指认这部剧作都是可行的，但从翻译的准确性出发，A Doll's House 与 "玩偶家庭"的译名更匹配，所以她特意将该英文名置于 "玩偶家庭"之后。待到 1918 年 10 月，商务印书馆出版了陈嘏编译的《傀儡家庭》。但不管是将 A Doll's House 译为《娜拉》《玩物之家》《玩偶家庭》《傀儡家庭》还是《模范家庭》，不管论者如何评价娜拉这个人物之于中国婚姻家庭革命、A Doll's House 之于 "现代社会""将来社会"的重要意义④，娜拉这个人物以及 A Doll's House 这个剧本的影响力，在面世之初，都并未产生人们惯常以为的巨大的

---

① 胡适：《非留学》，《甲寅》第 1 卷第 10 号之 "通讯"栏。

② 胡适：《易卜生主义》，《新青年》第 4 卷第 6 号，1918 年 6 月 15 日，第 491 页。

③ 袁振英：《易卜生传》，《新青年》第 4 卷第 6 号，1918 年 6 月 15 日，第 612 页。

④ 袁振英曾说："易氏此剧，真足为现代社会之当头棒，为将来社会之先导也。"见《易卜生传》，《新青年》第 4 卷第 6 号，1918 年 6 月 15 日，第 613 页。

反响①。即便到了 1919 年 3 月，胡适在发表中国版的娜拉故事——《终身大事》时，《娜拉》在当时中国的处境依然尴尬②。直到五四运动的爆发，才真正加快了《娜拉》及《终身大事》被国人尤其是女性接受的进程。《终身大事》在《新青年》刊出仅仅 3 个月后，就在第一舞台上演，观看的人中，有《新青年》派的重要代表鲁迅和周作人③。此后，北京、山东等地不断上演这两部剧本，田亚梅和娜拉因此成为那一时期最有光彩的新女性形象，"出走"因此成为那一时期女性心中最具魅力的时代姿态④。那一时期，不再愁找不到女性来扮演田亚梅了，几乎所有以"新青年"自诩的女性，都争着扮演这个角色。那时愁的，却是找不到女性来扮演《孔雀东南飞》中的焦母⑤。时代风气的逆转，由此可见一斑。与时代风气逆转相随的

① 聂绀弩曾回忆说："在《新青年》上写文章的人，最使我爱好的是吴又陵先生。（中略）大概因为他谈的都是中国的玩意儿，比较什么德先生，赛先生，易卜生等等都容易懂些。"（聂绀弩：《读〈在酒楼上〉的时候》，《聂绀弩全集》第 4 卷，武汉出版社 2004 年版，第 150 页。）聂绀弩感觉到易卜生不容易懂，可能是易卜生初入中国时反响不大的原因之一。

② 1919 年 3 月 15 日出版的《新青年》上，胡适发表了《终身大事》这部模仿《娜拉》的剧本。在他为剧本撰写的序与跋中，胡适述说了《终身大事》从撰写到演出到发表的曲折历程。由此可见当时时势之一斑。

③ 鲁迅在 1919 年 6 月 19 日的日记中说："晚与二弟同至第一舞台观学生演剧，计《终身大事》一幕，胡适之作。"（《鲁迅全集》第 15 卷，人民文学出版社 2005 年版，第 371 页）

④ 湖南赵五贞自杀事件之后，向《大公报》（长沙）投稿的毓莹提出解决父母代定的"未婚男"问题的方法之一，就是"走为上"，"如胡适之先生的终身大事剧内理想的田女士，和南门外实行的常女士，都是痛快的人物，如果没有相当的人，也可以出谋独立生活。"见毓莹：《一个问题》，《大公报》（长沙），1919 年 11 月 22 日。

⑤ "五四"运动后，北京女高师开始自己排演话剧。其中，有冯沅君、庐隐、苏雪林、程俊英、孙桂丹参与的《孔雀东南飞》是其较早排演的话剧。冯沅君、庐隐、苏雪林等创作了一个三幕五场的悲剧，之后，李大钊担任导演，后请陈大悲先生帮助排演，而在角色的选取上，刘兰芝、焦仲卿、小姑子都轻松地找到了人，但没有人愿意扮演封建家长的代表焦母。最后实在无人担纲，冯沅君才自告奋勇，扮演焦母角色。见严蓉仙：《冯沅君传》，人民文学出版社 2008 年版，第 24—29 页。

是，A Doll's House 的译名《玩偶之家》或者《傀儡家庭》①流行。以至于时至今日，当提到易卜生，仍会自然而然地想起《玩偶之家》或者《傀儡家庭》，想起其英文剧名 A Doll's House。故而，《茅盾全集》的编注者将茅盾文中的 A Doll's House 注释为易卜生的剧作名，且将其译为《玩偶之家》，是可以理解的。

但是，茅盾在文中谈到 A Doll's House 时说的是："'A Doll's House'（中略）的新女子，为什么到底又失败呀！"如果将此处的 A Doll's House 看成是易卜生的《玩偶之家》（或曰《傀儡家庭》），剧中的"新女子"显然就应该是娜拉，那么，娜拉"到底又失败"了吗？

首先，该剧"描写社会之诈伪，及名分心，攻击家庭制度；写妇人之地位，如爱鸟之在金笼。其表明家庭制罪恶，发展女子之责任：其光荣权利，不在训夫教子，乃在乎己身之独立及自由。"②剧中的女主角娜拉，在醒悟到自己以前不过是丈夫的玩物之后，在醒悟到自己继续留下去将永无摆脱玩物地位的希望之后，在醒悟到自己的孩子也将是新造的玩物之后，下定决心，带上了大衣、帽子、小包裹，围上了围巾，勇敢地打开了封闭的门，走出了牢笼式的婚姻与家庭。剧本以"外面大门关闭的声音"结束，即是说，在娜拉"出走"这一动作发出时便戛然而止了。显然，易卜生所致力的是鼓动玩物般的女性离家出走，而并未思考，更未告知读者思考"娜拉走后怎样"的问题。在易卜生的剧作中，娜拉的出走就是胜利，她并没遭遇"到底又失败"的命运。其次，在该作品诞生后的初期，北欧各国"以其为女子争自由，（中略）其开演也，万人空巷。赞成反对，靡所适从；家庭之中，莫不以是为话柄；无数家庭之秩序，为之纷扰不

①　1925 年，欧阳予倩翻译的《傀儡家庭》发表于《国闻周报》第 14—16 期；芳信译的《傀儡家庭》于 1940 年在金星书店出版；翟一我译的《傀儡家庭》于 1947 年由南京世界出版社出版；沈子复译的《玩偶夫人》于 1948 年在上海永祥印书馆出版。

②　袁振英：《易卜生传》，《新青年》第 4 卷第 6 号，1918 年 6 月 15 日，第 612 页。

安。普通社会，前已为《社会栋梁》一剧所感动，慷慨激昂，其大梦似已半醒矣，故其对于《玩偶家庭》尤为欢迎。而顽固之辈，更骂易氏为'不道德'。蜚声社会，'Immoral'之名称，传遍环球"①。显然，在北欧各国，有"赞成"该剧者，有对该剧"尤为欢迎"的"普通社会"成员，那么，娜拉也就并未遭遇"到底又失败"的命运。最后，在1918年的中国，一些读者将娜拉看成反叛名分、打破腐败家庭的英雄："当娜拉之宣布独立，脱离此玩偶之家庭；开女界广大之生机；为革命之天使，为社会之警钟；本其天真烂漫之机能，以打破名分之羁绊，得纯粹之自由，正当之交际，男女之爱情，庶几维系于永久，且能真挚！"② 茅盾则评述道，"《新青年》出'易卜生专号'曾把这位北欧的大文豪作为文学革命，妇女解放，反抗传统思想……等新运动的象征。那时候，易卜生这个名儿，萦绕于青年的胸中，传述于青年的口头，不亚于今日之下的马克思和列宁。"③ 可见，无论是就易卜生本人对娜拉的态度、北欧各国的评价，还是就"五四"时期中国知识界的反应而言，娜拉都绝不应该被定性为"到底又失败"了的一个新女性。

由此，易卜生的 A Doll's House 与茅盾所言的该作品中的女性形象存在巨大反差。所能给出的合理解释或许只有两种：一是茅盾因对斯特林堡所知甚少而犯了大错；二是茅盾所言的 A Doll's House 根本就不是易卜生的剧作。

那么，茅盾对斯特林堡所知甚少吗？

在茅盾原文中，他紧接着就论及了斯特林堡的另一部作品 Sonofa Servant，还说斯特林堡"是个恨女人的人"，并对 A Doll's House 及 Sonofa Servant 中所表现的女性观进行了如是评价："他的话或者有些过火，但我看现在我们社会中的情形，他的话实在的确！一些儿不过

---

① 袁振英：《易卜生传》，《新青年》第 4 卷第 6 号，1918 年 6 月 15 日，第 612 页。

② 同上书，第 613 页。

③ 茅盾：《谭谭〈娜拉〉》，《文学周刊》1925 年第 176 期。

火!"这似乎在提醒我们,茅盾对斯特林堡的了解是比较全面的。如果再注意到以下事实,就更不会认为茅盾对斯特林堡所知甚少了。

第一,与《对于黄蔼女士讨论小组织问题一文的意见》发表的时间最相接近的 1919 年 7 月,茅盾以雁冰之名发表了《近代戏剧家传》,介绍了比昂逊、契诃夫等 34 个作家。其中,第二个被介绍的戏剧家就是斯脱林褒格(August Strindberg)。在介绍时,茅盾说他是"多才多艺人","只就文学一面而言,他是戏曲家,也是小说家,而短篇小说尤好。""斯脱林褒格是出名的古怪人,是一个厌恶女人的人。彼所著小说中,远流露此意。而彼所著戏曲之佳处,则在处处能解剖人生性质至极精极细。一生所做戏曲,有四五十种,最著名者,要算《父》。"① 而且花了较大篇幅,对《父》进行了深入分析。

第二,1919 年 9 月 18 日,茅盾所译斯特林堡的小说《他的仆》,刊载于《时事新报》副刊《学灯》。

第三,1920 年 1 月,茅盾所译斯特林堡的小说《强迫的婚姻》,刊载于《妇女杂志》第 6 卷第 1 号。

第四,1920 年 1 月 25 日,茅盾在《小说新潮栏宣言》中指出,当时应该"尽量把写实派自然派的文艺先行介绍,(中略)写实派自然派的文学却浩如烟海,我们要急就,便不得不拣几人几种的著作尽先译出来,其余的只好从缓。"在随后列出的应先行翻译的 12 家的 30 部著作中,第二家即是 Strindberg, A,而其作品则涵括 At the edge of the Sea、Miss Julia(A Play)、The Father(A Play)这三部,占了总数的十分之一。茅盾自陈,"这十二位作家的择选,都是用严格的眼光,单注意于艺术方面",又说:"斯德林倍格(中略)是个艺术手段极高的人,他的东西总是如此。"②

第五,1920 年 4 月,茅盾所译斯特林堡的剧本《情敌》,刊载于《妇女杂志》第 6 卷第 4 号。

---

① 雁冰:《近代戏剧家传》,《学生杂志》第 6 卷第 7 号,1919 年 7 月。
② 茅盾:《小说新潮栏宣言》,《小说月报》第 11 卷第 1 号,1920 年 1 月 25 日。

第六，1921 年 4 月，茅盾所译斯特林堡的小说《人间世历史之一片》，刊载于《小说月报》第 12 卷第 4 号。

可见，在 1919—1921 年这段时间，茅盾不仅对斯特林堡的性格、文学成就、戏曲及小说特征有准确而全面的认知，而且还亲自实践，翻译了小说《他的仆》《强迫的婚姻》《人间世历史之一片》以及剧本《情敌》。他虽未翻译剧本《父》，但能对该剧本的特质进行评析；他虽未翻译 At the edge of the Sea、Miss Julia，但他对其价值有着充分认识，故而特意列出以供他人选择。关注到这些后，大概会明白，"茅盾对斯特林堡所知甚少"这个判断有些不合实际，也肯定会推论出，茅盾文中所言的 A Doll's House 根本就不是易卜生的剧作，而只能是斯特林堡的小说。

另外，也可通过查找斯特林堡的 Married 及 A Doll's House 的汉译文本，来核查茅盾该文中关于斯特林堡的言说的准确性问题。

在茅盾文章问世前后，斯特林堡的 Married 及其中的 A Doll's House 已经受到了中国思想文化界的关注。1918 年 8 月 15 日出版的《新青年》第 5 卷第 2 号上，周作人就介绍说："A. Strindberg（中略）短篇集《结婚》（Giftas）出，世论哗然。其书言结婚生活，述理想与现实之冲突，语极真实，不流于玩世。而反对者乃假宗教问题罗织成狱，然卒无罪。"① 不仅如此，他还将《结婚》中的两篇小说翻译出来，以《不自然淘汰》和《改革》之名一并发表②。1922 年 4 月 1 日发行的《妇女杂志》第 8 卷第 4 号上，就刊载有署名斯德林褒著、仲持译的《玩偶家庭》。1929 年，由蓬子、杜衡合译的《结婚集》由光华书局出版发行。1930 年，梁实秋选译的《结婚集》由中华书局出版发行。梁译本一共 9 篇，无 A Doll's House 的译文；蓬子、杜衡合译本一共 19 篇，为 Married 的全译本，其中 A Doll's House 被译为《玩偶家庭》。

---

① 见周作人在译文《不自然淘汰》前所写的译者识。《新青年》第 5 卷第 2 号，1918 年 8 月 15 日。

② 二者均见《新青年》第 5 卷第 2 号，1918 年 8 月 15 日。

综合上述论证，可以肯定，茅盾在《对于黄蔼女士讨论小组织问题一文的意见》中所言的 A Doll's House，不是挪威作家易卜生的剧作，而是瑞典作家斯特林堡的小说；不是茅盾对斯特林堡认知不够，而是人们想当然地以为 A Doll's House 就只能是易卜生的剧作，忽略了斯特林堡所创作的同名小说的存在。

三

上述结论，消除了我们对茅盾准备不充分的认识，使我们明白了 A Doll's House 的小说、剧本的并存性，但众所周知，易卜生与斯特林堡是北欧同时代的大作家，在戏剧方面所取得的成就又在伯仲之间，那么，两人同以 A Doll's House 命名的作品，是否存在联系，又是否存在区别？只有弄清楚了这一点，才能更好地理解茅盾在该文中关于斯特林堡的论述，从而更好地理解茅盾在斯特林堡的中国传播中所处的位置。

早在《新青年》的"易卜生号"中，袁振英就曾描述过易卜生的《娜拉》诞生后在北欧各国获得的多样反响：《娜拉》"其功效诚无纪极。北欧各国，以其为女子争自由，咸际际危惧。（中略）赞成反对，靡所适从；家庭之中，莫不以是为话柄；无数家庭之秩序，为之纷扰不安。（中略）顽固之辈，更骂易氏为'不道德'，蜚声社会，'Immoral'之名称，传遍环球。"① 此处所言北欧各国的反对意见绝非虚言。而瑞典的大剧作家、小说家斯特林堡，就是针锋相对的反对者之一。其首要证据，正是他创作了与易卜生的剧作 A Doll's House 同名、观点却正相反的小说：

> 距今四十三年前，欧洲大陆的思想界，发生震天动地的一件事情，这便是易卜生的名剧《玩偶家庭》的出世了。《玩偶家

---

① 袁振英：《易卜生传》，《新青年》第 4 卷第 6 号，1918 年 6 月 15 日，第 613 页。

庭》这一本三幕的剧本，可以当得妇女人格独立的宣言书，自由离婚的唱（按：原文如此）导者。这一部剧本在欧洲各大都市的戏院里到处开演，女子看了感动的也有，流泪的也有，恍然醒悟的也有，因看了这剧本，毅然决然提出离婚，脱离玩偶家庭的女子，更不知多少。这确是一件最可纪念的事呢！

但是《玩偶家庭》出世以后，也颇引起了各处的回攻和反响，如易卜生的同时代的邻国的大小说家斯德林襃（August Strindberg）便是其中的一个。斯德林襃是近代斯干狄那维亚最著名的写实小说家，但是他却是个女性憎恶者，对于妇女人格独立，反对最甚。这一篇是他的短篇集《结婚生活》中的一篇，是针对着易卜生的《玩偶家庭》而作的，对于女性的讥诮。①

上述信息丰富的文字，全部出自仲持②为斯特林堡原著、自己所译的《玩偶家庭》而写的"译者记"。由此，至少可以明确以下两点：第一，斯特林堡的《玩偶家庭》系受易卜生的《玩偶家庭》之刺激而作，在时间上可谓是易卜生之作的接续；第二，斯特林堡是个"女性憎恶者"，反对妇女人格独立，而易卜生则主张妇女人格独立、号召妇女解放，两人的《玩偶家庭》虽同名，但在观点上可谓正相反。前一点关乎两个 A Doll's House 的联系，后一点则关乎两个 A Doll's House 的区别。

其实，当细读斯特林堡的《玩偶家庭》时就会发现，具体到这个文本内部，这两个同名作品之间、斯特林堡与易卜生之间的联系与区别更为明显。

在斯特林堡笔下，主人公"他"和"她"婚后最初六年的日子，都是很和谐的：他们两人更像恋人而非夫妻。但这一年，"他"照往

---

① 仲持：《玩偶家庭·译者记》，［瑞典］斯德林襃著、仲持译：《玩偶家庭》，《妇女杂志》第 8 卷第 4 号，1922 年 4 月 1 日。

② 仲持，即胡仲持，原名胡学志，生于 1900 年，浙江上虞人。笔名有仲持、宜闲等。胡愈之之弟。1920 年代考入《新闻报》任记者。1921 年参加文学研究会。1928 年进《申报》，任电讯编辑、国际版主笔。

常一样外出，为免去"她"的孤寂，"他"在信中叮嘱"她"找一个女性朋友。于是"她"找到了奥的利亚·散特格林，一个宗教家。但随后，"她"在奥的利亚的影响下，女性意识开始苏醒。"她"给"他"寄去了易卜生的《玩偶之家》，在信中说自己醒过来了，认为他们的婚姻是肉欲的、物质的而非柏拉图的，"她"只是"他"的管家婆而已，没有人格的独立、人格的平等，等等。在奥的利亚的宗教思想和易卜生的妇女解放思想影响下，"她"和"他"渐行渐远。后来，"他"从岳母（她的母亲）处得到帮助，于是开始假装亲近奥的利亚，随后激发起了"她"的嫉妒心，最终重新唤回了"她"对"他"的爱情。于是，这个小"娜拉"的独立出走计划失败，两人重新做回了在"他"眼里的"和谐"夫妻。在该文本中，是"他"而非"她"，取得了最终的胜利；"她"，正是茅盾文中所言的"到底又失败"了的新女性。小说中，易卜生的《玩偶家庭》的出现，是二人情感发生裂变的重要因素，而情节的展开，就在坚信既有夫妻伦理观念的"他"，与听从易卜生妇女解放思想的"她"之间进行。显然，文本中两人的纠葛，就是斯特林堡的女性观与易卜生的女性观发生冲突的过程；文本中的"他"的胜利，就是斯特林堡的女性观的胜利。通过小说的撰写，斯特林堡讽刺了易卜生《玩偶家庭》体现的女性解放的诸多观念，宣告了他对妇女人格独立的不屑一顾，也拆解了易卜生的娜拉觉醒并出走的神话。换句话说，小说《玩偶家庭》就是斯特林堡与易卜生观念之争的战场。没有易卜生的 A Doll's House，极可能不会有斯特林堡的同名小说的出现；没有成功的娜拉的出现，也就极可能不会有"她"这个"到底又失败"了的新女性出现。A Doll's House 或曰《玩偶家庭》，是映照易卜生与斯特林堡女性观之别的一面镜子。

从这个意义上来讲，重读茅盾在《对于黄蔼女士讨论小组织问题一文的意见》中论述斯德林堡的文字，就会觉得他对 A Doll's House 的论析切中肯綮。

不仅如此，茅盾在该文中，还表达了对斯特林堡观点的赞同之意。他说：

Strindberg 是个恨女人的人，他的话或者有些过火，但我看现在我们社会中的情形，他的话实在的确！一些儿不过火！

乍看之下，一定觉得不可理解。因为，众所周知，在五四前后尤其是五四后的中国思想界，"易卜生热"乃是一股不可忽视的潮流，其剧作如《娜拉》《群鬼》《国民公敌》等中的妇女解放、家庭解放、社会解放思想，多被中国思想界中人所倚重，而斯特林堡是反对易卜生的妇女解放观的，照理就不应被引介，或者即便引介，也应将其作为易卜生的对立面进行否定性观照。事实上，仲持及朔一正是如此言说的——

易卜生的《玩偶家庭》，是讨论离婚问题的最大名剧，所以我把斯德林褒的反驳《玩偶家庭》的小说译了出来，一则因此可见易卜生的剧本在当时影响非常巨大，二则这小说给力争人格的新妇女以一种警告，——意志力的薄弱是新妇女前途最危险的暗礁。要是有人拿了这一篇当作侮辱女性的话柄，助反动派张目，那便不算我译这篇的本意了。[①]

"娜拉"（Nora），原名《玩偶家庭》（A Doll's House = Fin Puppenheim），是瑙威大文豪亨利克易卜生（H. Ibsen）社会剧中最大杰作之一；他的文名，也因此剧而增高。剧中包含人生问题，社会问题，家庭问题，妇女问题，婚姻问题等，而于本号所讨论的离婚问题，关系尤切。仲持先生既然将著名女性憎恶者斯德林褒反对易卜生的一篇小说《玩偶家庭》译载于前，所以我再把易卜生的剧本，节成这篇本事，以作对照。[②]

同时出现在《妇女杂志》第 8 卷第 4 号上的上述文字告诉我们，

---

① 仲持：《玩偶家庭·译者记》，[瑞典] 斯德林褒著、仲持译：《玩偶家庭》，《妇女杂志》第 8 卷第 4 号，1922 年 4 月 1 日。

② 朔一：《易卜生名剧〈娜拉〉本事》，《妇女杂志》第 8 卷第 4 号，1922 年 4 月 1 日，第 206 页。

他们之所以翻译《玩偶家庭》或者撰写《易卜生名剧〈娜拉〉本事》，目的都在进行对照，提醒中国妇女不要做斯特林堡笔下那种意志力薄弱的女性，而为易卜生式的妇女解放、娜拉式的妇女鼓与呼。他们的言辞间，无一不透出对易卜生的推崇。

然而茅盾不同：他对易卜生当然尊崇，对他的妇女解放观念也屡屡谈及，然而他不仅不抹杀斯特林堡的价值，而且有着同情之理解。其原因在于，他观察到了"我们社会中的情形"。

这"情形"，就是在当时妇女解放运动风起云涌的大背景下，"社会上一般女子"却"程度很低"，以及受过高等教育的一大半女子的状况也不容乐观的现实。前者自不用多言，这类人当然不应被统统纳入文本中讨论的"小组织"，难的是在"小组织"中限定后者的入会资格是否合理：在包括黄蔼女士的常人的眼里，后者是新女性，是"小组织"当然应吸收的人选，故而黄女士在文中攻击主张限定新女性入会的舜生君。然而在茅盾看来，这些新女性并没有什么好。他描述说："他们套上文明的假面孔，实行他的'懒惰'主义，——不屑管家务，在一屋子里行互助；不屑做 house-wife 守在家里，却又猜忌丈夫对女子的交际！他们要读书，为的是一种资格，好吸引个好丈夫；他们研究新学问，为的是一种利器，好抵制丈夫的拘束（这不是旧日的拘束，可称是合理的拘束），到头来，都把丈夫当个 play-thing，不当他是个 co-partner。口里说 manly-woman，却做不出 manly 的事情；口里说男人不肯解放女人，却不自求解放之道，便真个解放了，他还是不能挺起胸膛自立，做个堂堂的人。这种新女子，这种解放时代的女子，平心想一想，有什么好呀！"[①]

茅盾所述新女子实行懒惰主义的情形——不屑管家务；猜忌丈夫对女子的交际；研究新学问，意在寻找利器好抵制丈夫的拘束；等等。这些不正是斯特林堡的《玩偶家庭》及《他的仆》中的新女性所具有的特征吗？"到头来，都把丈夫当个 paly-thing，不当他是个 co-partner"，不正是两部小说中的女主角的缺失吗？所以，一方面可

---

① 茅盾：《茅盾全集》（第 14 卷），人民文学出版社 1987 年版，第 48 页。

以说，正是茅盾对中国的新女性在妇女解放运动中种种行径的质疑，对这种新女子并不好的认定，促使他在 A Doll's House 和 Sonofa Servant 中看到了斯特林堡批评新女性的合理性，另一方面则可以说，正是他阅读斯特林堡《结婚集》的经验，照亮了他对中国现实情形的静观默察。他的赞同斯特林堡，因此就是一种必然。

无独有偶，在发表他所译的《他的仆》（斯特林堡著）时，茅盾在"译者识"中如是说：

> 我把这篇译出来，似乎像故意奚落现在的新女子。我实在该死。可是我欲声明一句：我决不敢奚落现在的新女子；奚落的心理，和翻译这篇的心理，当然不能有什么关系；这是要请读者原谅的。不过我以为在现在这种人心迷乱的社会里，又加上新思想的狂潮；进取的精神果然很要紧，迟疑审慎，十二分研究的心理倒也不可不存；而在男女关系问题，尤应该不冒昧做 Strindberg 这一篇的主意，并不是专骂新女子，实在是对于夫妇关系下一个问题。丈夫供给妻子，妻子办丈夫的杂务，倒底算不算主仆关系？我们不要拿西洋的社会情形讲，我们就我们的情形讲，应该怎样回答这句话呢？①

这段文字中，茅盾依然透出对斯特林堡该篇小说意旨的重视，依然透出关注中国当时的社会情形这个现实动因，依然显出其独特的"迟疑审慎"姿态。但尤其值得注意的是，茅盾忽略了斯特林堡的"女性憎恶者"特征，而将他的小说作为提出男女关系问题的文本进行阐释，希望促成作为读者、作者的"我们"去思考"社会情形"并回答。

茅盾在《对于黄蔼女士讨论小组织问题一文的意见》中对斯特林堡的正面评价，对《他的仆》的问题小说性质的指认，显示出他

---

① 见［瑞典］斯特林堡著、茅盾译：《他的仆》，《时事新报·学灯》1919 年 9 月 18 日。

特有的清醒：他放过了对妇女解放的必要性的讨论，而反复言说怎样的女性才可以当得起解放的重任，以及妇女解放的真正目标问题。他在这方面的独特思考，汇入了五四时期妇女解放的思想洪流。就如鲁迅以"娜拉走后怎样"的问题警醒了一大批盲目跟从时代潮流的女子一样，茅盾对斯特林堡的深入关注，和他此时期一系列涉及妇女解放问题的散文一起，成为了此时期妇女解放大合唱思潮中的不可忽略的声部。"'五四'时期关于妇女解放运动的议论，并非只有为走出家庭的'娜拉'呐喊助威的声音，而是一个众声喧哗的多声部合唱。茅盾的发言是这个时代大合唱里一个很重要的声音。"①

结语

考察茅盾与斯特林堡之关系的角度自然很多，上述努力不过是一种尝试。但其中勾连出的一些现象，比如茅盾的翻译与其思想、言论之间的关系，茅盾翻译对象的选取与"五四"前后思想文化潮流之间的关系，都是值得学界关注、饶有兴味的学术生长点。如若将茅盾在商务印书馆编译所、国文所中经受的磨砺、他与《新青年》等新文化派的交往璎珊，与他的思想转型、文化转型以及1927年后的文学创作联系起来进行考察，应当能发现更有意思的一些结论。比如，正是在商务印书馆的翻译工作，促成他发现了涵芬楼这个宝库，并通过这个宝库建立了他与世界文学与文化之间的关联；正是在商务印书馆的翻译工作所取得的杰出成绩，使得他拥有了从事编辑工作的机缘，一方面得以继续打通他与世界文学、文化之间的隔墙，一方面得以深度楔入中国当时的思想文化界及文学界，从而在不经意间朝文学批评家之路行进；正是他的翻译、编辑、文学批评工作，为他后来的小说创作抹上了底色，规定了基本的人物、题材、主题乃至致思方式，为他后来成为小说家、散文家、翻译家、编辑家、文学批评家奠

① 乔以钢、刘堃：《试析〈中国新文学大系·小说一集〉的性别策略》，《南开学报》2005年第2期。

定了最为坚实的基础。在茅盾的成长、蜕变之路上，翻译可谓是他的根。从这个意义上说，研究茅盾与其翻译对象之间的表层与深层联系，应是茅盾翻译研究中的重要任务。

（原刊《鲁迅研究月刊》2017 年第 6 期）

第三篇

论著评价

抗战中的郭沫若与茅盾
——郭沫若与茅盾展览纪实暨学术讨论集

　　赵笑洁著《抗战中的郭沫若与茅盾——郭沫若与茅盾展览纪实暨学术讨论集》由当代中国出版社于 2016 年 5 月出版，16 开本，平装，236 页。是研究抗战时期郭沫若与茅盾的重要论著之一。郭沫若和茅盾都是在中国现代历史上影响深远的人物，他们无论是对中国现代文学创作方法的革新，还是对中国现代社会文化发展的探索，都做出了突出的贡献。在风雨如晦的抗战岁月中，郭沫若和茅盾积极投身到全民族解放的大潮之中，担负起民族独立和文化复兴的重任。为缅怀郭沫若和茅盾在抗战中的业绩，2015 年 5 月 14 日至 15 日在浙江省桐乡市乌镇联合举办了"抗战中的郭沫若与茅盾学术研讨会"。该书是这次研讨成果和展览内容的展现，共分学术研讨、文博论坛、展览现场三个部分。该书的出版，较为清晰地记录了郭沫若、茅盾在抗战中的文化业绩，全面和真实的勾画了他们之间的关系，呈现了他们在现代中国社会发展和文化建设等方面的深刻影响。

起步的十年

——茅盾在商务印书馆

钟桂松著《起步的十年——茅盾在商务印书馆》由商务印书馆于 2017 年 1 月出版，32 开本，精装，459 页。是难得一见的通过商务印书馆研究茅盾的专著，既是茅盾研究的全新成果，也是对商务印书馆馆史的极大丰富。该书研究介绍了茅盾在商务印书馆的十年中（1916—1926）所从事的编辑工作和革命活动，生动再现了茅盾因缘际会进入商务印书馆工作，逐渐从一位进步青年蜕变为一位坚定的马克思主义者，从一个小小阅卷员成为《小说月报》主编，进而擎起中国新文学大旗的成长过程。书中主要讲述了茅盾的编辑贡献、翻译贡献，组织和领导五卅运动、商务印书馆工运的经历，以及与创造社进行文艺论战的往事。第二辑、第三辑通过介绍商务印书馆的领导、同事，年轻时的朋友、偶像与茅盾的往来，全面立体地展示茅盾在商务印书馆时的风采，并以茅盾的视角讲述了张元济、孙毓修、王云五、高梦旦、周作人和胡适等民国精英知识分子的故事。

书评：

"商务"十年与茅盾的文学底色

——从钟桂松的《起步的十年：茅盾在商务印书馆》说起

茅盾是一个人生经历相当丰富的作家。早年丧父、青年辍学，既是中国共产党最早的党员之一，同时在文学上他又是中国左翼文学的中坚力量，从鲁迅到左翼阵营都曾给予《子夜》极高的评价。

在这些颇具传奇色彩的履历面前，茅盾在商务印书馆默默工作的十年显得并不瞩目，甚至有些平淡。且不说很多读者并不熟悉茅盾的这段经历，即便是有所了解，但这十年在茅盾文学道路上发挥着什么样的重要作用，却远远被低估了。在大多数人的认识中，《蚀》是茅盾创作的起点，《子夜》是高峰，《腐蚀》是进一步的深化，但实际上贯穿和沉淀于茅盾整个文学创作的根本底蕴和底色却是这"商务"的十年，这一点并未得到大众足够的重视。甚至可以说，茅盾的文学道路不是从1927年发表小说《蚀》开始的，也不是从1921年成立文学研究会开始的，而是在他1916年踏入商务印书馆大门的时候就已经开始了。

钟桂松几十年来一直致力于搜集茅盾在商务印书馆期间的史料，他的新著《起步的十年：茅盾在商务印书馆》（以下简称《茅盾在商务印书馆》）将茅盾在商务印书馆时期的经历和工作分为若干专题，全面立体地展示了这段历史。他认为，如果没有商务印书馆的这十年，就不可能有后来的文学巨匠茅盾。

十年沉潜：是"文学家"更是"理论家"

大多数的读者都是从《子夜》《林家铺子》这些作品去认识茅盾的，但茅盾在现代文学史上的身份远远不只是一个文学家。茅盾应该首先是一个理论家，然后才开始文学创作的。

钟桂松在本书中提到，茅盾在商务印书馆工作的十年内，从阅卷员变成了《小说月报》的主编，从一个青年学生成为中国共产党的联络员。但就对茅盾后来在创作上的影响来看，最重要的经历还是他在商务印书馆期间翻译了大量的外国文学作品。据钟桂松在书中的统计，"十年中，茅盾共翻译并发表200余万字。涉及小说、散文、诗歌、剧本、文论、政论各种文体"，并且"茅盾一生中80%的翻译作品都是在商务印书馆工作期间完成的"。在译介的同时，茅盾还对世界文学理论思潮作了细致系统的梳理。他对俄国现实主义、自然主义、表象主义、新浪漫主义的梳理和辨析，不仅为世界文学在中国的传播有着重要的贡献，对于拓荒时期的新文学也有着重要的意义。这段经历极大地拓展了茅盾的视野，促使茅盾对现实主义理论形成了一个自己的理解体系，他后来的一些文学观念和文学实践活动都可以从这个体系中找到立足点。尤其是他在《小说月报》上发表的大量关于"为人生"的文学观念和文学思想，不仅成为文学研究会的重要纲领，还引领了之后几十年的文学风潮，奠定了现代文学发展的主流方向。

茅盾在商务印书馆工作的这十年恰好也是中国现代文学的第一个十年，当鲁迅、郭沫若等人横空出世的时候，茅盾几乎没有文学创作，而是一直潜心从事译著和编辑工作。但茅盾之所以最终能够在这一众新文学作家中后发制人，这十年打下的扎实的理论基础，起到了不可替代的作用，甚至决定了茅盾之后几十年文学创作的基本格调和主要特质。

理性文风："怎么写"而不是"写什么"

《茅盾在商务印书馆》这本书收录了 1916 年到 1926 年茅盾在商务印书馆工作期间各种工作和活动的史料。从这些史料中，不仅能够看到一个更加完整的茅盾，也能够看到在风起云涌的民国初年，商务印书馆作为一个出版机构，它自身秉持的是一种什么样的文化姿态。书中记载了一个小细节：1921 年茅盾担任《小说月报》的主编，进行了大刀阔斧的改革，这次改革虽然得到了当时领导高梦旦的大力支持，但也遭到了商务印书馆内部保守势力的强烈反对。当茅盾将改革后的第一期《小说月报》投递给其他部门的时候，第二天竟然被同事原封不动地退回来了。虽然钟桂松将这种行为称之为"书生式的反抗"，但这多少也代表了商务印书馆相当大一部分人对茅盾"文化革新"的态度。当年在商务印书馆的同事胡愈之也回忆说："当时商务很保守，一切刊物杂志还是用文言文。我当时和沈雁冰同志都喜欢写白话文，但是怕所内老先生知道了不好，都不敢用真名，而是用笔名投到报纸上发表。"其实商务印书馆在上世纪初已经成为东方最大的一个出版机构，即便面临着社会转型的洪流，它也不可能像一些中小型出版机构那样先锋和激进，而更多呈现一种稳健的风范。商务印书馆这种略微保守的文化立场让它多次成为新文化运动论争的批判对象，但是在一百年后的今天，如果以一种历史的眼光去看，商务印书馆这种稳健的作风，对于当时新文化运动"矫枉过正"的激进和决然，确实起到了一定的调和作用。

虽然商务印书馆这种"求稳"的风范和主张革新的茅盾有着一定程度的冲突，但是茅盾毕竟在这所机构里浸润了十年的时间，即便是他的思想再进步，也不可避免地带有这种稳健的气质。相较于新文化运动时期对传统文化的猛烈批判，茅盾的认识显得更加冷静，也更加理性。在创作上也是如此，王瑶先生曾说茅盾用小说写出了"中国社会革命的通史，简直是一部'编年史'"。茅盾的作品对中国社会、革命的方方面面都有涉及，但这种风格的沉静和沉稳，却是商务十年给予的。和"五四"那一代人一样，茅盾关注的也是现实人生和社会生活，但是相比于"五四"的激情喷射和个性的释放，茅盾显得冷静得多。他只是在作品中对社会事件、现实人生进行客观的展示和理性的叙述，判断则留给读者自己去做。这让他的创作虽然面向很多，层次很丰富，却能够杂而不乱，尤其在茅盾"解剖式"的描写之下，作品本身的主题和思想意义便会自然而然地"剥落"出来。

除了文学创作，在文学批评上茅盾也始终怀有理性的批判精神。作为最早的鲁迅研究者之一，茅盾对《阿Q正传》的理解已经超越了当时时代的限制，他认为把阿Q说成农民典型是"欠妥"的。对于阿Q身上的国民劣根性，茅盾的理解是"你会感到滑稽，但如果读到两遍以上，你总也要承认那中间有你的影子"。在《读〈呐喊〉》中茅盾又补充道："我又觉得'阿Q相'未必全是中国民族所特具的，似人类普遍点之一种，至少在'色厉内荏'这一点上，作者写出了人性的普遍弱点来了。"茅盾在当时的时代背景之下，能够有如此体悟，实属相当理性和超前的。

务实态度：要"思想启蒙"更要"实业救亡"

茅盾和鲁迅形成了现代文学史上两个截然不同的传统。如果说鲁迅的国民劣性批判确立了"思想启蒙"的精神传统，那么茅盾更看重的是如何以实业救亡。从《子夜》到《林家铺子》，从吴荪甫到

"林老板"，茅盾始终对社会经济有着相当程度的关注，这是在同时代作家中比较少见的。茅盾塑造故事的背景虽然也有农村，但更多的是乡镇和大城市；他笔下的人物虽然也有农民，但更经典的是像吴荪甫一样的资本家和企业家。很多读者反映茅盾的小说不好读，很大一部分原因可以归结到他的很多小说都牵涉到当时社会复杂的经济和金融关系。不熟悉历史，可能会很难进入茅盾的小说，不懂经济，可能根本就无法理解茅盾的小说。长期以来，经济学视角一直都是解读茅盾小说的一个重要突破口，而这也是其他现代作家作品里罕见的。

除了在文学描写上带有很强的实业精神，茅盾在自己的人生选择上也处处体现了他的实干家的气质。在《茅盾在商务印书馆》一书中，记录了茅盾在担任《小说月报》主编的时候，"从选稿、编稿、校对、跑印刷厂、发行寄送、回复读者来信"都是亲力亲为，此外还要"给其他报刊写文章，宣传、表达自己的文学主张和社会政治主张"。在参加共产党之后，对党内的政治、社会工作也毫不含糊。钟桂松还特别提到在 1921 年年底，中国共产党创立了建党后的第一所学校——平民女校，此时茅盾又多了一份在这所学校教英文的工作，在他所教的学生中，就有后来也成为著名作家的丁玲。茅盾的一生都在战斗，人生的各个阶段都切实地参与到了革命战斗当中，本书收录的这十年，不仅是茅盾文学起步的十年，也是他革命起步的十年。

茅盾的这种实干气质，固然有着自身性格的影响，但与商务工作的这十年也有着莫大的关系，个中原因我们可以在《茅盾在商务印书馆》这本书中找到一些线索。商务印书馆在 20 世纪 30 年代成为市场份额占有率最高的出版机构，这足以说明了当时的董事长张元济不仅是一个知识分子，更是一个成功的企业家。从历史到今天，从上世纪初期的"林译小说"到新中国成立后的"汉译名著"，从 1929 年印发的"万有文库"到《新华字典》等一系列词典，商务印书馆始终最敏锐地引介着西方文学与文化，又最踏实地整理和汇编着中国传统文化知识。茅盾在商务的十年，也跟随孙毓修先生编纂了大量的中国寓言、童话，以及完成了大型古籍丛书《四部丛刊》的目录抄写工作，这对他的文学选择和革命实践都产生了重要的影响。

我们常说影响一个作家创作风格形成和确定的因素是复杂的，但对于茅盾来讲，在商务的十年是一段极其特殊的人生经历，也是他后来进行文学创作的宝贵资源。我们只有充分认识这一段历史，对茅盾的理解才能更加全面、更加深入，也更加准确。

100 年前，20 岁的茅盾在商务印书馆获得了人生第一份工作，从此开始了自己的文学生涯；100 年后的今天，不仅茅盾的文学创作仍然有经典的意义，他与商务印书馆的关系也给予了我们重要的启示：一个人的人生底色打得好，底蕴打得深，根基打得牢，他后来的一系列发展和成就都会顺应而生，甚至成为某个领域的巍峨丰碑。我想这不仅是茅盾自身价值的召唤，也是文学经典的魅力所在。

（作者刘勇、张悦，原载《光明日报》2016 年 12 月 27 日）

儒家文化传统与新时期长篇小说的
文化价值建构

——以茅盾文学奖获奖作品为研究样本

孙俊杰著《儒家文化传统与新时期长篇小说的文化价值建构——以茅盾文学奖获奖作品为研究样本》由人民出版社于 2017 年 6 月出版，16 开，平装，225 页。儒家文化传统与现代化的关系是新时期时代文化的中心问题，也是贯穿文学创作的一个潜在主题和时代背景。该书一部分着重于现代化进程中儒家文化传统和文化精神、传统思维等对长篇小说的影响。通过对具体作品的分析勾勒一定时代背景之下儒家文化传统在不同题材长篇小说中的表现和反思，以及在不同历史阶段同一题材作品中的承传和流变，主要涉及乡村小说和改革小说，知识分子题材和女性创作等，由此看到儒家文化传统如何"返本开新"，参与了当代精神的建构，同时也有儒家文化消极因素在时代文化中的遗留。第二部分着重于从叙事学的角度，来探讨传统叙事艺术对新时期长篇小说叙事艺术的渗透，主要涉及时间意识、小说结构和魔幻叙事三个方面，重点分析了《钟鼓楼》《白鹿原》《东藏记》《蛙》《一句顶一万句》等作品。

茅盾研究年鉴（2014—2015）

赵思运、蔺春华、张邦卫主编的《茅盾研究年鉴（2014—2015）》由中国社会科学出版社于2017年10月出版，16开本，平装，496页。《茅盾研究年鉴（2014—2015）》系浙江传媒学院茅盾研究中心与浙江省桐乡市文化广电新闻出版局联合编撰的"茅盾研究丛书"之一。茅盾是新文化运动的先驱者、中国革命文艺的奠基人，也是中国现代著名的作家、学者、文化活动家以及社会活动家。该年鉴全面整理了2014—2015年间茅盾研究大事记、关于茅盾的重要研究论文、论著，以及期刊、报纸、学位论文的要目与摘要，为文史专家和文学爱好者提供了重要资料，以便传承茅盾研究。其中重要研究论文及文章篇目如下：

王嘉良：《理性审视政治文化视阈中的茅盾》

朱德发：《"民族的文学"与"世界的文学"——论茅盾现代文学观的前瞻性》

张鸿声：《作为国家意义的体现——茅盾文学中的上海叙述》

许组华、杨程：《两种现代性下的"中国传奇"——以茅盾〈子夜〉与穆时英的〈中国行进〉为例》

宋　宁：《律法者的缺失与象征界的症候——1928—1930年旅日时期茅盾创作心理探析》

田　丰：《互文性视阈下的茅盾历史小说研究》

商昌宝：《回到〈讲话〉接受史现场——以茅盾为考察中心》

陈徒手：《矛盾中的茅盾》

袁洪权：《"五四"的不同想象与思想分野——"五四"文艺节中的茅盾和沈从文》

张慧敏：《重读茅盾〈夜读偶记〉》

蔺春华：《20 世纪中国政治文化视野下的茅盾王蒙比较论纲》

李继凯：《论茅盾"文学生活"与书法文化的关联》

降红燕：《茅盾早期小说中的性别修辞及其意义》

陆志国：《审查、场域与译者行为：茅盾 30 年代的弱小民族文学译介》

喻锋平：《"启蒙"与"救世"——茅盾早期（1916—1927）译事的文化解读》

王玉珠：《俄罗斯汉学界的茅盾研究》

李广德：《韦韬关于茅盾研究与李广德的通信》

宫　力：《田汉给茅盾的信》

王双强：《满纸烟云风流事——茅盾复袁良骏书信漫谈》

孔海珠等：《茅盾抗战流离生活掇记》

钟桂松：《茅盾与王云五的那些往事》

肖太云：《〈吴宓日记续编〉中的"茅盾"》

张元珂：《〈青春之歌〉茅盾眉批杂议》

杨丽华：《茅盾〈精神食粮〉的三个译本考论》

王人恩：《新发现的茅盾〈红学札记〉述论》

肖　进：《〈子夜〉的删节本和翻印本》

黄建清：《未完成作品的文本学审理——以茅盾长篇小说〈第一阶段的故事〉为例》

张积玉：《张仲实与茅盾交往若干史实考略》

丁尔纲：《既是前锋又是后卫——韦韬同志对茅盾研究事业的贡献》

吴心海：《吴奔星与茅盾研究》

梧桐影·致敬茅盾专辑

　　桐乡市梧桐阅社社刊《梧桐影》总第十一期"致敬茅盾专辑"（夏春锦主编、余兮执行主编）经桐乡市茅盾纪念馆和茅盾中学资助于2017年12月印制面世，152页。

　　该期有关茅盾的内容共分为五个栏目：一是"往事"，偏重于茅盾生平史料的钩沉；二是"品评"，侧重于对茅盾相关著述的介绍和评议；三是"故居"，乃访客游历乌镇茅盾故居的游记；四是"苗圃"，系茅盾中学学生谈他们心中的茅盾及其作品；五是"访谈"，即乌镇茅盾纪念馆首任馆长汪家荣谈茅盾故居修复往事。

　　编者在《缘起》中指出："作为茅盾先生家乡的桐乡，走出了多位茅盾研究专家，编撰了大量研究成果。茅盾儿子韦韬和儿媳陈小曼自不用说，在茅公生前及身后或搜集资料，或协助写作，鞍前马后，贡献良多。孔海珠、钟桂松、陈毛英、余连祥数位几十年如一日，孜孜以求，成果迭出。孔海珠、陈毛英均与茅盾有亲戚关系，侧重于茅盾生平史料考证和文献的收藏与整理。钟桂松亦是乌镇人，业余从事茅盾研究逾四十载，除了已出版《茅盾评传》《茅盾与故乡》等研究专著二十种，近年还出版了《茅盾全集》《茅盾文集》、'茅盾研究八十年书系'等大型丛书。余连祥则有茅盾传记及相关论文面世。此外，桐乡地方政府及相关机构组织人力和物力，不仅早早就成立了茅盾研究会，还推出了'茅盾珍档手迹丛书'、《茅盾墨迹》《茅盾笔名印谱》《茅盾乡土作品选析》《少年茅盾的故事》《桐乡茅盾研究》《乌镇·茅盾》等书刊。浙江传媒学院桐乡校区也成立了茅盾研究中心，编撰了《茅盾研究年鉴》等学术专著。茅盾的文化遗产，既为家乡所珍重，亦为家乡所内化和发挥，成为对外宣传的一张亮丽的文化名片。"编印本专辑，也是要表达桐乡后辈读书人对茅盾这位文学巨匠和乡贤的敬意。

要目有：

往事

曹辛之与茅盾的"封面情"（外一篇）/钟桂松

在"茅盾会客厅"谈姑父茅盾/孔海珠

去北京参加茅盾姑父的追悼会/孔明珠

吴奔星与茅盾研究/吴心海

茅盾与《桐乡文艺》/汤闻飞

茅盾与故乡两题/王士杰

劝阻茅盾赴新疆的沈某究竟是谁/陈　勇

茅盾乌镇求学考/乐忆英

《霜叶红似二月花》的续写始末/陈　杰

文人相亲诚可贵/徐玲芬

木心与茅盾/夏春锦

品评

茅盾与《ABC 丛书》/柳和城

关于茅盾的文学批评/孙　郁

茅盾谈《子夜》"咸肉庄"的误译/陈毛英

"文学丛刊"中茅盾的两本书/李树德

茅盾作品中的求雨书写（外一篇）/余连祥

《中国的一日》的译本/石　敏

我的第一套《茅盾全集》/任广玉

茅盾经典散文一瞥/唐　翔

作为儿童文学开拓者的茅盾/周　洋

茅盾：巨大的存在/王　立

故居

沈家大少爷亲自设计的洋房/周立民

小镇历史久，盛名远近传/凌鼎年

茅盾故居遐想/子　仪

苗圃

茅盾中学学生读茅盾/余　兮　组稿

访谈

汪家荣先生访谈/李晓敏　执笔

乌镇·茅盾

《乌镇·茅盾》，王士杰编著，中国文史出版社 2017 年 5 月出版。

该书以故乡故居为支点，撑起"茅盾与故乡"这条主线，以此串联起跟故乡直接相关的几块重点内容——茅盾童年之人生起步；茅盾作为游子的乡情与乡愁；故乡对茅盾的纪念、弘扬和传承。同时兼及茅盾离开故乡后的人生历程和卓越成就。

全书内容，（一）老家故居：家在水乡古镇住、故居情形、故居里的人、故居邻周、流淌的东市河、故居修复与保护、茅盾故居之于乌镇；（二）乌镇的茅盾：他从这里起跑、鸿鹄志故土情、笔下的乡愁、终归故土；（三）时代的茅盾：求学他乡、"商务"十年、文坛丰碑、抗战救亡、迎接解放、文化部长、老梅逢春；（四）永远的茅盾：纪念—超越时空、纪念—故乡情更深。

视角新颖、图文并茂、以简驭繁，是该书的特点。

第四篇

论文索引

期刊论文索引

2016

启蒙无效与革命有理——鲁迅《故乡》与茅盾《春蚕》的乡土叙事比较，作者冯军、宋剑华，《海南师范大学学报（社会科学版）》2016/01。

鲁迅的《故乡》与茅盾的《春蚕》同时作为现代乡土小说的扛鼎之作，代表着作家各自的思想立场，是作家对乡土的文学想象，体现了作家对乡土的主观介入。同一文化帷幕下与历史原场中的乡土中国，在鲁迅启蒙主义与茅盾左翼革命的视域下，其"乡景""乡民"与"乡里关系"都呈现出截然迥异的形态。两位作家分别将乡土赋予启蒙无效论与革命有理说的文学想象。两者的思想言说恰恰说明了中国现代文学强烈的功利性色彩，文学是为社会变革服务的想象性表达。

大革命文学的"下半旗"——茅盾《蚀》三部曲重读，作者颜同林，《贵州师范大学学报》2016/01。

茅盾早期小说《蚀》的三部曲，是大革命时代现实人生的一面镜子。它通过描写特定时代男女青年参加革命的动机、方式、创伤，以及整个出入于革命的历程与遭遇，呈现了这一时代革命者异样的人生画卷。小资产阶级出身的女性知识分子等新式女性在革命中的摇摆与幻灭、放纵与自戕，旧式女子或底层普通女性的受辱与无助、沉沦与挣扎，成为《蚀》三部曲中女性书写的重要侧面。《蚀》三部曲既是茅盾对自己热衷于社会政治活动的挽歌，也像风雨中的"下半旗"一样，是对大革命时代女性群体性格与命运的无声祭奠。

"报人"身份与近现代作家的小说创作——以梁启超、茅盾、张恨水为例，作者陈一军、林然，《济南大学学报》2016/01。

梁启超、茅盾和张恨水是中国近现代文学史上不可或缺的人物，他们为中国近代或现代文学发展做出了卓越贡献。深受"报人"身份和经历的影响是这三位作家小说创作的共同特点。它以富于层次性的方式显示了近现代中国的重要文化特性，并从特定方面彰显了中国近现代作家在文学创作中表现出来的责任担当。从与报刊关系角度看文学创作，还可以促使中国近现代文学研究进入大视域并有效回归到创作现场。

走近真实的伟大茅盾，作者陈锐锋，《遵义师范学院学报》2016/01。

丁尔纲的《茅盾评传》是以史为据，坚持实事求是的科学态度，对茅公全人和文学事业所作的全方位评述，内容丰厚，评述深刻，见地独到，既彰显茅公的伟大，又不为伟人讳，写出了一个真实的伟大茅盾。

孙舞阳：一种在革命洪流中奋力搏击的女性姿态——兼论茅盾对革命知识女性的认知，作者谭梅，《成都大学学报（社会科学版）》2016/02。

20 世纪 80 年代，出现了研究茅盾文学作品中的女性形象的高峰。其研究主要有两种思路，一是站在客观的立场上继续讨论人物形象与政治的关系；二是站在性别的视角笼统地认为男性作家在描写女性时大多犯了"男性臆想"的毛病，尤其是《蚀》中那些引人关注的身体描写更是如此，且不说这种论调中肯与否，至少这种不加区别的评价会抹杀那些真正为女性代言的男性写作。笔者认为要解读茅盾早期作品中的女性形象，至少应该理清三个问题：一是作者塑造以孙舞阳为代表的革命女性的原因，二是作者怎样看待革命女性的身体，三是她们的文学意义在哪里。

茅盾编辑《小说月报》的成就，作者高冬可，《编辑学刊》2016/03。

编辑家茅盾以改革为《小说月报》注入生命力。他在编辑工作中阐述并成功实践了编创结合、开放性地建立作者队伍及期刊应引导先进文化等编辑思想，给当前的编辑工作以启迪。

茅盾与二三十年代中国乡村贫困叙事，作者阎浩然、阎浩岗，《陕西师范大学学报（哲学社会科学版）》2016/03。

对于 20 世纪二三十年代中国的农业危机和乡村急剧贫困化，茅盾小说与同时期其他作家包括左翼作家的描述有诸多不同之处：它以国际、国内全局视野来认识这一现象的社会根源，并不仅仅归咎于土地制度，也不仅仅归咎于地主的个人品德。他认为农业破产、农民贫困化只是近年之事，因而并非封建土地制度的直接结果，外国资本的入侵才是其主因。在茅盾笔下，地主不等于恶霸，地主与农民的关系未必截然对立，地主、富农和小商人同样是农业危机的受害者。这些叙事特点源自茅盾独特的小说美学追求：与其他左翼作家追求直接宣传鼓动效果不同，茅盾更将小说创作看作一项探求真理、追寻社会现实背后潜在规律，最后以"精进和圆熟"的"艺术手腕"予以表达的过程，看作一种"求真"活动。他既强调理性认识，也倚重感性经验。茅盾不同于其他左翼作家的创作方法，还表现在他其他小说的叙事聚焦选择上。

走向革命洪流的文学批评家——论茅盾文学批评生涯之 1920—1927 年，作者张霞，《西华师范大学学报（哲学社会科学版）》2016/04。

1920 年代初，茅盾有着文学批评家与政治活动家的双重身份。这两种身份最初在他身上能够和谐共存，但随着革命形势的发展及生存境遇的变化，茅盾开始更多地投入社会政治运动，其双重身份随之失去平衡。聚焦于茅盾 1920 年至 1927 年 7 月的人生轨迹，可以发现，在茅盾文学批评生涯的第一个阶段内，由于政治语境及生存境遇的转换，茅盾的文学批评在数量和内容上都有明显的变化。生存境遇与个人性格、理想抱负相结合，让茅盾走向革命洪流，其文学批评写作逐渐让位于政论、杂感类写作，其"为人生"的文学主张也逐渐被"为革命"的主张所取代。这一发展与变化轨迹，在茅盾这段文学批评生涯中留下了清晰的印迹。

论"虹"的多重象征意蕴——对茅盾《虹》的重新解读，作者吕周聚，《首都师范大学学报（社会科学版）》2016/04。

《虹》是茅盾与秦德君合作而成的作品，但二人后来对这部作品的说法不一。"虹"具有多重象征意蕴，它是革命的象征，是时代女性妖气与魔力的象征，也是男女两性关系的隐喻。希望与虚妄、革命与爱情、妖气与魔力、男性与女性，构成了"虹"的复杂的内涵，"虹"也因此而变得复杂神秘，摇曳多姿，给我们留下丰富的想象与阐释的空间。

茅盾与巴金夫妇的往事，作者钟桂松，《书城》2016/05。

《茅盾与巴金夫妇的往事》讲述的是抗战时期及之后茅盾与巴金夫妇交往的故事，应该说，茅盾在抗战前与巴金的来往，主要与文化生活出版社的事务有关。巴金一九三五年八月应友人吴朗西邀请，担任文化生活出版社总编辑。茅盾一九三六年九月四日给巴金的信，谈及他在文化生活出版社的版税之事。这是目前保留下来能见到的茅盾给巴金的最早的信。两人真正在一起并肩共事，是上海"八一三事件"之后。他们的友谊故事在历史上谱写了一篇有趣的篇章。

从《子夜》看茅盾对托尔斯泰的继承与发展，作者薛国栋，《榆林学院学报》2016/05。

托尔斯泰给茅盾带来很大的影响，但是茅盾并不是全盘接受，而是取精去粕，对托尔斯泰的创作进行了继承和发展，并通过他个人在民族文化继承上和外来思想选择上的不懈努力，为我们创作了中西合璧、具有中国特色的作品《子夜》。

编辑家茅盾研究述评，作者任瑶瑶，《苏州教育学院学报》2016/06。

茅盾一生参与编辑多部书刊，编辑实践丰富，编辑思想独特。对茅盾编辑生涯的研究成果丰硕，其研究路径与编辑学研究同步发展，研究视角多样，内容丰富。从某一期刊出发进行的研究基本涵盖了茅盾的编辑生涯；针对不同时期进行的研究则主要集中于茅盾早期的编辑生涯；从整体出发进行的研究全面系统，数量虽少但很深入。尚需对茅盾的图书、报纸编辑、出版评论活动以及各个时期的编辑活动进行关注，以丰富对编辑家茅盾的相关研究。

茅盾创作生涯中最早的两首诗——《我们在月光底下缓步》和《留别》，作者陆哨林，《博览群书》2016/07。

《茅盾创作生涯中最早的两首诗——〈我们在月光底下缓步〉和〈留别〉》研究了茅盾早年创作的诗篇。在茅盾先生晚年撰写的回忆录《我走过的道路》一书中，先生说：我是真实地去生活，经验了动乱中国的最复杂的人生的一幕，终于感得了幻灭的悲哀，人生的矛盾，在消沉的心情下，孤寂的生活中，而尚受生活执着的支配，想要以我的生命力的余烬从别的方面在这迷乱灰色的人生内发一星微光。通过关于茅盾早年创作的了解，我们也能更为详尽的认知茅盾，品读茅盾。

茅盾初次赴渝纪事，作者颜坤琰，《红岩春秋》2016/07。

重庆是一个风云际会之点，是一个具有夸张的地理意义的临时宿营地，重庆是一个成千上万人分享过的插曲，大人物和小人物，高尚者和贪污者，勇敢的人和胆小的人，都曾在重庆聚会过一下。抗战时期曾在重庆生活过的美国著名记者白修德和贾安娜在《中国的惊雷》一书中如是描述。这期间，著名文学家茅盾也来到重庆。不过，他不是过客，也不仅仅是来聚会。该文以茅盾初次赴渝纪事为叙述主题，分析当时茅盾创作的特色和内涵。

南天竺与白杨树——茅盾故居随想，作者钟桂松，《博览群书》2016/08。

2016 年是文学巨匠茅盾先生诞辰 120 周年，也是他逝世 35 周年。21 世纪的人们站在茅盾故居，将以自己随想的方式庆祝和怀念这位为中国新文化事业做出巨大贡献的伟大作家。茅盾故居有两处，一是他出生地浙江乌镇观前街 17 号，二是他晚年的居住地北京后圆恩寺胡同 13 号。两处茅盾故居都是中央认定的。此文将通过怀念茅盾故居的形式，纪念这位曾经的伟人。

茅盾创作中的民族叙事初探，作者陈冀铮，《开封教育学院学报》2016/08。

"民族"在一定程度上可以说是中国现代文学的内在叙事逻辑，而茅盾作为近现代文学历史上的核心力量，其翻译和作品总会展现某种形式的民族叙事。该文以茅盾的文论、翻译、小说创作三方面为切入点，探究茅盾在文学创作中民族叙事的革命性和先进性，以期对当下的茅盾理论研究和民族文学发展有所启发。

茅盾文革期间撰写回忆录，作者祖远，《文学教育》（下）2016/09。

"文革"开始后，茅盾除了应付纷至沓来的外调者和自理点家务外，每天大多是阅读报纸和两本大参考，了解国内外形势，没有多少时间再看其他书籍（其时那些三突出式的作品他也不愿看）。1969 年国庆节，他被剥夺了出席天安门庆典的资格，连两本大参考也停发了。不久老伴又先他而谢世。此后，老人对一切似乎都看开了，心境反趋于平静。此文将通过记叙"文革"期间茅盾往事的形式，以探求当年茅盾的心路历程与人生体悟。

茅盾"农村三部曲"的场面化叙事，作者吴珊，《文学教育》（上）2016/10。

茅盾是中国不可或缺的社会分析小说家，他不仅仅善于观察生活，有关心天下大事的胸襟，能够把宏大气象浓缩于笔下展现给人们；更难得的是，他和同时代的作家比起来，艺术造诣高很多，该文作者借助茅盾的"农村三部曲"进行文本分析，探索茅盾写作时，在场面化叙事上包含感情又别具一格的技法。

重读茅盾《夜读偶记》——20 世纪 80 年代以来"现代主义"重新回归中国文学语境，作者盖坤，《名作欣赏》2016/14。

茅盾 1958 年发表《夜读偶记》一文，高度肯定社会主义现实主义创作方法的主流地位和合理性，并对现代主义和现代派展开直接的否定和批判。结合 20 世纪六七十年代中国文学发展的政治文化背景，抛开特殊政治高压时期"阶级论"色彩的局限，80 年代以来形成的现代主义文学思潮实际早就已经参与并影响着中国文学的发展轨迹。80 年代"现代主义"的重新回归既是新形势下文学交融发展的大势所趋，也是受现代文学自身发展客观规律的影响，新时代背景下探讨多种文学创作方法存在的可能性和意义价值应成为当代文学研究的重要问题之一。

茅盾的翻译人生，作者汪露露，《海外英语》2016/15。

茅盾是中国新文学巨匠，也是以鲁迅为代表的五四新文化运动的先驱者之一，更是集政治家，翻译家，文学家于一身的国家栋梁之材。这篇文章主要是从一个宏观角度去重新审视茅盾的一生，采用资料整合和分析的方法，主要从研究茅盾的重要性，其生平介绍，翻译工作以及其主要翻译思想这四个维度去研究茅盾的翻译人生，但整篇文章没有提及茅盾翻译的不足之处，这需要后来的研究者去辩证地看待其一生。

现代文学经典的影像之路——以茅盾作品《蚀》三部曲改编为例，作者孙灵囡，《青年记者》2016/29。

将经典文学作品改编为电影从来不是一个新鲜做法，自电影诞生之日起，向文学尤其是小说领域寻求拍摄素材和故事范本，一直是电影人的常用手法。借由大银幕影像的直观、直白和海量传播，不少文学作品得以重返抑或爆红于大众视野，文字与影像相拥双赢。茅盾先生的作品也多有此项经历，该文将通过以茅盾作品《蚀》三部曲改编为例，探求现代文学经典的影像之路。

复调话语中的茅盾研究——评《新世纪语境下茅盾的多维透视》，作者杨向荣、贺文娟，《名作欣赏》2016/29。

《新世纪语境下茅盾的多维透视》从茅盾人格解析，茅盾的艺术成就，茅盾的学术贡献，和茅盾文学奖研究四个大方向对茅盾本人及其作品、成就进行了全面、细致的解读和剖析，在一种复调话语中给读者还原了一个实实在在和伸手可触的茅盾。

从"多维透视"中寻求新拓展——评《新世纪语境下茅盾的多维透视》，作者白芳、李继凯，《名作欣赏》2016/29。

《新世纪语境下茅盾的多维透视》站在新世纪高度，全面系统地综论了茅盾的人格建构、艺术成就、学术贡献、作品改编，以及茅盾文学奖研究等相关话题，从多个维度，全面系统地触及茅盾研究的方方面面，同时对茅盾研究的发生、发展也有所考察，既对茅盾研究历史给予了足够的尊重，又着力综合创新，尽力提出新见。著作具有较强的学术性、前沿性和资料性，在多维透视中努力寻求新的拓展，为充实和丰富茅盾研究做出了新的贡献。

简论茅盾的旧体诗词创作，作者欧阳娉，《名作欣赏》2016/29。

茅盾旧体诗词创作的三个阶段体现了他的个人经历、生命体验和时代境遇，具有在场性和历史性。抗战时期的诗词充满了民族忧患意识，既有对黑暗现状反动派的控诉，又有对民主革命胜利的期望和希冀；共和国时期茅盾的政治地位，使他的旧体诗词表现出明显的政治倾向与立场；"文革"时期则主要是对于极"左"政策的控诉以及自己在政治与艺术的矛盾中产生的矛盾心态与感伤情绪。

茅盾研究的文学政治学路径——兼评《茅盾研究年鉴（2012—2013）》，作者董琳钰，《名作欣赏》2016/29。

茅盾的文学创作思想侧重于对文学与政治关系的考察，基于此，我们可以从文学政治学的角度来解读茅盾文学创作思想的审美之维和政治之维，而这也正是浙江传媒学院张邦卫、赵思运、蔺春华精心编纂的《茅盾研究年鉴（2012—2013）》（现代出版社2014年版）所凸显的重要主题。

2017

茅盾手稿管窥，作者李继凯，《小说评论》2017/01。

如果说茅盾小说建构了一个"中西文化"融合而成的现实主义文学世界，那么存世的数百万字茅盾手稿则构成了一个书写风格鲜明的中国书法文化宝库。笔者曾于2015年发表了《论茅盾"文学生活"与书法文化的关联》长文，运用大量史料证明茅盾的"文学生活"与书法文化包括书法艺术有着密切的关系。认为茅盾是我国现代文人书法的代表人物之一，即使纯粹从书法角度看，茅盾也是一位不可小觑的书法家。

茅盾与社会剖析小说探析，作者陈婕，《福建广播电视大学学报》2017/01。

茅盾的社会剖析小说是中国现代文学史上有重大影响力的文学成果，《子夜》《林家铺子》等具有社会剖析特质的作品，对社会剖析派的形成贡献突出，体现了这一流派小说最具代表意义的卓越成就，其呈现的多重解读及引发的研讨具有多元的审美价值。

"三结合"——重读茅盾的《夜读偶记》，作者赵露，《名作欣赏》2017/02。

1956年，国内掀起"社会主义现实主义"论争，茅盾在此基础上发表了重要的文艺理论著作《夜读偶记》，表明了其对社会主义现实主义的态度。在层层切中要害的分析和阐释之后，茅盾指出古典主义、浪漫主义及批评现实主义等的局限，进而肯定和提倡社会主义现实主义，并提出革命浪漫主义可以作为"我们的营养"，将革命浪漫主义与现实主义相结合，同时大胆地指出在社会主义现实主义中也可以加一点象征手法的运用，这就从"两结合"变成了"三结合"。茅盾还着意指出公式化、概念化的古典主义根性，提倡作家应在生活实践中发现人物，而不能从理性出发或凭空想和热情来"捏造"人物，显示出其非凡的远见与学识。

茅盾性描写理论研究，作者曹万生、余洋，《四川师范大学学报（社会科学版）》2017/02。

作为文艺理论家的茅盾在早期就表现了对性描写理论的关注。以往的研究侧重于茅盾作品的性描写研究。茅盾没有撰写系统完整的性描写理论，这些理论都散见于他的繁复文论与创作实践中。茅盾性描写理论的价值观是旨在反映现实，艺术观是客观如实描写与倾向性相结合，以上构成其现实主义性描写理论的框架。在此基点上，敞开其开放性，兼容并包现代性心理学与现代派艺术，具有开放现实主义特点。

茅盾与乌镇，作者钟桂松，《中国地名》2017/02。

人的一生与他的故乡有剪不断的联系，茅盾是地地道道的浙江乌镇人，他出生在乌镇，儿童少年时代在乌镇长大，所耳濡目染的，都是故乡乌镇的文化。他晚年在《可爱的故乡》一文中写道："我的家乡乌镇，历史悠久，春秋时，吴曾在此屯兵以防越，故名乌戍，何以名乌，说法不一，唐朝咸通年间改称乌镇。"该文将通过介绍茅盾的故乡——乌镇来了解茅盾的童年生活以及故乡对他所造成的影响。

茅盾扶持文学后辈二三事，作者渝文，《党史文汇》2017/02。

文学家对后辈的提携往往为人所津津乐道。20世纪80年代，文坛复苏，新人辈出，文学创作开始呈现一派欣欣向荣的景象。然而，就在这时，文坛巨星茅盾先生却不幸于1981年3月27日逝世，后辈作家们情不自禁地尊称德高望重的茅公为文坛长老。该文通过记述茅盾先生扶持后辈的往事,怀念这位伟大的文坛先辈。

乡土叙事与底层关怀——谈茅盾的《农村三部曲》,作者徐红梅,《现代语文(学术综合版)》2017/02。

《农村三部曲》是茅盾的重要作品,在社会剖析派创作范围下,这一"三部曲"作品表现出其家乡桐乡乌镇地区的乡俗、乡情与乡语,既透露出青少年生活对创作的影响,也表现出他对底层苦难民众的关怀。

大众化·民族化·现代化——论茅盾在"文学的民族形式"论争中的理论贡献,作者肖庆国,《辽宁工业大学学报(社会科学版)》2017/02。

茅盾在 1940 年前后关于文学的民族形式的论争中,虽然比起同仁其置身于论争的起步稍晚,但所做出的理论贡献以及针砭现实的问题意识却表现得独树一帜。在复杂的时代语境中,茅盾始终立于时代的新高度,保持着知识分子的独立的话语意识。出于对文学本体和社会语境的双重焦虑,其理论贡献在文学的大众化、民族化与现代化的联结中表现得尤为突出。

"小资产阶级革命"的矛盾与延异——茅盾的《蚀》与《虹》中"时代女性"身体症候论析,作者程亚丽,《广播电视大学学报(哲学社会科学版)》2017/02。

茅盾早年描写大革命时代青年知识分子的长篇小说《蚀》与《虹》,是他开始追求文学的"社会性""时代性"的自觉实践,女性身体书写与大革命的历史宏大叙述并行不悖,本质上仍是对五四运动爱与性的继续。在两部小说中,茅盾充分驰骋了他对"时代女性"的"情色"想象,通过对女性身体、精神症候的时代性呈现,深入揭示女性与革命的伦理关系,也完成了他对于"大革命"历史的"另类"反思。

鲁迅与茅盾的精神相依，作者金鑫，《鞍山师范学院学报》2017/03。

在中国现代文学史的教学中，鲁迅和茅盾在彼此的创作和文学活动中有着密切的关联。两者皆为首屈一指的文学大家，但在常规的现代文学史教学中却往往忽略了两位大师之间的精神相依。该文旨在探究鲁迅和茅盾相互间的交往和对彼此作品的评论，从而确定若在教学中打通两位文学大家，将会使读者在对鲁迅和茅盾及其作品的接受方面获得新的吸引力。

"乌镇"上的政治经济学——论茅盾《林家铺子》里的艺术辩证法，作者宋剑华，《东吴学术》2017/03。

《林家铺子》是中国现代文学的经典文本，茅盾在这部作品当中，以他高度的政治敏感性和独特的艺术表现力，对于中国现代社会所发生的政治与经济问题，都做了十分到位的生动描述和形象阐释。但《林家铺子》所涉及的政治经济问题，只不过是一种艺术真实，而不是什么历史真实；如果人们不加思辨地混淆了两者间的本质区别，直接将《林家铺子》视为是真实的历史，那么必然就会犯教条主义的逻辑错误。

茅盾与生活书店，作者钟桂松，《中国出版史研究》2017/03。

文学巨匠茅盾在二十世纪三四十年代与生活书店的关系，是出版史和茅盾研究史上值得探究的一个课题，茅盾在生活书店的出版活动中，秉承一个革命作家的基本立场，为支持生活书店在文化传承、投入抗战等方面做出不懈努力。他编辑的《文艺阵地》等文学刊物，成为文艺界引导抗战的旗帜。在生活书店经营艰难的岁月里，茅盾将自己的作品慨然交给生活书店出版，为现代文学出版史留下了一段佳话。

茅盾抵沪百周年纪念暨全国第十届茅盾学术研讨会综述，作者高传峰，《中国现代文学研究丛刊》2017/04。

2016 年 8 月 5 日至 6 日，由中国茅盾研究会、上海市作家协会、华东师范大学主办的"茅盾抵沪百周年纪念暨全国第十届茅盾学术研讨会"在华东师范大学中北校区召开。来自北京师范大学、中国现代文学馆、日本一桥大学等海内外各地的 70 余名专家学者，与茅盾家属及浙江省桐乡市文广局的代表齐聚丽娃河畔，共襄盛举。通过这次盛会，我们能够对茅盾先生有更加深入的了解。

功利性与艺术性——论茅盾《子夜》与穆时英《中国行进》的都市抒写，作者杨迎平，《社会科学》2017/04。

茅盾的长篇小说《子夜》与穆时英的长篇小说《中国行进》都是以 1930 年代的上海为背景，写了民族资本家与国际资本主义的斗争和农村的破产与农民暴动，同时也写了当时的南北大战。但由于两人视角的不同与观念的差别，呈现出来的景观是完全不一样的。如果说，茅盾对上海的社会形态是科学家、哲学家的分析，《子夜》体现出的社会价值，有着里程碑的意义；那么，《中国行进》则是把现代派技巧作为一种现代历史主义形式而加以使用，体现出不同凡响的文学价值。

茅盾和郑振铎对左翼文学"左"倾思想之修正——以《文学》《文学季刊》的创办为例，作者黄艺红，《汉语言文学研究》2017/04。

成立初期的左联因受"左倾"冒险主义的影响，要求盟员写标语、撒传单，走上街头参与革命运动。激进的斗争方式导致盟员的身份暴露，左联出版的机关刊物也因为鲜明的政治立场，不断遭到查封，这些都给左联带来近乎毁灭的打击。为争取左翼文学的生存空间，茅盾与郑振铎合力创办左联刊物《文学》，并使《文学季刊》成为与《文学》性质相同、稿源相通的姊妹刊物，这对壮大左翼文学、团结非左翼作家、沟通 1930 年代的南北文坛，起到积极的作用。

形式的困境：《倪焕之》和它的时代——从茅盾《读〈倪焕之〉》谈起，作者刘潇雨，《南京师范大学文学院学报》2017/04。

叶圣陶连载于 1928 年、出版于 1929 年的长篇小说《倪焕之》，因"有意为之"的"时代描写"，被茅盾评为新文学"十年来的代表时代的扛鼎之作"。该文试图还原茅盾这一经典化评价背后的历史场域，并讨论茅盾同时代读者对《倪焕之》人物塑造、结构设计等方面的批评，进而考察叶圣陶在写作中面临的文本内外的困境。最后指出，在文学的形式问题背后，《倪焕之》指涉的是大革命失败后知识分子群体普遍的现实困境。

谈茅盾的短篇小说集《野蔷薇》，作者温璧赫，《辽宁师专学报（社会科学版）》2017/04。

著名作家茅盾的名篇佳作为广大读者所熟悉，而他的某些早年作品，就不大为人所知。短篇小说集《野蔷薇》就是茅盾创作《林家铺子》《春蚕》等名篇之前尝试短篇小说创作的第一批作品。尽管在这些作品中，作者对于社会现实的认识比较消极，但他的这种创新精神，却成为后来创作《春蚕》《林家铺子》等优秀作品的一个重要起点。如果我们把《野蔷薇》同《林家铺子》《春蚕》等作品联系起来阅读，就可以清楚地看出它们在艺术上的发展脉络。

茅盾翻译观之我见，作者窦婉霞，《现代语文（学术综合版）》2017/05。

茅盾先生的翻译思想独到精辟，在翻译实践的基础上，茅盾对其翻译思想和理论逐步总结和探索，发表多篇文章探讨关于文学翻译理论的问题，提出了多个关于文学翻译标准和方法，是中国现代翻译思想的重要组成部分。文章从茅盾与翻译、茅盾的文学翻译理论、茅盾对译者的要求等三个层面对其进行了初步探讨，认为其构成了茅盾翻译思想的宏观框架。通过中西方翻译理论探索茅盾翻译思想并从多个角度来分析茅盾翻译理论，指出茅盾翻译思想理论对我国翻译理论发展的卓越贡献和对当下翻译实践的重要指导意义。

茅盾笔下新女性服饰描写的性别想象，作者段文英，《山西大同大学学报（社会科学版）》2017/05。

茅盾的小说创作，一直坚持为人生的文学理念，其早期小说中的新女性，身着性感暴露的服装，大胆而热情地展示着她们妖娆的身体。她们在作品中既是满足男性欲望的对象，又承担着作者所赋予的社会责任与义务，进而寄寓了茅盾对中国现代女性复杂的性别想象。

"诗教"视域中的半部经典——以鲁迅、沈从文、茅盾和赵树理小说代表作再阐释为例，作者李林荣，《东岳论丛》2017/08。

植根于"诗教"之说的功利主义文学观念，在中国现当代文学作品的评论与研究实践中，不仅影响到与其直接对应的文学社会学方法，而且也影响到看似与其无关的、极度推崇文本中心地位的新批评或形式主义的语篇细读方法。但由于我们习惯将"诗教"传统中功能论的一面（兴观群怨）推展得过度空泛、又将诗教传统中方法论的一面（温柔敦厚）突出得过度孤立，本应成为文学社会学方法必要的实证基础和逻辑起点的文本细读，却常流于琐碎、轻薄，以致撕裂文学作品整体性和有机性。表现在具体作品的分析、阐释和评价上，就是对作品完整文本信息和文本架构的遮蔽或抽离。针对这一征候，就《狂人日记》《阿 Q 正传》《边城》《子夜》《小二黑结婚》等久遭"半部化"遮蔽的经典作品，进行纠偏式的再解读，可以清楚地揭示、比照出几种形式不一但同样具有普遍意义的观念和方法上的乖误。

茅盾的象征诗学与创作实践，作者施军，《中国现代文学研究丛刊》2017/09。

茅盾是现代文学史上较早从事象征批评与研究的作家。在象征理论方面，他借鉴象征主义思潮中以有形寓无形的艺术表现手法，巧妙地将象征主义思潮的艺术特点与传统的象征本体艺术特征共通的地方融合到了一起，建立起"象征"而非"象征主义"的诗学概念。茅盾善于运用象征理论进行作品解读与批评。在文学创作中，他也常用象征思维来构思作品，使作品蕴含着浓浓的象征色彩。

茅盾和木心怎么讲《荷马史诗》？作者蔺春华，《关东学刊》2017/09。

茅盾和木心关于《荷马史诗》的讲述，分别见于《世界文学名著杂谈》和《文学回忆录》（上册），文章以比较分析的视角从四个层面进行了分析解读。指出：茅盾对《荷马史诗》的讲述坚持了他一贯的社会学批评理念，同时也具有文化探源式的研究思路；木心则以纯粹古典主义的审美眼光，对《荷马史诗》进行了个人化的解读，处处表现了他的诗性思维和超凡出俗的文学鉴赏能力。

浅论茅盾革新《小说月报》的编辑思想，作者蒋晓玉，《科教文汇（上旬刊）》2017/10。

茅盾正式接手主编《小说月报》后，对其进行全面的革新，在编辑方面主要采取的方式有提倡新文学、创新杂志形式、建立符合杂志新取向的作者群和编辑中注重读者意见。通过茅盾的改革，《小说月报》最终成为我国最早的新文学阵地之一，推动了我国文化事业的发展；同时也吸引了当时众多的读者，促进了《小说月报》的销量，取得了良好的经济效益。

瞿秋白与茅盾：丁玲感受有别的两位老师，作者刘骥鹏，《博览群书》2017/11。

除了冰心等不多的幸运儿之外，中国现代女作家大都命运多舛，其中尤以丁玲的一生最为曲折跌宕，充分表明造化捉弄人的不确定性。命运的顿挫起伏有时也呈现为某种传奇意味，从早年开始，丁玲就与中国现代史上的许多重要人物有过这样那样的交往。而在这其中，瞿秋白与茅盾对其文学道路产生过直接或间接的影响。该文通过描述他们交往的经历，分别了解瞿秋白与茅盾两位大师的人生故事。

论茅盾《蚀》三部曲中的"时代女性"形象，作者肖元，《戏剧之家》2017/17。

茅盾写于大革命时期的《蚀》三部曲，描写了一系列的"时代女性"形象。她们与传统女性不同，这些人物本身，人与人、人与环境上的种种矛盾和对比，也就成了相互区别的标志。这样的"时代女性"形象系列在现代文学史上有着不可磨灭的地位，不仅影响着茅盾后期的创作，也对后来的小说创作产生了深远影响。

时代的镜子——评茅盾长篇小说《子夜》，作者张宇梵，《教育现代化》2017/21。

茅盾是现当代著名文学家，他的著名文学作品《子夜》通过人物分析，形象地塑造了30年代中国民族资本家的典型，是殖民地化的现代中国在当时都市的缩影。《子夜》的语言具有简洁、细腻、生动的特点，它没有过度欧化语言，偶尔运用古代成语，也是恰到好处，趣味盎然。人物的语言和叙述者的语言都能随故事和人物的性格发展变化而具有不同特色，使读者能如闻其声，如见其人，如临其境。这篇论文通过对吴荪甫、赵伯韬等一系列人物描写，深刻地反映了当时社会背景，对30年代社会生活进行了全方位深入剖析。

书法作品的著作权法保护——以茅盾先生手稿纠纷案为例，作者刘先辉，《中国出版》2017/22。

书法作品属于美术作品，是我国《著作权法》保护的对象，但现行相关法律并没有明确书法作品的属性。关于书法作品的性质界定，理论上存在形式说、临摹说与抒发表现说等不同的观点。从本质上来讲，书法作品是作者利用书写工具与材质，表达其思想和情感的作品。在法律上，书法作品应当具有独创性、智力成果性与可复制性。在现有法律规定中，存在书法作品范围模糊、设定权利存在冲突等缺陷，应当通过相对明确独创性标准、遵循在先权利与利益协调的原则予以完善。

茅盾英美文学译介概述，作者林璐延，《海外英语》2017/22。

茅盾是中国现代著名的作家，文学评论家与翻译家。作为翻译家的茅盾在翻译实践与理论方面都取得了辉煌的成就，特别是在文学翻译方面。茅盾的译作涉及 30 多个国家的 150 多个作家，包括英美，苏联，俄国和许多弱小国家，译著大约 240 多部。国内对茅盾先生的翻译研究主要集中在对苏联文学翻译，弱小民族文学翻译的研究以及茅盾翻译思想研究，而对茅盾先生英美文学译介的研究少之又少。该文将通过对茅盾先生译介英美文学的历程，对英美文学译介选择的相关背景以及英美文学译介对中国文学发展的影响几个方面的论述，对茅盾先生的英美文学译介概况作一定的研究。

报纸文章索引

　　茅盾选择现实主义的历史合理性，作者王嘉良，《中国社会科学报》2016/02/15

　　一封茅盾佚信引出的艺文往事，作者彭林祥，《中华读书报》2016/04/20

　　茅盾：从上海走向文学世界，作者何晶，《文学报》2016/08/04

　　在上海，他从沈雁冰成为茅盾，作者李婷，《文汇报》2016/08/06

　　重现"弥满生命力"的茅盾，作者诸葛漪、周楠，《解放日报》2016/08/06

　　茅盾：反对"神化鲁迅"，作者阎愈新、阎喜，《文汇报》2016/08/15

　　划时代的茅盾，作者陈福康，《文学报》2016/08/18

　　斜晖脉脉水悠悠，作者钟桂松，《文汇报》2016/08/22

　　从文学到电影：莫让"清贫"制约"经典"，作者金莹，《文学报》2016/09/08

　　文学大师如何走近现代读者和观众，作者刘巽达，《中国艺术报》2016/09/12

　　从这里走向文学，作者谭华，《光明日报》2016/12/07

　　叶浅予两度为茅盾《子夜》插图，作者钟桂松，《文汇报》2016/12/12

　　一代现实主义文学宗师的起点，作者薛伟平，《文汇报》2016/12/12

　　"商务"十年与茅盾的文学底色，作者刘勇、张悦，《光明日报》

2016/12/27

　　茅盾手稿拍卖至千万的背后，作者舒晋瑜，《中华读书报》2017/04/19

　　《在和平的日子里》茅盾眉批本刍议，作者张元珂，《文艺报》2017/06/23

　　名人手稿算不算书法作品？作者王晓红、陆小法，《江苏法制报》2017/08/04

　　他是最早注意到都市社会中金融影响力的中国现代作家，作者杨扬，《文汇报》2017/08/18

　　他俩曾用同一个笔名，作者王建军，《文汇报》2017/09/04

　　郁郁芊芊，清逸出尘——浅谈茅盾书法艺术特色，作者樊碧博，《中国书法报》2017/11/28

　　茅盾与《ABC 丛书》，作者柳和城，《中华读书报》2017/11/29

　　中国茅盾研究会召开理事会会议，作者李俊杰，《文艺报》2017/12/13

硕士学位论文摘要

《1949 年前茅盾编辑应用文研究》，作者吴恺嘉，南京师范大学，中国语言文学，2016 年，硕士。

茅盾不仅是中国现代文学史上的一位著名的文学家，也是中国编辑出版史上的一位杰出的编辑家：他不仅创作成果丰硕，而且在编辑上成就突出，为我们创造了丰富的精神财富。在其文学思想与政治思想的深刻影响下，他形成了独特的编辑观。而编辑应用文是编辑观研究的一个重要切入口。茅盾一生作了许多编辑应用文，对茅盾的编辑应用文进行梳理，解读和探讨，从而总结出茅盾的编辑技巧和编辑观。针对作者是以培养作者为要，顺带借助作者力量进行编辑工作，为期刊培养了一批广大的作者群体，也为后生作家力量的壮大，做出了巨大的贡献。针对读者则以影响读者为前提，全面影响社会，为新文学的发展做出了巨大的贡献。与时俱进，永远以社会效益为第一，奉献编辑力量。

《茅盾和德莱塞小说中"幻灭性"人物形象比较研究》，作者吴雪梅，西南大学，比较文学与世界文学，2016 年，硕士。

同为现代著名作家，茅盾和德莱塞都坚持全面再现现实生活的创作主张。虽然由于所处社会环境、接触现实的不同，导致他们的作品在具体内容上有一定的差异性。但是，茅盾和德莱塞在生活中都或多或少有过悲观、"幻灭"的情感体验，这种情感体验不仅源于亲身经历，更有对周围世界的观察所得。因此，他们在小说中不约而同地塑造了一批具有"反复性"特征的"幻灭性"人物形象。但是影响两位作家创作的社会背景、文化传统、创作观念等不尽相同，使得他们笔下的"幻灭性"人物形象不可避免地存在差异。

就作品的思想内容而言，首先，他们都塑造了生活型、理想型和存在型三类"幻灭性"形象。但相比之下，茅盾偏向于刻画追求社会理想而不得的人物，德莱塞则着眼于描绘寻求个人理想的失败者；茅盾更急于展现混乱社会中人们的彷徨迷惘，德莱塞似乎更关注转型时期人们固有价值和信仰失落的问题。其次，他们对待"幻灭性"人物的态度也有异同。相同的是，塑造女性形象时鲜明的男权意识，即将女性角色单一化、边缘化；不同的是，茅盾对"幻灭性"人物抱以审视和思辨的态度，德莱塞则始终表现出认同和同情的态度，这也使两位作家小说的基调分别呈现出开放明朗和阴郁暗沉的特点。

就作家运用的形式技巧而言，为了凸显"幻灭性"人物的"反复性"特征和悲剧命运以及作家对该类人物的真实态度，茅盾和德莱塞都运用了频繁的空间转换、非叙事性话语、社会环境描写等技巧。不过，德莱塞更惯于运用非叙事性话语；而在社会环境的选择上，茅盾多选取战争和革命作为背景，德莱塞则主要描写社会转型中的变化以及人物所经历的小环境。

《茅盾后期代表作〈霜叶红似二月花〉新探》，作者刘瑜，贵州师范大学，中国现代文学，2016 年，硕士。

《霜叶红似二月花》是茅盾众多小说中比较特别的一篇，它不再紧跟时代的步伐，而是特地与历史拉开了距离。茅盾在四十年代完成了小说的前十四章，又在七十年代的语境下完成续稿，虽然最后仍然是"残简"，但从中可以看到作者历经磨炼之后对传统文化价值的审视。本文从四十年代和七十年代的语境入手，探讨茅盾小说怎样实现向传统文学的回归，从而实现"中国作风和中国气派"这个伟大构想。

该文除前言和结语外共分为三章。

第一章梳理了茅盾的创作历程，二十年代早期思想文化的积淀、形成，西方思想文化的熏陶奠定了茅盾的思想文化基础，最后从政治走向文学；三十年代都市题材和农村题材的书写，使茅盾小说题材范围不断扩大；四十年代战争使作家纷纷向传统回归，探索新的文学形式，作者写下《霜叶红似二月花》；七十年代茅盾对《霜叶红似二月花》进行续写的意义和价值。

第二章主要从人物塑造入手，分别探讨作者在文学史上塑造的民族资本家、知识分子以及时代女性这三类人物形象的历史意义，然后从《霜叶红似二月花》的文本出发，分析这三类人物形象在小说中的延续和创新以及在创作历程中的重要意义，最后探讨作者为什么要在四十年代重塑这些人物。

第三章从艺术特点出发，探讨《霜叶红似二月花》怎样实现向传统文学的回归，主要从情节的线性结构、大团圆的结局模式、从欧化到典雅的语言艺术、以物传情的意境创设以及独具美学内蕴的人物描写这几方面入手，探讨茅盾这样创作的深层意义。小说整体体现出作者对人物"真、善、美"的美学追求，对未来美好愿景的寄托。

《茅盾性描写理论研究》，作者余洋，四川师范大学，中国现当代文学，2016 年，硕士。

该文通过三个板块建构茅盾的性描写理论。第一章，价值观：旨在反映社会现实。该章分为二节，理论层面倡导以及价值观在创作实践中的体现。理论层面分为六节，第一小节，茅盾的性描写理论从属于为人生的文学观，第二小节，对古代文学《金瓶梅》的评价，正面倡导性描写必须具有社会意义，第三小节，对《沉沦》的评价体现写实主义的社会意义倾向，第四小节，倡导和肯定性描写必须反映主要社会事件与意识形态，第五小节，在一系列文艺运动、思潮中也体现了这一价值观，第六小节，对影片的评论。创作层面分为三节，第一小节，小说中性与革命的关系，第二小节，通过性描写实现对买办资本家、地主阶级以及政治上的反动派的丑化，第三小节，通过性描写展示现代都市欲望，从纵欲享乐和性商品化两个方面展开。第二章，艺术观：写实主义。针对中国文坛的弊病，茅盾认为只有借鉴西方写实主义才能对症下药。该章分为两节，理论层面的倡导以及艺术观在创作实践中的体现。理论层面分为四节，第一小节，茅盾倡导的是带倾向性的客观描写，第二小节通过性交虚写和适度描写倡导性描写的艺术美感，第三小节，茅盾反对"记叙式"的描写，提倡忠实描写，第四小节，对非科学的性描写的否定。创作层面分为四节，第一小节，在《水藻行》和《春蚕》中展示了健康客观的性描写，第二小节，性交虚写在小说中的体现，第三小节，茅盾倡导忠实的描写，第四小节，性科学在茅盾小说中的应用，主要体现在各个官能对性欲的刺激。第三章，开放性：多种创作方法的兼收并蓄。

《中西叙事传统融汇视野下的茅盾长篇小说创作》，作者赵辉，河北师范大学，中国现当代文学，2016 年，硕士。

茅盾是中国现代文学史上著名的作家、文学评论家、文化活动家以及社会活动家，我国革命文艺奠基人之一。他是中国现代文学的巨匠，在文学创作上建树颇丰。作为五四新文学的领军人物，茅盾不仅在文艺理论和文学批评上做出了卓越的贡献，通过大量的文学批评和观点表达了自身对创作的理解，从中显现作者创作态度的不断演进。同时，作为"三十年代文学"的代表，在中西文学思潮交流碰撞的时代，茅盾通过大量的长篇小说创作实践，丰富了自身的现实主义理论，成功开创了茅盾小说创作范式。茅盾的文学价值不仅仅体现在其自身文学批评与文学创作的成就上，更深刻体现在他有资格代表中国新文学的一种传统，这种传统作为"范式"被后世所继承和发扬。这在他融会中西方文学叙事传统，创作出大量具有代表性、影响力的中长篇小说中得以充分展现。

全文共分为五个部分。第一部分，探讨茅盾对中西方叙事传统的接受。在梳理茅盾与中国叙事传统、茅盾与西方叙事传统关联的基础上，着力分析阐释茅盾的现实主义理论及他对中西叙事传统的理论总结；第二至第四部分，从茅盾长篇小说创作的叙事内容、叙事视角、叙事时间三方面入手，以长篇小说文本为例，具体分析其小说创作所受中西叙事传统的影响；第五部分，对茅盾代表作《子夜》进行分析。运用比较分析的方法，分别探讨中国传统小说叙事模式与俄国批判现实主义小说叙事模式在《子夜》这部作品中的交流汇融。以期证明茅盾作为领军人物为中国新文学发展做出的不可磨灭的贡献和深入挖掘茅盾长篇小说蕴含的独特历史价值和现实价值。

《左翼时期茅盾马克思主义文艺思想研究》，作者任吉财，石河子大学，马克思主义中国化，2016 年，硕士。

茅盾的马克思主义文艺思想源于二十年代初，通过在革命斗争中不断加深对马克思主义的理解与认识，茅盾的文艺思想有了较大飞跃，由"为人生的文学"转向"为无产阶级的文学"，这集中体现在《论无产阶级艺术》的发表，表明茅盾开始用马克思主义的立场、观点、方法和无产阶级的艺术观分析评论文艺现象。在"革命文学"论争中，茅盾身处论争漩涡，仍一方面努力扩大"革命文学"的影响，另一方面也注意审美地评判"革命文学"，敢于直面"革命文学"中出现的问题，文艺思想得以进一步发展。左翼时期，通过参与一系列的马克思主义文艺理论争鸣，茅盾对文艺的基本问题和重大理论问题都有了自己独到的看法，他的马克思主义文艺思想也基本形成。

左翼文学时期，茅盾建立起全新的革命现实主义文学模式，通过大规模地、全景式地反映刚刚过去不久的、甚至是正在发生中的社会现实，来表现各种矛盾斗争中的阶级和人。这种"社会剖析小说"充分显示了茅盾自身创作的成熟。同时，茅盾在左翼文学时期为"五四"时代的同辈作家写的《鲁迅论》《冰心论》等作家论，以及《中国新文学大系·小说一集·导言》，都是用历史唯物主义观点进行作家作品评论和文学史研究的成功尝试，为中国马克思主义文艺批评的建立以及宣传做出了杰出的贡献。

《论社会剖析派的悲剧命运书写》，作者程丕硕，辽宁师范大学，中国现当代文学，2016 年，硕士。

社会剖析派作家们始终思考着处于水深火热之中的同胞们的苦难遭遇，他们笔下的人物总会陷于种种悲剧命运之中。以茅盾为代表的社会剖析派作家们，在创作方法上把艺术描写的真实性、客观性放在首位，关于人物的悲剧命运书写，都体现了求真性和客观性的特点。社会剖析派作家们通过对社会百态的描绘来揭示背后深层的政治经济因素、通过对人物悲剧命运的展示来还原黑暗社会的不公。本文试从命运图景的独特描绘、悲剧命运的丰富扮演、命运态势的发展变化三个方面入手，对其笔下的悲剧命运书写进行阐释。

第一章是根据社会剖析派小说中关于人物命运图景的描绘进行分析。该派小说善于将整个社会的风貌进行理性地描绘，并从经济根源上对于各种社会问题进行深刻的剖析。该派作家对于自然景象的描绘也是颇费笔墨，他们笔下的自然景象并不是简单的陪衬，而是恰到好处地衬托了人物的遭际甚至象征着命运的悲剧。加之作品中主要人物的肉体和灵魂饱受着折磨且每况愈下，更是直接映衬了人物悲剧的命运。

第二章是对于社会剖析派作家笔下一系列人物的悲剧命运进行探讨。破产是社会剖析派小说中许多主要人物难以避免的命运，破产的经营者也是该派作家们笔下十分活跃的人物。小说中也成功地塑造了众多因为受到封建迷信思想的束缚而被时代所淘汰的愚昧人物序列，他们让人哭笑不得而又不得不同情他们的悲剧命运。其笔下还有许多人则是背弃了自己的信仰与良心，从好人沦为坏人、从立场坚定的人变做左右摇摆的人。

第三章对社会剖析派小说中人物悲剧命运的发展态势进行总结。其笔下人物悲剧命运源自于当时中国社会的大背景，小说中的人物最终难以改变自身的悲剧命运，但是人物的命运发展态势却是跌宕起伏的。作品中人物的悲剧命运由于种种因素在不断催化发生，但也存在着一定因素延阻着悲剧命运的上演，而命运的最终归宿也是充满了意外性与悲剧性。总之，社会剖析派小说笔下的人物难逃悲剧的命运，却又丰富鲜活地扮演了各自的角色，人物命运态势的变化也在情理之中、意料之外。因此，社会剖析派小说关于人物悲剧命运书写具有很高的艺术价值。

《经济书写与社会剖析小说》，作者张梦迪，贵州师范大学，中国现当代文学，2016 年，硕士。

上世纪三十年代，以茅盾创作《子夜》为开端，吴组缃、沙汀、叶紫、艾芜等作家继承并发展，一批由中国经济体制为切口关注社会人生的作品被创作出来。这些作品引起了当时学术界的密切关注，但对于创造这些风格相近作品的作家群，学术界一直未能将他们作为一个整体纳入到文学流派之中。直至 1982 年，严家炎先生授课时，才将这批作品归纳为"社会剖析派小说"，相应的作者群流派则为"社会剖析派"。由于社会剖析派作家几乎全部出身"左联"，即使非"左联"成员的吴组缃等也趋同于"左翼"的文学书写范式，因此他们的作品中有意无意流露出的政治意识形态，导致以往的研究者将注意力过分集中在批判"帝国主义""剥削农民""封建官僚"而歌颂"共产党""工农兵""无产阶级"等阶级问题上，无形中落入了一种预设的评论机制的圈套，相反忽略了文本中包含的大量经济现象背后所反映出的社会、"革命"实景；另外，由于社会剖析小说作为一个流派被提出的时间较晚，因此研究单个作家的经济书写有之，而将其当作整体创作潮流的研究较少，留下了许多可供重新思考的空间。该文尝试以经济书写为切入点，将社会剖析小说作为整体，在整合以往研究者的发现及本文写作过程中新发掘的较多史料的基础上，力图对作品之经济元素、当时的经济史实、作家写作模式及创作理念等进行深入挖掘，重新审视社会剖析小说与经济、时代、政治的复杂关系。

《茅盾作品中的男女关系》，作者丁锐，西北大学，中国现当代文学，2016，硕士。

论文以茅盾小说作品中的男女人物关系作为研究对象，进而探寻其特点、价值和意义所在。结合茅盾具体的小说文本，通过人物关系透视作品所包含的新思想。其中第一章主要是对茅盾作品中的男女两性关系进行分类；总结出茅盾作品中男女关系的类型有三种：即情感型、利用型和责任型。通过对其类别的总结，帮助读者梳理茅盾作品的人物关系和情感脉络，用三种男女关系的发展变化探究人与社会、与自身关系如何相处。第二章结合茅盾创作的时代背景、自我心绪，梳理出茅盾作品中男女关系的特点：即非主体启蒙性、非理想性、差异性。这些特征不断影响着茅盾作品中男女关系的变迁发展，在此基础上进一步发掘茅盾着眼于男女关系创作的旨意。第三章将茅盾笔下的男女关系拓展，研究其内涵，由此引发到男女作为性工具的对象的发展和倒置问题；男女关系中的异化现象，并从人物的异化引申到社会的异化，寻找深层的社会根源。第四章主要着眼于茅盾笔下男女关系的价值意义和现实启迪。茅盾小说作品的创作宗旨在于表明心智，促进社会进步，对人的进化启蒙有所裨益。而对茅盾所处的时代，革命启蒙必然是时代的主要字眼，于是男女关系内涵反衬出当时革命启蒙进程的艰难便显而易见，但是艰难在哪？如何表现的？这些都可以从男女关系上寻找到根究点；其次"异化"的男女关系对我们的启示比第一点更有价值意义，对于金钱，物欲横流的社会，"异化"不是一个陌生词，更不是曾经出现，现已经离我们远去的词语，在"异化"时代的我们如何自处？这正是论文想通过男女关系传达的呼声；最后文章从被压抑的女性角色角度入手寻找对女性生存发展的启示。

2017

《报刊编辑与茅盾小说创作关系研究》，作者林然，陕西理工大学，中国现当代文学，2017 年，硕士。

论文主要从四个方面展开：第一，论述报刊编辑生涯与茅盾"新闻人"气质之间的关系。长期的报刊编辑经历，赋予了茅盾"新闻人"的气质。主要表现为：首先，宽广的社会接触面形成了茅盾广阔的社会视野，使其成为一个"广博的人"，这种特点反映到小说创作中，就形成了茅盾小说创作题材的广泛性。其次，报刊编辑工作促使茅盾大量接触真人、真事、真问题，使他成为一个"求真的人"，这种特点运用到小说创作中就是突出的现实主义。总之，这种"新闻人"气质深刻影响了茅盾小说创作的叙事方式、小说结构与写作心态等。

第二，茅盾小说创作的题材与报刊编辑之间关系密切。茅盾的小说创作运用新闻题材不少，主要呈现为"直接运用"和"间接运用"

两种形式。"直接运用"即把现实生活中发生过的新闻事件几乎不做要素的大的改变直接作为小说创作的题材。"间接运用"是指把新闻题材没有"结构性"地运用到小说创作中，但是新闻的某些要素特点却分散隐蔽地进入到小说创作中，构成其细节内容。这些都与茅盾的报刊编辑工作关系紧密。

第三，茅盾小说创作与其报刊编辑之间的紧密关系还可以从其小说创作中强烈的社会使命感和小说主题鲜明的时代性两方面来深入探究。概括来讲，茅盾作为一名"新闻人"所具有的深切的社会责任感和使命感非常突出地反映到他的小说创作中，成就了其小说创作的现实主义的求真的质素。

第四，茅盾小说中不少人物形象塑造与其报刊编辑工作关系紧密，主要表现为茅盾在报刊编辑工作中得到的人物信息"直接地"或"间接地"成为了茅盾小说中人物塑造的重要基础。可见，茅盾小说创作的主要方面都和其报刊编辑工作分割不开。因此"报刊编辑"成为理解茅盾小说创作的一个重要视角。

《论1930年代左翼小说的身体伦理书写——以茅盾、丁玲和蒋光慈的作品为中心》，作者蒋潮华，河北大学，中国现当代文学，2017，硕士。

论文借助刘小枫的叙事伦理研究1930年代左翼小说，重在分析身体与革命之间的复杂关系，在细读文本的基础上，从叙事伦理的角度切入，考察左翼小说的身体书写，挖掘身体书写背后潜藏的自由伦理与人民伦理的冲突。论文以茅盾、丁玲和蒋光慈三位作家的小说文本为重点阐释对象，兼及其他作家的作品。以期从左翼作家关于身体的书写中，深入辨析革命知识分子的精神状况以及背后的叙事伦理冲突。

论文主要分为三部分：第一章重在论述左翼作家笔下的知识分子在革命中的挣扎，即个人身体欲望与革命的冲突。主要表现在个体逸趣、性爱欲望以及女身欲望与革命的冲突。第二章分析左翼作家如何处理身体欲望与革命现实的矛盾。通过对个体逸趣的斥责、对性爱欲望的压抑与改造、对女身欲望的规训，以及对疾病与死亡的象征书写，左翼作家一步步完成了"革命身体"的建构。第三章则是对人民伦理视域下"革命身体"建构的反思。首先阐述了 1930 年代左翼小说的身体观的历史生成过程，而后从人的主体性的抹杀、性的阉割和女性异化三方面阐述"革命身体"的内在悖论。

《论茅盾的"时代性"话语》，作者童国莎，天津师范大学，中国现当代文学，2017，硕士。

"时代性"话语是茅盾在与创造社和太阳社的论争过程中逐步形成的一套话语理论体系。随着 20 年代"革命文学"论争的升级，"时代性"话语的内涵也逐渐丰富，它包含了当时风靡一时的"革命""时代""阶级""政治"等诸多因素，成为茅盾等文学家争夺文学市场，趋向主流意识的象征。它是一个时代的标志，影响了一时代之创作，并在文学完全成为政治的传声筒时而丧失了自身话语的活力。该文分为三章进行论述，第一章梳理了后期创造社、太阳社以及鲁迅的时代性话语，分析"时代性"话语是怎样形成的；第二章梳理了茅盾的"时代性"话语内容的演变，看他如何在自己的批评文论中逐渐将"时代性"话语变成自身的言说方式，并且用它来指导创作；第三章则以茅盾的小说创作中"时代女性"和"时代空气"两个视角看他如何对他的"时代性"话语理论进行回应。"时代性"话语作为一个代码，反映了一部分文人在社会擅变的过程中创作心态的微妙变化。"时代性"话语形成的创作方式对 20 到 40 年代的文学创作产生了深远影响，而这种社会剖析式的革命现实主义创作方法的利与弊也引起了人们对如何正确处理文学与政治的关系的反思。

《茅盾小说中的革命叙事研究》，作者惠佳俞，南京师范大学，中国现当代文学，2017，硕士。

茅盾的小说绕不开对革命的描述，论文以革命角度研究茅盾小说叙事，分为四大部分，共六章。

第一部分包括绪论和第一章。第一部分总结茅盾小说中的革命叙事的研究成果，定义茅盾小说革命的相关概念及研究范围，并从宏观上梳理茅盾小说中出现的革命叙事要素，包括革命人物、革命活动、革命环境。

第二部分包括第二章和第三章。第二部分以内容和形式为切入点进行文本建构，通过对第一部分对应要素的分析整理，将其概括出茅盾小说特有的全局性革命叙事内容和双线式革命叙事形式。

第三部分包括第四章和第五章。第四章探究内在革命叙事的主体意识，第五章探究外在革命的客观条件。通过要素分类及内容和形式的排布总结茅盾独特革命叙事形成的原因。探究茅盾革命主体状态如何随着革命叙事呈现以及如何将主体革命意识与小说革命叙事相互勾连，从而表现出复杂的革命心理和坚定的革命观念。并且通过外在客观原因的补充进一步说明茅盾革命叙事形成的独特性，从而确立茅盾革命叙事的深层次内涵。

第四部分为第六章。通过与其他作家的革命叙事的比较，把握茅盾小说革命叙事的总体特征，最终判定茅盾小说革命叙事的形成不是机械式而是个性化革命观念的表达，归纳茅盾独特的革命叙事价值，反思茅盾小说革命叙事存在的局限。

论文尽力反映茅盾写作的革命诉求和时代特质，挖掘茅盾小说革命叙事的意义，力求能引起中国现当代文学研究中对于革命叙事的思考。

《论社会剖析派小说中的"父子关系"》，作者皮明绘，东北师范大学，中国现当代文学，2017，硕士。

以茅盾为首，吴组缃、沙汀、艾芜为代表的社会剖析派是中国现代文学中重要的文学流派之一。在他们的文学创作中，社会生活的各个方面都是他们加以文学表现的内容，"父子关系"是不可回避的表现内容，具有不同的文学表现内容和艺术表现，论文以社会剖析派小说中的"父子关系"研究为契机，具体探讨了茅盾在文学艺术主张转变下的"父子关系"，肯定了其独特的文学艺术。在引言中呈现了中国现当代文学中对"父子关系"的观照，同时对文学研究界中

"父亲"形象的研究进行文学综述，并将研究成果分门别类，确定了三个研究方向。但从一个文学流派内部的角度对"父子关系"的研究是匮乏的，因此本文选择社会剖析派小说中的"关系"为研究目标。第一部分主要采取了历时性的研究方式，阐释了"父与子"的文学母题，"父子关系"不仅是家庭生活中重要的关系，更是一个社会的缩影，"父子关系"在中国古代、近代和现代三个历史时期有着不同体现，这种文化背景是社会剖析小说中的"父子关系"文学表现的重要依据和表现内容。第二部分主要论述社会剖析派小说中对"父与子"主题模式的延续与变异，将社会剖析派小说中的"父子关系"划分为：显性的"父子关系"、隐性的"父子关系"和象征意义的"父子关系"，这三种的关系模式中一方面继续表现"父子关系"中的传统内容，有着五四时期对"父亲"封建传统的批判的内容；一方面将 30 年代的政治和阶级纳入其中，直接以社会剖析的方式介入生活，在这种文学嬗变下反映出文学、社会、政治和生活等方面较以往的差异。第三部分主要论述社会剖析派作家在处理"父子关系"时，有着不同的文学选择及因由。他们所表现的"父子关系"的内容服务于他们所从事的社会剖析工作，由于他们的人生阅历、成长背景、社会关注点的不同，导致他们在反映"父子关系"时带有他们独特的艺术眼光，有着不同的文学价值取向。第四部分主要论述社会剖析派小说中的"父子关系"的价值与局限。他们在处理"父子关系"题材时继承了 20 年代文学的表现内容，同时又承载在 30 年代社会生活中的政治和阶级内容，并对 40 年代的文学创作提供了一个文学指引，是中国现代文学中重要的文学链条之一，同时这种直观的切入生活的方式不可避免地带有说教色彩，文学流于政治的附庸的艺术创作方式，对保持文学的独立性带来了冲击。

在结语中，从创作背景、文学表现内容、艺术成就以及文学评价等方面对社会剖析派小说中的"父子关系"进行了研究梳理，从一个文学流派的内部角度辩证的研究分析"父子关系"，为"父亲"形象系的研究提供一个研究思路，这也是该文的旨归所在。